Émile Zola

1840 - 1902

- Les Rougon-Macquart -

15 - *La terre*

- 1887 -

ISBN : 978-2-37884-547-6

Éditions Ararauna, 34400 Lunel, France

Dépôt légal : Mai 2021

TABLE DES MATIÈRES

Première partie

I. .... *p. 7*
II. .... *p. 16*
III. .... *p. 27*
IV. .... *p. 38*
V. .... *p. 51*

Deuxième partie

I. .... *p. 66*
II. .... *p. 77*
III. .... *p. 85*
IV. .... *p. 94*
V. .... *p. 104*
VI. .... *p. 118*
VII. .... *p. 129*

Troisième partie

I. .... *p. 139*
II. .... *p. 146*
III. .... *p. 154*
IV. .... *p. 166*
V. .... *p. 178*
VI. .... *p. 188*

Quatrième partie

I. .... *p. 202*
II. .... *p. 212*
III. .... *p. 223*
IV. .... *p. 237*
V. .... *p. 253*
VI. .... *p. 266*

Cinquième partie

I. .... *p. 283*
II. .... *p. 293*
III. .... *p. 304*
IV. .... *p. 316*
V. .... *p. 334*
VI. .... *p. 352*

Première partie

I

Jean, ce matin-là, un semoir de toile bleue noué sur le ventre, en tenait la poche ouverte de la main gauche, et de la droite, tous les trois pas, il y prenait une poignée de blé, que d'un geste, à la volée, il jetait. Ses gros souliers trouaient et emportaient la terre grasse, dans le balancement cadencé de son corps ; tandis que, à chaque jet au milieu de la semence blonde toujours volante, on voyait luire les deux galons rouges d'une veste d'ordonnance, qu'il achevait d'user. Seul, en avant, il marchait, l'air grandi ; et, derrière, pour enfouir le grain, une herse roulait lentement, attelée de deux chevaux, qu'un charretier poussait à longs coups de fouet réguliers, claquant au-dessus de leurs oreilles.

La parcelle de terre, d'une cinquantaine d'ares à peine, au lieu-dit des Cornailles, était si peu importante, que M. Hourdequin, le maître de la Borderie, n'avait pas voulu y envoyer le semoir mécanique, occupé ailleurs. Jean, qui remontait la pièce du midi au nord, avait justement devant lui, à deux kilomètres, les bâtiments de la ferme. Arrivé au bout du sillon, il leva les yeux, regarda sans voir, en soufflant une minute.

C'étaient des murs bas, une tache brune de vieilles ardoises, perdue au seuil de la Beauce, dont la plaine, vers Chartres, s'étendait. Sous le ciel vaste, un ciel couvert de la fin d'octobre, dix lieues de cultures étalaient en cette saison les terres nues, jaunes et fortes, des grands carrés de labour, qui alternaient avec les nappes vertes des luzernes et des trèfles ; et cela sans un coteau, sans un arbre, à perte de vue, se confondant, s'abaissant, derrière la ligne d'horizon, nette et ronde comme sur une mer. Du côté de l'ouest, un petit bois bordait seul le ciel d'une bande roussie. Au milieu, une route, la route de Châteaudun à Orléans, d'une blancheur de craie, s'en allait toute droite pendant quatre lieues, déroulant le défilé géométrique des poteaux du télégraphe. Et rien autre, que trois ou quatre moulins de bois, sur leur pied de charpente, les ailes immobiles. Des villages faisaient des îlots de pierre, un clocher au loin émergeait d'un pli de terrain, sans qu'on vît l'église, dans les molles ondulations de cette terre du blé.

Mais Jean se retourna, et il repartit, du nord au midi, avec son balancement, la main gauche tenant le semoir, la droite fouettant l'air d'un vol continu de semence. Maintenant, il avait devant lui, tout proche, coupant la plaine ainsi qu'un fossé, l'étroit vallon de l'Aigre, après lequel recommençait la Beauce, immense, jusqu'à Orléans. On ne devinait les prairies et les ombrages qu'à une ligne de grands peupliers, dont les cimes jaunies dépassaient le trou, pareilles, au ras des bords, à de courts buissons.

Du petit village de Rognes, bâti sur la pente, quelques toitures seules étaient en vue, au pied de l'église, qui dressait en haut son clocher de pierres grises, habité par des familles de corbeaux très vieilles. Et, du côté de l'est, au-delà de la vallée du Loir, où se cachait à deux lieues Cloyes, le chef-lieu du canton, se profilaient les lointains coteaux du Perche, violâtres sous le jour ardoisé. On se trouvait là dans l'ancien Dunois, devenu aujourd'hui l'arrondissement de Châteaudun, entre le Perche et la Beauce, et à la lisière même de celle-ci, à cet endroit où les terres moins fertiles lui font donner le nom de Beauce pouilleuse. Lorsque Jean fut au bout du champ, il s'arrêta encore, jeta un coup d'œil en bas, le long du ruisseau de l'Aigre, vif et clair à travers les herbages, et que suivait la route de Cloyes, sillonnée ce samedi-là par les carrioles des paysans allant au marché. Puis, il remonta.

Et toujours, et du même pas, avec le même geste, il allait au nord, il revenait au midi, enveloppé dans la poussière vivante du grain ; pendant que, derrière, la herse, sous les claquements du fouet, enterrait les germes, du même train doux et comme réfléchi. De longues pluies venaient de retarder les semaines d'automne ; on avait encore fumé en août, et les labours étaient prêts depuis longtemps, profonds, nettoyés des herbes salissantes, bons à redonner du blé, après le trèfle et l'avoine de l'assolement triennal. Aussi la peur des gelées prochaines, menaçantes à la suite de ces déluges, faisait-elle se hâter les cultivateurs. Le temps s'était mis brusquement au froid, un temps couleur de suie, sans un souffle de vent, d'une lumière égale et morne sur cet océan de terre immobile. De toutes parts, on semait : il y avait un autre semeur à gauche, à trois cents mètres, un autre plus loin, vers la droite ; et d'autres, d'autres encore s'enfonçaient en face, dans la perspective fuyante des terrains plats. C'étaient de petites silhouettes noires, de simples traits de plus en plus minces, qui se perdaient à des lieues. Mais tous avaient le geste, l'envolée de la semence, que l'on devinait comme une onde de vie autour d'eux. La plaine en prenait un frisson, jusque dans les lointains noyés, où les semeurs épars ne se voyaient plus.

Jean descendait pour la dernière fois, lorsqu'il aperçut, venant de Rognes, une grande vache rousse et blanche, qu'une jeune fille, presque une enfant, conduisait à la corde. La petite paysanne et la bête suivaient le sentier qui longeait le vallon, au bord du plateau ; et, le dos tourné, il avait achevé l'emblave en remontant, lorsqu'un bruit de course, au milieu de cris étranglés, lui fit de nouveau lever la tête, comme il dénouait son semoir pour partir. C'était la vache emportée, galopant dans une luzernière, suivie de la fille qui s'épuisait à la retenir. Il craignit un malheur, il cria :

– Lâche-la donc !

Elle n'en faisait rien, elle haletait, injuriait sa vache, d'une voix de colère et d'épouvante.

– La Coliche ! veux-tu bien, la Coliche !... Ah ! sale bête !... Ah ! sacrée rosse !

Jusque-là, courant et sautant de toute la longueur de ses petites jambes, elle avait pu la suivre. Mais elle buta, tomba une première fois, se releva pour retomber plus loin ; et, dès lors, la bête s'affolant, elle fut traînée.

Maintenant, elle hurlait. Son corps, dans la luzerne, laissait un sillage.

– Lâche-la donc, nom de Dieu ! continuait à crier Jean. Lâche-la donc !

Et il criait cela machinalement, par terreur ; car il courait lui aussi, en comprenant enfin : la corde devait s'être nouée autour du poignet, serrée davantage à chaque nouvel effort. Heureusement, il coupa au travers d'un labour, arriva d'un tel galop devant la vache, que celle-ci, effrayée, stupide, s'arrêta net. Déjà, il dénouait la corde, il asseyait la fille dans l'herbe.

– Tu n'as rien de cassé ?

Mais elle ne s'était pas même évanouie. Elle se mit debout, se tâta, releva ses jupes jusqu'aux cuisses, tranquillement, pour voir ses genoux qui la brûlaient, si essoufflée encore, qu'elle ne pouvait parler.

– Vous voyez, c'est là, ça me pince... Tout de même, je remue, il n'y a rien... Oh ! j'ai eu peur ! Sur le chemin, j'étais en bouillie !

Et, examinant son poignet forcé, cerclé de rouge, elle le mouilla de salive, y colla ses lèvres, en ajoutant avec un grand soupir, soulagée, remise :

– Elle n'est pas méchante, la Coliche. Seulement, depuis ce matin, elle nous fait rager, parce qu'elle est en chaleur... Je la mène au taureau, à la Borderie.

– À la Borderie, répéta Jean. Ça se trouve bien, j'y retourne, je t'accompagne.

Il continuait à la tutoyer, la traitant en gamine, tellement elle était fine encore pour ses quatorze ans. Elle, le menton levé, regardait d'un air sérieux ce gros garçon châtain, aux cheveux ras, à la face pleine et régulière, dont les vingt-neuf ans faisaient pour elle un vieil homme.

– Oh ! je vous connais, vous êtes Caporal, le menuisier qui est resté comme valet chez M. Hourdequin.

À ce surnom, que les paysans lui avaient donné, le jeune homme eut un sourire ; et il la contemplait à son tour, surpris de la trouver presque femme déjà, avec sa petite gorge dure qui se formait, sa face allongée aux yeux noirs très profonds, aux lèvres épaisses, d'une chair fraîche et rose de fruit mûrissant. Vêtue d'une jupe grise et d'un caraco de laine noire, la tête coiffée d'un bonnet rond, elle avait la peau très brune, hâlée et dorée de soleil.

– Mais tu es la cadette au père Mouche ! s'écria-t-il. Je ne t'avais pas reconnue... N'est-ce pas ? ta sœur était la bonne amie de Buteau, le printemps dernier, quand il travaillait avec moi à la Borderie ?

Elle répondit simplement :

– Oui, moi, je suis Françoise... C'est ma sœur Lise qui est allée avec le cousin Buteau, et qui est grosse de six mois, à cette heure... Il a filé, il est du côté d'Orgères, à la ferme de la Chamade.

– C'est bien ça, conclut Jean. Je les ai vus ensemble.

Et ils restèrent un instant muets, face à face, lui riant de ce qu'il avait surpris un soir les deux amoureux derrière une meule, elle mouillant toujours son poignet meurtri, comme si l'humidité de ses lèvres en eût calmé la cuisson ; pendant que, dans un champ voisin, la vache, tranquille, arrachait des touffes de luzerne. Le charretier et la herse s'en étaient allés, faisant un détour pour gagner la route. On entendait le croassement de deux corbeaux, qui tournoyaient d'un vol continu autour du clocher. Les trois coups de l'angélus tintèrent dans l'air mort.

– Comment ! déjà midi ! s'écria Jean. Dépêchons-nous.

Puis, apercevant la Coliche, dans le champ :

– Eh ! ta vache fait du dégât. Si on la voyait... Attends, bougresse, je vas te régaler !

– Non, laissez, dit Françoise, qui l'arrêta. C'est à nous, cette pièce. La garce, c'est chez nous qu'elle m'a culbutée !... Tout le bord est à la famille, jusqu'à Rognes. Nous autres, nous allons d'ici là-bas ; puis, à côté, c'est à mon oncle Fouan ; puis, après, c'est à ma tante, la Grande.

En désignant les parcelles du geste, elle avait ramené la vache dans le sentier. Et ce fut seulement alors, quand elle la tint de nouveau par la corde, qu'elle songea à remercier le jeune homme.

– N'empêche que je vous dois une fameuse chandelle ! Vous savez, merci, merci bien de tout mon cœur !

Ils s'étaient mis à marcher, ils suivaient le chemin étroit qui longeait le vallon, avant de s'enfoncer dans les terres. La dernière sonnerie de l'angélus venait de s'envoler, les corbeaux seuls croassaient toujours. Et, derrière la vache tirant sur la corde, ni l'un ni l'autre ne causaient plus, retombés dans ce silence des paysans qui font des lieues côte à côte, sans échanger un mot. À leur droite, ils eurent un regard pour un semoir mécanique, dont les chevaux tournèrent près d'eux ; le charretier leur cria : « Bonjour ! » et ils répondirent : « Bonjour ! » du même ton grave. En bas à leur gauche, le long de la route de Cloyes, des carrioles continuaient de filer, le marché n'ouvrant qu'à une heure. Elles étaient secouées durement sur leurs deux roues, pareilles à des insectes sauteurs, si rapetissées au loin, qu'on distinguait l'unique point blanc du bonnet des femmes.

– Voilà mon oncle Fouan avec ma tante Rose, là-bas, qui s'en vont chez le notaire, dit Françoise, les yeux sur une voiture grande comme une coque de noix, fuyant à plus de deux kilomètres.

Elle avait ce coup d'œil de matelot, cette vue longue des gens de plaine, exercée aux détails, capable de reconnaître un homme ou une bête, dans la petite tache remuante de leur silhouette.

– Ah ! oui, on m'a conté, reprit Jean. Alors, c'est décidé, le vieux partage son bien entre sa fille et ses deux fils ?

– C'est décidé, ils ont tous rendez-vous aujourd'hui chez M. Baillehache.

Elle regardait toujours fuir la carriole.

– Nous autres, nous nous en fichons, ça ne nous rendra ni plus gras ni plus maigres... Seulement, il y a Buteau. Ma sœur pense qu'il l'épousera peut-être, quand il aura sa part.

Jean se mit à rire.

– Ce sacré Buteau, nous étions camarades... Ah ! ça ne lui coûte guère, de mentir aux filles ! Il lui en faut quand même, il les prend à coups de poing, lorsqu'elles ne veulent pas par gentillesse.

– Bien sûr que c'est un cochon ! déclara Françoise d'un air convaincu. On ne fait pas à une cousine la cochonnerie de la planter là, le ventre gros.

Mais, brusquement, saisie de colère :

– Attends, la Coliche ! je vas te faire danser !... La voilà qui recommence, elle est enragée, cette bête, quand ça la tient !

D'une violente secousse, elle avait ramené la vache. À cet endroit, le chemin quittait le bord du plateau. La carriole disparut, tandis que tous deux continuèrent de marcher en plaine, n'ayant plus en face, à droite et à gauche, que le déroulement sans fin des cultures. Entre les labours et les prairies artificielles, le sentier s'en allait à plat, sans un buisson, aboutissant à la ferme, qu'on aurait cru pouvoir toucher de la main, et qui reculait, sous le ciel de cendre. Ils étaient retombés dans leur silence, ils n'ouvrirent plus la bouche, comme envahis par la gravité réfléchie de cette Beauce, si triste et si féconde.

Lorsqu'ils arrivèrent, la grande cour carrée de la Borderie, fermée de trois côtés par les bâtiments des étables, des bergeries et des granges, était déserte. Mais, tout de suite, sur le seuil de la cuisine, parut une jeune femme, petite, l'air effronté et joli.

– Quoi donc, Jean, on ne mange pas, ce matin ?

– J'y vais, madame Jacqueline.

Depuis que la fille à Cognet, le cantonnier de Rognes, la Cognette comme on la nommait, quand elle lavait la vaisselle de la ferme à douze ans, était montée aux honneurs de servante-maîtresse, elle se faisait traiter en dame, despotiquement.

– Ah ! c'est toi, Françoise, reprit-elle. Tu viens pour le taureau... Eh bien ! tu attendras. Le vacher est à Cloyes, avec M. Hourdequin. Mais il va revenir, il devrait être ici.

Et, comme Jean se décidait à entrer dans la cuisine, elle le prit par la taille, se frottant à lui d'un air de rire, sans s'inquiéter d'être vue, en amoureuse gourmande qui ne se contentait pas du maître.

Françoise, restée seule, attendit patiemment, assise sur un banc de pierre, devant la fosse à fumier, qui tenait un tiers de la cour. Elle regardait sans pensée une bande de poules, piquant du bec et se chauffant les pattes sur cette large couche basse, que le refroidissement de l'air faisait fumer, d'une petite vapeur bleue. Au bout d'une demi-heure, lorsque Jean reparut, achevant une tartine de beurre, elle n'avait pas bougé. Il s'assit près d'elle, et comme la vache s'agitait, se battait de sa queue en meuglant, il finit par dire :

– C'est ennuyeux que le vacher ne rentre pas.

La jeune fille haussa les épaules. Rien ne la pressait. Puis, après un nouveau silence :

– Alors, Caporal, c'est Jean tout court qu'on vous nomme ?

– Mais non, Jean Macquart.

– Et vous n'êtes pas de nos pays ?

– Non, je suis Provençal, de Plassans, une ville, là-bas.

Elle avait levé les yeux pour l'examiner, surprise qu'on pût être de si loin.

– Après Solférino, continua-t-il, il y a dix-huit mois, je suis revenu d'Italie avec mon congé, et c'est un camarade qui m'a amené par ici... Alors, voilà, mon ancien métier de menuisier ne m'allait plus, des histoires m'ont fait rester à la ferme.

– Ah ! dit-elle simplement, sans le quitter de ses grands yeux noirs.

Mais, à ce moment, la Coliche prolongea son meuglement désespéré de désir ; et un souffle rauque vint de la vacherie, dont la porte était fermée.

– Tiens ! cria Jean, ce bougre de César l'a entendue !... Écoute, il cause là-dedans... Oh ! il connaît son affaire, on ne peut en faire entrer une dans la cour, sans qu'il la sente et qu'il sache ce qu'on lui veut...

Puis, s'interrompant :

– Dis donc, le vacher a dû rester avec M. Hourdequin... Si tu voulais, je t'amènerais le taureau. Nous ferions bien ça, à nous deux.

– Oui, c'est une idée, dit Françoise, qui se leva.

Il ouvrait la porte de la vacherie, lorsqu'il demanda encore :

– Et ta bête, faut-il l'attacher ?

– L'attacher, non, non ! pas la peine !... Elle est bien prête, elle ne bougera seulement point.

La porte ouverte, on aperçut, sur deux rangs, aux deux côtés de l'allée centrale, les trente vaches de la ferme, les unes couchées dans la litière, les autres broyant les betteraves de leur auge ; et, de l'angle où il se trouvait, l'un des taureaux, un hollandais noir taché de blanc, allongeait la tête, dans l'attente de sa besogne.

Dès qu'il fut détaché, César, lentement, sortit. Mais tout de suite il s'arrêta, comme surpris par le grand air et le grand jour ; et il resta une minute immobile, raidi sur les pieds, la queue nerveusement balancée, le cou enflé, le mufle tendu et flairant. La Coliche, sans bouger, tournait vers lui ses gros yeux fixes, en meuglant plus bas. Alors, il s'avança, se colla contre elle, posa la tête sur la croupe, d'une courte et rude pression ; sa langue pendait, il écarta la queue, lécha jusqu'aux cuisses ; tandis que, le laissant faire, elle ne remuait toujours pas, la peau seulement plissée d'un frisson. Jean et Françoise, gravement, les mains ballantes, attendaient.

Et, quand il fut prêt, César monta sur la Coliche, d'un saut brusque, avec une lourdeur puissante qui ébranla le sol. Elle n'avait pas plié, il la serrait aux flancs de ses deux jambes. Mais elle, une cotentine de grande taille, était si haute, si large pour lui, de race moins forte, qu'il n'arrivait pas. Il le sentit, voulut se remonter, inutilement.

– Il est trop petiot, dit Françoise.

– Oui, un peu, dit Jean. Ça ne fait rien, il entrera tout de même.

Elle hocha la tête ; et, César tâtonnant encore, s'épuisant, elle se décida.

– Non, faut l'aider... S'il entre mal, ce sera perdu, elle ne retiendra pas.

D'un air calme et attentif, comme pour une besogne sérieuse, elle s'était avancée. Le soin qu'elle y mettait fonçait le noir de ses yeux, entrouvrait ses lèvres rouges, dans sa face immobile. Elle dut lever le bras d'un grand geste, elle saisit à pleine main le membre du taureau, qu'elle redressa. Et lui, quand il se sentit au bord, ramassé dans sa force, il pénétra d'un seul tour de reins, à fond. Puis, il ressortit. C'était fait : le coup de plantoir qui enfonce une graine. Solide, avec la fertilité impassible de la terre qu'on ensemence, la vache avait reçu, sans un mouvement, ce jet fécondant du mâle. Elle n'avait même pas frémi dans la secousse. Lui, déjà, était retombé, ébranlant de nouveau le sol.

Françoise, ayant retiré sa main, restait le bras en l'air. Elle finit par le baisser, en disant :

– Ça y est.

– Et raide ! répondit Jean d'un air de conviction, où se mêlait un contentement de bon ouvrier pour l'ouvrage vite et bien fait.

Il ne songeait pas à lâcher une de ces gaillardises, dont les garçons de la ferme s'égayaient avec les filles qui amenaient ainsi leurs vaches. Cette gamine semblait trouver ça tellement simple et nécessaire, qu'il n'y avait vraiment pas de quoi rire, honnêtement. C'était la nature.

Mais, depuis un instant, Jacqueline se tenait de nouveau sur la porte ; et, avec un roucoulement de gorge qui lui était familier, elle lança gaiement :

– Eh ! la main partout ! c'est donc que ton amoureux n'a pas d'œil, à ce bout-là !

Jean ayant éclaté d'un gros rire, Françoise subitement devint toute rouge. Confuse, pour cacher sa gêne, tandis que César rentrait de lui-même à l'étable, et que la Coliche broutait un pied d'avoine poussé dans la fosse à fumier, elle fouilla ses poches, finit par sortir son mouchoir, en dénoua la corne, où elle avait serré les quarante sous de la saillie.

– Tenez ! v'là l'argent ! dit-elle, bien le bonsoir !

Elle partit avec sa vache, et Jean qui reprenait son semoir, la suivit, en disant à Jacqueline qu'il allait au champ du Poteau, selon les ordres que M. Hourdequin avait donnés pour la journée.

– Bon ! répondit-elle. La herse doit y être.

Puis, comme le garçon rejoignait la petite paysanne, et qu'ils s'éloignaient à la file, dans l'étroit sentier, elle leur cria encore, de sa voix chaude de farceuse :

– Pas de danger, hein ? si vous vous perdez ensemble : la petite connaît le bon chemin.

Derrière eux, la cour de la ferme redevint déserte. Ni l'un ni l'autre n'avaient ri, cette fois. Ils marchaient lentement, avec le seul bruit de leurs souliers butant contre les pierres. Lui, ne voyait d'elle que sa nuque enfantine, où frisaient de petits cheveux noirs, sous le bonnet rond. Enfin, au bout d'une cinquantaine de pas :

– Elle a tort d'attraper les autres sur les hommes, dit Françoise posément. J'aurais pu lui répondre...

Et, se tournant vers le jeune homme, le dévisageant d'un air de malice :

– C'est vrai, n'est-ce pas ? qu'elle en fait porter à M. Hourdequin, comme si elle était sa femme déjà... Vous en savez peut-être bien quelque chose vous ?

Il se troubla, il prit une mine sotte.

– Dame ! elle fait ce qu'il lui plaît, ça la regarde.

Françoise, le dos tourné, s'était remise en marche.

– Ça, c'est vrai... Je plaisante, parce que vous pourriez être quasiment mon père, et que ça ne tire pas à conséquence... Mais, voyez-vous, depuis que Buteau a fait sa cochonnerie à ma sœur, j'ai bien juré que je couperais plutôt les quatre membres que d'avoir un amoureux.

Jean hocha la tête, et ils ne parlèrent plus. Le petit champ du Poteau se trouvait au bout du sentier, à moitié chemin de Rognes. Quand il y fut, le garçon s'arrêta. La herse l'attendait, un sac de semence était déchargé dans un sillon. Il y remplit son semoir, en disant :

– Adieu, alors !

– Adieu ! répondit Françoise. Encore merci !

Mais il fut pris d'une crainte, il se redressa et cria :

– Dis donc, si la Coliche recommençait... Veux-tu que je t'accompagne jusque chez toi ?

Elle était déjà loin, elle se retourna, jeta de sa voix calme et forte, au travers du grand silence de la campagne :

– Non ! non ! inutile, plus de danger ! elle a le sac plein !

Jean, le semoir noué sur le ventre, s'était mis à descendre la pièce de labour, avec le geste continu, l'envolée du grain ; et il levait les yeux, il regardait Françoise décroître parmi les cultures, toute petite derrière sa vache indolente, qui balançait son grand corps. Lorsqu'il remonta, il cessa de la voir ; mais, au retour, il la retrouva, rapetissée encore, si mince, qu'elle ressemblait à une fleur de pissenlit, avec sa taille fine et son bonnet blanc. Trois fois de la sorte, elle diminua ; puis, il la chercha, elle avait dû tourner, devant l'église.

Deux heures sonnèrent, le ciel restait gris, sourd et glacé ; et des pelletées de cendre fine paraissaient y avoir enseveli le soleil pour de longs mois, jusqu'au printemps. Dans cette tristesse, une tache plus claire pâlissait les nuages, vers Orléans, comme si, de ce côté, le soleil eût resplendi quelque part, à des lieues. C'était sur cette échancrure blême que se détachait le clocher de Rognes, tandis que le village dévalait, caché dans le pli invisible du vallon de l'Aigre. Mais, vers Chartres, au nord, la ligne plate de l'horizon gardait sa netteté de trait d'encre coupant un lavis, entre l'uniformité terreuse du vaste ciel et le déroulement sans bornes de la Beauce. Depuis le déjeuner, le nombre de semeurs semblait y avoir grandi. Maintenant, chaque parcelle de la petite culture avait le sien, ils se multipliaient, pullulaient comme de noires fourmis laborieuses, mises en l'air par quelque gros travail, s'acharnant sur une besogne démesurée, géante à côté de leur petitesse ; et l'on distinguait pourtant, même chez les plus lointains, le geste obstiné, toujours le même, cet entêtement d'insectes en lutte avec l'immensité du sol, victorieux à la fin de l'étendue et de la vie.

Jusqu'à la nuit tombée, Jean sema. Après le champ du Poteau, ce fut celui des Rigoles et celui des Quatre-Chemins. Il allait, il venait, à longs pas rythmés dans les labours ; et le blé de son semoir s'épuisait, la semence derrière lui fécondait la terre.

II

La maison de maître Baillehache, notaire à Cloyes, était située rue Grouaise, à gauche, en allant à Châteaudun : une petite maison blanche d'un seul étage, au coin de laquelle était fixée la corde de l'unique réverbère qui éclairait cette large rue pavée, déserte en semaine, animée le samedi du flot des paysans venant au marché. De loin, on voyait luire les deux panonceaux, sur la ligne crayeuse des constructions basses ; et, derrière, un étroit jardin descendait jusqu'au Loir.

Ce samedi-là, dans la pièce qui servait d'étude et qui donnait sur la rue, à droite du vestibule, le petit clerc, un gamin de quinze ans, chétif et pâle, avait relevé l'un des rideaux de mousseline, pour voir passer le monde. Les deux autres clercs, un vieux, ventru et très sale, un plus jeune, décharné, ravagé de bile, écrivaient sur une double table de sapin noirci, qui composait tout le mobilier, avec sept ou huit chaises et un poêle de fonte, qu'on allumait seulement en décembre, même lorsqu'il neigeait à la Toussaint. Les casiers dont les murs étaient garnis, les cartons verdâtres, cassés aux angles, débordant de dossiers jaunes, empoisonnaient la pièce d'une odeur d'encre gâtée et de vieux papiers mangés de poussière.

Et, cependant, assis côte à côte, deux paysans, l'homme et la femme, attendaient, dans une immobilité et une patience pleines de respect. Tant de papiers, et surtout ces messieurs écrivant si vite, ces plumes craquant à la fois, les rendaient graves, en remuant en eux des idées d'argent et de procès. La femme, âgée de trente-quatre ans, très brune, de figure agréable, gâtée par un grand nez, avait croisé ses mains sèches de travailleuse sur son caraco de drap noir, bordé de velours ; et, de ses yeux vifs, elle fouillait les coins, avec l'évidente rêverie de tous les titres de biens qui dormaient là ; tandis que l'homme, de cinq ans plus âgé, roux et placide, en pantalon noir et en longue blouse de toile bleue, toute neuve, tenait sur ses genoux son chapeau de feutre rond, sans que l'ombre d'une pensée animât sa large face de terre cuite, rasée soigneusement, trouée de deux gros yeux bleu-faïence, d'une fixité de bœuf au repos.

Mais une porte s'ouvrit, maître Baillehache, qui venait de déjeuner en compagnie de son beau-frère, le fermier Hourdequin, parut très rouge, frais encore pour ses cinquante-cinq ans, avec ses lèvres épaisses, ses paupières bridées, dont les rides faisaient rire continuellement son regard. Il portait un binocle et avait le continuel geste maniaque de tirer les longs poils grisonnants de ses favoris.

– Ah ! c'est vous, Delhomme, dit-il. Le père Fouan s'est donc décidé au partage ?

Ce fut la femme qui répondit.

– Mais oui, monsieur Baillehache... Nous avons tous rendez-vous, pour tomber d'accord et pour que vous nous disiez comment on fait.

– Bon, bon, Fanny, on va voir... Il n'est qu'une heure à peine, il faut attendre les autres.

Et le notaire causa un instant encore, demandant le prix du blé en baisse depuis deux mois, témoignant à Delhomme la considération amicale due à un cultivateur qui possédait une vingtaine d'hectares, un serviteur et trois vaches. Puis, il rentra dans son cabinet.

Les clercs n'avaient pas levé la tête, exagérant les craquements de leurs plumes ; et, de nouveau, les Delhomme attendirent, immobiles. C'était une chanceuse, cette Fanny, d'avoir été épousée par un amoureux honnête et riche, sans même être enceinte, elle qui, pour sa part, n'espérait du père Fouan que trois hectares environ. Son mari, du reste, ne se repentait pas, car il n'aurait pu trouver une ménagère plus intelligente ni plus active, au point qu'il se laissait conduire en toutes choses, d'esprit borné, mais si calme, si droit, que souvent, à Rognes, on le prenait pour arbitre.

À ce moment, le petit clerc, qui regardait dans la rue, étouffa un rire entre ses doigts, en murmurant à son voisin, le vieux, ventru et très sale :

– Oh ! Jésus-Christ !

Vivement, Fanny s'était penchée à l'oreille de son homme.

– Tu sais, laisse-moi faire... J'aime bien papa et maman, mais je ne veux pas qu'ils nous volent ; et méfions-nous de Buteau et de cette canaille d'Hyacinthe.

Elle parlait de ses deux frères, elle avait vu par la fenêtre arriver l'aîné, cet Hyacinthe que tout le pays connaissait sous le surnom de Jésus-Christ : un paresseux et un ivrogne, qui, à son retour du service, après avoir fait les campagnes d'Afrique, s'était mis à battre les champs, refusant tout travail régulier, vivant de braconnage et de maraude, comme s'il eût rançonné encore un peuple tremblant de Bédouins.

Un grand gaillard entra, dans toute la force musculeuse de ses quarante ans, les cheveux bouclés, la barbe en pointe, longue et inculte, avec une face de Christ ravagé, un Christ soûlard, violeur de filles et détrousseur de grandes routes. Depuis le matin à Cloyes, il était gris déjà, le pantalon boueux, la blouse ignoble de taches, une casquette en loques renversée sur la nuque ; et il fumait un cigare d'un sou, humide et noir, qui empestait. Cependant, au fond de ses beaux yeux, noyés, il y avait de la goguenardise pas méchante, le cœur ouvert d'une bonne crapule.

– Alors, le père et la mère ne sont pas encore là ? demanda-t-il.

Et, comme le clerc maigre, jauni de bile, lui répondait rageusement d'un signe de tête négatif, il resta un instant le regard au mur, tandis que son cigare fumait tout seul dans sa main. Il n'avait pas eu un coup d'œil pour sa sœur et son beau-frère, qui, eux-mêmes, ne paraissaient pas l'avoir vu entrer. Puis, sans ajouter un mot, il sortit, il alla attendre sur le trottoir.

– Oh ! Jésus-Christ, oh ! Jésus-Christ ! répéta en faux bourdon le petit clerc, le nez vers la rue, l'air de plus en plus amusé du sobriquet qui éveillait en lui des histoires drôles.

Mais cinq minutes à peine se passèrent, les Fouan arrivèrent enfin, deux vieux aux mouvements ralentis et prudents. Le père, jadis très robuste, âgé de soixante-dix ans aujourd'hui, s'était desséché et rapetissé dans un travail si dur, dans une passion de la terre si âpre, que son corps se courbait, comme pour retourner à cette terre, violemment désirée et possédée. Pourtant, sauf les jambes, il était gaillard encore, bien tenu, ses petits favoris blancs, en pattes de lièvre correctes, avec le long nez de la famille qui aiguisait sa face maigre, aux plans de cuir coupés de grands plis. Et, dans son ombre, ne le quittant pas d'une semelle, la mère, plus petite, semblait être restée grasse, le ventre gros d'un commencement d'hydropisie, le visage couleur d'avoine, troué d'yeux ronds, d'une bouche ronde, qu'une infinité de rides serraient ainsi que des bourses d'avare. Stupide, réduite dans le ménage à un rôle de bête docile et laborieuse, elle avait toujours tremblé devant l'autorité despotique de son mari.

– Ah ! c'est donc vous ! s'écria Fanny, qui se leva.

Delhomme avait également quitté sa chaise. Et, derrière les vieux, Jésus-Christ venait de reparaître, se dandinant, sans une parole. Il écrasa le bout de son cigare, pour l'éteindre, puis fourra le fumeron empesté dans une poche de sa blouse.

– Alors, nous y sommes, dit Fouan. Il ne manque que Buteau... Jamais à l'heure, jamais comme les autres, ce bougre-là !

– Je l'ai vu au marché, déclara Jésus-Christ d'une voix enrouée par l'eau-de-vie. Il va venir.

Buteau, le cadet, âgé de vingt-sept ans, devait ce surnom à sa mauvaise tête, continuellement en révolte, s'obstinant dans des idées à lui, qui n'étaient celles de personne. Même gamin, il n'avait pu s'entendre avec ses parents ; et, plus tard, après avoir tiré un bon numéro, il s'était sauvé de chez eux, pour se louer, d'abord à la Borderie, ensuite à la Chamade.

Mais, comme le père continuait de gronder, il entra, vif et gai. Chez lui, le grand nez des Fouan s'était aplati, tandis que le bas de la figure, les maxillaires s'avançaient en mâchoires puissantes de carnassier. Les tempes fuyaient, tout le haut de la tête se resserrait, et derrière le rire gaillard de ses yeux gris, il y avait déjà de la ruse et de la violence. Il tenait de son père le désir brutal, l'entêtement dans la possession, aggravés par l'avarice étroite de la mère. À chaque querelle, lorsque les deux vieux l'accablaient de reproches, il leur répondait : « Fallait pas me faire comme ça ! »

– Dites donc, il y a cinq lieues de la Chamade à Cloyes, répondit-il aux grognements. Et puis, quoi ? j'arrive en même temps que vous... Est-ce qu'on va encore me tomber sur le dos ?

Maintenant, tous se disputaient, criaient de leurs voix perçantes et hautes, habituées au plein vent, débattaient leurs affaires, absolument comme s'ils se fussent trouvés chez eux. Les clercs, incommodés, leur jetaient des regards obliques, lorsque le notaire vint au bruit, ouvrant de nouveau la porte de son cabinet.

– Vous y êtes tous ? Allons, entrez !

Ce cabinet donnait sur le jardin, la mince bande de terre qui descendait jusqu'au Loir, dont on apercevait, au loin, les peupliers sans feuilles. Ornant la cheminée, il y avait une pendule de marbre noir, entre des paquets de dossiers ; et rien autre que le bureau d'acajou, un cartonnier et des chaises.

Tout de suite, M. Baillehache s'était installé à ce bureau, comme à un tribunal ; tandis que les paysans, entrés à la queue, hésitaient, louchaient en regardant les sièges, avec l'embarras de savoir où et comment ils devaient s'asseoir.

– Voyons, asseyez-vous !

Alors, poussés par les autres, Fouan et Rose se trouvèrent au premier rang, sur deux chaises ; Fanny et Delhomme se mirent derrière, également côte à côte ; pendant que Buteau s'isolait dans un coin, contre le mur, et qu'Hyacinthe seul restait debout, devant la fenêtre, dont il bouchait le jour, de ses larges épaules. Mais le notaire, impatienté, l'interpella familièrement.

– Asseyez-vous donc, Jésus-Christ !

Et il dut entamer l'affaire le premier.

– Ainsi, père Fouan, vous vous êtes décidé à partager vos biens de votre vivant entre vos deux fils et votre fille ?

Le vieux ne répondit point, les autres demeurèrent immobiles, un grand silence se fit. D'ailleurs, le notaire, habitué à ces lenteurs, ne se hâtait pas, lui non plus. Sa charge était dans la famille depuis deux cent cinquante ans, les Baillehache de père en fils s'étaient succédé à Cloyes, d'antique sang beauceron, prenant de leur clientèle paysanne la pesanteur réfléchie, la circonspection sournoise qui noient de longs silences et de paroles inutiles le moindre débat. Il avait ouvert un canif, il se rognait les ongles.

– N'est-ce pas ? il faut croire que vous vous êtes décidé, répéta-t-il enfin, les yeux fixés sur le vieux.

Celui-ci se tourna, eut un regard sur tous, avant de dire, en cherchant les mots :

– Oui, ça se peut bien, monsieur Baillehache... Je vous en avais parlé à la moisson, vous m'aviez dit d'y penser davantage ; et j'y ai pensé encore, et je vois qu'il va falloir tout de même en venir là.

Il expliqua pourquoi, en phrases interrompues, coupées de continuelles incidentes. Mais ce qu'il ne disait pas, ce qui sortait de l'émotion refoulée dans sa gorge, c'était la tristesse infinie, la rancune sourde, le déchirement de tout son corps, à se séparer de ces biens si chaudement convoités avant la mort de son père, cultivés plus tard avec un acharnement de rut, augmentés ensuite lopins à lopins, au prix de la plus sordide avarice. Telle parcelle représentait des mois de pain et de fromage, des hivers sans feu, des étés de travaux brûlants, sans autre soutien que quelques gorgées d'eau. Il avait aimé la terre en femme qui tue et pour qui on assassine. Ni épouse, ni enfants, ni personne, rien d'humain : la terre ! Et voilà qu'il avait vieilli, qu'il devait céder cette maîtresse à ses fils, comme son père la lui avait cédée à lui-même, enragé de son impuissance.

– Voyez-vous, monsieur Baillehache, il faut se faire une raison, les jambes ne vont plus, les bras ne sont guère meilleurs, et, dame ! la terre en souffre... Ça aurait encore pu marcher, si l'on s'était entendu avec les enfants...

Il jeta un coup d'œil sur Buteau et sur Jésus-Christ, qui ne bougèrent pas, les yeux au loin, comme à cent lieues de ce qu'il disait.

– Mais, quoi ? Voulez-vous que je prenne du monde, des étrangers qui pilleront chez nous ? Non, les serviteurs, ça coûte trop cher, ça mange le gain, au jour d'aujourd'hui... Moi, je ne peux donc plus. Cette saison, tenez ! des dix-neuf setiers que je possède, eh bien ! j'ai eu à peine la force d'en cultiver le quart, juste de quoi manger, du blé pour nous et de l'herbe pour les deux vaches... Alors, ça me fend le cœur, de voir cette bonne terre qui se gâte. Oui, j'aime mieux tout lâcher que d'assister à ce massacre.

Sa voix s'étrangla, il eut un grand geste de douleur et de résignation. Près de lui, sa femme, soumise, écrasée par plus d'un demi-siècle d'obéissance et de travail, écoutait.

– L'autre jour, continua-t-il, en faisant ses fromages, Rose est tombée le nez dedans. Moi, ça me casse, rien que de venir en carriole au marché... Et puis, la terre, on ne l'emporte pas avec soi, quand on s'en va. Faut la rendre, faut la rendre... Enfin, nous avons assez travaillé, nous voulons crever tranquilles... N'est-ce pas, Rose ?

– C'est ça même, comme le bon Dieu nous voit ! dit la vieille.

Un nouveau silence régna, très long. Le notaire achevait de se couper les ongles. Il finit par remettre le canif sur son bureau, en disant :

– Oui, ce sont des raisons raisonnables, on est souvent forcé de se résoudre à la donation... Je dois ajouter qu'elle offre une économie aux familles, car les droits d'héritage sont plus forts que ceux de la démission de biens...

Buteau, dans son affectation d'indifférence, ne put retenir ce cri :

– Alors, c'est vrai, monsieur Baillehache ?

– Mais sans doute. Vous allez y gagner quelques centaines de francs.

Les autres s'agitèrent, le visage de Delhomme lui-même s'éclaira, tandis que le père et la mère partageaient aussi cette satisfaction. C'était entendu, l'affaire était faite, du moment que ça coûtait moins.

– Il me reste à vous présenter les observations d'usage, ajouta le notaire. Beaucoup de bons esprits blâment la démission de biens, qu'ils regardent comme immorale, car ils l'accusent de détruire les liens de famille... On pourrait en effet citer des faits déplorables, les enfants se conduisent des fois très mal, lorsque les parents se sont dépouillés...

Les deux fils et la fille l'écoutaient, la bouche ouverte, avec des battements de paupières et un frémissement des joues.

– Que papa garde tout, s'il a ces idées ! interrompit sèchement Fanny, très susceptible.

– Nous avons toujours été dans le devoir, dit Buteau.

– Et ce n'est pas le travail qui nous fait peur, déclara Jésus-Christ.

D'un geste, M. Baillehache les calma.

– Laissez-moi donc finir ! Je sais que vous êtes de bons enfants, des travailleurs honnêtes ; et, avec vous, il n'y a certainement pas de danger que vos parents se repentent un jour.

Il n'y mettait aucune ironie, il répétait la phrase amicale, que vingt-cinq ans d'habitude professionnelle arrondissaient sur ses lèvres. Mais la mère, bien qu'elle n'eût pas semblé comprendre, promenait ses yeux bridés, de sa fille à ses deux fils. Elle les avait élevés tous les trois, sans tendresse, dans une froideur de ménagère qui reproche aux petits de trop manger sur ce qu'elle épargne. Le cadet, elle lui gardait rancune de ce qu'il s'était sauvé de la maison, lorsqu'il gagnait enfin ; la fille, elle n'avait jamais pu s'accorder avec elle, blessée de se heurter à son propre sang, à une gaillarde active, chez qui inintelligence du père s'était tournée en orgueil ; et son regard ne s'adoucissait qu'en s'arrêtant sur l'aîné, ce chenapan qui n'avait rien d'elle ni de son mari, cette mauvaise herbe poussée on ne savait d'où, et que peut-être pour cela elle excusait et préférait.

Fouan, lui aussi, avait regardé ses enfants, l'un après l'autre, avec le sourd malaise de ce qu'ils feraient de son bien. La paresse de l'ivrogne l'angoissait moins encore que la convoitise jouisseuse des deux autres. Il hocha sa tête tremblante : à quoi bon se manger le sang, puisqu'il le fallait !

– Maintenant que le partage est résolu, reprit le notaire, il s'agit de régler les conditions. Êtes-vous d'accord sur la rente à servir ?

Du coup, tous redevinrent immobiles et muets. Les visages tannés avaient pris une expression rigide, la gravité impénétrable de diplomates abordant l'estimation d'un empire. Puis, ils se tâtèrent d'un coup d'œil, mais personne encore ne parla. Ce fut le père qui, de nouveau, expliqua les choses.

– Non, monsieur Baillehache, nous n'en avons pas causé, nous avons attendu d'être tous ensemble, ici... Mais c'est bien simple, n'est-ce pas ? J'ai dix-neuf setiers, ou neuf hectares et demi, comme on dit à cette heure.

Alors, si je louais, ça ferait donc neuf cent cinquante francs, à cent francs l'hectare...

Buteau, le moins patient, sauta sur sa chaise.

– Comment ! à cent francs l'hectare ! est-ce que vous vous foutez de nous, papa ?

Et une première discussion s'engagea sur les chiffres. Il y avait un setier de vigne : ça, oui, on l'aurait loué cinquante francs. Mais est-ce qu'on aurait jamais trouvé ce prix pour les douze setiers de terre de labour, et surtout pour les six setiers de prairies naturelles, ces prés du bord de l'Aigre, dont le foin ne valait rien ? Les terres de labour elles-mêmes n'étaient guère bonnes, un bout principalement, celui qui longeait le plateau, car la couche arable s'amincissait à mesure qu'on approchait du vallon.

– Voyons, papa, dit Fanny d'un air de reproche, il ne faut pas nous fiche dedans.

– Ça vaut cent francs l'hectare, répétait le vieux avec obstination en se donnant des claques sur la cuisse. Demain, je louerai à cent francs, si je veux... Et qu'est-ce que ça vaut donc, pour vous autres ? Dites un peu voir ce que ça vaut ?

– Ça vaut soixante francs, dit Buteau.

Fouan, hors de lui, maintenait son prix, entrait dans un éloge outré de sa terre, une si bonne terre, qui donnait du blé toute seule, lorsque Delhomme, silencieux jusque-là, déclara avec son grand accent d'honnêteté :

– Ça vaut quatre-vingts francs, pas un sou de plus, pas un sou de moins.

Tout de suite, le vieux se calma.

– Bon ! mettons quatre-vingts, je veux bien faire un sacrifice pour mes enfants.

Mais Rose, qui l'avait tiré par un coin de sa blouse, lâcha un seul mot, la révolte de sa ladrerie :

– Non, non !

Jésus-Christ s'était désintéressé. La terre ne lui tenait plus au cœur, depuis ses cinq ans d'Afrique. Il ne brûlait que d'un désir, avoir sa part, pour battre monnaie. Aussi continuait-il à se dandiner d'un air goguenard et supérieur.

– J'ai dit quatre-vingts, criait Fouan, c'est quatre-vingts ! Je n'ai jamais eu qu'une parole : devant Dieu, je le jure !... Neuf hectares et demi, voyons, ça fait sept cent soixante francs, en chiffres ronds huit cents... Eh bien ! la pension sera de huit cents francs, c'est juste !

Violemment, Buteau éclata de rire, pendant que Fanny protestait d'un branle de la tête, comme stupéfiée. Et M. Baillehache, qui, depuis la discussion, regardait dans son jardin, les yeux vagues, revint à ses clients, sembla les écouter en se tirant les favoris de son geste maniaque, assoupi par la digestion du fin déjeuner qu'il avait fait.

Cette fois pourtant, le vieux avait raison : c'était juste. Mais les enfants, échauffés, emportés par la passion de conclure le marché au plus bas prix possible, se montraient terribles, marchandaient, juraient, avec la mauvaise foi des paysans qui achètent un cochon.

– Huit cents francs ! ricanait Buteau. C'est donc que vous allez vivre comme des bourgeois ?... Ah bien ! huit cents francs, on mangerait quatre ! dites tout de suite que c'est pour vous crever d'indigestion !

Fouan ne se fâchait pas encore. Il trouvait le marchandage naturel, il faisait simplement face à ce déchaînement prévu, allumé lui aussi, allant carrément jusqu'au bout de ses exigences.

– Et ce n'est pas tout, minute !... Nous gardons jusqu'à notre mort la maison et le jardin, bien entendu... Puis, comme nous ne récolterons plus rien, que nous n'aurons plus les deux vaches, nous voulons par an une pièce de vin, cent fagots, et par semaine dix litres de lait, une douzaine d'œufs et trois fromages.

– Oh ! papa ! gémit douloureusement Fanny atterrée, oh ! papa !

Buteau, lui, ne discutait plus. Il s'était levé d'un bond, il marchait avec des gestes brusques ; même il avait enfoncé sa casquette, pour partir. Jésus-Christ venait également de quitter sa chaise, inquiet à l'idée que toutes ces histoires pouvaient faire manquer le partage. Seul, Delhomme restait impassible, un doigt contre son nez, dans une attitude de profonde réflexion et de gros ennui.

Alors, M. Baillehache sentit la nécessité de hâter un peu les choses. Il secoua son assoupissement, et en fouillant ses favoris d'une main plus active :

– Vous savez, mes amis, que le vin, les fagots, ainsi que les fromages et les œufs, sont dans les usages...

Mais il fut interrompu par une volée de phrases aigres.

– Des œufs avec des poulets dedans, peut-être !

– Est-ce que nous buvons notre vin ? nous le vendons !

– Ne rien foutre et se chauffer, c'est commode, lorsque vos enfants s'esquintent !

Le notaire, qui en avait entendu bien d'autres, continua avec flegme :

– Tout ça, ce n'est pas à dire... Saperlotte ! Jésus-Christ, asseyez-vous donc ! Vous bouchez le jour, c'est agaçant !... Et voilà qui est entendu, n'est-ce pas, vous tous ? Vous donnerez les redevances en nature, parce que vous vous feriez montrer au doigt... Il n'y a donc que le chiffre de la rente à débattre...

Delhomme, enfin, fit signe qu'il avait à parler. Chacun venait de reprendre sa place, il dit lentement, au milieu de l'attention générale :

– Pardon, ça semble juste, ce que demande le père. On pourrait lui servir huit cents francs, puisque c'est huit cents francs qu'il louerait son bien... Seulement, nous ne comptons pas ainsi, nous autres. Il ne nous loue pas la terre, il nous la donne, et le calcul est de savoir ce que lui et la mère ont besoin pour vivre... Oui, pas davantage, ce qu'ils ont besoin pour vivre.

– En effet, appuya le notaire, c'est ordinairement la base que l'on prend.

Et une autre querelle s'éternisa. La vie des deux vieux fut fouillée, étalée, discutée besoin par besoin. On pesa le pain, les légumes, la viande ; on estima les vêtements, rognant sur la toile et sur la laine ; on descendit même aux petites douceurs, au tabac à fumer du père, dont les deux sous quotidiens, après des réclamations interminables, furent fixés à un sou. Lorsqu'on ne travaillait plus, il fallait savoir se réduire. Est-ce que la mère, elle aussi, ne pouvait se passer de café noir ? C'était comme leur chien, un vieux chien de douze ans qui mangeait gros, sans utilité : il y avait beau temps qu'on aurait dû lui allonger un coup de fusil. Quand le calcul se trouva terminé, on le recommença, on chercha ce qu'on allait supprimer encore, deux chemises, six mouchoirs par an, un centime sur ce qu'on avait mis par jour pour le sucre. Et, en taillant et retaillant, en épuisant les économies infimes, on arriva de la sorte à un chiffre de cinq cent cinquante et quelques francs, ce qui laissa les enfants agités, hors d'eux, car ils s'entêtaient à ne pas dépasser cinq cents francs tout ronds.

Cependant, Fanny se lassait. Elle n'était pas mauvaise fille, plus pitoyable que les hommes, n'ayant point encore le cœur et la peau durcis par la rude existence au grand air. Aussi parlait-elle d'en finir, résignée à des concessions. Jésus-Christ, de son côté, haussait les épaules, très large sur l'argent, envahi même d'un attendrissement d'ivrogne, prêt à offrir un appoint sur sa part, qu'il n'aurait du reste jamais payé.

– Voyons, demanda la fille, ça va-t-il pour cinq cent cinquante ?

– Mais oui, mais oui ! répondit-il. Faut bien qu'ils nocent un peu, les vieux !

La mère eut pour son aîné un regard souriant et mouillé d'affection ; tandis que le père continuait la lutte avec le cadet. Il n'avait cédé que pas à pas, bataillant à chaque réduction, s'entêtant sur certains chiffres. Mais, sous l'opiniâtreté froide qu'il montrait, une colère grandissait en lui, devant l'enragement de cette chair, qui était la sienne, à s'engraisser de sa chair, à lui sucer le sang, vivant encore. Il oubliait qu'il avait mangé son père ainsi. Ses mains s'étaient mises à trembler, il gronda :

– Ah ! fichue graine ! dire qu'on a élevé ça et que ça vous retire le pain de la bouche !... J'en suis dégoûté, ma parole ! j'aimerais mieux pourrir déjà dans la terre... Alors, il n'y a pas moyen que vous soyez gentils, vous ne voulez donner que cinq cent cinquante ?

Il consentait, lorsque sa femme, de nouveau, le tira par sa blouse, en lui soufflant :

– Non, non !

– Ce n'est pas tout ça, dit Buteau après une hésitation, et l'argent de vos économies ?... Si vous avez de l'argent, n'est-ce pas ? vous n'allez pas bien sûr accepter le nôtre.

Il regardait son père fixement, ayant réservé ce coup pour la fin. Le vieux était devenu très pâle.

– Quel argent ? demanda-t-il.

– Mais l'argent placé, l'argent dont vous cachez les titres.

Buteau, qui soupçonnait seulement le magot, voulait se faire une certitude. Certain soir, il avait cru voir son père prendre, derrière une glace, un petit rouleau de papiers. Le lendemain et les jours suivants, il s'était mis aux aguets ; mais rien n'avait reparu, il ne restait que le trou vide.

Fouan, de blême qu'il était, devint subitement très rouge, sous le flot de sa colère qui éclatait enfin. Il se leva, cria avec un furieux geste :

– Ah ! ça, nom de Dieu ! vous fouillez dans mes poches, maintenant ! Je n'ai pas un sou, pas un liard de placé. Vous avez trop coûté pour ça, mauvais bougres !... Mais est-ce que ça vous regarderait, est-ce que je ne suis pas le maître, le père ?

Il semblait grandir, dans ce réveil de son autorité. Pendant des années, tous, la femme et les enfants, avaient tremblé sous lui, sous ce despotisme rude du chef de la famille paysanne. On se trompait, si on le croyait fini.

– Oh ! papa, voulut ricaner Buteau.

– Tais-toi, nom de Dieu ! continua le vieux, la main toujours en l'air, tais-toi, ou je cogne !

Le cadet bégaya, se fit tout petit sur sa chaise. Il avait senti le vent de la gifle, il était repris des peurs de son enfance, levant le coude pour se garer.

– Et toi, Hyacinthe, n'aie pas l'air de rire ! et toi, Fanny, baisse les yeux !... Aussi vrai que le soleil nous éclaire, je vas vous faire danser, moi !

Il était seul debout et menaçant. La mère tremblait, comme si elle eût craint les torgnoles égarées. Les enfants ne bougeaient plus, ne soufflaient plus, soumis, domptés.

– Vous entendez ça, je veux que la rente soit de six cents francs... Autrement, je vends ma terre, je la mets en viager. Oui, pour manger tout, pour que vous n'ayez pas un radis après moi... Les donnez-vous, les six cents francs ?

– Mais, papa, murmura Fanny, nous donnerons ce que vous demanderez.

– Six cents francs, c'est bien, dit Delhomme.

– Moi, déclara Jésus-Christ, je veux ce qu'on veut.

Buteau, les dents serrées de rancune, parut consentir par son silence. Et Fouan les dominait toujours, promenant ses durs regards de maître obéi. Il finit par se rasseoir, en disant :

– Alors, ça va, nous sommes d'accord.

M. Baillehache, sans s'émouvoir, repris de sommeil, avait attendu la fin de la querelle. Il rouvrit les yeux, il conclut paisiblement.

– Puisque vous êtes d'accord, en voilà assez...

Maintenant que je connais les conditions, je vais dresser l'acte... De votre côté, faites arpenter, divisez, et dites à l'arpenteur de m'envoyer une note contenant la désignation des lots. Lorsque vous les aurez tirés au sort, nous n'aurons plus qu'à inscrire après chaque nom le numéro tiré, et nous signerons.

Il avait quitté son fauteuil, pour les congédier. Mais ils ne bougèrent pas encore, hésitant, réfléchissant. Est-ce que c'était bien tout ? n'oubliaient-ils rien, n'avaient-ils pas fait une mauvaise affaire, sur laquelle il était peut-être temps de revenir ?

Trois heures sonnèrent, il y avait près de deux heures qu'ils étaient là.

– Allez-vous-en, leur dit enfin le notaire. D'autres attendent.

Ils durent se décider, il les poussa dans l'étude, où, en effet, des paysans, immobiles, raidis sur les chaises, patientaient ; tandis que le petit clerc suivait par la fenêtre une bataille de chiens, et que les deux autres, maussades, faisaient toujours craquer leurs plumes sur du papier timbré.

Dehors, la famille demeura un moment plantée au milieu de la rue.

– Si vous voulez, dit le père, l'arpentage sera pour après-demain, lundi.

Ils acceptèrent d'un signe de tête, ils descendirent la rue Grouaise, à quelques pas les uns des autres.

Puis, le vieux Fouan et Rose ayant tourné dans la rue du Temple, vers l'église, Fanny et Delhomme s'éloignèrent par la rue Grande. Buteau s'était arrêté sur la place Saint-Lubin, à se demander si le père avait ou n'avait pas de l'argent caché. Et Jésus-Christ, resté seul, après avoir rallumé son bout de cigare, entra en se dandinant au café du Bon Laboureur.

III

La maison des Fouan était la première de Rognes, au bord de la route de Cloyes à Bazoches-le-Doyen, qui traverse le village. Et, le lundi, le vieux en sortait dès le jour, à sept heures, pour se rendre au rendez-vous donné devant l'église, lorsqu'il aperçut, sur la porte voisine, sa sœur, la Grande, déjà levée, malgré ses quatre-vingts ans.

Ces Fouan avaient poussé et grandi là, depuis des siècles, comme une végétation entêtée et vivace. Anciens serfs des Rognes-Bouqueval, dont il ne restait aucun vestige, à peine les quelques pierres enterrées d'un château détruit, ils avaient dû être affranchis sous Philippe le Bel ; et, dès lors, ils étaient devenus propriétaires, un arpent, deux peut-être, achetés au seigneur dans l'embarras, payés de sueur et de sang dix fois leur prix. Puis, avait commencé la longue lutte, une lutte de quatre cents ans, pour défendre et arrondir ce bien, dans un acharnement de passion que les pères léguaient aux fils : lopins perdus et rachetés, propriété dérisoire sans cesse remise en question, héritages écrasés de tels impôts qu'ils semblaient fondre, prairies et pièces de labour peu à peu élargies pourtant, par ce besoin de posséder, d'une ténacité lentement victorieuse. Des générations y succombèrent, de longues vies d'hommes engraissèrent le sol ; mais, lorsque la Révolution de 89 vint consacrer ses droits, le Fouan d'alors, Joseph-Casimir, possédait vingt et un arpents, conquis en quatre siècles sur l'ancien domaine seigneurial.

En 93, ce Joseph-Casimir avait vingt-sept ans ; et, le jour où ce qu'il restait du domaine fut déclaré bien national et vendu par lots aux enchères, il brûla d'en acquérir quelques hectares. Les Rognes-Bouqueval, ruinés, endettés, après avoir laissé crouler la dernière tour du château, abandonnaient depuis longtemps à leurs créanciers les fermages de la Borderie, dont les trois quarts des cultures demeuraient en jachères. Il y avait surtout, à côté d'une de ses parcelles, une grande pièce que le paysan convoitait avec le furieux désir de sa race. Mais les récoltes étaient mauvaises, il possédait à peine, dans un vieux pot, derrière son four, cent écus d'économies ; et, d'autre part, si la pensée lui était un moment venue d'emprunter à un prêteur de Cloyes, une prudence inquiète l'en avait détourné : ces biens de nobles lui faisaient peur ; qui savait si on ne les reprendrait pas, plus tard ? De sorte que, partagé entre son désir et sa méfiance, il eut le crève-cœur de voir, aux enchères, la Borderie achetée le cinquième de sa valeur, pièce à pièce, par un bourgeois de Châteaudun, Isidore Hourdequin, ancien employé des gabelles.

Joseph-Casimir Fouan, vieilli, avait partagé ses vingt et un arpents, sept pour chacun, entre son aînée, Marianne, et ses deux fils, Louis et Michel ; une fille cadette, Laure, élevée dans la couture, placée à Châteaudun fut dédommagée en argent. Mais les mariages rompirent cette égalité. Tandis que Marianne Fouan, dite la Grande, épousait un voisin, Antoine Péchard, qui avait dix-huit arpents environ, Michel Fouan, dit Mouche, s'embarrassait d'une amoureuse, à laquelle son père ne devait laisser que deux arpents de vigne. De son côté, Louis Fouan, marié à Rose Maliverne, héritière de douze arpents, avait réuni de la sorte les neuf hectares et demi, qu'il allait, à son tour, diviser entre ses trois enfants.

Dans la famille, la Grande était respectée et crainte, non pour sa vieillesse, mais pour sa fortune. Encore très droite, très haute, maigre et dure, avec de gros os, elle avait la tête décharnée d'un oiseau de proie, sur un long cou flétri, couleur de sang. Le nez de la famille, chez elle, se recourbait en bec terrible ; des yeux ronds et fixes, plus un cheveu, sous le foulard jaune qu'elle portait, et au contraire toutes ses dents, des mâchoires à vivre de cailloux. Elle marchait le bâton levé, ne sortait jamais sans sa canne d'épine, dont elle se servait uniquement pour taper sur les bêtes et le monde. Restée veuve de bonne heure avec une fille, elle l'avait chassée, parce que la gueuse s'était obstinée à épouser contre son gré un garçon pauvre, Vincent Bouteroue ; et, même, maintenant que cette fille et son mari étaient morts de misère, en lui léguant une petite-fille et un petit-fils, Palmyre et Hilarion, âgés déjà, l'une de trente-deux ans, l'autre de vingt-quatre, elle n'avait pas pardonné, elle les laissait crever la faim, sans vouloir qu'on lui rappelât leur existence. Depuis la mort de son homme, elle dirigeait en personne la culture de ses terres, avait trois vaches, un cochon et un valet, qu'elle nourrissait à l'auge commune, obéie par tous dans un aplatissement de terreur.

Fouan, en la voyant sur sa porte, s'était approché, par égard. Elle était son aînée de dix ans, il avait pour sa dureté, son avarice, son entêtement à posséder et à vivre, la déférence et l'admiration du village tout entier.

– Justement, la Grande, je voulais t'annoncer la chose, dit-il. Je me suis décidé, je vais là-haut pour le partage.

Elle ne répondit pas, serra son bâton, qu'elle brandissait.

– L'autre soir, j'ai encore voulu te demander conseil ; mais j'ai cogné, personne n'a répondu.

Alors, elle éclata de sa voix aigre.

– Imbécile !... Je te l'ai donné, conseil ! Faut être bête et lâche pour renoncer à son bien, tant qu'on est debout. On m'aurait saignée, moi, que j'aurais dit non sous le couteau... Voir aux autres ce qui est à soi, se mettre à la porte pour ces gueux d'enfants, ah ! non, ah ! non !

– Mais, objecta Fouan, quand on ne peut plus cultiver, quand la terre souffre...

– Eh bien, elle souffre !... Plutôt que d'en lâcher un setier, j'irais tous les matins y regarder pousser les chardons !

Elle se redressait, de son air sauvage de vieux vautour déplumé. Puis, le tapant de sa canne sur l'épaule, comme pour mieux faire entrer en lui ses paroles :

– Écoute, retiens ça... Quand tu n'auras plus rien et qu'ils auront tout, tes enfants te pousseront au ruisseau, tu finiras avec une besace, ainsi qu'un va-nu-pieds... Et ne t'avise pas alors de frapper chez moi, car je t'ai assez prévenu, tant pis !... Veux-tu savoir ce que je ferai, hein ! veux-tu ?

Il attendait, sans révolte, avec sa soumission de cadet ; et elle rentra, elle referma violemment la porte derrière elle, en criant :

– Je ferai ça... Crève dehors !

Fouan, un instant, resta immobile devant cette porte close. Puis, il eut un geste de décision résignée, il gravit le sentier qui menait à la place de l'Église. Là, justement, se trouvait l'antique maison patrimoniale des Fouan, que son frère Michel, dit Mouche, avait eu jadis dans le partage ; tandis que la maison habitée par lui, en bas, sur la route, venait de sa femme Rose. Mouche, veuf depuis longtemps, vivait seul avec ses deux filles, Lise et Françoise, dans une aigreur de malchanceux, encore humilié de son mariage pauvre, accusant son frère et sa sœur, après quarante ans, de l'avoir volé, lors du tirage des lots ; et il racontait sans fin l'histoire, le lot le plus mauvais qu'on lui avait laissé au fond du chapeau, ce qui semblait être devenu vrai à la longue, car il se montrait si raisonneur et si mou au travail, que sa part, entre ses mains, avait perdu de moitié. L'homme fait la terre, comme on dit en Beauce.

Ce matin-là, Mouche était également sur sa porte, en train de guetter, lorsque son frère déboucha, au coin de la place. Ce partage le passionnait, en remuant ses vieilles rancunes, bien qu'il n'eût rien à en attendre. Mais, pour affecter une indifférence complète, lui aussi tourna le dos et ferma la porte, à la volée.

Tout de suite, Fouan avait aperçu Delhomme et Jésus-Christ, qui attendaient, à vingt mètres l'un de l'autre. Il aborda le premier, le second s'approcha. Tous trois, sans se parler, se mirent à fouiller des yeux le sentier qui longeait le bord du plateau.

– Le v'là, dit enfin Jésus-Christ.

C'était Grosbois, l'arpenteur juré, un paysan de Magnolles, petit village voisin. Sa science de l'écriture et de la lecture l'avait perdu. Appelé d'Orgères à Beaugency pour l'arpentage des terres, il laissait sa femme conduire son propre bien, prenant dans ses continuelles courses de telles habitudes d'ivrognerie, qu'il ne dessoûlait plus. Très gros, très gaillard pour ses cinquante ans, il avait une large face rouge, toute fleurie de bourgeons violâtres ; et, malgré l'heure matinale, il était, ce jour-là, abominablement gris, d'une noce faite la veille chez des vignerons de Montigny, à la suite d'un partage entre héritiers. Mais cela n'importait pas, plus il était ivre, et plus il voyait clair : jamais une erreur de mesure, jamais une addition fausse ! On l'écoutait et on l'honorait, car il avait une réputation de grande malignité.

– Hein ? nous y sommes, dit-il. Allons-y !

Un gamin de douze ans, sale et dépenaillé, le suivait, portant la chaîne sous un bras, le pied et les jalons sur une épaule, et balançant, de la main restée libre, l'équerre, dans un vieil étui de carton crevé.

Tous se mirent en marche, sans attendre Buteau, qu'ils venaient de reconnaître, debout et immobile devant une pièce, la plus grande de l'héritage, au lieu-dit des Cornailles. Cette pièce, de deux hectares environ, était justement voisine du champ où la Coliche avait traîné Françoise, quelques jours auparavant. Et, Buteau, trouvant inutile d'aller plus loin, s'était arrêté là, absorbé. Quand les autres arrivèrent, ils le virent qui se baissait, qui prenait dans sa main une poignée de terre, puis qui la laissait couler lentement, comme pour la peser et la flairer.

– Voilà, reprit Grosbois, en sortant de sa poche un carnet graisseux, j'ai levé déjà un petit plan exact de chaque parcelle, ainsi que vous me l'aviez demandé, père Fouan. À cette heure, il s'agit de diviser le tout en trois lots ; et ça, mes enfants, nous allons le faire ensemble... Hein ? dites-moi un peu comment vous entendez la chose.

Le jour avait grandi, un vent glacé poussait dans le ciel pâle des vols continus de gros nuages ; et la Beauce, flagellée, s'étendait, d'une tristesse morne. Aucun d'eux, du reste, ne semblait sentir ce souffle du large, gonflant les blouses, menaçant d'emporter les chapeaux. Les cinq, endimanchés pour la gravité de la circonstance, ne parlaient plus. Au bord de ce champ, au milieu de l'étendue sans bornes, ils avaient la face rêveuse et figée, la songerie des matelots, qui vivent seuls, par les grands espaces. Cette Beauce plate, fertile, d'une culture aisée, mais demandant un effort continu, a fait le Beauceron froid et réfléchi, n'ayant d'autre passion que la terre.

– Faut tout partager en trois, finit par dire Buteau.

Grosbois hocha la tête, et une discussion s'engagea. Lui, acquis au progrès par ses rapports avec les grandes fermes, se permettait parfois de contrecarrer ses clients de la petite propriété, en se déclarant contre le morcellement à outrance. Est-ce que les déplacements et les charrois ne devenaient pas ruineux, avec des lopins larges comme des mouchoirs ? est-ce que c'était une culture, ces jardinets, où l'on ne pouvait améliorer les assolements, ni employer les machines ? Non, la seule chose raisonnable était de s'entendre, de ne pas découper un champ ainsi qu'une galette, un vrai meurtre ! Si l'un se contentait des terres de labour, l'autre s'arrangeait des prairies : enfin, on arrivait à égaliser les lots, et le sort décidait.

Buteau, dont la jeunesse riait volontiers encore, le prit sur un ton de farce.

– Et si je n'ai que du pré, moi, qu'est-ce que je mangerai ? de l'herbe alors !... Non, non, je veux de tout, du foin pour la vache et le cheval, du blé et de la vigne pour moi.

Fouan, qui écoutait, approuva d'un signe. De père en fils, on avait partagé ainsi ; et les acquisitions, les mariages venaient ensuite arrondir de nouveau les pièces.

Riche de ses vingt-cinq hectares, Delhomme avait des idées plus larges ; mais il se montrait conciliant, il n'était venu, au nom de sa femme, que pour n'être pas volé sur les mesures. Et, quant à Jésus-Christ, il avait lâché les autres, à la poursuite d'un vol d'alouettes, des cailloux plein les mains. Lorsqu'une d'elles, contrariée par le vent, restait deux secondes en l'air, immobile, les ailes frémissantes, il l'abattait avec une adresse de sauvage. Trois tombèrent, il les mit saignantes dans sa poche.

– Allons, assez causé, coupe-nous ça en trois ! dit gaiement Buteau, tutoyant l'arpenteur ; et pas en six, car tu m'as l'air, ce matin, de voir à la fois Chartres et Orléans !

Grosbois, vexé, se redressa, très digne.

– Mon petit, tâche d'être aussi soûl que moi et d'ouvrir l'œil... Quel est le malin qui veut prendre ma place à l'équerre ?

Personne n'osant relever le défi, il triompha, il appela rudement le gamin que la chasse au caillou de Jésus-Christ stupéfiait d'admiration ; et l'équerre était déjà installée sur son pied, on plantait des jalons, lorsque la façon de diviser la pièce souleva une nouvelle dispute. L'arpenteur, appuyé par Fouan et Delhomme, voulait la partager en trois bandes parallèles au vallon de l'Aigre ; tandis que Buteau exigeait que les bandes fussent prises perpendiculairement à ce vallon, sous le prétexte que la couche arable s'amincissait de plus en plus, en allant vers la pente. De cette manière, chacun aurait sa part du mauvais bout ; au lieu que, dans l'autre cas, le troisième lot serait tout entier de qualité inférieure. Mais Fouan se fâchait, jurait que le fond était partout le même, rappelait que l'ancien partage entre lui, Mouche et la Grande, avait eu lieu dans le sens qu'il indiquait ; et la preuve, c'était que les deux hectares de Mouche borderaient ce troisième lot. Delhomme, de son côté, fit une remarque décisive : en admettant même que le lot fût moins bon, le propriétaire en serait avantagé, le jour où l'on ouvrirait le chemin qui devait longer le champ, à cet endroit.

– Ah ! oui, cria Buteau, le fameux chemin direct de Rognes à Châteaudun, par la Borderie ! En voilà un que vous attendrez longtemps !

Puis, comme, malgré son insistance, on passait outre, il protesta, les dents serrées.

Jésus-Christ lui-même s'était rapproché, tous s'absorbèrent, à regarder Grosbois tracer les lignes de partage ; et ils le surveillaient d'un œil aigu, comme s'ils l'avaient soupçonné de vouloir tricher d'un centimètre, en faveur d'une des parts. Trois fois, Delhomme vint mettre son œil à la fente de l'équerre, pour être bien sûr que le fil coupait nettement le jalon. Jésus-Christ jurait contre le sacré galopin, parce qu'il tendait mal la chaîne. Mais Buteau surtout suivait l'opération pas à pas, comptant les mètres, refaisant les calculs, à sa manière, les lèvres tremblantes. Et, dans ce désir de la possession, dans la joie qu'il éprouvait de mordre enfin à la terre, grandissaient l'amertume, la sourde rage de ne pas tout garder. C'était si beau, cette pièce, ces deux hectares d'un seul tenant ! Il avait exigé la division, pour que personne ne l'eût, puisqu'il ne pouvait l'avoir, lui ; et ce massacre, maintenant, le désespérait.

Fouan, les bras ballants, avait regardé dépecer son bien, sans une parole.

– C'est fait, dit Grosbois. Allez, celle-ci ou celle-là, on n'y trouverait pas une livre de plus !

Il y avait encore, sur le plateau, quatre hectares de terres de labour, mais divisés en une dizaine de pièces, ayant chacune moins d'un arpent ; même une parcelle ne comptait que douze ares, et l'arpenteur ayant demandé en ricanant s'il fallait aussi la détailler, la discussion recommença.

Buteau avait eu son geste instinctif, se baissant, prenant une poignée de terre, qu'il approchait de son visage, comme pour la goûter. Puis, d'un froncement béat du nez, il sembla la déclarer la meilleure de toutes ; et, l'ayant laissé couler doucement de ses doigts, il dit que c'était bien, si on lui abandonnait la parcelle ; autrement, il exigeait la division. Delhomme et Jésus-Christ, agacés, refusèrent, voulurent également leur part. Oui, oui ! quatre ares à chacun, il n'y avait que ça de juste. Et l'on partagea toutes les pièces, ils furent certains de la sorte qu'un des trois ne pouvait avoir de quelque chose dont les deux autres n'avaient point.

– Allons à la vigne, dit Fouan.

Mais, comme on revenait vers l'église, il jeta un dernier regard vers la plaine immense, il s'arrêta un instant aux bâtiments lointains de la Borderie. Puis, dans un cri de regret inconsolable, faisant allusion à l'occasion manquée des biens nationaux, autrefois :

– Ah ! si le père avait voulu, c'est tout ça, Grosbois, que vous auriez à mesurer !

Les deux fils et le gendre se retournèrent d'un mouvement brusque, et il y eut une nouvelle halte, un lent coup d'œil sur les deux cents hectares de la ferme, épars devant eux.

– Bah ! grogna sourdement Buteau, en se remettant à marcher, ça nous fait une belle jambe, cette histoire ! Est-ce qu'il ne faut pas que les bourgeois nous mangent toujours !

Dix heures sonnaient. Ils pressèrent le pas, car le vent avait faibli, un gros nuage noir venait de lâcher une première averse. Les quelques vignes de Rognes se trouvaient au-delà de l'église, sur le coteau qui descendait jusqu'à l'Aigre. Jadis, le château se dressait à cette place, avec son parc ; et il n'y avait guère plus d'un demi-siècle que les paysans, encouragés par le succès des vignobles de Montigny, près de Cloyes, s'étaient avisés de planter en vignes ce coteau, que son exposition au midi et sa pente raide désignaient. Le vin en fut pauvre, mais d'une aigreur agréable, rappelant les petits vins de l'Orléanais. Du reste, chaque habitant en récoltait à peine quelques pièces ; le plus riche, Delhomme, possédait six arpents de vignes ; et la culture du pays était toute aux céréales et aux plantes fourragères.

Ils tournèrent derrière l'église, filèrent le long de l'ancien presbytère ; puis, ils descendirent parmi les plants étroits, découpés en damier. Comme ils traversaient un terrain rocheux, couvert d'arbustes, une voix aiguë, montant d'un trou, cria :

– Père, v'là la pluie, je sors mes oies !

C'était la Trouille, la fille à Jésus-Christ, une gamine de douze ans, maigre et nerveuse comme une branche de houx, aux cheveux blonds embroussaillés. Sa bouche grande se tordait à gauche, ses yeux verts avaient une fixité hardie, si bien qu'on l'aurait prise pour un garçon, vêtue, en guise de robe, d'une vieille blouse à son père, serrée autour de la taille par une ficelle. Et, si tout le monde l'appelait la Trouille, quoiqu'elle portât le beau nom d'Olympe, cela venait de ce que Jésus-Christ, qui gueulait contre elle du matin au soir, ne pouvait lui adresser la parole, sans ajouter : « Attends, attends ! je vas te régaler, sale trouille ! »

Il avait eu ce sauvageon d'une rouleuse de routes, ramassée sur le revers d'un fossé, à la suite d'une foire, et qu'il avait installée dans son trou, au grand scandale de Rognes. Pendant près de trois ans, le ménage s'était massacré ; puis, un soir de moisson, la gueuse s'en était allée comme elle était venue, emmenée par un autre homme. L'enfant, à peine sevrée, avait poussé dru, en mauvaise herbe ; et, depuis qu'elle marchait, elle faisait la soupe à son père, qu'elle redoutait et adorait. Mais sa passion était ses oies. D'abord, elle n'en avait eu que deux, un mâle et une femelle, volés tout petits, derrière la haie d'une ferme. Puis, grâce à des soins maternels, le troupeau s'était multiplié, et elle possédait vingt bêtes à cette heure, qu'elle nourrissait de maraude.

Quand la Trouille parut, avec son museau effronté de chèvre, chassant devant elle les oies à coups de baguette, Jésus-Christ s'emporta.

– Tu sais, rentre pour la soupe, ou gare !... Et puis, sale trouille, veux-tu bien fermer la maison, à cause des voleurs !

Buteau ricana, Delhomme et les autres ne purent également s'empêcher de rire, tant cette idée de Jésus-Christ volé leur sembla drôle. Il fallait voir la maison ; une ancienne cave, trois murs retrouvés en terre, un vrai terrier à renard, entre des écroulements de cailloux, sous un bouquet de vieux tilleuls. C'était tout ce qu'il restait du château ; et quand le braconnier, à la suite d'une querelle avec son père, s'était réfugié dans ce coin rocheux qui appartenait à la commune, il avait dû construire en pierres sèches, pour fermer la cave, une quatrième muraille, où il avait laissé deux ouvertures, une fenêtre et la porte. Des ronces retombaient, un grand églantier masquait la fenêtre. Dans le pays, on appelait ça le Château.

Une nouvelle ondée creva. Heureusement, l'arpent de vignes se trouvait voisin, et la division en trois lots fut rondement menée, sans provoquer de contestation. Il n'y avait plus à partager que trois hectares de pré, en bas, au bord de l'Aigre ; mais, à ce moment, la pluie devint si forte, un tel déluge tomba, que l'arpenteur, en passant devant la grille d'une propriété, proposa d'entrer.

– Hein ! si l'on s'abritait une minute chez M. Charles.

Fouan s'était arrêté, hésitant, plein de respect pour son beau-frère et sa sœur, qui, après fortune faite, vivaient retirés, dans cette propriété de bourgeois.

– Non, non, murmura-t-il, ils déjeunent à midi, ça les dérangerait.

Mais M. Charles apparut en haut du perron, sous la marquise, intéressé par l'averse ; et, les ayant reconnus, il les appela.

– Entrez, entrez donc !

Puis, comme tous ruisselaient, il leur cria de faire le tour et d'aller dans la cuisine, où il les rejoignit. C'était un bel homme de soixante-cinq ans, rasé, aux lourdes paupières sur des yeux éteints, à la face digne et jaune de magistrat retiré. Vêtu de molleton gros bleu, il avait des chaussons fourrés et une calotte ecclésiastique, qu'il portait dignement, en gaillard dont la vie s'était passée dans des fonctions délicates, remplies avec autorité.

Lorsque Laure Fouan, alors couturière à Châteaudun, avait épousé Charles Badeuil, celui-ci tenait un petit café, rue d'Angoulême. De là, le jeune ménage, ambitieux, travaillé d'un désir de fortune prompte, était parti pour Chartres. Mais, d'abord, rien ne leur y avait réussi, tout périclitait entre leurs mains ; ils tentèrent vainement d'un autre cabaret, d'un restaurant, même d'un commerce de poissons salés ; et ils désespéraient d'avoir jamais deux sous à eux, lorsque M. Charles, de caractère très entreprenant, eut l'idée d'acheter une des maisons publiques de la rue aux Juifs, tombée en déconfiture, par suite de personnel défectueux et de saleté notoire. D'un coup d'œil, il avait jugé la situation, les besoins de Chartres, la lacune à combler dans un chef-lieu qui manquait d'un établissement honorable, où la sécurité et le confort fussent à la hauteur du progrès moderne. Dès la seconde année, en effet, le 19, restauré, orné de rideaux et de glaces, pourvu d'un personnel choisi avec goût, se fit si avantageusement connaître, qu'il fallut porter à six le nombre des femmes. Messieurs les officiers, messieurs les fonctionnaires, enfin toute la société n'alla plus autre part. Et ce succès se maintint, grâce au bras d'acier de M. Charles, à son administration paternelle et forte ; tandis que Mme Charles se montrait d'une activité extraordinaire, l'œil ouvert partout, ne laissant rien se perdre, tout en sachant tolérer, quand il le fallait, les petits vols des clients riches.

En moins de vingt-cinq années, les Badeuil économisèrent trois cent mille francs ; et ils songèrent alors à contenter le rêve de leur vie, une vieillesse idyllique en pleine nature, avec des arbres, des fleurs, des oiseaux. Mais ce qui les retint deux ans encore, ce fut de ne pas trouver d'acheteur pour le 19, au prix élevé qu'ils l'estimaient. N'était-ce pas à déchirer le cœur, un établissement fait du meilleur d'eux-mêmes, qui rapportait plus gros qu'une ferme, et qu'il fallait abandonner entre des mains inconnues, où il dégénérerait peut-être ? Dès son arrivée à Chartres, M. Charles avait eu une fille, Estelle, qu'il mit chez les sœurs de la Visitation, à Châteaudun, lorsqu'il s'installa rue aux Juifs. C'était un pensionnat dévot, d'une moralité rigide, dans lequel il laissa la jeune fille jusqu'à dix-huit ans, pour raffiner sur son innocence, l'envoyant passer ses vacances au loin, ignorante du métier qui l'enrichissait. Et il ne l'en retira que le jour où il la maria à un jeune employé de l'octroi, Hector Vaucogne, un joli garçon qui gâtait de belles qualités par une extraordinaire paresse. Et elle touchait à la trentaine déjà, elle avait une fillette de sept ans, Élodie, lorsque, instruite à la fin, en apprenant que son père voulait céder son commerce, elle vint d'elle-même lui demander la préférence. Pourquoi l'affaire serait-elle sortie de la famille, puisqu'elle était si sûre et si belle ? Tout fut réglé, les Vaucogne reprirent l'établissement, et les Badeuil, dès le premier mois, eurent la satisfaction attendrie de constater que leur fille, élevée pourtant dans d'autres idées, se révélait comme une maîtresse de maison supérieure, ce qui compensait heureusement la mollesse de leur gendre, dépourvu de sens administratif. Eux s'étaient retirés depuis cinq ans à Rognes, d'où ils veillaient sur leur petite-fille Élodie, qu'on avait mise à son tour au pensionnat de Châteaudun, chez les sœurs de la Visitation, pour y être élevée religieusement, selon les principes les plus stricts de la morale.

Lorsque M. Charles entra dans la cuisine, où une jeune bonne battait une omelette, en surveillant une poêlée d'alouettes sautées au beurre, tous, même le vieux Fouan et Delhomme, se découvrirent et parurent extrêmement flattés de serrer la main qu'il leur tendait.

– Ah ! bon sang ! dit Grosbois pour lui être agréable, quelle charmante propriété vous avez là, monsieur Charles !... Et quand on pense que vous avez payé ça rien du tout ! Oui, oui, vous êtes un malin, un vrai !

L'autre se rengorgea.

– Une occasion, une trouvaille. Ça nous a plu, et puis Mme Charles tenait absolument à finir ses jours dans son pays natal... Moi, devant les choses du cœur, je me suis toujours incliné.

Roseblanche, comme on nommait la propriété, était la folie d'un bourgeois de Cloyes, qui venait d'y dépenser près de cinquante mille francs, lorsqu'une apoplexie l'y avait foudroyé, avant que les peintures fussent sèches. La maison, très coquette, posée à mi-côte, était entourée d'un jardin de trois hectares, qui descendait jusqu'à l'Aigre. Au fond de ce trou perdu, à la lisière de la triste Beauce, pas un acheteur ne s'était présenté, et M. Charles l'avait eu pour vingt mille francs. Il y contentait béatement tous ses goûts, des truites et des anguilles superbes, pêchées dans la rivière, des collections de rosiers et d'œillets cultivées avec amour, des oiseaux enfin, une grande volière pleine des espèces chanteuses de nos bois, que personne autre que lui ne soignait. Le ménage, vieilli et tendre, mangeait là ses douze mille francs de rente, dans un bonheur absolu, qu'il regardait comme la récompense légitime de ses trente années de travail.

– N'est-ce pas ? ajouta M. Charles, on sait au moins qui nous sommes, ici.

– Sans doute, on vous connaît, répondit l'arpenteur. Votre argent parle pour vous.

Et tous les autres approuvèrent.

– Bien sûr, bien sûr.

Alors, M. Charles dit à la servante de donner des verres. Il descendit lui-même chercher deux bouteilles de vin à la cave. Tous, le nez tourné vers la poêle où se rissolaient les alouettes, flairaient la bonne odeur. Et ils burent gravement, se gargarisèrent.

– Ah ! fichtre ! il n'est pas du pays, celui-là !... Fameux !

– Encore un coup... À votre santé !

– À votre santé !

Comme ils reposaient leurs verres, Mme Charles parut, une dame de soixante-deux ans, à l'air respectable, aux bandeaux d'un blanc de neige, qui avait le masque épais et à gros nez des Fouan, mais d'une pâleur rosée, d'une paix et d'une douceur de cloître, une chair de vieille religieuse ayant vécu à l'ombre. Et, se serrant contre elle, sa petite-fille Élodie, en vacances à Rognes pour deux jours, la suivait, dans son effarement de timidité gauche. Mangée de chlorose, trop grande pour ses douze ans, elle avait la laideur molle et bouffie, les cheveux rares et décolorés de son sang pauvre, si comprimée d'ailleurs par son éducation de vierge innocente, qu'elle en était imbécile.

– Tiens ! vous êtes là ? dit Mme Charles en serrant les mains de son frère et de ses neveux, d'une main lente et digne, pour marquer les distances.

Et, se retournant, sans plus s'occuper de ces hommes :

– Entrez, entrez, monsieur Patoir... La bête est ici.

C'était le vétérinaire de Cloyes, un petit gros, sanguin, violet, avec une tête de troupier et des moustaches fortes. Il venait d'arriver dans son cabriolet boueux, sous l'averse battante.

– Ce pauvre mignon, continuait-elle, en tirant du four tiède une corbeille où agonisait un vieux chat, ce pauvre mignon a été pris hier d'un tremblement, et c'est alors que je vous ai écrit... Ah ! il n'est pas jeune, il a près de quinze ans... Oui, nous l'avons eu dix ans, à Chartres ; et, l'année dernière, ma fille a dû s'en débarrasser, je l'ai amené ici, parce qu'il s'oubliait dans tous les coins de la boutique.

La boutique, c'était pour Élodie, à laquelle on racontait que ses parents tenaient un commerce de confiserie, si bousculés d'affaires, qu'ils ne pouvaient l'y recevoir. Du reste, les paysans ne sourirent même pas, car le mot courait à Rognes, on y disait que « la ferme aux Hourdequin, ça ne valait pas la boutique à M. Charles ». Et, les yeux ronds, ils regardaient le vieux chat jaune, maigri, pelé, lamentable, le vieux chat qui avait ronronné dans tous les lits de la rue aux Juifs, le chat caressé, chatouillé par les mains grasses de cinq ou six générations de femmes. Pendant si longtemps, il s'était dorloté en chat favori, familier du salon et des chambres closes, léchant les restes de pommade, buvant l'eau des verres de toilette, assistant aux choses en muet rêveur, voyant tout de ses prunelles amincies dans leurs cercles d'or !

– Monsieur Patoir, je vous en prie, conclut Mme Charles, guérissez-le.

Le vétérinaire écarquillait les yeux, avec un froncement du nez et de la bouche, tout un remuement de son museau de dogue bonhomme et brutal. Et il cria :

– Comment ! c'est pour ça que vous m'avez dérangé ?... Bien sûr que je vas vous le guérir ! Attachez-lui une pierre au cou et foutez-le à l'eau !

Élodie éclata en larmes, Mme Charles suffoquait d'indignation.

– Mais il pue, votre minet ! Est-ce qu'on garde une pareille horreur pour donner le choléra à une maison ?... Foutez-le à l'eau !

Pourtant, devant la colère de la vieille dame, il finit par s'asseoir à la table, où il rédigea une ordonnance, en grognant.

– Ça, c'est vrai, si ça vous amuse, d'être empestée... Moi, pourvu qu'on me paye, qu'est-ce que ça me fiche ?... Tenez ! vous lui introduirez ça dans la gueule par cuillerées, d'heure en heure, et voilà une drogue pour deux lavements, l'un ce soir, l'autre demain.

Depuis un instant, M. Charles s'impatientait, désolé de voir les alouettes noircir, tandis que la bonne, lasse de battre l'omelette, attendait, les bras ballants. Aussi donna-t-il vivement à Patoir les six francs de la consultation, en poussant les autres à vider leurs verres.

– Il faut déjeuner... Hein ? au plaisir de vous revoir ! La pluie ne tombe plus.

Ils sortirent d'un air de regret, et le vétérinaire, qui montait dans sa vieille guimbarde disloquée, répéta :

– Un chat qui ne vaut pas la corde pour le foutre à l'eau !... Enfin, quand on est riche !

– De l'argent à putains, ça se dépense comme ça se gagne, ricana Jésus-Christ.

Mais tous, même Buteau qu'une envie sourde avait pâli, protestèrent d'un branle de la tête ; et Delhomme, l'homme sage, déclara ;

– N'empêche qu'on n'est ni un feignant, ni une bête, lorsqu'on a su mettre de côté douze mille livres de rente.

Le vétérinaire avait fouetté son cheval, les autres descendirent vers l'Aigre, par les sentiers changés en torrents. Ils arrivaient aux trois hectares de prés qu'il s'agissait de partager, quand la pluie recommença, d'une violence de déluge. Mais, cette fois, ils s'entêtèrent, mourant de faim, voulant en finir. Une seule contestation les attarda, à propos du troisième lot, qui manquait d'arbres, tandis qu'un petit bois se trouvait divisé entre les deux autres. Tout, cependant, parut réglé et accepté. L'arpenteur leur promit de remettre des notes au notaire, pour qu'il pût dresser l'acte ; et l'on convint de renvoyer au dimanche suivant le tirage des lots, qui aurait lieu chez le père, à dix heures.

Comme on rentrait dans Rognes, Jésus-Christ jura brusquement.

– Attends ! attends ! sale trouille, je vais te régaler !

Au bord du chemin herbu, la Trouille, sans hâte, promenait ses oies, sous le roulement de l'averse. En tête du troupeau trempé et ravi, le jars marchait ; et, lorsqu'il tournait à droite son grand bec jaune, tous les grands becs jaunes allaient à droite. Mais la gamine s'effraya, monta en galopant pour la soupe, suivie par la bande des longs cous, qui se tendaient derrière le cou tendu du jars.

IV

Justement, le dimanche suivant tombait le premier novembre, jour de la Toussaint ; et neuf heures allaient sonner, lorsque l'abbé Godard, le curé de Bazoches-le-Doyen, chargé de desservir l'ancienne paroisse de Rognes, déboucha en haut de la pente qui descendait au petit pont de l'Aigre. Rognes, plus important autrefois, réduit à une population de trois cents habitants à peine, n'avait pas de curé depuis des années et ne paraissait pas se soucier d'en avoir un, au point que le conseil municipal avait logé le garde champêtre dans la cure, à moitié détruite.

Chaque dimanche, l'abbé Godard faisait donc à pied les trois kilomètres qui séparaient Bazoches-le-Doyen de Rognes. Gros et court, la nuque rouge, le cou si enflé que la tête s'en trouvait rejetée en arrière, il se forçait à cet exercice, par hygiène. Mais, ce dimanche-là, comme il se sentait en retard, il soufflait terriblement, la bouche grande ouverte dans sa face apoplectique, où la graisse avait noyé le petit nez camard et les petits yeux gris ; et, sous le ciel livide chargé de neige, malgré le froid précoce qui succédait aux averses de la semaine, il balançait son tricorne, la tête nue, embroussaillée d'épais cheveux roux grisonnants.

La route dévalait à pic, et la rive gauche de l'Aigre, avant le pont de pierre, n'était bâtie que de quelques maisons, une sorte de faubourg que l'abbé traversa de son allure de tempête. Il n'eut pas même un regard, ni en amont, ni en aval, pour la rivière lente et limpide, dont les courbes se déroulaient parmi les prairies, au milieu des bouquets de saules et de peupliers. Mais, sur la rive droite, commençait le village, une double file de façades bordant la route, tandis que d'autres escaladaient le coteau, plantées au hasard ; et, tout de suite après le pont, se trouvaient la mairie et l'école, une ancienne grange surélevée d'un étage, badigeonnée à la chaux. Un instant, l'abbé hésita, allongea la tête dans le vestibule vide. Puis, il se tourna, il parut fouiller d'un coup d'œil deux cabarets, en face : l'un, avec une devanture propre, garnie de bocaux, surmontée d'une petite enseigne de bois jaune, où se lisait en lettres vertes : *Macqueron, épicier* ; l'autre à la porte simplement ornée d'une branche de houx, étalant en noir sur le mur grossièrement crépi ces mots : *Tabac, chez Lengaigne*. Et, entre les deux, il se décidait à prendre une ruelle escarpée, un raidillon qui menait droit devant l'église, lorsque la vue d'un vieux paysan l'arrêta.

– Ah ! c'est vous, père Fouan... Je suis pressé, je désirais aller vous voir... Que faisons-nous, dites ? Il n'est pas possible que votre fils Buteau laisse Lise dans sa position, avec ce ventre qui grossit et qui crève les yeux... Elle est fille de la Vierge, c'est une honte, une honte !

Le vieux l'écoutait, d'un air de déférence polie.

– Dame ! monsieur le curé, que voulez-vous que j'y fasse, si Buteau s'obstine ?... Et puis, le garçon a tout de même de la raison, ce n'est guère à son âge qu'on se marie, avec rien.

– Mais il y a un enfant !

– Bien sûr... Seulement, il n'est pas encore fait, cet enfant. Est-ce qu'on sait ?... Tout juste, c'est ça qui n'encourage guère, un enfant, quand on n'a pas de quoi lui coller une chemise sur le corps !

Il disait ces choses sagement, en vieillard qui connaît la vie. Puis, de la même voix mesurée, il ajouta :

– D'ailleurs, ça va s'arranger peut-être... Oui, je partage mon bien, on tirera les lots tout à l'heure, après la messe... Alors, quand il aura sa part, Buteau verra, j'espère, à épouser sa cousine.

– Bon ! dit le prêtre. Ça suffit, je compte sur vous, père Fouan.

Mais une volée de cloche lui coupa la parole, et il demanda, effaré :

– C'est le second coup, n'est-ce pas ?

– Non, monsieur le curé, c'est le troisième.

– Ah ! bon sang ! voilà encore cet animal de Bécu qui sonne sans m'attendre !

Il jurait, il monta violemment le sentier. En haut, il faillit avoir une attaque, la gorge grondante comme un soufflet de forge.

La cloche continuait, tandis que les corbeaux qu'elle avait dérangés, volaient en croassant à la pointe du clocher, une flèche du quinzième siècle, qui attestait l'ancienne importance de Rognes. Devant la porte grande ouverte, un groupe de paysans attendaient, parmi lesquels le cabaretier Lengaigne, libre penseur, fumait sa pipe ; et plus loin, contre le mur du cimetière, le maire, le fermier Hourdequin, un bel homme, de traits énergiques, causait avec son adjoint, l'épicier Macqueron. Lorsque le prêtre eut passé, saluant, tous le suivirent, sauf Lengaigne, qui affecta de tourner le dos, en suçant sa pipe.

Dans l'église, à droite du porche, un homme, pendu à une corde, tirait toujours.

– Assez, Bécu ! dit l'abbé Godard, hors de lui. Je vous ai ordonné vingt fois de m'attendre, avant de sonner le troisième.

Le garde champêtre, qui était sonneur, retomba sur les pieds, effaré d'avoir désobéi. C'était un petit homme de cinquante ans, une tête carrée et tannée de vieux militaire, à moustaches et à barbiche grises, le cou raidi, comme étranglé continuellement par des cols trop étroits. Très ivre déjà, il resta au port d'arme, sans se permettre une excuse.

D'ailleurs, le prêtre traversait la nef, en jetant un coup d'œil sur les bancs. Il y avait peu de monde. À gauche, il ne vit encore que Delhomme, venu comme conseiller municipal. À droite, du côté des femmes, elles étaient au plus une douzaine : il reconnut Cœlina Macqueron, sèche, nerveuse et insolente ; Flore Lengaigne, une grosse mère, geignarde, molle et douce ; la Bécu, longue, noiraude, très sale. Mais ce qui acheva de le courroucer, ce fut la tenue des filles de la Vierge, au premier banc. Françoise était là, entre deux de ses amies, la fille aux Macqueron, Berthe, une jolie brune, élevée en demoiselle à Cloyes, et la fille aux Lengaigne, Suzanne, une blonde, laide, effrontée, que ses parents allaient mettre en apprentissage chez une couturière de Châteaudun. Toutes trois riaient d'une façon inconvenante. Et, à côté, la pauvre Lise, grasse et ronde, la mine gaie, étalait le scandale de son ventre, en face de l'autel.

Enfin, l'abbé Godard entrait dans la sacristie, lorsqu'il tomba sur Delphin et sur Nénesse, qui jouaient à se pousser, en préparant les burettes. Le premier, le fils à Bécu, âgé de onze ans, était un gaillard hâlé et solide déjà, aimant la terre, lâchant l'école pour le labour ; tandis qu'Ernest, l'aîné des Delhomme, un blond mince et fainéant, du même âge, avait toujours un miroir au fond de sa poche.

– Eh bien, polissons ! cria le prêtre. Est-ce que vous vous croyez dans une étable ?

Et, se tournant vers un grand jeune homme maigre, dont la face blême se hérissait de quelques poils jaunes, et qui rangeait des livres sur la planche d'une armoire :

– Vraiment, monsieur Lequeu, vous pourriez les faire tenir tranquilles, quand je ne suis pas là !

C'était le maître d'école, un fils de paysan, qui avait sucé la haine de sa classe avec l'instruction. Il violentait ses élèves, les traitait de brutes et cachait des idées avancées, sous sa raideur correcte à l'égard du curé et du maire. Il chantait bien au lutrin, il prenait même soin des livres sacrés ; mais il avait formellement refusé de sonner la cloche, malgré l'usage, une telle besogne étant indigne d'un homme libre.

– Je n'ai pas la police de l'église, répondit-il sèchement. Ah ! chez moi, ce que je les giflerais !

Et, comme, sans répondre, l'abbé passait précipitamment l'aube et l'étole, il continua :

– Une messe basse, n'est-ce pas ?

– Sans doute, et vite !... Il faut que je sois à Bazoches avant dix heures et demie, pour la grand-messe.

Lequeu, qui avait pris un vieux missel dans l'armoire, la referma et alla poser le livre sur l'autel.

– Dépêchons, dépêchons, répétait le curé, en pressant Delphin et Nénesse.

Suant et soufflant, le calice en main, il rentra dans l'église, il commença la messe, que les deux gamins servaient, avec des regards en dessous de sournois farceurs. C'était une église d'une seule nef, à voûte ronde, lambrissée de chêne, qui tombait en ruine, par suite de l'entêtement du conseil municipal à refuser tout crédit : les eaux de pluie filtraient au travers des ardoises cassées de la toiture, on voyait de grandes taches indiquant la pourriture avancée du bois ; et, dans le chœur, fermé d'une grille, une coulure verdâtre, en l'air, salissait la fresque de l'abside, coupait en deux la figure d'un Père Éternel, que des Anges adoraient.

Lorsque le prêtre se tourna vers les fidèles, les bras ouverts, il s'apaisa un peu, en voyant que du monde était venu, le maire, l'adjoint, des conseillers municipaux, le vieux Fouan, Clou, le maréchal-ferrant qui jouait du trombone aux messes chantées. L'air digne, Lequeu était resté au premier rang. Bécu, soûl à tomber, gardait dans le fond une raideur de pieu. Et, du côté des femmes surtout, les bancs se garnissaient, Fanny, Rose, la Grande, d'autres encore ; si bien que les filles de la Vierge avaient dû se serrer, exemplaires maintenant, le nez dans leurs paroissiens. Mais ce qui flatta le curé, ce fut d'apercevoir M. et Mme Charles avec leur petite-fille Élodie, monsieur en redingote de drap noir, madame en robe de soie verte, tous les deux graves et cossus, donnant le bon exemple.

Cependant, il dépêchait sa messe, mangeait le latin, bousculait le rite. Au prône, sans monter en chaire, assis sur une chaise, au milieu du chœur, il ânonna, se perdit, renonça à se retrouver : l'éloquence était son côté faible, les mots ne venaient pas, il poussait des heu ! heu ! sans jamais pouvoir finir ses phrases ; ce qui expliquait pourquoi monseigneur l'oubliait depuis vingt-cinq ans, dans la petite cure de Bazoches-le-Doyen. Et le reste fut bâclé, les sonneries de l'élévation tintèrent comme des signaux électriques pris de folie, il renvoya son monde d'un « Ite, missa est » en coup de fouet.

L'église s'était à peine vidée, que l'abbé Godard reparaissait, le tricorne posé de travers, dans sa hâte. Devant la porte, un groupe de femmes stationnait, Cœlina, Flore, la Bécu, très blessées d'avoir été ainsi menées au galop. Il les méprisait donc, qu'il ne leur en donnait pas davantage, un jour de grande fête ?

– Dites, monsieur le curé, demanda Cœlina de sa voix aigre, en l'arrêtant, vous nous en voulez, que vous nous expédiez comme un vrai paquet de guenilles ?

– Ah ! dame ! répondit-il, les miens m'attendent... Je ne puis pas être à Bazoches et à Rognes... Ayez un curé à vous, si vous désirez des grand-messes.

C'était l'éternelle querelle entre Rognes et l'abbé, les habitants exigeant des égards, lui s'en tenant à son devoir strict, pour une commune qui refusait de réparer l'église, et où, d'ailleurs, de perpétuels scandales le décourageaient. Il continua, en désignant les filles de la Vierge, qui partaient ensemble :

– Et puis, est-ce que c'est propre, des cérémonies avec des jeunesses sans aucun respect pour les commandements de Dieu ?

– Vous ne dites pas ça pour ma fille, j'espère ? demanda Cœlina, les dents serrées.

– Ni pour la mienne, bien sûr ? ajouta Flore.

Alors, il s'emporta, excédé.

– Je le dis pour qui je dois le dire... Ça crève les yeux. Voyez-vous ça avec des robes blanches ! Je n'ai pas une procession ici, sans qu'il y en ait une d'enceinte... Non, non, vous lasseriez le bon Dieu lui-même !

Il les quitta, et la Bécu, restée muette, dut mettre la paix entre les deux mères, qui, excitées, se jetaient leurs filles à la tête ; mais elle la mettait avec des insinuations si fielleuses, que la querelle s'aggrava. Berthe, ah ! oui, on verrait comment elle tournerait, avec ses corsages de velours et son piano ! Et Suzanne, fameuse idée de l'envoyer chez la couturière de Châteaudun, pour qu'elle fît la culbute !

L'abbé Godard, libre enfin, s'élançait, lorsqu'il se trouva en face des Charles. Son visage s'épanouit d'un large sourire aimable, il lança un grand coup de tricorne. Monsieur majestueux salua, madame fit sa belle révérence. Mais il était dit que le curé ne partirait point, car il n'était pas au bout de la place, qu'une nouvelle rencontre l'arrêta. C'était une grande femme d'une trentaine d'années, qui en paraissait bien cinquante, les cheveux rares, la face plate, molle, jaune de son ; et, cassée, épuisée par des travaux trop rudes, elle chancelait sous un fagot de menu bois.

– Palmyre, demanda-t-il, pourquoi n'êtes-vous pas venue à la messe, un jour de Toussaint ? C'est très mal.

Elle eut un gémissement.

– Sans doute, monsieur le curé, mais comment faire ?... Mon frère a froid, nous gelons chez nous. Alors, je suis allée ramasser ça, le long des haies.

– La Grande est donc toujours aussi dure ?

– Ah bien ! elle crèverait plutôt que de nous jeter un pain ou une bûche.

Et, de sa voix dolente, elle répéta leur histoire, comment leur grand-mère les chassait, comment elle avait dû se loger avec son frère dans une ancienne écurie abandonnée. Ce pauvre Hilarion, bancal, la bouche tordue par un bec-de-lièvre, était sans malice, malgré ses vingt-quatre ans, si bêta, que personne ne voulait le faire travailler. Elle travaillait donc pour lui, à se tuer, elle avait pour cet infirme des soins passionnés, une tendresse vaillante de mère.

En l'écoutant, la face épaisse et suante de l'abbé Godard se transfigurait d'une bonté exquise, ses petits yeux colères s'embellissaient de charité, sa bouche grande prenait une grâce douloureuse. Le terrible grognon, toujours emporté dans un vent de violence, avait la passion des misérables, leur donnait tout, son argent, son linge, ses habits, à ce point qu'on n'aurait pas trouvé, en Beauce, un prêtre ayant une soutane plus rouge et plus reprisée.

Il se fouilla d'un air inquiet, il glissa à Palmyre une pièce de cent sous.

– Tenez ! cachez ça, je n'en ai pas pour les autres... Et il faudra que je parle encore à la Grande, puisqu'elle est si mauvaise.

Cette fois, il se sauva. Heureusement, comme il suffoquait, en remontant la côte, de l'autre côté de l'Aigre, le boucher de Bazoches-le-Doyen, qui rentrait, le prit dans sa carriole ; et il disparut au ras de la plaine, secoué, avec la silhouette dansante de son tricorne, sur le ciel livide.

Pendant ce temps, la place de l'Église s'était vidée, Fouan et Rose venaient de redescendre chez eux, où Grosbois se trouvait déjà. Un peu avant dix heures, Delhomme et Jésus-Christ arrivèrent à leur tour ; mais on attendit en vain Buteau jusqu'à midi, jamais ce sacré original ne pouvait être exact. Sans doute il s'était arrêté en chemin, à déjeuner quelque part. On voulut passer outre ; puis, la sourde peur qu'il inspirait, avec sa mauvaise tête, fit décider qu'on tirerait les lots après le déjeuner, vers deux heures seulement. Grosbois, qui accepta des Fouan un morceau de lard et un verre de vin, acheva la bouteille, en entama une autre, retombé dans son état d'ivresse habituel.

À deux heures, toujours pas de Buteau. Alors, Jésus-Christ, dans le besoin de godaille qui alanguissait le village, par ce dimanche de fête, vint passer devant chez Macqueron, en allongeant le cou ; et cela réussit, la porte fut brusquement ouverte, Bécu se montra et cria :

– Arrive, mauvaise troupe, que je te paye un canon !

Il s'était raidi encore, de plus en plus digne à mesure qu'il se grisait. Une fraternité d'ancien militaire ivrogne, une tendresse secrète le portait vers le braconnier ; mais il évitait de le reconnaître quand il était en fonction, sa plaque au bras, toujours sur le point de le prendre en flagrant délit, combattu entre son devoir et son cœur. Au cabaret, dès qu'il était soûl, il le régalait en frère.

– Un piquet, hein, veux-tu ? Eh, nom de Dieu ! si les Bédouins nous embêtent, nous leur coupons les oreilles !

Ils s'installèrent à une table, jouèrent aux cartes en criant fort, tandis que les litres, un à un, se succédaient.

Macqueron, dans un coin, tassé, avec sa grosse face moustachue, tournait ses pouces. Depuis qu'il avait gagné des rentes, en spéculant sur les petits vins de Montigny, il était tombé à la paresse, chassant, pêchant, faisant le bourgeois ; et il restait très sale, vêtu de loques, pendant que sa fille Berthe trimballait autour de lui des robes de soie. Si sa femme l'avait écouté, ils auraient fermé boutique, et l'épicerie, et le cabaret, car il devenait vaniteux, avec de sourdes ambitions, inconscientes encore ; mais elle était d'une âpreté féroce au lucre, et lui-même, tout en ne s'occupant de rien, la laissait continuer à verser des canons, pour ennuyer son voisin Lengaigne, qui tenait le bureau de tabac et donnait aussi à boire. C'était une rivalité ancienne, jamais éteinte, toujours près de flamber.

Cependant, il y avait des semaines où l'on vivait en paix ; et, justement, Lengaigne entra avec son fils Victor, un grand garçon gauche, qui devait bientôt tirer au sort. Lui, très long, l'air figé, ayant une petite tête de chouette sur de larges épaules osseuses, cultivait ses terres, pendant que sa femme pesait le tabac et descendait à la cave. Ce qui lui donnait une importance, c'était qu'il rasait le village et coupait les cheveux, un métier rapporté du régiment, qu'il exerçait chez lui, au milieu des consommateurs, ou encore à domicile, à la volonté des clients.

– Eh bien ! cette barbe, est-ce pour aujourd'hui, compère ? demanda-t-il, dès la porte.

– Tiens ! c'est vrai, je t'ai dit de venir, s'écria Macqueron. Ma foi, tout de suite, si ça te plaît.

Il décrocha un vieux plat à barbe, prit un savon et de l'eau tiède, pendant que l'autre tirait de sa poche un rasoir grand comme un coutelas, qu'il se mit à repasser sur un cuir fixé à l'étui. Mais une voix glapissante vint de l'épicerie voisine.

– Dites donc, criait Cœlina, est-ce que vous allez faire vos saletés sur les tables ?... Ah ! non, je ne veux pas, chez moi, qu'on trouve du poil dans les verres !

C'était une attaque à la propreté du cabaret voisin, où l'on mangeait plus de cheveux qu'on ne buvait de vrai vin, disait-elle.

– Vends ton sel et ton poivre, et fiche-nous la paix ! répondit Macqueron, vexé de cette algarade devant le monde.

Jésus-Christ et Bécu ricanèrent. Mouchée, la bourgeoise ! Et ils lui commandèrent un nouveau litre, qu'elle apporta, furieuse, sans une parole. Ils battaient les cartes, ils les jetaient sur la table violemment, comme pour s'assommer. Atout, atout et atout !

Lengaigne avait déjà frotté son client de savon, et le tenait par le nez, lorsque Lequeu, le maître d'école, poussa la porte.

– Bonsoir, la compagnie !

Il resta debout et muet devant le poêle, à se chauffer les reins, pendant que le jeune Victor, derrière les joueurs, s'absorbait dans la vue de leur jeu.

– À propos, reprit Macqueron, en profitant d'une minute où Lengaigne lui essuyait sur l'épaule les baves de son rasoir, M. Hourdequin, tout à l'heure, avant la messe, m'a encore parlé du chemin... Faudrait se décider pourtant.

Il s'agissait du fameux chemin direct de Rognes à Châteaudun, qui devait raccourcir la distance d'environ deux lieues, car les voitures étaient forcées de passer par Cloyes. Naturellement, la ferme avait grand intérêt à cette voie nouvelle, et le maire, pour entraîner le conseil municipal, comptait beaucoup sur son adjoint, intéressé lui aussi à une prompte solution. Il était, en effet, question de relier le chemin à la route du bas, ce qui faciliterait aux voitures l'accès de l'église, où l'on ne grimpait que par des sentiers de chèvre. Or, le tracé projeté suivait simplement la ruelle étranglée entre les deux cabarets, l'élargissait en ménageant la pente ; et les terrains de l'épicier, dès lors en bordure, ayant un accès facile, allaient décupler de valeur.

– Oui, continua-t-il, il paraît que le gouvernement, pour nous aider, attend que nous votions quelque chose... N'est-ce pas, tu en es ?

Lengaigne, qui était conseiller municipal, mais qui n'avait pas même un bout de jardin derrière sa maison, répondit :

– Moi, je m'en fous ! Qu'est-ce que ça me fiche, ton chemin ?

Et, en s'attaquant à l'autre joue, dont il grattait le cuir comme avec une râpe, il tomba sur la ferme. Ah ! ces bourgeois d'aujourd'hui, c'était pis encore que les seigneurs d'autrefois : oui, ils avaient tout gardé, dans le partage, et ils ne faisaient des lois que pour eux, ils ne vivaient que de la misère du pauvre monde ! Les autres l'écoutaient, gênés et heureux au fond de ce qu'il osait dire, la haine séculaire, indomptable, du paysan contre les possesseurs du sol.

– Ça va bien qu'on est entre soi, murmura Macqueron, en lançant un regard inquiet vers le maître d'école. Moi, je suis pour le gouvernement... Ainsi, notre député, M. de Chédeville, qui est, dit-on, l'ami de l'empereur...

Du coup, Lengaigne agita furieusement son rasoir.

– Encore un joli bougre, celui-là !... Est-ce qu'un richard comme lui, qui possède plus de cinq cents hectares du côté d'Orgères, ne devrait pas vous en faire cadeau, de votre chemin, au lieu de vouloir tirer des sous à la commune ?... Sale rosse !

Mais l'épicier, terrifié cette fois, protesta.

– Non, non, il est bien honnête et pas fier... Sans lui, tu n'aurais pas eu ton bureau de tabac. Qu'est-ce que tu dirais, s'il te le reprenait ?

Brusquement calmé, Lengaigne se remit à lui gratter le menton. Il était allé trop loin, il enrageait : sa femme avait raison de dire que ses idées lui joueraient un vilain tour. Et l'on entendit alors une querelle qui éclatait entre Bécu et Jésus-Christ. Le premier avait l'ivresse mauvaise, batailleuse, tandis que l'autre, au contraire, de terrible chenapan qu'il était à jeun, s'attendrissait davantage à chaque verre de vin, devenait d'une douceur et d'une bonhomie d'apôtre soûlard. À cela, il fallait ajouter leur différence radicale d'opinions : le braconnier, républicain, un rouge comme on disait, qui se vantait d'avoir, à Cloyes, en 48, fait danser le rigodon aux bourgeoises ; le garde champêtre, d'un bonapartisme farouche, adorant l'empereur, qu'il prétendait connaître.

– Je te jure que si ! Nous avions mangé ensemble une salade de harengs salés. Et alors il m'a dit : Pas un mot, je suis l'empereur... Je l'ai bien reconnu, à cause de son portrait sur les pièces de cent sous.

– Possible !... Une canaille tout de même, qui bat sa femme et qui n'a jamais aimé sa mère !

– Tais-toi, nom de Dieu ! ou je te casse la gueule !

Il fallut enlever des mains de Bécu le litre qu'il brandissait, tandis que Jésus-Christ, les yeux mouillés, attendait le coup, dans une résignation souriante. Et ils se remirent à jouer, fraternellement. Atout, atout et atout !

Macqueron, que l'indifférence affectée du maître d'école troublait, finit par lui demander :

– Et vous, monsieur Lequeu, qu'est-ce que vous en dites ?

Lequeu, qui chauffait ses longues mains blêmes contre le tuyau du poêle, eut un sourire aigre d'homme supérieur que sa position force au silence.

– Moi, je n'en dis rien, ça ne me regarde pas.

Alors, Macqueron alla plonger sa face dans une terrine d'eau, et tout en reniflant, en s'essuyant :

– Eh bien ! écoutez ça, je veux faire quelque chose... Oui, nom de Dieu ! si l'on vote la route, je donne mon terrain pour rien.

Cette déclaration stupéfia les autres. Jésus-Christ et Bécu eux-mêmes, malgré leur ivresse, levèrent la tête. Il y eut un silence, on le regardait comme s'il fût devenu brusquement fou ; et lui, fouetté par l'effet produit, les mains tremblantes pourtant de l'engagement qu'il prenait, ajouta :

– Il y en aura bien un demi-arpent... Cochon qui s'en dédit ! C'est juré !

Lengaigne s'en alla avec son fils Victor, exaspéré et malade de cette largesse du voisin : la terre ne lui coûtait guère, il avait assez volé le monde ! Macqueron, malgré le froid, décrocha son fusil, sortit voir s'il rencontrerait un lapin, aperçu la veille au bout de sa vigne. Il ne resta que Lequeu, qui passait là ses dimanches, sans rien boire, et que les deux joueurs, acharnés, le nez dans les cartes. Des heures s'écoulèrent, d'autres paysans vinrent et repartirent.

Vers cinq heures, une main brutale poussa la porte, et Buteau parut, suivi de Jean. Dès qu'il aperçut Jésus-Christ, il cria :

– J'aurais parié vingt sous... Est-ce que tu te fous du peuple ? Nous t'attendons.

Mais l'ivrogne, bavant et s'égayant, répondit :

– Eh ! sacré farceur, c'est moi qui t'attends... Depuis ce matin, tu nous fais droguer.

Buteau s'était arrêté à la Borderie, où Jacqueline, que dès quinze ans il culbutait sur le foin, l'avait retenu à manger des rôties avec Jean. Le fermier Hourdequin étant allé déjeuner à Cloyes, au sortir de la messe, on avait nocé très tard, et les deux garçons arrivaient seulement, ne se quittant plus.

Cependant, Bécu gueulait qu'il payait les cinq litres, mais que c'était une partie à continuer ; tandis que Jésus-Christ, après s'être décollé péniblement de sa chaise, suivait son frère, les yeux noyés de douceur.

– Attends là, dit Buteau à Jean, et dans une demi-heure, viens me rejoindre... Tu sais que tu dînes avec moi chez le père.

Chez les Fouan, lorsque les deux frères furent entrés dans la salle, on se trouva au grand complet. Le père, debout, baissait le nez. La mère, assise près de la table qui occupait le milieu, tricotait de ses mains machinales. En face d'elle, Grosbois avait tant bu et mangé, qu'il s'était assoupi, les yeux à demi ouverts ; tandis que, plus loin, sur deux chaises basses, Fanny et Delhomme attendaient patiemment. Et, choses rares dans cette pièce enfumée, aux vieux meubles pauvres, aux quelques ustensiles mangés par les nettoyages, une feuille de papier blanc, un encrier et une plume étaient posés sur la table, à côté du chapeau de l'arpenteur, un chapeau noir tourné au roux, monumental, qu'il trimballait depuis dix ans, sous la pluie et le soleil. La nuit tombait, l'étroite fenêtre donnait une dernière lueur boueuse, dans laquelle le chapeau prenait une importance extraordinaire, avec ses bords plats et sa forme d'urne.

Mais Grosbois, toujours à son affaire, malgré son ivresse, se réveilla, bégayant :

– Nous y sommes... Je vous disais que l'acte est prêt. J'ai passé hier chez M. Baillehache, il me l'a fait voir. Seulement, les numéros des lots sont restés en blanc, à la suite de vos noms... Nous allons donc tirer ça, et le notaire n'aura plus qu'à les inscrire, pour que vous puissiez, samedi, signer l'acte chez lui.

Il se secoua, haussa la voix.

– Voyons, je vas préparer les billets.

D'un mouvement brusque, les enfants se rapprochèrent, sans chercher à cacher leur défiance. Ils le surveillaient, étudiaient ses moindres gestes, comme ceux d'un faiseur de tours, capable d'escamoter les parts. D'abord, de ses gros doigts tremblants d'alcoolique, il avait coupé la feuille de papier en trois ; puis, maintenant, sur chaque morceau, il écrivait un chiffre, 1, 2, 3, très appuyé, énorme ; et, par-dessus ses épaules, tous suivaient la plume, le père et la mère eux-mêmes hochaient la tête, satisfaits de constater qu'il n'y avait pas de tricherie possible. Les billets furent pliés lentement et jetés dans le chapeau.

Un silence régna, solennel.

Au bout de deux grandes minutes, Grosbois dit :

– Faut vous décider pourtant... Qui est-ce qui commence ?

Personne ne bougea. La nuit augmentait, le chapeau semblait grandir dans cette ombre.

– Par rang d'âges, voulez-vous ? proposa l'arpenteur. À toi, Jésus-Christ, qui es l'aîné.

Jésus-Christ, bon enfant, s'avança ; mais il perdit l'équilibre, faillit s'étaler. Il avait enfoncé le poing dans le chapeau, d'un effort violent, comme pour en retirer un quartier de roche. Lorsqu'il tint le billet, il dut s'approcher de la fenêtre.

– Deux ! cria-t-il, en trouvant sans doute ce chiffre particulièrement drôle, car il suffoqua de rire.

– À toi, Fanny ! appela Grosbois.

Quand Fanny eut la main au fond, elle ne se pressa point. Elle fouillait, remuait les billets, les pesait l'un après l'autre.

– C'est défendu de choisir, dit rageusement Buteau, que la passion étranglait, et qui avait blêmi au numéro tiré par son frère.

– Tiens ! pourquoi donc ? répondit-elle. Je ne regarde pas, je peux bien tâter.

– Va, murmura le père, ça se vaut, il n'y en a pas plus lourd dans l'un que dans l'autre.

Elle se décida enfin, courut devant la fenêtre.

– Un !

– Eh bien ! c'est Buteau qui a le trois, reprit Fouan. Tire-le, mon garçon.

Dans la nuit croissante, on n'avait pu voir se décomposer le visage du cadet. Sa voix éclata de colère.

– Jamais de la vie !

– Comment ?

– Si vous croyez que j'accepte, ah ! non !... Le troisième lot, n'est-ce pas ? le mauvais ! Je vous l'ai assez dit, que je voulais partager autrement. Non ! non ! vous vous foutriez de moi !... Et puis, est-ce que je ne vois pas clair dans vos manigances ? est-ce que ce n'était pas au plus jeune à tirer le premier ?... Non ! non ! je ne tire pas, puisqu'on triche !

Le père et la mère le regardaient se démener, taper des pieds et des poings.

– Mon pauvre enfant, tu deviens fou, dit Rose.

– Oh ! maman, je sais bien que vous ne m'avez jamais aimé. Vous me décolleriez la peau du corps pour la donner à mon frère... À vous tous, vous me mangeriez...

Fouan l'interrompit durement.

– Assez de bêtises, hein !... Veux-tu tirer ?

– Je veux qu'on recommence.

Mais il y eut une protestation générale. Jésus-Christ et Fanny serraient leurs billets, comme si l'on tentait de les leur arracher. Delhomme déclarait que le tirage avait eu lieu honnêtement, et Grosbois, très blessé, parlait de s'en aller, si l'on suspectait sa bonne foi.

– Alors, je veux que papa ajoute à ma part mille francs sur l'argent de sa cachette.

Le vieux, un moment étourdi, bégaya. Puis, il se redressa, s'avança, terrible.

– Qu'est-ce que tu dis ? Tu y tiens donc, à me faire assassiner, mauvais bougre ! On démolirait la maison, qu'on ne trouverait pas un liard... Prends le billet, nom de Dieu ! ou tu n'auras rien !

Buteau, le front dur d'obstination, ne recula pas devant le poing levé de son père.

– Non !

Le silence retomba, embarrassé. Maintenant, l'énorme chapeau gênait, barrant les choses, avec cet unique billet au fond, que personne ne voulait toucher. L'arpenteur, pour en finir, conseilla au vieux de le tirer lui-même.

Et le vieux, gravement, le tira, alla le lire devant la fenêtre, comme s'il ne l'eût pas connu.

– Trois !... Tu as le troisième lot, entends-tu ? L'acte est prêt, bien sûr que M. Baillehache n'y changera rien, car ce qui est fait n'est pas à refaire... Et, puisque tu couches ici, je te donne la nuit pour réfléchir... Allons, c'est fini, n'en causons plus.

Buteau, noyé de ténèbres, ne répondit pas. Les autres approuvèrent bruyamment, tandis que la mère se décidait à allumer une chandelle, pour mettre le couvert.

Et, à cette minute, Jean, qui venait rejoindre son camarade, aperçut deux ombres enlacées, guettant de la route, déserte et noire, ce qu'on faisait chez les Fouan. Dans le ciel d'ardoise, des flocons de neige commençaient à voler, d'une légèreté de plume.

– Oh ! monsieur Jean, dit une voix douce, vous nous avez fait peur !

Alors, il reconnut Françoise, encapuchonnée, avec sa face longue, aux lèvres fortes. Elle se serrait contre sa sœur Lise, la tenait d'un bras à la taille. Les deux sœurs s'adoraient, on les rencontrait toujours de la sorte, au cou l'une de l'autre. Lise, plus grande, l'air agréable, malgré ses gros traits et la bouffissure commençante de toute sa ronde personne, restait réjouie dans son malheur.

– Vous espionnez donc ? demanda-t-il gaiement.

– Dame ! répondit-elle, ça m'intéresse, ce qui se passe là-dedans... Savoir si ça va décider Buteau !

Françoise, d'un geste de caresse, avait emprisonné de son autre bras le ventre enflé de sa sœur.

– S'il est permis, le cochon !... Quand il aura la terre, peut-être qu'il voudra une fille plus riche.

Mais Jean leur donna bon espoir : le partage devait être terminé, on arrangerait le reste. Puis, lorsqu'il leur apprit qu'il mangeait chez les vieux, Françoise dit encore :

– Ah bien ! nous vous reverrons tout à l'heure, nous irons à la veillée.

Il les regarda se perdre dans la nuit. La neige tombait plus épaisse, leurs vêtements confondus se liséraient d'un fin duvet blanc.

V

Dès sept heures, après le dîner, les Fouan, Buteau et Jean étaient allés, dans l'étable, rejoindre les deux vaches, que Rose devait vendre. Ces bêtes, attachées au fond, devant l'auge, chauffaient la pièce de l'exhalaison forte de leur corps et de leur litière ; tandis que la cuisine, avec les trois maigres tisons du dîner, se trouvait déjà glacée par les gelées précoces de novembre. Aussi, l'hiver, veillait-on là, sur la terre battue, bien à l'aise, au chaud, sans autre dérangement que d'y transporter une petite table ronde et une douzaine de vieilles chaises. Chaque voisin apportait la chandelle à son tour ; de grandes ombres dansaient le long des murailles nues, noires de poussière, jusqu'aux toiles d'araignée des charpentes ; et l'on avait dans le dos les souffles tièdes des vaches, qui, couchées, ruminaient.

La Grande arriva la première, avec un tricot. Elle n'apportait jamais de chandelle, abusant de son grand âge, si redoutée, que son frère n'osait la rappeler aux usages. Tout de suite, elle prit la bonne place, attira le chandelier, le garda pour elle seule, à cause de ses mauvais yeux. Elle avait posé contre sa chaise la canne qui ne la quittait jamais. Des parcelles scintillantes de neige fondaient sur les ports rudes qui hérissaient sa tête d'oiseau décharné.

– Ça tombe ? demanda Rose.

– Ça tombe, répondit-elle de sa voix brève.

Et elle se mit à son tricot, elle serra ses lèvres minces, avare de paroles, après avoir jeté sur Jean et sur Buteau un regard perçant.

Les autres, derrière elle, parurent : d'abord, Fanny qui s'était fait accompagner par son fils Nénesse, Delhomme ne venant jamais aux veillées ; et, presque aussitôt, Lise et Françoise, qui secouèrent en riant la neige dont elles étaient couvertes. Mais la vue de Buteau fit rougir légèrement la première. Lui, tranquillement, la regardait.

– Ça va bien, Lise, depuis qu'on ne s'est vu ?

– Pas mal, merci.

– Allons, tant mieux !

Palmyre, pendant ce temps, s'était furtivement glissée par la porte entrouverte ; et elle s'amincissait, elle se plaçait le plus loin possible de sa grand-mère, la terrible Grande, lorsqu'un tapage, sur la route, la fit se redresser. C'étaient des bégaiements de fureur, des larmes, des rires et des huées.

– Ah ! les gredins d'enfants, ils sont encore après lui ! cria-t-elle.

D'un bond, elle avait rouvert la porte ; et, brusquement hardie, avec des grondements de bonne, elle délivra son frère Hilarion des farces de la Trouille, de Delphin et de Nénesse. Ce dernier venait de rejoindre les deux autres, qui hurlaient aux trousses de l'infirme. Essoufflé, ahuri, Hilarion entra, en se déhanchant sur ses jambes torses. Son bec-de-lièvre le faisait saliver, il bégayait sans pouvoir expliquer les choses, l'air caduc pour ses vingt-quatre ans, d'une hideur bestiale de crétin. Il était devenu très méchant, enragé de ce qu'il ne pouvait attraper à la course et calotter les gamins qui le poursuivaient. Cette fois encore, c'était lui qui avait reçu une volée de boules de neige.

– Oh ! est-il menteur ! dit la Trouille, d'un grand air innocent. Il m'a mordue au pouce, tenez !

Du coup, Hilarion, les mots en travers de la gorge, faillit s'étrangler ; tandis que Palmyre le calmait, lui essuyait le visage avec son mouchoir, en l'appelant son mignon.

– En voilà assez, hein ! finit par dire Fouan. Toi, tu devrais bien l'empêcher de te suivre. Assois-le au moins, qu'il se tienne tranquille !... Et vous, marmaille, silence ! On va vous prendre par les oreilles et vous reconduire chez vos parents.

Mais, comme l'infirme continuait à bégayer, voulant avoir raison, la Grande, dont les yeux flambèrent, saisit sa canne et en assena un coup si rude sur la table, que tout le monde sauta. Palmyre et Hilarion, saisis de terreur, s'affaissèrent, ne bougèrent plus.

Et la veillée commença. Les femmes, autour de l'unique chandelle, tricotaient, filaient, travaillaient à des ouvrages, qu'elles ne regardaient même pas. Les hommes, en arrière, fumaient lentement avec de rares paroles, pendant que, dans un coin, les enfants se poussaient et se pinçaient, en étouffant leurs rires.

Parfois, on disait des contes : celui du Cochon noir, qui gardait un trésor, une clef rouge à la gueule ; ou encore celui de la bête d'Orléans, qui avait la face d'un homme, des ailes de chauve-souris, des cheveux jusqu'à terre, deux cornes, deux queues, l'une pour prendre, l'autre pour tuer ; et ce monstre avait mangé un voyageur rouennais, dont il n'était resté que le chapeau et les bottes. D'autres fois, on entamait les histoires sans fin sur les loups, les loups voraces, qui, pendant des siècles, ont dévasté la Beauce. Anciennement, lorsque la Beauce, aujourd'hui nue et pelée, gardait de ses forêts premières quelques bouquets d'arbres, des bandes innombrables de loups, poussées par la faim, sortaient l'hiver pour se jeter sur les troupeaux. Des femmes, des enfants étaient dévorés. Et les vieux du pays se rappelaient que, pendant les grandes neiges, les loups venaient dans les villes : à Cloyes, on les entendait hurler sur la place Saint-Georges ; à Rognes, ils soufflaient sous les portes mal closes des étables et des bergeries. Puis, les mêmes anecdotes se succédaient : le meunier, surpris par cinq grands loups, qui les mit en fuite en enflammant une allumette ; la petite fille qu'une louve accompagna au galop pendant deux lieues, et qui fut mangée seulement à sa porte, lorsqu'elle tomba ; d'autres, d'autres encore, des légendes de loups-garous, d'hommes changés en bêtes, sautant sur les épaules des passants attardés, les forçant à courir, jusqu'à la mort.

Mais, autour de la maigre chandelle, ce qui glaçait les filles de la veillée, ce qui, à la sortie, les faisait se sauver, éperdues, fouillant l'ombre, c'étaient les crimes des chauffeurs, de la fameuse bande d'Orgères, dont après soixante ans la contrée frissonnait. Ils étaient des centaines, tous rouleurs de routes, mendiants, déserteurs, faux colporteurs, des hommes, des enfants, des femmes, qui vivaient de vols, de meurtres et de débauches. Ils descendaient des troupes armées et disciplinées de l'ancien brigandage, mettant à profit les troubles de la Révolution, faisant en règle le siège des maisons isolées, où ils entraient « à la bombe », en enfonçant les portes à l'aide de béliers. Dès la nuit venue, comme les loups, ils sortaient de la forêt de Dourdan, des broussailles de la Conie, des repaires boisés où ils se cachaient ; et la terreur tombait avec l'ombre, sur les fermes de la Beauce, d'Étampes à Châteaudun, de Chartres à Orléans. Parmi leurs atrocités légendaires, celle qui revenait le plus souvent à Rognes, était le pillage de la ferme de Millouard, distante de quelques lieues seulement, dans le canton d'Orgères. Le Beau-François, le chef célèbre, le successeur de Fleur-d'Épine, cette nuit-là, avait avec lui le Rouge-d'Auneau, son lieutenant, le Grand-Dragon, Breton-le-cul-sec, Lonjumeau, Sans-Pouce, cinquante autres, tous le visage noirci. D'abord, ils jetèrent dans la cave les gens de la ferme, les servantes, les charretiers, le berger, à coups de baïonnette ; ensuite, ils « chauffèrent » le fermier, le père Fousset, qu'ils avaient gardé seul. Quand ils lui eurent allongé les pieds au-dessus des braises de la cheminée, ils allumèrent avec des brandes de paille sa barbe et tout le poil de son corps ; puis, ils revinrent aux pieds, qu'ils tailladèrent de la pointe d'un couteau, pour que la flamme pénétrât mieux. Enfin, le vieux s'étant décidé à dire où était son argent, ils le lâchèrent, ils emportèrent un butin considérable. Fousset, qui avait eu la force de se traîner jusqu'à une maison voisine, ne mourut que plus tard. Et, invariablement, le récit se terminait par le procès et l'exécution, à Chartres, de la bande des

Chauffeurs, que le Borgne-de-Jouy avait vendue : un procès monstre, dont l'instruction demanda dix-huit mois, et pendant lequel soixante-quatre des prévenus moururent en prison d'une peste déterminée par leur ordure ; un procès qui déféra à la cour d'assises cent quinze accusés dont trente-trois contumaces, qui fit poser au jury sept mille huit cents questions, qui aboutit à vingt-trois condamnations à mort. La nuit de l'exécution, en se partageant les dépouilles des suppliciés, sous l'échafaud rouge de sang, les bourreaux de Chartres et de Dreux se battirent.

Fouan, à propos d'un assassinat qui s'était commis du côté de Janvine, raconta donc une fois de plus les abominations de la ferme de Millouard ; et il en était à la complainte composée en prison par le Rouge-d'Auneau lui-même, lorsque des bruits étranges sur la route, des pas, des poussées, des jurons, épouvantèrent les femmes. Pâlissantes, elles tendaient l'oreille, avec la terreur de voir un flot d'hommes noirs entrer « à la bombe ». Bravement, Buteau alla ouvrir la porte.

– Qui va là ?

Et l'on aperçut Bécu et Jésus-Christ, qui, à la suite d'une querelle avec Macqueron, venaient de quitter le cabaret, en emportant les cartes et une chandelle, pour aller finir la partie ailleurs. Ils étaient si soûls, et l'on avait eu si peur, qu'on se mit à rire.

– Entrez tout de même, et soyez sages, dit Rose en souriant à son grand chenapan de fils. Vos enfants sont ici, vous les emmènerez.

Jésus-Christ et Bécu s'assirent par terre, près des vaches, mirent la chandelle entre eux, et continuèrent : atout, atout, et atout ! Mais la conversation avait tourné, on parlait des garçons du pays qui devaient tirer au sort, Victor Lengaigne et trois autres. Les femmes étaient devenues graves, une tristesse ralentissait les paroles.

– Ce n'est pas drôle, reprit Rose, non, non, pas drôle, pour personne !

– Ah ! la guerre, murmura Fouan, elle en fait, du mal ! C'est la mort de la culture... Oui, quand les garçons partent, les meilleurs bras s'en vont, on le voit bien à la besogne ; et, quand ils reviennent, dame ! ils sont changés, ils n'ont plus le cœur à la charrue... Vaudrait mieux le choléra que la guerre !

Fanny s'arrêta de tricoter.

– Moi, déclara-t-elle, je ne veux pas que Nénesse parte... M. Baillehache nous a expliqué une machine, comme qui dirait une loterie : on se réunit à plusieurs, chacun verse entre ses mains une somme, et ceux qui tombent au sort sont rachetés.

– Faut être riche pour ça, dit sèchement la Grande.

Mais Bécu, entre deux levées, avait attrapé un mot au vol.

– La guerre, ah ! bon sang ! c'est ça qui fait les hommes !... Lorsqu'on n'y est pas allé, on ne peut pas savoir. Il n'y a que ça, se foutre des coups... Hein ? là-bas, chez les moricauds...

Et il cligna l'œil gauche, tandis que Jésus-Christ ricanait d'un air d'intelligence. Tous deux avaient fait les campagnes d'Afrique, le garde champêtre dès les premiers temps de la conquête, l'autre plus tard, lors des révoltes dernières. Aussi, malgré la différence des époques avaient-ils des souvenirs communs, des oreilles de Bédouins coupées et enfilées en chapelets, des Bédouines à la peau frottée d'huile, pincées derrière les haies et tamponnées dans tous les trous. Jésus-Christ surtout répétait une histoire qui enflait de rires énormes les ventres des paysans : une grande cavale de femme, jaune comme un citron, qu'on avait fait courir toute nue, avec une pipe dans le derrière.

– Nom de Dieu ! reprit Bécu en s'adressant à Fanny, vous voulez donc que Nénesse reste une fille ?... Ce que je vais vous coller Delphin au régiment, moi !

Les enfants avaient cessé de jouer, Delphin levait sa tête ronde et solide de petit gars sentant déjà la terre.

– Non ! déclara-t-il carrément, d'un air têtu.

– Hein ? qu'est-ce que tu dis ? Je vas t'apprendre le courage, mauvais Français !

– Je ne veux pas partir, je veux rester chez nous.

Le garde champêtre levait la main, lorsque Buteau l'arrêta.

– Laissez-le donc tranquille, cet enfant !... Il a raison. Est-ce qu'on a besoin de lui ? Il y en a d'autres... Avec ça qu'on vient au monde pour lâcher son coin, pour aller se faire casser la gueule, à cause d'un tas d'histoires dont on se fiche. Moi, je n'ai pas quitté le pays, je ne m'en porte pas plus mal.

En effet, il avait tiré un bon numéro, il était un vrai terrien, attaché au sol, ne connaissant qu'Orléans et Chartres, n'ayant rien vu, au-delà du plat horizon de la Beauce. Et il semblait en tirer un orgueil, d'avoir ainsi poussé dans sa terre, avec l'entêtement borné et vivace d'un arbre. Il s'était mis debout, les femmes le regardaient.

– Quand ils rentrent du service, ils sont tous si maigres ! osa murmurer Lise.

– Et vous, Caporal, demanda la vieille Rose, vous êtes allé loin ?

Jean fumait sans une parole, en garçon réfléchi qui préférait écouter. Il ôta lentement sa pipe.

– Oui, assez loin comme ça... Pas en Crimée, pourtant. Je devais partir, quand on a pris Sébastopol !... Mais, plus tard, en Italie...

– Et qu'est-ce que c'est, l'Italie ?

La question parut le surprendre, il hésita, fouilla ses souvenirs.

– Mais l'Italie, c'est comme chez nous. Il y a de la culture, il y a des bois avec des rivières... Partout, c'est la même chose.

– Alors, vous vous êtes battu ?

– Ah ! oui, battu, pour sûr !

Il s'était remis à sucer sa pipe, il ne se pressait pas ; et Françoise, qui avait levé les yeux, restait la bouche entrouverte, à attendre une histoire. Toutes d'ailleurs, s'intéressaient, la Grande elle-même allongea un nouveau coup de canne sur la table, pour faire taire Hilarion qui geignait, la Trouille ayant inventé le petit jeu de lui enfoncer une épingle dans le bras, sournoisement.

– À Solférino, ça chauffait dur, et il pleuvait cependant, oh ! il pleuvait... Je n'avais pas un fil de sec, l'eau m'entrait par le dos et coulait dans mes souliers... Ça, on peut le dire sans mensonges, nous avons été mouillés !

On attendait toujours, mais il n'ajouta rien, il n'avait vu que ça de la bataille. Au bout d'une minute de silence, il reprit de son air raisonnable :

– Mon Dieu ! la guerre, ce n'est pas si difficile qu'on le croit... On tombe au sort, n'est-ce pas ? on est bien obligé de faire son devoir. Moi, j'ai lâché le service parce que j'aime mieux autre chose. Seulement, ça peut encore avoir du bon, pour celui que son métier dégoûte et qui rage, quand l'ennemi vient nous emmerder en France.

– Une sale chose tout de même ! conclut le père Fouan. Chacun devrait défendre son chez-soi, et pas plus.

De nouveau, le silence régna. Il faisait très chaud, une chaleur humide et vivante, accentuée par la forte odeur de la litière. Une des deux vaches, qui s'était mise debout, fientait ; et l'on entendit le bruit doux et rythmique des bouses étalées. De la nuit des charpentes, descendait le cricri mélancolique d'un grillon ; tandis que, le long des murailles, les doigts rapides des femmes, activant les aiguilles de leur tricot, semblaient faire courir des pattes d'araignées géantes, au milieu de tout ce noir.

Mais Palmyre, ayant pris les mouchettes pour moucher la chandelle, la moucha si bas, qu'elle l'éteignit. Ce furent des clameurs, les filles riaient, les enfants enfonçaient l'épingle dans une fesse d'Hilarion ; et les choses se seraient gâtées, si la chandelle de Jésus-Christ et de Bécu, somnolents sur leurs cartes, n'avait servi à rallumer l'autre, malgré sa mèche longue, élargie en un champignon rouge. Saisie de sa maladresse, Palmyre tremblait comme une gamine qui craint de recevoir le fouet.

– Voyons, dit Fouan, qui est-ce qui va nous lire ça, pour finir la veillée ?... Caporal, vous devez très bien lire l'imprimé, vous.

Il était allé chercher un petit livre graisseux, un de ces livres de propagande bonapartiste, dont l'empire avait inondé les campagnes. Celui-ci, tombé là, de la balle d'un colporteur, était une attaque violente contre l'ancien régime, une histoire dramatisée du paysan, avant et après la Révolution, sous ce titre de complainte : Les malheurs et le triomphe de Jacques Bonhomme.

Jean avait pris le livre, et tout de suite, sans se faire prier, il se mit à lire, d'une voix blanche et ânonnante d'écolier qui ne tient pas compte de la ponctuation. Religieusement, on l'écouta.

D'abord, il était question des Gaulois libres, réduits en esclavage par les Romains, puis conquis par les Francs, qui, des esclaves, firent des serfs, en établissant la féodalité. Et le long martyre commençait, le martyre de Jacques Bonhomme, de l'ouvrier de la terre, exploité, exterminé, à travers les siècles. Pendant que le peuple des villes se révoltait, fondant la commune, obtenant le droit de bourgeoisie, le paysan isolé, dépossédé de tout et de lui-même, n'arrivait que plus tard à s'affranchir, à acheter de son argent la liberté d'être un homme ; et quelle liberté illusoire, le propriétaire accablé, garrotté par des impôts de sang et de ruine, la propriété sans cesse remise en question, grevée de tant de charges, qu'elle ne lui laissait guère que des cailloux à manger ! Alors, un affreux dénombrement commençait, celui des droits qui frappaient le misérable. Personne n'en pouvait dresser la liste exacte et complète, ils pullulaient, ils soufflaient à la fois du roi, de l'évêque et du seigneur. Trois carnassiers dévorants sur le même corps : le roi avait le cens et la taille, l'évêque avait la dîme, le seigneur imposait tout, battait monnaie avec tout. Plus rien n'appartenait au paysan, ni la terre, ni l'eau, ni le feu, ni même l'air qu'il respirait. Il lui fallait payer, payer toujours, pour sa vie, pour sa mort, pour ses contrats, ses troupeaux, son commerce, ses plaisirs. Il payait pour détourner sur son fonds l'eau pluviale des fossés, il payait pour la poussière des chemins que les pieds de ses moutons faisaient voler, l'été, aux grandes sécheresses. Celui qui ne pouvait payer, donnait son corps et son temps, taillable et corvéable à merci, obligé de labourer, moissonner, faucher, façonner la vigne, curer les fossés du château, faire et entretenir les routes. Et les redevances en nature ; et les banalités, le moulin, le four, le pressoir, où restait le quart des récoltes ; et le droit de guet et de garde qui subsista en argent, même après la démolition des donjons ; et le droit de gîte, de prise et pourvoirie, qui, sur le passage du roi ou du seigneur, dévalisait les chaumières, enlevait les paillasses et les couvertures, chassait l'habitant de chez lui, quitte à ce qu'on arrachât les portes et les fenêtres, s'il ne déguerpissait pas assez vite. Mais l'impôt exécré, celui dont le souvenir grondait encore au fond des hameaux, c'était la gabelle odieuse, les greniers à sel, les familles tarifées à une quantité de sel qu'elles devaient quand même acheter au roi, toute cette perception inique dont l'arbitraire ameuta et ensanglanta la France.

– Mon père, interrompit Fouan, a vu le sel à dix-huit sous la livre... Ah ! les temps étaient durs !

Jésus-Christ rigolait dans sa barbe. Il voulut insister sur les droits polissons, auxquels le petit livre se contentait de faire une allusion pudique.

– Et le droit de cuissage, dites donc ?... Ma parole ! le seigneur fourrait la cuisse dans le lit de la mariée, et la première nuit il lui fourrait...

On le fit taire, les filles, Lise elle-même avec son gros ventre, étaient devenues toutes rouges ; tandis que la Trouille et les deux galopins, le nez tombé par terre, se collaient leur poing dans la bouche, pour ne pas éclater. Hilarion, béant, ne perdait pas un mot, comme s'il eût compris.

Jean continua. Maintenant, il en était à la justice, à cette triple justice du roi, de l'évêque et du seigneur, qui écartelait le pauvre monde suant sur la glèbe. Il y avait le droit coutumier, il y avait le droit écrit, et par-dessus tout il y avait le bon plaisir, la raison du plus fort. Aucune garantie, aucun recours, la toute-puissance de l'épée. Même aux siècles suivants, lorsque l'équité protesta, on acheta les charges, la justice fut vendue. Et c'était pis pour le recrutement des armées, pour cet impôt du sang, qui, longtemps, ne frappa que les petits des campagnes : ils fuyaient dans les bois, on les ramenait enchaînés, à coups de crosse, on les enrôlait comme on les aurait conduits au bagne. L'accès des grades leur était défendu. Un cadet de famille trafiquait d'un régiment, ainsi que d'une marchandise à lui qu'il avait payée, mettait les grades inférieurs aux enchères, poussait le reste de son bétail humain à la tuerie. Puis, venaient enfin les droits de chasse, ces droits de pigeonnier et de garenne, qui, de nos jours, même abolis, ont laissé un ferment de haine au cœur des paysans. La chasse, c'est l'enragement héréditaire, c'est l'antique prérogative féodale qui autorisait le seigneur à chasser partout, et qui faisait punir de mort le vilain ayant l'audace de chasser chez lui ; c'est la bête libre, l'oiseau libre, encagés sous le grand ciel pour le plaisir d'un seul ; ce sont les champs parqués en capitaineries, que le gibier ravageait, sans qu'il fût permis aux propriétaires d'abattre un moineau.

– Ça se comprend, murmura Bécu, qui parlait de tirer les braconniers comme des lapins.

Mais Jésus-Christ avait dressé l'oreille, à cette question de la chasse, et il sifflota d'un air goguenard. Le gibier était à qui savait le tuer.

– Ah ! mon Dieu ! dit Rose simplement, en poussant un grand soupir.

Tous avaient ainsi le cœur gros, cette lecture leur pesait peu à peu aux épaules, du poids pénible d'une histoire de revenants. Ils ne comprenaient pas toujours, cela redoublait leur malaise. Puisque ça s'était passé comme ça dans le temps, peut-être bien que ça pouvait revenir.

– « Va, pauvre Jacques Bonhomme, se remit à ânonner Jean de sa voix d'écolier, donne ta sueur, donne ton sang, tu n'es pas au bout de tes peines... »

Le calvaire du paysan, en effet, se déroulait. Il avait souffert de tout, des hommes, des éléments et de lui-même. Sous la féodalité, lorsque les nobles allaient à la proie, il était chassé, traqué, emporté dans le butin. Chaque guerre privée de seigneur à seigneur le ruinait, quand elle ne l'assassinait pas : on brûlait sa chaumière, on rasait son champ. Plus tard étaient venues les grandes compagnies, le pire des fléaux qui ont désolé nos campagnes, ces bandes d'aventuriers à la solde de qui les payait, tantôt pour, tantôt contre la France, marquant leur passage par le fer et le feu, laissant derrière elles la terre nue. Si les villes tenaient, grâce à leurs murailles, les villages étaient balayés dans cette folie du meurtre, qui alors soufflait d'un bout à l'autre d'un siècle. Il y a eu des siècles rouges, des siècles où nos plats pays, comme on disait, n'ont cessé de clamer de douleur, les femmes violées, les enfants écrasés, les hommes pendus. Puis, lorsque la guerre faisait trêve, les maltôtiers du roi suffisaient au continuel tourment du pauvre monde ; car le nombre et le poids des impôts n'étaient rien, à côté de la perception fantasque et brutale, la taille et la gabelle mises à ferme, les taxes réparties au petit bonheur de l'injustice, exigées par des troupes armées qui faisaient rentrer l'argent du fisc comme on lève une contribution de guerre ; si bien que presque rien de cet argent n'arrivait aux caisses de l'État, volé en route, diminué à chacune des mains pillardes où il passait. Ensuite, la famine s'en mêlait. L'imbécile tyrannie des lois immobilisant le commerce, empêchant la libre vente des grains, déterminait tous les dix ans d'effrayantes disettes, sous des années de soleil trop chaud ou de trop longues pluies, qui semblaient des punitions de Dieu. Un orage gonflant les rivières, un printemps sans eau, le moindre nuage, le moindre rayon compromettant les récoltes, emportaient des milliers d'hommes : coups terribles du mal de la faim, renchérissement brusque de toutes choses, épouvantables misères, pendant lesquelles les gens broutaient l'herbe des fossés, ainsi que des bêtes. Et, fatalement, après les guerres, après les disettes, des épidémies se déclaraient, tuaient ceux que l'épée et la famine avaient épargnés. C'était une pourriture sans cesse renaissante de l'ignorance et de la malpropreté, la peste noire, la Grand-Mort, dont on voit le squelette géant dominer les temps anciens, rasant de sa faux le peuple triste et blême des campagnes.

Alors, quand il souffrait trop, Jacques Bonhomme se révoltait. Il avait derrière lui des siècles de peur et de résignation, les épaules durcies aux coups, le cœur si écrasé, qu'il ne sentait pas sa bassesse. On pouvait le frapper longtemps, l'affamer, lui voler tout, sans qu'il sortit de sa prudence, de cet abêtissement où il roulait des choses confuses, ignorées de lui-même ; et cela jusqu'à une dernière injustice, une souffrance dernière, qui le faisait tout d'un coup sauter à la gorge de ses maîtres, comme un animal domestique, trop battu et enragé. Toujours, de siècle en siècle, la même exaspération éclate, la jacquerie arme les laboureurs de leurs fourches et de leurs faux, quand il ne leur reste qu'à mourir. Ils ont été les

Bagaudes chrétiens de la Gaule, les Pastoureaux du temps des Croisades, plus tard les Croquants et les Nu-pieds courant sus aux nobles et aux soldats du roi. Après quatre cents ans, le cri de douleur et de colère des Jacques, passant encore à travers les champs dévastés, va faire trembler les maîtres, au fond des châteaux. S'ils se fâchaient une fois de plus, eux qui sont le nombre, s'ils réclamaient enfin leur part de jouissance ? Et la vision ancienne galope, de grands diables demi-nus, en guenilles, fous de brutalité et de désirs, ruinant, exterminant, comme on les a ruinés et exterminés, violant à leur tour les femmes des autres !

– « Calme tes colères, homme des champs, poursuivait Jean de son air doux et appliqué, car l'heure de ton triomphe sonnera bientôt au cadran de l'histoire... »

Buteau avait eu son haussement brusque d'épaules : belle affaire de se révolter ! oui, pour que les gendarmes vous ramassent ! Tous, d'ailleurs, depuis que le petit livre contait les rébellions de leurs ancêtres, écoutaient les yeux baissés, sans hasarder un geste, pris de méfiance, bien qu'ils fussent entre eux. C'étaient des choses dont on ne devait pas causer tout haut, personne n'avait besoin de savoir ce qu'ils pensaient là-dessus. Jésus-Christ ayant voulu interrompre, pour crier qu'il tordrait le cou de plusieurs, à la prochaine, Bécu déclara violemment que tous les républicains étaient des cochons ; et il fallut que Fouan leur imposât silence, solennel, d'une gravité triste, en vieil homme qui en connaît long, mais qui ne veut rien dire. La Grande, tandis que les autres femmes semblaient s'intéresser de plus près à leur tricot, lâcha cette sentence : « Ce qu'on a, on le garde » sans que cela parût se rapporter à la lecture. Seule, Françoise, son ouvrage tombé sur les genoux, regardait Caporal, étonnée de ce qu'il lisait sans faute et si longtemps.

– Ah ! mon Dieu ! ah ! mon Dieu ! répéta Rose, en soupirant plus fort.

Mais le ton du livre changeait, il devenait lyrique, et des phrases célébraient la Révolution. C'était là que Jacques Bonhomme triomphait, dans l'apothéose de 89. Après la prise de la Bastille, pendant que les paysans brûlaient les châteaux, la nuit du 4 août avait légalisé les conquêtes des siècles, en reconnaissant la liberté humaine et l'égalité civile. « En une nuit, le laboureur était devenu l'égal du seigneur qui, en vertu de parchemins, buvait sa sueur et dévorait le fruit de ses veilles. » Abolition de la qualité de serf, de tous les privilèges de la noblesse, des justices ecclésiastiques et seigneuriales ; rachat en argent des anciens droits, égalité des impôts ; admission de tous les citoyens à tous les emplois civils et militaires. Et la liste continuait, les maux de cette vie semblaient disparaître un à un, c'était l'hosanna d'un nouvel âge d'or s'ouvrant pour le laboureur, qu'une page entière flagornait, en l'appelant le roi et le nourricier du monde. Lui seul importait, il fallait s'agenouiller devant la sainte charrue. Puis, les horreurs de 93 étaient stigmatisées en termes brûlants, et le livre entamait un éloge outré de Napoléon, l'enfant de la Révolution, qui avait su « la tirer des ornières de la licence, pour faire le bonheur des campagnes ».

– Ça, c'est vrai ! lança Bécu, pendant que Jean tournait la dernière page.

– Oui, c'est vrai, dit le père Fouan. Il y a eu du bon temps tout de même, dans ma jeunesse... Moi qui vous parle, j'ai vu Napoléon une fois, à Chartres. J'avais vingt ans... On était libre, on avait la terre, ça semblait si bon ! Je me souviens que mon père, un jour, disait qu'il semait des sous et qu'il récoltait des écus... Puis, on a eu Louis XVIII, Charles X, Louis-Philippe. Ça marchait toujours, on mangeait, on ne pouvait pas se plaindre... Et voici Napoléon III, aujourd'hui, et ça n'allait pas encore trop mal jusqu'à l'année dernière... Seulement...

Il voulut garder le reste, mais les mots lui échappaient.

– Seulement, qu'est-ce que ça nous a foutu, leur liberté et leur égalité, à Rose et à moi ?... Est-ce que nous en sommes plus gras, après nous être esquintés pendant cinquante ans ?

Alors, en quelques mots lents et pénibles, il résuma inconsciemment toute cette histoire : la terre si longtemps cultivée pour le seigneur, sous le bâton et dans la nudité de l'esclave, qui n'a rien à lui, pas même sa peau ; la terre, fécondée de son effort, passionnément aimée et désirée pendant cette intimité chaude de chaque heure, comme la femme d'un autre que l'on soigne, que l'on étreint et que l'on ne peut posséder ; la terre, après des siècles de ce tourment de concupiscence, obtenue enfin, conquise, devenue sa chose, sa jouissance, l'unique source de la vie. Et ce désir séculaire, cette possession sans cesse reculée, expliquait son amour pour son champ, sa passion de la terre, du plus de terre possible, de la motte grasse, qu'on touche, qu'on pèse au creux de la main. Combien pourtant elle était indifférente et ingrate, la terre ! On avait beau l'adorer, elle ne s'échauffait pas, ne produisait pas un grain de plus. De trop fortes pluies pourrissaient les semences, des coups de grêle hachaient le blé en herbe, un vent de foudre versait les tiges, deux mois de sécheresse maigrissaient les épis ; et c'étaient encore les insectes qui rongent, les froids qui tuent, des maladies sur le bétail, des lèpres de mauvaises plantes mangeant le sol : tout devenait une cause de ruine, la lutte restait quotidienne, au hasard de l'ignorance, en continuelle alerte. Certes, lui ne s'était pas épargné, tapant des deux poings, furieux de voir que le travail ne suffisait pas. Il y avait desséché les muscles de son corps, il s'était donné tout entier à la terre, qui, après l'avoir à peine nourri, le laissait misérable, inassouvi, honteux d'impuissance sénile, et passait aux bras d'un autre mâle, sans pitié même pour ses pauvres os, qu'elle attendait.

– Et voilà ! et voilà ! continuait le père. On est jeune, on se décarcasse ; et, quand on est parvenu bien difficilement à joindre les deux bouts, on est vieux, il faut partir... N'est-ce pas, Rose ?

La mère hocha sa tête tremblante. Ah ! oui, bon sang ! elle avait travaillé, elle aussi, plus qu'un homme bien sûr ! Levée avant les autres, faisant la soupe, balayant, récurant, les reins cassés par mille soins, les vaches, le cochon, le pétrin, toujours couchée la dernière ! Pour n'en être pas crevée, il fallait qu'elle fût solide. Et c'était sa seule récompense, d'avoir vécu : on n'amassait que des rides, bien heureux encore, lorsque, après avoir coupé les barils en quatre, s'être couché sans lumière et contenté de pain et d'eau, on gardait de quoi ne pas mourir de faim, dans ses vieux jours.

– Tout de même, reprit Fouan, il ne faut pas nous plaindre. Je me suis laissé conter qu'il y a des pays où la terre donne un mal de chien. Ainsi, dans le Perche, ils n'ont que des cailloux... En Beauce, elle est douce encore, elle ne demande qu'un bon travail suivi... Seulement, ça se gâte. Elle devient pour sûr moins fertile, des champs où l'on récoltait vingt hectolitres, n'en rapportent aujourd'hui que quinze... Et le prix de l'hectolitre diminue depuis un an, on raconte qu'il arrive du blé de chez les sauvages, c'est quelque chose de mauvais qui commence, une crise, comme ils disent... Est-ce que le malheur est jamais fini ? Ça ne met pas de viande dans la marmite, n'est-ce pas ? leur suffrage universel. Le foncier nous casse les épaules, on nous prend toujours nos enfants pour la guerre... Allez, on a beau faire des révolutions, c'est bonnet blanc, blanc bonnet, et le paysan reste le paysan.

Jean, qui était méthodique, attendait, pour achever sa lecture. Le silence étant retombé, il lut doucement :

– « Heureux laboureur, ne quitte pas le village pour la ville, où il te faudrait tout acheter, le lait, la viande et les légumes, où tu dépenserais toujours au-delà du nécessaire, à cause des occasions. N'as-tu pas au village de l'air et du soleil, un travail sain, des plaisirs honnêtes ? La vie des champs n'a point son égale, tu possèdes le vrai bonheur, loin des lambris dorés ; et la preuve, c'est que les ouvriers des villes viennent se régaler à la campagne, de même que les bourgeois n'ont qu'un rêve, se retirer près de toi, cueillir des fleurs, manger des fruits aux arbres, faire des cabrioles sur le gazon. Dis-toi bien, Jacques Bonhomme, que l'argent est une chimère. Si tu as la paix du cœur, ta fortune est faite. »

Sa voix s'était altérée, il dut contenir une émotion de gros garçon tendre, grandi dans les villes, et dont les idées de félicité champêtre remuaient l'âme. Les autres restèrent moines, les femmes pliées sur leurs aiguilles, les hommes tassés, la face durcie. Est-ce que le livre se moquait d'eux ? L'argent seul était bon, et ils crevaient de misère. Puis, comme ce silence, lourd de souffrance et de rancune, le gênait, le jeune homme se permit une réflexion sage.

– Tout de même, ça irait mieux peut-être avec l'instruction... Si l'on était si malheureux autrefois, c'était qu'on ne savait pas. Aujourd'hui, on sait un peu, et ça va moins mal assurément. Alors, il faudrait savoir tout à fait, avoir des écoles pour apprendre à cultiver...

Mais Fouan l'interrompit violemment, en vieillard obstiné dans la routine.

– Fichez-nous donc la paix, avec votre science ! Plus on en sait, moins ça marche, puisque je vous dis qu'il y a cinquante ans la terre rapportait davantage ! Ça la fâche qu'on la tourmente, elle ne donne jamais que ce qu'elle veut, la mâtine ! Et voyez si M. Hourdequin n'a pas mangé de l'argent gros comme lui, à se fourrer dans les inventions nouvelles... Non, non, c'est foutu, le paysan reste le paysan !

Dix heures sonnaient, et à ce mot qui concluait avec la rudesse d'un coup de hache, Rose alla chercher un pot de châtaignes, qu'elle avait laissé dans les cendres chaudes de la cuisine, le régal obligé du soir de la Toussaint. Même elle rapporta deux litres de vin blanc, pour que la fête fût complète. Dès lors, on oublia les histoires, la gaieté monta, les ongles et les dents travaillèrent à tirer de leurs cosses les châtaignes bouillies, fumantes encore. La Grande avait englouti tout de suite sa part dans sa poche, parce qu'elle mangeait moins vite. Bécu et Jésus-Christ les avalaient sans les éplucher, en se les lançant de loin au fond de la bouche ; tandis que Palmyre, enhardie, mettait à les nettoyer un soin extrême, puis en gavait Hilarion comme une volaille. Quant aux enfants, ils « faisaient du boudin ». La Trouille piquait la châtaigne avec une dent, puis la pressait pour en tirer un jet mince, que Delphin et Nénesse léchaient ensuite. C'était très bon. Lise et Françoise se décidèrent à en faire aussi. On moucha la chandelle une dernière fois, on trinqua à la bonne amitié de tous les assistants. La chaleur avait augmenté, une vapeur rousse montait du purin de la litière, le grillon chantait plus fort, dans les grandes ombres mouvantes des poutres ; et, pour que les vaches fussent du régal, on leur donnait les cosses, qu'elles broyaient d'un gros bruit régulier et doux.

À la demie de dix heures, le départ commença. D'abord, ce fut Fanny qui emmena Nénesse. Puis, Jésus-Christ et Bécu sortirent en se querellant, repris d'ivresse dans le froid du dehors ; et l'on entendit la Trouille et Delphin, chacun soutenant son père, le poussant, le remettant dans le droit chemin, comme une bête rétive qui ne connaît plus l'écurie. À chaque battement de la porte, un souffle glacial venait de la route, blanche de neige. Mais la Grande ne se pressait point, nouait son mouchoir autour de son cou, enfilait ses mitaines. Elle n'eut pas un regard pour Palmyre et Hilarion, qui s'échappèrent peureusement, secoués d'un frisson, sous leurs guenilles. Enfin, elle s'en alla, elle rentra chez elle, à côté, avec le coup sourd du battant violemment refermé. Et il ne resta que Françoise et Lise.

– Dites donc, Caporal, demanda Fouan, vous les accompagnerez en retournant à la ferme, n'est-ce pas ? C'est votre chemin.

Jean accepta d'un signe, pendant que les deux filles se couvraient la tête de leur fichu.

Buteau s'était levé, et il marchait d'un bout à l'autre de l'étable, la face dure, d'un pas inquiet et songeur. Il n'avait plus parlé depuis la lecture, comme possédé par ce que le livre disait, ces histoires de la terre si rudement conquise. Pourquoi ne pas l'avoir toute ? un partage lui devenait insupportable. Et c'étaient d'autres choses encore, des choses confuses, qui se battaient dans son crâne épais, de la colère, de l'orgueil, l'entêtement de ne pas revenir sur ce qu'il avait dit, le désir exaspéré du mâle voulant et ne voulant pas, dans la crainte d'être dupé. Brusquement, il se décida.

– Je monte me coucher, adieu !

– Comment ça, adieu ?

– Oui, je repartirai pour la Chamade avant le jour... Adieu, si je ne vous revois pas.

Le père et la mère, côte à côte, s'étaient plantés devant lui.

– Eh bien ! et ta part, demanda Fouan, l'acceptes-tu ?

Buteau marcha jusqu'à la porte ; puis, se retournant :

– Non !

Tout le corps du vieux paysan trembla. Il se grandit, il eut un dernier éclat de l'antique autorité.

– C'est bon, tu es un mauvais fils... Je vas donner leurs parts à ton frère et à ta sœur, et je leur louerai la tienne, et quand je mourrai, je m'arrangerai pour qu'ils la gardent... Tu n'auras rien, va-t'en !

Buteau ne broncha pas, dans son attitude raidie. Alors, Rose, à son tour, essaya de l'attendrir.

– Mais on t'aime autant que les autres, imbécile !... Tu boudes contre ton ventre. Accepte !

– Non !

Et il disparut, il monta se coucher.

Dehors, Lise et Françoise, encore saisies de cette scène, firent quelques pas en silence. Elles s'étaient reprises à la taille, elles se confondaient, toutes noires, dans le bleuissement nocturne de la neige. Mais Jean qui les suivait, également silencieux, les entendit bientôt pleurer. Il voulut leur rendre courage.

– Voyons, il réfléchira, il dira oui demain.

– Ah ! vous ne le connaissez pas, s'écria Lise. Il se ferait plutôt hacher que de céder... Non, non, c'est fini !

Puis, d'une voix désespérée :

– Qu'est-ce que je vais donc en faire, de son enfant ?

– Dame ! faut bien qu'il sorte, murmura Françoise.

Cela les fit rire. Mais elles étaient trop tristes, elles se remirent à pleurer.

Lorsque Jean les eut laissées à leur porte, il continua sa route, à travers la plaine. La neige avait cessé, le ciel était redevenu vif et clair, criblé d'étoiles, un grand ciel de gelée, d'où tombait un jour bleu, d'une limpidité de cristal ; et la Beauce, à l'infini, se déroulait, toute blanche, plate et immobile comme une mer de glace. Pas un souffle ne venait de l'horizon lointain, il n'entendait que la cadence de ses gros souliers sur le sol durci. C'était un calme profond, la paix souveraine du froid. Tout ce qu'il avait lu lui tournait dans la tête, il ôta sa casquette pour se rafraîchir, souffrant derrière les oreilles, ayant besoin de ne plus penser à rien. L'idée de cette fille enceinte et de sa sœur le fatiguait aussi. Ses gros souliers sonnaient toujours. Une étoile filante se détacha, sillonna le ciel d'un vol de flamme, silencieuse.

Là-bas, la ferme de la Borderie disparaissait, renflant à peine d'une légère bosse la nappe blanche ; et, dès que Jean se fut engagé dans le sentier de traverse, il se rappela le champ qu'il avait ensemencé à cette place, quelques jours plus tôt : il regarda vers la gauche, il le reconnut, sous le suaire qui le couvrait. La couche était mince, d'une légèreté et d'une pureté d'hermine, dessinant les arêtes des sillons, laissant deviner les membres engourdis de la terre. Comme les semences devaient dormir ! quel bon repos dans ces flancs glacés, jusqu'au tiède matin, où le soleil du printemps les réveillerait à la vie !

Deuxième partie

I

Il était quatre heures, le jour se levait à peine, un jour rose des premiers matins de mai. Sous le ciel pâlissant, les bâtiments de la Borderie sommeillaient encore, à demi sombres, trois longs bâtiments aux trois bords de la vaste cour carrée, la bergerie au fond, les granges à droite, la vacherie, l'écurie et la maison d'habitation à gauche. Fermant le quatrième côté, la porte charretière était close, verrouillée d'une barre de fer. Et, sur la fosse à fumier, seul un grand coq jaune sonnait le réveil, de sa note éclatante de clairon. Un second coq répondit, puis un troisième. L'appel se répéta, s'éloigna de ferme en ferme, d'un bout à l'autre de la Beauce.

Cette nuit-là, comme presque toutes les nuits, Hourdequin était venu retrouver Jacqueline dans sa chambre, la petite chambre de servante qu'il lui avait laissé embellir d'un papier à fleurs, de rideaux de percale et de meubles d'acajou. Malgré son pouvoir grandissant, elle s'était heurtée à de violents refus, chaque fois qu'elle avait tenté d'occuper, avec lui, la chambre de sa défunte femme, la chambre conjugale, qu'il défendait par un dernier respect. Elle en restait très blessée, elle comprenait bien qu'elle ne serait pas la vraie maîtresse, tant qu'elle ne coucherait pas dans le vieux lit de chêne, drapé de cotonnade rouge.

Au petit jour, Jacqueline s'éveilla, et elle demeurait sur le dos, les paupières grandes ouvertes, tandis que, près d'elle, le fermier ronflait encore. Ses yeux noirs rêvaient dans cette chaleur excitante du lit, un frisson gonfla sa nudité de jolie fille mince. Pourtant, elle hésitait ; puis, elle se décida, enjamba doucement son maître, la chemise retroussée, si légère et si souple, qu'il ne la sentit point ; et, sans bruit, les mains fiévreuses de son brusque désir, elle passa un jupon. Mais elle heurta une chaise, il ouvrit les yeux à son tour.

– Tiens ! tu t'habilles... Où vas-tu ?

– J'ai peur pour le pain, je vais voir.

Hourdequin se rendormit, bégayant, étonné du prétexte, la tête en sourd travail dans l'accablement du sommeil. Quelle drôle d'idée ! le pain n'avait pas besoin d'elle, à cette heure. Et il se réveilla en sursaut, sous la pointe aiguë d'un soupçon. Ne la voyant plus là, étourdi, il promenait son regard vague autour de cette chambre de bonne, où étaient ses pantoufles, sa pipe, son rasoir. Encore quelque coup de chaleur de cette gueuse pour un valet ! Il lui fallut deux minutes avant de se reprendre, il revit toute son histoire.

Son père, Isidore Hourdequin, était le descendant d'une ancienne famille de paysans de Cloyes, affinée et montée à la bourgeoisie, au seizième siècle. Tous avaient eu des emplois dans la gabelle : un grenetier à Chartres ; un autre, contrôleur à Châteaudun ; et Isidore, orphelin de bonne heure, possédait une soixantaine de mille francs, lorsque, à vingt-six ans, privé de sa place par la Révolution, il eut l'idée de faire fortune avec les vols de ces brigands de républicains, qui mettaient en vente les biens nationaux. Il connaissait admirablement la contrée, il flaira, calcula, paya trente mille francs, à peine le cinquième de leur valeur réelle, les cent cinquante hectares de la Borderie, tout ce qu'il restait de l'ancien domaine des Rognes-Bouqueval. Pas un paysan n'avait osé risquer ses écus ; seuls, des bourgeois, des robins et des financiers tirèrent profit de la mesure révolutionnaire. D'ailleurs, c'était simplement une spéculation, car Isidore comptait bien ne pas s'embarrasser d'une ferme, la revendre à son prix dès la fin des troubles, quintupler ainsi son argent. Mais le Directoire arriva, et la dépréciation de la propriété continuait : il ne put vendre avec le bénéfice rêvé. Sa terre le tenait, il en devint le prisonnier, à ce point que, têtu, ne voulant rien lâcher d'elle, il eut l'idée de la faire valoir lui-même, espérant y réaliser enfin la fortune. Vers cette époque, il épousa la fille d'un fermier voisin, qui lui apporta cinquante hectares ; dès lors, il en eut deux cents, et ce fut ainsi que ce bourgeois, sorti depuis trois siècles de la souche paysanne, retourna à la culture, mais à la grande culture, à l'aristocratie du sol, qui remplaçait l'ancienne toute-puissance féodale.

Alexandre Hourdequin, son fils unique, était né en 1804. Il avait commencé d'exécrables études au collège de Châteaudun. La terre le passionnait, il préféra revenir aider son père, décevant un nouveau rêve de ce dernier, qui, devant la fortune lente, aurait voulu vendre tout et lancer son fils dans quelque profession libérale. Le jeune homme avait vingt-sept ans, lorsque, le père mort, il devint le maître de la Borderie. Il était pour les méthodes nouvelles ; son premier soin, en se mariant, fut de chercher, non du bien, mais de l'argent, car, selon lui, il fallait s'en prendre au manque de capital, si la ferme végétait ; et il trouva la dot désirée, une somme de cinquante mille francs, que lui apporta une sœur du notaire Baillehache, une demoiselle mûre, son aînée de cinq ans, extrêmement laide, mais douce. Alors, commença, entre lui et ses deux cents hectares, une longue lutte, d'abord prudente, peu à peu enfiévrée par les mécomptes, lutte de chaque saison, de chaque jour, qui, sans l'enrichir, lui avait permis de mener une vie large de gros homme sanguin, décidé à ne jamais rester sur ses appétits. Depuis quelques années, les choses se gâtaient encore. Sa femme lui avait donné deux enfants : un garçon, qui s'était engagé par haine de la culture, et qui venait d'être fait capitaine, après Solférino ; une fille délicate et charmante, sa grande tendresse, l'héritière de la Borderie, puisque son fils ingrat courait les aventures. D'abord, en pleine moisson, il perdit sa femme. L'automne suivant, sa fille mourait. Ce fut un coup terrible. Le capitaine ne se montrait même plus une fois par an, le père se trouva brusquement seul, l'avenir fermé, sans l'encouragement désormais de travailler pour sa race. Mais, si la blessure saignait au fond, il resta debout, violent et autoritaire. Devant les paysans qui ricanaient de ses machines, qui souhaitaient la ruine de ce bourgeois assez audacieux pour tâter de leur métier, il s'obstina. Et que faire, d'ailleurs ? Il était de plus en plus étroitement le prisonnier de sa terre : le travail accumulé, le capital engagé l'enfermaient chaque jour davantage, sans autre issue possible désormais que d'en sortir par un désastre.

Hourdequin, carré des épaules, avec sa large face haute en couleur, n'ayant gardé que des mains petites de son affinement bourgeois, avait toujours été un mâle despotique pour ses servantes. Même du temps de sa femme, toutes étaient prises ; et cela naturellement, sans autre conséquence, comme une chose due. Si les filles de paysans pauvres qui vont en couture, se sauvent parfois, pas une de celles qui s'engagent dans les fermes, n'évite l'homme, les valets ou le maître. Mme Hourdequin vivait encore, lorsque Jacqueline entra à la Borderie, par charité : le père Cognet, un vieil ivrogne, la rouait de coups, et elle était si desséchée, si minable, qu'on lui voyait les os du corps, au travers de ses guenilles. Avec ça, d'une telle laideur, croyait-on, que les gamins la huaient. On ne lui aurait pas donné quinze ans, bien qu'elle en eût alors près de dix-huit. Elle aidait la servante, on l'employait à de basses besognes, à la vaisselle, au travail de la cour, au nettoyage des bêtes, ce qui achevait de la crotter, salie à plaisir. Pourtant, après la mort de la fermière, elle parut se décrasser un peu. Tous les valets la culbutaient dans la paille ; pas un homme ne venait à la ferme, sans lui passer sur le ventre ; et, un jour qu'elle l'accompagnait à la cave, le maître, dédaigneux jusque-là, voulut aussi goûter de ce laideron mal tenu ; mais elle se défendit furieusement, l'égratigna, le mordit, si bien qu'il fut obligé de la lâcher. Dès lors, sa fortune était faite. Elle résista pendant six mois, se donna ensuite par petits coins de peau nue. De la cour, elle était sautée à la cuisine, servante en titre ; puis, elle engagea une gamine pour l'aider ; puis, tout à fait dame, elle eut une bonne qui la servit. Maintenant, de l'ancien petit torchon, s'était dégagée une fille très brune, l'air fin et joli, qui avait la gorge dure, les membres élastiques et forts des fausses maigres. Elle se montrait d'une coquetterie dépensière, se trempait de parfums, tout en gardant un fond de malpropreté. Les gens de Rognes, les cultivateurs des environs, n'en demeuraient pas moins étonnés de l'aventure : était-ce Dieu possible qu'un richard se fût entiché d'une mauviette pareille, pas belle, pas grasse, de la Cognette enfin, la fille à Cognet, à ce soûlard qu'on voyait depuis vingt ans casser les cailloux sur les routes ! Ah ! un fier beau-père ! une fameuse catin ! Et les paysans ne comprenaient même pas que cette catin était leur vengeance, la revanche du village contre la ferme, du misérable ouvrier de la glèbe contre le bourgeois enrichi, devenu gros propriétaire. Hourdequin, dans la crise de ses cinquante-cinq ans, s'acoquinait, la chair prise, ayant le besoin physique de Jacqueline, comme on a le besoin du pain et de l'eau. Quand elle voulait être bien gentille, elle l'enlaçait d'une caresse de chatte, elle le gorgeait d'un dévergondage sans scrupule, sans dégoût, tel que les filles ne l'osent pas ; et, pour une de ces heures, il s'humiliait, il la suppliait de rester, après des querelles, des révoltes terribles de volonté, dans lesquelles il menaçait de la flanquer dehors, à grands coups de botte.

La veille encore, il l'avait giflée, à la suite d'une scène qu'elle lui faisait, pour coucher dans le lit où était morte sa femme ; et, toute la nuit, elle s'était refusée, lui allongeant des tapes, dès qu'il s'approchait ; car, si elle continuait à se donner le régal des garçons de la ferme, elle le rationnait, lui, le fouettait d'abstinences, afin d'augmenter son pouvoir. Aussi, ce matin-là, dans cette chambre moite, dans ce lit défait où il la respirait encore, fut-il repris de colère et de désir. Depuis longtemps, il flairait ses continuelles trahisons. Il se leva d'un saut, il dit à voix haute :

– Ah ! bougresse, si je te pince !

Vivement, il s'habilla et descendit.

Jacqueline avait filé à travers la maison muette, éclairée à peine par la pointe de l'aube. Comme elle traversait la cour, elle eut un mouvement de recul, en apercevant le berger, le vieux Soulas, déjà debout. Mais son envie la tenait si fort, qu'elle passa outre. Tant pis ! Elle évita l'écurie de quinze chevaux, où couchaient quatre des charretiers de la ferme, alla au fond, dans la soupente qui servait de lit à Jean ; de la paille, une couverture, pas même de draps. Et, l'embrassant tout endormi, lui fermant la bouche d'un baiser, frissonnante, essoufflée, à voix très basse :

– C'est moi, grosse bête. Aie pas peur... Vite, vite, dépêchons !

Mais il s'effraya, il ne voulut jamais, à cette place, dans son lit, crainte d'une surprise. L'échelle du fenil était près de là, ils grimpèrent, laissèrent la trappe ouverte, se culbutèrent au milieu du foin.

– Oh ! grosse bête, grosse bête ! répétait Jacqueline pâmée, avec son roucoulement de gorge, qui semblait lui monter des flancs.

Il y avait près de deux ans que Jean Macquart se trouvait à la ferme. En sortant du service, il était tombé à Bazoches-le-Doyen, avec un camarade, menuisier comme lui, et il avait repris du travail chez le père de ce dernier, petit entrepreneur de village, qui occupait deux ou trois ouvriers ; mais il ne se sentait plus le cœur à la besogne, les sept années de service l'avaient rouillé, dévoyé, dégoûté de la scie et du rabot, à ce point qu'il semblait un autre homme. Jadis, à Plassans, il tapait dur sur le bois, sans facilité pour apprendre, sachant tout juste lire, écrire et compter, très réfléchi pourtant, très laborieux, ayant la volonté de se créer une situation indépendante, en dehors de sa terrible famille. Le vieux Macquart le tenait dans une dépendance de fille, lui soufflait sous le nez ses maîtresses, allait chaque samedi, à la porte de son atelier, lui voler sa paie. Aussi, lorsque les coups et la fatigue eurent tué sa mère, suivit-il l'exemple de sa sœur Gervaise, qui venait de filer à Paris, avec un amant ; il se sauva de son côté, pour ne pas nourrir son fainéant de père. Et, maintenant, il ne se reconnaissait plus, non qu'il fût devenu paresseux à son tour, mais le régiment lui avait élargi la tête : la politique, par exemple, qui l'ennuyait autrefois, le préoccupait aujourd'hui, le faisait raisonner sur l'égalité et la fraternité. Puis, c'étaient des habitudes de flâne, les factions rudes et oisives, la vie somnolente des casernes, la bousculade sauvage de la guerre. Alors, les outils tombaient de ses mains, il songeait à sa campagne d'Italie, et un grand besoin de repos l'engourdissait, l'envie de s'allonger et de s'oublier dans l'herbe.

Un matin, son patron vint l'installer à la Borderie, pour des réparations. Il y avait un bon mois de travail, des chambres à parqueter, des portes, des fenêtres à consolider un peu partout. Lui, heureux, traîna la besogne six semaines. Sur ces entrefaites, son patron mourut, et le fils, qui s'était marié, alla s'établir dans le pays de sa femme. Demeuré à la Borderie, où l'on découvrait toujours des bois pourris à remplacer, le menuisier y fit des journées pour son compte ; puis, comme la moisson commençait, il donna un coup de main, resta six semaines encore ; de sorte que, le voyant si bien mordre à la culture, le fermier finit par le garder tout à fait. En moins d'un an, l'ancien ouvrier devint un bon valet de ferme, charriant, labourant, semant, fauchant, dans cette paix de la terre, où il espérait contenter enfin son besoin de calme. C'était donc fini de scier et de raboter ! Et il paraissait né pour les champs, avec sa lenteur sage, son amour du travail réglé, ce tempérament de bœuf de labour qu'il tenait de sa mère. Il fut ravi d'abord, il goûta la campagne que les paysans ne voient pas, il la goûta à travers des restes de lectures sentimentales, des idées de simplicité, de vertu, de bonheur parfait, telles qu'on les trouve dans les petits contes moraux pour les enfants.

À vrai dire, une autre cause le faisait se plaire à la ferme. Au temps où il raccommodait les portes, la Cognette était venue s'étaler dans ses copeaux. Ce fut elle réellement qui le débaucha, séduite par les membres forts de ce gros garçon, dont la face régulière et massive annonçait un mâle solide. Lui, céda, puis recommença, craignant de passer pour un imbécile, d'ailleurs tourmenté à son tour du besoin de cette vicieuse, qui savait comment on excite les hommes. Au fond, son honnêteté native protestait. C'était mal, d'aller avec la bonne amie de M. Hourdequin auquel il gardait de la reconnaissance. Sans doute il se donnait des raisons : elle n'était pas la femme du maître, elle lui servait de traînée ; et, puisqu'elle le trompait dans tous les coins, autant valait-il en avoir le plaisir que de le laisser aux autres. Mais ces excuses n'empêchaient pas son malaise de croître, à mesure qu'il voyait le fermier s'éprendre davantage. Certainement, ça finirait par du vilain.

Dans le foin, Jean et Jacqueline étouffaient leur souffle, lorsque lui, l'oreille restée au guet, entendit craquer le bois de l'échelle. D'un bond, il fut debout ; et, au risque de se tuer, il se laissa tomber par le trou qui servait à jeter le fourrage. La tête de Hourdequin, justement, apparaissait de l'autre côté, au ras de la trappe. Il vit du même regard l'ombre de l'homme, qui fuyait, et le ventre de la femme, encore vautrée, les jambes ouvertes. Une telle fureur le poussa, qu'il n'eut pas l'idée de descendre pour reconnaître le galant, et que, d'une gifle à tuer un bœuf, il rejeta par terre Jacqueline, qui se relevait sur les genoux.

– Ah ! putain !

Elle hurla, elle nia l'évidence dans un cri de rage.

– Ce n'est pas vrai !

Il se retenait de défoncer à coups de talon ce ventre qu'il avait vu, cette nudité étalée de bête en folie.

– Je l'ai vu !... Dis que c'est vrai, ou je te crève !

– Non, non, non, pas vrai !

Puis, quand elle se fut enfin remise sur les pieds, la jupe rabattue, elle devint insolente, provocante, décidée à jouer sa toute-puissance.

– Et, d'ailleurs, qu'est-ce que ça te fiche ? Est-ce que je suis ta femme ?... Puisque tu ne veux pas que je couche dans ton lit, je suis bien libre de coucher où ça me plaît.

Elle eut son roucoulement de colombe, comme une moquerie lascive.

– Allons, ôte-toi de là, que je descende... Je m'en irai ce soir.

– Tout de suite !

– Non, ce soir... Attends donc de réfléchir.

Il resta frémissant, hors de lui, ne sachant sur qui faire tomber sa colère. S'il n'avait déjà plus le courage de la jeter immédiatement à la rue, avec quelle joie il aurait flanqué le galant dehors ! Mais où le prendre, maintenant ? Il était monté droit au fenil, guidé par les portes ouvertes, sans regarder dans les lits ; et, lorsqu'il fut redescendu, les quatre charretiers de l'écurie s'habillaient, ainsi que Jean, au fond de sa soupente. Lequel des cinq ? aussi bien celui-ci que celui-là, et les cinq à la file peut-être. Il espérait cependant que l'homme se trahirait, il donna ses ordres pour la matinée, n'envoya personne aux champs, ne sortit pas lui-même, serrant les poings, tournant dans la ferme, avec des regards obliques et l'envie d'assommer quelqu'un.

Après le déjeuner de sept heures, cette revue irritée du maître fit trembler la maison. Il y avait, à la Borderie, les cinq charretiers pour cinq charrues, trois batteurs, deux vachers ou hommes de cour, un berger et un petit porcher, en tout douze serviteurs, sans compter la servante. D'abord, dans la cuisine, il apostropha cette dernière, parce qu'elle n'avait pas remis au plafond les pelles du four. Ensuite, il rôda dans les deux granges, celle pour l'avoine, celle pour le blé, immense celle-ci, haute comme une église, avec des portes de cinq mètres, et il y chercha querelle aux batteurs, dont les fléaux, disait-il, hachaient trop la paille. De là, il traversa la vacherie, enrageant de trouver les trente vaches en bon état, l'allée centrale lavée, les auges propres. Il ne savait à quel propos tomber sur les vachers, lorsque, dehors, en donnant un coup d'œil aux citernes, dont ils avaient aussi l'entretien, il s'aperçut qu'un tuyau de descente était bouché par des nids de pierrots. Ainsi que dans toutes les fermes de la Beauce, on recueillait précieusement les eaux de pluie des toitures, à l'aide d'un système compliqué de gouttières. Et il demanda brutalement si l'on allait laisser les moineaux le faire crever de soif. Mais ce fut enfin sur les charretiers que l'orage éclata. Bien que les quinze chevaux de l'écurie eussent de la litière fraîche, il commença par crier que c'était dégoûtant de les abandonner dans une pourriture pareille. Puis, honteux de son injustice, exaspéré davantage, comme il visitait, aux quatre coins des bâtiments, les quatre hangars où l'on serrait les outils, il fut ravi de voir une charrue dont les mancherons étaient brisés. Alors, il tempêta. Est-ce que ces cinq bougres s'amusaient exprès à casser son matériel ? Il leur foutrait leur compte à tous les cinq, oui ! à tous les cinq, pour ne pas faire de jaloux ! Pendant qu'il les injuriait, ses yeux de flamme fouillaient leur peau, attendaient une pâleur, un frisson, qui dénonçât le traître. Aucun ne bougea, et il les quitta, avec un grand geste désolé.

En terminant son inspection par la bergerie, Hourdequin eut l'idée d'interroger le berger Soulas. Ce vieux de soixante-cinq ans était à la ferme depuis un demi-siècle, et il n'y avait rien amassé, mangé par sa femme, ivrognesse et catin, qu'il venait enfin d'avoir la joie de porter en terre. Il tremblait que son âge ne le fît congédier bientôt. Peut-être que le maître l'aiderait ; mais est-ce qu'on savait si les maîtres ne mourraient pas les premiers ? est-ce qu'ils donnaient jamais de quoi pour le tabac et la goutte ? D'ailleurs, il s'était fait une ennemie de Jacqueline, qu'il exécrait, d'une haine d'ancien serviteur jaloux, révolté par la fortune rapide de cette dernière venue. Quand elle le commandait, à cette heure, l'idée qu'il l'avait vue en guenilles, dans le crottin, le jetait hors de lui. Elle l'aurait certainement renvoyé, si elle s'en était senti la puissance ; et cela le rendait prudent, il voulait garder sa place, il évitait tout conflit, bien qu'il se crût certain de l'appui du maître.

La bergerie, au fond de la cour, occupait tout le bâtiment, une galerie de quatre-vingts mètres, où les huit cents moutons de la ferme n'étaient séparés que par des claies : ici, les mères, en divers groupes ; là, les agneaux ; plus loin, les béliers. À deux mois, on châtrait les mâles, qu'on élevait pour la vente ; tandis qu'on gardait les femelles, afin de renouveler le troupeau des mères, dont on vendait chaque année les plus vieilles ; et les béliers couvraient les jeunes, à des époques fixes, des dishleys croisés de mérinos, superbes avec leur air stupide et doux, leur tête lourde au grand nez arrondi d'homme à passions. Quand on entrait dans la bergerie, une odeur forte suffoquait, l'exhalaison ammoniacale de la litière, de l'ancienne paille sur laquelle on remettait de la paille fraîche pendant trois mois. Le long des murs, des crémaillères permettaient de hausser les râteliers, à mesure que la couche de fumier montait. Il y avait de l'air pourtant, de larges fenêtres, et le plancher du fenil, au-dessus, était fait de madriers mobiles, qu'on enlevait en partie, lorsque diminuait la provision des fourrages. On disait, du reste, que cette chaleur vivante, cette couche en fermentation, molle et chaude, était nécessaire à la belle venue des moutons.

Hourdequin, comme il poussait une des portes, aperçut Jacqueline qui s'échappait par une autre. Elle aussi avait songé à Soulas, inquiète, certaine d'avoir été guettée, avec Jean ; mais le vieux était resté impassible, sans paraître comprendre pourquoi elle se faisait aimable, contre sa coutume.

Et la vue de la jeune femme, sortant de la bergerie, où elle n'allait jamais, enfiévra l'incertitude du fermier.

– Eh bien ! père Soulas, demanda-t-il, rien de nouveau, ce matin ?

Le berger, très grand, très maigre, avec un visage long, coupé de plis, comme taillé à la serpe dans un nœud de chêne, répondit lentement :

– Non, monsieur Hourdequin, rien du tout, sauf que les tondeurs arrivent et vont tantôt se mettre à la besogne.

Le maître causa un instant, pour n'avoir pas l'air de l'interroger. Les moutons, qu'on nourrissait là, depuis les premières gelées de la Toussaint, allaient bientôt sortir, vers le milieu de mai, dès qu'on pourrait les conduire dans les trèfles. Les vaches, elles, n'étaient guère menées en pâture qu'après la moisson. Cette Beauce si sèche, dépourvue d'herbages naturels, donnait de bonne viande cependant ; et c'était routine et paresse, si l'élevage du bœuf s'y trouvait inconnu. Même chaque ferme n'engraissait que cinq ou six porcs, pour sa consommation.

De sa main brûlante, Hourdequin flattait les brebis qui étaient accourues, la tête levée, avec leurs yeux doux et clairs ; tandis que le flot des agneaux, enfermés plus loin, se pressait en bêlant, contre les claies.

– Et alors, père Soulas, vous n'avez rien vu ce matin ? redemanda-t-il en le regardant droit dans les yeux.

Le vieux avait vu, mais à quoi bon parler ? Sa défunte, la garce et la soûlarde, lui avait appris le vice des femmes et la bêtise des hommes. Peut-être bien que la Cognette, même vendue, resterait la plus forte, et alors ce serait sur lui qu'on tomberait, pour se débarrasser d'un témoin gênant.

– Rien vu, rien vu du tout ! répéta-t-il, les yeux ternes, la face immobile.

Lorsque Hourdequin retraversa la cour, il remarqua que Jacqueline y était demeurée, nerveuse, l'oreille tendue, avec la crainte de ce qui se disait dans la bergerie. Elle affectait de s'occuper de ses volailles, les six cents bêtes, poules, canards, pigeons, qui voletaient, cancanaient, grattaient la fosse à fumier, au milieu d'un continuel vacarme ; et même, le petit porcher ayant renversé un seau d'eau blanche qu'il portait aux cochons, elle se détendit un peu les nerfs en le giflant. Mais un coup d'œil jeté sur le fermier la rassura : il ne savait rien, le vieux s'était mordu la langue. Son insolence en fut accrue.

Aussi, au déjeuner de midi, se montra-t-elle d'une gaieté provocante. Les gros travaux n'étaient pas commencés, on ne faisait encore que quatre repas, l'émiettée de lait à sept heures, la rôtie à midi, le pain et le fromage à quatre heures, la soupe et le lard à huit. On mangeait dans la cuisine, une vaste pièce, où s'allongeait une table, flanquée de deux bancs. Le progrès n'y était représenté que par un fourneau de fonte, qui occupait un coin de l'âtre immense. Au fond, s'ouvrait la bouche noire du four ; et les casseroles luisaient, d'antiques ustensiles s'alignaient en bon ordre, le long des murs enfumés. Comme la servante, une grosse fille laide, avait cuit le matin, une bonne odeur de pain chaud montait de la huche, laissée ouverte.

– Alors, vous avez l'estomac bouché, aujourd'hui ? demanda hardiment Jacqueline à Hourdequin, qui rentrait le dernier.

Depuis la mort de sa femme et de sa fille, pour ne pas manger tout seul, il s'asseyait à la table de ses serviteurs, ainsi qu'au vieux temps ; et il se mettait à un bout, sur une chaise, tandis que la servante-maîtresse faisait de même, à l'autre bout. On était quatorze, la bonne servait.

Quand le fermier se fut assis, sans répondre, la Cognette parla de soigner la rôtie. C'étaient des tranches de pain grillées, cassées ensuite dans une soupière, puis arrosées de vin, qu'on sucrait avec de la ripopée, l'ancien mot qui désigne la mélasse en Beauce. Et elle en redemanda une cuillerée, elle affectait de vouloir gâter les hommes, elle lâchait des plaisanteries qui les faisaient éclater de gros rires. Chacune de ses phrases était à double entente, rappelait qu'elle partait le soir : on se prenait, on se quittait, et qui n'en aurait jamais plus, regretterait de ne pas avoir trempé une dernière fois son doigt dans la sauce. Le berger mangeait de son air hébété, pendant que le maître, silencieux, semblait lui aussi ne pas comprendre. Jean, pour ne pas se trahir, était obligé de rire avec les autres, malgré son ennui ; car il ne se trouvait guère honnête, dans tout ça.

Après le déjeuner, Hourdequin donna ses ordres pour l'après-midi. Il n'y avait, dehors, que quelques petits travaux à terminer : on roulait les avoines, on finissait le labour des jachères, en attendant de commencer la fauchaison des luzernes et des trèfles. Aussi garda-t-il deux hommes, Jean et un autre, qui nettoyèrent le fenil. Et lui-même, accablé maintenant, les oreilles bourdonnantes sous la réaction sanguine, très malheureux, se mit à tourner, sans savoir à quelle occupation tuer son chagrin. Les tondeurs s'étaient installés sous un des hangars, dans un angle de la cour. Il alla se planter devant eux, les regarda.

Ils étaient cinq, des gaillards efflanqués et jaunes, accroupis, avec leurs grands ciseaux d'acier luisant. Le berger, qui apportait les brebis, les quatre pieds fiés, pareilles à des outres, les rangeait sur la terre battue du hangar, où elles ne pouvaient plus que lever la tête, en bêlant. Et, lorsqu'un des tondeurs en saisissait une, elle se taisait, s'abandonnait, ballonnée par l'épaisseur de sa fourrure, que le suint et la poussière cuirassaient d'une croûte noire. Puis, sous la pointe rapide des ciseaux, la bête sortait de la toison comme une main nue d'un gant sombre, toute rose et fraîche, dans la neige dorée de la laine intérieure. Serrée entre les genoux d'un grand sec, une mère, posée sur le dos, les cuisses écartées, la tête relevée et droite, étalait son ventre, qui avait la blancheur cachée, la peau frissonnante d'une personne qu'on déshabille. Les tondeurs gagnaient trois sous par bête, et un bon ouvrier pouvait en tondre vingt à la journée.

Hourdequin, absorbé, songeait que la laine était tombée à huit sous la livre ; et il fallait se dépêcher de la vendre, pour qu'elle ne séchât pas trop, ce qui lui enlevait de son poids. L'année précédente, le sang-de-rate avait décimé les troupeaux de la Beauce. Tout marchait de mal en pis, c'était la ruine, la faillite de la terre, depuis que la baisse des grains s'accentuait de mois en mois. Et, ressaisi par ses préoccupations d'agriculteur, étouffant dans la cour, il quitta la ferme, il s'en alla donner un coup d'œil à ses champs. Toujours, ses querelles avec la Cognette finissaient ainsi : après avoir tempêté et serré les poings, il cédait la place, oppressé d'une souffrance que soulageait seule la vue de son blé et de ses avoines roulant leur verdure à l'infini.

Ah ! cette terre, comme il avait fini par l'aimer ! et d'une passion où il n'entrait pas que l'âpre avarice du paysan, d'une passion sentimentale, intellectuelle presque, car il la sentait la mère commune, qui lui avait donné sa vie, sa substance, et où il retournerait. D'abord, tout jeune, élevé en elle, sa haine du collège, son désir de brûler ses livres n'étaient venus que de son habitude de la liberté, des belles galopades à travers les labours, des griseries de grand air, aux quatre vents de la plaine. Plus tard, quand il avait succédé à son père, il l'avait aimée en amoureux, son amour s'était mûri, comme s'il l'eût prise dès lors en légitime mariage, pour la féconder. Et cette tendresse ne faisait que grandir, à mesure qu'il lui donnait son temps, son argent, sa vie entière, ainsi qu'à une femme bonne et fertile, dont il excusait les caprices, même les trahisons. Il s'emportait bien des fois, lorsqu'elle se montrait mauvaise, lorsque, trop sèche ou trop humide, elle mangeait les semences, sans rendre des moissons ; puis, il doutait, il en arrivait à s'accuser de mâle impuissant ou maladroit : la faute en devait être à lui, s'il ne lui avait pas fait un enfant. C'était depuis cette époque que les nouvelles méthodes le hantaient, le lançaient dans les innovations, avec le regret d'avoir été un cancre au collège, et de n'avoir pas suivi les cours d'une de ces écoles de culture, dont son père et lui se moquaient. Que de tentatives inutiles, d'expériences manquées, et les machines que ses serviteurs détraquaient, et les engrais chimiques que fraudait le commerce ! Il y avait englouti sa fortune, la Borderie lui rapportait à peine de quoi manger du pain, en attendant que la crise agricole l'achevât. N'importe ! il resterait le prisonnier de sa terre, il y enterrerait ses os, après l'avoir gardée pour femme, jusqu'au bout.

Ce jour-là, dès qu'il fut dehors, il se rappela son fils, le capitaine. À eux deux, ils auraient fait de si bonne besogne ! Mais il écarta le souvenir de cet imbécile qui préférait traîner un sabre. Il n'avait plus d'enfant, il finirait solitaire. Puis, l'idée lui vint de ses voisins, les Coquart surtout, des propriétaires qui cultivaient eux-mêmes leur ferme de Saint-Juste, le père, la mère, trois fils et deux filles, et qui ne réussissaient guère mieux. À la Chamade, Robiquet, le fermier, à bout de bail, ne fumait plus, laissait le bien se détruire. C'était ainsi, il y avait du mal partout, il fallait se tuer de travail, et ne pas se plaindre. Peu à peu d'ailleurs, une douceur berçante montait des grandes pièces vertes qu'il longeait. De légères pluies, en avril, avaient donné une belle poussée aux fourrages. Les trèfles incarnats le ravirent, il oublia le reste. Maintenant, il coupait par les labours, pour jeter un coup d'œil sur la besogne de ses deux charretiers : la terre collait à ses pieds, il la sentait grasse, fertile, comme si elle eût voulu le retenir d'une étreinte ; et elle le reprenait tout entier, il retrouvait la virilité de ses trente ans, la force et la joie. Est-ce qu'il y avait d'autres femmes qu'elle ? est-ce que ça comptait, les Cognette, celle-ci ou celle-là, l'assiette où l'on mange tous, dont il faut bien se contenter, quand elle est suffisamment propre ? Une excuse si concluante à son besoin lâche de cette gueuse acheva de l'égayer. Il marcha trois heures, il plaisanta avec une fille, justement la servante des Coquart, qui revenait de Cloyes sur un âne, en montrant ses jambes.

Lorsque Hourdequin rentra à la Borderie, il aperçut Jacqueline dans la cour, qui disait adieu aux chats de la ferme. Il y en avait toujours une bande, douze, quinze, vingt, on ne savait pas au juste ; car les chattes faisaient leur portée dans des trous de paille inconnus, et reparaissaient avec des queues de cinq ou six petits. Ensuite, elle s'approcha des niches d'Empereur et de Massacre, les deux chiens du berger ; mais ils grognèrent, ils l'exécraient.

Le dîner, malgré les adieux aux bêtes, se passa comme tous les jours. Le maître mangeait, causait, de son air habituel. Puis, la journée terminée, il ne fut question du départ de personne. Tous allèrent dormir, l'ombre enveloppa la ferme silencieuse.

Et, cette nuit même, Jacqueline coucha dans la chambre de feu Mme Hourdequin. C'était la belle chambre, avec son grand lit, au fond de l'alcôve tendue de rouge. Il y avait là une armoire, un guéridon, un fauteuil Voltaire ; et, dominant un petit bureau d'acajou, les médailles obtenues par le fermier aux comices agricoles, luisaient, encadrées et sous verre. Lorsque la Cognette, en chemise, monta dans le lit conjugal, elle s'y étala, y écarta les bras et les cuisses, pour le tenir tout entier, riant de son rire de tourterelle.

Jean, le lendemain, comme elle lui sautait aux épaules, la repoussa. Du moment que ça devenait sérieux, ça n'était pas propre, décidément, et il ne voulait plus.

II

À quelques jours de là, un soir, Jean revenait à pied de Cloyes, lorsque, deux kilomètres avant Rognes, l'allure d'une carriole de paysan qui rentrait devant lui, l'étonna. Elle semblait vide, personne n'était plus sur le banc, et le cheval, abandonné, retournait à son écurie d'une allure flâneuse, en bête qui connaissait son chemin. Aussi le jeune homme l'eut-il vite rattrapé. Il l'arrêta, se haussa pour regarder dans la voiture : un homme était au fond, un vieillard de soixante ans, gros, court, tombé à la renverse, et la face si rouge, qu'elle paraissait noire.

La surprise de Jean fut telle, qu'il se mit à parler tout haut.

– Eh ! l'homme !... Est-ce qu'il dort ? est-ce qu'il a bu ?... Tiens ! c'est le vieux Mouche, le père aux deux de là-bas !... Je crois, nom de Dieu ! qu'il est claqué ! Ah bien ! en voilà, une affaire !

Mais, foudroyé par une attaque d'apoplexie, Mouche respirait encore, d'un petit souffle pénible. Jean, alors, après l'avoir allongé, la tête haute, s'assit sur le banc et fouetta le cheval, ramenant le moribond au grand trot, de peur qu'il ne lui passât entre les mains.

Quand il déboucha sur la place de l'Église, justement il aperçut Françoise, debout devant sa porte. La vue de ce garçon dans leur voiture, conduisant leur cheval, la stupéfiait.

– Quoi donc ? demanda-t-elle.

– C'est ton père qui ne va pas bien.

– Où ça ?

– Là, regarde !

Elle monta sur la roue, regarda. Un instant, elle resta stupide, sans avoir l'air de comprendre, devant ce masque violâtre dont une moitié s'était convulsée, comme tirée violemment de bas en haut. La nuit tombait, un grand nuage fauve qui jaunissait le ciel, éclairait le mourant d'un reflet d'incendie.

Puis, tout d'un coup, elle éclata en sanglots, elle se sauva, elle disparut, pour prévenir sa sœur.

– Lise ! Lise !... Ah ! mon Dieu !

Resté seul, Jean hésita. On ne pouvait pourtant pas laisser le vieux au fond de la carriole. Le sol de la maison se creusait de trois marches du côté de la place ; et une descente dans ce trou sombre lui semblait mal commode. Ensuite, il s'avisa que, du côté de la route, à gauche, une autre porte ouvrait sur la cour, de plain-pied. Cette cour, assez vaste, était close d'une haie vive ; l'eau rousse d'une mare en occupait les deux tiers ; et un demi-arpent de potager et de fruitier la terminait. Alors, il lâcha le cheval, qui, de lui-même, rentra et s'arrêta devant son écurie, près de l'étable, où étaient les deux vaches.

Mais, au milieu de cris et de larmes, Françoise et Lise accouraient. Cette dernière, accouchée depuis quatre mois, surprise pendant qu'elle faisait téter le petit, l'avait gardé au bras, dans son effarement ; et il hurlait, lui aussi. Françoise remonta sur une roue, Lise grimpa sur l'autre, leurs lamentations devinrent déchirantes ; tandis que le père Mouche, au fond, soufflait toujours de son sifflement pénible.

– Papa, réponds, dis ?... Qu'est-ce que t'as, dis donc ? qu'est-ce que t'as, mon Dieu !... C'est donc dans la tête, que tu ne peux seulement rien dire ?... Papa, papa, dis, réponds !

– Descendez, vaut mieux le tirer de là, fit remarquer Jean avec sagesse.

Elles ne l'aidaient point, elles s'exclamaient plus fort. Heureusement, une voisine, la Frimat, attirée par le bruit, se montra enfin. C'était une grande vieille sèche, osseuse, qui depuis deux ans soignait son mari paralytique, et qui le faisait vivre en cultivant elle-même, avec une obstination de bête de somme, l'unique arpent qu'ils possédaient. Elle ne se troubla pas, sembla juger l'aventure naturelle ; et, comme un homme, elle donna un coup de main. Jean empoigna Mouche par les épaules, le tira jusqu'à ce que la Frimat pût le saisir par les jambes. Puis, ils l'emportèrent, l'entrèrent dans la maison.

– Où est-ce qu'on le met ? demanda la vieille.

Les deux filles, qui suivaient, la tête perdue, ne savaient pas. Leur père habitait, en haut, une petite chambre, prise sur le grenier ; et il n'était guère possible de le monter. En bas, après la cuisine, il y avait la grande chambre à deux lits, qu'il leur avait cédée. Dans la cuisine, il faisait nuit noire, le jeune homme et la vieille femme attendaient, les bras cassés, n'osant avancer davantage, de peur de culbuter contre un meuble.

– Voyons, faudrait se décider pourtant !

Françoise, enfin, alluma une chandelle. Et, à ce moment, entra la Bécu, la femme du garde champêtre, avertie par son flair sans doute, par cette force secrète, qui, en une minute, porte une nouvelle d'un bout à l'autre d'un village.

– Hein ! qu'a-t-il, le pauvre cher homme ?... Ah ! je vois, le sang lui a tourné dans le corps... Vite, asseyez-le sur une chaise.

Mais la Frimat fut d'un avis contraire. Est-ce qu'on asseyait un homme qui ne pouvait se tenir ? Le mieux était de l'allonger sur le lit d'une de ses filles. Et la discussion s'aigrissait, lorsque parut Fanny avec Nénesse : elle avait appris la chose en achetant du vermicelle chez Macqueron, elle venait voir, remuée, à cause de ses cousines.

– Peut-être bien, déclara-t-elle, qu'il faut l'asseoir, pour que le sang coule.

Alors, Mouche fut tassé sur une chaise, près de la table, où brûlait la chandelle. Son menton tomba sur sa poitrine, ses bras et ses jambes pendirent. L'œil gauche, s'était ouvert, dans le tiraillement de cette moitié de la face, et le coin de la bouche tordue sifflait plus fort. Il y eut un silence, la mort envahissait la pièce humide, au sol de terre battue, aux murs lépreux, à la grande cheminée noire.

Jean attendait toujours, gêné, tandis que les deux filles et les trois femmes, les mains ballantes, considéraient le vieux.

– J'irai bien encore chercher le médecin, hasarda le jeune homme.

La Bécu hocha la tête, aucune des autres ne répondit : si ça ne devait rien être, pourquoi dépenser l'argent d'une visite ? et si c'était la fin, est-ce que le médecin y ferait quelque chose ?

– Ce qui est bon, c'est le vulnéraire, dit la Frimat.

– Moi, murmura Fanny, j'ai de l'eau-de-vie camphrée.

– C'est bon aussi, déclara la Bécu.

Lise et Françoise, hébétées maintenant, écoutaient, ne se décidaient à rien, l'une berçant Jules, son petit, l'autre les mains embarrassées d'une tasse pleine d'eau, que le père n'avait pas voulu boire. Et Fanny, voyant ça, bouscula Nénesse, absorbé devant la grimace du mourant.

– Tu vas courir chez nous et tu diras qu'on te donne la petite bouteille d'eau-de-vie camphrée, qui est à gauche, dans l'armoire... Tu entends ? dans l'armoire à gauche... Et passe chez grand-père Fouan, passe chez ta tante, la Grande, dis-leur que l'oncle Mouche est très mal... Cours, cours vite !

Quand le gamin eut disparu d'un bond, les femmes continuèrent de disserter sur le cas. La Bécu connaissait un monsieur qu'on avait sauvé, en lui chatouillant la plante des pieds pendant trois heures. La Frimat, s'étant souvenue qu'il lui restait du tilleul, sur les deux sous achetés l'autre hiver pour son homme, alla le chercher ; et elle revenait avec le petit sac, Lise allumait du feu, après avoir passé son enfant à Françoise, lorsque Nénesse reparut.

– Grand-père Fouan était couché... La Grande a dit comme ça que, si l'oncle Mouche n'avait pas tant bu, il n'aurait pas si mal au cœur...

Mais Fanny examinait la bouteille, qu'il lui remettait, et elle s'écria :

– Imbécile, je t'avais dit à gauche !... Tu m'apportes l'eau de Cologne.

– C'est bon aussi, répéta la Bécu.

On fit prendre de force au vieux une tasse de tilleul, en introduisant la cuiller entre ses dents serrées. Puis, on lui frictionna la tête avec l'eau de Cologne. Et il n'allait pas mieux, c'était désespérant. Sa face avait encore noirci, on fut obligé de le remonter sur la chaise, car il s'effondrait, il menaçait de s'aplatir par terre.

– Oh ! murmura Nénesse, retourné sur la porte, je ne sais pas ce qu'il va pleuvoir... Le ciel est d'une drôle de couleur.

– Oui, dit Jean, j'ai vu grandir un vilain nuage.

Et, comme ramené à sa première idée :

– N'empêche, j'irai bien encore chercher le médecin, si l'on veut.

Lise et Françoise se regardaient, anxieuses. Enfin, la seconde se décida, avec la générosité de son jeune âge.

– Oui, oui, Caporal, allez à Cloyes chercher M. Finet... Il ne sera pas dit que nous n'aurons pas fait ce que nous devons faire.

Le cheval, au milieu de la bousculade, n'avait pas même été dételé, et Jean n'eut qu'à sauter dans la carriole. On entendit le bruit de ferraille, la fuite cahotée des roues. La Frimat, alors, parla du curé ; mais les autres, d'un geste, dirent qu'on se donnait déjà assez de mal. Et Nénesse ayant proposé de faire à pied les trois kilomètres de Bazoches-le-Doyen, sa mère se fâcha ; bien sûr qu'elle ne le laisserait pas galoper par une nuit si menaçante, sous cet affreux ciel couleur de rouille. D'ailleurs, puisque le vieux n'entendait ni ne répondait, autant aurait-il valu déranger le curé pour une borne.

Dix heures sonnèrent au coucou de bois peint. Ce fut une surprise : dire qu'on était là depuis plus de deux heures, sans avancer en besogne ! Et pas une ne parlait de lâcher pied, retenue par le spectacle, voulant voir jusqu'au bout. Un pain de dix livres était sur la huche, avec un couteau. D'abord, les filles, déchirées de faim malgré leur angoisse, se coupèrent machinalement des tartines, qu'elles mangeaient toutes sèches, sans savoir ; puis, les trois femmes les imitèrent, le pain diminua, il y en avait continuellement une qui taillait et qui croûtonait. On n'avait pas allumé d'autre chandelle, on négligeait même de moucher celle qui brûlait ; et ce n'était pas gai, cette cuisine sombre et nue de paysan pauvre, avec le râle d'agonie de ce corps tassé près de la table.

Tout d'un coup, une demi-heure après le départ de Jean, Mouche culbuta et s'étala par terre. Il ne soufflait plus, il était mort.

– Qu'est-ce que je disais ? on a voulu aller chercher le médecin ! fit remarquer la Bécu d'une voix aigre.

Françoise et Lise éclatèrent de nouveau en larmes. D'un élan instinctif, elles s'étaient jetées au cou l'une de l'autre, dans leur adoration de sœurs tendres. Et elles répétaient, en paroles entrecoupées :

– Mon Dieu ! nous ne sommes plus que nous deux... C'est fini, il n'y a plus que nous deux... Qu'est-ce que nous allons devenir, mon Dieu ?

Mais on ne pouvait laisser le mort par terre. En un tour de main, la Frimat et la Bécu firent l'indispensable. Comme elles n'osaient transporter le corps, elles retirèrent le matelas d'un lit, elles l'apportèrent et y allongèrent Mouche, en le recouvrant d'un drap, jusqu'au menton. Pendant ce temps, Fanny, ayant allumé les chandelles de deux autres chandeliers, les posait sur le sol, en guise de cierges, à droite et à gauche de la tête. C'était bien, pour le moment : sauf que l'œil gauche, refermé trois fois d'un coup de pouce, s'obstinait à se rouvrir, et semblait regarder le monde, dans cette face décomposée et violâtre, qui tranchait sur la blancheur de la toile.

Lise avait fini par coucher Jules, la veillée commença. À deux reprises, Fanny et la Bécu dirent qu'elles partaient, puisque la Frimat offrait de passer la nuit avec les petites ; et elles ne partaient point, elles continuaient de causer à voix basse, en jetant des regards obliques sur le mort ; tandis que Nénesse, qui s'était emparé de la bouteille d'eau de Cologne, l'achevait, s'en inondait les mains et les cheveux.

Minuit sonna, la Bécu haussa la voix.

– Et M. Finet, je vous demande un peu ! On a le temps de mourir avec lui... Plus de deux heures, pour le ramener de Cloyes !

La porte sur la cour était restée ouverte, un grand souffle entra, éteignit les lumières, à droite et à gauche du mort. Cela les terrifia toutes, et comme elles rallumaient les chandelles, le souffle de tempête revint, plus terrible, tandis qu'un hurlement prolongé montait, grandissait, des profondeurs noires de la campagne. On aurait dit le galop d'une armée dévastatrice qui approchait, au craquement des branches, au gémissement des champs éventrés. Elles avaient couru sur le seuil, elles virent une nuée de cuivre voler et se tordre dans le ciel livide. Et, soudain, il y eut un crépitement de mousqueterie, une pluie de balles s'abattait, cinglantes, rebondissantes, à leurs pieds.

Alors, un cri leur échappa, un cri de ruine et de misère.

– La grêle ! la grêle !

Saisies, révoltées et blêmes sous le fléau, elles regardaient. Cela dura dix minutes à peine. Il n'y avait pas de coups de tonnerre ; mais de grands éclairs bleuâtres, incessants, semblaient courir au ras du sol, en larges sillons de phosphore ; et la nuit n'était plus si sombre, les grêlons l'éclairaient de rayures pâles, innombrables, comme s'il fût tombé des jets de verre. Le bruit devenait assourdissant, une mitraillade, un train lancé à toute vapeur sur un pont de métal, roulant sans fin. Le vent soufflait en furie, les balles obliques sabraient tout, s'amassaient, couvraient le sol d'une couche blanche.

– La grêle, mon Dieu !... Ah ! quel malheur !... Voyez donc ! de vrais œufs de poule !

Elles n'osaient se hasarder dans la cour, pour en ramasser. La violence de l'ouragan augmentait encore, toutes les vitres de la fenêtre furent brisées ; et la force acquise était telle, qu'un grêlon alla casser une cruche, pendant que d'autres roulaient jusqu'au matelas du mort.

– Il n'en irait pas cinq à la livre, dit la Bécu, qui les soupesait.

Fanny et la Frimat eurent un geste désespéré.

– Tout est fichu, un massacre !

C'était fini. On entendit le galop du désastre s'éloigner rapidement, et un silence de sépulcre tomba. Le ciel, derrière la nuée, était devenu d'un noir d'encre. Une pluie fine, serrée, ruisselait sans bruit. On ne distinguait, sur le sol, que la couche épaisse des grêlons, une nappe blanchissante, qui avait comme une lumière propre, la pâleur de millions de veilleuses, à l'infini.

Nénesse, s'étant lancé au-dehors, revint avec un véritable glaçon, de la grosseur de son poing, irrégulier, dentelé ; et la Frimat, qui ne tenait plus en place, ne put résister davantage au besoin d'aller voir.

– Je vas chercher ma lanterne, faut que je sache le dégât.

Fanny se maîtrisa quelques minutes encore. Elle continuait ses doléances. Ah ! quel travail ! ça en faisait, du ravage, dans les légumes et dans les arbres à fruits ! Les blés, les avoines, les seigles, n'étaient pas assez hauts, pour avoir beaucoup souffert. Mais les vignes, ah ! les vignes ! Et, sur la porte, elle fouillait des yeux la nuit épaisse, impénétrable, elle tremblait d'une fièvre d'incertitude, cherchant à estimer le mal, l'exagérant, croyant voir la campagne mitraillée, perdant le sang par ses blessures.

– Hein ? mes petites, finit-elle par dire, je vous emprunte une lanterne, je cours jusqu'à nos vignes.

Elle alluma l'une des deux lanternes, elle disparut avec Nénesse.

La Bécu, qui n'avait pas de terre, au fond, s'en moquait. Elle poussait des soupirs, implorait le ciel, par une habitude de mollesse geignarde. La curiosité, pourtant, la ramenait sans cesse vers la porte ; et un vif intérêt l'y planta toute droite, lorsqu'elle remarqua que le village s'étoilait de points lumineux. Par une échappée de la cour, entre l'étable et un hangar, l'œil plongeait sur Rognes entier. Sans doute, le coup de grêle avait réveillé les paysans, chacun était pris de la même impatience d'aller voir son champ, trop anxieux pour attendre le jour. Aussi les lanternes sortaient-elles une à une, se multipliaient, couraient et dansaient. Et la Bécu, connaissant la place des maisons, arrivait à mettre un nom sur chaque lanterne.

– Tiens ! ça s'allume chez la Grande, et voilà que ça sort de chez les Fouan, et là-bas c'est Macqueron, et à côté c'est Lengaigne...

– Bon Dieu ! le pauvre monde, ça fend le cœur... Ah ! tant pis, j'y vais !

Lise et Françoise demeurèrent seules, devant le corps de leur père. Le ruissellement de la pluie continuait, de petits souffles mouillés rasaient le sol, faisaient couler les chandelles. Il aurait fallu fermer la porte, mais ni l'une ni l'autre n'y pensaient, prises elles aussi et secouées par le drame du dehors, malgré le deuil de la maison. Ça ne suffisait donc pas, d'avoir la mort chez soi ? Le bon Dieu cassait tout, on ne savait seulement point s'il vous restait un morceau de pain à manger.

– Pauvre père, murmura Françoise, se serait-il fait du mauvais sang !... Vaut mieux qu'il ne voie pas ça.

Et, comme sa sœur prenait la seconde lanterne :

– Où vas-tu ?

– Je songe aux pois et aux haricots... Je reviens tout de suite.

Sous l'averse, Lise traversa la cour, passa dans le potager. Il n'y avait plus que Françoise près du vieux. Encore se tenait-elle sur le seuil, très émotionnée par le va-et-vient de la lanterne. Elle crut entendre des plaintes, des larmes. Son cœur se brisait.

– Hein ? quoi ? cria-t-elle. Qu'est-ce qu'il y a ?

Aucune voix ne répondait, la lanterne allait et venait plus vite, comme affolée.

– Les haricots sont rasés, dis ?... Et les pois, ont-ils du mal ?... Mon Dieu ! et les fruits, et les salades ?

Mais une exclamation de douleur qui lui arrivait distinctement la décida. Elle ramassa ses jupes, courut dans l'averse rejoindre sa sœur. Et le mort, abandonné, demeura dans la cuisine vide, tout raide sous son drap, entre les deux mèches fumeuses et tristes. L'œil gauche, obstinément ouvert, regardait les vieilles solives du plafond.

Ah ! quel ravage désolait ce coin de terre ! quelle lamentation montait du désastre, entrevu aux lueurs vacillantes des lanternes ! Lise et Françoise promenaient la leur, si trempée de pluie, que les vitres éclairaient à peine ; et elles l'approchaient des planches, elles distinguaient confusément, dans le cercle étroit de lumière, les haricots et les pois rasés au pied, les salades tranchées, hachées, sans qu'on pût songer seulement à en utiliser les feuilles. Mais les arbres surtout avaient souffert : les menues branches, les fruits, en étaient coupés comme avec des couteaux ; les troncs eux-mêmes, meurtris, perdaient leur sève par les trous de l'écorce. Et plus loin, dans les vignes, c'était pis, les lanternes pullulaient, sautaient, s'enrageaient, au milieu de gémissements et de jurons. Les ceps semblaient fauchés, les grappes en fleur jonchaient le sol, avec des débris de bois et de pampres ; non seulement la récolte de l'année était perdue, mais les souches, dépouillées, allaient végéter et mourir. Personne ne sentait la pluie, un chien hurlait à la mort, des femmes éclataient en larmes, comme au bord d'une fosse. Macqueron et Lengaigne, malgré leur rivalité, s'éclairaient mutuellement, passaient de l'un chez l'autre, en poussant des *nom de Dieu !* à mesure que défilaient les ruines, cette vision courte et blafarde, reprise derrière eux par l'ombre. Bien qu'il n'eût plus de terres, le vieux Fouan voulait voir, se fâchant. Peu à peu, tous s'emportaient : était-ce possible de perdre, en un quart d'heure, le fruit d'un an de travail ? Qu'avaient-ils fait pour être punis de la sorte ? Ni sécurité, ni justice, des fléaux sans raison, des caprices qui tuaient le monde. Brusquement, la Grande, furibonde, ramassa des cailloux, les lança en l'air pour crever le ciel, qu'on ne distinguait pas. Et elle gueulait :

– Sacré cochon, là-haut ! Tu ne peux donc pas nous foutre la paix ?

Sur le matelas, dans la cuisine, Mouche, abandonné, regardait le plafond de son œil fixe, lorsque deux voitures s'arrêtèrent devant la porte. Jean ramenait enfin M. Finet, après l'avoir attendu près de trois heures, chez lui ; et il revenait dans la carriole, tandis que le docteur avait pris son cabriolet.

Ce dernier, grand et maigre, la face jaunie par des ambitions mortes, entra rudement. Au fond, il exécrait cette clientèle paysanne, qu'il accusait de sa médiocrité.

– Quoi, personne ?... Ça va donc mieux ?

Puis, apercevant le corps :

– Non, trop tard !... Je vous le disais bien, je ne voulais pas venir. C'est toujours la même histoire, ils m'appellent quand ils sont morts.

Ce dérangement inutile, au milieu de la nuit, l'irritait ; et, comme Lise et Françoise rentraient justement, il acheva de s'exaspérer, lorsqu'il apprit qu'elles avaient attendu deux heures, avant de l'envoyer chercher.

– C'est vous qui l'avez tué, parbleu !... Est-ce idiot ? de l'eau de Cologne et du tilleul pour une apoplexie !... Avec ça, personne près de lui. Bien sûr qu'il n'est pas en train de se sauver...

– Mais, monsieur, balbutia Lise, en larmes, c'est à cause de la grêle.

M. Finet, intéressé, se calma. Tiens ! il était donc tombé de la grêle ? À force de vivre avec les paysans, il avait fini par avoir leurs passions. Jean s'était approché, lui aussi ; et tous deux s'étonnaient, se récriaient, car ils n'avaient pas reçu un grêlon, en venant de Cloyes. Ceux-ci épargnés, ceux-là saccagés, et à quelques kilomètres de distance : vrai ! quelle déveine de se trouver du mauvais côté ! Puis, comme Fanny rapportait la lanterne, et que la Bécu et la Frimat la suivaient, toutes les trois éplorées, ne tarissant pas en détails sur les abominations qu'elles avaient vues, le docteur, gravement, déclara :

– C'est un malheur, un grand malheur... Il n'y a pas de plus grand malheur pour les campagnes...

Un bruit sourd, une sorte de bouillonnement, l'interrompit. Cela venait du mort, oublié entre les deux chandelles. Tous se turent, les femmes se signèrent.

III

Un mois se passa. Le vieux Fouan, nommé tuteur de Françoise, qui entrait dans sa quinzième année, les décida, elle et sa sœur Lise, son aînée de dix ans, à louer leurs terres au cousin Delhomme, sauf un bout de pré, pour qu'elles fussent convenablement cultivées et entretenues. Maintenant que les deux filles restaient seules, sans père ni frère à la maison, il leur aurait fallu prendre un serviteur, ce qui était ruineux, à cause du prix croissant de la main-d'œuvre. Delhomme, d'ailleurs, leur rendait là un simple service, s'engageant à rompre le bail, dès que le mariage de l'une des deux nécessiterait le partage entre elles de la succession.

Cependant, Lise et Françoise, après avoir également cédé au cousin leur cheval, devenu inutile, gardèrent les deux vaches, la Coliche et Blanchette, ainsi que l'âne, Gédéon. Elles gardaient de même leur demi-arpent de potager, que l'aînée se réservait d'entretenir, tandis que la cadette prendrait soin des bêtes. Certes, il y avait encore là du travail ; mais elles ne se portaient pas mal, Dieu merci ! elles en verraient bien la fin.

Les premières semaines furent très dures, car il s'agissait de réparer les dégâts de la grêle, de bêcher, de replanter des légumes ; et ce fut là ce qui poussa Jean à leur donner un coup de main. Une liaison se faisait entre lui et elles deux, depuis qu'il avait ramené leur père moribond. Le lendemain de l'enterrement, il vint demander de leurs nouvelles. Puis, il revint causer, peu à peu familier et obligeant, si bien qu'un après-midi, il ôta la bêche des poings de Lise, pour achever de retourner un carré. Dès lors, en ami, il leur consacra les heures que ne lui prenaient pas ses travaux, à la ferme. Il était de la maison, de cette vieille maison patrimoniale des Fouan, bâtie par un ancêtre, il y avait trois siècles, et que la famille honorait d'une sorte de culte. Lorsque Mouche, de son vivant, se plaignait d'avoir eu le mauvais lot, dans le partage, et accusait de vol sa sœur et son frère, ceux-ci répondaient : « Et la maison ! est-ce qu'il n'a pas la maison ? »

Pauvre maison en loques, tassée, lézardée et branlante, raccommodée partout de bouts de planches et de plâtras ! Elle avait dû être construite en moellons et en terre ; plus tard, on en refit deux murs au mortier ; enfin, vers le commencement du siècle, on se résigna à en remplacer le chaume par une toiture de petites ardoises, aujourd'hui pourries. C'était ainsi qu'elle avait duré et qu'elle tenait encore, enfoncée d'un mètre, comme on les creusait toutes au temps jadis, sans doute pour avoir plus chaud. Cela offrait l'inconvénient que, par les gros orages, l'eau l'envahissait ; et l'on avait beau balayer le sol battu de cette cave, il restait toujours de la boue dans les coins. Mais elle était surtout malicieusement plantée, tournant le dos au nord, à la Beauce immense, d'où soufflaient les terribles vents de l'hiver ; de ce côté, dans la cuisine, ne s'ouvrait qu'une lucarne étroite, barricadée d'un volet, au ras du chemin ; tandis que, sur l'autre face, celle du midi, se trouvaient la porte et les fenêtres. On aurait dit une de ces masures de pêcheur, au bord de l'océan, dont pas une fente ne regarde le flot. À force de la pousser, les vents de la Beauce l'avaient fait pencher en avant : elle pliait, elle était comme ces très vieilles femmes dont les reins se cassent.

Et Jean, bientôt, en connut les moindres trous. Il aida à nettoyer la chambre du défunt, l'encoignure prise sur le grenier, simplement séparée par une cloison de planches, et dans laquelle il n'y avait qu'un ancien coffre, plein de paille, servant de lit, une chaise et une table. En bas, il ne dépassait point la cuisine, il évitait de suivre les deux sœurs dans leur chambre, dont la porte, toujours battante, laissait voir l'alcôve à deux lits, la grande armoire de noyer, une table ronde sculptée, superbe, sans doute une épave du château, volée autrefois. Il existait une autre pièce derrière celle-là, si humide, que le père avait préféré coucher en haut : on regrettait même d'y serrer les pommes de terre, car elles y germaient tout de suite. Mais c'était dans la cuisine qu'on vivait, dans cette vaste salle enfumée, où depuis trois siècles se succédaient les générations des Fouan. Elle sentait les longs labeurs, les maigres pitances, l'effort continu d'une race qui était arrivée tout juste à ne pas crever de faim, en se tuant de besogne, sans avoir jamais un sou de plus en décembre qu'en janvier. Une porte, ouvrant de plain-pied sur l'étable, mettait les vaches de compagnie avec le monde ; et, quand cette porte se trouvait fermée, on pouvait les surveiller encore, par une vitre enchâssée dans le mur. Ensuite, il y avait l'écurie, où Gédéon restait seul, puis un hangar et un bûcher ; de sorte qu'on n'avait pas à sortir, on filait partout. Dehors, la pluie entretenait la mare, qui était la seule eau pour les bêtes et l'arrosage. Chaque matin, il fallait descendre à la fontaine, en bas, sur la route, chercher l'eau de la table.

Jean se plaisait là, sans se demander ce qui l'y ramenait. Lise, gaie, avec toute sa personne ronde, était d'un bon accueil. Pourtant, ses vingt-cinq ans la vieillissaient déjà, elle devenait laide, surtout depuis ses couches. Mais elle avait de gros bras solides, elle apportait à la besogne un tel cœur, tapant, criant, riant, qu'elle réjouissait la vue. Jean la traitait en femme, ne la tutoyait pas, tandis qu'il continuait au contraire à tutoyer Françoise, dont les quinze ans faisaient pour lui une gamine. Celle-ci, que le grand air et les durs travaux n'avaient pas eu le temps d'enlaidir, gardait son joli visage long, au petit front têtu, aux yeux noirs et muets, à la bouche épaisse, ombrée d'un duvet précoce ; et, toute gamine qu'on la croyait, elle était femme aussi, il n'aurait pas fallu, comme disait sa sœur, la chatouiller de trop près, pour lui faire un enfant. Lise l'avait élevée, leur mère étant morte ; de là venait leur grande tendresse, active et bruyante de la part de l'aînée, passionnée et contenue chez la cadette. Cette petite Françoise avait le renom d'une fameuse tête. L'injustice l'exaspérait. Quand elle avait dit : « Ça c'est à moi, ça c'est à toi », elle n'en aurait pas démordu sous le couteau ; et, en dehors du reste, si elle adorait Lise, c'était dans l'idée qu'elle lui devait bien cette adoration. D'ailleurs, elle se montrait raisonnable, très sage, sans vilaines pensées, seulement tourmentée par ce sang hâtif, ce qui la rendait molle, un peu gourmande et paresseuse. Un jour, elle en vint, elle aussi, à tutoyer Jean, en ami très âgé et bonhomme, qui la faisait jouer, qui la taquinait parfois, mentant exprès, soutenant des choses injustes, pour s'amuser à la voir s'étrangler de colère.

Un dimanche, par un après-midi déjà brûlant de juin, Lise travaillait, dans le potager, à sarcler des pois ; et elle avait posé sous un prunier Jules, qui s'y était endormi. Le soleil la chauffait d'aplomb, elle soufflait, pliée en deux, arrachant les herbes, lorsqu'une voix s'éleva derrière la haie.

– Quoi donc ? on ne se repose pas, même le dimanche !

Elle avait reconnu la voix, elle se redressa, les bras rouges, la face congestionnée, rieuse quand même.

– Dame ! pas plus le dimanche qu'en semaine, la besogne ne se fait toute seule !

C'était Jean. Il longea la haie, entra par la cour.

– Laissez donc ça, je vas l'expédier, moi, votre travail !

Mais elle refusa, elle avait bientôt fini ; puis, si elle ne faisait pas ça, elle ferait autre chose : est-ce qu'on pouvait flâner ? Elle avait beau se lever dès quatre heures, et le soir coudre encore à la chandelle, jamais elle n'en voyait le bout.

Lui, pour ne point la contrarier, s'était mis à l'ombre du prunier voisin, en ayant soin de ne pas s'asseoir sur Jules. Il la regardait, pliée de nouveau, les fesses hautes, tirant sa jupe qui remontait et découvrait ses grosses jambes, tandis que, la gorge à terre, elle manœuvrait les bras, sans craindre le coup de sang, dont le flot lui gonflait le cou.

– Ça va bien, dit-il, que vous êtes rudement construite !

Elle en montrait quelque orgueil, elle eut un rire de complaisance. Et il riait lui aussi, l'admirant d'un air convaincu, la trouvant forte et brave comme un garçon. Aucun désir malhonnête ne lui venait de cette croupe en l'air, de ces mollets tendus ; de cette femme à quatre pattes, suante, odorante ainsi qu'une bête en folie. Il songeait simplement qu'avec des membres pareils, on en abattait, de la besogne ! Bien sûr que, dans un ménage, une femme de cette bâtisse-là valait son homme.

Sans doute, une association d'idées se fit en lui, et il lâcha involontairement une nouvelle, qu'il s'était promis de garder secrète.

– J'ai vu Buteau, avant-hier.

Lise, lentement, se mit debout. Mais elle n'eut pas le temps de l'interroger. Françoise, qui avait reconnu la voix de Jean, et qui arrivait de sa laiterie, au fond de l'étable, les bras nus et blancs de lait, s'emporta.

– Tu l'as vu... Ah ! le cochon !

C'était une antipathie croissante, elle ne pouvait plus entendre nommer le cousin, sans être soulevée par une de ses révoltes d'honnêteté, comme si elle avait eu à venger un dommage personnel.

– Certainement que c'est un cochon, déclara Lise avec calme ; mais ça n'avance à rien de le dire, à cette heure.

Elle avait posé les poings sur ses hanches, elle demanda sérieusement :

– Alors, qu'est-ce qu'il raconte, Buteau ?

– Mais rien, répondit Jean embarrassé, mécontent d'avoir eu la langue trop longue. Nous avons parlé de ses affaires, à cause de ce que son père dit partout, qu'il le déshéritera ; et lui dit qu'il a le temps d'attendre, que le vieux est solide, qu'il s'en fout d'ailleurs.

– Est-ce qu'il sait que Jésus-Christ et Fanny ont signé l'acte tout de même, et que chacun est entré en possession de sa part ?

– Oui, il le sait, et il sait aussi que le père Fouan a loué à son gendre Delhomme la part dont lui, Buteau, n'a pas voulu ; il sait que M. Baillehache a été furieux, à ce point qu'il a juré de ne plus jamais laisser tirer les lots, avant d'avoir fait signer les papiers... Oui, oui, il sait que tout est fini.

– Ah ! et il ne dit rien ?

– Non, il ne dit rien.

Lise, silencieusement, se courba, marcha un instant, arrachant les herbes, ne montrant plus d'elle que la rondeur enflée de son derrière ; puis, elle tourna le cou, elle ajouta, la tête en bas :

– Voulez-vous savoir, Caporal ? eh bien ! ça y est, je peux garder Jules pour compte.

Jean qui, jusque-là, lui donnait des espérances, hocha le menton.

– Ma foi ! je crois que vous êtes dans le vrai.

Et il jeta un regard sur Jules, qu'il avait oublié. Le mioche, serré dans son maillot, dormait toujours, avec sa petite face immobile, noyée de lumière. C'était ça l'embêtant, ce gamin ! Autrement, pourquoi n'aurait-il pas épousé Lise, puisqu'elle se trouvait libre ? Cette idée lui venait là, tout d'un coup, à la regarder au travail. Peut-être bien qu'il l'aimait, que le plaisir de la voir l'attirait seul dans la maison. Il en restait surpris pourtant, ne l'ayant pas désirée, n'ayant même jamais joué avec elle, comme il jouait avec Françoise, par exemple. Et, justement, en levant la tête, il aperçut celle-ci, demeurée toute droite et furieuse au soleil, les yeux si luisants de passion, si drôles, qu'il en fut égayé, dans le trouble de sa découverte.

Mais un bruit de trompette, un étrange turlututu d'appel se fit entendre ; et Lise, quittant ses pois, s'écria :

– Tiens ! Lambourdieu !... J'ai une capeline à lui commander.

De l'autre côté de la haie, sur le chemin, apparut un petit homme court, trompetant et précédant une grande voiture longue, que traînait un cheval gris. C'était Lambourdieu, un gros boutiquier de Cloyes, qui avait peu à peu joint à son commerce de nouveautés la bonneterie, la mercerie, la cordonnerie, même la quincaillerie, tout un bazar qu'il promenait de village en village, dans un rayon de cinq ou six lieues. Les paysans finissaient par lui tout acheter, depuis leurs casseroles jusqu'à leurs habits de noce. Sa voiture s'ouvrait et se rabattait, développant des files de tiroirs, un étalage de vrai magasin.

Lorsque Lambourdieu eut reçu la commande de la capeline, il ajouta :

– Et, en attendant, vous ne voulez pas de beaux foulards ?

Il tirait d'un carton, il faisait claquer au soleil des foulards rouges à palmes d'or, éclatants.

– Hein ? trois francs, c'est pour rien !... Cent sous les deux !

Lise et Françoise, qui les avaient pris par-dessus la haie d'aubépines, où séchaient des couches de Jules, les maniaient, les convoitaient. Mais elles étaient raisonnables, elles n'en avaient pas besoin : à quoi bon dépenser ? Et elles les rendaient, lorsque Jean se décida tout d'un coup à vouloir épouser Lise, malgré le petit. Alors, pour brusquer les choses, il lui cria :

– Non, non, gardez-le, je vous l'offre !... Ah ! vous me feriez de la peine, c'est de bonne amitié, bien sûr !

Il n'avait rien dit à Françoise, et comme celle-ci tendait toujours au marchand son foulard, il la remarqua, il eut au cœur un élancement de chagrin, en croyant la voir pâlir, la bouche souffrante.

– Mais toi aussi, bête ! garde-le... Je le veux, tu ne vas pas faire ta mauvaise tête !

Les deux sœurs, combattues, se défendaient et riaient. Déjà, Lambourdieu avait allongé la main, par-dessus la haie, pour empocher les cent sous. Et il repartit, le cheval derrière lui démarra la longue voiture, la fanfare rauque de la trompette se perdit au détour du chemin.

Tout de suite, Jean avait eu l'idée de pousser ses affaires, auprès de Lise, en se déclarant. Une aventure l'en empêcha. L'écurie était sans doute mal fermée, soudain l'on aperçut l'âne, Gédéon, au milieu du potager, tondant gaillardement un plant de carottes. Du reste, cet âne, un gros âne, vigoureux, de couleur rousse, la grande croix grise sur l'échine, était un animal farceur, plein de malignité : il soulevait très bien les loquets avec sa bouche, il entrait chercher du pain dans la cuisine ; et, à la façon dont il remuait ses longues oreilles, quand on lui reprochait ses vices, on sentait qu'il comprenait. Dès qu'il se vit découvert, il prit un air indifférent et bonhomme ; ensuite, menacé de la voix, chassé du geste, il fila ; mais, au lieu de retourner dans la cour, il trotta par les allées, jusqu'au fond du jardin. Alors, ce fut une vraie poursuite ; et, lorsque Françoise l'eut enfin saisi, il se ramassa, rentra le cou et les jambes dans son corps, pour peser plus lourd et avancer moins vite. Rien n'y faisait, ni les coups de pied, ni les douceurs. Il fallut que Jean s'en mêlât, le bousculât par derrière de ses bras d'homme ; car, depuis qu'il était commandé par deux femmes, Gédéon avait conçu d'elles le plus complet mépris. Jules s'était réveillé au bruit, et hurlait. L'occasion était perdue, le jeune homme dut partir ce jour-là, sans avoir parlé.

Huit jours se passèrent, une grande timidité avait envahi Jean, qui, à cette heure, n'osait plus. Ce n'était pas que l'affaire lui semblât mauvaise à la réflexion, il en avait au contraire mieux senti les avantages. D'un côté et de l'autre, on n'aurait qu'à y gagner. Si lui ne possédait rien, elle avait l'embarras de son mioche : cela égalisait les parts ; et il ne mettait là aucun vilain calcul, il raisonnait autant pour son bonheur, à elle, que pour le sien. Puis, le mariage, en le forçant à quitter la ferme, le débarrasserait de Jacqueline, qu'il revoyait, par lâcheté du plaisir. Donc, il était bien résolu, et il attendait l'occasion de se déclarer, cherchant les mots qu'il dirait, en garçon que même le régiment avait laissé capon avec les femmes.

Un jour, enfin, Jean, vers quatre heures, s'échappa de la ferme, résolu à parler. Cette heure était celle où Françoise menait ses vaches à la pâture du soir ; et il l'avait choisie, pour être seul avec Lise. Mais un contretemps le consterna d'abord : la Frimat, installée en voisine obligeante, aidait justement la jeune femme à couler la lessive, dans la cuisine. La veille, les deux sœurs avaient essuyé le linge. Depuis le matin, l'eau de cendre, que parfumaient des racines d'iris, bouillait dans un chaudron, accroché à la crémaillère, au-dessus d'un feu clair de peuplier. Et, les bras nus, la jupe retroussée, Lise, armée d'un pot de terre jaune, puisait de cette eau, arrosait le linge dont le cuvier était rempli : au fond les draps, puis les torchons, les chemises, et par-dessus des draps encore. La Frimat ne servait donc pas à grand-chose ; mais elle causait, en se contentant, toutes les cinq minutes, d'enlever et de vider dans le chaudron le seau, qui, sous le baquet, recevait l'égoutture continue de la lessive.

Jean patienta, espérant qu'elle s'en irait. Elle ne partait pas, parlait de son pauvre homme, le paralytique, qui ne remuait plus qu'une main. C'était une grande affliction. Jamais ils n'avaient été riches ; seulement, lorsque lui travaillait encore, il louait des terres qu'il faisait valoir ; tandis que, maintenant, elle avait bien de la peine à cultiver toute seule l'arpent qui leur appartenait ; et elle s'éreintait, ramassait le crottin des routes pour le fumer, n'ayant pas de bestiaux, soignait ses salades, ses haricots, ses pois, pied à pied, arrosait jusqu'à ses trois pruniers et ses deux abricotiers, finissait par tirer un profit considérable de cet arpent, si bien que, chaque samedi, elle s'en allait au marché de Cloyes, pliant sous la charge de deux paniers énormes, sans compter les gros légumes, qu'un voisin lui emportait dans sa carriole. Rarement elle en revenait sans deux ou trois pièces de cent sous, surtout à la saison des fruits. Mais sa continuelle doléance était le manque de fumier : ni le crottin, ni les balayages des quelques lapins et des quelques poules qu'elle élevait, ne lui donnaient assez. Elle en était venue à se servir de tout ce que son vieux et elle faisaient, de cet engrais humain si méprisé, qui soulève le dégoût, même dans les campagnes. On l'avait su, on l'en plaisantait, on l'appelait la mère Caca, et ce surnom lui nuisait, au marché. Des bourgeoises s'étaient détournées de ses carottes et de ses choux superbes, avec des nausées de répugnance. Malgré sa grande douceur, cela la jetait hors d'elle.

– Voyons, dites-moi, vous, Caporal, est-ce raisonnable ?... Est-ce qu'il n'est pas permis d'employer tout ce que le bon Dieu nous a mis dans la main ? Et puis, avec ça que les crottes des bêtes sont plus propres !... Non, c'est de la jalousie, ils m'en veulent, à Rognes, parce que le légume pousse plus fort chez moi... Dites, Caporal, est-ce que ça vous dégoûte, vous ?

Jean, embarrassé, répondit :

– Dame ! ça ne me ragoûte pas beaucoup... On n'est pas habitué à ça, ce n'est peut-être bien qu'une idée.

Cette franchise désola la vieille femme. Elle qui n'était pas cancanière, ne put retenir son amertume.

– C'est bon, ils vous ont déjà tourné contre moi... Ah ! si vous saviez comme ils sont méchants, si vous vous doutiez de ce qu'ils disent de vous !

Et elle lâcha les commérages de Rognes sur le jeune homme. D'abord, on l'y avait exécré, parce qu'il était ouvrier, qu'il sciait et rabotait du bois, au lieu de labourer la terre. Ensuite, quand il s'était mis à la charrue, on l'avait accusé de venir manger le pain des autres, dans un pays qui n'était pas le sien. Est-ce qu'on savait d'où il sortait ? N'avait-il point fait quelque mauvais coup, chez lui, qu'il n'osait seulement pas y retourner ? Et l'on espionnait ses rapports avec la Cognette, on disait qu'à eux deux, un beau soir, ils donneraient un bouillon de onze heures au père Hourdequin, pour le voler.

– Oh ! les canailles ! murmura Jean, blême d'indignation.

Lise, qui puisait un pot de lessive bouillante dans le chaudron, se mit à rire, à ce nom de la Cognette, qu'elle-même prononçait parfois, histoire de le plaisanter.

– Et, puisque j'ai commencé, vaut mieux aller jusqu'au bout, poursuivit la Frimat. Eh bien ! il n'y a pas d'horreur qu'on ne raconte, depuis que vous venez ici... La semaine dernière, n'est-ce pas ? vous avez fait cadeau à l'une et à l'autre de foulards, qu'on leur a vus dimanche, à la messe... C'est trop sale, ils affirment que vous couchez avec les deux !

Du coup, tremblant, mais résolu, Jean se leva et dit :

– Écoutez, la mère, je vas répondre devant vous, ça ne m'embarrasse pas... Oui, je vas demander à Lise, si elle veut que je l'épouse... Vous entendez, Lise ? je vous demande, et si vous dites oui, vous me rendrez bien content.

Justement, elle vidait son pot dans le cuvier. Mais elle ne se pressa pas, acheva d'arroser soigneusement le linge ; puis, les bras nus et moites de vapeur, devenue grave, elle le regarda en face.

– Alors, c'est sérieux ?

– Très sérieux.

Elle n'en paraissait point surprise. C'était une chose naturelle. Seulement, elle ne disait ni oui ni non, elle avait sûrement une idée qui la gênait.

– Faudrait pas dire non, à cause de la Cognette, reprit-il, parce que la Cognette...

Elle l'interrompit d'un geste, elle savait bien que ça ne tirait pas à conséquence, la gaudriole à la ferme.

– Il y a encore que je n'ai absolument que ma peau à vous apporter, tandis que vous possédez cette maison et de la terre.

De nouveau, elle fit un geste pour dire que, dans sa position, avec un enfant, elle pensait comme lui que les choses se compensaient.

– Non, non, ce n'est pas tout ça, déclara-t-elle enfin. Seulement, c'est Buteau...

– Puisqu'il ne veut pas.

– Bien sûr, et l'amitié n'y est plus, car il s'est trop mal conduit... Mais, tout de même, il faut consulter Buteau.

Jean réfléchit une grande minute. Puis, sagement :

– Comme vous voudrez... Ça se doit, par rapport à l'enfant.

Et la Frimat, qui, gravement, elle aussi, vidait le seau d'égoutture dans le chaudron, croyait devoir approuver la démarche, tout en se montrant favorable à Jean, un honnête garçon, celui-là, pas têtu, pas brutal, lorsqu'on entendit, au-dehors, Françoise rentrer avec les deux vaches.

–Dis donc, Lise, cria-t-elle, viens donc voir... La Coliche s'est abîmé le pied.

Tous sortirent, et Lise, à la vue de la bête qui boitait, le pied gauche de devant meurtri, ensanglanté, eut une brusque colère, un de ces éclats bourrus dont elle bousculait sa sœur, quand celle-ci était petite et qu'elle se mettait en faute.

– Encore une de tes négligences, hein ?... Tu te seras endormie dans l'herbe, comme l'autre fois.

– Mais non, je t'assure... Je ne sais pas ce qu'elle a pu faire. Je l'avais attachée au piquet, elle se sera pris le pied dans sa corde.

– Tais-toi donc, menteuse !... Tu me la tueras un jour, ma vache !

Les yeux noirs de Françoise s'allumèrent. Elle était très pâle, elle bégaya, révoltée :

– Ta vache, ta vache... Tu pourrais bien dire notre vache.

– Comment, notre vache ? une vache à toi, gamine !

– Oui, la moitié de tout ce qui est ici est à moi, j'ai le droit d'en prendre et d'en abîmer la moitié, si ça m'amuse !

Et les deux sœurs, face à face, se dévisagèrent, menaçantes, ennemies. Dans leur longue tendresse, c'était la première querelle douloureuse, sous ce coup de fouet du tien et du mien, l'une irritée de la rébellion de sa cadette, l'autre obstinée et violente devant l'injustice. L'aînée céda, rentra dans la cuisine, pour ne pas gifler la petite. Et, lorsque celle-ci, après avoir mis ses vaches à l'étable, reparut et vint à la huche se couper une tranche de pain, il se fit un silence.

Lise, pourtant, s'était calmée. La vue de sa sœur, raidie et boudeuse, l'ennuyait maintenant. Elle lui parla la première, elle voulut en finir par une nouvelle imprévue.

– Tu ne sais pas ? Jean veut que je l'épouse, il me demande.

Françoise, qui mangeait debout, devant la fenêtre, resta indifférente, ne se tourna même pas.

– Qu'est-ce que ça me fiche ?

– Ça te fiche, que tu l'aurais pour beau-frère, et que je désire savoir s'il te plairait.

Elle haussa les épaules.

– Me plaire, à quoi bon ? lui ou Buteau, du moment que je ne couche pas avec !... Seulement, voulez-vous que je vous dise ? tout ça n'est guère propre.

Et elle sortit achever son pain dans la cour.

Jean, pris de malaise, affecta de rire, comme à la boutade d'une enfant gâtée ; tandis que la Frimat déclarait que, dans sa jeunesse, on aurait fouetté une galopine comme ça, jusqu'au sang. Quant à Lise, sérieuse, elle demeura un instant muette, de nouveau toute à sa lessive. Puis, elle conclut.

– Eh bien ! nous en restons là, Caporal... Je ne vous dis pas non, je ne vous dis pas oui... Voici les foins, je verrai notre monde, je questionnerai, je saurai à quoi m'en tenir. Et nous déciderons quelque chose... Ça va-t-il ?

– Ça va !

Il tendit la main, il secoua la sienne, qu'elle lui tendait. De toute sa personne, trempée de buée chaude, s'exhalait une odeur de bonne ménagère, une odeur de cendre parfumée d'iris.

IV

Depuis la veille, Jean conduisait la faucheuse mécanique, dans les quelques arpents de pré qui dépendaient de la Borderie, au bord de l'Aigre. De l'aube à la nuit, on avait entendu le claquement régulier des lames ; et, ce matin-là, il finissait, les derniers andains tombaient, s'alignaient derrière les roues, en une couche de tiges fines, d'un vert tendre. La ferme n'ayant pas de machine à faner, on lui avait laissé engager deux faneuses, Palmyre, qui se tuait de travail, et Françoise, qui s'était fait embaucher par caprice, amusée de cette besogne. Toutes deux, venues dès cinq heures, avaient, de leurs longues fourches, étalé les mulons, l'herbe à demi séchée et mise en tas la veille au soir, pour la protéger de la rosée nocturne. Le soleil s'était levé dans un ciel ardent et pur, qu'une brise rafraîchissait. Un vrai temps pour faire de bon foin.

Après le déjeuner, lorsque Jean revint avec ses faneuses, le foin du premier arpent fauché était fait. Il le toucha, le sentit sec et craquant.

– Dites donc, cria-t-il, nous allons le retourner encore, et ce soir nous commençons les meules.

Françoise, en robe de toile grise, avait noué sur sa tête un mouchoir bleu, dont un côté battait sa nuque, tandis que deux coins flottaient librement sur ses joues, lui protégeant le visage de l'éclat du soleil. Et, d'un balancement de sa fourche, elle prenait l'herbe, la jetait dans le vent, qui en emportait comme une poussière blonde. Les brins volaient, une odeur s'en dégageait, pénétrante et forte, l'odeur des herbes coupées, des fleurs fanées. Elle avait très chaud, en s'avançant au milieu de cet envolement continu, qui l'égayait.

– Ah ! ma petite, dit Palmyre de sa voix dolente, on voit bien que tu es jeune... Demain, tu sentiras tes bras.

Mais elles n'étaient point seules, tout Rognes fauchait et fanait, dans les prés, autour d'elles. Avant le jour, Delhomme se trouvait là, car l'herbe, trempée de rosée, est tendre à couper, comme du pain mollet, tandis qu'elle durcit, à mesure que le soleil la chauffe ; et on l'entendait bien, résistante et sifflante à cette heure sous la faux, dont la volée allait et revenait, continuellement, au bout des bras nus. Plus près, touchant l'herbage de la ferme, il y avait deux parcelles, l'une appartenant à Macqueron, l'autre à Lengaigne. Dans la première, Berthe, vêtue en demoiselle d'une robe à volants, coiffée d'un chapeau de paille, avait suivi les faneuses, par distraction ; mais, lasse déjà, elle restait appuyée sur sa fourche, à l'ombre d'un saule. Dans l'autre, Victor, qui fauchait pour son père, venait de s'asseoir et, son enclume entre les genoux, battait sa faux. Depuis cinq minutes, au milieu du grand silence frissonnant de l'air, on ne distinguait plus que ce martèlement obstiné, les petits coups pressés du marteau sur le fer.

Justement, Françoise arriva près de Berthe.

– Hein ? t'en as assez !

– Un peu, ça commence... Quand on n'en a pas l'habitude !

Elles causèrent, elles parlèrent de Suzanne, la sœur à Victor, que les Lengaigne avaient mise dans un atelier de couture, à Châteaudun, et qui, au bout de six mois, s'était envolée à Chartres, pour faire la vie. On la disait sauvée avec un clerc de notaire, toutes les filles de Rognes en chuchotaient, rêvaient des détails. Faire la vie, c'étaient des orgies de sirop de groseille et d'eau de Seltz, au milieu d'une débandade d'hommes, des douzaines vous passant à la file sur le corps, dans des arrière-boutiques de marchands de vin.

– Oui, ma chère, c'est comme ça... Ah ! elle en prend !

Françoise, plus jeune, ouvrait des yeux stupéfiés.

– En voilà un amusement ! dit-elle enfin. Mais, si elle ne revient pas, les Lengaigne vont donc être seuls, puisque Victor est tombé au sort.

Berthe, qui épousait la haine de son père, haussa les épaules : il s'en fichait bien, Lengaigne ! il n'avait qu'un regret, celui que la petite ne fût pas restée à se faire culbuter chez lui, pour achalander son bureau de tabac. Est-ce qu'un vieux de quarante ans, un oncle à elle, ne l'avait pas eu déjà, avant qu'elle partît à Châteaudun, un jour qu'ils épluchaient ensemble des carottes ? Et, baissant la voix, Berthe dit, avec les mots, comment ça s'était passé. Françoise, pliée en deux, riait à s'étouffer, tant ça lui semblait drôle.

– Oh ! là, là, est-ce bête qu'on se fasse des machines pareilles !

Elle se remit à sa besogne, elle s'éloigna, soulevant des fourchées d'herbe, les secouant dans le soleil. On entendait toujours le bruit persistant du marteau, qui tapait le fer. Et, quelques minutes plus tard, comme elle s'était rapprochée du jeune homme assis, elle lui adressa la parole.

– Alors, tu vas partir soldat ?

– Oh ! en octobre... J'ai le temps, ce n'est pas pressé.

Elle résistait à l'envie de le questionner sur sa sœur, elle en causa malgré elle.

– Est-ce vrai, ce qu'on raconte, que Suzanne est à Chartres ?

Mais lui, plein d'indifférence, répondit :

– Paraît... Si ça l'amuse !

Tout de suite, il reprit, en voyant au loin poindre Lequeu, le maître d'école, qui semblait arriver par hasard, en flânant :

– Tiens ! en v'là un pour la fille à Macqueron... Qu'est-ce que je disais ? Il s'arrête, il lui fourre son nez dans les cheveux... Va, va, sale tête de pierrot, tu peux la renifler, tu n'en auras que l'odeur !

Françoise s'était remise à rire, et Victor tombait maintenant sur Berthe, par haine de famille. Sans doute, le maître d'école ne valait pas cher, un rageur qui giflait les enfants, un sournois dont personne ne connaissait l'opinion, capable de se faire le chien couchant de la fille pour avoir les écus du père. Mais Berthe, elle non plus, n'était guère catholique, malgré ses grands airs de demoiselle élevée en ville. Oui, elle avait beau porter des jupes à volants, des corsages de velours, et se grossir le derrière avec des serviettes, le par-dessous n'en était pas meilleur, au contraire, car elle en savait long, on en apprenait davantage en s'éduquant à la pension de Cloyes, qu'en restant chez soi à garder les vaches. Pas de danger que celle-là se laissât de sitôt coller un enfant : elle aimait mieux se détruire toute seule la santé !

– Comment ça ? demanda Françoise, qui ne comprenait point.

Il eut un geste, elle devint sérieuse, et dit sans gêne :

– C'est donc ça qu'elle vous lâche toujours des saletés et qu'elle se pousse sur vous !

Victor s'était remis à battre son fer. Dans le bruit, il rigola, tapant entre chaque phrase.

– Puis, tu sais, N'en-a-pas...

– Hein ?

– Berthe, pardi !... N'en-a-pas, c'est le petit nom que les garçons lui donnent, à cause qu'il ne lui en a pas poussé.

– De quoi ?

– Des cheveux partout... Elle a ça comme une gamine, aussi lisse que la main !

– Allons donc, menteur !

– Quand je te dis !

– Tu l'as vue, toi ?

– Non, pas moi, d'autres.

– Qui, d'autres ?

– Ah ! des garçons qui l'ont juré à des garçons que je connais.

– Et où l'ont-ils vue ? comment ?

– Dame ! comme on voit, quand on a le nez sur la chose, ou quand on la moucharde par une fente. Est-ce que je sais ?... S'ils n'ont pas couché avec, il y a des moments et des endroits où l'on se trousse, pas vrai ?

– Bien sûr que s'ils sont allés la guetter !

– Enfin, n'importe ! paraît que c'est d'un bête, que c'est d'un laid, tout nu ! comme qui dirait le plus vilain de ces vilains petits moineaux sans plumes, qui ouvrent le bec, dans les nids, oh ! mais vilain, vilain, à en dégobiller dessus !

Françoise, du coup, fut secouée d'un nouvel accès de gaieté, tellement l'idée de ce moineau sans plumes lui paraissait farce. Et elle ne se calma, elle ne continua à faner, que lorsqu'elle aperçut sur la route sa sœur Lise, qui descendait dans le pré. Celle-ci, s'étant approchée de Jean, expliqua qu'elle se rendait chez son oncle, à cause de Buteau. Depuis trois jours, cette démarche était convenue entre eux, et elle promit de repasser, pour lui dire la réponse. Quand elle s'éloigna, Victor tapait toujours, Françoise, Palmyre et les autres femmes, dans l'éblouissement du grand ciel clair, jetaient les herbes, encore et encore ; tandis que Lequeu, très obligeant, donnait une leçon à Berthe, piquant la fourche, l'élevant et la baissant, avec la raideur d'un soldat à l'exercice. Au loin, les faucheurs s'avançaient sans un arrêt, d'un même mouvement rythmique, le torse balancé sur les reins, la faux lancée et ramenée, continuellement. Une minute, Delhomme s'arrêta, se tint debout, très grand au milieu des autres. Dans son goujet, la corne de vache pleine d'eau, pendue à sa ceinture, il avait pris la pierre noire, et il affilait sa faux, d'un long geste rapide. Puis, son échine de nouveau se cassa, on entendit le fer aiguisé mordre le pré d'un sifflement plus vif.

Lise était arrivée devant la maison des Fouan. D'abord, elle craignit qu'il n'y eût personne, tant le logis semblait mort. Rose s'était débarrassée de ses deux vaches, le vieux venait de vendre son cheval, il n'y avait plus ni bêtes, ni travail, ni rien qui grouillât, dans le vide des bâtiments et de la cour. Pourtant, la porte céda ; et Lise, en entrant dans la salle muette et noire, malgré les gaietés du dehors, y trouva le père Fouan debout, en train d'achever un morceau de pain et de fromage, tandis que sa femme, assise, inoccupée, le regardait.

– Bien le bonjour, ma tante... Et ça va comme vous voulez ?

– Mais oui, répondit la vieille dont le visage s'éclaira, heureuse de cette visite. Maintenant qu'on est des bourgeois, on n'a qu'à prendre du bon temps, du matin au soir.

Lise voulut aussi être aimable pour son oncle.

– Et l'appétit marche, à ce que je vois ?

– Oh ! dit-il, ce n'est pas que j'aie faim... Seulement, de manger un morceau ça occupe toujours, ça fait couler la journée.

Il avait un air si morne, que Rose repartit en exclamations sur leur bonheur de ne plus travailler. Vrai ! ils avaient bien gagné ça, ce n'était pas trop tôt, de voir trimer les autres, en jouissant de ses rentes. Se lever tard, tourner ses pouces, se moquer du chaud et du froid, n'avoir pas un souci, ah ! ça les changeait rudement, ils étaient dans le paradis, pour sûr. Lui-même, réveillé, s'excitait comme elle, renchérissait. Et, sous cette joie forcée, sous la fièvre de ce qu'ils disaient, on sentait l'ennui profond, le supplice de l'oisiveté torturant ces deux vieux, depuis que leurs bras, tout d'un coup inertes, se détraquaient dans le repos, pareils à d'antiques machines jetées aux ferrailles. Enfin, Lise risqua le motif de sa visite.

– Mon oncle, on m'a conté que, l'autre jour, vous aviez rencontré Buteau...

– Buteau est un jean-foutre ! cria Fouan, subitement furieux, et sans lui donner le temps d'achever. Est-ce que, s'il ne s'obstinait pas, comme un âne rouge, j'aurais eu cette histoire avec Fanny ?

C'était le premier froissement entre lui et ses enfants, qu'il cachait, et dont l'amertume venait de lui échapper. En confiant la part de Buteau à Delhomme, il avait prétendu la louer quatre-vingts francs l'hectare, tandis que Delhomme entendait servir simplement une pension double, deux cents francs pour sa part, et deux cents pour l'autre. Cela était juste, le vieux enrageait d'avoir eu tort.

– Quelle histoire ? demanda Lise. Est-ce que les Delhomme ne vous payent pas ?

– Oh ! si, répondit Rose. Tous les trois mois, à midi sonnant, l'argent est là, sur la table... Seulement, il y a des façons de payer, n'est-ce pas ? et le père, qui est susceptible, voudrait au moins de la politesse... Fanny vient chez nous de l'air dont elle irait chez l'huissier, comme si on la volait.

– Oui, ajouta le vieux, ils payent et c'est tout. Moi, je trouve que ce n'est point assez. Faudrait des égards... Est-ce que ça les acquitte, leur argent ? Nous voilà des créanciers, pas plus... Et encore on a tort de se plaindre. S'ils payaient tous !

Il s'interrompit, un silence embarrassé régna. Cette allusion à Jésus-Christ, qui ne leur avait pas donné un sou, buvant sa part qu'il hypothéquait morceau à morceau, désolait la mère, toujours portée à défendre le chenapan, le chéri de son cœur. Elle trembla de voir étaler cette autre plaie, elle se hâta de reprendre :

– Ne te mange donc pas les sangs pour des bêtises !... Puisque nous sommes heureux, qu'est-ce que ça te fiche, le reste ? Quand on a assez, on a assez.

Jamais elle ne lui avait tenu tête ainsi. Il la regarda fixement.

– Tu parles trop, la vieille !... Je veux bien être heureux, mais faut pas qu'on m'embête !

Et elle redevint toute petite, tassée et oisive sur sa chaise, pendant qu'il achevait son pain, en roulant longuement la dernière bouchée, pour faire durer la récréation. La salle triste s'endormait.

Alors, put continuer Lise, je désirais donc savoir ce que Buteau compte faire, par rapport à moi et à son enfant... Je ne l'ai guère tourmenté, il est temps que ça se décide.

Les deux vieux ne soufflaient plus mot. Elle interrogea directement le père.

– Puisque vous l'avez vu, il a dû vous parler de moi... Qu'est-ce qu'il en dit ?

– Rien, il ne m'en a seulement point ouvert la bouche... Et à n'y a rien à en dire, ma foi ! Le curé m'assomme pour que j'arrange ça, comme si c'était arrangeable, tant que le garçon refusera sa part !

Lise, pleine d'incertitude, réfléchissait.

– Vous croyez qu'il l'acceptera un jour ?

– Ça se peut encore.

– Et vous pensez qu'il m'épouserait ?

– Il y a des chances.

– Vous me conseillez donc d'attendre ?

– Dame ! c'est selon tes forces, chacun fait comme il sent.

Elle se tut, ne voulant pas parler de la proposition de Jean, ne sachant de quelle façon obtenir une réponse définitive. Puis, elle tenta un dernier effort.

– Vous comprenez, j'en suis malade, à la fin, de ne pas savoir à quoi m'en tenir. Il me faut un oui ou un non... Vous, mon oncle, si vous alliez demander à Buteau, je vous en prie !

Fouan haussa les épaules.

– D'abord, jamais je ne reparlerai à ce jean-foutre... Et puis, ma fille, que t'es serine ! pourquoi lui faire dire non, à ce têtu, qui dira toujours non ensuite ? Laisse-lui donc la liberté de dire oui, un jour, si c'est son intérêt !

– Bien sûr ! conclut simplement Rose, redevenue l'écho de son homme.

Et Lise ne put tirer d'eux rien de plus net. Elle les laissa, elle referma la porte sur la salle, retombée à son engourdissement ; et la maison, de nouveau, parut vide.

Dans les prés, au bord de l'Aigre, Jean et ses deux faneuses avaient commencé la première meule. C'était Françoise qui la montait. Au centre, posée sur un mulon, elle disposait et rangeait en cercle les fourchées de foin que lui apportaient le jeune homme et Palmyre. Et, peu à peu, cela grandissait, se haussait, elle toujours au milieu, se remettant des bottes sous les pieds, dans le creux où elle se trouvait, à mesure que le mur, autour d'elle, lui gagnait les genoux. La meule prenait tournure. Déjà, elle était à deux mètres ; Palmyre et Jean devaient tendre leurs fourches ; et la besogne n'allait pas sans de grands rires, à cause de la joie du plein air et des bêtises qu'on se criait, dans la bonne odeur du foin. Françoise surtout, son mouchoir glissé du chignon, sa tête nue au soleil, les cheveux envolés, embroussaillés d'herbe, s'égayait comme une bienheureuse, sur ce tas mouvant, où elle baignait jusqu'aux cuisses. Ses bras nus enfonçaient, chaque paquet jeté d'en bas la couvrait d'une pluie de brindilles, elle disparaissait, feignait de naufragé dans les remous.

– Oh ! là, là, ça me pique !

– Où donc ?

– Sous ma cotte, là-haut.

– C'est une araignée, tiens bon, serre les jambes !

Et de rire plus fort, de lâcher de vilains mots qui les faisaient se tordre.

Delhomme, au loin, s'en inquiéta, tourna un instant la tête, sans cesser de lancer et de ramener sa faux. Ah ! cette gamine, elle devait en faire, du bon travail, à jouer ainsi ! Maintenant, on gâtait les filles, elles ne travaillaient que pour l'amusement. Et il continua, couchant l'andain à coups pressés, laissant derrière lui le creux de son sillage. Le soleil baissait à l'horizon, les faucheurs élargissaient encore leurs trouées. Victor, qui ne battait plus son fer, ne se hâtait guère pourtant ; et, comme la Trouille passait avec ses oies, il s'échappa sournoisement, il fila la retrouver, à l'abri d'une ligne épaisse de saules, bordant la rivière.

– Bon ! cria Jean, il retourne affûter. La rémouleuse est là qui l'attend.

Françoise éclata de nouveau, à cette allusion.

– Il est trop vieux pour elle.

– Trop vieux !... Écoute donc, s'ils n'affûtent pas ensemble !

Et, d'un sifflement des lèvres, il imitait le bruit de la pierre mangeant le fil d'une lame, si bien que Palmyre elle-même, se tenant le ventre comme si une colique l'eût tortillée, dit :

– Qu'est-ce qu'il a aujourd'hui, ce Jean ? est-il farce !

Les fourchées d'herbe étaient jetées toujours plus haut, et la meule montait. On plaisanta Lequeu et Berthe, qui avaient fini par s'asseoir. Peut-être bien que N'en-a-pas se faisait chatouiller à distance, avec une paille ; et puis, le maître d'école pouvait enfourner, ce n'était pas pour lui que cuirait la galette.

– Est-il sale ! répéta Palmyre, qui ne savait pas rire et qui étouffait.

Alors, Jean la taquina.

– Avec ça que vous êtes arrivée à l'âge de trente-deux ans, sans avoir vu la feuille à l'envers !

– Moi, jamais !

– Comment ! pas un garçon ne vous l'a pris ? Vous n'avez pas d'amoureux ?

– Non, non.

Elle était devenue toute pâle, très sérieuse, avec sa longue face de misère, flétrie déjà, hébétée à force de travail, où il n'y avait plus que des yeux de bonne chienne, d'un dévouement clair et profond. Peut-être revivait-elle sa vie dolente, sans une amitié, sans un amour, une existence de bête de somme menée à coups de fouet, morte de sommeil, le soir, à l'écurie ; et elle s'était arrêtée, debout, les poings sur sa fourche, les regards au loin, dans cette campagne qu'elle n'avait même jamais vue.

Il y eut un silence. Françoise écoutait, immobile en haut de la meule, tandis que Jean, qui soufflait lui aussi, continuait à goguenarder, hésitant à dire l'affaire qu'il avait aux lèvres. Puis, il se décida, il lâcha tout.

– C'est donc des menteries, ce qu'on raconte, que vous couchez avec votre frère ?

De blême qu'il était, le visage de Palmyre s'empourpra, d'un flot de sang qui lui rendit sa jeunesse. Elle bégayait, surprise, irritée, ne trouvant pas le démenti qu'elle aurait voulu.

– Oh ! les méchants... si l'on peut croire...

Et Françoise et Jean, repris de gaieté bruyante, parlaient à la fois, la pressaient, la bouleversaient. Dame ! dans l'étable en ruines où ils logeaient, elle et son frère, il n'y avait guère moyen de remuer, sans tomber l'un sur l'autre. Leurs paillasses se touchaient par terre, bien sûr qu'ils se trompaient, la nuit.

– Voyons, c'est vrai, dis que c'est vrai... D'ailleurs, on le sait.

Toute droite, Palmyre, ahurie, s'emporta douloureusement.

– Et quand ce serait vrai, qu'est-ce que ça vous fiche ?... Le pauvre petit n'a déjà pas tant de plaisir. Je suis sa sœur, je pourrais bien être sa femme, puisque toutes les filles le rebutent.

Deux larmes coulèrent sur ses joues à cet aveu, dans le déchirement de sa maternité pour l'infirme, qui allait jusqu'à l'inceste. Après lui avoir gagné du pain, elle pouvait encore, le soir, lui donner ça, ce que les autres lui refusaient, un régal qui ne leur coûtait rien ; et, au fond de leur intelligence obscure d'êtres près de la terre, de parias dont l'amour n'avait point voulu, ils n'auraient su dire comment la chose s'était faite : une approche instinctive sans consentement réfléchi, lui tourmenté et bestial, elle passive et bonne à tout, cédant ensuite l'un et l'autre au plaisir d'avoir plus chaud, dans cette masure où ils grelottaient.

– Elle a raison, qu'est-ce que ça nous fiche ? reprit Jean de son air bonhomme, touché de la voir si bouleversée. Ça les regarde, ça ne fait du tort à personne.

D'ailleurs, une autre histoire les occupa. Jésus-Christ venait de descendre du Château, l'ancienne cave qu'il habitait au milieu des broussailles, à mi-côte ; et, du haut de la route, il appelait la Trouille à pleins poumons, jurant, gueulant que sa garce de fille avait encore disparu depuis deux heures, sans s'inquiéter de la soupe du soir.

– Ta fille, lui cria Jean, elle est sous les saules, à regarder la lune avec Victor.

Jésus-Christ leva ses deux poings au ciel.

– Nom de Dieu de bougresse qui me déshonore !... Je vas chercher mon fouet.

Et il remonta en courant. C'était un grand fouet de routier, qu'il avait accroché derrière sa porte, à gauche, pour ces occasions.

Mais la Trouille avait dû entendre. Il y eut, sous les feuilles, un long froissement, un bruit de fuite ; et, deux minutes plus tard, Victor reparut, d'un pas nonchalant. Il examina sa faux, il se remit enfin à la besogne. Et, comme Jean, de loin, lui demandait s'il avait la colique, il répondit :

– Juste !

La meule allait être finie, haute de quatre mètres, solide, arrondie en forme de ruche. Palmyre, de ses longs bras maigres, lança les dernières bottes, et Françoise, debout à la pointe, apparut alors grandie sur le ciel pâle, dans la clarté fauve du soleil couchant. Elle était tout essoufflée, toute vibrante de son effort, trempée de sueur, les cheveux collés à la peau, et si défaite, que son corsage bâillait sur sa petite gorge dure, et que sa jupe, aux agrafes arrachées, glissait de ses hanches.

– Oh ! là, que c'est haut !... La tête me tourne.

Et elle riait avec un frisson, hésitante, n'osant plus descendre, avançant un pied qu'elle retirait vite.

– Non, c'est trop haut. Va quérir une échelle.

– Mais, bête ! dit Jean, assieds-toi donc, laisse-toi glisser !

– Non, non, j'ai peur, je ne peux pas !

Alors, ce furent des cris, des exhortations, des plaisanteries grasses. Pas sur le ventre, ça le ferait enfler ! Sur le derrière, à moins qu'elle n'y eût des engelures ! Et lui, en bas, s'excitait, les regards levés vers cette fille dont il apercevait les jambes, peu à peu exaspéré de la voir si haut, hors de sa portée, pris inconsciemment d'un besoin de mâle, la rattraper et la tenir.

– Quand je te dis que tu ne te rompras rien !... Déboule, tu tomberas dans mes bras.

– Non, non !

Il s'était placé devant la meule, il élargissait les bras, lui offrait sa poitrine, pour qu'elle se jetât. Et, lorsque, se décidant, fermant les yeux, elle se laissa aller, sa chute fut si prompte sur la pente glissante du foin, qu'elle le culbuta, en lui enfourchant les côtes de ses deux cuisses. Par terre, les cottes troussées, elle étranglait de rire, elle bégayait qu'elle ne s'était pas fait de mal. Mais, à la sentir brûlante et suante contre sa face, il l'avait empoignée. Cette odeur âcre de fille, ce parfum violent de foin fouetté de grand air, le grisaient, raidissaient tous ses muscles, dans une rage brusque de désir. Puis, c'était autre chose encore, une passion ignorée pour cette enfant, et qui crevait d'un coup, une tendresse de cœur et de chair, venue de loin, grandie avec leurs jeux et leurs gros rires, aboutissant à cette envie de l'avoir, là, dans l'herbe.

– Oh ! Jean, assez ! tu me casses !

Elle riait toujours, croyant qu'il jouait. Et lui, ayant rencontré les yeux ronds de Palmyre, tressaillit et se releva, grelottant, de l'air éperdu d'un ivrogne que la vue d'un trou béant dégrise. Quoi donc ? ce n'était pas Lise qu'il voulait, c'était cette gamine ! Jamais l'idée de la peau de Lise contre la sienne, ne lui avait seulement fait battre le cœur ; tandis que tout son sang l'étouffait, à la seule pensée d'embrasser Françoise. Maintenant, il savait pourquoi il se plaisait tant à rendre visite et à être utile aux deux sœurs. Mais l'enfant était si jeune ! il en restait désespéré et honteux.

Justement, Lise revenait de chez les Fouan. En chemin, elle avait réfléchi. Elle aurait mieux aimé Buteau, parce que, tout de même, il était le père de son petit. Les vieux avaient raison, pourquoi se bousculer ? Le jour où Buteau dirait non, il y aurait toujours là Jean qui dirait oui.

Elle aborda ce dernier, et tout de suite :

– Pas de réponse, l'oncle ne sait rien... Attendons.

Effaré, frémissant encore, Jean la regardait, sans comprendre. Puis, il se souvint : le mariage, le mioche, le consentement de Buteau, toute cette affaire qu'il considérait, deux heures plus tôt, comme avantageuse pour elle et pour lui. Il se hâta de dire :

– Oui, oui, attendons, ça vaut mieux.

La nuit tombait, une étoile brillait déjà au fond du ciel couleur de violette. On ne distinguait, sous le crépuscule croissant, que les rondeurs vagues des premières meules, qui bossuaient l'étendue rase des prairies. Mais les odeurs de la terre chaude s'exhalaient plus fortes, dans le calme de l'air, et les bruits s'entendaient davantage, prolongés, d'une limpidité musicale. C'étaient des voix d'hommes et de femmes, des rires mourants, l'ébrouement d'une bête, le heurt d'un outil ; tandis que, s'entêtant sur un coin de pré, les faucheurs allaient toujours, sans relâche ; et le sifflement des faux montait encore, large, régulier, de cette besogne qu'on ne voyait plus.

V

Deux ans s'étaient passés, dans cette vie active et monotone des campagnes ; et Rognes avait vécu, avec le retour fatal des saisons, le train éternel des choses, les mêmes travaux, les mêmes sommeils.

Il y avait en bas, sur la route, à l'encoignure de l'école, une fontaine d'eau vive, où toutes les femmes descendaient prendre leur eau de table, les maisons n'ayant que des mares, pour le bétail et l'arrosage. À six heures, le soir, c'était là que se tenait la gazette du pays ; les moindres événements y trouvaient un écho, on s'y livrait à des commentaires sans fin sur ceux-ci qui avaient mangé de la viande, sur la fille à ceux-là, grosse depuis la Chandeleur ; et, pendant les deux années, les mêmes commérages avaient évolué avec les saisons, revenant et se répétant, toujours des enfants faits trop tôt, des hommes soûls, des femmes battues, beaucoup de besogne pour beaucoup de misère. Il était arrivé tant de choses et rien du tout !

Les Fouan, dont la démission de biens avait passionné, vivotaient, si assoupis, qu'on les oubliait. L'affaire en était demeurée là, Buteau s'obstinait, et il n'épousait toujours pas l'aînée des Mouche, qui élevait son mioche. C'était comme Jean, qu'on avait accusé de coucher avec Lise : peut-être bien qu'il n'y couchait pas ; mais, alors, pourquoi continuait-il à fréquenter la maison des deux sœurs ? Ça semblait louche. Et l'heure de la fontaine aurait langui, certains jours, sans la rivalité de Cœlina Macqueron et de Flore Lengaigne, que la Bécu jetait l'une sur l'autre, sous le prétexte de les réconcilier. Puis, en plein calme, venaient d'éclater deux gros événements, les prochaines élections et la question du fameux chemin de Rognes à Châteaudun, qui soufflèrent un terrible vent de commérages. Les cruches pleines restaient en ligne, les femmes ne s'en allaient plus. On faillit se battre, un samedi soir.

Or, justement, le lendemain, M. de Chédeville, député sortant, déjeunait à la Borderie, chez Hourdequin. Il faisait sa tournée électorale et il ménageait ce dernier, très puissant sur les paysans du canton, bien qu'il fût certain d'être réélu, grâce à son titre de candidat officiel. Il était allé une fois à Compiègne, tout le pays l'appelait « l'ami de l'empereur », et cela suffisait : on le nommait, comme s'il eût couché chaque soir aux Tuileries. Ce M. de Chédeville, un ancien beau, la fleur du règne de Louis-Philippe, gardait au fond du cœur des tendresses orléanistes. Il S'était ruiné avec les femmes, il ne possédait plus que sa ferme de la Chamade, du côté d'Orgères, où il ne mettait les pieds qu'en temps d'élection, mécontent du reste des fermages qui baissaient, pris sur le tard de l'idée pratique de refaire sa fortune dans les affaires. Grand, élégant encore, le buste sanglé et les cheveux teints, il se rangeait, malgré ses yeux de braise au passage du dernier des jupons ; et il préparait, disait-il, des discours importants sur les questions agricoles.

La veille, Hourdequin avait eu une violente querelle avec Jacqueline, qui voulait être du déjeuner.

– Ton député, ton député ! est-ce que tu crois que je le mangerais ?... Alors, tu as honte de moi ?

Mais il tint bon, il n'y eut que deux couverts, et elle boudait, malgré l'air galant de M. de Chédeville, qui, l'ayant aperçue, avait compris, et tournait sans cesse les yeux vers la cuisine, où elle était allée se renfermer dans sa dignité.

Le déjeuner tirait à sa fin, une truite de l'Aigre après une omelette, et des pigeons rôtis.

– Ce qui nous tue, dit M. de Chédeville, c'est cette liberté commerciale, dont l'empereur s'est engoué. Sans doute, les choses ont bien marché à la suite des traités de 1861, on a crié au miracle. Mais, aujourd'hui, les véritables effets se font sentir, voyez comme tous les prix s'avilissent. Moi, je suis pour la protection, il faut qu'on nous défende contre l'étranger.

Hourdequin, renversé sur sa chaise, ne mangeant plus, les yeux vagues, parla lentement :

– Le blé, qui est à dix-huit francs l'hectolitre, en coûte seize à produire. S'il baisse encore, c'est la ruine... Et, chaque année, dit-on, l'Amérique augmente ses exportations de céréales. On nous menace d'une vraie inondation du marché. Que deviendrons-nous, alors ?... Tenez ! moi, j'ai toujours été pour le progrès, pour la science, pour la liberté. Eh bien ! me voilà ébranlé, parole d'honneur ! Oui, ma foi ! nous ne pouvons crever de faim, qu'on nous protège !

Il se remit à son aile de pigeon, il continua :

– Vous savez que votre concurrent, M. Rochefontaine, le propriétaire des Ateliers de construction de Châteaudun, est un libre-échangiste enragé ?

Et ils causèrent un instant de cet industriel, qui occupait douze cents ouvriers, un grand garçon intelligent et actif, très riche d'ailleurs, tout prêt à servir l'Empire, mais si blessé de n'avoir pu obtenir l'appui du préfet, qu'il s'était obstiné à se poser en candidat indépendant. Il n'avait aucune chance, les électeurs des campagnes le traitaient en ennemi public, du moment où il n'était pas du côté du manche.

– Parbleu ! reprit M. de Chédeville, lui ne demande qu'une chose, c'est que le pain soit à bas prix, pour payer ses ouvriers moins cher.

Le fermier, qui allait se verser un verre de bordeaux, reposa la bouteille sur la table.

– Voilà le terrible ! cria-t-il. D'un côté, nous autres, les paysans, qui avons besoin de vendre nos grains à un prix rémunérateur. De l'autre, l'industrie, qui pousse à la baisse, pour diminuer les salaires. C'est la guerre acharnée, et comment finira-t-elle, dites-moi ?

En effet, c'était l'effrayant problème d'aujourd'hui, l'antagonisme dont craque le corps social. La question dépassait de beaucoup les aptitudes de l'ancien beau, qui se contenta de hocher la tête, en faisant un geste évasif.

Hourdequin, ayant empli son verre, le vida d'un trait.

– Ça ne peut pas finir... Si le paysan vend bien son blé, l'ouvrier meurt de faim ; si l'ouvrier mange, c'est le paysan qui crève... Alors, quoi ? je ne sais pas, dévorons-nous les uns les autres !

Puis, les deux coudes sur la table, lancé, il se soulagea violemment ; et son secret mépris pour ce propriétaire qui ne cultivait pas, qui ignorait tout de la terre dont il vivait, se sentait à une certaine vibration ironique de sa voix.

– Vous m'avez demandé des faits pour vos discours... Eh bien ! d'abord, c'est votre faute, si la Chamade perd. Robiquet, le fermier que vous avez là, s'abandonne, parce que son bail est à bout, et qu'il soupçonne votre intention de l'augmenter. On ne vous voit jamais, on se moque de vous et l'on vous vole, rien de plus naturel... Ensuite, il y a, à votre ruine, une raison plus simple : c'est que nous nous ruinons tous, c'est que la Beauce s'épuise, oui ! la fertile Beauce, la nourrice, la mère !

Il continua. Par exemple, dans sa jeunesse, le Perche, de l'autre côté du Loir, était un pays pauvre, de maigre culture, presque sans blé, dont les habitants venaient se louer pour la moisson, à Cloyes, à Châteaudun, à Bonneval ; et, aujourd'hui, grâce à la hausse constante de la main-d'œuvre, voilà le Perche qui prospérait, qui bientôt l'emporterait sur la Beauce ; sans compter qu'il s'enrichissait avec l'élevage, les marchés de Mondoubleau, de Saint-Calais et de Courtalain fournissaient le plat pays de chevaux, de bœufs et de cochons. La Beauce, elle, ne vivait que sur ses moutons. Deux ans plus tôt, lorsque le sang-de-rate les avait décimés, elle avait traversé une crise terrible, à ce point que, si le fléau eût continué, elle en serait morte.

Et il entama sa lutte à lui, son histoire, ses trente années de bataille avec la terre, dont il sortait plus pauvre. Toujours les capitaux lui avaient manqué, il n'avait pu amender certains champs comme il l'aurait voulu, seul le marnage était peu coûteux, et personne autre que lui ne s'en préoccupait. Même histoire pour les fumiers, on n'employait que le fumier de ferme, qui était insuffisant : tous ses voisins se moquaient, à le voir essayer des engrais chimiques, dont la mauvaise qualité, du reste, donnait souvent raison aux rieurs. Malgré ses idées sur les assolements, il avait dû adopter celui du pays, l'assolement triennal, sans jachères, depuis que les prairies artificielles et la culture des plantes sarclées se répandaient. Une seule machine, la machine à battre, commençait à être acceptée. C'était l'engourdissement mortel, inévitable, de la routine ; et si lui, progressiste, intelligent, se laissait envahir, qu'était-ce donc pour les petits propriétaires, têtes dures, hostiles aux nouveautés ? Un paysan serait mort de faim, plutôt que de ramasser dans son champ une poignée de terre et de la porter à l'analyse d'un chimiste, qui lui aurait dit ce qu'elle avait de trop ou de pas assez, la fumure qu'elle demandait, la culture appelée à y réussir. Depuis des siècles, le paysan prenait au sol, sans jamais songer à lui rendre, ne connaissant que le fumier de ses deux vaches et de son cheval, dont il était avare ; puis, le reste allait au petit bonheur, la semence jetée dans n'importe quel terrain, germant au hasard, et le ciel injurié si elle ne germait pas. Le jour où, instruit enfin, il se déciderait à une culture rationnelle et scientifique, la production doublerait. Mais, jusque-là, ignorant, têtu, sans un sou d'avance, il tuerait la terre. Et c'était ainsi que la Beauce, l'antique grenier de la France, la Beauce plate et sans eau, qui n'avait que son blé, se mourait peu à peu d'épuisement, lasse d'être saignée aux quatre veines et de nourrir un peuple imbécile.

– Ah ! tout fout le camp ! cria-t-il avec brutalité. Oui, nos fils verront ça, la faillite de la terre... Savez-vous bien que nos paysans, qui jadis amassaient sou à sou l'achat d'un lopin, convoité des années, achètent aujourd'hui des valeurs financières, de l'espagnol, du portugais et même du mexicain ? Et ils ne risqueraient pas cent francs pour amender un hectare ! ils n'ont plus confiance, les pères tournent dans leur routine comme des bêtes fourbues, les filles et les garçons n'ont que le rêve de lâcher les vaches, de se décrasser du labour pour filer à la ville... Mais le pis est que l'instruction, vous savez ! la fameuse instruction qui devait sauver tout, active cette émigration, cette dépopulation des campagnes, en donnant aux enfants une vanité sotte et le goût du faux bien-être... À Rognes, tenez ! ils ont un instituteur, ce Lequeu, un gaillard échappé à la charrue, dévoré de rancune contre la terre qu'il a failli cultiver. Eh bien ! comment voulez-vous qu'il fasse aimer leur condition à ses élèves, lorsque tous les jours il les traite de sauvages, de brutes, et les renvoie au fumier paternel, avec le mépris d'un lettré ?... Le remède, mon Dieu ! le remède, ce serait assurément d'avoir d'autres écoles, un enseignement pratique, des cours gradués d'agriculture... Voilà, monsieur le député, un fait que je vous signale. Insistez là-dessus, le salut est peut-être dans ces écoles, s'il en est temps encore.

M. de Chédeville, distrait, plein de malaise sous cette masse violente de documents, se hâta de répondre :

– Sans doute, sans doute.

Et, comme la servante apportait le dessert, un fromage gras et des fruits, en laissant grande ouverte la porte de la cuisine, il aperçut le joli profil de Jacqueline, il se pencha, cligna des yeux, s'agita pour attirer l'attention de l'aimable personne ; puis, il reprit de sa voix flûtée d'ancien conquérant :

– Mais vous ne me parlez pas de la petite propriété ?

Il exprimait les idées courantes : la petite propriété créée en 89, favorisée par le code, appelée à régénérer l'agriculture ; enfin, tout le monde propriétaire, chacun mettant son intelligence et sa force à cultiver sa parcelle.

– Laissez-moi donc tranquille ! déclara Hourdequin. D'abord, la petite propriété existait avant 89, et dans une proportion presque aussi grande. Ensuite, il y a beaucoup à dire sur le morcellement, du bien et du mal.

De nouveau, les coudes sur la table, mangeant des cerises dont il crachait les noyaux ; il entra dans les détails. En Beauce, la petite propriété, l'héritage en dessous de vingt hectares, était de quatre-vingts pour cent. Depuis quelque temps, presque tous les journaliers, ceux qui se louaient dans les fermes, achetaient des parcelles, des lots de grands domaines démembrés, qu'ils cultivaient à leur temps perdu. Cela, certes, était excellent, car l'ouvrier se trouvait dès lors attaché à la terre. Et l'on pouvait ajouter, en faveur de la petite propriété, qu'elle faisait des hommes plus dignes, plus fiers, plus instruits. Enfin, elle produisait proportionnellement davantage, et de qualité meilleure, le propriétaire donnant tout son effort. Mais que d'inconvénients d'autre part ! D'abord, cette supériorité était due à un travail excessif, le père, la mère, les enfants se tuant à la tâche. Ensuite, le morcellement, en multipliant les transports, détériorait les chemins, augmentait les frais de production, sans parler du temps perdu. Quant à l'emploi des machines, il paraissait impossible, pour les trop petites parcelles, qui avaient encore le défaut de nécessiter l'assolement triennal, dont la science proscrirait certainement l'usage, car il était illogique de demander deux céréales de suite, l'avoine et le blé. Bref, le morcellement à outrance semblait si bien devenir un danger, qu'après l'avoir favorisé légalement, au lendemain de la Révolution, dans la crainte de la reconstitution des grands domaines, on en était à faciliter les échanges, en les dégrevant.

– Écoutez, continua-t-il, la lutte s'établit et s'aggrave entre la grande propriété et la petite... Les uns, comme moi, sont pour la grande, parce qu'elle paraît aller dans le sens même de la science et du progrès, avec l'emploi de plus en plus large des machines, avec le roulement des gros capitaux... Les autres, au contraire, ne croient qu'à l'effort individuel et préconisent la petite, rêvent de je ne sais quelle culture en raccourci, chacun produisant son fumier lui-même et soignant son quart d'arpent, triant ses semences une à une, leur donnant la terre qu'elles demandent, élevant ensuite chaque plante à part, sous cloche... Laquelle des deux l'emportera ? Du diable si je m'en doute ! Je sais bien, comme je vous le disais, que tous les ans, de grandes fermes ruinées se démembrent autour de moi, aux mains de bandes noires, et que la petite propriété gagne certainement du terrain. Je connais, en outre, à Rognes, un exemple très curieux, une vieille femme qui tire de moins d'un arpent, pour elle et son homme, un vrai bien-être, même des douceurs : oui, la mère Caca, comme ils l'ont surnommée, parce qu'elle ne recule pas à vider son pot et celui de son vieux dans ses légumes, selon la méthode des Chinois, paraît-il. Mais ce n'est guère là que du jardinage, je ne vois pas les céréales poussant par planches, comme les navets ; et si, pour se suffire, le paysan doit produire de tout, que deviendraient donc nos Beaucerons, avec leur blé unique, dans notre Beauce, découpée en damier ?... Enfin, qui vivra verra bien à qui sera l'avenir, de la grande ou de la petite...

Il s'interrompit, criant :

– Et ce café, est-ce pour aujourd'hui ?

Puis, en allumant sa pipe, il conclut :

– À moins qu'on ne les tue l'une et l'autre, tout de suite ; et c'est ce qu'on est en train de faire... Dites-vous, monsieur le député, que l'agriculture agonise, qu'elle est morte, si l'on ne vient pas à son secours. Tout l'écrase, les impôts, la concurrence étrangère, la hausse continue de la main-d'œuvre, l'évolution de l'argent qui va vers l'industrie et vers les valeurs financières. Ah ! certes, on n'est pas avare de promesses, chacun les prodigue, les préfets, les ministres, l'empereur. Et puis, la route poudroie, rien n'arrive... Voulez-vous la stricte vérité ? Aujourd'hui, un cultivateur qui tient le coup, mange son argent ou celui des autres. Moi, j'ai quelques sous en réserve, ça va bien. Mais que j'en connais qui empruntent à six, lorsque leur terre ne donne pas seulement le trois. La culbute est fatalement au bout. Un paysan qui emprunte est un homme fichu, il doit y laisser jusqu'à sa chemise. L'autre semaine encore, on a expulsé un de mes voisins, le père, la mère et quatre enfants jetés à la rue, après que les hommes de loi ont eu mangé le bétail, la terre et la maison... Pourtant, voici des années qu'on nous promet la création d'un crédit agricole à des taux raisonnables. Oui ! va-t'en voir s'ils viennent !... Et ça dégoûte même les bons travailleurs, ils en arrivent à se tâter, avant de faire un enfant à leurs femmes. Merci ! une bouche de plus, un meurt-la-faim qui serait désespéré de naître ! Quand il n'y a pas de pain pour tous, on ne fait plus d'enfants, et la nation crève !

M. de Chédeville, décidément réconforté, risqua un sourire inquiet, en murmurant :

– Vous ne voyez pas les choses en beau.

– C'est vrai, il y a des jours où je flanquerais tout en l'air, répondit gaiement Hourdequin. Aussi voilà trente ans que les embêtements durent !... Je ne sais pas pourquoi je me suis entêté, j'aurais dû bazarder la ferme et faire autre chose. L'habitude sans doute, et puis l'espoir que ça changera, et puis la passion, pourquoi ne pas le dire ? Cette bougresse de terre, quand elle vous empoigne, elle ne vous lâche plus... Tenez ! regardez sur ce meuble, c'est bête peut-être, mais je suis consolé, lorsque je vois ça.

De sa main tendue, il désignait une coupe en argent, protégée contre les mouches par une mousseline, le prix d'honneur remporté dans un comice agricole. Ces comices, où il triomphait, étaient l'aiguillon de sa vanité, une des causes de son obstination.

Malgré l'évidente lassitude de son convive, il s'attardait à boire son café ; et il versait du cognac dans sa tasse pour la troisième fois, lorsque, ayant tiré sa montre, il se leva en sursaut.

– Fichtre ! deux heures, et moi qui ai une séance du conseil municipal !... Oui, il s'agit d'un chemin. Nous consentons bien à en payer la moitié, mais nous voudrions obtenir une subvention de l'État, pour le reste.

M. de Chédeville avait quitté sa chaise, heureux, délivré.

– Dites donc, je puis vous être utile, je vais vous l'obtenir, votre subvention... Voulez-vous que je vous conduise à Rognes dans mon cabriolet, puisque vous êtes pressé ?

– Parfait !

Et Hourdequin sortit pour faire atteler la voiture, qui était restée au milieu de la cour. Quand il rentra, il ne trouva plus le député, il finit par l'apercevoir dans la cuisine. Celui-ci avait poussé la porte, et il se tenait là souriant, devant Jacqueline épanouie, à la complimenter de si près, que leurs faces se touchaient presque : tous deux s'étaient flairés, s'étaient compris, et se le disaient, d'un clair regard.

Lorsque M. de Chédeville fut remonté dans son cabriolet, la Cognette retint un moment Hourdequin, pour lui souffler à l'oreille :

– Hein ? il est plus gentil que toi, il ne trouve pas que je sois bonne à cacher, lui !

En chemin, pendant que la voiture roulait entre les pièces de blé, le fermier revint à la terre, à son éternel souci. Il offrait maintenant des notes écrites, des chiffres, car lui, depuis quelques années, tenait une comptabilité. Dans la Beauce, ils n'étaient pas trois à en faire autant, et les petits propriétaires, les paysans haussaient les épaules, ne comprenaient même pas. Pourtant, la comptabilité seule établissait la situation, indiquait ceux des produits qui étaient à profit, ceux qui étaient à perte ; en outre, elle donnait le prix de revient et par conséquent de vente. Chez lui, chaque valet, chaque bête, chaque culture, chaque outil même, avait sa page, ses deux colonnes, le Doit et l'Avoir, si bien que, continuellement, il se trouvait renseigné sur le résultat de ses opérations, bon ou mauvais.

– Au moins, dit-il avec son gros rire, je sais comment je me ruine.

Mais il s'interrompit, pour jurer entre ses dents. Depuis quelques minutes, à mesure que le cabriolet avançait, il tâchait de se rendre compte d'une scène, au loin, sur le bord de la route. Malgré le dimanche, il avait envoyé là, pour faner une coupe de Luzerne qui pressait, une faneuse mécanique d'un nouveau système, achetée récemment. Et le valet, ne se méfiant pas, ne reconnaissant pas son maître, dans cette voiture inconnue, continuait à plaisanter la mécanique, avec trois paysans qu'il avait arrêtés au passage.

– Hein ! disait-il, en voilà, un sabot !... Et ça casse l'herbe, ça l'empoisonne. Ma parole ! il y a trois moutons déjà qui en sont morts.

Les paysans ricanaient, examinaient la faneuse comme une bête farce et méchante. Un d'eux déclara :

– Tout ça, c'est des inventions du diable contre le pauvre monde... Qu'est-ce qu'elles feront, nos femmes, si l'on se passe d'elles, aux foins ?

– Ah bien ! ce qu'ils s'en foutent, les maîtres ! reprit le valet, en allongeant un coup de pied à la machine. Hue donc, carcasse !

Hourdequin avait entendu. Il sortit violemment le buste hors de la voiture, il cria :

– Retourne à la ferme, Zéphyrin, et fais-toi régler ton compte !

Le valet demeura stupide, les trois paysans s'en allèrent avec des rires d'insulte, des moqueries, lâchées très haut.

– Voilà ! dit Hourdequin, en se laissant retomber sur la banquette. Vous avez vu... On dirait que nos outils perfectionnés leur brûlent les mains... Ils me traitent de bourgeois, ils donnent à ma ferme moins de travail que dans les autres, sous prétexte que j'ai de quoi payer cher ; et ils sont soutenus par les fermiers, mes voisins, qui m'accusent d'apprendre dans le pays à mal travailler, furieux de ce que, disent-ils, ils ne trouveront bientôt plus du monde pour faire leur ouvrage comme au bon temps.

Le cabriolet entrait dans Rognes par la route de Bazoches-le-Doyen, lorsque le député aperçut l'abbé Godard qui sortait de chez Macqueron, où il avait déjeuné ce dimanche-là, après sa messe. Le souci de sa réélection le reprit, il demanda :

– Et l'esprit religieux, dans nos campagnes ?

– Oh ! de la pratique, rien au fond ! répondit négligemment Hourdequin.

Il fit arrêter devant le cabaret de Macqueron, resté sur la porte avec l'abbé ; et il présenta son adjoint, vêtu d'un vieux paletot graisseux. Mais Cœlina, très propre dans sa robe d'indienne, accourait, poussait en avant sa fille Berthe, la gloire de la famille, habillée en demoiselle, d'une toilette de soie à petites raies mauves. Pendant ce temps, le village, qui semblait mort, comme emparessé par ce beau dimanche, se réveillait sous la surprise de cette visite extraordinaire. Des paysans sortaient un à un, des enfants se risquaient derrière les jupes des mères. Chez Lengaigne surtout, il y avait un remue-ménage, lui allongeant la tête, son rasoir à la main, sa femme Flore s'arrêtant de peser quatre sous de tabac pour coller sa face aux vitres, tous les deux ulcérés, enragés de voir que ces messieurs descendaient à la porte de leur rival. Et, peu à peu, les gens se rapprochaient, des groupes se formaient, Rognes savait déjà d'un bout à l'autre l'événement considérable.

– Monsieur le député, répétait Macqueron très rouge et embarrassé, c'est vraiment un honneur...

Mais M. de Chédeville ne l'écoutait pas, ravi de la jolie mine de Berthe, dont les yeux clairs, aux légers cercles bleuâtres, le regardaient hardiment. Sa mère disait son âge, racontait où elle avait fait ses études, et elle-même, souriante, saluante, invita le monsieur à entrer, s'il daignait.

– Comment donc, ma chère enfant ! s'écria-t-il.

Pendant ce temps, l'abbé Godard, qui s'était emparé de Hourdequin, le suppliait une fois de plus de décider le conseil municipal à voter des fonds, pour que Rognes eût enfin un curé à demeure. Il y revenait tous les six mois, il donnait ses raisons : sa fatigue, ses continuelles querelles avec le village, sans compter l'intérêt du culte.

– Ne me dites pas non ! ajouta-t-il vivement en voyant le fermier faire un geste évasif. Parlez-en toujours, j'attends la réponse.

Et, au moment où M. de Chédeville allait suivre Berthe, il se précipita, il l'arrêta, de son air têtu et bonhomme.

– Pardon, monsieur le député. La pauvre église, ici, est dans un tel état !... Je veux vous la montrer, il faut que vous m'obteniez des réparations. Moi, on ne m'écoute point... Venez, venez, je vous en prie.

Très ennuyé, l'ancien beau résistait, lorsque Hourdequin, apprenant de Macqueron que plusieurs des conseillers municipaux étaient à la mairie, où ils l'attendaient depuis une demi-heure, dit en homme sans gêne :

– C'est ça, allez donc voir l'église... Vous tuerez le temps jusqu'à ce que j'aie fini, et vous me ramènerez chez moi.

M. de Chédeville dut suivre l'abbé. Les groupes avaient grossi, plusieurs se mirent en marche, derrière ses talons. On s'enhardissait, tous songeaient à lui demander quelque chose.

Lorsque Hourdequin et Macqueron furent montés, en face, dans la salle de la mairie, ils y trouvèrent trois conseillers, Delhomme et deux autres. La salle, une vaste pièce passée à la chaux, n'avait d'autres meubles qu'une longue table de bois blanc et douze chaises de paille ; entre les deux fenêtres, ouvrant sur la route, était scellée une armoire, dans laquelle on gardait les archives, mêlées à des documents administratifs dépareillés ; et, autour des murs, sur des planches, s'empilaient des seaux de toile à incendie, le don d'un bourgeois qu'on ne savait où caser, et qui restait encombrant et inutile, car l'on n'avait pas de pompe.

– Messieurs, dit poliment Hourdequin, je vous demande pardon, j'avais à déjeuner M. de Chédeville.

Aucun ne broncha, on ne sut s'ils acceptaient cette excuse. Ils avaient vu par la fenêtre arriver le député, et l'élection prochaine les remuait ; mais ça ne valait rien de parler trop vite.

– Diable ! déclara le fermier, si nous ne sommes que cinq, nous ne pourrons prendre aucune décision.

Heureusement, Lengaigne entra. D'abord, il avait résolu de ne pas aller au conseil, la question du chemin ne l'intéressant pas ; et il espérait même que son absence entraverait le vote. Puis, la venue de M. de Chédeville le torturant de curiosité, il s'était décidé à monter, pour savoir.

– Bon ! nous voilà six, nous pourrons voter, s'écria le maire.

Et Lequeu, qui servait de secrétaire, ayant paru d'un air rogue et maussade, le registre des délibérations sous le bras, rien ne s'opposa plus à ce qu'on ouvrît la séance. Mais Delhomme s'était mis à causer bas avec son voisin, Clou, le maréchal-ferrant, un grand, sec et noir. Comme on les écoutait, ils se turent. Pourtant, on avait saisi un nom, celui du candidat indépendant, M. Rochefontaine ; et tous alors, après s'être tâtés, tombèrent d'un mot, d'un ricanement, d'une simple grimace, sur ce candidat qu'on ne connaissait seulement point. Ils étaient pour le bon ordre, le maintien des choses, l'obéissance aux autorités qui assuraient la vente. Est-ce que ce monsieur-là se croyait plus fort que le gouvernement ? est-ce qu'il ferait remonter le blé à trente francs l'hectolitre ? C'était un fier aplomb, d'envoyer des prospectus, de promettre plus de beurre que de pain, lors qu'on ne tenait à rien ni à personne. Ils en arrivaient à le traiter en aventurier, en malhonnête homme, battant les villages, histoire de voler leurs votes comme il aurait volé leurs sous. Hourdequin, qui aurait pu leur expliquer que M. Rochefontaine, libre-échangiste, était, au fond, dans les idées de l'empereur, laissait volontairement Macqueron étaler son zèle bonapartiste et Delhomme se prononcer avec son bon sens d'homme borné ; tandis que Lengaigne, à qui sa situation de buraliste fermait la bouche, ravalait, en grognant dans un coin, ses vagues idées républicaines. Bien que M. de Chédeville n'eût pas été nommé une seule fois, tout ce qu'on disait le désignait, était comme un aplatissement devant son titre de candidat officiel.

– Voyons, messieurs, reprit le maire, si nous commencions.

Il s'était assis devant la table, sur son fauteuil de président, une chaise à dossier plus large, munie de bras. Seul, l'adjoint prit place à côté de lui. Les quatre conseillers restèrent deux debout, deux appuyés au rebord d'une fenêtre.

Mais Lequeu avait remis au maire une feuille de papier ; et il lui parlait à l'oreille ; puis, il sortit dignement.

– Messieurs, dit Hourdequin, voici une lettre que nous adresse le maître d'école.

Lecture en fut donnée. C'était une demande d'augmentation, basée sur l'activité qu'il déployait, trente francs de plus par an. Toutes les mines s'étaient rembrunies, ils se montraient avares de l'argent de la commune, comme si chacun d'eux avait eu à le sortir de sa poche, surtout pour l'école. Il n'y eut pas même de discussion, on refusa net.

– Bon ! nous lui dirons d'attendre. Il est trop pressé, ce jeune homme... Et, maintenant, abordons notre affaire du chemin.

– Pardon, monsieur le maire, interrompit Macqueron, je voudrais dire un mot à propos de la cure...

Hourdequin, surpris, comprit alors pourquoi l'abbé Godard avait déjeuné chez le cabaretier. Quelle ambition poussait donc à celui-ci, qu'il se mettait ainsi en avant ? D'ailleurs, sa proposition subit le sort de la demande du maître d'école. Il eut beau faire valoir qu'on était assez riche pour se payer un curé à soi, que ce n'était vraiment guère honorable de se contenter des restes de Bazoches-le-Doyen : tous haussaient les épaules, demandaient si la messe en serait meilleure. Non, non ! il faudrait réparer le presbytère, un curé à soi coûterait trop cher ; et une demi-heure de l'autre, par dimanche, suffisait.

Le maire, blessé de l'initiative de son adjoint, conclut :

– Il n'y a pas lieu, le conseil a déjà jugé... Et maintenant à notre chemin, il faut en finir... Delhomme, ayez donc l'obligeance d'appeler M. Lequeu. Est-ce qu'il croit, cet animal, que nous allons délibérer sur sa lettre jusqu'à ce soir ?

Lequeu, qui attendait dans l'escalier, entra d'un air grave ; et, comme on ne lui fit pas connaître le sort de sa demande, il demeura pincé, inquiet, gonflé de sourdes insultes : ah ! ces paysans, quelle sale race ! Il dut prendre dans l'armoire le plan du chemin et venir le déplier sur la table.

Le conseil le connaissait bien, ce plan. Depuis des années, il traînait là. Mais ils ne s'en rapprochèrent pas moins tous, ils s'accoudèrent, songèrent une fois de plus. Le maire énumérait les avantages, pour Rognes : une pente douce permettant aux voitures de monter à l'église ; puis, deux heures épargnées, sur la route actuelle de Châteaudun qui passait par Cloyes ; et la commune n'aurait que trois kilomètres à sa charge, leurs voisins de Blanville ayant voté déjà l'autre tronçon, jusqu'au raccordement avec la grand-route de Châteaudun à Orléans. On l'écoutait, les yeux restaient cloués sur le papier, sans qu'une bouche s'ouvrît. Ce qui avait empêché le projet d'aboutir, c'était avant tout la question des expropriations. Chacun y voyait une fortune, s'inquiétait de savoir si une pièce à lui était touchée, s'il vendrait de sa terre cent francs la perche à la commune. Et, s'il n'avait pas de champ entamé, pourquoi donc aurait-il voté l'enrichissement des autres ? Il se moquait bien de la pente plus douce, de la route plus courte ! Son cheval tirerait davantage, donc !

Aussi, Hourdequin n'avait-il pas besoin de les faire causer, pour connaître leur opinion. Lui ne désirait si vivement ce chemin que parce qu'il passait devant la ferme et desservait plusieurs de ses pièces. De même, Macqueron et Delhomme, dont les terrains allaient se trouver en bordure, poussaient au vote. Cela faisait trois ; mais ni Clou ni l'autre conseiller, n'avaient d'intérêt dans la question ; et, quant à Lengaigne, il était violemment opposé au projet, n'ayant rien à y gagner d'abord, désespéré ensuite que son rival, l'adjoint, y gagnât quelque chose. Si Clou et l'autre, douteux, votaient mal, on serait trois contre trois. Hourdequin devint inquiet. Enfin, la discussion commença.

– À quoi ça sert ? à quoi ça sert ? répétait Lengaigne. Puisqu'on a déjà une route ! C'est bien le plaisir de dépenser de l'argent, d'en prendre dans la poche de Jean pour le mettre dans la poche de Pierre... Encore, toi, tu as promis de faire cadeau de ton terrain.

C'était une sournoiserie à l'adresse de Macqueron. Mais celui-ci, qui regrettait amèrement son accès de libéralité, mentit avec carrure.

– Moi, je n'ai rien promis... Qui t'a dit ça ?

– Qui ? mais toi, nom de Dieu !... Et devant du monde ! Tiens ! M. Lequeu était là, il peut parler... N'est-ce pas, monsieur Lequeu ?

Le maître d'école, que l'attente de son sort enrageait, eut un geste de brutal dédain. Est-ce que ça le regardait, leurs saletés d'histoires !

– Alors, vrai ! continua Lengaigne, s'il n'y a plus d'honnêteté sur terre, autant vivre dans les bois !... Non, non ! Je n'en veux pas, de votre chemin ! Un joli vol !

Voyant les choses se gâter, le maire se hâta d'intervenir.

– Tout ça, ce sont des bavardages. Nous n'avons pas à entrer dans les querelles particulières... C'est l'intérêt public, l'intérêt commun, qui doit nous guider.

– Bien sûr, déclara sagement Delhomme. La route nouvelle rendra de grands services à toute la commune... Seulement, il faudrait savoir. Le préfet nous dit toujours : « Votez une somme, nous verrons après ce que le gouvernement pourra faire pour vous. » Et, s'il ne faisait rien, à quoi bon perdre notre temps à voter ?

Du coup, Hourdequin crut devoir lancer la grosse nouvelle, qu'il tenait en réserve.

– À ce propos, messieurs, je vous annonce que M. de Chédeville s'engage à obtenir du gouvernement une subvention de la moitié des dépenses... Vous savez qu'il est l'ami de l'empereur. Il n'aura qu'à lui parler de nous, au dessert.

Lengaigne lui-même en fut ébranlé, tous les visages avaient pris une expression béate, comme si le saint sacrement passait. Et la réélection du député se trouvait assurée en tout cas : l'ami de l'empereur était le bon, celui qui était à la source des places et de l'argent, l'homme connu, honorable, puissant, le maître ! Il n'y eut d'ailleurs que des hochements de tête. Ces choses allaient de soi, pourquoi les dire ?

Pourtant, Hourdequin restait soucieux de l'attitude muette de Clou. Il se leva, jeta un regard dehors ; et, ayant aperçu le garde champêtre, il lui ordonna d'aller chercher le père Loiseau et de l'amener, mort ou vif. Ce Loiseau était un vieux paysan sourd, oncle de Macqueron, qui l'avait fait nommer membre du conseil, où il ne venait jamais, parce que, disait-il, ça lui cassait la tête. Son fils travaillait à la Borderie, il était à l'entière dévotion du maire. Aussi, dès qu'il parut, effaré, celui-ci se contenta de lui crier, au fond d'une oreille, que c'était pour la route. Déjà, chacun écrivait gauchement son bulletin, le nez sur le papier, les bras élargis, afin qu'on ne pût lire. Puis, on procéda au vote de la moitié des dépenses, dans une petite boîte de bois blanc, pareille à un tronc d'église. La majorité fut superbe, il y eut six voix pour, une seule contre, celle de Lengaigne. Cet animal de Clou avait bien voté. Et la séance fut levée, après que chacun eut signé, sur le registre, la délibération, que le maître d'école avait préparée à l'avance, en laissant en blanc le résultat du vote. Tous s'en allaient, pesamment, sans un salut, sans un serrement de main, débandés dans l'escalier.

– Ah ! j'oubliais, dit Hourdequin à Lequeu, qui attendait toujours, votre demande d'augmentation est repoussée... Le conseil trouve qu'on dépense déjà trop pour l'école.

– Tas de brutes ! cria le jeune homme, vert de bile, quand il fut seul. Allez donc vivre avec vos cochons !

La séance avait duré deux heures, et Hourdequin retrouva devant la mairie M. de Chédeville, qui revenait seulement de sa tournée dans le village. D'abord, le curé ne lui avait pas fait grâce d'une des misères de l'église : le toit crevé, les vitraux cassés, les murs nus. Puis, comme il s'échappait enfin de la sacristie, qui avait besoin d'être repeinte, les habitants, tout à fait enhardis, se l'étaient disputé, chacun l'emmenant, ayant une réclamation à présenter, une faveur à obtenir. L'un l'avait traîné à la mare commune, qu'on ne curait plus par manque d'argent ; l'autre voulait un lavoir couvert au bord de l'Aigre, à une place qu'il indiquait ; un troisième réclamait l'élargissement de la route devant sa porte, pour que sa voiture pût tourner ; jusqu'à une vieille femme, qui, après avoir poussé le député chez elle, lui montra ses jambes enflées, en lui demandant si, à Paris, il ne connaissait point un remède. Effaré, essoufflé, il souriait, faisait le débonnaire, promettait toujours. Ah ! un brave homme, pas fier avec le pauvre monde !

– Eh bien ! partons-nous ? demanda Hourdequin. On m'attend à la ferme.

Mais justement, Cœlina et sa fille Berthe accouraient de nouveau sur leur porte, en suppliant M. de Chédeville d'entrer un instant ; et celui-ci n'aurait pas mieux demandé, respirant enfin, soulagé de retrouver les jolis yeux clairs et meurtris de la jeune personne.

– Non, non ! reprit le fermier, nous n'avons pas le temps, une autre fois !

Et il le força, étourdi, à remonter dans le cabriolet ; pendant que, sur une interrogation du curé resté là, il répondait que le conseil avait laissé en l'état la question de la paroisse. Le cocher fouetta son cheval, la voiture fila, au milieu du village familier et ravi. Seul furieux, l'abbé refit à pied ses trois kilomètres, de Rognes à Bazoches-le-Doyen.

Quinze jours plus tard, M. de Chédeville était nommé à une grande majorité ; et, dès la fin d'août, il avait tenu sa promesse, la subvention était accordée à la commune, pour l'ouverture de la nouvelle route. Les travaux commencèrent tout de suite.

Le soir du premier coup de pioche, Cœlina, maigre et noire, était à la fontaine, à écouter la Bécu, qui, longue, les mains nouées sous son tablier, parlait sans fin. Depuis une semaine, la fontaine se trouvait révolutionnée par cette grosse affaire du chemin – on ne parlait que de l'argent accordé aux uns, que de la rage médisante des autres. Et la Bécu, chaque jour, tenait Cœlina au courant de ce que disait Flore Lengaigne ; non, pour les fâcher, bien sûr ; mais, au contraire, pour les faire s'expliquer, parce que c'était la meilleure façon de s'entendre. Des femmes s'oubliaient, droites, les bras ballants, leurs cruches pleines à leurs pieds.

– Alors donc, elle a dit comme ça que c'était arrangé entre l'adjoint et le maire, histoire de voler sur les terrains. Et elle a encore dit que votre homme avait deux paroles...

À ce moment, Flore sortait de chez elle, sa cruche à la main. Quand elle fut là, grosse, molle, Cœlina, qui éclatait tout de suite en paroles sales, les poings sur les hanches, dans son honnêteté rêche, se mit à l'arranger de la belle façon, lui jetant au nez sa garce de fille, l'accusant elle-même de se faire culbuter par les pratiques ; et l'autre, traînant ses savates, pleurarde, se contentait de répéter :

– En v'là une salope ! en v'là une salope !

La Bécu se précipita entre elles, voulut les forcer à s'embrasser, ce qui faillit les faire se prendre au chignon. Puis, elle lança une nouvelle :

– Dites donc, à propos, vous savez que les filles Mouche vont toucher cinq cents francs.

– Pas possible !

Et, du coup, la querelle fut oubliée, toutes se rapprochèrent, au milieu des cruches éparses. Parfaitement ! le chemin, aux Cornailles, là-haut, longeait le champ des filles Mouche, qu'il rognait de deux cent cinquante mètres : à quarante sous le mètre, ça faisait bien cinq cents francs ; et le terrain, en bordure, acquérait en outre une plus-value. C'était une chance.

– Mais alors, dit Flore, voilà Lise devenue un vrai parti, avec son mioche... Ce grand serin de Caporal a eu du nez tout de même de s'obstiner.

– À moins, ajouta Cœlina, que Buteau ne reprenne la place... Sa part gagne aussi joliment, à cette route.

La Bécu se retourna, en les poussant du coude.

– Chut ! taisez-vous !

C'était Lise, qui arrivait gaiement en balançant sa cruche. Et le défilé recommença devant la fontaine.

VI

Lise et Françoise, s'étant débarrassées de Blanchette, trop grasse et qui ne vêlait plus, avaient résolu, ce samedi-là, d'aller au marché de Cloyes acheter une autre vache. Jean offrit de les y conduire, dans une carriole de la ferme. Il s'était rendu libre pour l'après-midi, et le maître l'avait autorisé à prendre la voiture, ayant égard aux bruits d'accordailles qui couraient, entre le garçon et l'aînée des Mouche. En effet, le mariage était décidé ; du moins, Jean avait promis de faire une démarche près de Buteau, la semaine suivante, pour lui poser la question. L'un des deux, il fallait en finir.

On partit donc vers une heure, lui sur le devant avec Lise, Françoise seule sur la seconde banquette. De temps à autre, il se tournait et souriait à celle-ci, dont les genoux, dans ses reins, le chauffaient. C'était grand dommage qu'elle eût quinze ans de moins que lui ; et, s'il se résignait à épouser l'aînée, après bien des réflexions et des ajournements, ça devait être, tout au fond, dans l'idée de vivre en parent près de la cadette. Puis on se laisse aller, on fait tant de choses en ne sachant pas pourquoi, lorsqu'on s'est dit un jour qu'on les ferait !

À l'entrée de Cloyes, il mit la mécanique, lança le cheval sur la pente raide du cimetière ; et, comme il débouchait au carrefour de la rue Grande et de la rue Grouaise, pour remiser à l'auberge du *Bon Laboureur*, il désigna brusquement le dos d'un homme, qui enfilait cette dernière rue.

– Tiens ! on croirait Buteau.

– C'est lui, déclara Lise. Sans doute qu'il va chez M. Baillehache... Est-ce qu'il accepterait sa part ?

Jean fit claquer son fouet en riant.

– On ne sait pas, il est si malin !

Buteau n'avait pas semblé les voir, bien qu'il les eût reconnus de loin. Il marchait, l'échine ronde ; et tous deux le regardèrent s'éloigner, en songeant, sans le dire, qu'on allait pouvoir s'expliquer. Dans la cour du

Bon Laboureur, Françoise, restée muette, descendit la première, par une roue de la carriole. Cette cour était déjà pleine de voitures dételées, posées sur leurs brancards, tandis qu'un bourdonnement d'activité agitait les vieux bâtiments de l'auberge.

– Alors, nous y allons ? demanda Jean, quand il revint de l'écurie, où il avait accompagné son cheval.

– Bien sûr, tout de suite.

Pourtant, dehors, au lieu de gagner directement, par la rue du Temple, le marché des bestiaux, qui se tenait sur la place Saint-Georges, le garçon et les deux filles s'arrêtèrent, flânèrent le long de la rue Grande, parmi les marchandes de légumes et de fruits, installées aux deux bords. Lui, coiffé d'une casquette de soie, avait une grande blouse bleue, sur un pantalon de drap noir ; elles, également endimanchées, les cheveux serrés dans leurs petits bonnets ronds, portaient des robes semblables, un corsage de lainage sombre sur une jupe gris fer, que coupait un grand tablier de cotonnade à minces raies roses ; et ils ne se donnaient pas le bras, ils marchaient à la file, les mains ballantes, au milieu des coudoiements de la foule. C'était une bousculade de servantes, de bourgeoises, devant les paysannes accroupies, qui, venues chacune avec un ou deux paniers, les avaient simplement posés et ouverts par terre. Ils reconnurent la Frimat, les poignets cassés, ayant de tout dans ses deux paniers débordants, des salades, des haricots, des prunes, même trois lapins en vie. Un vieux, à côté, venait de décharger une carriole de pommes de terre, qu'il vendait au boisseau. Deux femmes, la mère et la fille, celle-ci, Norine, rouleuse et célèbre, étalaient sur une table boiteuse de la morue, des harengs salés, des harengs saurs, un vidage de fond de baril dont la saumure forte piquait à la gorge. Et la rue Grande, si déserte en semaine, malgré ses beaux magasins, sa pharmacie, sa quincaillerie, surtout ses Nouveautés parisiennes, le bazar de Lambourdieu, n'était pas assez large chaque samedi, les boutiques combles, la chaussée barrée par l'envahissement des marchandes.

Lise et Françoise, suivies par Jean, poussèrent de la sorte jusqu'au marché à la volaille, qui était rue Beaudonnière. Là, des fermes avaient envoyé de vastes paniers à claire-voie, où chantaient des coqs et d'où sortaient des cous effarés de canards. Des poulets morts et plumés s'alignaient dans des caisses, par lits profonds. Puis, c'étaient encore des paysannes, chacune apportant ses quatre ou cinq livres de beurre, ses quelques douzaines d'œufs, ses fromages, les grands maigres, les petits gras, les affamés, gris de cendre. Plusieurs étaient venues avec deux couples de poules liées par les pattes. Des dames marchandaient, un gros arrivage d'œufs attroupait du monde devant une auberge, *Au Rendez-vous des poulaillers*. Justement, parmi les hommes qui déchargeaient les œufs, se trouvait Palmyre ; car, le samedi, lorsque le travail manquait à Rognes, elle se louait à Cloyes, portant des fardeaux à se rompre les reins.

– En voilà une qui gagne son pain ! fit remarquer Jean.

La foule augmentait toujours. Il arrivait encore des voitures par la route de Mondoubleau. Elles défilaient au petit trot sur le pont. À droite et à gauche, le Loir se déroulait, avec ses courbes molles, coulant au ras des prairies, bordé à gauche des jardins de la ville, dont les lilas et les faux ébéniers laissaient pendre leurs branches dans l'eau. En amont, il y avait un moulin à tan, au tic-tac sonore, et un grand moulin à blé, un vaste bâtiment que les souffleurs, sur les toits, blanchissaient d'un vol continu de farine.

– Eh bien ! reprit Jean, y allons-nous ?

– Oui, oui.

Et ils revinrent par la rue Grande, ils s'arrêtèrent sur la place Saint-Lubin, en face de la mairie, où était le marché au blé. Lengaigne, qui avait apporté quatre sacs, se tenait là, debout, les mains dans les poches. Au milieu d'un cercle de paysans, silencieux et le nez bas, Hourdequin causait, avec des gestes de colère. On avait espéré une hausse ; mais le prix de dix-huit francs fléchissait lui-même, on craignait pour la fin une baisse de vingt-cinq centimes. Macqueron passa, ayant à son bras sa fille Berthe, lui en paletot mal dégraissé, elle en robe de mousseline, une botte de roses et de muguets sur son chapeau.

Comme Lise et Françoise, après avoir tourné par la rue du Temple, longeaient l'église Saint-Georges, contre laquelle s'installaient les marchands forains, de la mercerie et de la quincaillerie, des déballages d'étoffes, elles eurent une exclamation.

– Oh ! tante Rose !

En effet, c'était la vieille Fouan, que sa fille Fanny, venue à la place de Delhomme, pour livrer de l'avoine, avait amenée avec elle dans sa voiture, histoire simplement de la distraire. Toutes les deux attendaient, plantées devant l'échoppe roulante d'un rémouleur, à qui la vieille avait donné ses ciseaux. Depuis trente ans, il les repassait.

– Tiens ! c'est vous autres !

Fanny, s'étant tournée et ayant aperçu Jean, ajouta :

– Alors, vous êtes en promenade ?

Mais, quand elles surent que les cousines allaient acheter une vache, pour remplacer Blanchette, elles s'intéressèrent, elles les accompagnèrent, l'avoine d'ailleurs étant livrée. Le garçon, mis à l'écart, marcha derrière les quatre femmes, espacées et de front ; et l'on déboucha de la sorte sur la place Saint-Georges.

Cette place, un vaste carré, s'étendait derrière le chevet de l'église, qui, de son vieux clocher de pierre, avec son horloge, la dominait. Des allées de tilleuls touffus en fermaient les quatre faces, dont deux étaient défendues par des chaînes scellées à des bornes, et dont les deux autres se trouvaient garnies de longues barres de bois, auxquelles on attachait les bestiaux. De ce côté de la place, donnant sur des jardins, l'herbe poussait, on se serait cru dans un pré ; tandis que le côté opposé, longé par deux routes, bordé de cabarets, À Saint-Georges, À la Racine, Aux Bons Moissonneurs, était piétiné, durci, blanchi d'une poussière, que des souffles de vent envolaient.

Lise et Françoise, accompagnées des autres, eurent de la peine à traverser le carré central, où stationnait la foule. Parmi la masse des blouses, confuse et de tous les bleus, depuis le bleu dur de la toile neuve, jusqu'au bleu pâle des toiles déteintes par vingt lavages, on ne voyait que les taches rondes et blanches des petits bonnets. Quelques dames promenaient la soie miroitante de leurs ombrelles. Il y avait des rires, des cris brusques, qui se perdaient dans le grand murmure vivant, que parfois coupaient des hennissements de chevaux et des meuglements de vaches. Un âne, violemment, se mit à braire.

– Par ici, dit Lise en tournant la tête.

Les chevaux étaient au fond, attachés à la barre, la robe nue et frémissante, n'ayant qu'une corde nouée au cou et à la queue. Sur la gauche, les vaches restaient presque toutes libres, tenues simplement en main par les vendeurs, qui les changeaient de place pour les mieux montrer. Des groupes s'arrêtaient, les regardaient ; et là, on ne riait pas, on ne parlait guère.

Immédiatement, les quatre femmes tombèrent en contemplation devant une vache blanche et noire, une cotentine, qu'un ménage, l'homme et la femme, venait vendre : elle, en avant, très brune, l'air têtu, tenant la bête ; lui, derrière, immobile et fermé. Ce fut un examen recueilli, profond, de cinq minutes ; mais elles n'échangèrent ni une parole, ni un coup d'œil ; et elles s'en allèrent, elles se plantèrent de même, en face d'une seconde vache, à vingt pas de là. Celle-ci, énorme, toute noire, était offerte par une jeune fille, presque une enfant, l'air joli, avec sa baguette de coudrier. Puis, il y eut encore sept ou huit stations, aussi longues, aussi muettes, d'un bout à l'autre de la ligne des bêtes à vendre. Et, enfin, les quatre femmes retournèrent devant la première vache, où, de nouveau, elles s'absorbèrent.

Cette fois, seulement, ce fut plus sérieux. Elles s'étaient rangées sur une seule ligne, elles fouillaient la cotentine sous la peau, d'un regard aigu et fixe. Du reste, la vendeuse elle aussi ne disait rien, les yeux ailleurs, comme si elle ne les avait pas vues revenir là et s'aligner.

Pourtant, Fanny se pencha, lâcha un mot tout bas à Lise. La vieille Fouan et Françoise se communiquèrent de même une remarque, à l'oreille. Puis, elles retombèrent dans leur silence et leur immobilité, l'examen continua.

– Combien ? demanda tout d'un coup Lise.

– Quarante pistoles, répondit la paysanne.

Elles feignirent d'être mises en fuite ; et, comme elles cherchaient Jean, elles eurent la surprise de le trouver derrière elles avec Buteau, causant tous les deux en vieux amis. Buteau, venu de la Chamade pour acheter un petit cochon, était là, en train d'en marchander un. Les cochons, dans un parc volant, au cul de la voiture qui les avait apportés, se mordaient et criaient, à faire saigner les oreilles.

– En veux-tu vingt francs ? demanda Buteau au vendeur.

– Non, trente !

– Et zut ! couche avec !

Et gaillard, très gai, il vint vers les femmes, riant d'aise aux visages de sa mère, de sa sœur et de ses deux cousines, absolument comme s'il les eût quittées la veille. Du reste, elles-mêmes gardèrent leur placidité, sans paraître se rappeler les deux ans de querelles et de brouille. Seule, la mère, à qui l'on avait appris la première rencontre, rue Grouaise, le regardait de ses yeux bridés, cherchant à lire pourquoi il était allé chez le notaire. Mais ça ne se voyait pas. Ni l'un ni l'autre n'en ouvrirent la bouche.

– Alors, cousine, reprit-il, c'est donc que tu achètes une vache ?... Jean m'a conté ça... Et, tenez ! il y en a une là, oh ! la plus solide du marché, une vraie bête !

Il désignait précisément la cotentine blanche et noire.

– Quarante pistoles, merci ! murmura Françoise.

– Quarante pistoles pour toi, petiote ! dit-il en lui allongeant une tape dans le dos, histoire de plaisanter.

Mais elle se fâcha, elle lui rendit sa tape, d'un air furieux de rancune.

– Fiche-moi la paix, hein ? Je ne joue pas avec les hommes.

Il s'en égaya plus fort, il se tourna vers Lise, qui restait sérieuse, un peu pâle.

– Et toi, veux-tu que je m'en mêle ? Je parie que je l'ai à trente pistoles... Paries-tu cent sous ?

– Oui, je veux bien... Si ça te plaît d'essayer...

Rose et Fanny approuvaient de la tête, car elles savaient le garçon féroce au marché, têtu, insolent, menteur, voleur, à vendre les choses trois fois leur prix et à se faire donner tout pour rien. Les femmes le laissèrent donc s'avancer avec Jean, tandis qu'elles s'attardaient en arrière, afin qu'il n'eût pas l'air d'être avec elles.

La foule augmentait du côté des bestiaux, les groupes quittaient le centre ensoleillé de la place, pour se porter sous les allées. Il y avait là un va-et-vient continu, le bleu des blouses se fonçait à l'ombre des tilleuls, des taches mouvantes de feuilles verdissaient les visages colorés. Du reste, personne n'achetait encore, pas une vente n'avait eu lieu, bien que le marché fût ouvert depuis une heure. On se recueillait, on se tâtait. Mais, au-dessus des têtes, dans le vent tiède, un tumulte passa. C'étaient deux chevaux, attachés côte à côte, qui se dressaient et se mordaient, avec des hennissements furieux et le raclement de leurs sabots sur le pavé. On eut peur, des femmes s'enfuirent ; pendant que, accompagnés de jurons, de grands coups de fouet qui claquaient comme des coups de feu, ramenaient le calme. Et, à terre, dans le vide laissé par la panique, une bande de pigeons s'abattit, marchant vite, piquant l'avoine du crottin.

– Eh bien ! la mère, qu'est-ce que vous la vendez donc ? demanda Buteau à la paysanne.

Celle-ci, qui avait vu le manège, répéta tranquillement :

– Quarante pistoles.

D'abord, il prit la chose en farce, il plaisanta, s'adressa à l'homme, toujours à l'écart et muet.

– Dis, vieux ! ta bourgeoise est avec, à ce prix-là ?

Mais, tout en goguenardant, il examinait de près la vache, la trouvait telle qu'il la faut pour être une bonne laitière, la tête sèche, aux cornes fines et aux grands yeux, le ventre un peu fort sillonné de grosses veines, les membres plutôt grêles, la queue mince, plantée très haut. Il se baissa, s'assura de la longueur des pis et de l'élasticité des trayons, placés carrément et bien percés. Puis, appuyé d'une main sur la bête, il entama le marché, en tâtant d'un air machinal les os de la croupe :

– Quarante pistoles, hein ? c'est pour rire... Voulez-vous trente pistoles ?

Et sa main s'assurait de la force et de la bonne disposition des os. Elle descendit ensuite, se coula entre les cuisses, à cet endroit où la peau nue, d'une belle couleur safranée, annonçait un lait abondant.

– Trente pistoles, ça va-t-il ?

– Non, quarante, répondit la paysanne.

Il tourna le dos, il revint, et elle se décida à causer.

– C'est une bonne bête, allez, tout à fait. Elle aura deux ans à la Trinité et elle vêlera dans quinze jours... Pour sûr qu'elle ferait bien votre affaire.

– Trente pistoles, répéta-t-il.

Alors, comme il s'éloignait, elle jeta un coup d'œil à son mari, elle cria :

– Tenez ! c'est pour m'en aller... Voulez-vous à trente-cinq tout de suite ?

Il s'était arrêté, il dépréciait la vache. Ça n'était pas bâti, ça manquait de reins, enfin un animal qui avait souffert et qu'on nourrirait deux ans à perte. Ensuite, il prétendit qu'elle était blessée au pied, ce qui n'était pas vrai. Il mentait pour mentir, avec une mauvaise foi étalée, dans l'espoir de fâcher et d'étourdir la vendeuse. Mais elle haussait les épaules.

– Trente pistoles.

– Non, trente-cinq.

Elle le laissa partir. Il rejoignit les femmes, il leur dit que ça mordait, qu'il fallait en marchander une autre. Et le groupe alla se planter devant la grande vache noire, qu'une jolie fille tenait à la corde. Celle-ci n'était justement que de trois cents francs. Il parut ne pas la trouver trop cher, s'extasia, et brusquement retourna vers la première.

– Alors, c'est dit, je vais porter mon argent ailleurs ?

– Dame ! s'il y avait possibilité, mais il n'y a pas possibilité... ; Faut y mettre plus de courage, de votre part.

Et, se penchant, prenant le pis à pleine main :

– Voyez donc ça comme c'est mignon !

Il n'en convint pas, il dit encore :

– Trente pistoles.

– Non, trente-cinq.

Du coup, tout sembla rompu. Buteau avait pris le bras de Jean, pour bien marquer qu'il lâchait l'affaire. Les femmes les rejoignirent, émotionnées, trouvant, elles, que la vache valait les trois cent cinquante francs. Françoise, surtout, à qui elle plaisait, parlait de conclure à ce prix. Mais Buteau s'irrita : est-ce qu'on se laissait voler de la sorte ? Et, pendant près d'une heure, il tint bon, au milieu de l'anxiété des cousines, qui frémissaient, chaque fois qu'un acheteur s'arrêtait devant la bête. Lui, non plus, ne la quittait pas du coin de l'œil ; mais c'était le jeu, il fallait avoir l'estomac solide. Personne, à coup sûr, n'allait sortir son argent si vite : on verrait bien s'il y avait un imbécile pour la payer plus de trois cents francs. Et, en effet, l'argent ne paraissait toujours pas, quoique le marché tirât à sa fin.

Sur la route, maintenant, on essayait des chevaux. Un, tout blanc, courait, excité par le cri guttural d'un homme, qui tenait la corde et qui galopait près de lui ; tandis que Patoir, le vétérinaire, bouffi et rouge, planté avec l'acheteur au coin de la place, les deux mains dans les poches, regardait et conseillait, à voix haute. Les cabarets bourdonnaient d'un continuel flot de buveurs, entrant, sortant, rentrant, dans les débats interminables des marchandages. C'était le plein de la bousculade et du vacarme, à ne plus s'entendre : un veau séparé de sa mère, beuglait sans fin ; des chiens, parmi la foule, des griffons noirs, de grands barbets jaunes, se sauvaient en hurlant, une patte écrasée ; puis, dans des silences brusques, on n'entendait plus qu'un vol de corbeaux, dérangés par le bruit, tournoyant, croassant à la pointe du clocher. Et, dominant la senteur chaude du bétail, une violente odeur de corne roussie, une peste sortait d'une maréchalerie voisine, où les paysans profitaient du marché pour faire ferrer leurs bêtes.

– Hein ? trente ! répéta Buteau sans se lasser, en se rapprochant de la paysanne.

– Non, trente-cinq !

Alors, comme un autre acheteur était là, marchandant lui aussi, il saisit la vache aux mâchoires, les lui ouvrit de force, pour voir les dents. Puis, il les lâcha, avec une grimace. Justement, la bête s'était mise à fienter, les bouses tombaient molles ; et il les suivit des yeux, sa grimace s'accentuait. L'acheteur, un grand pâlot, impressionné, s'en alla.

– Je n'en veux plus, dit Buteau. Elle a un sang tourné.

Cette fois, la vendeuse commit la faute de s'emporter ; et c'était ce qu'il voulait, elle le traita salement, il répondit par un flot d'ordures. On s'attroupait, on riait. Derrière la femme, le mari ne bougeait toujours point. Il finit par la toucher du coude, et brusquement elle cria :

– La prenez-vous à trente-deux pistoles ?

– Non, trente !

Il s'en allait de nouveau, elle le rappela d'une voix étranglée.

– Eh bien ! sacré bougre, emmenez-la !... Mais, nom de Dieu ! si c'était à refaire, j'aimerais mieux vous foutre la main sur la figure !

Elle était hors d'elle, tremblante de fureur. Lui riait bruyamment, ajoutait des galanteries, offrait de coucher, pour le reste.

Tout de suite, Lise s'était rapprochée. Elle tira la paysanne à l'écart, lui donna ses trois cents francs, derrière un tronc d'arbre. Déjà Françoise tenait la vache, mais il fallut que Jean poussât la bête par-derrière, car elle refusait de démarrer. On piétinait depuis deux heures, Rose et Fanny avaient attendu le dénouement, muettes, sans lassitude. Enfin, comme on partait, on chercha Buteau disparu, on le retrouva qui tapait sur le ventre du marchand de cochons. Il venait d'avoir son petit cochon à vingt francs ; et, pour payer, il compta d'abord son argent dans sa poche, il ne sortit que juste la somme, la recompta dans son poing à demi fermé. Ce fut toute une affaire ensuite, quand il voulut fourrer le cochon au fond d'un sac, qu'il avait apporté sous sa blouse. La toile mûre creva, les pattes de l'animal passèrent, ainsi que le groin. Et il le chargea de la sorte sur son épaule, il l'emporta grouillant, reniflant, poussant des cris atroces.

– Dis donc, Lise, et mes cent sous ? réclama-t-il. J'ai gagné.

Elle les lui donna, pour rire, croyant qu'il ne les prendrait point. Mais il les prit très bien, les fit disparaître. Tous, lentement, se dirigèrent vers le *Bon Laboureur*.

C'était la fin du marché. L'argent luisait au soleil, sonnait sur les tables des marchands de vin. À la dernière minute, tout se bâclait. Dans l'angle de la place Saint-Georges, il ne restait que les quelques bêtes non vendues. Peu à peu, la foule avait reflué du côté de la rue Grande, où les marchandes de fruits et de légumes débarrassaient la chaussée, remportaient leurs paniers vides. De même, il n'y avait plus rien place de la Volaille, que de la paille, et de la plume. Et déjà des carrioles partaient, on attelait dans les auberges, on dénouait les guides des chevaux attachés aux anneaux des trottoirs. Vers toutes les routes, de toutes parts, des roues fuyaient, des blouses bleues se gonflaient au vent, dans les secousses du pavé.

Lengaigne passa ainsi, au trot de son petit cheval noir, après avoir utilisé son dérangement, en achetant une faux. Macqueron et sa fille Berthe s'attardaient encore dans les boutiques. Quant à la Frimat, elle retournait à pied, et chargée comme au départ, car elle rapportait ses paniers pleins de crottin ramassé en route. Chez le pharmacien de la rue Grande, parmi les dorures, Palmyre, éreintée et debout, attendait qu'on lui préparât une potion pour son frère, malade depuis une semaine : quelque sale drogue qui lui mangeait vingt sous, sur les quarante si durement gagnés. Mais ce qui fit hâter le pas flâneur des filles Mouche et de leur société, ce fut d'apercevoir Jésus-Christ, très soûl, tenant la largeur de la rue. On croyait savoir qu'il avait emprunté, ce jour-là, en hypothéquant sa dernière pièce de terre. Il riait tout seul, des pièces de cent sous tintaient dans ses grandes poches.

Comme on arrivait enfin au *Bon Laboureur*, Buteau dit simplement, d'un air gaillard :

– Alors, vous partez ?... Écoute donc, Lise, si tu restais avec ta sœur, pour que nous mangions un morceau ?

Elle fut surprise, et comme elle se tournait vers Jean, il ajouta :

– Jean aussi peut rester, ça me fera plaisir.

Rose et Fanny échangèrent un coup d'œil. Certainement, le garçon avait son idée. Sa figure ne contait toujours rien. N'importe ! il ne fallait pas gêner les choses.

– C'est ça, dit Fanny, restez... Moi, je vais filer avec la mère. On nous attend.

Françoise, qui n'avait pas lâché la vache, déclara sèchement :

– Moi aussi, je m'en vais.

Et elle s'entêta. Elle s'agaçait à l'auberge, elle voulait emmener sa bête tout de suite. On dut céder, tellement elle devenait désagréable. Dès qu'on eut attelé, la vache fut attachée derrière la voiture, et les trois femmes montèrent.

À cette minute seulement, Rose, qui attendait une confession de son fils, s'enhardit à lui demander :

– Tu ne fais rien dire à ton père ?

– Non, rien, répondit Buteau.

Elle le regardait dans les yeux, elle insista.

– C'est donc qu'il n'y a pas de nouveau ?

– S'il y a du nouveau, vous le saurez, quand il sera bon à savoir.

Fanny toucha son cheval, qui partit au pas, tandis que la vache, derrière, se laissait tirer, allongeant le cou. Et Lise demeura seule, entre Buteau et Jean.

Dès six heures, tous les trois s'attablèrent dans une salle de l'auberge, ouverte sur le café. Buteau, sans qu'on sût s'il régalait, était allé à la cuisine commander une omelette et un lapin. Lise, pendant ce temps, avait poussé Jean à s'expliquer, pour en finir et s'éviter une course. Mais on achevait l'omelette, on en était à la gibelotte, que le garçon, gêné, n'en avait encore rien fait. D'ailleurs, l'autre, non plus, ne semblait guère songer à tout ça. Il mangeait dur, riait la bouche élargie, allongeait par-dessous la table des coups de genoux à la cousine et au camarade, en bonne amitié. Puis, l'on causa plus sérieusement, il fut question de Rognes, du nouveau chemin ; et, si pas un mot ne fut prononcé de l'indemnité de cinq cents francs, de la plus-value des terrains, cela pesa dès lors au fond de tout ce qu'ils disaient. Buteau revint à des farces, trinqua ; tandis que, visiblement, dans ses yeux gris, passait l'idée de la bonne affaire, ce troisième lot devenu avantageux, cette ancienne à épouser, dont le champ, à côté du sien, avait presque doublé de valeur.

– Nom de Dieu ! cria-t-il, est-ce que nous ne prenons pas du café ?

– Trois cafés ! demanda Jean.

Et une heure se passa à siroter, à vider le carafon d'eau-de-vie, sans que Buteau se déclarât. Il s'avançait, se reculait, traînait en longueur, comme s'il eût encore marchandé la vache. C'était fait au fond, mais fallait voir tout de même. Brusquement, il se tourna vers Lise, il lui dit :

– Pourquoi n'as-tu pas amené l'enfant ?

Elle se mit à rire, comprenant que ça y était, cette fois ; et elle lui allongea une tape, elle se contenta de répondre, heureuse, indulgente :

– Ah ! cette rosse de Buteau !

Ce fut tout. Lui aussi rigolait. Le mariage était résolu. Jean, embarrassé jusque-là, s'égaya avec eux, d'un air de soulagement. Même il parla enfin, il dit tout.

– Tu sais que tu fais bien de revenir, j'allais prendre ta place.

– Oui, on m'a conté ça... Oh ! j'étais tranquille, vous m'auriez prévenu peut-être !

– Eh ! sûr... D'autant que ça vaut mieux avec toi, à cause du gamin. C'est ce que nous avons toujours dit, n'est-ce pas, Lise ?

– Toujours, c'est la vraie vérité !

Un attendrissement noyait leurs faces à tous trois ; ils fraternisaient, Jean surtout, sans jalousie, étonné de pousser à ce mariage ; et il fit apporter de la bière, Buteau ayant crié que, nom de Dieu ! on boirait bien encore quelque chose. Les coudes sur la table, Lise entre eux, ils causaient maintenant des dernières pluies, qui avaient versé les blés.

Mais, dans la salle du café, à côté d'eux, Jésus-Christ, attablé avec un vieux paysan, soûl comme lui, faisait un vacarme intolérable. Tous, du reste, en blouse, buvant, fumant, crachant, dans la vapeur rousse des lampes, ne pouvaient parler sans crier ; et sa voix dominait encore les autres, cuivrée, assourdissante. Il jouait à « la chouine », une querelle venait d'éclater sur un dernier coup de cartes, entre lui et son compagnon, qui maintenait son gain d'un air de tranquille obstination. Pourtant, il paraissait avoir tort. Cela n'en finissait plus. Jésus-Christ, furieux, en arrivait à gueuler si haut que le patron intervint. Alors, il se leva, circula de table en table, avec un acharnement d'ivrogne, promenant ses cartes, pour soumettre le coup aux autres consommateurs. Il assommait tout le monde. Et il se remit à crier, il revint vers le vieux, qui, fort de son mauvais droit, restait stoïque sous les injures.

– Lâche ! feignant ! sors donc un peu, que je te démolisse !

Puis, brusquement, Jésus-Christ reprit sa chaise en face de l'autre ; et, calmé :

– Moi, je sais un jeu... Faut parier, hein ! veux-tu ?

Il avait sorti une poignée de pièces de cent sous, quinze à vingt, et il les planta en une seule pile devant lui.

– V'là ce que c'est... Mets-en autant.

Le vieux, intéressé, sortit sa bourse sans une parole, dressa une pile égale.

– Alors, moi, j'en prends une à ton tas, et regarde !

Il saisit la pièce, se la posa gravement sur la langue comme une hostie, puis, d'un coup de gosier, l'avala.

– À ton tour, prends à mon tas... Et celui qui en mange le plus à l'autre, les garde. V'là le jeu !

Les yeux écarquillés, le vieux accepta, fit disparaître une première pièce avec peine. Seulement, Jésus-Christ, tout en criant qu'il n'y avait pas besoin de se presser, gobait les écus comme des pruneaux. Au cinquième, il y eut une rumeur dans le café, un cercle se fit, pétrifié d'admiration. Ah ! le bougre, quelle gargamelle, pour se coller ainsi de la monnaie dans le gésier ! Le vieux avalait sa quatrième pièce, lorsqu'il se renversa, la face violette, étouffant, râlant ; et, un moment, on le crut mort. Jésus-Christ s'était levé, très à l'aise, l'air goguenard : il en avait pour son compte dix dans l'estomac, c'était toujours trente francs de gain qu'il emportait.

Buteau, inquiet, craignant d'être compromis, si le vieux ne s'en tirait pas, avait quitté la table ; et, comme il regardait les murs d'un œil vague, sans parler de payer, bien que l'invitation vînt de lui, Jean régla la note.

Cela acheva de rendre le gaillard très bon enfant. Dans la cour, après avoir attelé, il prit le camarade aux épaules.

– Tu sais, je veux que t'en sois. La noce sera pour dans trois semaines... J'ai passé chez le notaire, j'ai signé l'acte, tous les papiers seront prêts.

Et, faisant monter Lise dans sa voiture :

– Allons, houp ! que je te ramène !... Je passerai par Rognes, ça ne m'allongera guère.

Jean revint seul dans sa voiture. Il trouvait ça naturel, il les suivit. Cloyes dormait, retombé à sa paix morte, éclairé par les étoiles jaunes des réverbères ; et, de la cohue du marché, on n'entendait plus que le pas attardé et trébuchant d'un paysan ivre. Puis, la route s'étendit toute noire. Il finit pourtant par apercevoir l'autre voiture, celle qui emportait le ménage. Ça valait mieux, c'était très bien. Et il sifflait fortement, rafraîchi par la nuit, libre et envahi d'une allégresse.

VII

On était de nouveau à l'époque de la fenaison, par un ciel bleu et très chaud, que des brises rafraîchissaient ; et l'on avait fixé le mariage au jour de la Saint-Jean, qui tombait cette année-là un samedi.

Les Fouan avaient bien recommandé à Buteau de commencer les invitations par la Grande, l'aînée de la famille. Elle exigeait des égards, en reine riche et redoutée. Aussi Buteau, un soir, s'en alla-t-il avec Lise, tous les deux endimanchés, la prier d'assister à la noce, à la cérémonie, puis au repas, qui devait avoir lieu chez la mariée.

La Grande tricotait, seule dans sa cuisine ; et, sans ralentir le jeu des aiguilles, elle les regarda fixement, elle les laissa s'expliquer, redire à trois reprises les mêmes phrases. Enfin, de sa voix aiguë :

– À la noce, ah ! non, bien sûr !... Qu'est-ce que j'irais faire, à la noce ?... C'est bon pour ceux qui s'amusent.

Ils avaient vu sa face de parchemin se colorer, à l'idée de cette bombance qui ne lui coûterait rien ; ils étaient certains qu'elle accepterait ; mais l'usage voulait qu'on la priât beaucoup.

– Ma tante, là, vrai ! ça ne peut pas se passer sans vous.

– Non, non, ce n'est point fait pour moi. Est-ce que j'ai le temps, est-ce que j'ai de quoi me mettre ? C'est toujours de la dépense... On vit bien sans aller à la noce.

Ils durent répéter dix fois l'invitation, et elle finit par dire d'un air maussade :

– C'est bon, puisque c'est forcé, j'irai. Mais faut que ce soit vous pour que je me dérange.

Alors, en voyant qu'ils ne partaient pas, un combat se livra en elle, car d'habitude, dans cette circonstance, on offrait un verre de vin. Elle se décida, descendit à la cave, bien qu'il y eût là une bouteille entamée. C'était qu'elle avait, pour ces occasions, un reste de vin tourné, qu'elle ne pouvait boire, tant il était aigre, et qu'elle appelait du chasse-cousin. Elle emplit deux verres, elle regarda son neveu et sa nièce d'un œil si rond, qu'ils durent les vider sans une grimace, pour ne pas la blesser. Ils la quittèrent, la gorge en feu.

Ce même soir Buteau et Lise se rendirent à Roseblanche, chez les Charles. Mais, là, ils tombèrent au milieu d'une aventure tragique.

M. Charles était dans son jardin, très agité. Sans doute une violente émotion venait de le saisir, au moment où il nettoyait un rosier grimpant, car il tenait son sécateur à la main, et l'échelle était encore contre le mur.

Il se contraignit pourtant, il les fit entrer au salon, où Élodie brodait de son air modeste.

– Ah ! vous vous mariez dans huit jours. C'est très bien, mes enfants... Mais nous ne pourrons être des vôtres, Mme Charles est à Chartres, et elle y restera une quinzaine.

Il souleva ses paupières lourdes, pour jeter un regard vers la jeune fille.

– Oui, dans les moments de presse, aux grandes foires, Mme Charles va donner là-bas un coup demain à la fille... Vous savez, le commerce est le commerce, il y a des jours où l'on s'écrase, dans la boutique. Estelle a beau avoir pris le courant, sa mère lui est bien utile, d'autant plus que, décidément, notre gendre Vaucogne n'en fait guère... Et puis, Mme Charles est heureuse de revoir la maison. Que voulez-vous ? nous y avons laissé trente ans de notre vie, ça compte !

Il s'attendrissait, ses yeux se mouillaient, vagues, fixés là-bas, dans le passé. Et c'était vrai, sa femme avait souvent la nostalgie de la petite maison de la rue aux Juifs, du fond de sa retraite bourgeoise, si douillette, si cossue, pleine de fleurs, d'oiseaux et de soleil. En fermant les paupières, elle retrouvait le vieux Chartres, dévalant sur le coteau, de la place de la Cathédrale aux bords de l'Eure. Elle arrivait, elle enfilait la rue de la Pie, la rue Porte-Cendreuse ; puis, rue des Écuyers, pour couper au plus court, elle descendait le Tertre du Pied-Plat ; et, de la dernière marche, le 19, faisant le coin de la rue aux Juifs et de la rue de la Planche-aux-Carpes, lui apparaissait, avec sa façade blanche, ses persiennes vertes, toujours closes. Les deux rues étaient misérables, elle en avait vu pendant trente ans les taudis et la population sordides, le ruisseau central charriant des eaux noires. Mais que de semaines, que de mois vécus chez elle, à l'ombre, sans même passer le seuil. Elle restait fière des divans et des glaces du salon, de la literie et de l'acajou des chambres, de tout ce luxe, de cette sévérité dans le confortable, leur création, leur œuvre, à laquelle ils devaient la fortune. Une défaillance mélancolique la prenait au souvenir de certains coins intimes, au parfum persistant des eaux de toilette, à cette odeur spéciale de la maison entière, qu'elle avait gardée dans la peau comme un regret. Aussi attendait-elle les époques de gros travail, et elle partait rajeunie, joyeuse, après avoir reçu de sa petite-fille deux gros baisers, qu'elle promettait de transmettre à la mère, dès le soir, dans la confiserie.

– Ah ! c'est contrariant, c'est contrariant ! répétait Buteau, vraiment vexé à l'idée qu'il n'aurait pas les Charles. Mais si la cousine écrivait à notre tante de revenir ?

Élodie, qui allait sur ses quinze ans, leva sa face de vierge bouffie et chlorotique, aux cheveux rares, de sang si pauvre, que le grand air de la campagne semblait l'anémier encore.

– Oh ! non, murmura-t-elle, grand-mère m'a bien dit qu'elle en avait pour plus de deux semaines, avec les bonbons. Même qu'elle doit m'en apporter un sac, si je suis sage.

C'était un mensonge pieux. On lui apportait, à chaque voyage, des dragées qu'elle croyait fabriquées chez ses parents.

– Eh bien ! proposa enfin Lise, venez sans elle, mon oncle, venez avec la petite.

Mais M. Charles n'écoutait plus, retombé dans son agitation. Il se rapprochait de la fenêtre, semblait guetter quelqu'un, renfonçait dans sa gorge une colère près de jaillir. Et, ne pouvant se contenir davantage, il renvoya la jeune fille d'un mot.

– Va jouer un instant, ma chérie.

Puis, quand elle s'en fut allée, habituée à sortir ainsi, dès que les grandes personnes causaient, il se planta au milieu de la pièce, croisa les bras, dans une indignation qui faisait trembler sa face correcte, grasse et jaune, de magistrat retiré.

– Croyez-vous ça ! avez-vous jamais vu une abomination pareille !... J'étais à nettoyer mon rosier, je monte sur le dernier échelon, je me penche de l'autre côté, machinalement, et qu'est-ce que j'aperçois ?... Honorine, oui ! ma bonne Honorine, avec un homme, l'un sur l'autre, les jambes à l'air, en train de faire leurs saletés... Ah ! les cochons, les cochons ! au pied de mon mur !

Il suffoquait, il se mit à marcher, avec des gestes nobles de malédiction.

– Je l'attends pour la flanquer à la porte, la gueuse, la misérable !... Nous n'en pouvons pas garder une. On nous les engrosse toutes. Au bout de six mois, c'est réglé, elles deviennent impossibles dans une famille honnête, avec leurs ventres... Et celle-ci, que je trouve à la besogne, et d'un cœur ! Décidément, c'est la fin du monde, la débauche n'a plus de bornes !

Buteau et Lise, ahuris, partagèrent son indignation par déférence.

– Sûr, ce n'est pas propre, oh ! non, pas propre !

Mais, de nouveau, il s'arrêtait devant eux.

– Et vous imaginez-vous Élodie montant à cette échelle, découvrant ça ! Elle, si innocente, qui ne sait rien de rien, dont nous surveillons jusqu'aux pensées !... Ça fait trembler, parole d'honneur !... Quel coup, si Mme Charles était ici !

Justement, à cette minute, comme il jetait un regard par la fenêtre, il aperçut l'enfant, cédant à une curiosité, le pied sur le premier échelon. Il se précipita, il lui cria d'une voix étranglée d'angoisse, comme s'il l'avait vue au bord d'un gouffre.

– Élodie ! Élodie ! descends, éloigne-toi, pour l'amour de Dieu !

Ses jambes se cassaient, il se laissa tomber dans un fauteuil, en continuant à se lamenter sur le dévergondage des bonnes. Est-ce qu'il n'en avait pas surpris une, au fond du poulailler, montrant à la petite comment les poules avaient le derrière fait ! C'était déjà assez de tracas, dehors, d'avoir à lui épargner les grossièretés des paysans et le cynisme des animaux : il perdait courage, s'il devait trouver, dans sa maison, un foyer constant d'immoralité.

– La voici qui rentre, dit-il brusquement. Vous allez voir.

Il sonna, et il reçut Honorine assis, sévèrement, ayant par un effort recouvré son calme digne.

– Mademoiselle, faites votre malle, et partez tout de suite. Je vous payerai vos huit jours.

La bonne, chétive, maigrichonne, l'air pauvre et honteux, voulut s'expliquer, bredouiller des excuses.

– Inutile, tout ce que je puis faire, c'est de ne pas vous livrer aux autorités pour attentat aux mœurs.

Alors, elle se révolta.

– Dites, c'est donc qu'on a oublié de payer la passe !

Il se leva tout droit, très grand, et la chassa d'un geste souverain, le doigt tendu vers la porte. Puis, quand elle fut partie, il se soulagea brutalement.

– A-t-on idée de cette putain qui déshonorait ma maison !

– Sûr, c'en est une, ah ! une vraie ! répétèrent complaisamment Lise et Buteau.

Et ce dernier reprit :

– N'est-ce pas ? c'est convenu, mon oncle, vous viendrez avec la petite ?

M. Charles demeurait frémissant. Il était allé se regarder dans la glace, d'un mouvement inquiet ; et il revenait, satisfait de lui.

– Où donc ? Ah ! oui, à votre mariage... C'est très bien ça, mes enfants, de vous marier... Comptez sur moi, j'irai ; mais je ne vous promets pas d'amener Élodie, parce que, vous savez, à une noce, on en lâche... Hein ? la garce, vous l'ai-je flanquée dehors ! C'est qu'il ne faut pas que les femmes m'embêtent !... Au revoir, comptez sur moi.

Les Delhomme, chez qui Buteau et Lise se rendirent ensuite, acceptèrent, après les refus et les insistances d'usage. Il ne restait de la famille que Jésus-Christ à inviter. Mais, vraiment, il devenait insupportable, brouillé avec tous, inventant les plus sales affaires pour déconsidérer les siens ; et l'on se décida à l'écarter, en tremblant qu'il ne s'en vengeât par quelque abomination.

Rognes était dans l'attente, ce fut un événement que ce mariage, différé si longtemps. Hourdequin, le maire, se dérangea ; mais, prié d'assister au repas du soir, il dut s'excuser, forcé justement, ce jour-là, d'aller coucher à Chartres, pour un procès ; et il promit que Mme Jacqueline viendrait, puisqu'on lui faisait aussi la politesse de l'inviter. On avait songé un instant à convier l'abbé Godard, afin d'avoir du monde bien. Seulement, dès les premiers mots, le curé s'emporta, parce qu'on fixait la cérémonie au jour de la Saint-Jean. Il avait une grand-messe, une fondation, à Bazoches-le-Doyen : comment voulait-on qu'il fût à Rognes, le matin ? Alors, les femmes, Lise, Rose, Fanny, s'entêtèrent ; elles ne parlèrent pas d'invitation, il finit par céder ; et il vint à midi, si furieux, qu'il leur lâcha leur messe dans un coup de colère, ce dont elles restèrent blessées profondément.

D'ailleurs, après des discussions, on avait résolu que la noce se ferait très simple, en famille, à cause de la situation de la mariée, avec son petit de trois ans bientôt. Pourtant, on était allé chez le pâtissier de Cloyes commander une tourte et le dessert, en se résignant à mettre dans ce dessert toute la dépense, pour montrer qu'on savait faire sauter les écus, lorsque l'occasion s'en présentait : il y aurait, comme à la noce de l'aînée des Coquart, les fermiers de Saint-Juste, un gâteau monté, deux crèmes, quatre assiettes de sucreries et de petits fours. À la maison, on aurait une soupe grasse, des andouilles, quatre poulets sautés, quatre lapins en gibelotte, du bœuf et du veau rôtis. Et cela pour une quinzaine de personnes, on ne savait pas encore le nombre exact. S'il en restait le soir, on le finirait le lendemain.

Le ciel, un peu couvert le matin, s'était éclairci, et le jour s'achevait dans une tiédeur et une limpidité heureuses. On avait dressé le couvert au milieu de la vaste cuisine, en face de l'âtre et du fourneau, où rôtissaient les viandes, où bouillaient les sauces. Les feux chauffaient tellement la pièce, qu'on laissait larges ouvertes les deux fenêtres et la porte, par lesquelles entrait la bonne odeur pénétrante des foins, fraîchement coupés.

Depuis la veille, les filles Mouche se faisaient aider par Rose et Fanny. À trois heures, il y eut une émotion, lorsque parut la voiture du pâtissier, qui mettait aux portes les femmes du village. Tout de suite, on disposa le dessert sur la table, pour le voir. Et, justement, la Grande arrivait, en avance : elle s'assit, serra sa canne entre ses genoux, ne quitta plus le manger de ses yeux durs. S'il était permis de tant dépenser ! Elle n'avait rien pris, le matin, pour en avaler davantage, le soir.

Les hommes, Buteau, Jean qui lui avait servi de témoin, le vieux Fouan, Delhomme accompagné de son fils Nénesse, tous en redingote et en pantalon noirs, avec de hauts chapeaux de soie, qu'ils ne quittaient pas, jouaient au bouchon dans la cour. M. Charles arriva, seul, ayant reconduit la veille Élodie à son pensionnat de Châteaudun ; et, sans y prendre part, il s'intéressa au jeu, il émit des réflexions judicieuses.

Mais, à six heures, lorsque tout se trouva prêt, il fallut attendre Jacqueline. Les femmes baissaient leurs jupes, qu'elles avaient retroussées avec des épingles, pour ne pas les salir devant le fourneau. Lise était en bleu, Françoise en rose, des soies d'un ton dur, démodées, que Lambourdieu leur avait vendues le double de leur valeur, en les leur donnant comme la dernière nouveauté de Paris. La mère Fouan avait sorti la robe de popeline violette qu'elle promenait depuis quarante ans dans les noces du pays, et Fanny, vêtue de vert, portait tous ses bijoux, sa chaîne et sa montre, une broche, des bagues, des boucles d'oreilles. À chaque minute, une des femmes sortait sur la route, courait jusqu'au coin de l'église, pour voir si la dame de la ferme n'arrivait pas. Les viandes brûlaient, la soupe grasse, qu'on avait eu le tort de servir, refroidissait dans les assiettes. Enfin, il y eut un cri.

– La voilà ! la voilà !

Et le cabriolet parut. Jacqueline en sauta lestement. Elle était charmante, ayant eu le goût, en jolie fille, de s'habiller de simple cretonne, blanche à pois rouges ; et pas un bijou, la chair nue, rien que des brillants aux oreilles, un cadeau de Hourdequin, qui avait révolutionné les fermes d'alentour. Mais on fut surpris qu'elle ne renvoyât pas le valet qui l'avait amenée, après qu'on l'eut aidé à remiser la voiture. C'était un nommé Tron, une sorte de géant, la peau blanche, le poil roux, à l'air enfantin. Il venait du Perche, il était à la Borderie depuis une quinzaine comme garçon de cour.

– Tron reste, vous savez, dit-elle gaiement. Il me ramènera.

En Beauce, on n'aime guère les Percherons, qu'on accuse de fausseté et de sournoiserie. On se regardait : c'était donc un nouveau à la Cognette, cette grande bête-là ? Buteau, très gentil, très farceur, depuis le matin, répondit :

– Bien sûr qu'il reste ! Ça suffit qu'il soit avec vous.

Lise ayant dit de commencer, on se mit à table, dans une bousculade, avec des éclats de voix. Il manquait trois chaises, on courut chercher deux tabourets dépaillés, sur lesquels on plaça une planche. Déjà les cuillers tapaient ferme au fond des assiettes. La soupe était froide, couverte d'yeux de graisse qui se figeaient. Ça ne faisait rien, le vieux Fouan exprima cette idée qu'elle allait se réchauffer dans leur ventre, ce qui souleva une tempête de rires. Alors, ce fut un massacre, un engloutissement : les poulets, les lapins, les viandes défilèrent, disparurent, au milieu d'un terrible bruit de mâchoires. Très sobres chez eux, ils se crevaient d'indigestion chez les autres. La Grande ne parlait pas pour manger davantage, allant son train, d'un broiement continu ; et c'était effrayant, ce qu'engouffrait ce corps sec et plat d'octogénaire, sans même enfler. Il était convenu que, par convenance, Françoise et Fanny s'occuperaient du service, pour que la mariée ne se levât pas ; mais celle-ci ne pouvait se tenir, quittait sa chaise à chaque minute, se retroussait les manches, très attentionnée à vider une sauce ou à débrocher un rôti. Bientôt, du reste, la table entière s'en mêla, toujours quelqu'un était debout, se coupant du pain, tâchant de rattraper un plat. Buteau, qui s'était chargé du vin, ne suffisait plus ; il avait bien eu, pour ne pas perdre son temps à boucher et à déboucher des bouteilles, le soin de mettre simplement un tonneau en perce ; seulement, on ne le laissait pas manger, il devint nécessaire que Jean le relayât, en emplissant à son tour les litres. Delhomme, carrément assis, déclarait de son air sage qu'il fallait du liquide, si l'on ne voulait pas étouffer. Lorsqu'on apporta la tourte, large comme une roue de charrue, il y eut un recueillement, les godiveaux impressionnaient ; et M. Charles poussa la politesse jusqu'à jurer sur son honneur qu'il n'en avait jamais vu de plus belle à Chartres. Du coup, le père Fouan, très en train, en lâcha une autre.

– Dites donc, si on se collait ça sur la fesse, ça y guérirait les crevasses !

La table se tordit, Jacqueline surtout, qui en eut les larmes aux yeux. Elle bégayait, elle ajoutait des choses, qui se perdaient dans ses rires.

Les mariés étaient placés face à face, Buteau entre sa mère et la Grande, Lise entre le père Fouan et M. Charles ; et les autres convives se trouvaient à leur plaisir, Jacqueline à côté de Tron, qui la couvait de ses yeux doux et stupides, Jean près de Françoise, séparé d'elle seulement par le petit Jules, sur lequel tous deux avaient promis de veiller, mais, dès la tourte, une forte indigestion se déclara, il fallut que la mariée allât coucher l'enfant. Ce fut ainsi que Jean et Françoise achevèrent de dîner côte à côte. Elle était très remuante, toute rouge du grand feu de l'âtre, brisée de fatigue et surexcitée pourtant. Lui, empressé, voulait se lever pour elle ; mais elle s'échappait, elle tenait en outre tête à Buteau, qui, très taquin lorsqu'il était gentil, l'attaquait depuis le commencement du repas. Il la pinçait au passage, elle lui allongeait une tape, furieuse ; puis, elle se relevait sous un prétexte, comme attirée, pour être pincée encore et le battre. Elle se plaignait d'avoir les hanches bleues.

– Reste donc là ! répétait Jean.

– Ah ! non, criait-elle, faut pas qu'il croie être mon homme aussi, parce qu'il est celui de Lise.

À la nuit noire, on avait allumé six chandelles. Depuis trois heures, on mangeait, lorsque enfin, vers dix heures, on tomba sur le dessert. Dès lors, on but du café, non pas une tasse, deux tasses, mais du café à plein bol, tout le temps. Les plaisanteries s'accentuaient : le café, ça donnait du nerf, c'était excellent pour les hommes qui dormaient trop ; et, chaque fois qu'un des convives mariés en avalait une gorgée, on se tenait les côtes.

– Bien sûr que tu as raison d'en boire, dit Fanny à Delhomme, très rieuse, jetée hors de sa réserve habituelle.

Il rougit, allégua posément pour excuse son trop de travail, pendant que leur fils Nénesse, la bouche grande ouverte, riait, au milieu de l'explosion de cris et de claques sur les cuisses, produite par cette confidence conjugale. D'ailleurs, le gamin avait tant mangé, qu'il en éclatait dans sa peau. Il disparut, on ne le retrouva qu'au départ, couché avec les deux vaches.

La Grande fut encore celle qui tint le plus longtemps. À minuit, elle s'acharnait sur les petits fours, avec le désespoir muet de ne pouvoir les finir. On avait torché les jattes des crèmes, balayé les miettes du gâteau monté. Et, dans l'abandon de l'ivresse croissante, les agrafes des corsages défaites, les boucles des pantalons lâchées, on changeait de place, on causait par petits groupes autour de la table, grasse de sauce, maculée de vin. Des essais de chansons n'avaient pas abouti, seule la vieille Rose, la face noyée, continuait à fredonner une polissonnerie de l'autre siècle, un refrain de sa jeunesse, dont sa tête branlante marquait la mesure. On était aussi trop peu pour danser, les hommes préféraient vider les litres d'eau-de-vie, en fumant leurs pipes, qu'ils tapaient sur la nappe, pour en faire tomber les culots. Dans un coin, Fanny et Delhomme supputaient à un sou près, devant Jean et Tron, quelle allait être la situation pécuniaire des mariés et quelles seraient leurs espérances : cela dura interminablement, chaque centimètre carré de terre était estimé, ils connaissaient toutes les fortunes de Rognes, jusqu'aux sommes représentées par le linge. À l'autre bout, Jacqueline s'était emparée de M. Charles, qu'elle contemplait avec un sourire invincible, ses jolis yeux pervers allumés de curiosité. Elle le questionnerait.

– Alors, c'est drôle, Chartres ? il y a du plaisir à y prendre ?

Et lui répondait par un éloge du « tour de ville », la ligne de promenades plantées de vieux arbres, qui font à Chartres une ceinture d'ombrages. En bas surtout, le long de l'Eure, les boulevards étaient très frais, en été. Puis, il y avait la cathédrale, il s'étendait sur la cathédrale, en homme bien renseigné et respectueux de la religion. Oui, un des plus beaux monuments, devenu trop vaste pour cette époque de mauvais chrétiens, presque toujours vide, au milieu de sa place déserte, que seules des ombres de dévotes traversaient en semaine ; et, cette tristesse de grande ruine, il l'avait sentie, un dimanche qu'il y était entré, en passant, au moment des vêpres : on y grelottait, on n'y voyait pas clair, à cause des vitraux, si bien qu'il avait dû s'habituer au noir, avant de distinguer deux pensionnats de petites filles, perdues là comme une poignée de fourmis, chantant d'une voix aiguë de fifre, sous les voûtes. Ah ! vraiment, ça serrait le cœur, qu'on abandonnât ainsi les églises pour les cabarets !

Jacqueline, étonnée, continuait à le regarder fixement, avec son sourire. Elle finit par murmurer :

– Mais, dites donc, les femmes, à Chartres...

Il comprit, devint très grave, s'épancha pourtant, dans l'expansion de la soûlerie générale. Elle, très rose, frissonnante de petits rires, se poussait contre lui, comme pour entrer dans ce mystère d'un galop d'hommes, tous les soirs. Mais ce n'était pas ce qu'elle croyait, il lui en contait le dur travail, car, il avait le vin mélancolique et paternel. Puis, il s'anima, lorsqu'elle lui eut dit qu'elle s'était amusée à passer, pour voir, devant la maison de Châteaudun, au coin de la rue Davignon et de la rue Loiseau, une petite maison délabrée, aux persiennes closes et à demi pourries. Derrière, dans un jardin mal tenu, une grosse boule de verre étamé reflétait la façade ; tandis que, devant la lucarne du comble, changé en pigeonnier, des pigeons volaient, roucoulant au soleil. Ce jour-là, des enfants jouaient sur la marche de la porte, et l'on entendait les commandements, par-dessus le mur de la caserne de cavalerie voisine. Lui, l'interrompait, s'emportait. Oui, oui ! il connaissait l'endroit, deux femmes dégoûtantes et éreintées, pas même des glaces en bas. C'étaient ces bouges qui déshonoraient le métier.

– Mais que voulez-vous faire dans une sous-préfecture ? dit-il enfin, calmé, cédant à une philosophie tolérante d'homme supérieur.

Il était une heure du matin, on parla d'aller se coucher. Lorsqu'on avait eu un enfant ensemble, inutile, n'est-ce pas ? d'y mettre des façons, pour se fourrer sous la couverture. C'était comme les farces, le poil à gratter, le lit déboulonné, les joujoux qui aboient quand on les presse, tout ça, avec eux, n'aurait guère été que de la moutarde après dîner. Le mieux était de boire encore un coup et de se dire bonsoir.

À ce moment, Lise et Fanny poussèrent un cri. Par la fenêtre ouverte, de l'ordure venait d'être jetée à pleine main, une volée de merde ramassée au pied de la haie ; et les robes de ces dames se trouvaient perdues, éclaboussées du haut en bas. Quel était le cochon qui avait fait ça ? On courut, on regarda sur la place, sur la route, derrière le mur. Personne.

D'ailleurs, tous furent d'accord : c'était Jésus-Christ qui se vengeait de n'avoir pas été invité.

Les Fouan et les Delhomme partirent, M. Charles aussi. La Grande faisait le tour de la table, cherchant s'il ne restait rien ; et elle se décida, après avoir dit à Jean que les Buteau crèveraient sur la paille. Dans le chemin, pendant que les autres, très ivres, culbutaient parmi les cailloux, on entendit son pas ferme et dur s'éloigner, avec les petits coups réguliers de sa canne.

Tron ayant attelé le cabriolet, pour Mme Jacqueline, celle-ci, sur le marchepied, se retourna.

– Est-ce que vous rentrez avec nous, Jean ?... Non, n'est-ce pas ?

Le garçon, qui s'apprêtait à monter, se ravisa, heureux de la laisser au camarade. Il la regarda se serrer contre le grand corps de son nouveau galant, il ne put s'empêcher de rire, quand la voiture eut disparu. Lui, rentrerait à pied, et il vint s'asseoir un instant sur le banc de pierre, dans la cour, près de Françoise, qui s'était mise là, étourdie de chaleur et de lassitude, en attendant que le monde fût parti. Les Buteau étaient déjà dans leur chambre, elle avait promis de fermer tout, avant de se coucher elle-même.

– Ah ! qu'il fait bon là ! soupira-t-elle, après cinq grandes minutes de silence.

Et le silence recommença, d'une paix souveraine. La nuit était criblée d'étoiles, fraîche, délicieuse. L'odeur des foins s'exhalait, montait si fort des prairies de l'Aigre, qu'elle embaumait l'air comme un parfum de fleur sauvage.

– Oui, il fait bon, répéta enfin Jean. Ça remet le cœur.

Elle ne répondit pas, et il s'aperçut qu'elle dormait. Elle glissait, elle s'appuyait contre son épaule. Alors, il demeura, une heure encore, songeant à des choses confuses. De mauvaises pensées l'envahirent, puis se dissipèrent. Elle était trop jeune, il lui semblait qu'en attendant, elle seule vieillirait et se rapprocherait de lui.

– Dis donc, Françoise, faut se coucher. On prendrait du mal.

Elle se réveilla en sursaut.

– Tiens ! c'est vrai, on sera mieux dans son lit... Au revoir, Jean.

– Au revoir, Françoise.

Troisième partie

I

Enfin, Buteau la tenait donc, sa part, cette terre si ardemment convoitée, qu'il avait refusée pendant plus de deux ans et demi, dans une rage faite de désir, de rancune et d'obstination ! Lui-même ne savait plus pourquoi il s'était ainsi entêté, brûlant au fond de signer l'acte, craignant d'être dupe, ne pouvant se consoler de n'avoir pas tout l'héritage, les dix-neuf arpents, aujourd'hui mutilés et épars. Depuis qu'il avait accepté, c'était une grande passion satisfaite, la joie brutale de la possession ; et une chose la doublait, cette joie, l'idée que sa sœur et son frère étaient volés, que son lot valait davantage, à présent que le nouveau chemin bordait sa pièce. Il ne les rencontrait plus, sans ricaner, en malin, disant avec des clins d'yeux :

– Tout de même, je les ai fichus dedans !

Et ce n'était point tout. Il triomphait encore de son mariage, si longtemps différé, des deux hectares que lui avait apportés Lise, touchant sa pièce ; car la pensée du partage nécessaire entre les deux sœurs ne lui venait pas ; ou, du moins, il le repoussait à une époque tellement lointaine, qu'il espérait trouver d'ici là une façon de s'y soustraire. Il avait, en comptant la part de Françoise, huit arpents de labour, quatre de pré, environ deux et demi de vigne ; et il les garderait, on lui arracherait plutôt un membre, jamais surtout il ne lâcherait la parcelle des Cornailles, au bord du chemin, laquelle maintenant mesurait près de trois hectares. Ni sa sœur ni son frère n'en avait une pareille, il en parlait les joues enflées, crevant d'orgueil.

Un an se passa, et cette première année de possession fut pour Buteau une jouissance. À aucune époque, quand il s'était loué chez les autres, il n'avait fouillé la terre d'un labour si profond : elle était à lui, il voulait la pénétrer, la féconder jusqu'au ventre. Le soir, il rentrait épuisé, avec sa charrue dont le soc luisait comme de l'argent. En mars, il hersa ses blés, en avril, ses avoines, multipliant les soins, se donnant tout entier. Lorsque les pièces ne demandaient plus de travail, il y retournait pour les voir, en amoureux. Il en faisait le tour, se baissait et prenait de son geste accoutumé une poignée, une motte grasse qu'il aimait à écraser, à laisser couler entre ses doigts, heureux surtout s'il ne la sentait ni trop sèche ni trop humide, flairant bon le pain qui pousse.

Ainsi, la Beauce, devant lui, déroula sa verdure, de novembre à juillet, depuis le moment où les pointes vertes se montrent, jusqu'à celui où les hautes tiges jaunissent. Sans sortir de sa maison, il la désirait sous ses yeux, il avait débarricadé la fenêtre de la cuisine, celle de derrière, qui donnait sur la plaine ; et il se plantait là, il voyait dix heures de pays, la nappe immense, élargie, toute nue, sous la rondeur du ciel. Pas un arbre, rien que les poteaux télégraphiques de la route de Châteaudun à Orléans, filant droit, à perte de vue. D'abord, dans les grands carrés de terre brune, au ras du sol, il n'y eut qu'une ombre verdâtre, à peine sensible. Puis, ce vert tendre s'accentua, des pans de velours vert, d'un ton presque uniforme. Puis, les brins montèrent et s'épaissirent, chaque plante prit sa nuance, il distingua de loin le vert jaune du blé, le vert bleu de l'avoine, le vert gris du seigle, des pièces à l'infini, étalées dans tous les sens, parmi les plaques rouges des trèfles incarnats. C'était l'époque où la Beauce est belle de sa jeunesse, ainsi vêtue de printemps, unie et fraîche à l'œil, en sa monotonie. Les tiges grandirent encore, et ce fut la mer, la mer des céréales, roulante, profonde, sans bornes. Le matin, par les beaux temps, un brouillard rose s'envolait. À mesure que montait le soleil, dans l'air limpide, une brise soufflait par grandes haleines régulières, creusant les champs d'une houle, qui partait de l'horizon, se prolongeait, allait mourir à l'autre bout. Un vacillement pâlissait les teintes, des moires de vieil or couraient le long des blés, les avoines bleuissaient, tandis que les seigles frémissants avaient des reflets violâtres. Continuellement, une ondulation succédait à une autre, l'éternel flux battait sous le vent du large. Quand le soir tombait, des façades lointaines, vivement éclairées, étaient comme des voiles blanches, des clochers émergeant plantaient des mâts, derrière des plis de terrain. Il faisait froid, les ténèbres élargissaient cette sensation humide et murmurante de pleine mer, un bois lointain s'évanouissait, pareil à la tache perdue d'un continent.

Buteau, par les mauvais temps, la regarda aussi, cette Beauce ouverte à ses pieds, de même que le pêcheur regarde de sa falaise la mer démontée, où la tempête lui vole son pain. Il y vit un violent orage, une nuée noire qui la plomba d'un reflet livide, des éclairs rouges brûlant à la pointe des herbes, dans des éclats de foudre. Il y vit une trombe d'eau venir de plus de six lieues, d'abord un mince nuage fauve, tordu comme une corde, puis une masse hurlante accourant d'un galop de monstre, puis, derrière, l'éventrement des récoltes, un sillage de trois kilomètres de largeur, tout piétiné, brisé, rasé. Ses pièces n'avaient pas souffert, il plaignait le désastre des autres, avec des ricanements de joie intime. Et, à mesure que le blé montait, son plaisir grandissait. Déjà, l'îlot gris d'un village avait disparu à l'horizon, derrière le niveau croissant des verdures. Il ne restait que les toitures de la Borderie, qui, à leur tour, furent submergées. Un moulin, avec ses ailes, demeura seul, ainsi qu'une épave. Partout du blé, la mer de blé envahissante, débordante, couvrant la terre de son immensité verte.

– Ah ! nom de Dieu ! disait-il chaque soir en se mettant à table, si l'été n'est pas trop sec, nous aurons du pain toujours !

Chez les Buteau, on s'était installé. Les époux avaient pris la grande chambre du bas, et Françoise se contentait, au-dessus d'eux, de l'ancienne petite chambre du père Mouche, lavée, meublée d'un lit de sangle, d'une vieille commode, d'une table et de deux chaises. Elle s'occupait des vaches, menait sa vie d'autrefois. Pourtant, dans cette paix, une cause de mauvaise entente dormait, la question du partage entre les deux sœurs, laissée en suspens. Au lendemain du mariage de l'aînée, le vieux Fouan, qui était le tuteur de la cadette, avait insisté pour que ce partage eût lieu, afin d'éviter tout ennui plus tard. Mais Buteau s'était récrié. À quoi bon ? Françoise était trop jeune, elle n'avait pas besoin de sa terre. Est-ce qu'il y avait rien de changé ? elle vivait chez sa sœur comme auparavant, on la nourrissait, on l'habillait ; enfin, elle ne pouvait pas se plaindre, bien sûr. À toutes ces raisons, le vieux hochait la tête : on ne savait jamais ce qui arrivait, le mieux était de se mettre en règle ; et la jeune fille elle-même insistait, voulait connaître sa part, quitte à la laisser, ensuite aux soins de son beau-frère. Celui-ci, cependant, l'avait emporté, par sa brusquerie bonne enfant, obstiné et goguenard. On n'en parlait plus, il étalait partout la joie de vivre ainsi, gentiment, en famille.

– Faut de la bonne entente, je ne connais que ça !

En effet, au bout des premiers dix mois, il n'y avait pas encore eu de querelle entre les deux sœurs, ni dans le ménage, lorsque les choses, lentement, se gâtèrent. Cela commença par de méchantes humeurs. On se boudait, on en vint aux mots durs ; et, dessous, le ferment du tien et du mien, continuant son ravage, gâtait peu à peu l'amitié.

Certainement, Lise et Françoise ne s'adoraient plus de leur grande tendresse d'autrefois. Personne maintenant ne les rencontrait, les bras à la taille, enveloppées du même châle, se promenant dans la nuit tombante. On les avait comme séparées, une froideur grandissait entre elles. Depuis qu'un homme était là, il semblait à Françoise qu'on lui prenait sa sœur. Elle qui, auparavant, partageait tout avec Lise, ne partageait pas cet homme ; et il était ainsi devenu la chose étrangère, l'obstacle qui lui barrait le cœur où elle vivait seule. Elle s'en allait sans embrasser son aînée, quand Buteau l'embrassait, blessée, comme si quelqu'un avait bu dans son verre. En matière de propriété, elle gardait ses idées d'enfant, elle apportait une passion extraordinaire : ça, c'est à moi, ça, c'est à toi ; et, puisque sa sœur était désormais à un autre, elle la laissait, mais elle voulait ce qui était à elle, la moitié de la terre et de la maison.

Dans cette colère de Françoise, il y avait une autre cause, qu'elle-même n'aurait pu dire. Jusque-là, glacée par le veuvage du père Mouche, la maison, où l'on ne s'aimait pas, n'avait eu pour elle aucun souffle troublant. Et voilà qu'un mâle l'habitait, un mâle brutal, habitué à trousser les filles au fond des fossés, et dont les rigolades secouaient les cloisons, haletaient à travers les fentes des boiseries. Elle savait tout, instruite par les bêtes, elle en était dégoûtée et exaspérée. Dans la journée, elle préférait sortir, pour les laisser faire leur cochonnerie à l'aise. Le soir, s'ils commençaient à rire en quittant la table, elle leur criait d'attendre au moins qu'elle eût fini la vaisselle. Et elle gagnait sa chambre, fermant les portes violemment, bégayant des insultes : Salops ! salops ! entre ses dents serrées. Malgré tout, elle croyait entendre encore ce qui se passait en bas. La tête enfoncée dans l'oreiller, le drap tiré jusqu'aux yeux, elle brûlait de fièvre, l'ouïe et la vue hantées d'hallucinations, souffrant des révoltes de sa puberté.

Le pis était que Buteau, en la voyant si occupée de ça, la plaisantait, par farce. Eh bien ! quoi donc ? qu'est-ce qu'elle dirait, quand il lui faudrait y passer ? Lise aussi, riait, ne trouvant là aucun mal. Et lui, alors, expliquait son idée sur la bagatelle : puisque le bon Dieu avait donné à chacun ce plaisir qui ne coûtait rien, il était permis de s'en payer tant qu'on pouvait, jusqu'aux oreilles ; mais pas d'enfant, ah ! pour ça, non ! n'en fallait plus ! On en faisait toujours trop, lorsqu'on n'était pas marié, par bêtise. Ainsi Jules, une fichue surprise tout de même, qu'il avait bien dû accepter. Mais, lorsqu'on était marié, on devenait sérieux, il se serait plutôt coupé comme un chat, que d'en recommencer un autre. Merci ! pour qu'il y eût une bouche encore à la maison, où le pain déjà filait si raide ! Aussi ouvrait-il l'œil, se surveillant avec sa femme, si grasse, la mâtine, qu'elle goberait la chose du coup, disait-il, en ajoutant pour rire qu'il labourait dur et ne semait pas. Du blé, oh ! du blé, tant que le ventre enflé de la terre pouvait en lâcher ! mais des mioches, c'était fini, jamais !

Et, au milieu de ces continuels détails, de ces accouplements qu'elle frôlait et qu'elle sentait, le trouble de Françoise allait grandissant. On prétendait que son caractère changeait, elle était prise en effet d'humeurs inexplicables, avec des sautes continuelles, gaie, puis triste, puis bourrue et mauvaise. Le matin, elle suivait Buteau d'un regard noir, lorsque, sans se gêner, il traversait la cuisine, à moitié nu. Des querelles avaient éclaté entre elle et sa sœur, pour des vétilles, pour une tasse qu'elle venait de casser : est-ce qu'elle n'était pas à elle aussi, cette tasse, la moitié au moins ? est-ce qu'elle ne pouvait pas casser la moitié de tout, si ça lui plaisait ? Sur ces questions de propriété, les disputes tournaient à l'aigu, laissaient des rancunes de plusieurs jours.

Vers cette époque, Buteau céda lui-même à une humeur exécrable. La terre souffrait d'une terrible sécheresse, pas une goutte d'eau n'était tombée depuis six semaines ; et il rentrait les poings serrés, malade de voir les récoltes compromises, les seigles chétifs, les avoines maigres, les blés grillés avant d'être en grains. Il en souffrait positivement, comme les blés eux-mêmes, l'estomac rétréci, les membres noués de crampes, rapetissé, desséché de malaise et de colère. Aussi, un matin, pour la première fois, s'empoigna-t-il avec Françoise. Il faisait chaud, il était resté la chemise ouverte, la culotte déboutonnée, près de lui tomber des fesses, après s'être lavé au puits ; et, comme il s'asseyait pour manger sa soupe, Françoise, qui le servait, tourna un instant derrière lui. Enfin, elle éclata, toute rouge.

– Dis, rentre ta chemise, c'est dégoûtant.

Il était mal planté, il s'emporta.

– Nom de Dieu ! as-tu fini de m'éplucher ?... Ne regarde pas, si ça t'offusque... T'as donc bien envie d'en tâter, morveuse, que t'es toujours là-dessus ?

Elle rougit encore, elle bégaya, tandis que Lise avait le tort d'ajouter :

– Il a raison, tu nous embêtes à la fin... Va-t'en, si l'on n'est plus libre chez soi.

– C'est ça, je m'en irai, dit rageusement Françoise, qui sortit en faisant claquer la porte.

Mais, le lendemain, Buteau était redevenu gentil, conciliant et goguenard. Dans la nuit, le ciel s'était couvert, il tombait depuis douze heures une pluie fine, tiède, pénétrante, une de ces pluies d'été qui ravivent la campagne ; et il avait ouvert la fenêtre, sur la plaine, il était là dès l'aube, à regarder cette eau, radieux, les mains dans les poches, répétant :

– Nous v'là bourgeois, puisque le bon Dieu travaille pour nous... Ah ! sacré tonnerre ! des journées passées comme ça, à faire le feignant, ça vaut mieux que les journées où l'on s'esquinte sans profit.

Lente, douce, interminable, la pluie ruisselait toujours ; et il entendait la Beauce boire, cette Beauce sans rivières et sans sources, si altérée. C'était un grand murmure, un bruit de gorge universel, où il y avait du bien-être. Tout absorbait, se trempait, tout reverdissait dans l'averse. Le blé reprenait une santé de jeunesse, ferme et droit, portant haut l'épi, qui allait se gonfler, énorme, crevant de farine. Et lui, comme la terre, comme le blé, buvait par tous ses pores, détendu, rafraîchi, guéri, revenant se planter devant la fenêtre, pour crier :

– Allez, allez donc !... C'est des pièces de cent sous qui tombent !

Brusquement, il entendit quelqu'un ouvrir la porte, il se tourna, et n'eut la surprise de reconnaître le vieux Fouan.

– Tiens ! le père !... Vous venez donc de la chasse aux grenouilles ?

Le vieux, après s'être battu avec un grand parapluie bleu, entra, en laissant ses sabots sur le seuil.

– Fameux coup d'arrosoir, dit-il simplement. Fallait ça.

Depuis un an que le partage était définitivement consommé, signé, enregistré, il n'avait plus qu'une occupation, celle d'aller revoir ses anciennes pièces. On le rencontrait toujours rôdant autour d'elles, s'intéressant, triste ou gai selon l'état des récoltes, gueulant contre ses enfants, parce que ce n'était plus ça, que c'était leur faute, si rien ne marchait. Cette pluie le ragaillardissait, lui aussi.

– Et alors, reprit Buteau, vous entrez nous voir, en passant ?

Françoise, muette jusque-là, s'avança et dit d'une voix nette :

– Non, c'est moi qui ai prié mon oncle de venir.

Lise, debout devant la table, en train d'écosser des pois, lâcha la besogne, attendit, les bras ballants, le visage subitement dur. Buteau, qui avait d'abord fermé les poings, reprenait son air de rire, résolu à ne pas se fâcher.

– Oui, expliqua lentement le vieux, la petite a causé avec moi, hier... Vous voyez si j'avais raison de vouloir régler les affaires tout de suite. Chacun sa part, on ne se brouille pas pour ça : au contraire, ça empêche les disputes... Et, à cette heure, faut bien en finir. C'est son droit, n'est-ce pas ? d'être fixée sur ce qui lui revient. Moi, je serais répréhensible... Alors, donc, nous allons dire un jour et nous irons tous ensemble chez M. Baillehache.

Mais Lise ne put se contenir davantage.

– Pourquoi ne nous envoie-t-elle pas les gendarmes ? On dirait qu'on la vole, bon sang !... Est-ce que je raconte dehors, moi, qu'elle est un vrai bâton merdeux, à ne pas savoir par quel bout la prendre ?

Françoise allait répondre sur ce ton, lorsque Buteau, qui l'avait saisie par-derrière, comme pour jouer, s'écria :

– En v'là des bêtises !... On s'asticote, mais on s'aime tout de même, pas vrai ? Ça serait propre, de ne pas être d'accord entre sœurs.

La jeune fille s'était dégagée d'une secousse, et la querelle allait reprendre, lorsqu'il eut une exclamation joyeuse, en voyant la porte s'ouvrir de nouveau.

– Jean !... Ah ! quelle soupe ! un vrai caniche !

En effet, Jean, venu au pas de course de la ferme, comme cela lui arrivait souvent, n'avait jeté qu'un sac sur ses épaules, pour se protéger ; et il était trempé, ruisselant, fumant, riant lui-même en bon garçon. Pendant qu'il se secouait, Buteau, retourné devant la fenêtre, s'épanouissait de plus en plus, devant la pluie entêtée.

– Oh ! ça tombe, ça tombe, c'est une bénédiction !... Non, vrai ! c'est rigolo, tant ça tombe !

Puis, revenant :

– Tu arrives bien, toi. Ces deux-là se mangeaient... Françoise veut qu'on partage, pour nous quitter.

– Comment ? cette gamine ! cria Jean, saisi.

Son désir était devenu une passion violente, cachée ; et il n'avait d'autre satisfaction que de la voir dans cette maison, où il était reçu en ami. Vingt fois déjà, il l'aurait demandée en mariage, s'il ne s'était pas trouvé si vieux pour elle si jeune : il avait beau attendre, les quinze années de différence ne se comblaient pas. Personne ne semblait se douter qu'il pût songer à elle, ni elle-même, ni sa sœur, ni son beau-frère. Aussi était-ce pour cela que ce dernier l'accueillait si cordialement, sans peur des suites.

– Gamine, ah ! c'est le vrai mot, dit-il avec un haussement paternel des épaules.

Mais Françoise, raidie, les yeux à terre, s'entêtait.

– Je veux ma part.

– Ce serait le plus sage, murmura le vieux Fouan.

Alors, Jean la prit doucement par les poignets, l'attira contre ses genoux ; et il la gardait ainsi, les mains frémissantes de lui sentir la peau, il lui parlait de sa bonne voix, qui s'altérait, à mesure qu'il la suppliait de rester. Où irait-elle ? chez des étrangers, en condition à Cloyes ou à Châteaudun ? Est-ce qu'elle n'était pas mieux, dans cette maison où elle avait grandi, au milieu de gens qui l'aimaient ? Elle l'écoutait, et elle s'attendrissait à son tour ; car, si elle ne pensait guère à voir en lui un amoureux, elle lui obéissait volontiers d'habitude, beaucoup par amitié et un peu par crainte, le trouvant très sérieux.

– Je veux ma part, répéta-t-elle, ébranlée ; seulement, je ne dis pas que je m'en irai.

– Eh ! bête ! intervint Buteau, qu'est-ce que tu en ficheras, de ta part, si tu restes ? Tu as tout, comme ta sœur, comme moi : pourquoi en veux-tu la moitié ?... Non, c'est à crever de rire !... Écoute bien. Le jour où tu te marieras, on fera le partage.

Les yeux de Jean, fixés sur elle, vacillèrent, comme si son cœur eût défailli.

– Tu entends ? le jour de ton mariage.

Elle ne répondait pas, oppressée.

– Et, maintenant, ma petite Françoise, va embrasser ta sœur. Ça vaudrait mieux.

Lise n'était pas mauvaise encore, dans sa gaieté bourdonnante de commère grasse ; et elle pleura, lorsque Françoise se pendit à son cou. Buteau, enchanté d'avoir ajourné l'affaire, cria que, nom de Dieu ! on allait boire un coup. Il apporta cinq verres, déboucha une bouteille, retourna en chercher une seconde. La face tannée du vieux Fouan s'était colorée, tandis qu'il expliquait que, lui, était pour le devoir. Tous burent, les femmes ainsi que les hommes, à la santé de chacun et de la compagnie.

– C'est bon, le vin ! cria Buteau en reposant rudement son verre, eh bien ! vous direz ce que vous voudrez, mais ça ne vaut pas cette eau qui tombe... Regardez-moi ça, en v'là encore, en v'là toujours ! Ah ! c'est riche !

Et tous, en tas devant la fenêtre, épanouis, dans une sorte d'extase religieuse, regardaient ruisseler la pluie tiède, lente, sans fin, comme s'ils avaient vu, sous cette eau bienfaisante, pousser les grands blés verts.

II

Un jour de cet été, la vieille Rose, qui avait eu des faiblesses, et dont les jambes n'allaient plus, fit venir sa petite-nièce Palmyre, pour laver la maison. Fouan était sorti rôder à son habitude, autour des cultures ; et, pendant que la misérable, sur les genoux, trempée d'eau, s'épuisait à frotter, l'autre la suivait pas à pas, toutes les deux remâchant les mêmes histoires.

D'abord, il fut question du malheur de Palmyre, que son frère Hilarion battait maintenant. Oui, cet innocent, cet infirme était devenu mauvais ; et, comme il ne connaissait pas sa force, avec ses poings capables de broyer des pierres, elle craignait toujours d'être tuée, quand il l'empoignait. Mais elle ne voulait pas qu'on s'en mêlât, elle renvoyait le monde, arrivant à l'apaiser, dans l'infinie tendresse qu'elle gardait pour lui. L'autre semaine, il y avait eu un scandale dont tout Rognes causait encore, une telle batterie, que les voisins étaient accourus et l'avaient trouvé se livrant sur elle à des abominations.

– Dis, ma fille, demanda Rose pour provoquer ses confidences, c'est donc qu'il voulait te forcer, le brutal ?

Palmyre, cessant de frotter, accroupie dans ses guenilles ruisselantes, se fâcha, sans répondre.

– Est-ce que ça les regardait, les autres ? est-ce qu'ils avaient besoin d'entrer espionner chez nous ?... Nous ne volons personne.

– Dame ! reprit la vieille, pourtant si vous couchez ensemble, comme on le raconte, c'est très mal.

Un instant, la malheureuse resta muette, la face souffrante, les yeux vagues au loin ; puis, cassée de nouveau en deux, elle bégaya, en coupant chaque phrase du va-et-vient de ses bras maigres.

– Ah ! très mal, est-ce qu'on sait ?... Le curé m'a fait demander, pour me dire que nous irions en enfer. Pas le pauvre chéri toujours... Un innocent, monsieur le curé, ai-je répondu, un garçon qui n'en sait pas plus long qu'un petit de trois semaines ; et qui serait mort si je ne l'avais pas nourri, et qui n'a guère eu de bonheur d'être ce qu'il est !... À moi, n'est-ce pas ? c'est mon affaire. Le jour où il m'étranglera, dans un des coups de rage qui le prennent à cette heure, je verrai bien si le bon Dieu veut me pardonner.

Rose, qui savait la vérité depuis longtemps, voyant qu'elle n'apprendrait aucun détail nouveau, conclut d'un air sage :

– Quand les choses sont d'une manière, elles ne sont pas d'une autre... N'importe, ce n'est pas une vie que tu t'es faite, ma fille.

Et elle se lamenta sur ce que tout le monde avait son malheur. Ainsi, elle et son homme, en enduraient-ils des misères, depuis qu'ils avaient eu le bon cœur de se dépouiller pour leurs enfants ! Dès lors, elle ne s'arrêta plus. C'était son éternel sujet de plaintes.

– Mon Dieu ! les égards, on finit tout de même par s'en passer. Lorsque les enfants sont cochons, ils sont cochons... S'ils payaient la rente seulement...

Elle expliqua, pour la vingtième fois, que Delhomme seul apportait ses trimestres de cinquante francs, oh ! à la minute. Buteau, lui, toujours en retard, tâchait de liarder : ainsi, bien que la date fût échue depuis dix jours, elle l'attendait encore, il avait promis de venir s'acquitter, le soir même. Quant à Jésus-Christ, c'était plus simple, il ne donnait rien, on ne voyait jamais la couleur de son argent. Et, juste ce matin-là, est-ce qu'il n'avait pas eu le toupet d'envoyer la Trouille, qui s'était mise à pleurnicher et à demander un emprunt de cent sous, pour faire du bouillon à son père, malade ? Ah ! on la connaissait, sa maladie : un fameux trou sous le nez ! Aussi l'avait-on bien reçue, cette gueuse, en la chargeant de dire à son père que, si le soir, il n'apportait pas ses cinquante francs, comme son frère Buteau, on lui enverrait l'huissier.

– Histoire de l'effrayer, car le pauvre garçon, tout de même, n'est pas méchant, ajouta Rose, qui s'attendrissait déjà, dans sa préférence pour son aîné.

À la nuit tombante, Fouan étant rentré dîner, elle recommença à table, pendant qu'il mangeait, la tête basse, muet. Était-ce Dieu possible, cela, que de leurs six cents francs ils eussent seulement les deux cents francs de Delhomme, à peine cent francs de Buteau, rien du tout de Jésus-Christ, ce qui faisait juste la moitié de la rente ! Et les bougres avaient signé chez le notaire, c'était écrit, déposé à la justice ! Ils s'en fichaient bien, de la justice !

Palmyre qui, dans l'obscurité, achevait d'essuyer le carreau de la cuisine, répondait la même phrase à chaque plainte, comme un refrain de misère.

– Ah ! sûr, chacun a son mal, on en crève !

Rose se décidait enfin à allumer, lorsque la Grande entra, avec son tricot. Dans ces longs jours, il n'y avait point de veillée ; mais, pour ne pas même user un bout de chandelle, elle venait passer chez son frère l'heure de nuit, avant d'aller se coucher à tâtons. Tout de suite, elle s'installa, et

Palmyre, qui avait encore à récurer des pots et des casseroles, ne souffla plus, saisie de voir sa grand-mère.

– Si tu as besoin d'eau chaude, ma fille, reprit Rose, entame un fagot.

Elle se contint un instant, s'efforça de parler d'autre chose ; car, devant la Grande, les Fouan évitaient de se plaindre, sachant qu'ils lui faisaient plaisir, quand ils regrettaient tout haut de s'être dépouillés. Mais la passion l'emporta.

– Et va, tu peux mettre le fagot entier, si on appelle ça un fagot. Des brindilles de bois mort, des rognures de haies !... Faut vraiment que Fanny ratisse son bûcher, pour nous envoyer de la pourriture pareille.

Fouan, resté à la table, devant un verre plein, sortit alors du silence où il semblait vouloir s'enfermer. Il s'emporta.

– As-tu fini, nom de Dieu ! avec ton fagot ? C'est de la saleté, nous le savons !... Qu'est-ce que je dirai donc, moi, de cette cochonnerie de piquette que Delhomme me donne pour du vin ?

Il éleva le verre, le regarda à la chandelle.

– Hein ? qu'a-t-il bien pu foutre là-dedans ? Ce n'est pas même de la rinçure de tonneau... Et il est honnête, celui-là ! Les deux autres nous laisseraient crever de soif, sans aller nous chercher une bouteille d'eau à la rivière.

Enfin, il se décida à boire son vin d'un coup. Mais il cracha violemment.

– Ah ! la poison ! c'est peut-être bien pour me faire claquer tout de suite.

Dès ce moment, Fouan et Rose s'abandonnèrent à leur rancune, sans plus rien ménager. Leurs cœurs ulcérés se soulageaient, ils alternaient les litanies de leurs récriminations, chacun à son tour disait son grief. Ainsi, les dix litres de lait par semaine : d'abord, ils n'en recevaient pas six ; et puis, s'il ne passait point entre les mains de M. le curé, ce lait-là, n'empêche qu'il devait être bon chrétien. C'était comme pour les œufs, certainement qu'on les commandait exprès aux poules, car on n'en aurait pas trouvé d'aussi petits sur tout le marché de Cloyes : oui, une vraie curiosité, et donnés de si mauvais cœur, qu'ils avaient le temps de se gâter en route. Quant aux fromages, ah ! les fromages ! Rose se tordait de coliques, chaque fois qu'elle en mangeait. Elle courut en chercher un, elle voulut absolument que Palmyre y goûtât. Hein ? était-ce une horreur ? ça ne criait-il pas vengeance ? Ils devaient y ajouter de la farine, peut-être bien du plâtre. Mais déjà Fouan se lamentait d'en être réduit à ne plus pouvoir fumer qu'un sou de tabac par jour ; et, aussitôt, elle regretta son café noir qu'il lui avait fallu supprimer ; et tous les deux à la fois, ensuite, les accusèrent de la mort de leur vieux chien infirme, qu'ils s'étaient décidés à noyer la veille, parce qu'il coûtait trop pour eux, maintenant.

– Je leur ai tout donné, cria le vieux, et les bougres se foutent de moi !... Ah ! ça nous tuera, tant nous rageons à nous voir dans cette misère !

Ils s'arrêtèrent enfin, et la Grande, qui n'avait pas desserré les lèvres, les regarda l'un après l'autre, de ses yeux ronds d'oiseau mauvais.

– C'est bien fait ! dit-elle.

Mais, juste à ce moment, Buteau entra. Palmyre, ayant terminé son travail, en profita pour s'échapper, avec les quinze sous que Rose venait de lui mettre dans la main. Et Buteau, debout au milieu de la pièce, se tint immobile, dans ce silence prudent du paysan qui ne veut jamais parler le premier. Deux minutes s'écoulèrent. Le père fut forcé d'entamer les choses.

– Alors, tu te décides, c'est heureux... Depuis dix jours, tu te fais bien attendre.

L'autre se dandinait.

– Quand on peut, on peut. Chacun sait comment son pain cuit.

– Possible, mais à ce compte-là, si ça durait, pendant que tu en mangerais, du pain, nous crèverions, nous autres... Tu as signé, tu dois payer au jour et à l'heure.

En voyant son père se fâcher, Buteau plaisanta.

– Dites donc, si j'arrive trop tard, je m'en retourne... Ce n'est donc pas déjà très gentil, de payer ? Il y en a qui s'en passent.

Cette allusion à Jésus-Christ inquiéta Rose, qui se permit de tirer la veste de son homme. Il retint un geste de colère, il reprit :

– C'est bon, donne tes cinquante francs, j'ai préparé le reçu.

Sans se presser, Buteau se fouilla. Il avait eu, sur la Grande, un coup d'œil de contrariété, l'air gêné par sa présence. Elle en abandonnait son tricot, elle regardait de ses prunelles fixes, dans l'attente de voir l'argent. Le père et la mère, eux aussi, s'étaient rapprochés, ne quittant plus la main du garçon. Et, sous ces trois paires d'yeux, largement ouverts, il se résigna à sortir une première pièce de cent sous.

– Une, dit-il, en la posant sur la table.

Les autres suivirent, avec une lenteur croissante. Il continuait à les compter tout haut, d'une voix qui faiblissait. Après la cinquième, il s'arrêta, dut faire de profondes recherches pour en trouver une encore, puis cria d'une voix raffermie, très forte :

– Et six !

Les Fouan attendaient toujours, mais rien ne vint plus.

– Comment, six ? finit par dire le père. C'est dix qu'il en faut... Est-ce que tu te fiches de nous ? Le trimestre dernier, quarante francs, et celui-ci trente !

Tout de suite, Buteau prit une voix geignarde. Ah ! rien n'allait. Le blé avait encore baissé, les avoines étaient chétives. Jusqu'à son cheval, dont le ventre enflait, si bien qu'il avait dû faire venir deux fois le vétérinaire. Enfin, c'était la ruine, il ne savait comment joindre les deux bouts.

– Ça ne me regarde pas, répétait furieusement le vieux. Donne les cinquante francs, ou je t'envoie en justice.

Cependant, il s'apaisa, à l'idée de n'accepter les six pièces qu'en acompte ; et il parla de refaire son reçu.

– Alors, tu me donneras les vingt francs la semaine prochaine... Je vas mettre ça sur le papier.

Mais déjà, d'une main prompte, Buteau avait repris l'argent sur la table.

– Non, non ! pas de ça !... Je veux être quitte. Laissez le reçu, ou je file... Ah bien ! vrai ! ça ne vaudrait pas la peine de me dépouiller, si je vous devais encore.

Et ce fut terrible, le père et le fils s'obstinèrent, répétant sans se lasser les mêmes mots, l'un exaspéré de n'avoir pas empoché l'argent tout de suite, l'autre le serrant dans son poing, résolu à ne plus le lâcher que donnant donnant. Une seconde fois, la mère dut tirer son homme par la veste, et il céda de nouveau.

– Tiens ! sacré voleur, le voilà, le papier ! Je devrais te le coller d'une gifle sur la gueule... Donne l'argent.

L'échange eut lieu, de poing à poing ; et Buteau, la scène jouée, se mit à rire. Il s'en alla, gentil, satisfait, en souhaitant bien le bonsoir à la compagnie. Fouan s'était assis devant la table, l'air épuisé. Alors, la Grande, avant de reprendre son tricot, haussa les épaules, lui jeta violemment ces deux mots :

– Foutue bête !

Il y eut un silence, et la porte fut rouverte, Jésus-Christ entra. Averti par la Trouille que son frère payait le soir, il le guettait de la route, il avait attendu sa sortie, pour se présenter à son tour. Le visage doux, il était simplement attendri d'un reste d'ivresse de la veille. Dès le seuil, ses yeux allèrent droit aux six pièces de cent sous, que Fouan avait eu l'imprudence de remettre sur la table.

– Ah ! c'est Hyacinthe ! cria Rose, heureuse de le voir.

– Oui, c'est moi... Bonne santé à tous !

Et il s'avança, sans quitter de l'œil les pièces blanches, luisantes comme des lunes, à la chandelle. Le père, qui avait tourné la tête, suivit son regard, aperçut l'argent, dans un sursaut d'inquiétude. Vivement, il posa dessus une assiette, pour le cacher. Trop tard !

– Foutue bête ! pensa-t-il, irrité de sa négligence. La Grande a raison.

Puis, tout haut, brutal :

– Tu fais bien de venir nous payer, car, aussi vrai que cette chandelle nous éclaire, je t'envoyais l'huissier demain.

– Oui, la Trouille m'a dit ça, gémit Jésus-Christ très humble, et je me suis dérangé, parce que, n'est-ce pas ? vous ne pouvez vouloir ma mort... Payer, bon Dieu ! avec quoi payer, quand on n'a pas du pain à sa suffisance ?... Nous avons tout vendu, oh ! je ne blague pas, venez voir vous-même, si vous croyez que je blague. Plus de draps aux lits, plus de meubles, plus rien... Et, avec ça, je suis malade...

Un ricanement d'incrédulité l'interrompit. Il continua sans entendre :

– Peut-être que ça ne paraît guère, mais n'empêche que j'ai quelque chose de mauvais dans le sac. Je tousse, je sens que je m'en vas... Encore, quand on a du bouillon ! Mais, quand on n'a pas du bouillon, on claque, hein ? c'est la vérité... Bien sûr que je vous payerais, si j'avais de l'argent.

Dites-moi où il y en a, que je vous en donne, et que je commence par me mettre un pot-au-feu. V'là quinze jours que je n'ai point vu de viande.

Rose commençait à s'émouvoir, tandis que Fouan se fâchait davantage.

– T'as tout bu, feignant, propre à rien, tant pis pour toi ! De si belles terres, qui étaient dans la famille depuis des ans et des ans, tu les as mises en gage ! Oui, il y a des mois que, toi et ta garce de fille, vous faites la noce, et si c'est fini, à cette heure, crevez donc !

Jésus-Christ n'hésita plus, il sanglota.

– Ce n'est pas d'un père, ce que vous dites. Faut être dénaturé pour renier son enfant... Moi, j'ai bon cœur, c'est ce qui causera ma perte... Si vous n'aviez pas d'argent ! mais puisque vous en avez, est-ce que ça se refuse, une aumône à un fils ?... J'irai mendier chez les autres, ce sera du propre, ah ! oui, du propre !

Et, à chaque phrase, lâchée au milieu de ses larmes, il jetait sur l'assiette un regard oblique, qui faisait trembler le vieux. Puis, feignant d'étouffer, il ne poussa plus que des cris assourdissants d'homme qu'on égorge.

Rose, bouleversée, gagnée par les sanglots, joignit les mains, pour supplier Fouan.

– Voyons, mon homme...

Mais ce dernier, se débattant, refusant encore, l'interrompit.

– Non, non, il se fout de nous... Veux-tu te taire, animal ? Est-ce qu'il y a du bon sens à gueuler ainsi ? Les voisins vont venir, tu nous rends tous malades.

Cela ne fit que redoubler les clameurs de l'ivrogne, qui beugla :

– Je ne vous ai pas dit... L'huissier vient demain saisir chez moi. Oui, pour un billet que j'ai signé à Lambourdieu... Je ne suis qu'un cochon, je vous déshonore, faut que j'en finisse. Ah ! cochon ! tout ce que je mérite, c'est de boire un coup dans l'Aigre, jusqu'à plus soif... Si seulement j'avais trente francs...

Fouan, excédé, vaincu par cette scène, tressaillit, à ce chiffre de trente francs. Il écarta l'assiette. À quoi bon ? puisque le bougre les voyait et les comptait à travers la faïence.

– Tu veux tout, est-ce raisonnable, nom de Dieu !... Tiens ! tu nous assommes, prends-en la moitié, et file, qu'on ne te revoie pas !

Jésus-Christ, guéri soudain, parut se consulter, puis déclara :

– Quinze francs, non, c'est trop court, ça ne peut pas faire l'affaire... Mettons-en vingt, et je vous lâche.

Ensuite, lorsqu'il tint les quatre pièces de cent sous, il les égaya tous, en leur racontant le tour qu'il avait joué à Bécu, de fausses lignes de fond, placées dans la partie réservée de l'Aigre, de telle manière que le garde champêtre était tombé à l'eau, en voulant les retirer. Et il s'en alla enfin, après s'être fait offrir un verre du mauvais vin de Delhomme, qu'il traita de sale canaille, pour oser donner à un père cette drogue-là.

– Tout de même, il est gentil, dit Rose, lorsqu'il eut refermé la porte.

La Grande s'était mise debout, pliant son tricot, près de partir. Elle regarda sa belle-sœur, puis son frère, fixement ; et elle sortit à son tour, après leur avoir crié, dans une colère longtemps contenue :

– Pas un sou, foutues bêtes ! ne me demandez pas un sou, jamais ! jamais !

Dehors, elle rencontra Buteau, qui revenait de chez Macqueron, étonné d'y avoir vu entrer Jésus-Christ, très gai, la poche sonnante d'écus. Il avait soupçonné vaguement l'histoire.

– Eh ! oui, cette grande canaille emporte ton argent. Ah ! ce qu'il va se gargariser avec, en se fichant de toi !

Buteau, hors de lui, tapa des deux poings dans la porte des Fouan. Si on ne la lui avait pas ouverte, il l'aurait enfoncée. Les deux vieux se couchaient déjà, la mère avait retiré son bonnet et sa robe, en jupon, ses cheveux gris tombés sur les tempes. Et, quand ils se furent décidés à rouvrir, il se jeta entre eux, criant d'une voix étranglée :

– Mon argent ! mon argent !

Ils eurent peur, ils s'écartèrent, étourdis, ne comprenant pas encore.

– Est-ce que vous croyez que je m'extermine pour ma rosse de frère ? Il ne foutrait rien, et c'est moi qui le gobergerais !... Ah ! non, ah ! non !

Fouan voulut nier, mais l'autre lui coupa brutalement la parole.

– Hein ! quoi ? voilà que vous mentez, à cette heure !... Je vous dis qu'il a mon argent. Je l'ai senti, je l'ai entendu sonner dans sa poche, à ce gueux ! Mon argent que j'ai sué, mon argent qu'il va boire !... Si ce n'est pas vrai, montrez-le-moi donc. Oui, si vous les avez encore, montrez-moi les pièces... Je les connais, je saurai bien. Montrez-moi les pièces...

Et il s'entêta, il répéta à vingt reprises cette phrase dont il fouettait sa colère. Il en arriva à donner des coups de poing sur la table, exigeant les pièces, là, tout de suite, jurant qu'il ne les reprendrait pas, voulant simplement les voir. Puis, comme les vieux tremblants balbutiaient, il éclata de fureur.

– Il les a, c'est clair !... Du tonnerre de Dieu si je vous rapporte un sou ! Pour vous autres, on pouvait se saigner ; mais pour entretenir cette crapule, ah ! j'aimerais mieux me couper les bras !

Pourtant, le père, lui aussi, finissait par se fâcher.

– En v'là assez, n'est-ce pas ? Est-ce que ça te regarde, nos affaires ? Il est à moi, ton argent, j'en peux bien faire ce qu'il me plaît.

– Qu'est-ce que vous dites ? reprit Buteau, en s'avançant sur lui, blême, les poings serrés. Vous voulez donc que je lâche tout... Eh bien ! je trouve que c'est trop salop, oui ! salop, de tirer des sous à vos enfants, lorsque vous avez pour sûr de quoi vivre... Oh ! vous aurez beau dire non ! Le magot est par là, je le sais.

Saisi, le vieux se démenait, la voix cassée, les bras faibles, ne retrouvant plus son autorité d'autrefois, pour le chasser.

– Non, non, il n'y a pas un liard... Vas-tu foutre le camp !

– Si je cherchais ! si je cherchais ! répétait Buteau qui déjà ouvrait les tiroirs et tapait dans les murs.

Alors, Rose ; terrifiée, craignant une bataille entre le père et le fils, se pendit à une épaule de ce dernier, en bégayant :

– Malheureux, tu veux donc nous tuer ?

Brusquement, il se retourna vers elle, la saisit par les poignets, lui cria dans la face, sans voir sa pauvre tête grise, usée et lasse :

– Vous, c'est votre faute ! C'est vous qui avez donné l'argent à Hyacinthe... Vous ne m'avez jamais aimé, vous êtes une vieille coquine !

Et il la poussa, d'une secousse si rude, qu'elle s'en alla, défaillante, tomber assise contre le mur. Elle avait jeté une plainte sourde. Il la regarda un instant, pliée là comme une loque ; puis, il partit d'un air fou, il fit claquer la porte, en jurant :

– Nom de Dieu de nom de Dieu !

Le lendemain, Rose ne put quitter le lit. On appela le docteur Finet, qui revint trois fois, sans la soulager. À la troisième visite, l'ayant trouvée à l'agonie, il prit Fouan à part, il demanda comme un service d'écrire tout de suite et de laisser le permis d'inhumer : cela lui éviterait une course, il usait de cet expédient, pour les hameaux lointains. Cependant, elle dura trente-six heures encore. Lui, aux questions, avait répondu que c'était la vieillesse et le travail, qu'il fallait bien s'en aller, quand le corps était fini. Mais, dans Rognes, où l'on savait l'histoire, tous disaient que c'était un sang tourné. Il y eut beaucoup de monde à l'enterrement, Buteau et le reste de la famille s'y conduisirent très bien.

Et, lorsqu'on eut rebouché le trou, au cimetière, le vieux Fouan rentra seul dans la maison, où ils avaient vécu et souffert à deux, pendant cinquante ans. Il mangea debout un morceau de pain et de fromage. Puis, il rôda au travers des bâtiments et du jardin vides, ne sachant à quoi tuer son chagrin. Il n'avait plus rien à faire, il sortit pour monter sur le plateau, à ses anciennes pièces, voir si le blé poussait.

III

Pendant toute une année, Fouan vécut de la sorte, silencieux dans la maison déserte. On l'y trouvait sans cesse sur les jambes, allant, venant, les mains tremblantes, et ne faisant rien. Il restait des heures devant les auges moisies de l'étable, retournait se planter à la porte de la grange vide, comme cloué là par une songerie profonde. Le jardin l'occupait un peu ; mais il s'affaiblissait, il se courbait davantage vers la terre, qui semblait le rappeler à elle ; et, deux fois, on l'avait secouru, le nez tombé dans ses plants de salades.

Depuis les vingt francs donnés à Jésus-Christ, Delhomme payait seul la rente, car Buteau s'entêtait à ne plus verser un sou, déclarant qu'il aimait mieux aller en justice, que de voir son argent filer dans la poche de sa canaille de frère. Ce dernier, en effet, arrachait encore de temps à autre une aumône forcée à son père, que ses scènes de larmes anéantissaient.

Ce fut alors que Delhomme, devant cet abandon du vieux, exploité, malade de solitude, eut l'idée de le prendre. Pourquoi ne vendrait-il pas la maison et n'habiterait-il pas chez sa fille ? Il n'y manquerait de rien, on n'aurait plus les deux cents francs de rente à lui payer. Le lendemain, Buteau, ayant appris cette offre, accourut, en fit une semblable, avec tout un étalage de ses devoirs de fils. De l'argent pour le gâcher, non ! mais du moment qu'il s'agissait de son père tout seul, celui-ci pouvait venir, il mangerait et dormirait, à l'aise. Au fond, sa pensée dut être que sa sœur n'attirait le vieux que dans le calcul de mettre la main sur le magot soupçonné. Lui-même pourtant commençait à douter de l'existence de cet argent, flairé en vain. Et il était très partagé, il offrait son toit par orgueil, en comptant bien que le père refuserait, en souffrant à l'idée qu'il accepterait peut-être l'hospitalité des Delhomme. Du reste, Fouan montra une grande répugnance, presque de la peur, pour la première comme pour la seconde des deux propositions. Non ! non ! valait mieux son pain sec chez soi, que du rôti chez les autres : c'était moins amer. Il avait vécu là, il mourrait là.

Les choses allèrent ainsi jusqu'à la mi-juillet, à la Saint-Henri, qui était la fête patronale de Rognes. Un bal forain, couvert de toile, s'installait d'ordinaire dans les prés de l'Aigre ; et il y avait, sur la route, en face de la mairie, trois baraques, un tir, un camelot vendant de tout, jusqu'à des rubans, et un jeu de tournevire, où l'on gagnait des sucres d'orge. Or, ce jour-là, M. Baillehache, qui déjeunait à la Borderie, étant descendu causer avec Delhomme, celui-ci le pria de l'accompagner chez le père Fouan, pour lui faire entendre raison. Depuis la mort de Rose, le notaire conseillait également au vieillard de se retirer près de sa fille et de vendre la maison inutile, trop grande à cette heure. Elle valait bien trois mille francs, il offrait même d'en garder l'argent et de lui en payer la rente, par petites sommes, au fur et à mesure de ses menus besoins.

Ils trouvèrent le vieux dans son effarement habituel, piétinant au hasard, hébété devant un tas de bois, qu'il voulait scier, sans en avoir la force. Ce matin-là, ses pauvres mains tremblaient plus encore que de coutume, car il avait eu, la veille, à subir une rude attaque de Jésus-Christ, qui, pour lui faire vingt francs, en vue de la fête du lendemain, était venu jouer le grand jeu, beuglant à le rendre fou, se traînant par terre, menaçant de se percer le cœur d'un coutelas, apporté exprès dans sa manche. Et il avait donné les vingt francs, il l'avoua tout de suite au notaire, d'un air d'angoisse.

– Dites, est-ce que vous feriez autrement, vous ? Moi, je ne peux plus, je ne peux plus !

Alors, M. Baillehache profita de la circonstance.

– Ce n'est pas tenable, vous y laisserez la peau. À votre âge, il est imprudent de vivre seul ; et, si vous ne voulez pas être mangé, il faut écouter votre fille, vendre et aller chez elle.

– Ah ! c'est aussi votre conseil, murmura Fouan.

Il jetait un regard oblique sur Delhomme, qui affectait de ne pas intervenir. Mais, quand celui-ci remarqua ce regard de défiance, il parla.

– Vous savez, père, je ne dis rien, parce que vous croyez peut-être que j'ai intérêt à vous prendre... Fichtre, non ! ce sera un rude dérangement... Seulement, n'est-ce pas ? ça me fâche, de voir que vous vous arrangez si mal, quand vous pourriez être si à l'aise.

– Bon, bon, répondit le vieux, faut y réfléchir encore... Le jour où ça se décidera, je saurai bien le dire.

Et ni son gendre, ni le notaire, ne purent en tirer davantage. Il se plaignait qu'on le bousculât, son autorité peu à peu morte se réfugiait dans cette obstination de vieil homme, même contraire à son bien-être. En dehors de sa vague épouvante à l'idée de n'avoir plus de maison, lui qui souffrait déjà tant de n'avoir plus de terres, il disait non, parce que tous voulaient lui faire dire oui. Ces bougres-là avaient donc à y gagner ? Il dirait oui, quand ça lui plairait.

La veille, Jésus-Christ, enchanté, ayant eu la faiblesse de montrer à la Trouille les quatre pièces de cent sous, ne s'était endormi qu'en les tenant dans son poing fermé ; car la garce, la dernière fois, lui en avait effarouché une sous son traversin, en profitant de ce qu'il était rentré gris, pour prétendre qu'il devait l'avoir perdue. À son réveil, il eut une terreur, son poing avait lâché les pièces, dans le sommeil ; mais il les retrouva sous ses fesses, toutes chaudes, et cela le secoua d'une joie énorme, salivant déjà à la pensée de les casser chez Lengaigne : c'était la fête, cochon qui reviendrait chez soi avec de la monnaie ! Vainement, pendant la matinée, la Trouille le cajola pour qu'il lui en donnât une, une toute petite, disait-elle. Il la repoussait, il ne fut même pas reconnaissant des œufs volés qu'elle lui servit en omelette. Non ! ça ne suffisait pas d'aimer bien son père, l'argent était fait pour les hommes. Alors, elle s'habilla de rage, mit sa robe de popeline bleue, un cadeau des temps de bombance, en disant qu'elle aussi allait s'amuser. Et elle n'était pas à vingt mètres de la porte, qu'elle se retourna, criant :

– Père, père ! regarde !

La main levée, elle montrait, au bout de ses doigts minces, une belle pièce de cent sous qui luisait comme un soleil.

Il se crut volé, il se fouilla, pâlissant. Mais les vingt francs étaient bien dans sa poche, la gueuse avait dû faire du commerce avec ses oies ; et le tour lui sembla drôle, il eut un ricanement paternel, en la laissant se sauver.

Jésus-Christ n'était sévère que sur un point, la morale. Aussi, une demi-heure plus tard, entra-t-il dans une grande colère. Il s'en allait à son tour, il fermait sa porte, lorsqu'un paysan endimanché, qui passait en bas, sur la route, le héla.

– Jésus-Christ ! ohé, Jésus-Christ !

– Quoi ?

– C'est ta fille qu'est sur le dos.

– Et puis ?

– Et puis, y a un homme dessus.

– Où ça donc ?

– Là, dans le fossé, au coin de la pièce à Guillaume.

Alors, il leva ses deux poings au ciel, furieusement.

– Bon ! merci ! je prends mon fouet !... Ah ! nom de Dieu de salope qui me déshonore !

Il était rentré chez lui, pour décrocher, derrière la porte, à gauche, le grand fouet de routier dont il ne se servait que dans ces occasions ; et il partit, le fouet sous le bras, se courbant, filant le long des buissons, comme à la chasse, afin de tomber sur les amoureux sans être vu.

Mais, lorsqu'il déboucha, au détour de la route, Nénesse qui faisait le guet, du haut d'un tas de pierres, l'aperçut. C'était Delphin qui était sur la Trouille, et chacun son tour d'ailleurs, l'un en sentinelle avancée, lorsque l'autre rigolait.

– Méfiance ! cria Nénesse, v'là Jésus-Christ !

Il avait vu le fouet, il détala comme un lièvre, à travers champs.

Dans le fossé herbu, la Trouille, d'une secousse, avait jeté Delphin de côté. Ah ! fichu sort, son père ! Et elle eut pourtant la présence d'esprit de donner au gamin la pièce de cent sous.

– Cache-la dans ta chemise, tu me la rendras... Vite, tire-toi des pieds, nom d'un chien !

Jésus-Christ arrivait en ouragan, ébranlant la terre de son galop, faisant tournoyer son grand fouet, dont les claquements sonnaient ainsi que des coups de feu.

– Ah, salope ! ah, catin ! tu vas la danser !

Dans sa rage, lorsqu'il eut reconnu le fils au garde champêtre, il le manqua, pendant que celui-ci, mal reculotté, s'enfuyait à quatre pattes parmi les ronces. Elle, empêtrée, la jupe en l'air, ne pouvait nier. D'un coup, qui cingla les cuisses, il la mit debout, la tira hors du fossé. Et la chasse commença.

– Tiens, fille de putain !... Tiens, vois si ça va te le boucher !

La Trouille, sans une parole, habituée à ces courses, galopait avec des sauts de chèvre. L'ordinaire tactique de son père était de la ramener ainsi à la maison, où il l'enfermait. Aussi essayait-elle de s'échapper vers la plaine, espérant le lasser. Cette fois, elle faillit réussir, grâce à une rencontre. Depuis un instant, M. Charles et Élodie, qu'il menait à la fête, étaient là, arrêtés, plantés au milieu de la route. Ils avaient tout vu, la petite les yeux écarquillés de stupéfaction innocente, lui rouge de honte, crevant d'indignation bourgeoise. Et le pis encore fut que cette Trouille impudique, en le reconnaissant, voulut se mettre sous sa protection. Il la repoussa, mais le fouet arrivait ; et, pour l'éviter, elle tourna autour de son oncle et de sa cousine, tandis que son père, avec des jurons et des mots de caserne, lui reprochait sa conduite, tournant, lui aussi, claquant à la volée, de toute la vigueur de son bras. M. Charles, emprisonné dans ce cercle abominable, étourdi, ahuri, dut se résigner à enfoncer la face d'Élodie dans son gilet. Et il perdait la tête à ce point, qu'il devint lui-même très grossier.

– Mais, sale trou, veux-tu bien nous lâcher ! Mais qui est-ce qui m'a foutu cette famille, dans ce bordel de pays !

Délogée, la Trouille sentit qu'elle était perdue. Un coup de fouet, qui l'enveloppa aux aisselles, la fit virer comme une toupie ; un autre la culbuta, en lui arrachant une mèche de cheveux. Dès lors, ramenée dans le bon chemin, elle n'eut plus que l'idée de rentrer au terrier, le plus vivement possible. Elle sauta les haies, franchit les fossés, coupa à travers les vignes, sans craindre de s'empaler au milieu des échalas. Mais ses petites jambes ne pouvaient lutter, les coups pleuvaient sur ses épaules rondes, sur ses reins encore frémissants, sur toute cette chair de fillette précoce, qui s'en moquait d'ailleurs, qui finissait par trouver ça drôle, d'être chatouillée si fort. Ce fut en riant d'un rire nerveux qu'elle rentra d'un bond et qu'elle se réfugia dans un coin, où le grand fouet ne l'atteignait plus.

– Donne tes cent sous, dit le père. C'est pour te punir.

Elle jura qu'elle les avait perdus en courant. Mais il ricana d'incrédulité, et il la fouilla. Comme il ne trouvait rien, il s'emporta de nouveau.

– Hein ? tu les as donnés à ton galant... Nom de Dieu de bête ! qui leur fout du plaisir et qui les paye !

Et il s'en alla, hors de lui, en l'enfermant, en criant qu'elle resterait là toute seule jusqu'au lendemain, car il comptait ne pas rentrer.

La Trouille, derrière son dos, se visita le corps, zébré seulement de deux ou trois bleus, se recoiffa, se rhabilla. Ensuite, tranquillement, elle défit la serrure, travail pour lequel elle avait acquis une extrême adresse ; puis, elle décampa, sans même prendre le soin de refermer la porte : ah bien ! les voleurs seraient joliment volés, s'il en venait ! Elle savait où retrouver Nénesse et Delphin, dans un petit bois, au bord de l'Aigre. En effet, ils l'y attendaient ; et ce fut le tour de son cousin Nénesse. Lui, avait trois francs, l'autre, six sous. Lorsque Delphin lui eut rendu sa pièce, elle décida en bonne fille qu'on mangerait le tout ensemble. Ils revinrent vers la fête, elle leur fit tirer des macarons, après s'être acheté un gros nœud de satin rouge, qu'elle se piqua dans les cheveux.

Cependant, Jésus-Christ arrivait chez Lengaigne, quand il rencontra Bécu, qui avait sa plaque astiquée sur une blouse neuve. Il l'apostropha violemment.

– Dis donc, toi, si c'est comme ça que tu fais ta tournée !... Sais-tu où je l'ai trouvé, ton Delphin ?

– Où ça ?

– Sur ma fille... Je vas écrire au préfet, pour qu'il te casse, père de cochon, cochon toi-même !

Du coup, Bécu se fâcha.

– Ta fille, je ne vois que ses jambes en l'air... Ah ! elle a débauché Delphin. Du tonnerre de Dieu si je ne la fais pas emballer par les gendarmes !

– Essaye donc, brigand !

Les deux hommes, nez à nez, se mangeaient. Et, brusquement, il y eut une détente, leur fureur tomba.

– Faut s'expliquer, entrons boire un verre, dit Jésus-Christ.

– Pas le sou, dit Bécu.

Alors, l'autre, très gai, sortit une première pièce de cinq francs, la fit sauter, se la planta dans l'œil.

– Hein ? cassons-la, père la Joie !... Entre donc, vieille tripe ! C'est mon tour, tu payes assez souvent.

Ils entrèrent chez Lengaigne, ricanant d'aise, se poussant d'une grande tape affectueuse. Cette année-là, Lengaigne avait eu une idée : comme le propriétaire du bal forain refusait de venir monter sa baraque, dégoûté de n'avoir pas fait ses frais, l'année précédente, le cabaretier s'était lancé à installer un bal dans sa grange, contiguë à la boutique, et dont la porte charretière ouvrait sur la route ; même il avait percé la cloison, les deux salles communiquaient maintenant. Et cette idée lui attirait la clientèle du village entier, son rival Macqueron enrageait, en face, de n'avoir personne.

– Deux litres tout de suite, chacun le sien ! gueula Jésus-Christ.

Mais, comme Flore le servait, effarée, radieuse de tant de monde, il s'aperçut qu'il avait coupé la lecture d'une lettre que Lengaigne faisait à voix haute, debout au milieu d'un groupe de paysans. Interrogé, celui-ci répondit avec importance que c'était une lettre de son fils Victor, écrite du régiment.

– Ah ! ah ! le gaillard ! dit Bécu intéressé. Et qu'est-ce qu'il raconte ? Faut nous recommencer ça.

Lengaigne alors recommença sa lecture.

– « Mes chers parents, c'est pour vous dire que nous voici à Lille en Flandre, depuis un mois moins sept jours. Le pays n'est pas mauvais, si ce n'est que le vin est cher, car on doit y mettre jusqu'à seize sous le litre... »

Et la lettre, dans ses quatre pages d'écriture appliquée, ne contenait guère autre chose. Le même détail revenait à l'infini, en phrases qui s'allongeaient. Tous, du reste, se récriaient chaque fois sur le prix du vin : il y avait des pays comme ça, fichue garnison ! Aux dernières lignes, perçait une tentative de carotte, douze francs demandés pour remplacer une paire de souliers perdus.

– Ah ! ah ! le gaillard ! répéta le garde champêtre. Le v'là un homme, nom de Dieu !

Après les deux litres, Jésus-Christ en demanda deux autres, du vin bouché, à vingt sous ; il payait à mesure, pour étonner, cognant son argent sur la table, révolutionnant le cabaret ; et, quand la première pièce de cinq francs fut bue, il en tira une seconde, se la vissa de nouveau dans l'œil, cria que lorsqu'il n'y en avait plus, il y en avait encore. L'après-midi s'écoula de la sorte, dans la bousculade des buveurs qui entraient et qui sortaient, au milieu de la soûlerie montante. Tous, si mornes et si réfléchis en semaine, gueulaient, tapaient des poings, crachaient violemment. Un grand maigre eut l'idée de se faire raser, et Lengaigne, tout de suite, l'assit parmi les autres, lui gratta le cuir si rudement, qu'on entendait le rasoir sur la couenne, comme s'il avait échaudé un cochon. Un deuxième prit la place, ce fut une rigolade. Et les langues allaient leur train, on daubait sur le Macqueron, qui n'osait plus sortir. Est-ce que ce n'était pas sa faute, à cet adjoint manqué, si le bal avait refusé de venir ? On s'arrange. Mais bien sûr qu'il aimait mieux voter des routes, pour se faire payer trois fois leur valeur les terrains qu'il donnait. Cette allusion souleva une tempête de rires. La grosse Flore, dont ce jour-là devait rester le triomphe, courait à la porte éclater d'une gaieté insultante, chaque fois qu'elle voyait passer, derrière les vitres d'en face, le visage verdi de Cœlina.

– Des cigares ! madame Lengaigne, commanda Jésus-Christ d'une voix tonnante. Des chers ! des dix centimes !

Comme la nuit était tombée, et qu'on allumait les lampes à pétrole, la Bécu entra, venant chercher son homme. Mais une terrible partie de cartes s'était engagée.

– Arrives-tu, dis ? Il est plus de huit heures. Faut manger à la fin.

Il la regarda fixement, d'un air majestueux d'ivrogne.

– Va te faire foutre !

Alors, Jésus-Christ déborda.

– Madame Bécu, je vous invite... Hein ? nous allons nous coller un gueuleton à nous trois... Vous entendez, la patronne ! tout ce que vous avez de mieux, du jambon, du lapin, du dessert... Et n'ayez pas peur. Approchez voir un peu... Attention !

Il feignit de se fouiller longuement. Puis, tout d'un coup, il sortit sa troisième pièce, qu'il tint en l'air.

– Coucou, ah ! la voilà !

On se tordit, un gros faillit s'en étrangler. Ce bougre de Jésus-Christ était tout de même bien rigolo ! Et il y en avait qui faisaient la farce de le tâter du haut en bas, comme s'il avait eu des écus dans la viande, pour en sortir ainsi jusqu'à plus soif.

– Dites donc, la Bécu, répéta-t-il à dix reprises, en mangeant, si Bécu veut, nous couchons ensemble... Ça va-t-il ?

Elle était très sale, ne sachant pas, disait-elle, qu'elle resterait à la fête ; et elle riait, chafouine, noire, d'une maigreur rouillée de vieille aiguille ; tandis que le gaillard, sans tarder, lui empoignait les cuisses à nu sous la table. Le mari, ivre mort, bavait, ricanait, gueulait que la garce n'en aurait pas trop de deux.

Dix heures sonnaient, le bal commença. Par la porte de communication, on voyait flamber les quatre lampes, que des fils de fer attachaient aux poutres. Clou, le maréchal-ferrant, était là, avec son trombone, ainsi que le neveu d'un cordier de Bazoches-le-Doyen, qui jouait du violon. L'entrée était libre, on payait deux sous chaque danse. La terre battue de la grange venait d'être arrosée, à cause de la poussière. Quand les instruments se taisaient, on entendait, au-dehors, les détonations du tir, sèches et régulières. Et la route, si sombre d'habitude, était incendiée par les réflecteurs des deux autres baraques, le bimbelotier étincelant de dorures, le jeu de tournevire, orné de glaces et tendu de rouge comme une chapelle.

– Tiens ! v'là fifille ! cria Jésus-Christ, les yeux mouillés.

C'était la Trouille, en effet, qui faisait son entrée au bal, suivie de Delphin et de Nénesse ; et le père ne semblait pas surpris de la voir là, bien qu'il l'eût enfermée. Outre le nœud rouge qui éclatait dans ses cheveux, elle avait au cou un épais collier en faux corail, des perles de cire à cacheter, saignantes sur sa peau brune. Tous trois, du reste, las de rôder devant les baraques, étaient hébétés et empoissés d'une indigestion de sucreries. Delphin, en blouse, avait la tête nue, une tête ronde et inculte de petit sauvage, ne se plaisant qu'au grand air. Nénesse, tourmenté déjà d'un besoin d'élégance citadine, était vêtu d'un complet acheté chez Lambourdieu, un de ces étroits fourreaux cousus à la grosse dans la basse confection de Paris ; et il portait un chapeau melon, en haine de son village, qu'il méprisait.

– Fifille ! appela Jésus-Christ. Fifille, viens me goûter ça... Hein ? c'est du fameux !

Il la fit boire dans son verre, tandis que la Bécu demandait sévèrement à Delphin :

– Qu'est-ce que t'as fait de ta casquette ?

– Je l'ai perdue.

– Perdue !... Avance ici que je te gifle !

Mais Bécu intervint, ricanant et flatté au souvenir des gaillardises précoces de son fils.

– Lâche-le donc ! le v'là qui pousse... Alors, vermines, vous fricassez ensemble ?... Ah ! le bougre, ah ! le bougre !

– Allez jouer, conclut paternellement Jésus-Christ. Et soyez sages.

– Ils sont soûls comme des cochons, dit Nénesse d'un air dégoûté, en rentrant dans le bal.

La Trouille se mit à rire.

– Tiens ! j'te crois ! j'y comptais bien... C'est pour ça qu'ils sont gentils.

Le bal s'animait, on n'entendait que le trombone de Clou, pétaradant et étouffant le jeu grêle du petit violon. La terre battue, trop arrosée, faisait boue sous les lourdes semelles ; et, bientôt, de toutes les cottes remuées, des vestes et des corsages que mouillaient, aux aisselles, de larges taches de sueur, il monta une violente odeur de bouc, qu'accentuait l'âcreté filante des lampes. Mais, entre deux quadrilles, une chose émotionna, l'entrée de Berthe, la fille aux Macqueron, vêtue d'une toilette de foulard, pareille à celles que les demoiselles du percepteur portaient à Cloyes, le jour de la Saint-Lubin. Quoi donc ? ses parents lui avaient-ils permis de venir ? ou bien, derrière leur dos, s'était-elle échappée ? Et l'on remarqua qu'elle dansait uniquement avec le fils d'un charron, que son père lui avait défendu de voir, à cause d'une haine de famille. On en plaisantait : paraît que ça ne l'amusait plus, de se détruire la santé toute seule !

Jésus-Christ, depuis un instant, bien qu'il fût très gris, s'était avisé de la sale tête de Lequeu, planté à la porte de communication, regardant Berthe sauter aux bras de son galant. Et il ne put se tenir.

– Dites, monsieur Lequeu, vous ne la faites pas danser, votre amoureuse ?

– Qui ça, mon amoureuse ? demanda le maître d'école, la face verdie d'un flot de bile.

– Mais les jolis yeux culottés, là-bas !

Lequeu, furieux d'avoir été deviné, tourna le dos, resta là, immobile, dans un de ces silences d'homme supérieur, où il s'enfermait, par prudence et dédain. Et, Lengaigne s'étant avancé, Jésus-Christ le harponna. Hein ? lui avait-il lâché son affaire, à ce chieur d'encre ! On lui en donnerait, des filles riches ! Ce n'était point que N'en-a-pas fût si chic, car elle n'avait des cheveux que sur la tête ; et, très allumé, il affirma la chose comme s'il l'avait vue. Ça se disait de Cloyes à Châteaudun, les garçons en rigolaient, pas un poil, parole d'honneur ! la place aussi nue qu'un menton de curé, Tous alors, stupéfiés du phénomène, se haussèrent pour contempler Berthe, en la suivant avec une légère grimace de répugnance, chaque fois que la danse la ramenait, très blanche dans le vol de ses jupes.

– Vieux filou, reprit Jésus-Christ, qui se mit à tutoyer Lengaigne, ce n'est pas comme ta fille, elle en a !

Celui-ci répondit, d'un air de vanité :

– Ah ! pour sûr !

Suzanne, maintenant, était à Paris, dans la haute, disait-on. Il se montrait discret, parlait d'une belle place. Mais des paysans entraient toujours, et un fermier lui ayant demandé des nouvelles de Victor, il sortit de nouveau la lettre. « Mes chers parents, c'est pour vous dire que nous voici à Lille en Flandre... » On l'écoutait, des gens qui l'avaient déjà entendue cinq ou six fois, se rapprochaient. Il y avait bien seize sous le litre ? oui, seize sous !

– Fichu pays ! répéta Bécu.

À ce moment, Jean parut. Il alla tout de suite donner un coup d'œil dans le bal, comme s'il y cherchait quelqu'un. Puis, il revint, désappointé, inquiet. Depuis deux mois, il n'osait plus faire de si fréquentes visites chez Buteau, car il le sentait froid, presque hostile. Sans doute, il avait mal caché ce qu'il éprouvait pour Françoise, cette amitié croissante qui l'enfiévrait à cette heure, et le camarade s'en était aperçu. Ça devait lui déplaire, déranger des calculs.

– Bonsoir, dit Jean en s'approchant d'une table, où Fouan et Delhomme buvaient une bouteille de bière.

– Voulez-vous faire comme nous, Caporal ? offrit poliment Delhomme.

Jean accepta ; et quand il eut trinqué :

– C'est drôle que Buteau ne soit pas venu.

– Justement, le voici ! dit Fouan.

En effet, Buteau entrait, mais seul. Lentement, il fit le tour du cabaret, donna des poignées de main ; puis, arrivé devant la table de son père et de son beau-frère, il resta debout, refusant de s'asseoir, ne voulant rien prendre.

– Lise et Françoise ne dansent donc pas ? finit par demander Jean, dont la voix tremblait.

Buteau le regarda fixement, de ses petits yeux durs.

– Françoise est couchée, ça vaut mieux pour les jeunesses.

Mais une scène, près d'eux, coupa court, en les intéressant. Jésus-Christ s'empoignait avec Flore. Il demandait un litre de rhum pour faire un brûlot, et elle refusait de l'apporter.

– Non, plus rien, vous êtes assez soûl.

–Hein ? qu'est-ce qu'elle chante ?... Est-ce que tu crois, bougresse, que je ne te payerai pas ? Je t'achète ta baraque, veux-tu ?... Tiens ! je n'ai qu'à me moucher, regarde !

Il avait caché dans son poing sa quatrième pièce de cent sous, il se pinça le nez entre deux doigts, souffla fortement, et eut l'air d'en tirer la pièce, qu'il promena ensuite comme un ostensoir.

– V'là ce que je mouche quand je suis enrhumé !

Une acclamation ébranla les murs, et Flore, subjuguée, apporta le litre de rhum et du sucre. Il fallut encore un saladier. Ce bougre de Jésus-Christ tint alors la salle entière, en remuant le punch, les coudes hauts, sa face rouge allumée par les flammes, qui achevaient de surchauffer l'air, le brouillard opaque des lampes et des pipes. Mais Buteau, que la vue de l'argent avait exaspéré, éclata tout d'un coup.

– Grand cochon, tu n'as pas honte de boire ainsi l'argent que tu voles à notre père !

L'autre le prit à la rigolade.

– Ah ! tu causes, Cadet !... C'est donc que tu es à jeun, pour dire des couillonnades pareilles !

– Je dis que tu es un salop, que tu finiras au bagne... D'abord, c'est toi qui as fait mourir notre mère de chagrin...

L'ivrogne tapa sa cuiller, déchaîna une tempête de feu dans le saladier, en étouffant de rire.

– Bon, bon, va toujours... C'est moi pour sûr, si ce n'est pas toi.

– Et je dis encore que des mangeurs de ton espèce, ça ne mérite pas que le blé pousse... Quand on pense que notre terre, oui ! toute cette terre que nos vieux ont eu tant de peine à nous laisser, tu l'as engagée, fichue à d'autres !... Sale canaille, qu'as-tu fait de la terre ?

Du coup, Jésus-Christ s'anima. Son punch s'éteignait, il se carra, se renversa sur sa chaise, en voyant que tous les buveurs se taisaient et écoutaient, pour juger.

– La terre, gueula-t-il, mais elle se fout de toi, la terre ! Tu es son esclave, elle te prend ton plaisir, tes forces, ta vie, imbécile ! et elle ne te fait seulement pas riche !... Tandis que moi, qui la méprise, les bras croisés, qui me contente de lui allonger des coups de botte, eh bien ! moi, tu vois, je suis rentier, je m'arrose !... Ah ! bougre de jeanjean !

Les paysans rirent encore, pendant que Buteau, surpris par la rudesse de cette attaque, se contentait de bégayer :

– Propre à rien ! gâcheur de besogne, qui ne travaille pas et qui s'en vante !

– La terre, en voilà une blague ! continua Jésus-Christ, lancé. Vrai ! tu es rouillé, si tu en es toujours à cette blague-là... Est-ce que ça existe, la terre ? elle est à moi, elle est à toi, elle n'est à personne. Est-ce qu'elle n'était pas au vieux ? et n'a-t-il pas dû la couper pour nous la donner ? et toi, ne la couperas-tu pas, pour tes petits ?... Alors, quoi ? Ça va, ça vient, ça augmente, ça diminue, ça diminue surtout ; car te voilà un gros monsieur, avec tes six arpents, lorsque le père en avait dix-neuf... Moi, ça m'a dégoûté, c'était trop petit, j'ai bouffé tout. Et puis, j'aime les placements solides, et la terre, vois-tu, Cadet, ça craque ! Je ne foutrais pas un liard dessus, ça sent la sale affaire, une fichue catastrophe qui va tous vous nettoyer... La banqueroute ! tous des jobards !

Un silence de mort se faisait peu à peu dans le cabaret. Personne ne riait plus, les faces inquiètes des paysans se tournaient vers ce grand diable, qui lâchait dans l'ivresse le pêle-mêle baroque de ses opinions, les idées de l'ancien troupier d'Afrique, du rouleur de villes, du politique de marchands de vin. Ce qui surnageait, c'était l'homme de 48, le communiste humanitaire, resté à genoux devant 89.

– Liberté, égalité, fraternité ! Faut en revenir à la Révolution ! On nous a volés dans le partage, les bourgeois ont tout pris, et, nom de Dieu ! on les forcera bien à rendre... Est-ce qu'un homme n'en vaut pas un autre ? est-ce que c'est juste, par exemple, toute la terre à ce jean-foutre de la Borderie, et rien à moi ?... Je veux mes droits, je veux ma part, tout le monde aura sa part.

Bécu, trop ivre pour défendre l'autorité, approuvait, sans comprendre. Mais il eut une lueur de bon sens, il fit des restrictions.

– Ça oui, ça oui... Pourtant, le roi est le roi. Ce qui est à moi, n'est pas à toi.

Un murmure d'approbation courut, et Buteau prit sa revanche.

– N'écoutez donc pas, il est bon à tuer !

Les rires recommencèrent, et Jésus-Christ perdit toute mesure, se mit debout, en tapant des poings.

– Attends-moi donc à la prochaine... Oui, j'irai causer avec toi, sacré lâche ! Tu fais le crâne aujourd'hui, parce que tu es avec le maire, avec l'adjoint, avec ton député de quatre sous ! Hein ? tu lui lèches les bottes, à celui-là, tu es assez bête pour croire qu'il est le plus fort et qu'il t'aide à vendre ton blé. Eh bien ! moi, qui n'ai rien à vendre, je vous ai tous dans le cul, toi, le maire, l'adjoint, le député, et les gendarmes !... Demain, ce sera notre tour, d'être les plus forts, et il n'y aura pas que moi, il y aura tous les pauvres bougres qui en ont assez de claquer de faim, et il y aura vous autres, oui ! vous autres, quand vous serez las de nourrir les bourgeois, sans avoir seulement du pain à manger !... Rasés, les propriétaires ! on leur cassera la gueule, la terre sera à qui la prendra. Tu entends, Cadet ! ta terre, je la prends, je chie dessus !

– Viens-y donc, je te crève d'un coup de fusil, comme un chien ! cria Buteau, si hors de lui, qu'il s'en alla en faisant claquer la porte.

Déjà Lequeu, après avoir écouté d'un air fermé, était parti, en fonctionnaire qui ne pouvait se compromettre plus longtemps. Fouan et Delhomme, le nez dans leur chope, ne soufflaient mot, honteux, sachant que, s'ils intervenaient, l'ivrogne crierait davantage. Aux tables voisines, les paysans finissaient par se fâcher : comment ? leurs biens n'étaient pas à eux, on viendrait les leur prendre ? et ils grondaient, ils allaient tomber, sur « le partageu », le jeter dehors à coups de poing, lorsque Jean se leva. Il ne l'avait pas quitté du regard, ne perdant pas une de ses paroles, la face sérieuse, comme s'il eût cherché ce qu'il y avait de juste, dans ces choses qui le révoltaient.

– Jésus-Christ, déclara-t-il tranquillement, vous feriez mieux de vous taire... Ce n'est pas à dire, tout ça, et si vous avez raison par hasard, vous n'êtes guère malin, car vous vous donnez tort.

Ce garçon si froid, cette remarque si sage, calmèrent subitement Jésus-Christ. Il retomba sur sa chaise, en déclarant qu'il s'en foutait, après tout. Et il recommença ses farces : il embrassa la Bécu, dont le mari dormait sur la table, assommé, il acheva le punch, en buvant au saladier. Les rires avaient repris, dans la fumée épaisse.

Au fond de la grange, on dansait toujours, Clou enflait les accompagnements de son trombone, dont le tonnerre étouffait le chant grêle du petit violon. La sueur coulait des corps, ajoutait son âcreté à la puanteur filante des lampes. On ne voyait plus que le nœud rouge de la Trouille, qui tournait aux bras de Nénesse et de Delphin, à tour de rôle. Berthe, elle aussi, était encore là, fidèle à son galant, ne dansant qu'avec lui. Dans un coin, des jeunes gens qu'elle avait éconduits, ricanaient : dame ! si ce godiche ne tenait pas à ce qu'elle en eût, elle avait raison de le garder, car on en connaissait d'autres qui, malgré son argent, auraient bien sûr attendu qu'il lui en poussât, pour voir à l'épouser.

– Allons dormir, dit Fouan à Jean et à Delhomme.

Puis, dehors, lorsque Jean les eut quittés, le vieux marcha en silence, ayant l'air de ruminer les choses qu'il venait d'entendre ; et, brusquement, comme si ces choses l'avaient décidé, il se tourna vers son gendre.

– Je vas vendre la cambuse, et j'irai vivre chez vous. C'est fait... Adieu !

Lentement, il rentra seul. Mais son cœur était gros, ses pieds butaient sur la route noire, une tristesse affreuse le faisait chanceler, ainsi qu'un homme ivre. Déjà il n'avait plus de terre, et bientôt il n'aurait plus de maison. Il lui semblait qu'on sciait les vieilles poutres, qu'on enlevait les ardoises, au-dessus de sa tête. Désormais, il n'avait pas même une pierre où s'abriter, il errait par les campagnes comme un pauvre, nuit et jour, continuellement ; et, quand il pleuvrait, la pluie froide, la pluie sans fin, tomberait sur lui.

IV

Le grand soleil d'août montait dès cinq heures à l'horizon, et la Beauce déroulait ses blés mûrs, sous le ciel de flamme. Depuis les dernières averses de l'été, la nappe verte, toujours grandissante, avait peu à peu jauni. C'était maintenant une mer blonde, incendiée, qui semblait refléter le flamboiement de l'air, une mer roulant sa houle de feu, au moindre souffle. Rien que du blé, sans qu'on aperçût ni une maison ni un arbre, l'infini du blé ! Parfois, dans la chaleur, un calme de plomb endormait les épis, une odeur de fécondité fumait et s'exhalait de la terre. Les couches s'achevaient, on sentait la semence gonflée jaillir de la matrice commune, en grains tièdes et lourds. Et, devant cette plaine, cette moisson géante, une inquiétude venait, celle que l'homme n'en vît jamais le bout, avec son corps d'insecte, si petit dans cette immensité.

À la Borderie, Hourdequin, depuis une semaine, ayant terminé les seigles, attaquait les blés. L'année d'auparavant, sa moissonneuse mécanique s'était détraquée ; et, désespéré du mauvais vouloir de ses serviteurs, arrivant à douter lui-même de l'efficacité des machines, il avait dû se précautionner d'une équipe de moissonneurs, dès l'Ascension. Selon l'usage, il les avait loués dans le Perche, à Mondoubleau : le capitaine, un grand sec, cinq autres faucheurs, six ramasseuses, quatre femmes et deux jeunes filles. Une charrette venait de les amener à Cloyes, où la voiture de la ferme était allée les prendre. Tout ce monde couchait dans la bergerie, vide à cette époque, pêle-mêle sur de la paille, les filles, les femmes, les hommes, demi-nus, à cause de la grosse chaleur.

C'était le temps où Jacqueline avait le plus de tracas. Le lever et le coucher du jour décidaient du travail : on secouait ses puces dès trois heures du matin, on retournait à la paille vers dix heures du soir. Et il fallait bien qu'elle fût debout la première, pour la soupe de quatre heures, de même qu'elle se couchait la dernière, quand elle avait servi le gros repas de neuf heures, le lard, le bœuf, les choux. Entre ces deux repas, il y en avait trois autres, le pain et le fromage du déjeuner, la seconde soupe de midi, l'émiettée au lait du goûter : en tout, cinq, des repas copieux, arrosés de cidre et de vin, car les moissonneurs, qui travaillent dur, sont exigeants. Mais elle riait, comme fouettée, elle avait des muscles d'acier, dans sa souplesse de chatte ; et cette résistance à la fatigue était d'autant plus surprenante, qu'elle tuait alors d'amour Tron, cette grande brute de vacher, dont la chair tendre de colosse lui donnait des fringales. Elle en avait fait son chien, elle l'emmenait dans les granges, dans le fenil, dans la bergerie, maintenant que le berger, dont elle craignait l'espionnage, couchait dehors, avec ses moutons. C'était, la nuit surtout, des ripailles de mâle, dont elle sortait élastique et fine, bourdonnante d'activité. Hourdequin ne voyait rien, ne savait rien. Il était dans sa fièvre de moisson, une fièvre spéciale, la grande crise annuelle de sa passion de la terre, tout un tremblement intérieur, la tête en feu, le cœur battant, la chair secouée, devant les épis mûrs qui tombaient.

Les nuits étaient si brûlantes, cette année-là, que Jean, parfois, ne pouvait les passer dans la soupente où il couchait, près de l'écurie. Il sortait, il préférait s'allonger, tout vêtu, sur le pavé de la cour. Et ce n'était pas seulement la chaleur vivante et intolérable des chevaux, l'exhalaison de la litière qui le chassaient ; c'était l'insomnie, la continuelle image de Françoise, l'idée fixe qu'elle venait, qu'il la prenait, qu'il la mangeait d'une étreinte. Maintenant que Jacqueline, occupée ailleurs, le laissait tranquille, son amitié pour cette gamine tournait à une rage de désir. Vingt fois, dans cette souffrance du demi-sommeil, il s'était juré qu'il irait le lendemain et qu'il l'aurait ; puis, dès son lever, lorsqu'il avait trempé sa tête dans un seau d'eau froide, il trouvait ça dégoûtant, il était trop vieux pour elle ; et le supplice recommençait la nuit suivante. Quand les moissonneurs furent là, il reconnut parmi eux une femme, mariée avec un des faucheurs, et qu'il avait culbutée, deux ans auparavant, jeune fille encore. Un soir, son tourment fut tel, que, se glissant dans la bergerie, il vint la tirer par les pieds, entre le mari et un frère, qui ronflaient la bouche ouverte. Elle céda, sans défense. Ce fut une gloutonnerie muette, dans les ténèbres embrasées, sur le sol battu qui, malgré le râteau, avait gardé, de l'hivernage des moutons, une odeur ammoniacale si aiguë, que les yeux en pleuraient. Et, depuis vingt jours, il revenait toutes les nuits.

Dès la seconde semaine du mois d'août, la besogne s'avança. Les faucheurs étaient partis des pièces au nord, descendant vers celles qui bordaient la vallée de l'Aigre ; et, gerbe à gerbe, la nappe immense tombait, chaque coup de faux mordait, emportait une entaille ronde. Les insectes grêles, noyés dans ce travail géant, en sortaient victorieux. Derrière leur marche lente, en ligne, la terre rase reparaissait, les chaumes durs, au travers desquels piétinaient les ramasseuses, la taille cassée. C'était l'époque où la grande solitude triste de la Beauce s'égayait le plus, peuplée de monde, animée d'un continuel mouvement de travailleurs, de charrettes et de chevaux. À perte de vue, des équipes manœuvraient du même train oblique, du même balancement des bras, les unes si voisines, qu'on entendait le sifflement du fer, les autres en traînées noires, ainsi que des fourmis, jusqu'au bord du ciel. Et, en tous sens, des trouées s'ouvraient, comme dans une étoffe mangée, cédant de partout. La Beauce, lambeau à lambeau, au milieu de cette activité de fourmilière, perdait son manteau de richesse, cette unique parure de son été, qui la laissait d'un coup désolée et nue.

Les derniers jours, la chaleur fut accablante, un jour surtout que Jean charriait des gerbes, près du champ des Buteau, dans une pièce de la ferme, où l'on devait élever une grande meule, haute de huit mètres, forte de trois mille bottes. Les chaumes se fendaient de sécheresse, et sur les blés encore debout, immobiles, l'air brûlait : on aurait dit qu'ils flambaient eux-mêmes d'une flamme visible, dans la vibration du soleil. Et pas une fraîcheur de feuillage, rien que l'ombre courte des hommes, à terre. Depuis le matin, sous ce feu du ciel, Jean en sueur chargeait, déchargeait sa voiture, sans une parole, avec un seul coup d'œil, à chaque voyage, vers la pièce, où, derrière Buteau qui fauchait, Françoise ramassait, courbée en deux.

Buteau avait dû louer Palmyre, pour aider. Françoise ne suffisait pas, et il n'avait point à compter sur Lise, qui était enceinte de huit mois. Cette grossesse l'exaspérait. Lui qui prenait tant de précautions ! comment ce bougre d'enfant se trouvait-il là ? Il bousculait sa femme, l'accusait de l'avoir fait exprès, geignait pendant des heures, comme si un pauvre, un animal errant se fût introduit chez lui, pour manger tout ; et, après huit mois, il en était à ne pouvoir regarder le ventre de Lise sans l'insulter : foutu ventre ! plus bête qu'une oie ! la ruine de la maison ! Le matin, elle était venue ramasser ; mais il l'avait renvoyée, furieux de sa lourdeur maladroite. Elle devait revenir et apporter le goûter de quatre heures.

– Nom de Dieu ! dit Buteau, qui s'entêtait à finir un bout du champ, j'ai le dos cuit, et ma langue est un vrai copeau.

Il se redressa, les pieds nus dans de gros souliers, vêtu seulement d'une chemise et d'une cotte de toile, la chemise ouverte, à moitié hors de la cotte, laissant voir jusqu'au nombril les poils suants de la poitrine.

– Faut que je boive encore !

Et il alla prendre sous sa veste un litre de cidre, qu'il avait abrité là. Puis, quand il eut avalé deux gorgées de cette boisson tiède, il songea à la petite.

– Tu n'as pas soif ?

– Si.

Françoise prit la bouteille, but longuement, sans dégoût ; et, tandis qu'elle se renversait, les reins pliés, la gorge tendue, crevant l'étoffe mince, il la regarda. Elle aussi ruisselait, dans sa robe d'indienne à moitié défaite, le corsage dégrafé du haut, montrant la chair blanche. Sous le mouchoir bleu dont elle avait couvert sa tête et sa nuque, ses yeux semblaient très grands, au milieu de son visage muet, ardent de chaleur.

Sans ajouter une parole, il se remit à la besogne, roulant sur ses hanches, abattant l'andain à chaque coup de faux, dans le grincement du fer qui cadençait sa marche ; et elle, de nouveau ployée, le suivait, la main droite armée de sa faucille, dont elle se servait pour ramasser parmi les chardons sa brassée d'épis, qu'elle posait ensuite en javelle, régulièrement, tous les trois pas. Quand il se relevait, le temps de s'essuyer le front d'un revers de main, et qu'il la voyait trop en arrière, les fesses hautes, la tête au ras du sol, dans cette posture de femelle qui s'offre, sa langue paraissait se sécher davantage, il criait d'une voix rauque :

– Feignante ! faudrait voir à ne pas enfiler des pertes !

Palmyre, dans le champ voisin, où depuis trois jours la paille des javelles avait séché, était en train de lier des gerbes ; et, elle, il ne la surveillait pas, car, ce qui ne se fait guère, il l'avait mise au cent de gerbes, sous le prétexte qu'elle n'était plus forte, trop vieille déjà, usée, et qu'il serait en perte s'il lui donnait trente sous, comme aux femmes jeunes. Même elle avait dû le supplier, il ne s'était décidé à la prendre qu'en la volant, de l'air résigné d'un chrétien qui consent à une bonne œuvre. La misérable soulevait trois, quatre javelles, tant que ses bras maigres pouvaient en contenir ; puis, avec un lien tout prêt, elle nouait sa gerbe fortement. Ce liage, cette besogne si dure que les hommes d'habitude se réservent, l'épuisait, la poitrine écrasée des continuelles charges, les bras cassés d'avoir à étreindre de telles masses et de tirer sur les liens de paille. Elle avait apporté le matin une bouteille, qu'elle allait remplir, d'heure en heure, à une mare voisine, croupie et empestée, buvant goulûment, malgré la diarrhée qui l'achevait depuis les chaleurs, dans le délabrement de son continuel excès de travail.

Mais le bleu du ciel avait pâli, d'une pâleur de voûte chauffée à blanc ; et, du soleil attisé, il tombait des braises. C'était, après le déjeuner, l'heure lourde, accablante de la sieste. Déjà, Delhomme et son équipe, occupés, près de là, à mettre des gerbes en ruches, quatre en bas, une en haut, pour le toit, avaient disparu, tous couchés au fond de quelque pli de terrain. Un instant encore, on aperçut debout le vieux Fouan, qui vivait chez son gendre, depuis quinze jours qu'il avait vendu sa maison ; mais, à son tour, il dut s'étendre, on ne le vit plus. Et il ne resta dans l'horizon vide, sur les fonds braisillants des chaumes, au loin, que la silhouette sèche de la Grande, examinant une haute meule que son monde avait commencée, au milieu du petit peuple à moitié défait des ruches. Elle semblait un arbre durci par l'âge, n'ayant plus rien à craindre du soleil, toute droite, sans une goutte de sueur, terrible et indignée contre ces gens qui dormaient.

– Ah, zut, j'ai la peau qui pète, dit Buteau.

Et, se tournant vers Françoise :

– Dormons, hein ?

Il chercha du regard un peu d'ombre, n'en trouva pas. Le soleil, d'aplomb, tapait partout, sans qu'un buisson fût là pour les abriter. Enfin, il remarqua qu'au bout du champ, dans une sorte de petit fossé, le blé encore debout projetait une raie brune.

– Eh ! Palmyre, cria-t-il, fais-tu comme nous ?

Elle était à cinquante pas, elle répondit d'une voix éteinte, qui arrivait pareille à un souffle :

– Non, non, pas le temps.

Il n'y eut plus qu'elle qui travaillât, dans la plaine embrasée. Si elle ne rapportait point ses trente sous, le soir, Hilarion la battrait ; car non seulement il la tuait de ses appétits de brute, il la volait aussi à présent pour se griser d'eau-de-vie. Mais ses forces dernières la trahissaient. Son corps plat, sans gorge ni fesses, raboté comme une planche par le travail, craquait, près de se rompre, à chaque nouvelle gerbe ramassée et liée. Et, le visage couleur de cendre, mangé ainsi qu'un vieux sou, vieille de soixante ans à trente-cinq, elle achevait de laisser boire sa vie au brûlant soleil, dans cet effort désespéré de la bête de somme, qui va choir et mourir.

Côte à côte, Buteau et Françoise s'étaient couchés. Ils fumaient de sueur, maintenant qu'ils ne bougeaient plus, silencieux, les yeux clos. Tout de suite, un sommeil de plomb les accabla, ils dormirent une heure ; et la sueur ne cessait pas, coulait de leurs membres, sous cet air immobile et pesant de fournaise. Lorsque Françoise rouvrit les yeux, elle vit Buteau, tourné sur le flanc, qui la regardait d'un regard jaune. Elle referma les paupières, feignit de se rendormir. Sans qu'il lui eût encore rien dit, elle sentait bien qu'il voulait d'elle, depuis qu'il l'avait vue pousser et qu'elle était une vraie femme. Cette idée la bouleversait : oserait-il, le cochon, que toutes les nuits elle entendait s'en donner avec sa sœur ? Jamais ce rut hennissant de cheval ne l'avait irritée à ce point. Oserait-il ? et elle l'attendait, le désirant sans le savoir, décidée, s'il la touchait, à l'étrangler.

Brusquement, comme elle serrait les yeux, Buteau l'empoigna.

– Cochon ! cochon ! bégaya-t-elle en le repoussant.

Lui, ricanait d'un air fou, répétait tout bas :

– Bête ! laisse-toi faire !... Je te dis qu'ils dorment, personne ne regarde.

À ce moment, la tête blême et agonisante de Palmyre apparut au-dessus des blés, se tournant au bruit. Mais elle ne comptait pas, celle-là, pas plus qu'une vache qui aurait allongé son mufle. Et, en effet, elle se remit à ses gerbes, indifférente. On entendit de nouveau le craquement de ses reins, à chaque effort.

– Bête ! goûtes-y donc ! Lise n'en saura rien.

Au nom de sa sœur, Françoise qui faiblissait, vaincue, se raidit davantage. Et, dès lors, elle ne céda pas, tapant des deux poings, ruant de ses deux jambes nues, qu'il avait déjà découvertes jusqu'aux hanches. Est-ce qu'elle voulait les restes d'une autre ?

– Va donc avec ma sœur, cochon ! crève-la, si ça l'amuse ! fais-lui un enfant tous les soirs !

Buteau, sous les coups, commençait à se fâcher, grondait, croyait qu'elle avait seulement peur des suites.

– Foutue bête ! quand je te jure que je m'ôterai, que je ne t'en ferai pas, d'enfant !

D'un coup de pied, elle l'atteignit au bas-ventre, et il dut la lâcher, il la poussa si brutalement, qu'elle étouffa un cri de douleur.

Il était temps que le jeu finît, car Buteau, lorsqu'il se mit debout, aperçut Lise qui revenait, apportant le goûter. Il marcha à sa rencontre, la retint, pour permettre à Françoise de rabattre ses jupes. L'idée qu'elle allait tout dire, lui donnait le regret de ne pas l'avoir assommée d'un coup de talon. Mais elle ne parla pas, elle se contenta de s'asseoir au milieu des javelles, l'air têtu et insolent. Et, comme il recommençait à faucher, elle resta là, oisive, en princesse.

– Quoi donc ? lui demanda Lise, allongée aussi, lasse de sa course, tu ne travailles pas ?

– Non, ça m'embête ! répondit-elle rageusement.

Alors Buteau, n'osant la secouer, tomba sur sa femme. Qu'est-ce qu'elle foutait encore là, étendue comme une truie, à chauffer son ventre au soleil ? Ah ! quelque chose de propre, une fameuse courge à faire mûrir ! Elle s'égaya de ce mot, ayant gardé sa gaieté de grasse commère : c'était peut-être bien vrai que ça le mûrissait, que ça le poussait, le petiot ; et, sous le ciel de flamme, elle arrondissait ce ventre énorme, qui semblait la bosse d'un germe, soulevée de la terre féconde. Mais, lui, ne riait pas. Il la fit se redresser brutalement, il voulut qu'elle essayât de l'aider. Gênée par cette masse qui lui tombait sur les cuisses, elle dut s'agenouiller, elle ramassa les épis d'un mouvement oblique, soufflante et monstrueuse, le ventre déplacé, rejeté dans le flanc droit.

– Puisque tu ne fiches rien, dit-elle à sa sœur, rentre au moins à la maison... Tu feras la soupe.

Françoise, sans une parole, s'éloigna. Dans la chaleur encore étouffante, la Beauce avait repris son activité, les petits points noirs des équipes reparaissaient, grouillants à l'infini. Delhomme achevait ses ruches avec ses deux serviteurs ; tandis que la Grande regardait monter sa meule, appuyée sur sa canne, toute prête à l'envoyer par la figure des paresseux. Fouan alla y donner un coup d'œil, revint s'absorber devant la besogne de son gendre, erra ensuite de son pas alourdi de vieillard qui se souvient et qui regrette. Et Françoise, la tête bourdonnante, mal remise de la secousse, suivait le chemin neuf, lorsqu'une voix l'appela.

– Par ici ! viens donc !

C'était Jean à demi caché derrière les gerbes, que, depuis le matin, il charriait des pièces voisines. Il venait de décharger sa voiture, les deux chevaux attendaient, immobiles au soleil. On ne devait se mettre à la grande meule que le lendemain, et il avait simplement fait des tas, trois sortes de murs entre lesquels se trouvait comme une chambre, un trou de paille profond et discret.

– Viens donc ! c'est moi !

Machinalement, Françoise obéit à cet appel. Elle n'eut pas même la méfiance de regarder en arrière. Si elle s'était tournée, elle aurait aperçu Buteau qui se haussait, surpris de lui voir quitter la route.

Jean plaisanta d'abord.

– Tu es bien fière, que tu passes sans dire bonjour aux amis !

– Dame ! répondit-elle, tu te caches, on ne te voit pas.

Alors, il se plaignit du mauvais accueil qu'on lui faisait maintenant chez les Buteau. Mais elle n'avait pas la tête à cela, elle se taisait, elle ne lâchait que des paroles brèves. D'elle-même, elle s'était laissée tomber sur la paille, au fond du trou, comme brisée de fatigue. Une seule chose l'emplissait, était restée dans sa chair, matérielle, aiguë : l'attaque de cet homme au bord du champ, là-bas, ses mains chaudes dont elle se sentait encore l'étau aux cuisses, son odeur qui la suivait, son approche de mâle qu'elle attendait toujours, l'haleine coupée, dans une angoisse de désir combattu. Elle fermait les yeux, elle suffoquait.

Jean, alors, ne parla plus. À la voir ainsi, renversée, s'abandonnant, le sang de ses veines battait à grands coups. Il n'avait point calculé cette rencontre, il résistait, dans son idée que ce serait mal d'abuser de cette enfant. Mais le bruit de son cœur l'étourdissait, il l'avait tant désirée ! et l'image de la possession l'affolait, comme dans ses nuits de fièvre. Il se coucha près d'elle, il se contenta d'abord de sa main, puis de ses deux mains, qu'il serrait à les broyer, en n'osant même les porter à sa bouche. Elle ne les retirait pas, elle rouvrit ses yeux vagues, aux paupières lourdes, elle le regarda, sans un sourire, sans une honte, la face nerveusement allongée. Et ce fut ce regard muet, presque douloureux, qui le rendit tout d'un coup brutal. Il se rua sous les jupes, l'empoigna aux cuisses, comme l'autre.

– Non, non, balbutia-t-elle, je t'en prie... c'est sale...

Mais elle ne se défendit point. Elle n'eut qu'un cri de douleur. Il lui semblait que le sol fuyait sous elle ; et, dans ce vertige, elle ne savait plus : était-ce l'autre qui revenait ? elle retrouvait la même rudesse, la même âcreté du mâle, fumant de gros travail au soleil. La confusion devint telle, dans le noir incendié de ses paupières obstinément closes, qu'il lui échappa des mots, bégayés, involontaires.

– Pas d'enfant... ôte-toi...

Il fit un saut brusque, et cette semence humaine, ainsi détournée et perdue, tomba dans le blé mûr, sur la terre, qui, elle, ne se refuse jamais, le flanc ouvert à tous les germes, éternellement féconde.

Françoise rouvrit les yeux, sans une parole, sans un mouvement, hébétée. Quoi ? c'était déjà fini, elle n'avait pas eu plus de plaisir ! Il ne lui en restait qu'une souffrance. Et l'idée de l'autre lui revint, dans le regret inconscient de son désir trompé. Jean, à son côté, la fâchait. Pourquoi avait-elle cédé ? elle ne l'aimait pas, ce vieux ! Il demeurait comme elle immobile, ahuri de l'aventure. Enfin, il eut un geste mécontent, il chercha quelque chose à lui dire, ne trouva rien. Gêné davantage, il prit le parti de l'embrasser ; mais elle se reculait, elle ne voulait plus qu'il la touchât.

– Faut que je m'en aille, murmura-t-il. Toi, reste encore.

Elle ne répondit point, les regards en l'air, perdus dans le ciel.

– N'est-ce pas ? attends cinq minutes, qu'on ne te voie pas reparaître en même temps que moi.

Alors, elle se décida à desserrer les lèvres.

– C'est bon, va-t'en !

Et ce fut tout, il fit claquer son fouet, jura contre ses chevaux, s'en alla à côté de sa voiture, d'un pas alourdi, la tête basse.

Cependant, Buteau s'étonnait d'avoir perdu Françoise derrière les gerbes, et lorsqu'il vit Jean s'éloigner, il eut un soupçon. Sans se confier à Lise, il partit, courbé, en chasseur qui ruse. Puis, d'un élan, il tomba au beau milieu de la paille, au fond du trou. Françoise n'avait point bougé, dans la torpeur qui l'engourdissait, ses yeux vagues toujours en l'air, ses jambes restées nues. Il n'y avait pas à nier, elle ne l'essaya pas.

– Ah ! garce ! ah ! salope ! c'est avec ce gueux que tu couches, et tu me flanques des coups de pied dans le ventre, à moi !... Nom de Dieu ! nous allons bien voir.

Il la tenait déjà, elle lut clairement sur sa face congestionnée qu'il voulait profiter de l'occasion. Pourquoi pas lui, maintenant, puisque l'autre venait d'y passer ? Dès qu'elle sentit de nouveau la brûlure de ses mains, elle fut reprise de sa révolte première. Il était là, et elle ne le regrettait plus, elle ne le voulait plus, sans avoir elle-même conscience des sautes de sa volonté, dans une protestation rancunière et jalouse de tout son être.

– Veux-tu me laisser, cochon !... Je te mords !

Une seconde fois, il dut y renoncer. Mais il bégayait de fureur, enragé de ce plaisir qu'on avait pris sans lui.

– Ah ! je m'en doutais que vous fricassiez ensemble !... J'aurais dû le foutre dehors depuis longtemps... Nom de Dieu de cateau ! qui te fais tanner le cuir par ce vilain bougre !

Et le flot d'ordures continua, il lâcha tous les mots abominables, parla de l'acte avec une crudité, qui la remettait nue, honteusement. Elle, enragée aussi, raidie et pâle, affectait un grand calme, répondait à chaque saleté, d'une voix brève :

– Qu'est-ce que ça te fiche ?... Si ça me plaît, est-ce que je ne suis pas libre ?

– Eh bien ! je vas te flanquer à la porte, moi ! Oui, tout à l'heure, en rentrant... Je vas dire la chose à Lise, comment je t'ai trouvée, ta chemise sur la tête ; et tu iras te faire tamponner ailleurs, puisque ça t'amuse.

Maintenant, il la poussait devant lui, il la ramenait vers le champ, où sa femme attendait.

– Dis-le à Lise... Je m'en irai, si je veux.

– Si tu veux, ah ! c'est ce que nous allons voir !... À coups de pied au cul !

Pour couper au plus court, il lui faisait traverser la pièce des Cornailles restée jusque-là indivise entre elle et sa sœur, cette pièce dont il avait toujours retardé le partage ; et, brusquement, il demeura saisi, une idée aiguë lui était sautée au cerveau : il avait vu dans un éclair, s'il la chassait, le champ tranché en deux, la moitié emportée par elle, donnée au galant peut-être. Cette idée le glaça, fit tomber net son désir exaspéré. Non ! c'était bête, fallait pas tout lâcher pour une fois qu'une fille vous laissait le bec en l'air. Ça se retrouve, la gaudriole ; tandis que la terre, quand on la tient, le vrai est de la garder.

Il ne disait plus rien, il avançait d'un pas ralenti, ennuyé, ne sachant comment rattraper ses violences, avant de rejoindre sa femme. Enfin, il se décida.

– Moi, je n'aime pas les mauvais cœurs, c'est parce que tu as l'air d'être dégoûtée de moi, que ça me vexe... Autrement, je n'ai guère envie de faire du chagrin à ma femme, dans sa position...

Elle s'imagina qu'il craignait d'être vendu à Lise, lui aussi.

– Ça, tu peux en être sûr : si tu parles, je parlerai.

– Oh ! je n'en ai pas peur, reprit-il avec un aplomb tranquille. Je dirai que tu mens, que tu te venges de ce que je t'ai surprise.

Puis, comme ils arrivaient, il conclut d'une voix rapide :

– Alors, ça reste entre nous... Faudra voir à en recauser tous les deux.

Lise, pourtant, commençait à s'étonner, ne comprenant pas comment Françoise revenait ainsi avec Buteau. Celui-ci raconta que cette paresseuse était allée bouder derrière une meule, là-bas. D'ailleurs, un cri rauque les interrompit, on oublia l'affaire.

– Quoi donc ? qui a crié ?

C'était un cri effrayant, un long soupir hurlé, pareil à la plainte de mort d'une bête qu'on égorge. Il monta et s'éteignit, dans la flamme implacable du soleil.

– Hein ? qui est-ce ? un cheval bien sûr, les os cassés !

Ils se tournèrent, et ils virent Palmyre encore debout, dans le chaume voisin, au milieu des javelles. Elle serrait, de ses bras défaillants, contre sa poitrine plate, une dernière gerbe, qu'elle s'efforçait de lier. Mais elle jeta un nouveau cri d'agonie, plus déchiré, d'une détresse affreuse ; et, lâchant tout, tournant sur elle-même, elle s'abattit dans le blé, foudroyée par le soleil qui la chauffait depuis douze heures.

Lise et Françoise se hâtèrent, Buteau les suivit, d'un pas moins empressé ; tandis que, des pièces d'alentour, tout le monde aussi arrivait, les Delhomme, Fouan qui rôdait par là, la Grande qui chassait les pierres du bout de sa canne.

– Qu'y a-t-il donc ?

– C'est la Palmyre qui a une attaque.

– Je l'ai bien vue tomber, de là-bas.

– Ah ! mon Dieu !

Et tous, autour d'elle, dans l'effroi mystérieux dont la maladie frappe le paysan, la regardaient, sans trop oser s'approcher. Elle était allongée, la face au ciel, les bras en croix, comme crucifiée sur cette terre, qui l'avait usée si vite à son dur labeur, et qui la tuait. Quelque vaisseau avait dû se rompre, un filet de sang coulait de sa bouche. Mais elle s'en allait plus encore d'épuisement, sous des besognes de bête surmenée, si sèche au milieu du chaume, si réduite à rien qu'elle n'y était qu'une loque, sans chair, sans sexe, exhalant son dernier petit souffle dans la fécondité grasse des moissons.

Cependant, la Grande, l'aïeule, qui l'avait reniée et qui jamais ne lui parlait, s'avança enfin.

– Je crois bien qu'elle est morte.

Et elle la poussa de sa canne. Le corps, les yeux ouverts et vides dans l'éclatante lumière, la bouche élargie au vent de l'espace, ne remua pas. Sur le menton, le filet de sang se caillait. Alors, la grand-mère, qui s'était baissée, ajouta :

– Bien sûr qu'elle est morte... Vaut mieux ça que d'être à la charge des autres.

Tous, saisis, ne bougeaient plus. Est-ce qu'on pouvait la toucher, sans aller chercher le maire ? Ils parlaient d'abord à voix basse, puis ils se remirent à crier, pour s'entendre.

– Je vas quérir mon échelle, qui est là-bas contre la meule, finit par dire Delhomme. Ça servira de civière... Un mort, faut jamais le laisser par terre, ce n'est pas bien.

Mais, quand il revint avec l'échelle, et qu'on voulut prendre des gerbes et y faire un lit pour le cadavre, Buteau grogna.

– On te le rendra, ton blé !

– J'y compte, fichtre !

Lise, un peu honteuse de cette ladrerie, ajouta deux javelles comme oreiller, et l'on y déposa le corps de Palmyre, pendant que Françoise, dans une sorte de rêve, étourdie de cette mort qui tombait au milieu de sa première besogne avec l'homme ne pouvait détacher les yeux du cadavre, très triste, étonnée surtout que cela eût jamais pu être une femme. Elle demeura ainsi que Fouan, à garder, en attendant le départ ; et le vieux ne disait rien non plus, avait l'air de penser que ceux qui s'en vont sont bien heureux.

Quand le soleil se coucha, à l'heure où l'on rentre, deux hommes vinrent prendre la civière. Le fardeau n'était pas lourd, ils n'avaient guère besoin d'être relayés. Pourtant, d'autres les accompagnèrent, tout un cortège se forma. On coupa à travers champs, pour éviter le détour de la route. Sur les gerbes, le corps se raidissait, et des épis, derrière la tête, retombaient et se balançaient, aux secousses cadencées des pas. Maintenant, il ne restait au ciel que la chaleur amassée, une chaleur rousse, appesantie dans l'air bleu. À l'horizon, de l'autre côté de la vallée du Loir, le soleil, noyé dans une vapeur, n'épandait plus sur la Beauce qu'une nappe de rayons jaunes, au ras du sol. Tout semblait de ce jaune, de cette dorure des beaux soirs de moisson. Les blés encore debout avaient des aigrettes de flamme rose ; les chaumes hérissaient des brins de vermeil luisant ; et, de toutes parts, à l'infini, bossuant cette mer blonde, les meules moutonnaient, paraissaient grandir démesurément, flambantes d'un côté, déjà noires de l'autre, jetant des ombres qui s'allongeaient, jusqu'aux lointains perdus de la plaine. Une grande sérénité tomba, il n'y eut plus, très haut, qu'un chant d'alouette. Personne ne parlait, parmi les travailleurs harassés, qui suivaient avec une résignation de troupeau, la tête basse. Et l'on n'entendait qu'un petit bruit de l'échelle, sous le balancement de la morte, rapportée dans le blé mûr.

Ce soir-là, Hourdequin régla le compte de ses moissonneurs, qui avaient fini la besogne convenue. Les hommes emportaient cent vingt francs, les femmes soixante, pour leur mois de travail. C'était une année bonne, pas trop de blés versés où la faux s'ébrèche, pas un orage pendant la coupe. Aussi fut-ce au milieu de grands cris que le capitaine, accompagné de son équipe, présenta la gerbe, la croix d'épis tressés, à Jacqueline, qu'on traitait en maîtresse de la maison ; et la « ripane », le repas d'adieu traditionnel, fut très gai : on mangea trois gigots et cinq lapins, on trinqua si tard, que tous se couchèrent en ribote. Jacqueline, grise elle-même, faillit se faire prendre par Hourdequin, au cou de Tron. Étourdi, Jean était allé se jeter sur la paille de sa soupente. Malgré sa fatigue, il ne dormit point, l'image de Françoise était revenue et le tourmentait. Cela lui causait de la surprise, presque de la colère, car il avait eu si peu de plaisir avec cette fille, après tant de nuits passées à la vouloir ! Depuis, il se sentait tout vide, il aurait bien juré qu'il ne recommencerait pas. Et voilà qu'à peine couché, il la revoyait se dresser, il la désirait encore, dans une rage d'évocation charnelle : l'acte, là-bas, renaissait, cet acte auquel il n'avait pas pris goût, dont les moindres détails, maintenant, fouettaient sa chair. Comment la ravoir, où la tenir le lendemain, les jours suivants, toujours ? Un frôlement le fit tressaillir, une femme se coulait près de lui : c'était la Percheronne, la ramasseuse, étonnée qu'il ne vînt point, cette nuit dernière. D'abord, il la repoussa ; puis, il l'étouffa d'une étreinte ; et il était avec l'autre, il l'aurait brisée ainsi, les membres serrés, jusqu'à l'évanouissement.

À cette même heure, Françoise, réveillée en sursaut, se leva, ouvrit la lucarne de sa chambre, pour respirer. Elle avait rêvé qu'on se battait, que des chiens mangeaient la porte, en bas. Dès que l'air l'eut rafraîchie un peu, elle se retrouva avec l'idée des deux hommes, l'un qui la voulait, l'autre qui l'avait prise ; et elle ne réfléchissait pas plus loin, cela tournait simplement en elle, sans qu'elle jugeât ni décidât rien. Mais elle tendit l'oreille, ce n'était donc pas un rêve ? un chien hurlait au loin, au bord de l'Aigre. Ensuite, elle se souvint : c'était Hilarion, qui, depuis la tombée du jour, hurlait près du cadavre de Palmyre. On avait tenté de le chasser, il s'était cramponné, avait mordu, refusant de lâcher ces restes, sa sœur, sa femme, son tout ; et il hurlait sans fin, d'un hurlement qui emplissait la nuit.

Françoise, frissonnante, écouta longtemps.

V

– Pourvu que la Coliche ne vêle pas en même temps que moi ! répétait Lise chaque matin.

Et, traînant son ventre énorme, Lise s'oubliait dans l'étable, à regarder d'un œil inquiet la vache, dont le ventre, lui aussi, avait grossi démesurément. Jamais bête ne s'était enflée à ce point, d'une rondeur de futaille, sur ses jambes devenues grêles. Les neuf mois tombaient juste le jour de la Saint-Fiacre, car Françoise avait eu le soin d'inscrire la date où elle l'avait menée au taureau. Malheureusement, c'était Lise qui, pour son compte, n'était pas certaine, à quelques jours près. Cet enfant-là avait poussé si drôlement, sans qu'on le voulût, qu'elle ne pouvait savoir. Mais ça taperait bien sûr dans les environs de la Saint-Fiacre, peut-être la veille, peut-être le lendemain. Et elle répétait, désolée :

– Pourvu que la Coliche ne vêle pas en même temps que moi !... Ça en ferait, une affaire ! Ah ! bon sang ! nous serions propres !

On gâtait beaucoup la Coliche, qui était depuis dix ans dans la maison. Elle avait fini par être une personne de la famille. Les Buteau se réfugiaient près d'elle, l'hiver, n'avaient pas d'autre chauffage que l'exhalaison chaude de ses flancs. Et elle-même se montrait très affectueuse, surtout à l'égard de Françoise. Elle la léchait de sa langue rude, à la faire saigner, elle lui prenait, du bout des dents, des morceaux de sa jupe, pour l'attirer et la garder toute à elle. Aussi la soignait-on davantage, à mesure que le vêlage approchait : des soupes chaudes, des sorties aux bons moments de la journée, une surveillance de chaque heure. Ce n'était pas seulement qu'on l'aimât, c'étaient aussi les cinquante pistoles qu'elle représentait, le lait, le beurre, les fromages, une vraie fortune, qu'on pouvait perdre, en la perdant.

Depuis la moisson, une quinzaine venait de s'écouler. Dans le ménage, Françoise avait repris sa vie habituelle, comme s'il ne se fût rien passé entre elle et Buteau. Il semblait avoir oublié, elle-même évitait de songer à ces choses, qui la troublaient. Jean, rencontré et averti par elle, n'était pas revenu. Il la guettait au coin des haies, il la suppliait de s'échapper, de le rejoindre le soir, dans des fossés qu'il indiquait. Mais elle refusait, effrayée, cachant sa froideur sous des airs de grande prudence. Plus tard, quand on aurait moins besoin d'elle à la maison. Et, un soir qu'il l'avait surprise descendant chez Macqueron acheter du sucre, elle lui parla tout le temps de la Coliche, des os qui commençaient à se casser, du derrière qui s'ouvrait, signes certains auxquels lui-même déclara que ça ne pouvait pas aller bien loin, maintenant.

Et voilà que, juste la veille de la Saint-Fiacre, Lise, le soir, après le dîner, fut prise de grosses coliques, au moment où elle était dans l'étable avec sa sœur, à regarder la vache, qui, les cuisses écartées par l'enflure de son ventre, souffrait, elle aussi, en meuglant doucement.

– Quand je le disais ! cria-t-elle, furieuse. Ah ! nous sommes propres !

Pliée en deux, tenant à pleins bras son ventre à elle, le brutalisant pour le punir, elle récriminait, elle lui parlait : est-ce qu'il n'allait pas lui foutre la paix ? il pouvait bien attendre ! C'étaient comme des mouches qui la piquaient aux flancs, et les coliques lui partaient des reins, pour lui descendre jusque dans les genoux. Elle refusait de se mettre au lit, elle piétinait, en répétant qu'elle voulait faire rentrer ça.

Vers dix heures, lorsqu'on eut couché le petit Jules, Buteau, ennuyé de voir que rien n'arrivait, décidé à dormir, laissa Lise et Françoise s'entêter dans l'étable, autour de la Coliche, dont les souffrances grandissaient. Toutes deux commençaient à être inquiètes, ça ne marchait guère, bien que le travail, du côté des os, parût fini. Le passage y était, pourquoi le veau ne sortait-il pas ? Elles flattaient la bête, l'encourageaient, lui apportaient des friandises, du sucre, que celle-ci refusait, la tête basse, la croupe agitée de secousses profondes. À minuit, Lise, qui jusque-là s'était tordue, se trouva brusquement soulagée : ce n'était encore, pour elle, qu'une fausse alerte, des douleurs errantes ; mais elle fut persuadée qu'elle avait rentré ça, comme elle aurait réprimé un besoin. Et, la nuit entière, elle et sa sœur veillèrent la Coliche, la soignant, faisant chauffer des torchons qu'elles lui appliquaient brûlants sur la peau ; tandis que l'autre vache, Rougette, la dernière achetée au marché de Cloyes, étonnée de cette chandelle qui brûlait, les suivait de ses gros yeux bleuâtres, ensommeillés.

Au soleil levant, Françoise, voyant qu'il n'y avait toujours rien, se décida à courir chercher leur voisine, la Frimat. Celle-ci était réputée pour ses connaissances, elle avait aidé tant de vaches, qu'on recourait volontiers à elle dans les cas difficiles, afin de s'éviter la visite du vétérinaire. Dès qu'elle arriva, elle eut une moue.

– Elle n'a pas bon air, murmura-t-elle. Depuis quand est-elle comme ça ?

– Mais depuis douze heures.

La vieille femme continua de tourner derrière la bête, mit son nez partout, avec de petits hochements de menton, des mines maussades, qui effrayaient les deux autres.

– Pourtant, conclut-elle, v'là la bouteille qui vient... Faut attendre pour voir.

Alors, toute la matinée fut employée à regarder se former la bouteille, la poche que les eaux gonflent et poussent au-dehors. On l'étudiait, on la mesurait, on la jugeait : une bouteille tout de même qui en valait une autre, bien qu'elle s'allongeât, trop grosse. Mais, dès neuf heures, le travail s'arrêta de nouveau, la bouteille pendit, stationnaire, lamentable, agitée d'un balancement régulier, par les frissons convulsifs de la vache, dont la situation empirait à vue d'œil.

Lorsque Buteau rentra des champs pour déjeuner, il prit peur à son tour, il parla d'aller chercher Patoir, tout en frémissant à l'idée de l'argent que ça coûterait.

– Un vétérinaire ! dit aigrement la Frimat, pour qu'il te la tue, hein ? Celle au père Saucisse lui a bien claqué sous le nez... Non, vois-tu, je vas crever la bouteille, et je l'irai chercher, moi, ton veau !

– Mais, fit remarquer Françoise, M. Patoir défend de la crever. Il dit que ça aide, l'eau dont elle est pleine.

La Frimat eut un haussement d'épaules exaspéré. Un bel âne, Patoir ! Et, d'un coup de ciseaux, elle fendit la poche. Les eaux ruisselèrent avec un bruit d'écluse, tous s'écartèrent, trop tard, éclaboussés. Un instant, la Coliche souffla plus à l'aise, la vieille femme triompha. Elle avait frotté sa main droite de beurre, elle l'introduisit, tâcha d'aller reconnaître la position du veau ; et elle fouillait là-dedans, sans hâte. Lise et Françoise la regardaient faire, les paupières battantes d'anxiété. Buteau lui-même, qui n'était pas retourné aux champs, attendait, immobile et ne respirant plus.

– Je sens les pieds, murmura-t-elle, mais la tête n'est pas là. Ce n'est guère bon, quand on ne trouve pas la tête...

Elle dut ôter sa main. La Coliche, secouée d'une tranchée violente, poussait si fort, que les pieds parurent. C'était toujours ça, les Buteau eurent un soupir de soulagement : ils croyaient tenir déjà un peu de leur veau, en voyant ces pieds qui passaient ; et, dès lors, ils furent travaillés d'une pensée unique, tirer, pour l'avoir tout de suite, comme s'ils avaient eu peur qu'il ne rentrât et qu'il ne ressortît plus.

– Vaudrait mieux ne pas le bousculer, dit sagement la Frimat. Il finira bien par sortir.

Françoise était de cet avis. Mais Buteau s'agitait, venait toucher les pieds à toutes minutes, en se fâchant de ce qu'ils ne s'allongeaient pas. Brusquement, il prit une corde, qu'il y noua d'un nœud solide, aidé de sa femme, aussi frémissante que lui ; et, comme justement la Bécu rentrait, amenée par son flair, on tira, tous attelés à la corde, Buteau d'abord, puis la Frimat, la Bécu, Françoise, Lise elle-même, accroupie, avec son gros ventre.

– Ohé hisse ! criait Buteau, tous ensemble !... Ah ! le chameau, il n'a pas grouillé d'un pouce, il est collé là-dedans !... Aïe donc ! aïe donc ! bougre !

Les femmes, suantes, essoufflées, répétaient :

– Ohé hisse !... Aïe donc ! bougre !

Mais il y eut une catastrophe. La corde, vieille, à demi pourrie, cassa, et toutes furent culbutées dans la litière, au milieu de cris et de jurons.

– Ça ne fait rien, il n'y a pas de mal ! déclara Lise, qui avait roulé jusqu'au mur et qu'on se hâtait de relever.

Cependant, à peine debout, elle eut un éblouissement, il lui fallut s'asseoir. Un quart d'heure plus tard, elle se tenait le ventre, les douleurs de la veille recommençaient, profondes, à des intervalles réguliers. Et elle qui croyait avoir rentré ça ! Quel fichu guignon tout de même que la vache n'allât pas plus vite, et qu'elle, maintenant, fût reprise, à ce point qu'elle était bien capable de la rattraper ! On n'évitait pas le sort, c'était dit, que toutes les deux vêleraient ensemble. Elle poussait de grands soupirs, une querelle éclata entre elle et son homme. Aussi, nom de Dieu ! pourquoi avait-elle tiré ? est-ce que ça la regardait, le sac des autres ? qu'elle vidât donc le sien, d'abord ! Elle répondit par des injures, tellement elle souffrait : cochon ! salop ! s'il ne lui avait pas empli, son sac, il ne la gênerait pas tant !

– Tout ça, fit remarquer la Frimat, c'est des paroles, ça n'avance à rien.

Et la Bécu ajouta :

– Ça soulage tout de même.

On avait heureusement envoyé le petit Jules chez le cousin Delhomme, pour s'en débarrasser. Il était trois heures, on attendit jusqu'à sept. Rien ne vint, la maison était un enfer : d'un côté, Lise qui s'entêtait sur une vieille chaise, à se tortiller, en geignant ; de l'autre, la Coliche qui ne jetait qu'un cri, dans des frissons et des sueurs, d'un caractère de plus en plus grave. La seconde vache, Rougette, s'était mise à meugler de peur. Françoise alors perdit la tête, et Buteau, jurant, gueulant, voulut tirer encore. Il appela deux voisins, on tira à six, comme pour déraciner un chêne, avec une corde neuve, qui ne cassa pas, cette fois. Mais la Coliche, ébranlée, tomba sur le flanc et resta dans la paille, allongée, soufflante, pitoyable.

– Le bougre, nous ne l'aurons pas ! déclara Buteau en nage, et la garce y passera avec lui !

Françoise joignit les mains, suppliante.

– Oh ! va chercher M. Patoir !... Ça coûtera ce que ça coûtera, va chercher M. Patoir !

Il était devenu sombre. Après un dernier combat, sans répondre un mot, il sortit la carriole.

La Frimat, qui affectait de ne plus s'occuper de la vache, depuis qu'on reparlait du vétérinaire, s'inquiétait maintenant de Lise. Elle était bonne aussi pour les accouchements, toutes les voisines lui passaient par les mains. Et elle semblait soucieuse, elle ne cachait point ses craintes à la Bécu, qui rappela Buteau, en train d'atteler.

– Écoutez... Elle souffre beaucoup, votre femme. Si vous rameniez aussi un médecin.

Il demeura muet, les yeux arrondis. Quoi donc ? encore une qui voulait se faire dorloter ! Bien sûr qu'il ne payerait pas pour tout le monde !

– Mais non ! mais non ! cria Lise entre deux coliques. Ça ira toujours, moi ! On n'a pas d'argent à jeter par les fenêtres.

Buteau se hâta de fouetter son cheval, et la carriole se perdit sur la route de Cloyes, dans la nuit tombante.

Lorsque, deux heures plus tard, Patoir arriva enfin, il trouva tout au même point, la Coliche râlant sur le flanc, et Lise se tordant comme un ver, à moitié glissée de sa chaise. Il y avait vingt-quatre heures que les choses duraient.

– Pour laquelle, voyons ? demanda le vétérinaire, qui était d'esprit jovial.

Et, tout de suite, tutoyant Lise :

– Alors, ma grosse, si ce n'est pas pour toi, fais-moi le plaisir de te coller dans ton lit. Tu en as besoin.

Elle ne répondit pas, elle ne s'en alla pas. Déjà, il examinait la vache.

– Fichtre ! elle est dans un foutu état, votre bête. Vous venez toujours me chercher trop tard... Et vous avez tiré, je vois ça. Hein ? vous l'auriez plutôt fendue en deux, que d'attendre, sacrés maladroits !

Tous l'écoutaient, la mine basse, l'air respectueux et désespéré ; et, seule, la Frimat pinçait les lèvres, pleine de mépris. Lui, ôtant son paletot, retroussant ses manches, rentrait les pieds, après les avoir noués d'une ficelle, pour les ravoir ; puis, il plongea la main droite.

– Pardi ! reprit-il au bout d'un instant, c'est bien ce que je pensais : la tête se trouve repliée à gauche, vous auriez pu tirer jusqu'à demain, jamais il ne serait sorti... Et, vous savez, mes enfants, il est fichu, votre veau. Je n'ai pas envie de me couper les doigts à ses quenottes, pour le retourner. D'ailleurs, je ne l'aurais pas davantage, et j'abîmerais la mère.

Françoise éclata en sanglots.

– Monsieur Patoir, je vous en prie, sauvez notre vache... Cette pauvre Coliche qui m'aime...

Et Lise, qu'une tranchée verdissait, et Buteau, bien portant, si dur au mal des autres, se lamentaient, s'attendrissaient, dans la même supplication.

– Sauvez notre vache, notre vieille vache qui nous donne de si bon lait, depuis des années et des années... Sauvez-la monsieur Patoir...

– Mais, entendons-nous bien, je vas être forcé de découper le veau.

– Ah ! le veau, on s'en fout, du veau !... Sauvez notre vache, monsieur Patoir, sauvez-la !

Alors, le vétérinaire, qui avait apporté un grand tablier bleu, se fit prêter un pantalon de toile ; et, s'étant mis tout nu dans un coin, derrière la Rougette, il enfila simplement le pantalon, puis attacha le tablier à ses reins. Quand il reparut, avec sa bonne face de dogue, gros et court dans ce costume léger, la Coliche souleva la tête, s'arrêta de se plaindre, étonnée sans doute. Mais personne n'eut un sourire, tellement l'attente serrait les cœurs.

– Allumez des chandelles !

Il en fit planter quatre par terre, et il s'allongea sur le ventre, dans la paille, derrière la vache, qui ne pouvait plus se lever. Un instant, il resta aplati, le nez entre les cuisses de la bête. Ensuite, il se décida à tirer sur la ficelle, pour ramener les pieds, qu'il examina attentivement. Près de lui, il avait posé une petite boîte longue, et il se redressait sur un coude, il en sortait un bistouri, lorsqu'un gémissement rauque l'étonna et le fit s'asseoir.

– Comment ! ma grosse, tu es encore là ?... Aussi, je me disais : ce n'est pas la vache !

C'était Lise, prise des grandes douleurs, qui poussait, les flancs arrachés.

– Mais, nom de Dieu ! va donc faire ton affaire chez toi, laisse-moi faire la mienne ici ! Ça me dérange, ça me tape sur les nerfs, parole d'honneur ! de t'entendre pousser derrière moi... Voyons, est-ce qu'il y a du bon sens ? emmenez-la, vous autres !

La Frimat et la Bécu se décidèrent à prendre chacune Lise sous un bras et à la conduire dans sa chambre. Elle s'abandonnait, elle n'avait plus la force de résister. Mais, en traversant la cuisine, où brûlait une chandelle solitaire, elle exigea pourtant qu'on laissât toutes les portes ouvertes, dans l'idée qu'elle serait ainsi moins loin. Déjà, la Frimat avait préparé le lit de misère, selon l'usage des campagnes : un simple drap jeté au milieu de la pièce, sur une botte de paille, et trois chaises renversées. Lise s'accroupit, s'écartela, adossée à une des chaises, la jambe droite contre la seconde, la gauche contre la troisième. Elle ne s'était pas même déshabillée, ses pieds s'arc-boutaient dans leurs savates, ses bas bleus montaient à ses genoux ; et sa jupe rejetée sur sa gorge, découvrait son ventre monstrueux, ses cuisses grasses, très blanches, si élargies, qu'on lui voyait jusqu'au cœur.

Dans l'étable, Buteau et Françoise étaient restés pour éclairer Patoir, tous les deux assis sur leurs talons, approchant chacun une chandelle, tandis que le vétérinaire, allongé de nouveau, pratiquait au bistouri une section autour du jarret de gauche. Il décolla la peau, tira sur l'épaule qui se dépouilla et s'arracha. Mais Françoise, pâlissante, défaillante, laissa tomber sa chandelle et s'enfuit en criant :

– Ma pauvre vieille Coliche... Je ne veux pas voir ça ! je ne veux pas voir ça !

Patoir s'emporta, d'autant plus qu'il dut se relever, pour éteindre un commencement d'incendie, déterminé dans la paille par la chute de la chandelle.

– Nom de Dieu de gamine ! ça vous a des nerfs de princesse !... Elle nous fumerait comme des jambons.

Toujours courant, Françoise était allée se jeter sur une chaise, dans la pièce où accouchait sa sœur, dont l'écartement béant ne l'émotionna pas, comme s'il se fût agi d'une chose naturelle et ordinaire, après ce qu'elle venait de voir. D'un geste, elle chassait cette vision de chairs découpées toutes vives ; et elle raconta en bégayant ce qu'on faisait à la vache.

– Ça ne peut pas marcher, faut que j'y retourne, dit soudain Lise, qui, malgré ses douleurs, se souleva pour quitter ses trois chaises.

Mais déjà la Frimat et la Bécu, se fâchant, la maintenaient en place.

– Ah ! çà, voulez-vous bien rester tranquille ! Qu'est-ce que vous avez donc dans le corps ?

Et la Frimat ajouta :

– Bon ! voilà que vous crevez la bouteille, vous aussi !

En effet, les eaux étaient parties d'un jet brusque, que la paille, sous le drap, but tout de suite ; et les derniers efforts de l'expulsion commencèrent. Le ventre nu poussait malgré lui, s'enflait à éclater, pendant que les jambes, avec leurs bas bleus, se repliaient et s'ouvraient, d'un mouvement inconscient de grenouille qui plonge.

– Voyons, reprit la Bécu, pour vous tranquilliser, j'y vas aller, moi, et je vous donnerai des nouvelles.

Dès lors, elle ne fit que courir de la chambre à l'étable. Même, pour s'épargner du chemin, elle finit par crier les nouvelles, du milieu de la cuisine. Le vétérinaire continuait son dépeçage, dans la litière trempée de sang et de glaires, une pénible et sale besogne, dont il sortait abominable, souillé de haut en bas.

– Ça va bien, Lise, criait la Bécu. Poussez sans regret... Nous avons l'autre épaule. Et, maintenant, c'est la tête qu'on arrache... Il la tient, la tête, oh ! une tête !... Et c'est fini, de ce coup, le corps est venu d'un paquet.

Lise accueillait chaque phase de l'opération d'un soupir déchirant ; et l'on ne savait si elle souffrait pour elle ou pour le veau. Mais, brusquement, Buteau apporta la tête, voulant la lui montrer. Ce fut une exclamation générale.

– Oh ! le beau veau !

Elle, sans cesser le travail, poussant plus rude, les muscles tendus, les cuisses gonflées, parut prise d'un inconsolable désespoir.

– Mon Dieu ! est-ce malheureux !... Oh ! le beau veau, mon Dieu !... Est-ce malheureux, un si beau veau, un veau si beau, qu'on n'en a jamais vu de si beau !

Françoise également se lamentait, et les regrets de tous devinrent si agressifs, si pleins de sous-entendus hostiles, que Patoir s'en blessa. Il accourut, il s'arrêta pourtant à la porte, par décence.

– Dites donc, je vous avais avertis... Vous m'avez supplié de sauver votre vache... C'est que je vous connais, mes bougres ! Faut pas aller raconter partout que je vous ai tué votre veau, hein ?

– Bien sûr, bien sûr, murmura Buteau, en retournant dans l'étable avec lui. Tout de même, c'est vous qui l'avez coupé.

Par terre, Lise, entre ses trois chaises, était parcourue d'une houle, qui lui descendait des flancs, sous la peau, pour aboutir, au fond des cuisses, en un élargissement continu des chairs. Et Françoise, qui jusque-là n'avait pas vu, dans sa désolation, demeura tout d'un coup stupéfaite, debout devant sa sœur, dont la nudité lui apparaissait en raccourci, rien que les angles relevés des genoux, à droite et à gauche de la boule du ventre, que creusait une cavité ronde. Cela était si inattendu, si défiguré, si énorme, qu'elle n'en fut pas gênée. Jamais elle ne se serait imaginé une chose pareille, le trou bâillant d'un tonneau défoncé, la lucarne grande ouverte du fenil, par où l'on jetait le foin, et qu'un lierre touffu hérissait de noir. Puis, quand elle remarqua qu'une autre boule, plus petite, la tête de l'enfant, sortait et rentrait à chaque effort, dans un perpétuel jeu de cache-cache, elle fut prise d'une si violente envie de rire, qu'elle dut tousser, pour qu'on ne la soupçonnât pas d'avoir mauvais cœur.

– Un peu de patience encore, déclara la Frimat. Ça va y être.

Elle s'était agenouillée entre les jambes, guettant l'enfant, prête à le recevoir. Mais il faisait des façons, comme disait la Bécu ; même, un moment, il s'en alla, on put le croire rentré chez lui. Alors seulement, Françoise s'arracha à la fascination de cette gueule de four braquée sur elle ; et un embarras la saisit aussitôt, elle vint prendre la main de sa sœur, s'apitoyant, depuis qu'elle détournait les yeux.

– Ma pauvre Lise, va ! t'as de la peine.

– Oh ! oui, oh ! oui, et personne ne me plaint... Si l'on me plaignait... Oh ! là, là, ça recommence, il ne sortira donc pas !

Ça pouvait durer longtemps, lorsque des exclamations vinrent de l'étable. C'était Patoir, qui, étonné de voir la Coliche s'agiter et meugler encore, avait soupçonné la présence d'un second veau ; et, en effet, replongeant la main, il en avait tiré un, sans difficulté aucune cette fois, comme il aurait sorti un mouchoir de sa poche. Sa gaieté de gros homme farceur fut telle, qu'il oublia la décence, au point de courir dans la chambre de l'accouchée, portant le veau, suivi de Buteau qui plaisantait aussi.

– Hein ! ma grosse, t'en voulais un... Le v'là !

Et il était à crever de rire, tout nu dans son tablier, les bras, le visage, le corps entier barbouillé de fiente, avec son veau mouillé encore, qui semblait ivre, la tête trop lourde et étonnée. Au milieu de l'acclamation générale, Lise, à le voir, fut prise d'un accès de fou rire, irrésistible, interminable.

– Oh ! qu'il est drôle ! oh ! que c'est bête de me faire rire comme ça !... Oh ! là, là, que je souffre, ça me fend !... Non ! non ! ne me faites donc plus rire, je vas y rester !

Les rires ronflaient au fond de sa poitrine grasse, descendaient dans son ventre, où ils poussaient d'un souffle de tempête. Elle en était ballonnée, et la tête de l'enfant avait repris son jeu de pompe, comme un boulet près de partir.

Mais ce fut le comble, lorsque le vétérinaire, ayant posé le veau devant lui, voulut essuyer d'un revers de main la sueur qui lui coulait du front. Il se balafra d'une large traînée de bouse, tous se tordirent, l'accouchée suffoqua, pouffa avec des cris aigus de poule qui pond.

– Je meurs, finissez ! Foutu rigolo qui me fait rire à claquer dans ma peau !... Ah ! mon Dieu ! ah ! mon Dieu, ça crève...

Le trou béant s'arrondit encore, à croire que la Frimat, toujours à genoux, allait y disparaître ; et, d'un coup, comme d'une femme canon, l'enfant sortit, tout rouge, avec ses extrémités détrempées et blêmes. On entendit simplement le glouglou d'un goulot géant qui se vidait. Puis, le petit miaula, tandis que la mère, secouée comme une outre dont la peau se dégonfle, riait plus fort. Ça criait d'un bout, ça riait de l'autre. Et Buteau se tapait sur les cuisses, la Bécu se tenait les côtes, Patoir éclatait en notes sonores, Françoise elle-même, dont sa sœur avait broyé la main dans sa dernière poussée, se soulageait enfin de son envie contenue, voyant toujours ça, une vraie cathédrale où le mari devait loger tout entier.

– C'est une fille, déclara la Frimat.

– Non, non, fit Lise, je n'en veux pas, je veux un garçon.

– Alors, je la renfile, ma belle, et tu feras un garçon demain.

Les rires redoublèrent, on en fut malade. Puis, comme le veau était resté devant elle, l'accouchée, qui finissait par se calmer, eut cette parole de regret :

– L'autre était si beau... Tout de même, ça nous en ferait deux !

Patoir s'en alla, après qu'on eut donné à la Coliche trois litres de vin sucré. Dans la chambre, la Frimat déshabilla et coucha Lise, tandis que la Bécu, aidée de Françoise, enlevait la paille et balayait. En dix minutes, tout fut en ordre, on ne se serait pas douté qu'un accouchement venait d'avoir lieu, sans les miaulements continus de la petite, qu'on lavait à l'eau tiède. Mais, emmaillotée, couchée dans son berceau, elle se tut peu à peu ; et la mère, anéantie maintenant, s'endormit d'un sommeil de plomb, la face congestionnée, presque noire, au milieu des gros draps de toile bise.

Vers onze heures, lorsque les deux voisines furent parties, Françoise dit à Buteau qu'il ferait mieux de monter se reposer au fenil. Elle, pour la nuit, avait jeté par terre un matelas, où elle comptait s'étendre, de façon à ne pas quitter sa sœur. Il ne répondit point, il acheva silencieusement sa pipe. Un grand calme s'était fait, on n'entendait que la respiration forte de Lise endormie. Puis, comme Françoise s'agenouillait sur son matelas, au pied même du lit, dans un coin d'ombre, Buteau, toujours muet, vint brusquement la culbuter par-derrière. Elle se retourna, comprit aussitôt à son visage contracté et rouge. Ça le reprenait, il n'avait pas lâché son idée de l'avoir ; et fallait croire que ça le travaillait rudement fort, tout d'un coup, pour qu'il voulût d'elle ainsi, à côté de sa femme, après des choses qui n'étaient guère engageantes. Elle le repoussa, le renversa. Il y eut une lutte sourde, haletante.

Lui ricanait, la voix étranglée.

– Voyons, qu'est-ce que ça te fout ?... Je suis bon pour vous deux.

Il la connaissait bien, il savait qu'elle ne crierait pas. En effet, elle résistait sans une parole, trop fière pour appeler sa sœur, ne voulant mettre personne dans ses affaires, pas même celle-ci. Il l'étouffait, il était sur le point de la vaincre.

– Ça irait si bien... Puisqu'on vit ensemble, on ne se quitterait pas...

Mais il retint un cri de douleur. Silencieusement, elle lui avait enfoncé les ongles dans le cou ; et il s'enragea alors, il fit allusion à Jean.

– Si tu crois que tu l'épouseras, ton salop... Jamais, tant que tu ne seras pas majeure !

Cette fois, comme il la violentait, sous la jupe, à pleine main brutale, elle lui envoya un tel coup de pied entre les jambes, qu'il hurla. D'un bond, il s'était remis debout, effrayé, regardant le lit. Sa femme dormait toujours, du même souffle tranquille. Il s'en alla pourtant, avec un geste de terrible menace.

Lorsque Françoise se fut allongée sur le matelas, dans la grande paix de la chambre, elle demeura les yeux ouverts. Elle ne voulait point, jamais elle ne le laisserait faire, même si elle en avait l'envie. Et elle s'étonnait, l'idée qu'elle pourrait épouser Jean ne lui était pas encore venue.

VI

Depuis deux jours, Jean était occupé dans les pièces que Hourdequin possédait près de Rognes, et où celui-ci avait fait installer une batteuse à vapeur, louée à un mécanicien de Châteaudun, qui la promenait de Bonneval à Cloyes. Avec sa voiture et ses deux chevaux, le garçon apportait les gerbes des meules environnantes, puis emportait le grain à la ferme ; tandis que la machine, soufflant du matin au soir, faisant voler au soleil une poussière blonde, emplissait le pays d'un ronflement énorme et continu.

Jean, malade, se cassait la tête à chercher comment il pourrait bien ravoir Françoise. Il y avait déjà un mois qu'il l'avait tenue, justement là, dans ce blé que l'on battait ; et elle s'échappait sans cesse, peureuse. Il désespérait de jamais recommencer. C'était un désir croissant, une passion envahissante. Tout en conduisant ses bêtes, il se demandait pourquoi il n'irait pas carrément chez les Buteau réclamer Françoise en mariage. Rien encore ne l'avait fâché avec eux d'une façon ouverte et définitive. Il leur criait toujours un bonjour en passant. Et, dès que cette idée de mariage lui eut poussé comme le seul moyen de ravoir la fille, il se persuada que son devoir était là, qu'il serait un malhonnête homme, s'il ne l'épousait point.

Pourtant, le lendemain matin, lorsque Jean retourna à la machine, la peur le prit. Jamais il n'aurait osé risquer la démarche s'il n'avait vu Buteau et Françoise partir ensemble pour les champs. Il songea que Lise lui avait toujours été favorable, qu'il tremblerait moins avec elle ; et il s'échappa un instant, après avoir confié ses chevaux à un camarade.

– Tiens, c'est vous, Jean ! cria Lise, relevée gaillardement de ses couches. On ne vous voit plus. Qu'arrive-t-il ?

Il s'excusa. Puis, en hâte, avec la brutalité des gens timides, il aborda la chose ; et elle put croire d'abord qu'il lui faisait une déclaration, car il lui rappelait qu'il l'avait aimée, qu'il l'aurait eue volontiers pour femme. Mais, tout de suite, il ajouta :

– Alors, c'est pourquoi j'épouserais tout de même Françoise, si on me la donnait.

Elle le regarda, tellement surprise, qu'il se mit à bégayer.

– Oh ! je sais, ça ne se fait pas comme ça... Je voulais seulement vous en parler.

– Dame ! répondit-elle enfin, ça me surprend, parce que je ne m'y attendais guère, à cause de vos âges... Avant tout, faudrait savoir ce que Françoise en pense.

Il était venu avec le projet formel de tout dire, dans l'espoir de rendre le mariage nécessaire. Mais un scrupule, au dernier moment, l'arrêta. Si Françoise ne s'était pas confessée à sa sœur, si personne ne savait rien, avait-il le droit de parler le premier ? Cela le découragea, il eut honte, à cause de ses trente-trois ans.

– Bien sûr, murmura-t-il, on lui en causerait, on ne la forcerait pas.

D'ailleurs, Lise, son étonnement passé, le regardait de son air réjoui ; et la chose, évidemment, ne lui déplaisait pas. Même elle fut tout à fait engageante.

– Ce sera comme elle voudra, Jean... Moi, je ne suis pas de l'avis de Buteau, qui la trouve trop jeune. Elle va sur ses dix-huit ans, elle est bâtie à prendre deux hommes au lieu d'un... Et puis, on a beau s'aimer entre sœurs, n'est-ce pas ? maintenant que la voilà femme, je préférerais avoir à sa place une servante que je commanderais... Si elle dit oui, épousez-la. Vous êtes un bon sujet, ce sont les plus vieux coqs souvent qui sont les meilleurs.

C'était un cri qui lui échappait, cette désunion lente, grandie invinciblement entre elle et sa cadette, cette hostilité aggravée par les petites blessures de chaque jour, un sourd ferment de jalousie et de haine couvant depuis qu'un homme était là, avec ses volontés et ses appétits de mâle.

Jean, heureux, lui mit un gros baiser sur chaque joue, lorsqu'elle eut ajouté :

– Justement, nous baptisons la petite, et nous aurons la famille à dîner, ce soir... Je vous invite, vous ferez votre demande au père Fouan, qui est le tuteur, si Françoise veut bien de vous.

– Entendu ! cria-t-il. À ce soir !

Et il rejoignit ses chevaux à grandes enjambées, il les poussa tout le jour, en faisant chanter son fouet, dont les claquements partaient comme des coups de feu, au matin d'une fête.

Les Buteau, en effet, baptisaient leur enfant, après bien des retards. D'abord, Lise avait exigé d'être tout à fait solide, voulant manger au repas. Puis, travaillée d'une pensée d'ambition, elle s'était obstinée à avoir les Charles pour parrain et marraine ; et ceux-ci, par condescendance, ayant accepté, il avait fallu attendre Mme Charles, qui venait de partir à Chartres donner un coup de main dans l'établissement de sa fille : on était à la foire de septembre, la maison de la rue aux Juifs ne désemplissait pas. D'ailleurs, ainsi que Lise l'avait dit à Jean, on devait être simplement en famille : Fouan, la Grande et les Delhomme, en dehors du parrain et de la marraine.

Mais, au dernier moment, de grosses difficultés se présentèrent avec l'abbé Godard, qui ne décolérait plus contre Rognes. Il s'était efforcé de prendre son mal en patience, les six kilomètres que lui coûtait chaque messe, les exigences taquines d'un village sans vraie religion, tant qu'il avait espéré que le conseil municipal finirait par se donner le luxe d'une paroisse. À bout de résignation, il ne pouvait se leurrer davantage, le conseil repoussait chaque année la réparation du presbytère, le maire Hourdequin déclarait le budget trop grevé déjà, seul l'adjoint Macqueron ménageait les prêtres, par de sourdes visées ambitieuses. Et l'abbé, n'ayant désormais aucun ménagement à garder, traitait Rognes durement, ne lui accordait du culte que le strict nécessaire, sans gâteries de prières en plus, de cierges et d'encens brûlés pour le plaisir. Aussi vivait-il dans de continuelles querelles avec les femmes. En juin surtout, une véritable bataille s'était livrée, à propos de la première communion. Cinq enfants, deux filles et trois garçons, suivaient le catéchisme qu'il faisait le dimanche, après la messe ; et, comme il lui aurait fallu revenir pour les confesser, il avait exigé qu'ils vinssent eux-mêmes le trouver à Bazoches-le-Doyen. De là, une première révolte des femmes : merci ! trois quarts de lieue pour l'aller, autant pour le retour ! est-ce qu'on savait comment ça tournait, dès que des garçons et des filles couraient ensemble ? Puis, l'orage éclata, terrible, lorsqu'il refusa nettement de célébrer à Rognes la cérémonie, la grand-messe chantée et le reste. Il entendait la célébrer dans sa paroisse, les cinq enfants étaient libres de s'y rendre, s'ils en avaient le désir. Pendant quinze jours, à la fontaine, les femmes en bégayèrent de colère : quoi donc ! il les baptisait, il les mariait, il les enterrait chez eux, et il ne voulait pas les y faire communier proprement ! Il s'obstina, ne dit qu'une messe basse, expédia les cinq communiants, n'ajouta pas une fleur, pas un orémus de consolation ; même il brutalisa les femmes, quand, vexées aux larmes de cette solennité bâclée ainsi, elles le supplièrent de chanter les vêpres. Rien du tout ! il leur donnait ce qu'il leur devait, elles auraient eu la grand-messe, les vêpres, tout enfin, à Bazoches, si leur mauvaise tête ne les avait pas mises en rébellion contre Dieu. Depuis cette brouille, une rupture était imminente entre l'abbé Godard et Rognes, le moindre heurt allait amener la catastrophe.

Lorsque Lise se rendit chez le curé, pour le baptême de sa petite, il parla de le fixer au dimanche, après la messe. Mais elle le pria de revenir le mardi, à deux heures, car la marraine ne rentrerait de Chartres que ce jour-là, dans la matinée ; et il finit par consentir, en recommandant d'être exact, décidé, criait-il, à ne pas attendre une seconde.

Le mardi, à deux heures précises, l'abbé Godard était à l'église, essoufflé de sa course, mouillé par une averse brusque. Personne n'était encore arrivé. Il n'y avait qu'Hilarion, à l'entrée de la nef, en train de déblayer un coin du baptistère, encombré de vieilles dalles rompues, qu'on avait toujours vues là. Depuis la mort de sa sœur, l'infirme vivait de la charité publique, et le curé, qui lui glissait de temps en temps des pièces de vingt sous, avait eu l'idée de l'occuper à ce nettoyage, vingt fois résolu et sans cesse remis. Pendant quelques minutes, il s'intéressa à ce travail. Puis, il eut un premier sursaut de colère.

– Ah ! ça, est-ce qu'ils se fichent de moi ? Il est déjà deux heures dix.

Comme il regardait, de l'autre côté de la place, la maison des Buteau, muette, l'air endormi, il aperçut le garde champêtre qui attendait sous le porche, en fumant sa pipe.

– Sonnez donc, Bécu ! cria-t-il. Ça les fera venir, ces lambins !

Bécu se pendit à la corde de la cloche, très ivre, comme toujours. Le curé était allé mettre son surplis. Dès le dimanche, il avait préparé l'acte sur le registre, et il comptait expédier la cérémonie seul, sans l'aide des enfants de chœur, qui le faisaient damner. Lorsque tout se trouva prêt, il s'impatienta de nouveau. Dix autres minutes s'étaient écoulées, la cloche continuait de sonner, entêtée, exaspérante, dans le grand silence du village désert.

– Mais qu'est-ce qu'ils font ? mais faudra donc les amener par les oreilles !

Enfin, il vit sortir, de chez les Buteau, la Grande, qui marchait de son air de vieille reine méchante, aussi droite et sèche qu'un chardon, malgré ses quatre-vingt-cinq ans. Un gros ennui effarait la famille : tous les invités étaient là, sauf la marraine, qu'on attendait vainement depuis le matin ; et M. Charles, confondu, répétait sans cesse que c'était bien étonnant, qu'il avait encore reçu une lettre la veille au soir, que sûrement Mme Charles, retenue peut-être à Cloyes, allait arriver d'un instant à l'autre. Lise, inquiète, sachant que le curé n'aimait guère attendre, avait fini par avoir l'idée de lui envoyer la Grande, pour le faire patienter.

– Quoi donc ? lui demanda-t-il de loin, est-ce pour aujourd'hui ou pour demain ?... Vous croyez peut-être que le bon Dieu est à vos ordres ?

– Ça va venir, monsieur le curé, ça va venir, répondit la vieille femme, avec son calme impassible.

Justement, Hilarion sortait les derniers débris de dalles, et il passa, portant contre son ventre une pierre énorme. Il se balançait sur ses jambes torses, mais il ne fléchissait pas, d'une solidité de roc, d'une force musculaire à charrier un bœuf. Son bec-de-lièvre salivait, sans qu'une goutte de sueur mouillât sa peau dure.

L'abbé Godard, outré du flegme de la Grande, tomba sur elle.

– Dites donc, la Grande, puisque je vous tiens, est-ce que c'est charitable à vous, qui êtes si riche, de n'avoir qu'un petit-fils et de le laisser mendier sur les routes ?

Elle répliqua rudement :

– La mère m'a désobéi, l'enfant ne m'est de rien.

–Eh bien ! je vous ai assez prévenue, je vous répète, moi, que vous irez en enfer, si vous avez mauvais cœur... L'autre jour, sans ce que je lui ai donné, il serait mort de faim, et aujourd'hui j'ai été obligé d'inventer du travail.

Au mot d'enfer, la Grande avait eu un mince sourire. Comme elle le disait, elle en savait trop, l'enfer était sur cette terre, pour le pauvre monde. Mais la vue d'Hilarion portant les dalles la faisait réfléchir, plus que les menaces du prêtre. Elle était surprise, jamais elle ne l'aurait cru si fort, avec ses jambes en manches de veste.

– S'il veut du travail, reprit-elle enfin, peut-être tout de même qu'on lui en trouvera.

– Sa place est chez vous, prenez-le, la Grande !

– On verra, qu'il vienne demain.

Hilarion, qui avait compris, se mit à trembler tellement, qu'il faillit s'écraser les pieds, en laissant tomber son dernier morceau de dalle, dehors. Et il eut, quand il s'éloigna, un regard furtif sur sa grand-mère, un regard d'animal battu, épouvanté et soumis.

Une demi-heure encore se passa. Bécu, las de sonner, fumait de nouveau sa pipe. Et la Grande, muette, imperturbable, restait là, comme si sa présence eût suffi à la politesse qu'on devait au curé ; pendant que celui-ci, dont l'exaspération montait, allait à chaque instant, sur la porte de l'église, jeter, au travers de la place vide, un regard flamboyant vers la maison des Buteau.

– Mais sonnez donc, Bécu ! cria-t-il tout d'un coup. Si, dans trois minutes, ils ne sont pas ici, je file, moi !

Alors, dans la reprise affolée de la cloche, qui fit envoler et croasser les corbeaux centenaires, on vit les Buteau et leur monde sortir un à un, puis traverser la place. Lise était consternée, la marraine n'arrivait toujours pas. On avait décidé de se rendre doucement à l'église, avec l'espoir que cela la ferait venir. Il n'y avait pas cent mètres, l'abbé Godard les bouscula tout de suite.

– Dites-le, si c'est pour vous moquer de moi ! J'ai des complaisances, et voilà une heure que j'attends !... Dépêchons, dépêchons !

Et il les poussait vers le baptistère, la mère qui portait le nouveau-né, le père, le grand-père Fouan, l'oncle Delhomme, la tante Fanny, jusqu'à M. Charles, très digne en parrain, dans sa redingote noire.

– Monsieur le curé, demanda Buteau, d'un air d'humilité exagérée où ricanait une malice, si c'était un effet de votre bonté d'attendre encore un petit peu.

– Qui, attendre ?

– Mais la marraine, monsieur le curé.

L'abbé Godard devint rouge, à faire craindre un coup de sang. Il étouffait, il bégaya :

– Prenez-en une autre !

Tous se regardèrent, Delhomme et Fanny hochèrent la tête, Fouan déclara :

– Ça ne se peut pas, ce serait une sottise.

– Mille pardons, monsieur le curé, dit M. Charles, qui crut devoir expliquer les choses en homme de belle éducation, c'est de notre faute, sans l'être... Ma femme m'avait formellement écrit qu'elle rentrerait ce matin. Elle est à Chartres...

L'abbé Godard eut un sursaut, jeté hors de lui, perdant cette fois toute mesure.

– À Chartres, à Chartres... Je regrette pour vous que vous soyez là-dedans, monsieur Charles. Mais ça ne peut pas continuer, non, non ! je ne tolérerai pas davantage...

Et il éclata.

– On ne sait quelle avanie faire à Dieu dans ma personne, c'est un nouveau soufflet chaque fois que je viens à Rognes... Eh bien ! je vous en ai menacés assez souvent, je m'en vais aujourd'hui, et pour ne plus revenir. Dites ça à votre maire, cherchez un curé et payez-le, si vous en voulez un... Moi, je parlerai à monseigneur, je lui raconterai qui vous êtes, je suis bien sûr qu'il m'approuvera... Oui, nous verrons qui sera puni. Vous allez vivre sans prêtre, comme des bêtes...

Ils écoutaient tous, curieusement, avec la parfaite indifférence, au fond, de gens pratiques qui ne craignaient plus son Dieu de colère et de châtiment. À quoi bon trembler et s'aplatir, acheter le pardon, puisque l'idée du diable les faisait rire désormais, et qu'ils avaient cessé de croire le vent, la grêle, le tonnerre, aux mains d'un maître vengeur ? C'était bien sûr du temps perdu, valait mieux garder son respect pour les gendarmes du gouvernement, qui étaient les plus forts.

L'abbé Godard vit Buteau goguenard, la Grande dédaigneuse, Delhomme et Fouan eux-mêmes très froids, sous la déférence de leur gravité ; et ce peuple qui lui échappait acheva la rupture.

– Je sais bien que vos vaches ont plus de religion que vous... Adieu ! et trempez-le dans la mare, pour le baptiser, votre enfant de sauvages !

Il courut arracher son surplis, il retraversa l'église et s'en alla, dans un tel coup de tempête, que les gens du baptême, laissés ainsi en détresse, n'eurent pas le temps d'ajouter une parole, béants, les yeux écarquillés.

Mais le pis fut qu'à ce moment, comme l'abbé Godard dévalait dans la nouvelle rue à Macqueron, on vit arriver par la route une carriole, où se trouvaient Mme Charles et Élodie. La première expliqua qu'elle s'était arrêtée à Châteaudun, désireuse d'embrasser la chère petite, et qu'on lui avait permis de l'emmener en vacances, deux jours. Elle se montrait désolée du retard, elle n'avait pas même poussé jusqu'à Roseblanche pour déposer sa malle.

– Faut courir après le curé, dit Lise. Il n'y a que les chiens qu'on ne baptise pas.

Buteau prit sa course, et on l'entendit à son tour descendre au galop la rue à Macqueron. Mais l'abbé Godard avait de l'avance, le père passa le pont, monta la côte, ne l'aperçut qu'à la crête, au détour du chemin.

– Monsieur le curé ! monsieur le curé !

Il finit par se retourner et attendre.

– Quoi ?

– La marraine est là... Ça ne se refuse point, le baptême.

Un instant, il resta immobile. Puis, du même pas rageur, il se mit à redescendre la côte, derrière le paysan ; et ce fut ainsi qu'ils rentrèrent dans l'église, sans avoir échangé un mot. La cérémonie fut bâclée, le prêtre bouscula le Credo du parrain et de la marraine, oignit l'enfant, appliqua le sel, versa l'eau, violemment. Déjà, il faisait signer sur le registre.

– Monsieur le curé, dit Mme Charles, j'ai une boîte de bonbons pour vous, mais elle est dans la malle.

Il eut un geste de remerciement, il partit, après avoir répété, en se tournant vers tous :

– Et adieu, cette fois !

Les Buteau et leur monde, essoufflés d'avoir été menés d'un tel train, le regardèrent disparaître au coin de la place, dans l'envolement noir de sa soutane. Tout le village était aux champs, il n'y avait là que trois gamins, convoitant des dragées. Au milieu du grand silence, on entendait le ronflement lointain de la batteuse à vapeur, qui ne cessait pas.

Dès qu'on fut rentré chez les Buteau, à la porte desquels la carriole était restée avec la malle, on tomba d'accord qu'on allait boire un coup, puis qu'on reviendrait dîner le soir. Il n'était que quatre heures, qu'est-ce qu'on aurait fait ensemble, jusqu'à sept ? Alors, quand les verres et les deux litres furent sur la table de la cuisine, Mme Charles voulut absolument qu'on descendît la malle, pour faire ses cadeaux. Elle l'ouvrit, en tira la robe et le bonnet qui arrivaient un peu tard, sortit ensuite les six boîtes de bonbons qu'elle donnait à l'accouchée.

– Ça vient de la confiserie de maman ? demanda Élodie, qui les regardait.

Mme Charles eut une seconde d'embarras. Puis, tranquillement :

– Non, ma mignonne, ta mère n'a pas cette spécialité.

Et, se tournant vers Lise :

– Tu sais, j'ai aussi songé à toi, pour du linge... Du vieux linge, il n'y a rien de si utile dans un ménage... J'ai demandé à ma fille, j'ai dévalisé ses fonds d'armoire.

Au mot de linge, la famille s'était approchée, Françoise, la Grande, les Delhomme, Fouan lui-même ; et, en cercle autour de la malle, ils regardaient la vieille dame déballer tout un lot de chiffons, blancs du lavage, exhalant, malgré la lessive, une odeur persistante de musc. Ce furent d'abord des draps de toile fine en loques, puis des chemises de femme, fendues, et dont, visiblement, on avait arraché les dentelles.

Mme Charles dépliait, secouait, expliquait.

– Dame ! les draps ne sont pas neufs. Voilà bien cinq ans qu'ils servent, et à la longue le frottement du corps, ça use... Vous voyez, ils ont un grand trou au milieu ; mais les bords sont encore bons, on peut tailler là-dedans une foule de choses.

Tous y mettaient le nez, et ils tâtaient avec des hochements de tête approbateurs, les femmes surtout, la Grande et Fanny, dont les lèvres pincées disaient l'envie sourde. Buteau, lui, avait un rire silencieux, aiguisé des gaudrioles qu'il retenait, par convenance ; tandis que Fouan et Delhomme, très graves, montraient le respect du linge, la vraie richesse après la terre.

– Quant aux chemises, continua Mme Charles, en les dépliant à leur tour, voyez donc ! elles ne sont pas usées du tout... Ah ! pour les déchirures, elles ne manquent pas, un vrai massacre ; et, comme on ne peut toujours les recoudre, que ça finit par faire des épaisseurs et que ce n'est guère riche, on préfère les jeter au vieux linge... Mais toi, Lise, tu en tireras un bon parti.

– Je les mettrai, donc ! cria la paysanne. Moi, ça ne fait rien que ma chemise soit raccommodée.

– Et moi, déclara Buteau de son air malin, avec un clignement des paupières, je serai bien aise que tu me fasses des mouchoirs avec.

Cette fois, on s'égayait ouvertement, lorsque la petite Élodie, qui avait suivi des yeux chaque drap, chaque chemise, s'écria :

– Oh ! la drôle d'odeur, comme ça sent fort !... Est-ce que c'est du linge à maman, tout ça ?

Mme Charles n'eut pas une hésitation.

– Mais bien sûr, ma chérie... C'est-à-dire, c'est le linge à ses demoiselles de magasin. Il en faut, va ! dans le commerce.

Dès que Lise eut tout fait disparaître dans son armoire, avec l'aide de Françoise, on trinqua enfin, on but à la santé de l'enfant baptisée, que la marraine avait nommée Laure, de son prénom. Puis, l'on s'oublia un instant, à causer ; et l'on entendit M. Charles, assis sur la malle, interroger Mme Charles, sans attendre d'être seul avec elle, dans l'impatience où il était de savoir comment les choses marchaient, là-bas. Il se passionnait encore, il rêvait toujours de cette maison, si énergiquement fondée autrefois, tant regrettée depuis. Les nouvelles n'étaient pas bonnes. Certes, leur fille Estelle avait de la poigne et de la tête ; mais, décidément, leur gendre Vaucogne, ce mollasson d'Achille, ne la secondait pas. Il passait les journées à fumer des pipes, il laissait tout salir, tout casser : ainsi les rideaux des chambres avaient des taches, la glace du petit salon rouge était fêlée, partout les pots à eau et les cuvettes s'ébréchaient, sans qu'il intervînt seulement ; et le bras d'un homme était si nécessaire, pour faire respecter le mobilier de la maison ! À chaque nouveau dégât qu'il apprenait ainsi, M. Charles poussait un soupir, ses bras tombaient, sa pâleur augmentait. Une dernière plainte, murmurée à voix plus basse, l'acheva.

– Enfin, il monte lui-même avec celle du 5, une grosse...

– Qu'est-ce que tu dis là ?

– Oh ! j'en suis sûre, je les ai vus.

M. Charles, tremblant, serra les poings, dans un élan d'indignation exaspérée.

– Le misérable ! fatiguer son personnel, manger son établissement !... Ah ! c'est la fin de tout !

D'un geste, Mme Charles le fit taire, car Élodie revenait de la cour, où elle était allée voir les poules. On vida encore un litre, la malle fut rechargée dans la carriole, que les Charles suivirent à pied, jusque chez eux. Et chacun partit, pour donner un coup d'œil à sa maison, en attendant le repas.

Dès qu'il fut seul, Buteau, mécontent de cette après-midi perdue, ôta sa veste et se mit à battre, dans le coin pavé de la cour ; car il avait besoin d'un sac de blé. Mais il s'ennuya vite à battre seul, il lui manquait, pour s'échauffer, la cadence double, des fléaux, tapant en mesure ; et il appela Françoise, qui l'aidait souvent à cette besogne, les reins forts, les bras aussi durs que ceux d'un garçon. Malgré la lenteur et la fatigue de ce battage primitif, il avait toujours refusé d'acheter une batteuse à manège, en disant, comme tous les petits propriétaires, qu'il préférait ne battre qu'au jour le jour, suivant les nécessités.

– Eh ! Françoise, viens-tu ?

Lise, le nez dans un ragoût de veau aux carottes, et qui avait chargé sa sœur de surveiller une épinée de cochon à la broche, voulut empêcher celle-ci d'obéir. Mais Buteau, mal planté, parla de les rosser toutes les deux.

– Nom de Dieu de femelles ! je vas vous foutre vos casseroles à la gueule !... Faut bien gagner du pain, puisque vous fricasseriez la maison pour la bâfrer avec les autres !

Françoise, qui s'était déjà remise en souillon, de crainte d'attraper des taches, dut le suivre. Elle prit un fléau, au long manche et au battoir de cornouiller, que des boucles de cuir reliaient entre eux. C'était le sien, poli par le frottement, garni d'une ficelle serrée, pour qu'il ne glissât pas. À deux mains, elle le fit voler au-dessus de sa tête, l'abattit sur la gerbe, que le battoir, dans toute sa longueur, frappa d'un coup sec. Et elle ne s'arrêta plus, le relevant très haut, le repliant comme sur une charnière, le rabattant ensuite, dans un mouvement mécanique et rythmé de forgeron ; tandis que Buteau, en face d'elle, allait de même, à contretemps. Bientôt, ils s'échauffèrent, le rythme s'accéléra, on ne vit plus que ces pièces de bois volantes, qui rebondissaient chaque fois et tournoyaient derrière leur nuque, en un continuel essor d'oiseaux liés aux pattes.

Après dix minutes, Buteau jeta un léger cri. Les fléaux s'arrêtèrent, et il retourna la gerbe. Puis, les fléaux repartirent. Au bout de dix autres minutes, il commanda un nouvel arrêt, il ouvrit la gerbe. Jusqu'à six fois, elle dut ainsi passer sous les battoirs, avant que les grains fussent complètement détachés des épis, et qu'il pût nouer la paille. Une à une, les gerbes se succédaient. Durant deux heures, on n'entendit dans la maison que le toc-toc régulier des fléaux, que dominait au loin le ronflement prolongé de la batteuse à vapeur.

Françoise, maintenant, avait le sang aux joues, les poignets gonflés, la peau entière brûlante, dégageant autour d'elle comme une onde de flamme, qui tremblait, visible, dans l'air. Un souffle fort sortait de ses lèvres ouvertes. Des brins de paille s'étaient accrochés aux mèches envolées de ses cheveux. Et, à chaque coup, lorsqu'elle relevait le fléau, son genou droit tendait sa jupe, la hanche et le sein s'enflaient, crevaient l'étoffe, toute une ligne s'indiquait rudement, la nudité même de son corps de fille solide. Un bouton du corsage s'arracha, Buteau vit la chair blanche, sous la ligne hâlée du cou, une montée de chair que le tour de bras, continuellement, faisait saillir, dans le jeu puissant des muscles de l'épaule. Il semblait s'en exciter davantage, comme du coup de reins d'une bonne femelle, vaillante à la besogne ; et les fléaux s'abattaient toujours, le grain sautait, pleuvait en grêle, sous le toc-toc haletant du couple de batteurs.

À sept heures moins un quart, au jour tombant, Fouan et les Delhomme se présentèrent.

– Faut que nous finissions, leur cria Buteau, sans s'arrêter. Hardi là ! Françoise !

Elle ne lâchait pas, tapait plus dur, dans l'emportement du travail et du bruit. Et ce fut ainsi que Jean, qui arrivait à son tour avec la permission de dîner dehors, les trouva. Il en éprouva une jalousie brusque, il les regarda comme s'il les surprenait ensemble, accouplés dans cette besogne chaude, d'accord pour cogner juste, au bon endroit, tous les deux en sueur, si échauffés, si défaits, qu'on les aurait dits en train plutôt de planter un enfant que de battre du blé. Peut-être Françoise, qui y allait d'un tel cœur, eut la même sensation, car elle s'arrêta net, gênée. Buteau, s'étant retourné alors, demeura un instant immobile de surprise et de colère.

– Qu'est-ce que tu viens faire ici, toi ?

Mais Lise, justement, descendait au-devant de Fouan et des Delhomme. Elle s'approcha avec eux, elle s'écria de son air gai :

– Tiens ! c'est vrai, je ne t'ai pas conté... Je l'ai déjà vu ce matin, et je l'ai invité pour ce soir.

La face enflammée de son mari devint si terrible, qu'elle ajouta, voulant s'excuser :

– J'ai idée, père Fouan, qu'il a une demande à vous faire.

– Quelle demande ? dit le vieux.

Jean rougissait, et il balbutia, très contrarié que la chose s'engageât de la sorte, si vite, devant tous. Du reste, Buteau l'interrompit violemment, le regard rieur que sa femme jetait sur Françoise ayant suffi à le renseigner.

– Est-ce que tu te fous de nous ? Elle n'est pas pour ton bec, vilain merle !

Cet accueil brutal rendit à Jean son courage. Il tourna le dos, il s'adressa au vieux.

– Voici l'histoire, père Fouan, c'est tout simple... Comme vous êtes le tuteur de Françoise, faut que je m'adresse à vous pour l'avoir, n'est-ce pas ?... Si elle veut bien de moi, je veux bien d'elle. C'est le mariage que je demande.

Françoise, qui tenait encore son fléau, le laissa tomber de saisissement. Elle devait pourtant s'y attendre ; mais jamais elle n'aurait pensé que Jean oserait la demander ainsi, tout de suite. Pourquoi ne lui en avait-il pas causé d'abord ? Ça la bousculait, elle n'aurait pu dire si elle tremblait d'espoir ou de crainte. Et, toute vibrante de travail, la gorge soulevée dans son corsage défait, elle était entre les deux hommes, chaude d'une telle poussée de sang, qu'ils en sentaient venir le rayonnement jusqu'à eux.

Buteau ne laissa pas à Fouan le temps de répondre. Il avait repris, avec une fureur croissante :

– Hein ? tu as le toupet !... Un vieux de trente-trois ans épouser une jeunesse de dix-huit ! Rien que quinze ans de différence ! Est-ce que ce n'est pas une dégoûtation ?... On t'en donnera, des poulettes, pour ton sale cuir !

Jean commençait à se fâcher.

– Qu'est-ce que ça te fiche, si je veux d'elle et si elle veut de moi !

Et il se tourna vers Françoise, pour qu'elle se prononçât. Mais elle restait effarée, raidie, sans avoir l'air de comprendre. Elle ne pouvait pas dire non, elle ne dit pas oui, pourtant. Buteau, d'ailleurs, la regardait à la tuer, à lui enfoncer le oui dans la gorge. Si elle se mariait, il la perdait, il perdait aussi la terre. La pensée brusque de cette conséquence acheva de l'enrager.

– Voyons, papa, voyons, Delhomme, ça ne vous dégoûte pas, cette gamine à ce vieux bougre, qui n'est pas même du pays, qui vient on ne sait d'où, après avoir roulé partout sa bosse ?... Un menuisier manqué, qui s'est fait paysan, parce que, bien sûr, il avait à cacher quelque sale affaire !

Toute sa haine de l'ouvrier des villes éclatait.

– Et après ? si je veux d'elle et si elle veut de moi ! répéta Jean, qui se contenait et qui s'était promis, par gentillesse, de la laisser conter la première leur histoire. Allons, Françoise, cause un peu.

– Mais c'est vrai ! cria Lise, qu'emportait le désir de marier sa sœur, pour s'en débarrasser, qu'as-tu à dire, s'ils se conviennent ? Elle n'a pas besoin de ton consentement, elle est bien bonne de ne pas t'envoyer promener... Tu nous embêtes à la fin !

Alors, Buteau vit que la chose allait être faite, si la jeune fille parlait. Ce qu'il redoutait surtout, c'était que, la liaison étant connue, le mariage fût regardé comme raisonnable. Justement, la Grande entrait dans la cour, suivie des Charles, qui revenaient avec Élodie. Et il les appela du geste, sans savoir encore ce qu'il dirait. Puis, la face gonflée, il trouva, il gueula, en menaçant du poing sa femme et sa belle-sœur :

– Nom de Dieu de vaches !... Oui, toutes les deux, des vaches, des salopes !...

– Voulez-vous savoir ? je couche avec les deux ! et si c'est pour ça qu'elles se foutent de moi !... Avec les deux, je vous dis, les putains !

Béants, les Charles reçurent les mots à la volée, en plein visage. Mme Charles se précipita, comme pour couvrir de son corps Élodie qui écoutait, puis, la poussant vers le potager, elle cria elle-même très fort :

– Viens voir les salades, viens voir les choux... Oh ! les beaux choux ! Buteau continuait, inventant des détails, racontant que, lorsque l'une avait sa ration, c'était au tour de l'autre à se faire bourrer jusqu'à la gorge ; et il lâchait cela en termes crus, un flot d'égout charriant les mots abominables qu'on ne dit pas. Lise, étonnée simplement de cet accès brusque, se contentait de hausser les épaules, en répétant :

– Il est fou, c'est pas Dieu possible ! il est fou.

– Dis-lui donc qu'il ment ! cria Jean à Françoise.

– Bien sûr qu'il ment ! dit la jeune fille, d'un air tranquille.

– Ah ! je mens ! reprit Buteau, ah ! ce n'est pas vrai qu'à la moisson tu en as voulu, dans la meule !... Mais c'est moi, à cette heure, qui vas vous faire marcher toutes les deux, garces que vous êtes !

Cette audace enragée paralysait, étourdissait Jean. Pouvait-il expliquer maintenant qu'il avait eu Françoise ? ça lui semblait sale, surtout si elle ne l'aidait pas. Les autres d'ailleurs, les Delhomme, Fouan, la Grande, se tenaient sur la réserve. Ils n'avaient pas eu l'air surpris, ils pensaient, évidemment, que, si le gaillard couchait avec les deux, il était bien le maître de faire d'elles ce qu'il voulait. Quand on a des droits, on les fait valoir.

Dès lors, Buteau se sentit victorieux, dans sa force indiscutée de la possession. Il se tourna vers Jean.

– Et toi, bougre, avise-toi de venir encore m'emmerder dans mon ménage... D'abord, tu vas foutre le camp tout de suite... Hein ? tu refuses... Attends, attends !

Il ramassa son fléau, il en fit tournoyer le battoir, et Jean n'eut que le temps de saisir l'autre fléau, celui de Françoise, pour se défendre. Il y eut des cris, on voulut se jeter entre eux ; mais ils étaient si terribles, qu'on recula. Les grands manches portaient les coups à plusieurs mètres, la cour en était balayée. Eux seuls restèrent, au milieu, à distance l'un de l'autre, élargissant le cercle de leurs moulinets. Ils ne disaient plus un mot, les dents serrées. On n'entendait que les claquements secs des pièces de bois, à chaque parade.

Buteau avait lancé le premier coup, et Jean, baissé encore, aurait eu la tête fracassée, s'il ne s'était jeté d'un saut en arrière. Tout de suite, d'un raidissement brusque des muscles : il leva, il abattit le fléau, comme un batteur écrasant le grain. Mais déjà l'autre tapait aussi, les deux battoirs de cornouiller se rencontrèrent, se replièrent sur leurs courroies, dans un vol fou d'oiseaux blessés. Trois fois, le même heurt se reproduisit. On ne voyait que ces bâtons, en l'air, tourner et siffler au bout des manches, toujours près de retomber et de fendre les crânes qu'ils menaçaient.

Delhomme et Fouan, pourtant, se précipitaient, lorsque les femmes crièrent. Jean venait de rouler dans la paille, pris en traître par Buteau, qui, d'un coup de fouet, à ras de terre, heureusement amorti, l'avait touché aux jambes. Il se remit debout, il brandit son fléau dans une rage que décuplait la douleur. Le battoir décrivit un large cercle, tomba à droite, lorsque l'autre l'attendait à gauche. Quelques lignes de plus, et la cervelle sautait. Il n'y eut que l'oreille d'effleurée. Le coup, obliquant, tapa en plein sur le bras, qui fut cassé net. L'os avait eu un bruit de verre qu'on brise.

– Ah ! l'assassin ! hurla Buteau, il m'a tué.

Jean, hagard, les yeux rougis de sang, lâcha son arme. Puis, un moment, il les regarda tous, comme hébété des choses qui venaient de se passer là, si rapides ; et il s'en alla, en boitant, avec un geste de furieux désespoir.

Quand il eut tourné le coin de la maison, vers la plaine, il aperçut la Trouille, qui avait assisté à la bataille, par-dessus la haie du jardin. Elle en riait encore, venue là pour rôder autour de ce baptême, auquel ni son père ni elle n'étaient invités. Ce qu'il en rigolerait, Jésus-Christ, de la petite fête de famille, de la patte cassée à son frère ! Elle se tortillait comme si on l'eût chatouillée, près de tomber sur le dos, tant ça l'amusait.

– Ah ! Caporal ! quelle cogne, cria-t-elle. L'os a fait clac ! C'était rien drôle !

Il ne répondit pas, ralentissant sa marche d'un air accablé. Et elle le suivit, elle siffla ses oies, qu'elle avait emmenées, pour avoir le prétexte de stationner et d'écouter derrière les murs. Lui, machinalement, retournait vers la batteuse, qui fonctionnait encore dans le jour finissant. Il songeait que c'était fichu, qu'il ne pourrait revoir les Buteau, que jamais on ne lui donnerait Françoise. Était-ce bête ! dix minutes venaient de suffire : une querelle qu'il n'avait pas cherchée, un coup si malheureux, juste au moment où les choses marchaient ! et jamais, jamais plus, maintenant ! Le ronflement de la machine, au fond du crépuscule, se prolongeait comme une grande plainte de détresse.

Mais il y eut une rencontre. Les oies de la Trouille, qu'elle rentrait, se trouvèrent, à l'angle d'un carrefour, en face des oies du père Saucisse, qui redescendaient toutes seules au village. Les deux jars, en tête, s'arrêtèrent brusquement, hanchant sur une patte, leurs grands becs jaunes tournés l'un vers l'autre ; et les becs de chaque bande, tous à la fois, suivirent le bec de leur chef, tandis que les corps hanchaient du même côté. Un instant, l'immobilité fut complète, on eût dit une reconnaissance en armes, deux patrouilles échangeant le mot d'ordre. Puis, l'œil rond et satisfait, l'un des jars continua tout droit, l'autre jars prit à gauche ; tandis que chaque troupe filait derrière le sien, allant à ses affaires, d'un déhanchement uniforme.

Quatrième partie

I

Depuis le mois de mai, après la tonte et la vente des élèves, le berger Soulas avait sorti les moutons de la Borderie, près de quatre cents bêtes qu'il conduisait seul, avec le petit porcher Auguste et ses deux chiens, Empereur et Massacre, des bêtes terribles. Jusqu'en août, le troupeau mangeait dans les jachères, dans les trèfles et les luzernes, ou encore dans les friches, le long des routes ; et il y avait à peine trois semaines, au lendemain de la moisson, qu'il le parquait enfin dans les chaumes, sous les derniers soleils brûlants de septembre.

C'était l'époque abominable, la Beauce dépouillée, désolée, étalant ses champs nus, sans un bouquet de verdure. Les chaleurs de l'été, le manque absolu d'eau, avaient séché la terre qui se fendait ; et toute végétation disparaissait, il n'y avait plus que la salissure des herbes mortes, que le hérissement dur des chaumes, dont les carrés, à l'infini, élargissaient le vide ravagé et morne de la plaine, comme si un incendie eût passé d'un bout à l'autre de l'horizon. Un reflet jaunâtre semblait en être resté au ras du sol, une lumière louche, un éclairage livide d'orage : tout paraissait jaune, d'un jaune affreusement triste, la terre rôtie, les moignons des tiges coupées, les chemins de campagne, bossués, écorchés par les roues. Au moindre coup de vent, de grandes poussières s'envolaient, couvrant les talus et les haies de leur cendre. Et le ciel bleu, le soleil éclatant, n'étaient qu'une tristesse de plus, au-dessus, de cette désolation.

Justement, ce jour-là, il faisait un grand vent, des souffles chauds et brusques, qui amenaient des galops de gros nuages ; et, lorsque le soleil se dégageait, il avait une morsure de fer rouge, il brûlait la peau. Depuis le matin, Soulas attendait, pour lui et pour ses bêtes, de l'eau qu'on devait apporter de la ferme ; car le chaume où il se trouvait, était au nord de Rognes, loin de toute mare. Dans le parc, au milieu des claies mobiles, que fixaient les bâtons des crosses, enfoncés en terre, les moutons, vautrés, respiraient d'une haleine courte et pénible ; tandis que les deux chiens, allongés en dehors, haletaient eux aussi, la langue pendante. Le berger, pour avoir un peu d'ombre, s'était assis contre la cabane à deux roues, qu'il poussait à chaque déplacement du parc, une étroite niche qui lui servait de lit, d'armoire et de garde-manger. Mais, à midi, le soleil tapa d'aplomb, et il se remit debout, regardant au loin si Auguste revenait de la ferme, où il l'avait envoyé, voir pourquoi le tonneau n'arrivait pas.

Enfin, le petit porcher reparut, criant :

– On va venir, on n'avait pas de chevaux, ce matin.

– Et, bougre de bête, tu n'as pas pris un litre d'eau pour nous ?

– Ah ! non, je n'y ai pas songé... Moi, j'ai bu.

Soulas, à poing fermé, lança une gifle, que le gamin évita d'un saut. Il jurait, il se décida pourtant à manger sans boire, malgré la soif qui l'étranglait. Méfiant, Auguste, sur son ordre, avait tiré de la voiture du pain de huit jours, de vieilles noix, un fromage sec ; et tous les deux se mirent à déjeuner, guettés par les chiens qui vinrent s'asseoir devant eux, happant de temps à autre une croûte, si dure, quelle craquait entre leurs mâchoires comme un os. Malgré ses soixante-dix ans, le berger besognait de ses gencives aussi vite que le petit avec ses dents. Il était toujours droit, résistant et noueux ainsi qu'un bâton d'épine, la face creusée davantage, pareille à une trogne d'arbre, sous l'emmêlement de ses cheveux déteints, couleur de terre. Et le porcher eut quand même sa gifle, une calotte qui l'envoya rouler dans la voiture, au moment où, ne se défiant plus, il y serrait le reste du pain et du fromage.

– Tiens ! foutue couenne, bois encore ça, en attendant !

Jusqu'à deux heures, rien ne se montra. La chaleur avait augmenté, intolérable dans les grands calmes qui, tout d'un coup, se faisaient. Puis, de la terre réduite en poudre, le vent soulevait sur place de minces tourbillons, des sortes de fumées aveuglantes, étouffantes, exaspérant le supplice de la soif.

Le berger qui patientait, stoïque, sans une plainte, eut enfin un grognement de satisfaction.

– Nom de Dieu ! ce n'est pas trop tôt !

En effet, deux voitures, à peine grosses comme le poing, venaient d'apparaître, à l'horizon de la plaine ; et, dans la première, que Jean conduisait, Soulas avait parfaitement reconnu le tonneau d'eau ; tandis que la seconde, conduite par Tron, était chargée de sacs de blé, qu'il portait à un moulin, dont on voyait la haute carcasse de bois, à cinq cents mètres. Cette dernière voiture s'arrêta sur la route, Tron ayant accompagné l'autre jusqu'au parc, à travers le chaume, sous le prétexte de donner un coup de main : histoire de flâner et de causer un instant.

C'est donc qu'on veut nous faire tous crever de la pépie ! criait le berger.

Et les moutons qui, eux aussi, avaient flairé le tonneau, s'étaient levés en tumulte, s'écrasaient contre les claies, allongeant la tête, bêlant plaintivement.

– Patience ! répondit Jean, v'là de quoi vous soûler !

Tout de suite, on installa l'auge, on l'emplit à l'aide de la rigole de bois ; et, comme il y avait une fuite en dessous, les chiens étaient là, qui lapaient à la régalade ; pendant que le berger et le petit porcher, sans attendre, buvaient goulûment dans la rigole même. Le troupeau entier défila, on n'entendait que le ruissellement de cette eau bienfaisante, des glouglous de gorge qui avalaient, tous heureux de s'éclabousser, de se tremper, les bêtes et les gens.

– À cette heure, dit ensuite Soulas ragaillardi, si vous étiez gentils, vous me donneriez un coup de main pour avancer le parc.

Jean et Tron consentirent. Dans les grands chaumes, le parc voyageait, ne restait guère plus de deux ou trois jours à la même place, juste le temps laissé aux moutons de tondre les herbes folles ; et ce système avait en outre l'avantage de fumer les terres, morceau à morceau. Pendant que le berger, aidé de ses chiens, gardait le troupeau, les deux hommes et le petit porcher arrachèrent les crosses, transportèrent les claies à une cinquantaine de pas ; et, de nouveau, ils les fixèrent sur un vaste carré, où les bêtes vinrent se réfugier d'elles-mêmes, avant qu'il fût fermé complètement.

Déjà, Soulas, malgré son grand âge, poussait sa voiture, la ramenait près du parc. Puis, parlant de Jean, il demanda :

– Qu'est-ce qu'il a donc ? On dirait qu'il porte le bon Dieu en terre.

Et, comme le garçon hochait tristement la tête, malade depuis qu'il croyait avoir perdu Françoise, le vieux ajouta :

– Hein ? il y a quelque femelle, là-dessous... Ah ! les sacrées gouines, on devrait leur tordre le cou à toutes !

Tron, avec ses membres de colosse, son air innocent de beau gaillard, se mit à rire.

– Ça se dit, ça, quand on ne peut plus.

– Je ne peux plus, je ne peux plus, répéta le berger dédaigneux, est-ce que j'ai essayé avec toi ?... Et, tu sais, mon fils, il y en a une avec qui tu ferais mieux de ne pas pouvoir, car ça tournera à du vilain, pour sûr !

Cette allusion à ses rapports avec Mme Jacqueline, fit rougir le valet jusqu'aux oreilles. Un matin, Soulas les avait surpris ensemble, au fond de la grange, derrière des sacs d'avoine. Et, dans sa haine de cette ancienne laveuse de vaisselle, mauvaise aujourd'hui pour ses anciens camarades, il s'était enfin décidé à ouvrir les yeux du maître ; mais, dès le premier mot, celui-ci l'avait regardé d'un air si terrible, qu'il était redevenu muet, résolu à ne parler que le jour où la Cognette le pousserait à bout, en le faisant chasser ; de sorte qu'ils vivaient sur un pied de guerre, lui redoutant d'être jeté dehors comme une vieille bête infirme, elle attendant d'être assez forte pour exiger cela de Hourdequin, qui tenait à son berger. Dans toute la Beauce, il n'y avait pas un berger qui sût mieux faire manger son troupeau, sans dégât ni perte, rasant un champ d'un bout à l'autre, en ne laissant pas une herbe.

Le vieux, pris de cette démangeaison de parler qui vide parfois le cœur des gens solitaires, continua :

– Ah ! si ma garce de femme, avant d'en crever, n'avait pas bu tout mon saint-frusquin, à mesure que je le gagnais, c'est moi qui aurais décampé de la ferme, pour ne pas y voir tant de saletés !... Cette Cognette, en voilà une dont les fesses ont plus travaillé que les mains ! et ce n'est pas bien sûr à son mérite, c'est à sa peau qu'elle la doit, sa position ! Quand on pense que le maître la laisse coucher dans le lit de sa défunte et qu'elle a fini par l'amener à manger seul avec elle, comme si elle était sa vraie femme ! Faut s'attendre, au premier jour, à ce qu'elle nous foute tous dehors, et lui aussi, par-dessus le marché !... Une salope qui a traîné avec le dernier des cochons !

Tron, à chaque phrase, serrait les poings davantage. Il avait des colères sournoises que sa force de géant rendait terribles.

– En v'là assez, hein ? cria-t-il. Si tu étais encore un homme, je t'aurais claqué déjà... Elle est plus honnête dans son petit doigt que toi dans toute ta vieille carcasse.

Mais Soulas, goguenard, avait haussé les épaules sous la menace. Lui qui ne riait jamais, eut un rire brusque et rouillé, le grincement d'une poulie hors d'usage.

– Jeannot, va ! grand serin ! tu es aussi bête qu'elle est maligne ! Ah ! elle te le montrera sous verre, son pucelage !... Quand je te dis que tout le pays lui a traîné sur le ventre ! Moi, je me promène, je n'ai qu'à regarder, et j'en vois sans le vouloir, de ces filles qu'on bouche ! Mais, elle, ce que je l'ai vue bouchée de fois, non ! c'est trop !... Tiens ! elle avait quatorze ans à peine, dans l'écurie, avec le père Mathias, un bossu qui est mort ; plus tard, un jour qu'elle pétrissait, contre le pétrin même, avec un galopin, le petit porcher Guillaume, soldat aujourd'hui ; et avec tous les valets qui ont passé, et dans tous les coins, sur de la paille, sur des sacs, par terre... D'ailleurs, pas besoin de chercher si loin. Si tu veux en causer, il y en a un là que j'ai aperçu un matin dans le fenil en train de la recoudre, solidement !

Il lâcha un nouveau rire, et le regard oblique qu'il jeta sur Jean, gêna beaucoup ce dernier, qui se taisait en arrondissant le dos, depuis qu'on parlait de Jacqueline.

– Que quelqu'un essaye voir à la toucher, maintenant ! gronda Tron, secoué d'une colère de chien à qui on retire un os. Je lui ferai passer le goût du pain, à celui-là !

Soulas l'examina un instant, surpris de cette jalousie de brute. Puis, retombé dans l'hébétement de ses longs silences, il conclut de sa voix brève :

– Ça te regarde, mon fils.

Lorsque Tron eut rejoint la voiture qu'il conduisait au moulin, Jean demeura quelques minutes encore avec le berger, pour l'aider à enfoncer au maillet certaines des crosses ; et celui-ci, qui le voyait si muet, si triste, finit par reprendre :

– Ce n'est pas la Cognette au moins qui te met le cœur à l'envers ?

Le garçon répondit non, d'un branle énergique de la tête.

– Alors, c'est une autre ?... Quelle autre donc, que je ne vous ai jamais aperçus ensemble ?

Jean regardait le père Soulas, en se disant que les vieux, dans ces choses, sont parfois de bon conseil. Il céda aussi à un besoin d'expansion, il lui conta toute l'affaire, comment il avait eu Françoise, et pourquoi il désespérait de la ravoir, après la batterie avec Buteau. Même, un instant, il avait craint que celui-ci ne le menât en justice, à cause de son bras cassé, qui lui interdisait tout travail, bien qu'à moitié raccommodé déjà. Mais Buteau, sans doute, avait pensé qu'il n'est jamais bon de laisser la justice mettre le nez chez soi.

– T'as bouché Françoise alors ? demanda le berger.

– Une fois, oui !

Il resta grave, réfléchit, se prononça enfin.

– Faut aller le dire au père Fouan. Peut-être bien qu'il te la donnera.

Jean s'étonna, car il n'avait pas songé à cette démarche si simple. Le parc était posé, il partit en décidant que, le soir même, il irait voir le vieux. Et, tandis qu'il s'éloignait, derrière sa voiture vide, Soulas reprit son éternelle faction, maigre et debout, coupant d'une barre grise la ligne plate de la plaine. Le petit porcher, entre les deux chiens, s'était mis à l'ombre de la cabane roulante. Brusquement, le vent venait de tomber, l'orage avait coulé vers l'est ; et il faisait très chaud, le soleil braisillait dans un ciel d'un bleu pur.

Le soir, Jean, quittant le travail une heure plus tôt, s'en alla voir le père Fouan chez les Delhomme, avant le dîner. Comme il descendait le coteau, il aperçut ceux-ci dans leurs vignes, où ils dégageaient les grappes, en arrachant les feuilles : des pluies avaient trempé la fin de l'autre lune, le raisin mûrissait mal, il s'agissait de profiter des derniers beaux soleils. Et, le vieux n'y étant point, le garçon pressa le pas, dans l'espoir de causer seul avec lui, ce qu'il préférait. La maison des Delhomme se trouvait à l'autre bout de Rognes, après le pont, une petite ferme qui s'était encore augmentée récemment de granges et de hangars, trois corps de bâtiments irréguliers, enfermant une cour assez vaste, balayée chaque matin, et où les tas de fumier semblaient faits au cordeau.

– Bonjour, père Fouan ! cria Jean de la route, d'une voix mal affermie.

Le vieux était assis dans la cour, une canne entre les jambes, la tête basse. Pourtant, à un second appel, il leva les yeux, finit par reconnaître celui qui parlait.

– Ah ! c'est vous, Caporal ! Vous passez donc par ici ?

Et il l'accueillait si naturellement, sans rancune, que le garçon entra. Mais il n'osa pas d'abord lui parler de l'affaire, son courage s'en allait, à l'idée de conter ainsi tout de go la culbute avec Françoise. Ils causèrent du beau temps, du bien que ça faisait à la vigne. Encore huit jours de soleil, et le vin serait bon. Puis, le jeune homme voulut lui être agréable.

– Vous êtes un vrai bourgeois, il n'y a pas un propriétaire dans le pays si heureux que vous.

– Oui, pour sûr.

– Ah ! quand on a des enfants comme les vôtres, car on irait loin sans en trouver de meilleurs !

– Oui, oui... Seulement, vous savez, chacun a son caractère.

Il s'était assombri davantage. Depuis qu'il habitait chez les Delhomme, Buteau ne lui payait plus la rente, en disant qu'il ne voulait pas que son argent allât profiter à sa sœur. Jésus-Christ n'avait jamais donné un sou, et quant à Delhomme, comme il nourrissait et couchait son beau-père, il avait cessé tout versement. Mais ce n'était point du manque d'argent de poche que souffrait le vieux, d'autant plus qu'il touchait, chez maître Baillehache, les cent cinquante francs annuels, juste douze francs cinquante par mois, qui lui venaient de la vente de sa maison. Avec cela, il pouvait se payer des douceurs, ses deux sous de tabac chaque matin, sa goutte chez Lengaigne, sa tasse de café chez Macqueron ; car Fanny, très regardante, ne tirait le café et l'eau-de-vie de son armoire que, lorsqu'on était malade. Et, malgré tout, bien qu'il eût de quoi s'amuser au-dehors et qu'il ne manquât de rien chez sa fille, il s'y déplaisait, il n'y vivait maintenant que dans le chagrin.

– Ah ! dame, oui, reprit Jean, sans savoir qu'il mettait le doigt sur la plaie vive, lorsqu'on est chez les autres, on n'est plus chez soi.

– C'est ça, c'est bien ça ! répéta Fouan d'une voix qui grondait. Et, se levant, comme pris d'un besoin de révolte :

– Nous allons boire un coup... J'ai peut-être le droit d'offrir un verre à un ami !

Mais, dès le seuil, une peur lui revint.

– Essuyez vos pieds, Caporal, parce que, voyez-vous, ils font un tas d'histoires avec la propreté.

Jean entra gauchement, désireux de vider son cœur, avant le retour des maîtres. Il fut surpris du bon ordre de la cuisine : les cuivres luisaient, pas un grain de poussière ne ternissait les meubles, on avait usé le carreau à force de lavages. Cela était net et froid, comme inhabité.

Contre un feu couvert de cendre, une soupe aux choux de la veille se tenait chaude.

– À votre santé ! dit le vieux, qui avait sorti du buffet une bouteille entamée et deux verres.

Sa main tremblait un peu en buvant le sien, dans la crainte de ce qu'il faisait là. Il le reposa en homme qui a tout risqué, il ajouta brusquement :

– Si je vous racontais que Fanny ne me parle plus depuis avant-hier, parce que j'ai craché... Hein ? cracher ! est-ce que tout le monde ne crache pas ? Je crache bien sûr, quand j'en ai envie... Non, non, autant foutre le camp à la fin, que d'être taquiné comme ça !

Et, en se versant un nouveau verre, heureux d'avoir trouvé un confident à qui se plaindre, ne le laissant pas placer un mot, il se soulagea. Ce n'étaient que de minces griefs, la colère d'un vieillard dont on ne tolérait point les défauts, qu'on voulait soumettre trop strictement à des habitudes autres que les siennes. Mais des sévices graves, des mauvais traitements ne lui auraient pas été plus sensibles. Une observation répétée d'une voix trop vive, lui était aussi dure qu'un soufflet ; et sa fille, avec ça, montrait une susceptibilité outrée, une de ses vanités méfiantes de paysanne honnête, qui se blessait, boudait au moindre mot mal compris ; de sorte que les rapports devenaient chaque jour plus difficiles entre elle et son père. Elle qui, autrefois, lors du partage, était certainement la meilleure, s'aigrissait, en arrivait à une véritable persécution, toujours derrière le bonhomme, essuyant, balayant, le bousculant pour ce qu'il faisait et pour ce qu'il ne faisait pas. Rien de grave, et tout un supplice dont il finissait par pleurer seul, dans les coins.

– Faut y mettre du sien, répétait Jean, à chaque plainte. Avec de la patience, on s'entend toujours.

Mais Fouan, qui venait d'allumer une chandelle, s'excitait, s'emportait.

– Non, non, j'en ai assez !... Ah ! si j'avais su ce qui m'attendait ici ! J'aurais mieux fait de crever, le jour où j'ai vendu ma maison... Seulement, ils se trompent, s'ils croient me tenir. J'aimerais mieux casser des pierres sur la route.

Il suffoqua, il dut s'asseoir, et le jeune homme en profita pour parler enfin.

– Dites donc, père Fouan, je voulais vous voir à cause de l'affaire, vous savez. J'ai eu bien du regret, j'ai dû me défendre, n'est-ce pas ? puisque l'autre m'attaquait... N'empêche que j'étais d'accord avec Françoise, et il n'y a que vous, à cette heure, qui puissiez arranger ça... Vous iriez chez Buteau, vous lui expliqueriez la chose.

Le vieux était devenu grave. Il hochait le menton, l'air embarrassé pour répondre, lorsque le retour des Delhomme lui en évita la peine. Ils ne parurent pas surpris de trouver Jean chez eux, ils lui firent le bon accueil accoutumé. Mais, du premier coup d'œil, Fanny avait vu la bouteille et les deux verres sur la table. Elle les enleva, alla prendre un torchon. Puis, sans le regarder, elle dit sèchement, elle qui ne lui avait pas adressé la parole depuis quarante-huit heures :

– Père, vous savez bien que je ne veux pas ça.

Fouan se redressa, tremblant, furieux de cette observation devant du monde.

– Quoi encore ? Est-ce que, nom de Dieu ! je ne suis pas libre d'offrir un verre à un ami ?... Enferme-le, ton vin ! je boirai de l'eau.

Du coup, ce fut elle qui se vexa horriblement d'être ainsi accusée d'avarice. Elle répondit, toute pâle :

– Vous pouvez boire la maison et en crever, si ça vous amuse... Ce que je ne veux pas, c'est que vous salissiez ma table, avec vos verres qui dégoulinent et qui font des ronds, comme au cabaret.

Des larmes étaient montées aux yeux du père. Il eut le dernier mot.

– Un peu moins de propreté et un peu plus de cœur, ça vaudrait mieux, ma fille.

Et, pendant qu'elle essuyait rudement la table, il se planta devant la fenêtre, regardant la nuit noire qui était venue, tout secoué du désespoir qu'il cachait.

Delhomme, évitant de prendre parti, avait simplement appuyé par son silence l'attitude ferme et sensée de sa femme. Il ne voulut pas laisser partir Jean sans avoir bu un autre coup, dans des verres qu'elle servit sur des assiettes. Et, à demi-voix, elle s'excusa posément.

– On n'a pas idée du mal qu'on a avec les vieilles gens ! C'est plein de manies, de mauvaises habitudes, et ils en crèveraient, plutôt que de se corriger... Celui-là n'est point méchant, il n'en a plus la force. Ça n'empêche que j'aimerais mieux avoir quatre vaches à conduire, qu'un vieux à garder.

Jean et Delhomme l'approuvaient de la tête. Mais elle fut interrompue par l'entrée brusque de Nénesse, mis comme un garçon de la ville, en veston et en pantalon de fantaisie, achetés tout faits chez Lambourdieu, coiffé d'un petit chapeau de feutre dur. Le cou long, la nuque rasée, il se dandinait d'un air louche de fille, avec ses yeux bleus, sa face molle et jolie. Il avait toujours eu l'horreur de la terre, il partait le lendemain pour Chartres, où il allait servir chez un restaurateur qui tenait un bal public. Longtemps, les parents s'étaient opposés à cette désertion de la culture ; mais enfin la mère, flattée, avait décidé le père. Et, depuis le matin, Nénesse noçait avec les camarades du village, pour les adieux.

Un instant, il parut contrarié de trouver là un étranger. Puis, se décidant :

– Dis donc, mère, je vas leur payer à dîner chez Macqueron. Me faudrait des sous.

Fanny le regarda fixement, la bouche ouverte pour refuser. Mais elle était si vaniteuse, que la présence de Jean la retint. Bien sûr que leur fils pouvait dépenser vingt francs sans les gêner ! Et elle disparut, raide et muette.

– Tu es donc avec quelqu'un ? demanda le père à Nénesse.

Il avait aperçu une ombre à la porte. Il s'avança, et reconnaissant le garçon resté dehors :

– Tiens ! c'est Delphin... Entre donc, mon brave !

Delphin se risqua, saluant, s'excusant. Lui, était en cotte et en blouse bleues, chaussé de ses gros souliers de labour, sans cravate, la peau déjà cuite par le travail au grand soleil.

– Et toi, reprit Delhomme qui le tenait en grande estime, est-ce que tu vas partir aussi pour Chartres, un de ces jours ?

Delphin écarquilla les yeux ; puis, violemment :

– Ah ! nom de Dieu, non ! J'y claquerais, dans leur ville !

Le père eut, sur son garçon, un regard oblique, tandis que l'autre continuait, venant au secours du camarade :

– Bon pour Nénesse d'aller là-bas, lui qui porte la toilette et qui joue du piston !

Delhomme sourit, car le talent de son fils sur le piston le gonflait d'orgueil. Fanny, d'ailleurs, revenait, la main pleine de pièces de quarante sous, et elle en compta dix, longuement, dans celle de Nénesse, des pièces toutes blanches d'être restées sous un tas de blé. Elle ne se fiait point à son armoire, elle cachait ainsi son argent, par petites sommes, au fond de tous les coins de la maison, dans le grain, dans le charbon, dans le sable ; si bien que, lorsqu'elle payait, son argent était tantôt d'une couleur, tantôt d'une autre, blanc, noir ou jaune.

– Ça va tout de même, dit Nénesse pour remerciement. Viens-tu, Delphin ?

Et les deux gaillards filèrent, on entendit leurs rires qui s'éloignaient.

Jean alors vida son verre, en voyant le père Fouan, qui ne s'était pas retourné pendant la scène, quitter la fenêtre et sortir dans la cour. Il prit congé, il retrouva le vieux debout, au milieu de la nuit noire.

– Voyons, père Fouan, voulez-vous aller chez Buteau pour m'avoir Françoise ?... C'est vous le maître, vous n'avez qu'à parler.

Le vieillard, dans l'ombre, répétait d'une voix saccadée :

– Je ne peux pas... je ne peux pas...

Puis, il éclata, il avoua. C'était fini avec les Delhomme, il s'en irait le lendemain vivre chez Buteau, qui lui avait offert de le prendre. Si son fils le battait, il souffrirait moins que d'être tué par sa fille à coups d'épingle.

Exaspéré de ce nouvel obstacle, Jean parla enfin.

– Faut que je vous dise, père Fouan, c'est que nous avons couché, Françoise et moi.

Le vieux paysan eut une simple exclamation.

– Ah !

Puis, après avoir réfléchi :

– Est-ce que la fille est grosse ?

Jean, certain qu'elle ne pouvait l'être, puisqu'ils avaient triché, répondit :

– Possible tout de même.

– Alors, il n'y a qu'à attendre... Si elle est grosse, on verra.

À ce moment, Fanny parut sur la porte, appelant son père pour la soupe. Mais il se tourna, il gueula :

– Tu peux te la foutre au cul, ta soupe ! Je vas dormir.

Et il monta se coucher, le ventre vide, par rage.

Jean reprit le chemin de la ferme, d'un pas ralenti, si tourmenté de chagrin, qu'il se retrouva sur le plateau, sans avoir eu conscience de la route. La nuit, d'un bleu sombre, criblée d'étoiles, était lourde et brûlante. Dans l'air immobile, on sentait de nouveau l'approche, le passage au loin de quelque orage, dont on ne voyait, du côté de l'est, que des réverbérations d'éclairs. Et, comme il levait la tête, il aperçut, à gauche, des centaines d'yeux phosphorescents qui flambaient, pareils à des chandelles, et qui se tournaient vers lui, au bruit de ses pas. C'étaient les moutons dans leur parc, le long duquel il passait.

La voix lente du père Soulas s'éleva.

– Eh bien, garçon ?

Les chiens, étendus à terre, n'avaient pas bougé, flairant un homme de la ferme. Chassé de la cabane roulante par la chaleur, le petit porcher dormait dans un salon. Et, seul, le berger restait debout, au milieu de la plaine rase, noyée de nuit.

– Eh bien, garçon, est-ce fait ?

Sans même s'arrêter, Jean répondit :

– Il a dit que, si la fille est grosse, on verra.

Déjà, il avait dépassé le parc, lorsque cette réponse du vieux Soulas lui arriva, grave dans le vaste silence :

– C'est juste, faut attendre.

Et il continua sa route. La Beauce, à l'infini, s'étendait, écrasée sous un sommeil de plomb. On en sentait la désolation muette, les chaumes brûlés, la terre écorchée et cuite, à une odeur de roussi, à la chanson des grillons qui crépitaient comme des braises dans de la cendre. Seules, des ombres de meules bossuaient cette nudité morne. Toutes les vingt secondes, au ras de l'horizon, les éclairs traçaient une raie violâtre, rapide et triste.

II

Dès le lendemain, Fouan alla s'installer chez les Buteau. Le déménagement ne dérangea personne : deux paquets de hardes, que le vieux tint à porter lui-même, et dont il fit deux voyages. Vainement, les Delhomme voulurent provoquer une explication. Il partit, sans répondre un mot.

Chez les Buteau, on lui donna, derrière la cuisine, la grande pièce du rez-de-chaussée, où, jusque-là, on n'avait serré que la provision de pommes de terre et les betteraves pour les vaches. Le pis était qu'une lucarne, placée à deux mètres, l'éclairait seule d'un jour de cave. Et le sol de terre battue, les tas de légumes, les détritus jetés dans les coins, y entretenaient une humidité qui coulait en larmes jaunes sur le plâtre nu des murailles. D'ailleurs, on laissa tout, on ne débarrassa qu'un angle, pour y mettre un lit de fer, une chaise et une table de bois blanc. Le vieux parut enchanté.

Alors, Buteau triompha. Depuis que Fouan était chez les Delhomme, il enrageait de jalousie, car il n'ignorait pas ce qu'on disait dans Rognes : bien sûr que ça ne gênait point les Delhomme, de nourrir leur père ; tandis que les Buteau, dame ! ils n'avaient pas de quoi. Aussi, dans les premiers temps, le poussa-t-il à la nourriture, rien que pour l'engraisser, histoire de prouver qu'on ne crevait pas de faim chez lui. Et puis, il y avait les cent cinquante francs de rente, provenant de la maison vendue, que le père laisserait certainement à celui de ses enfants qui l'aurait gardé. D'autre part, ne l'ayant plus à sa charge, Delhomme allait sans doute recommencer à lui payer sa part de la rente annuelle, deux cents francs, ce qu'il fit en effet. Buteau comptait sur ces deux cents francs. Il avait tout calculé, il s'était dit qu'il aurait la gloire d'être un bon fils, en ne rien sortant de sa poche, et avec l'espérance d'en être récompensé, plus tard ; sans parler du magot qu'il soupçonnait toujours au vieux, bien qu'il ne fût jamais parvenu à avoir une certitude.

Ce fut, pour Fouan, une vraie lune de miel. On le fêtait, on le montrait aux voisins : hein ? quelle mine de prospérité ! avait-il l'air de dépérir ? Les petits, Laure et Jules, toujours dans ses jambes, l'occupaient, le chatouillaient au cœur. Mais il était surtout heureux de retourner à ses manies de vieil homme, d'être plus libre, dans le laisser-aller plus grand de la maison. Quoique bonne ménagère, et propre, Lise n'avait pas les raffinements ni les susceptibilités de Fanny, et il pouvait cracher partout, sortir, rentrer à sa guise, manger à chaque minute, par cette habitude du paysan qui ne passe pas devant le pain sans y tailler une tartine, au gré des heures de travail. Trois mois s'écoulèrent ainsi, on était en décembre, des froids terribles gelaient l'eau de sa cruche, au pied de son lit ; mais il ne se plaignait pas, les dégels même avaient beau tremper la pièce, en faire ruisseler les murs, comme sous une pluie battante, il trouvait ça naturel, il avait vécu dans cette rudesse. Pourvu qu'il eût son tabac, son café, et qu'on ne le taquinât point, disait-il, le roi n'était pas son oncle.

Ce qui commença de gâter les choses, ce fut qu'un matin de clair soleil, rentrant dans sa chambre chercher sa pipe, lorsqu'on le croyait déjà sorti, Fouan y trouva Buteau en train de culbuter Françoise sur les pommes de terre. La fille, qui se défendait gaillardement, sans un mot, se ramassa, quitta la pièce, après avoir pris les betteraves qu'elle y venait chercher pour ses vaches ; et le vieux, resté seul en face de son fils, se fâcha.

– Sale cochon, avec cette gamine, à côté de ta femme !... Et elle ne voulait pas, je l'ai bien vue qui gigotait !

Mais Buteau, encore soufflant, le sang au visage, n'accepta pas la remontrance.

– Est-ce que vous avez à y foutre le nez ? Fermez les quinquets, taisez votre bec, ou ça tournera mal !

Depuis les couches de Lise et la bataille avec Jean, Buteau s'était de nouveau enragé après Françoise. Il avait attendu que son bras cassé fût solide, il sautait sur elle, maintenant, dans tous les coins de la maison, certain que s'il l'avait une fois, elle serait ensuite à lui tant qu'il voudrait. N'était-ce pas la meilleure façon de reculer le mariage, de garder la fille et de garder la terre ? Ces deux passions arrivaient même à se confondre, l'entêtement à ne rien lâcher de ce qu'il tenait, la possession furieuse de ce champ, le rut inassouvi du mâle, fouetté par la résistance. Sa femme devenait énorme, un tas à remuer ; et elle nourrissait, elle avait toujours Laure pendue aux tétines ; tandis que l'autre, la petite belle-sœur, sentait bon la chair jeune, de gorge aussi élastique et ferme que les pis d'une génisse. D'ailleurs, il ne crachait pas plus sur l'une que sur l'autre : ça lui en ferait deux, une molle et une dure, chacune agréable dans son genre. Il était assez bon coq pour deux poules, il rêvait une vie de pacha, soigné, caressé, gorgé de jouissance. Pourquoi n'aurait-il pas épousé les deux sœurs, si elles y consentaient ? Un vrai moyen de resserrer l'amitié et d'éviter le partage des biens, dont il s'épouvantait, comme si on l'avait menacé de lui couper un membre !

Et, de là, dans l'étable, dans la cuisine, partout, dès qu'ils étaient seuls une minute, l'attaque et la défense brusques, Buteau se ruant, Françoise cognant. Et toujours la même scène courte et exaspérée : lui, envoyant la main sous la jupe, l'empoignant là, à nu, en un paquet de peau et de crinière, ainsi qu'une bête qu'on veut monter ; elle, les dents serrées, les yeux noirs, le forçant à lâcher prise, d'un grand coup de poing entre les jambes, en plein. Et pas un mot, rien que leur haleine brûlante, un souffle étouffé, le bruit amorti de la lutte : il retenait un cri de douleur, elle rabattait sa robe, s'en allait en boitant, le bas-ventre tiré et meurtri, avec la sensation de garder à cette place les cinq doigts qui la trouaient. Et cela, lorsque Lise était dans la pièce d'à côté, même dans la même pièce, le dos tourné pour ranger le linge d'une armoire, comme si la présence de sa femme l'eût excité, certain du silence fier et têtu de la gamine.

Cependant, depuis que le père Fouan les avait vus sur les pommes de terre, des querelles éclataient. Il était allé dire crûment la chose à Lise, pour qu'elle empêchât son mari de recommencer ; et celle-ci, après lui avoir crié de se mêler de ses affaires, s'était emportée contre sa cadette : tant pis pour elle, si elle agaçait les hommes ! car autant d'hommes, autant de cochons, fallait s'y attendre ! Le soir, pourtant, elle avait fait à Buteau une telle scène, que, le lendemain, elle était sortie de leur chambre avec un œil à demi fermé et noir d'un coup de poing, égaré pendant l'explication. Dès ce moment, les colères ne cessèrent plus, se gagnèrent des uns aux autres : il y en avait toujours deux qui se mangeaient, le mari et la femme, ou la belle-sœur et le mari, ou la sœur et la sœur, quand les trois n'étaient pas à se dévorer ensemble.

Ce fut alors que la haine lente, inconsciente, s'aggrava entre Lise et Françoise. Leur bonne tendresse de jadis en arrivait à une rancune sans raison apparente, qui les heurtait du matin au soir. Au fond, la cause unique était l'homme, ce Buteau, tombé là comme un ferment destructeur. Françoise, dans le trouble dont il l'exaspérait, aurait succombé depuis longtemps, si sa volonté ne s'était bandée contre le besoin de se laisser faire, chaque fois qu'il la touchait. Elle s'en punissait durement, entêtée à cette idée simple du juste, ne rien donner d'elle, ne rien prendre aux autres ; et sa colère était de se sentir jalouse, d'exécrer sa sœur, parce que celle-ci avait à elle cet homme, près duquel elle-même serait morte d'envie, plutôt que de partager. Quand il la poursuivait, débraillé, le ventre en avant, elle crachait furieusement sur sa nudité de mâle, elle le renvoyait à sa femme, avec ce crachat : c'était un soulagement à son désir combattu, comme si elle eût craché au visage de sa sœur, dans le mépris douloureux du plaisir dont elle n'était pas. Lise, elle, n'avait point de jalousie, certaine que Buteau s'était vanté en gueulant qu'il se servait d'elles deux ; non qu'elle le crût incapable de la chose ; mais elle était convaincue que la petite, avec son orgueil, ne céderait pas. Et elle lui en voulait uniquement de ce que ses refus changeaient la maison en un véritable enfer. Plus elle grossissait, plus elle se tassait dans sa graisse, satisfaite de vivre, d'une gaieté d'égoïsme rapace, ramenant à elle la joie d'alentour. Était-ce possible qu'on se disputât de la sorte, qu'on se gâtât l'existence lorsqu'on avait tout pour être heureux ! Ah ! la bougresse de gamine, dont le sacré caractère était la seule cause de leurs embêtements !

Chaque soir, quand elle se couchait, elle criait à Buteau :

– C'est ma sœur, mais qu'elle ne recommence pas à m'aguicher, ou je te la flanque dehors !

Lui, n'entendait pas de cette oreille.

– Un joli coup ! tout le pays nous tomberait dessus... Nom de Dieu de femelles ! c'est moi qui vas vous foutre à dessaler ensemble dans la mare, pour vous mettre d'accord !

Deux mois encore se passèrent, et Lise, bousculée, hors d'elle, aurait sucré deux fois son café, comme elle le disait, sans le trouver bon. Les jours où sa sœur avait repoussé une nouvelle attaque de son homme, elle le devinait à une recrudescence de méchante humeur ; si bien qu'elle vivait maintenant dans la crainte de ces échecs de Buteau, anxieuse quand il filait sournoisement derrière la jupe de Françoise, certaine de le voir reparaître brutal, cassant tout, torturant la maison. C'étaient des journées abominables, et elle ne les pardonnait point à la fichue entêtée qui ne faisait rien pour arranger les choses.

Un jour surtout, ce fut terrible. Buteau qui était descendu à la cave, avec Françoise, tirer du cidre, en remonta si mal arrangé, si rageur, que pour une bêtise, pour sa soupe qui était trop chaude, il lança son assiette contre le mur, puis s'en alla, en renversant Lise d'une gifle à tuer un bœuf.

Celle-ci se ramassa, pleurante, saignante, la joue enflée. Et elle se jeta sur sa sœur, elle cria :

– Salope ! couche avec, à la fin !... J'en ai assez, je file, moi ! si tu t'obstines, pour me faire battre !

Françoise l'écoutait, saisie, toute pâle.

– Aussi vrai que Dieu m'entend, j'aime mieux ça !... Il nous fichera la paix peut-être !

Elle était retombée sur une chaise, elle pleurait à petits sanglots ; et toute sa grasse personne qui fondait, disait son abandon, son unique désir d'être heureuse, même au prix d'un partage. Du moment qu'elle garderait sa part, ça ne la priverait de rien. On se faisait des idées bêtes là-dessus, car ce n'était bien sûr pas comme le pain qui s'use à être mangé. Est-ce qu'on n'aurait pas dû s'entendre, se serrer les uns contre les autres pour le bon accord, enfin vivre en famille ?

– Voyons, pourquoi ne veux-tu pas ?

Révoltée, étranglée, Françoise ne trouva que ce cri de colère :

– Tu es plus dégoûtante que lui !

Elle s'en alla de son côté sangloter dans l'étable, où la Coliche la regarda de ses gros yeux troubles. Ce qui l'indignait, ce n'était pas la chose en elle-même, c'était ce rôle de complaisance, le coup de noce toléré, la paix du ménage. Si elle avait eu l'homme à elle, jamais elle n'en aurait cédé un bout, pas même grand comme ça ! Sa rancune contre sa sœur devint du mépris, elle se jura d'y laisser toute la peau de son corps, plutôt que de consentir, à présent.

Mais, dès ce jour, la vie se gâta davantage, Françoise devint le souffre-douleur, la bête sur qui l'on tapait. Elle était rabaissée au rôle de servante, écrasée de gros travaux, continuellement grondée, bousculée, meurtrie. Lise ne lui tolérait plus une heure de flâne, la faisait sauter du lit avant l'aube, la gardait si tard, la nuit, que la malheureuse, parfois, s'endormait, sans avoir la force de se déshabiller. Sournoisement, Buteau la martyrisait de petites privautés, des claques sur les reins, des pinçons aux cuisses, toutes sortes de caresses féroces, qui la laissaient en sang, les yeux pleins de larmes, raidie dans son obstination de silence. Lui, ricanait, s'y contentait un peu, quand il la voyait défaillir, en retenant le cri de sa chair blessée. Elle en avait le corps bleui, zébré d'éraflures et de contusions. Devant sa sœur, elle mettait surtout son courage à ne pas même tressaillir, pour nier le fait, comme s'il n'eût pas été vrai que ces doigts d'homme lui fouillaient la peau. Cependant, elle n'était pas toujours maîtresse de la révolte de ses muscles, elle répondait par un soufflet, à la volée ; et, alors, il y avait des batailles, Buteau la rossait, tandis que Lise, sous prétexte de les séparer, cognait sur les deux, à grands coups de sabot. La petite Laure et son frère Jules poussaient des hurlements. Tous les chiens d'alentour aboyaient, ça faisait pitié aux voisins. Ah ! la pauvre enfant, elle avait de la constance, de rester dans cette galère !

C'était, en effet, l'étonnement de Rognes. Pourquoi Françoise ne se sauvait-elle pas ? Les malins hochaient la tête : elle n'était point majeure, il lui fallait attendre dix-huit mois ; et se sauver, se mettre dans son tort, sans pouvoir emporter son bien, dame, elle avait raison d'y réfléchir à deux fois. Encore si le père Fouan, son tuteur, l'avait soutenue ! Mais lui-même n'était guère à la noce, chez son fils. La peur des éclaboussures le faisait se tenir tranquille. D'ailleurs, la petite lui défendait de s'occuper de ses affaires, dans une bravoure et une fierté farouches de fille qui ne compte que sur elle.

Désormais, toutes les querelles finissaient par les mêmes injures.

– Mais fous donc le camp ! fous donc le camp !

– Oui, c'est ce que vous espérez... Autrefois, j'étais trop bête, je voulais partir... Maintenant, vous pouvez me tuer, je reste. J'attends ma part, je veux la terre et la maison, et je les aurai, oui ! j'aurai tout !

La crainte de Buteau, pendant les premiers mois, fut que Françoise se trouvât enceinte des œuvres de Jean. Depuis qu'il les avait surpris, dans la meule, il calculait les jours, il la surveillait d'un œil oblique, inquiet de son ventre ; car la venue d'un enfant aurait tout gâté, en nécessitant le mariage. Elle, tranquille, savait bien qu'elle ne pouvait être grosse. Mais, quand elle eut remarqué qu'il s'intéressait à sa taille, elle s'en amusa, elle fit exprès de se tenir le ventre en avant, pour lui faire croire qu'il enflait. Maintenant, dès qu'il l'empoignait, elle le sentait qui la tâtait là, qui la mesurait de ses gros doigts ; et elle finit par lui dire, d'un air de défi :

– Va, il y en a un ! il pousse !

Un matin même, elle plia des torchons qu'elle banda sur elle. On faillit se massacrer, le soir. Et une terreur la saisit, aux regards d'assassin qu'il lui jetait : bien sûr que, si elle avait eu un vrai petit sous la peau, le brutal lui aurait allongé quelque mauvais coup, pour le tuer. Elle cessa les farces, rentra son ventre. D'ailleurs, elle le surprit dans sa chambre, le nez dans son linge sale, en train de s'assurer des choses.

– Fais-en donc un ! lui dit-il goguenard.

Et elle répondit, toute pâle, rageuse :

– Si je n'en fais pas, c'est que je ne veux pas.

C'était vrai, elle se refusait à Jean, avec obstination. Buteau n'en triompha pas moins bruyamment. Et il tomba sur l'amoureux : un beau mâle, je t'en fiche ! il était donc pourri, qu'il ne pouvait pas faire un enfant ? Ça cassait le bras du monde, par traîtrise ; mais ça n'était seulement pas capable d'emplir une fille, tellement ça manquait de nerf ! Dès lors, il poursuivit Françoise d'allusions, il l'accabla elle-même de plaisanteries sur le cul de son chaudron qui fuyait.

Lorsque Jean sut comment le traitait Buteau, il parla de lui casser la gueule ; et il guettait toujours Françoise, il la suppliait de céder : on verrait bien s'il ne lui collait pas un enfant, et un gros ! Son désir, maintenant, se doublait de colère. Mais, chaque fois, elle trouvait une nouvelle excuse, dans l'ennui qu'elle éprouvait à l'idée de recommencer ça, avec ce garçon. Elle ne le détestait pas, elle n'avait pas envie de lui, simplement ; et il fallait qu'elle ne le désirât vraiment guère, pour ne point défaillir et se livrer, lorsqu'elle tombait entre ses bras, derrière une haie, encore furieuse et rouge d'une attaque de Buteau. Ah ! le cochon ! Elle ne parlait que de ce cochon-là, passionnée, excitée, tout d'un coup refroidie, dès que l'autre voulait profiter et la prendre. Non, non, ça lui faisait honte ! Un jour, poussée à bout, elle le remit à plus tard, au soir de leur mariage. C'était la première fois qu'elle s'engageait, car elle avait évité jusque-là de répondre nettement, quand il la demandait pour femme. Dès lors, ce fut comme entendu : il l'épouserait, mais après sa majorité, aussitôt qu'elle serait maîtresse de son bien et qu'elle pourrait exiger des comptes. Cette bonne raison le frappa, il lui prêcha la patience, il cessa de la tourmenter, excepté dans les moments où l'idée de rire le tenait trop fort. Elle, soulagée, tranquillisée par le vague de cette échéance lointaine, se contentait de lui saisir les deux mains pour l'empêcher, en le regardant de ses jolis yeux suppliants, d'un air de femme susceptible qui ne désirait risquer d'avoir un petit que de son homme.

Cependant, Buteau, certain qu'elle n'était pas enceinte, avait une autre crainte, celle qu'elle ne le devînt, si elle retournait avec Jean. Il continuait de le défier, et il tremblait, car on lui rapportait de partout que celui-ci jurait d'emplir Françoise jusqu'aux yeux, comme jamais fille n'avait été pleine. Aussi, la surveillait-il, du matin au soir, exigeant d'elle l'emploi de chacune de ses minutes, la tenant à l'attache, sous la menace du fouet, ainsi qu'une bête domestique dont on craint les farces ; et c'était un supplice nouveau, elle sentait toujours, derrière ses jupes son beau-frère ou sa sœur, elle ne pouvait aller au trou à fumier pour un besoin, sans rencontrer un œil qui l'épiait. La nuit, on l'enfermait dans sa chambre ; même, un soir, après une dispute, elle avait trouvé un cadenas condamnant le volet de sa lucarne. Puis, comme elle parvenait quand même à s'échapper, il y avait à son retour d'abominables scènes, des interrogatoires, parfois des visites, le mari l'empoignant aux épaules, tandis que la femme la déshabillait à moitié, pour voir. Elle en fut rapprochée de Jean, elle en arriva à lui donner des rendez-vous, heureuse de braver les autres. Peut-être lui aurait-elle cédé enfin, si elle les avait eus là, derrière elle. En tout cas, elle acheva de se promettre, elle lui jura, sur ce qu'elle avait de plus sacré, que Buteau mentait, lorsqu'il se vantait de coucher avec les deux sœurs, dans l'idée de faire le coq et de forcer à être des choses qui n'étaient pas. Jean, tourmenté d'un doute, trouvant au fond l'affaire possible et naturelle, parut la croire. Et, en se quittant, ils s'embrassèrent, très bons amis, si bien qu'à partir de ce jour, elle le prit pour confident et conseil, tâchant de le voir à la moindre alerte, ne risquant rien sans son approbation. Lui, ne la touchait plus du tout, la traitait en camarade avec qui l'on a des intérêts communs.

Maintenant, chaque fois que Françoise courait rejoindre Jean derrière un mur, la conversation était la même. Elle dégrafait violemment son corsage, ou retroussait sa jupe.

– Tiens ! ce cochon-là m'a encore pincée.

Il constatait, restait froid et résolu.

– Ça se payera, faut montrer ça aux voisines... Surtout, ne te revenge pas. La justice sera pour nous, quand nous aurons le droit.

– Et ma sœur tiendrait la chandelle, tu sais ! Est-ce qu'hier, lorsqu'il a sauté sur moi, elle n'a pas filé, au lieu de lui allonger par derrière un seau d'eau froide !

– Ta sœur, elle finira mal avec ce bougre... Tout ça est bon. Si tu ne veux pas, il ne peut pas, c'est sûr ; et, quant au reste, qu'est-ce que ça nous fiche ?... Soyons d'accord, il est foutu.

Le père Fouan, bien qu'il évitât de s'en mêler, était de toutes les querelles. S'il se taisait, on le forçait à prendre parti ; s'il sortait, il retombait au retour dans un ménage en déroute, où sa présence suffisait souvent à rallumer les colères. Jusque-là, il n'avait pas souffert réellement, physiquement ; tandis que commençaient à cette heure les privations, le pain mesuré, les douceurs supprimées. On ne le bourrait plus de nourriture ainsi qu'aux premiers jours, chaque tartine coupée trop épaisse lui attirait des paroles dures : quel trou ! moins on travaillait, plus on bâfrait, alors ! Il était guetté, dévalisé, tous les trimestres, quand il revenait de toucher à Cloyes la rente que M. Baillehache lui faisait, sur les trois mille francs de la maison. Françoise en arrivait à voler des sous à sa sœur, pour lui acheter du tabac, car on la laissait, elle aussi, sans argent. Enfin, le vieux se trouvait très mal dans la chambre humide où il couchait, depuis qu'il avait cassé un carreau de la lucarne, qu'on avait bouchée avec de la paille, pour éviter la dépense de cette vitre à remettre. Ah ! ces gueux d'enfants, tous les mêmes ! Il grognait du matin au soir, il regrettait mortellement d'avoir quitté les Delhomme, désespéré d'être tombé d'un mal dans un pire. Mais ce regret, il le cachait, ne le témoignait que par des mots involontaires, car il savait que Fanny avait dit : « Papa, il viendra nous demander à genoux de le reprendre ! » Et c'était fini, cela lui restait pour toujours, comme une barre obstinée, en travers du cœur. Il serait plutôt mort de faim et de colère chez les Buteau, que de retourner s'humilier chez les Delhomme.

Justement, un jour que Fouan revenait à pied de Cloyes, après s'être fait payer sa rente chez le notaire, et qu'il s'était assis au fond d'un fossé, Jésus-Christ, qui flânait par là, visitant des terriers à lapins, l'aperçut très absorbé, profondément occupé à compter des pièces de cent sous, dans son mouchoir. Il s'accroupit aussitôt, rampa, arriva au-dessus de son père sans bruit ; et là, allongé, il eut la surprise de lui voir nouer soigneusement une grosse somme, peut-être bien quatre-vingts francs : ses yeux flambèrent, un rire silencieux découvrit ses dents de loup. Tout de suite, l'ancienne idée d'un magot lui était venue. Évidemment, le vieux avait des titres cachés, dont il touchait les coupons, chaque trimestre, en profitant de sa visite à M. Baillehache. La première pensée de Jésus-Christ fut de larmoyer et d'arracher vingt francs. Puis, cela lui parut mesquin, un autre plan s'élargissait dans sa tête, il s'écarta aussi doucement qu'il s'était approché, d'un glissement souple de couleuvre ; de sorte que Fouan, remonté sur la route, n'eut aucune méfiance, en le rencontrant cent pas plus loin, avec l'allure désintéressée d'un gaillard, qui, lui aussi, rentrait à Rognes. Ils achevèrent le chemin ensemble, ils causèrent, le père tomba fatalement sur les Buteau, des sans-cœur, qu'il accusait de le faire crever de faim ; et le fils, bonhomme, les yeux mouillés, proposa de le sauver de ces canailles en le prenant chez lui à son tour. Pourquoi non ? On ne s'embêtait pas, on rigolait du matin au soir, chez lui. La Trouille faisait de la cuisine pour deux, elle en ferait pour trois. Une sacrée cuisine, quand il y avait des sous !

Étonné de la proposition, pris d'une inquiétude vague, Fouan refusa. Non, non, ce n'était pas à son âge qu'on se mettait à courir de l'un chez l'autre et à changer ses habitudes tous les ans.

– Enfin, père, c'est de bon cœur, vous réfléchirez... Voilà, vous savez toujours que vous n'êtes pas à la rue. Venez au Château, lorsque vous en aurez assez, de ces crapules !

Et Jésus-Christ le quitta, perplexe, intrigué, se demandant à quoi le vieux pouvait manger ses rentes, puisque, décidément, il en avait. Quatre fois par année, un tas pareil de pièces de cent sous, ça devait faire au moins trois cents francs. S'il ne les mangeait pas, c'était donc qu'il les gardait ? Faudrait voir ça. Un fameux magot, alors !

Ce jour-là, un jour doux et humide de novembre, lorsque le père Fouan rentra, Buteau voulut le dévaliser des trente-sept francs cinquante, qu'il touchait tous les trois mois, depuis la vente de sa maison. Il était convenu, d'ailleurs, que le vieux les lui abandonnait, ainsi que les deux cents francs annuels des Delhomme. Mais, cette fois, une pièce de cent sous s'était égarée parmi celles qu'il avait nouées dans son mouchoir ; et, quand il eut retourné ses poches et qu'il n'en tira que trente-deux francs cinquante, son fils s'emporta, le traita de filou, l'accusa d'avoir fricassé les cinq francs, à de la boisson et à des horreurs. Saisi, la main sur son mouchoir, avec la peur sourde qu'on ne le visitât, le père bégayait des explications, jurait ses grands dieux qu'il devait les avoir perdus, en se mouchant. Une fois de plus, la maison fut en l'air jusqu'au soir.

Ce qui rendait Buteau d'une humeur féroce, c'était qu'en ramenant sa herse, il avait aperçu Jean et Françoise, fuyant derrière un mur. Celle-ci, sortie sous le prétexte de faire de l'herbe pour ses vaches, ne reparaissait plus, car elle se doutait de la scène qui l'attendait. La nuit tombait déjà, et Buteau, furieux, sortait à chaque minute dans la cour, allait jusqu'à la route, guetter si cette garce-là, enfin, revenait du mâle. Il jurait tout haut, lâchait des ordures, sans voir le père Fouan, qui s'était assis sur le banc de pierre, après la querelle, se calmant, respirant la douceur tiède, qui faisait de ce novembre ensoleillé un mois de printemps.

Un bruit de sabots monta de la pente, Françoise parut, pliée en deux, les épaules chargées d'un énorme paquet d'herbe, qu'elle avait noué dans une vieille toile. Elle soufflait, elle suait, à moitié cachée sous le tas.

– Ah ! nom de Dieu de traînée ! cria Buteau, si tu crois que tu vas te foutre de moi, à te faire raboter depuis deux heures par ton galant, lorsqu'il y a de la besogne ici !

Et il la culbuta dans le paquet d'herbe qui était tombé, il se rua sur elle, juste au moment où Lise, à son tour, sortait de la maison, pour l'engueuler.

– Eh ! Marie-dort-en-chiant, arrive donc, que je te colle mon pied dans le derrière !... Tu n'as pas honte !

Mais Buteau, déjà, avait empoigné la fille sous la jupe, à pleine main. Son encagement tournait toujours en un coup brusque de désir. Tandis qu'il la troussait sur l'herbe, il grognait, étranglé, la face bleuie et gonflée de sang.

– Sacrée cateau, faut cette fois que j'y passe à mon tour... Quand le tonnerre de Dieu y serait, je vas y passer après l'autre !

Alors, une lutte furieuse s'engagea. Le père Fouan distinguait mal, dans la nuit. Mais il vit pourtant Lise, debout, qui regardait et laissait faire ;

pendant que son homme, vautré, jeté de côté à chaque seconde, s'épuisait en vain, se satisfaisait quand même, au petit bonheur, n'importe où.

Quand ce fut fini, Françoise, d'une dernière secousse, put se dégager, râlante, bégayante.

– Cochon ! cochon ! cochon !... Tu n'as pas pu, ça ne compte pas... Je m'en fiche, de ça ! jamais tu n'y arriveras, jamais !

Elle triomphait, elle avait pris une poignée d'herbe et elle s'en essuyait la jambe, dans un tremblement de tout son corps, comme si elle se fût contentée elle-même un peu, à cette obstination de refus. D'un geste de bravade, elle jeta la poignée d'herbe aux pieds de sa sœur.

– Tiens ! c'est à toi... Ce n'est pas ta faute si je te le rends !

Lise, d'une gifle, lui fermait la bouche, lorsque le père Fouan, qui avait quitté le banc de pierre, révolté, intervint en brandissant sa canne.

– Bougres de saligots, tous les deux ! voulez-vous bien la laisser tranquille !... En v'là assez, hein ?

Des lumières paraissaient chez les voisins, on commençait à s'inquiéter de cette tuerie, et Buteau se hâta de pousser son père et la petite au fond de la cuisine, où une chandelle éclairait Laure et Jules terrifiés, réfugiés dans un coin. Lise rentra aussi, saisie et muette depuis que le vieux était sorti de l'ombre. Il continuait, s'adressant à elle :

– Toi, c'est trop dégoûtant et trop bête... Tu regardais, je t'ai vue.

Buteau, de toute sa force, allongea un coup de poing au bord de la table.

– Silence ! c'est fini... Je cogne sur le premier qui continue.

– Et si je veux continuer, moi ! demanda Fouan, la voix tremblante, est-ce que tu cogneras ?

– Sur vous comme sur les autres... Vous m'embêtez !

Françoise, bravement, s'était mise entre eux.

– Je vous en prie, mon oncle, ne vous en mêlez point... Vous avez bien vu que je suis assez grande fille pour me défendre.

Mais le vieux l'écarta.

– Laisse, ça ne te regarde plus... C'est mon affaire.

Et, levant sa canne :

– Ah ! tu cognerais, bandit !... Faudrait voir si ce n'est pas à moi de te corriger.

D'une main prompte, Buteau lui arracha le bâton, qu'il envoya sous l'armoire ; et, goguenard, les yeux mauvais, il se planta, lui parla dans le visage.

– Voulez-vous me foutre la paix, hein ? Si vous croyez que je vais tolérer vos airs, ah ! non ! Regardez-moi donc, pour voir comment je m'appelle !

Tous les deux, face à face, se turent un instant, terribles, cherchant à se dompter du regard. Le fils, depuis le partage des biens, s'était élargi, carré sur les jambes, avec ses mâchoires qui avançaient davantage, dans sa tête de dogue, au crâne resserré et fuyant ; tandis que le père, exterminé par ses soixante ans de travail, séché encore, la taille cassée, n'avait gardé de son visage réduit que le nez immense.

– Comment tu t'appelles ? reprit Fouan, je le sais trop, je t'ai fait.

Buteau ricana.

– Fallait pas me faire... Ah ! mais, oui ! ça y est, chacun son tour. Je suis de votre sang, je n'aime pas qu'on me taquine... Et encore un coup, foutez-moi la paix, ou ça tournera mal !

– Pour toi, bien sûr... Jamais je n'ai parlé ainsi à mon père.

– Oh ! là, là, en voilà une raide !... Votre père, vous l'auriez crevé, s'il n'était pas mort !

– Sale cochon, tu mens !... Et, nom de Dieu de nom de Dieu ! tu vas ravaler ça tout de suite.

Françoise, une seconde fois, tenta de s'interposer. Lise elle-même fit un effort, effrayée, désespérée de ce nouveau tracas. Mais les deux hommes les bousculèrent, pour se rapprocher et se souffler leur violence avec leur haleine, sang contre sang, dans ce heurt de la brutale autorité que le père avait léguée au fils.

Fouan voulut se grandir, en essayant de retrouver son ancienne toute-puissance de chef de famille. Pendant un demi-siècle, on avait tremblé sous lui, la femme, les enfants, les bêtes, lorsqu'il détenait la fortune avec le pouvoir.

– Dis que tu as menti, sale cochon, dis que tu as menti, ou je vas te faire danser, aussi vrai que cette chandelle nous éclaire !

La main haute, il menaçait, du geste dont il les faisait tous rentrer en terre, autrefois.

– Dis que tu as menti...

Buteau, qui, au vent de la gifle, dans sa jeunesse, levait le coude et se garait, en claquant des dents, se contenta de hausser les épaules, d'un air de moquerie insultante.

– Si vous croyez que vous me faites peur !... C'était bon quand vous étiez le maître, des machines comme ça.

– Je suis le maître, le père.

– Allons donc, vieux farceur, vous n'êtes rien du tout... Ah ! vous ne voulez pas me foutre la paix !

Et, voyant la main vacillante du vieillard s'abaisser pour taper, il la saisit au vol, il la garda, l'écrasa dans sa poigne rude.

– Sacré têtu que vous êtes, faut donc qu'on se fâche pour vous entrer dans la caboche qu'on se fiche de vous, à cette heure !... Est-ce que vous êtes bon à quelque chose ? Vous coûtez, v'là tout !... Lorsqu'on a fait son temps et qu'on a passé la terre aux autres, on avale sa chique, sans les emmerder davantage !

Il secouait son père, en appuyant sur les mots ; puis, d'une dernière secousse, il l'envoya, grelottant, trébuchant, tomber à reculons sur une chaise, près de la fenêtre. Et le vieux resta là, à suffoquer une minute, vaincu, dans l'humiliation de son ancienne autorité morte. C'était fini, il ne comptait plus, depuis qu'il s'était dépouillé.

Un grand silence régna, tous demeuraient les mains ballantes. Les enfants n'avaient pas soufflé, de peur des gifles. Puis, la besogne reprit, comme s'il ne s'était rien passé.

– Et l'herbe ? demanda Lise, est-ce qu'on la laisse dans la cour ?

– Je vas la mettre au sec, répondit Françoise.

Lorsqu'elle fut rentrée et qu'on eut, dîné, Buteau, incorrigible, enfonça la main dans son corsage ouvert, pour chercher une puce, qui la piquait, disait-elle. Cela ne la fâchait plus, elle plaisanta même.

– Non, non, elle est quelque part où ça te mordrait.

Fouan n'avait pas bougé, raidi et muet dans son coin d'ombre. Deux grosses larmes coulaient sur ses joues. Il se rappelait le soir où il avait rompu avec les Delhomme ; et c'était ce soir-là qui recommençait, la même honte de n'être plus le maître, la même colère qui le faisait s'entêter à ne pas manger. On l'avait appelé trois fois, il refusait sa part de soupe. Brusquement, il se leva, disparut dans sa chambre. Le lendemain, dès l'aube, il quittait les Buteau, pour s'installer chez Jésus-Christ.

III

Jésus-Christ était très venteux, de continuels vents soufflaient dans la maison et la tenaient en joie. Non, fichtre ! on ne s'embêtait pas chez le bougre, car il n'en lâchait pas un sans l'accompagner d'une farce. Il répudiait ces bruits timides, étouffés entre deux cuirs, fusant avec une inquiétude gauche ; il n'avait jamais que des détonations franches, d'une solidité et d'une ampleur de coups de canon ; et, chaque fois, la cuisse levée, dans un mouvement d'aisance et de crânerie, il appelait sa fille, d'une voix pressante de commandement, l'air sévère.

– La Trouille, vite ici, nom de Dieu !

Elle accourait, le coup partait, faisait balle dans le vide, si vibrant, qu'elle en sautait.

– Cours après ! et passe-le entre tes dents, voir s'il y a des nœuds !

D'autres fois, quand elle arrivait, il lui donnait sa main.

– Tire donc, chiffon ! faut que ça craque !

Et, dès que l'explosion s'était produite, avec le tumulte et le bouillonnement d'une mine trop bourrée :

– Ah ! c'est dur, merci tout de même !

Ou encore il mettait en joue un fusil imaginaire, visait longuement ; puis, l'arme déchargée :

– Va chercher, apporte, feignante !

La Trouille suffoquait, tombait sur son derrière, tant elle riait. C'était une gaieté toujours renouvelée et grandissante : elle avait beau connaître le jeu, s'attendre au tonnerre final, il l'emportait quand même dans le comique vivace de sa turbulence. Oh ! ce père, était-il assez rigolo ! Tantôt, il parlait d'un locataire qui ne payait pas son terme et qu'il flanquait dehors ; tantôt, il se retournait avec surprise, saluait gravement, comme si la table avait dit bonjour ; tantôt, il en avait tout un bouquet, pour M. le curé, pour M. le maire, et pour les dames. On aurait cru que le gaillard tirait de son ventre ce qu'il voulait, une vraie boîte à musique ; si bien qu'au Bon Laboureur, à Cloyes, on pariait : « Je te paye un verre, si tu en fais six », et il en faisait six, il gagnait à tous coups. Ça tournait à de la gloire, la Trouille en était fière, amusée, se tordant d'avance, dès qu'il levait la cuisse, en admiration continuelle devant lui, dans la terreur et la tendresse qu'il lui inspirait.

Et, le soir de l'installation du père Fouan au Château, ainsi qu'on nommait l'ancienne cave où se terrait le braconnier, dès le premier repas que la fille servit à son père et à son grand-père, debout derrière eux en servante respectueuse, la gaieté sonna ainsi, très haut. Le vieux avait donné cent sous, une bonne odeur se répandait, des haricots rouges et du veau aux oignons, que la petite cuisinait à s'en lécher les doigts. Comme elle apportait les haricots, elle faillit casser le plat, en se pâmant. Jésus-Christ, avant de s'asseoir, en lâchait trois, réguliers et claquant sec.

– Le canon de la fête !... C'est pour dire que ça commence !

Puis, se recueillant, il en fit un quatrième, solitaire, énorme et injurieux.

– Pour ces rosses de Buteau ! qu'ils se bouchent la gueule avec !

Du coup, Fouan, sombre depuis son arrivée, ricana. Il approuva d'un branle de la tête. Ça le mettait à l'aise, on le citait comme un farceur, lui aussi, en son temps ; et, dans sa maison, les enfants avaient grandi, tranquilles au milieu du bombardement paternel. Il posa les coudes sur la table, il se laissa envahir d'un bien-être, en face de ce grand diable de Jésus-Christ, qui le contemplait, les yeux humides, de son air de canaille bon enfant.

– Ah ! nom de Dieu ! papa, ce que nous allons nous la couler douce ! Vous verrez mon truc, je me charge de vous désemmerder, moi !... Quand vous serez à manger la terre avec les taupes, est-ce que ça vous avancera, de vous être refusé un fin morceau ?

Ébranlé dans la sobriété de toute sa vie, ayant le besoin de s'étourdir, Fouan finit par dire de même.

– Bien sûr qu'il vaudrait mieux tout bouffer que de rien laisser aux autres... À ta santé, mon gars !

La Trouille servait le veau aux oignons. Il y eut un silence, et Jésus-Christ, pour ne pas laisser tomber la conversation, en lança un prolongé, qui traversa la paille de sa chaise avec la modulation chantante d'un cri humain. Tout de suite, il s'était tourné vers sa fille, sérieux et interrogateur :

– Qu'est-ce que tu dis ?

Elle ne disait rien, elle dut s'asseoir, en se tenant le ventre. Mais ce qui l'acheva, ce fut, après le veau et le fromage, l'expansion dernière du père et du fils, qui s'étaient mis à fumer et à vider le litre d'eau-de-vie posé sur la table. Ils ne parlaient plus, la bouche empâtée, très soûls.

Lentement, Jésus-Christ leva une fesse, tonna, puis regarda la porte, en criant :

– Entrez !

Alors, Fouan, provoqué, fâché à la longue de ne pas en être, retrouva sa jeunesse, la fesse haute, tonnant à son tour, répondant :

– Me v'là !

Tous les deux se tapèrent dans les mains, nez à nez, bavant et rigolant. Elle était bonne. Et c'en fut de trop pour la Trouille, qui avait glissé par terre, agitée d'un rire frénétique, au point que, dans les secousses, elle aussi en laissa échapper un, mais léger, fin et musical, comme un son de fifre, à côté des notes d'orgue des deux hommes.

Indigné, répugné, Jésus-Christ s'était levé, le bras tendu dans un geste d'autorité tragique.

– Hors d'ici, cochonne !... Hors d'ici, puanteur !... Nom de Dieu ! je vas t'apprendre à respecter ton père et ton grand-père !

Jamais il ne lui avait toléré cette familiarité. Fallait avoir l'âge. Et il chassait l'air de la main, en affectant d'être asphyxié par ce petit souffle de flûte, les siens, disait-il, ne sentaient que la poudre. Puis, comme la coupable, très rouge, bouleversée de son oubli, niait et se débattait pour ne pas sortir, il la jeta dehors d'une poussée.

– Bougre de grande sale, secoue tes jupes !... Tu ne rentreras que dans une heure, lorsque tu auras pris l'air.

De ce jour, commença une vraie vie d'insouciance et de rigolade. On donna au vieux la chambre de la fille, l'un des compartiments de l'ancienne cave, coupée en deux par une cloison de planches ; et elle, complaisante, dut se retirer au fond, dans une excavation de la roche, qui formait comme une arrière-pièce, et où s'ouvraient, disait la légende, d'immenses souterrains, que des éboulements avaient bouchés. Le pis était que le Château, ce trou à renard, s'enterrait davantage chaque hiver, lors des grandes pluies, dont le ruissellement sur la pente raide de la côte, roulait les cailloux ; même la masure aurait filé, les fondations antiques, les raccommodages en pierres sèches, si les tilleuls séculaires, plantés au-dessus, n'avaient tout maintenu de leurs grosses racines. Mais, dès que venait le printemps, c'était un recoin d'une fraîcheur charmante, une grotte disparue sous un buisson de ronces et d'aubépines. L'églantier qui cachait la fenêtre s'étoilait de fleurs roses, la porte elle-même avait une draperie de chèvrefeuille sauvage, qu'il fallait, pour entrer, écarter de la main, ainsi qu'un rideau.

Sans doute, la Trouille n'avait pas tous les soirs à cuisiner des haricots rouges et du veau aux oignons. Cela n'arrivait que lorsqu'on avait tiré du père une pièce blanche, et Jésus-Christ, sans y mettre de la discrétion, ne le violentait pas, le prenait par la gourmandise et les sentiments pour le dépouiller. On noçait les premiers jours du mois, dès qu'il avait touché les seize francs de sa pension, chez les Delhomme ; puis, c'étaient des fêtes à tout casser, chaque trimestre, quand le notaire lui versait sa rente de trente-sept francs cinquante. D'abord, il ne sortait que des pièces de dix sous, voulant que ça durât, entêté dans son avarice ancienne ; et, peu à peu, il s'abandonnait aux mains de son grand vaurien de fils, chatouillé, bercé d'histoires extraordinaires, parfois secoué de larmes, si bien qu'il lâchait des deux et trois francs, tombant lui-même à la goinfrerie, se disant qu'il valait mieux tout manger de bon cœur, puisque, tôt ou tard, ce serait mangé. D'ailleurs, on devait rendre cette justice à Jésus-Christ : il partageait avec le vieux, il l'amusait au moins, s'il le volait. Au début, l'estomac attendri, il ferma les yeux sur le magot, ne tenta point de savoir : son père était libre de jouir à sa guise, on ne pouvait rien lui demander de plus, du moment qu'il payait des noces. Et des rêveries ne lui venaient sur l'argent entrevu, caché quelque part, que dans la seconde quinzaine du mois, quand les poches du vieux étaient vides. Pas un liard à en faire sortir. Il grognait contre la Trouille, qui servait des pâtées de pommes de terre sans beurre, il se serrait le ventre, en songeant que c'était bête en somme de se priver pour enfouir des sous, et qu'un jour, à la fin, faudrait le déterrer et le claquer, ce magot !

Tout de même, les soirs de misère, lorsqu'il étirait ses membres de grande rosse, il réagissait contre l'embêtement, il demeurait expansif et tempétueux, comme s'il avait bien dîné, ramenant la gaieté d'une bordée de grosse artillerie.

– Aux navets, ceux-là ! la Trouille, et du beurre, nom de Dieu !

Fouan ne s'ennuyait point, même dans ces pénibles fins de mois ; car la fille et le père se mettaient alors en campagne pour emplir la marmite ; et le vieux, entraîné, finissait par en être. Le premier jour où il avait vu la Trouille rapporter une poule, pêchée à la ligne, de l'autre côté d'un mur, il s'était fâché. Ensuite, elle l'avait fait trop rire, la seconde fois, un matin qu'elle était cachée dans les feuilles d'un arbre, laissant pendre, au milieu d'une bande de canards en promenade, un hameçon appâté de viande : un canard, brusquement, s'était jeté, avalant tout, la viande, l'hameçon, la ficelle ; et il avait disparu en l'air, tiré d'un coup sec, étouffé, sans un cri. Ce n'était guère délicat, bien sûr ; mais les bêtes qui vivent dehors, n'est-ce pas ? ça devrait appartenir à qui les attrape, et tant qu'on ne vole pas de l'argent, mon Dieu ! on est honnête. Dès lors, il s'intéressa aux coups de maraude de cette bougresse, des histoires à ne pas croire, un sac de pommes que le propriétaire l'avait aidée à porter, des vaches en pâture traites dans une bouteille, jusqu'au linge des blanchisseuses qu'elle chargeait de pierres et qu'elle coulait au fond de l'Aigre, où elle revenait plonger la nuit, pour le reprendre. On ne voyait qu'elle par les chemins, ses oies lui étaient un continuel prétexte à battre le pays, guettant une occasion du bord d'un fossé, pendant des heures, de l'air endormi d'une gardeuse qui fait manger son troupeau ; même elle se servait de ses oies, ainsi que de vrais chiens, le jars sifflait et la prévenait, dès qu'un importun menaçait de la surprendre. Elle avait dix-huit ans à cette heure, et elle n'était guère plus grande qu'à douze, toujours souple et mince comme un scion de peuplier, avec sa tête de chèvre, aux yeux verts, fendus de biais, à la bouche large, tordue à gauche. Sous les vieilles blouses de son père, sa petite gorge d'enfant s'était durcie sans grossir. Un vrai garçon, qui n'aimait que ses bêtes, qui se moquait bien des hommes, ce qui ne l'empêchait pas, quand elle jouait à se taper avec quelque galopin, de finir le jeu sur le dos, naturellement, parce que c'était fait pour ça et que ça ne tirait point à conséquence. Elle avait la chance d'en rester aux vauriens de son âge, ce serait devenu tout à fait sale, si les hommes posés, les vieux, la trouvant mal en chair, ne l'avaient laissée tranquille. Enfin, comme disait le grand-père, amusé et séduit, à part qu'elle volait trop et qu'elle manquait un peu de décence, elle était tout de même une drôle de fille, moins rosse qu'on n'aurait cru.

Mais Fouan, surtout, s'égayait à suivre Jésus-Christ, dans ses flâneries de rôdeur à travers les cultures. Au fond de tout paysan, même du plus honnête, il y a un braconnier ; et ça l'intéressait, les collets tendus, les lignes de fond posées, des inventions de sauvage, une guerre de ruses, une lutte continuelle avec le garde champêtre et les gendarmes. Dès que les chapeaux galonnés et les baudriers jaunes débouchaient d'une route, filant au-dessus des blés, le père et le fils, couchés sur un talus, semblaient dormir ; puis, tout d'un coup, à quatre pattes le long du fossé, le fils allait relever les engins, tandis que le père, de son air innocent de bon vieux, continuait de surveiller les baudriers et les chapeaux décroissants. Dans l'Aigre, il y avait des truites superbes, qu'on vendait des quarante et cinquante sous à un marchand de Châteaudun ; le pis était qu'il fallait les guetter pendant des heures, à plat ventre sur l'herbe, tant elles avaient de malice. Souvent aussi on poussait jusqu'au Loir, dont les fonds de vase nourrissent de belles anguilles. Jésus-Christ, lorsque ses lignes n'amenaient rien, avait imaginé une pêche commode, qui était de dévaliser, la nuit, les boutiques à poisson des bourgeois riverains. Ce n'était d'ailleurs là qu'un amusement, toute sa fièvre de passion était à la chasse. Les ravages qu'il y faisait, s'étendaient à plusieurs lieues ; et il ne dédaignait rien, les cailles après les perdreaux, même les sansonnets après les alouettes. Rarement il employait le fusil, dont la détonation porte loin en pays plat. Pas une couvée de perdreaux ne s'élevait dans les luzernes et les trèfles sans qu'il la connût, si bien qu'il savait l'endroit et l'heure où les petits, lourds de sommeil, trempés de rosée, se laissaient prendre à la main. Il avait des gluaux perfectionnés pour les alouettes et les cailles, il tapait à coups de pierres dans les épaisses nuées de sansonnets, que semblent apporter les grands vents d'automne. Depuis vingt ans qu'il exterminait ainsi le gibier de la contrée, on ne voyait plus un lapin, parmi les broussailles des coteaux de l'Aigre, ce qui enrageait les chasseurs. Et les lièvres seuls lui échappaient, assez rares du reste, filant librement en plaine, où il était dangereux de les poursuivre. Oh ! les quelques lièvres de la Borderie, il en rêvait, il risquait la prison, pour en bouler un de temps à autre, d'un coup de feu. Fouan, lorsqu'il le voyait prendre son fusil, ne l'accompagnait pas : c'était trop bête, il finirait sûrement par être pincé.

La chose arriva donc, naturellement. Il faut dire que le fermier Hourdequin, exaspéré de la destruction du gibier, sur son domaine, donnait à Bécu les ordres les plus sévères ; et celui-ci, se vexant de n'empoigner jamais personne, dormait dans une meule, pour voir. Or, un matin au petit jour, un coup de fusil, dont la flamme lui passa sur le visage, l'éveilla en sursaut. C'était Jésus-Christ, à l'affût derrière le tas de paille, qui venait de tuer un lièvre, presque à bout portant.

– Ah ! nom de Dieu, c'est toi ! cria le garde champêtre, en s'emparant du fusil que l'autre avait posé contre la meule, pour ramasser le lièvre. Ah ! canaille, j'aurais dû m'en douter !

Au cabaret, ils couchaient ensemble ; mais, dans les champs, ils ne pouvaient se rencontrer sans péril, l'un toujours sur le point de pincer l'autre, et celui-ci décidé à casser la gueule à celui-là.

– Eh bien ! oui, c'est moi, et je t'emmerde !... Rends-moi mon fusil.

Déjà, Bécu était ennuyé de sa prise. D'habitude, il tirait volontiers à droite, quand il apercevait Jésus-Christ à gauche. À quoi bon se mettre dans une vilaine histoire avec un ami ? Mais, cette fois, le devoir était là, impossible de fermer les yeux. Et, d'ailleurs, on est poli au moins, lorsqu'on est en faute.

– Ton fusil, salop ! je le garde, je vas le déposer à la mairie... Et ne bouge pas, ne fais pas le malin, ou je te lâche l'autre coup dans les tripes !

Jésus-Christ, désarmé, enragé, hésita à lui sauter à la gorge. Puis, quand il le vit se diriger vers le village, il se mit à le suivre, tenant toujours son lièvre, qui se balançait au bout de son bras. L'un et l'autre firent un kilomètre sans se parler, en se jetant des regards féroces. Un massacre, à chaque minute, semblait inévitable ; et, pourtant, leur ennui à tous deux grandissait. Quelle fichue rencontre !

Comme ils arrivaient derrière l'église, à deux pas du Château, le braconnier tenta un dernier effort.

– Voyons, fais pas la bête, vieux... Entre boire un verre à la maison.

– Non, faut que je verbalise, répondit le garde champêtre d'un ton raide.

Et il s'entêta, en ancien militaire qui ne connaissait que sa consigne. Cependant, il s'était arrêté, il finit par dire, comme l'autre lui empoignait le bras, pour l'emmener :

– Si t'as de l'encre et une plume, tout de même... Chez toi ou ailleurs je m'en fous, pourvu que le papier soit fait.

Lorsque Bécu arriva chez Jésus-Christ, le soleil se levait, le père Fouan qui fumait déjà sa pipe sur la porte, comprit et s'inquiéta ; d'autant plus que les choses restaient très graves : on déterra l'encre et une vieille plume rouillée, le garde champêtre commença à chercher ses phrases, d'un air de contention terrible, les coudes écartés. Mais, en même temps, sur un mot de son père, la Trouille avait servi trois verres et un litre ; et, dès la cinquième ligne, Bécu, épuisé, ne se retrouvant plus dans le récit compliqué des faits, accepta une rasade. Alors, peu à peu, la situation se détendit. Un second litre parut, puis un troisième. Deux heures plus tard, les trois hommes se parlaient violemment et amicalement dans le nez : ils étaient très soûls, ils avaient totalement oublié l'affaire du matin.

– Sacré cocu, criait Jésus-Christ, tu sais que je couche avec ta femme.

C'était vrai. Depuis la fête, il culbutait la Bécu dans les coins, tout en la traitant de vieille peau, sans délicatesse. Mais Bécu, qui avait le vin mauvais, se fâcha. S'il tolérait la chose, à jeun, elle le blessait, quand il était ivre. Il brandit un litre vide, il gueula :

– Nom de Dieu de cochon !

Le litre s'écrasa contre le mur, il manqua Jésus-Christ, qui bavait, d'un sourire doux et noyé. Pour apaiser le cocu, on décida qu'on allait rester ensemble, à manger le lièvre tout de suite. Quand la Trouille faisait un civet, la bonne odeur s'en répandait jusqu'à l'autre bout de Rognes. Ce fut une rude fête, et qui dura la journée. Ils étaient encore à table, resuçant les os, lorsque la nuit tomba. On alluma deux chandelles, et ils continuèrent.

Fouan retrouva trois pièces de vingt sous, pour envoyer la petite acheter un litre de cognac. Les gens dormaient dans le pays, qu'ils sirotaient toujours. Et Jésus-Christ, dont la main tâtonnante cherchait continuellement du feu, rencontra le procès-verbal commencé, qui était resté sur un coin de la table, taché de vin et de sauce.

– Ah ! c'est vrai, faut le finir ! bégaya-t-il, le ventre secoué d'un rire d'ivrogne.

Il regardait le papier, méditait une farce, quelque chose où il mettait tout son mépris de l'écriture et de la loi. Brusquement, il leva la cuisse, glissa le papier, bien en face, en lâcha un dessus, épais et lourd, un de ceux dont il disait que le mortier était au bout.

– Le v'là signé !

Tous, Bécu lui-même, rigolèrent. Ah ! on ne s'embêta pas, cette nuit-là, au Château !

Ce fut vers cette époque que Jésus-Christ fit un ami. Comme il se terrait un soir dans un fossé, pour laisser passer les gendarmes, il trouva au fond un gaillard, qui occupait déjà la place, peu désireux d'être vu ; et l'on causa. C'était un bon bougre, Leroi, dit Canon, un ouvrier charpentier, qui avait lâché Paris depuis deux ans, à la suite d'histoires ennuyeuses, et qui préférait vivre à la campagne, roulant de village en village, faisant huit jours ici, huit jours plus loin, allant d'une ferme à une autre s'offrir, quand les patrons ne voulaient pas de lui. Maintenant, le travail ne marchait plus, il mendiait le long des routes, il vivait de légumes et de fruits volés, heureux lorsqu'on lui permettait de dormir dans une meule. À la vérité, il n'était guère fait pour inspirer la confiance, en loques, très sale, très laid, ravagé de misère et de vices, le visage si maigre et si blême, hérissé d'une barbe rare, que les femmes, rien qu'à le voir, fermaient les portes. Ce qui était pis, il tenait des discours abominables, il parlait de couper le cou aux riches, de nocer un beau matin à s'en crever la peau, avec les femmes et le vin des autres : menaces lâchées d'une voix sombre, les poings tendus, théories révolutionnaires apprises dans les faubourgs parisiens, revendications sociales coulant en phrases enflammées, dont le flot stupéfiait et épouvantait les paysans. Depuis deux années, les gens des fermes le voyaient arriver ainsi, à la tombée du jour, demandant un coin de paille pour coucher ; il s'asseyait près du feu, il leur glaçait à tous le sang, par les paroles effrayantes qu'il disait ; puis, le lendemain, il disparaissait, pour reparaître huit jours plus tard, à la même heure triste du crépuscule, avec les mêmes prophéties de ruine et de mort. Et c'était pourquoi on le repoussait de partout, désormais, tant la vision de cet homme louche traversant la campagne, laissait de terreur et de colère derrière elle.

Tout de suite, Jésus-Christ et Canon s'étaient entendus.

– Ah ! nom de Dieu ! cria le premier, ce que j'ai eu tort, en 48, de ne pas les saigner tous, à Cloyes !... Allons, vieux, faut boire un litre !

Il l'emmena au Château, il le fit coucher le soir avec lui, pris de déférence, à mesure que l'autre parlait, tellement il le sentait supérieur, sachant des choses, ayant des idées pour refaire d'un coup la société. Le surlendemain, Canon s'en alla. Deux semaines plus tard, il revint, repartit au petit jour. Et, dès lors, de temps à autre, il tomba au Château, mangea, ronfla, comme chez lui, jurant à chaque apparition que les bourgeois seraient nettoyés avant trois mois. Une nuit que le père était à l'affût, il voulut culbuter la fille ; mais la Trouille, indignée, rouge de honte, le griffa et le mordit si profondément, qu'il dut la lâcher. Pour qui donc la prenait-il, ce vieux-là ? Il la traita de grande serine.

Fouan, non plus, n'aimait guère Canon, qu'il accusait d'être un fainéant et de vouloir des choses à finir sur l'échafaud. Quand ce brigand était là, le vieux en devenait tout triste, à ce point qu'il préférait fumer sa pipe dehors. D'ailleurs, la vie de nouveau se gâtait pour lui, il ne godaillait plus si volontiers chez son fils, depuis que toute une fâcheuse histoire les divisait. Jusque-là, Jésus-Christ n'avait vendu les terres de son lot, lopins à lopins, qu'à son frère Buteau et à son beau-frère Delhomme ; et, chaque fois, Fouan, dont la signature était nécessaire, l'avait donnée sans rien dire, du moment que le bien restait dans la famille. Mais voilà qu'il s'agissait d'un dernier champ, sur lequel le braconnier avait emprunté, un champ que le prêteur parlait de faire mettre aux enchères, parce qu'il ne touchait pas un sou des intérêts convenus. M. Baillehache, consulté, avait dit qu'il fallait vendre soi-même, et tout de suite, si l'on ne voulait pas être dévoré par les frais. Le malheur était que Buteau et Delhomme refusaient d'acheter, furieux de ce que le père se laissât manger la peau chez sa grande fripouille d'aîné, résolus à ne s'occuper de rien, tant qu'il vivrait là. Et le champ allait être vendu par autorité de justice, le papier timbré marchait bon train, c'était la première pièce de terre qui sortait de la famille. Le vieux n'en dormait plus. Cette terre que son père, son grand-père, avaient convoitée si fort et si durement gagnée ! cette terre possédée, gardée jalousement comme une femme à soi ! la voir s'émietter ainsi dans les procès, se déprécier, passer aux bras d'un autre, d'un voisin, polir la moitié de son prix ! Il en frémissait de rage, il en avait le cœur si crevé, qu'il en sanglotait comme un enfant. Ah ! ce cochon de Jésus-Christ !

Il y eut des scènes terribles entre le père et le fils. Ce dernier ne répondait pas, laissait l'autre s'épuiser en reproches et en gémissements, debout, tragique, hurlant sa peine.

– Oui, t'es un assassin, c'est comme si tu prenais un couteau, vois-tu, et que tu m'enlèves un morceau de viande... Un champ si bon, qu'il n'y en a pas de meilleur ! un champ où tout pousse, rien qu'à souffler dessus !... Faut-il que tu sois feignant et lâche, pour ne pas te casser la gueule, plutôt que de l'abandonner à un autre... Nom de Dieu de nom de Dieu ! à un autre ! c'est cette idée-là, moi, qui me retourne le sang ! Tu n'en as donc pas, de sang, bougre d'ivrogne... Et tout ça, parce que tu l'as bue, la terre, sacré jean-foutre de noceur, salop, cochon !

Puis, lorsque le père s'étranglait et tombait de fatigue, le fils répondait tranquillement :

– Que c'est donc bête, vieux, de vous tourmenter comme ça ! Tapez sur moi, si ça vous soulage ; mais vous n'êtes guère philosophe, ah ! non !... Eh bien, quoi ? on ne la mange pas, la terre ! Si l'on vous en servait un plat, vous feriez une drôle de gueule. J'ai emprunté dessus, parce que c'est ma façon, à moi, d'y faire pousser des pièces de cent sous. Et puis, on la vendra, on a bien vendu mon patron Jésus-Christ ; et, s'il nous revient quelques écus, on les boira donc, v'là la vraie sagesse !... Ah ! mon Dieu, on a le temps d'être mort et de l'avoir à soi, la terre !

Mais où le père et le fils s'entendaient, c'était dans leur haine de l'huissier, le sieur Vimeux, un petit huissier minable, qu'on chargeait des corvées dont son confrère de Cloyes ne voulait pas, et qui se hasarda un soir à venir déposer au Château une signification de jugement. Vimeux était un bout d'homme très malpropre, un paquet de barbe jaune, d'où ne sortaient qu'un nez rouge et des yeux chassieux. Toujours vêtu en monsieur, un chapeau, une redingote, un pantalon noirs, abominables d'usure et de taches, il était célèbre dans le canton, pour les terribles raclées qu'il recevait des paysans, chaque fois qu'il se trouvait obligé d'instrumenter contre eux, loin de tout secours. Des légendes couraient, des gaules cassées sur ses épaules, des bains forcés au fond des mares, une galopade de deux kilomètres à coups de fourche, une fessée administrée par la mère et la fille, culotte bas.

Justement, Jésus-Christ rentrait avec son fusil ; et le père Fouan, qui fumait sa pipe, assis sur un tronc d'arbre, lui dit, dans un grognement de colère :

– Voilà le déshonneur que tu nous amènes, vaurien !

– Attendez voir ! murmura le braconnier, les dents serrées.

Mais, en l'apercevant avec un fusil, Vimeux s'était arrêté net, à une trentaine de pas. Toute sa lamentable personne, noire, sale et correcte, tremblait de peur.

– Monsieur Jésus-Christ, dit-il d'une petite voix grêle, je viens pour l'affaire, vous savez... Et je mets ça là. Bien le bonsoir !

Il avait déposé le papier timbré sur une pierre, il s'en allait déjà à reculons, vivement, lorsque l'autre cria :

– Nom de Dieu de chieur d'encre, faut-il qu'on t'apprenne la politesse !... Veux-tu bien m'apporter ton papier !

Et, comme le misérable, immobilisé, effaré, n'osait plus ni avancer, ni reculer d'une semelle, il le mit en joue.

– Je t'envoie du plomb, si tu ne te dépêches pas... Allons, reprends ton papier, et arrive... Plus près, plus près, mais plus près donc, foutu capon, ou je tire !

Glacé, blême, l'huissier chancelait sur ses courtes jambes. Il implora d'un regard le père Fouan. Celui-ci continuait de fumer tranquillement sa pipe, dans sa rancune féroce contre les frais de justice et l'homme qui les incarne, aux yeux des paysans.

– Ah ! nous y sommes enfin, ce n'est pas malheureux. Donne-moi ton papier. Non ! pas du bout des doigts, comme à regret. Poliment, nom de Dieu ! et de bon cœur... Là ! tu es gentil.

Vimeux, paralysé par les ricanements de ce grand bougre, attendait en battant des paupières, sous la menace de la farce, du coup de poing ou de la gifle, qu'il sentait venir.

– Maintenant, retourne-toi.

Il comprit, ne bougea pas, serra les fesses.

– Retourne-toi ou je te retourne !

Il vit bien qu'il fallait se résigner. Lamentable, il se tourna, il présenta de lui-même son pauvre petit derrière de chat maigre. L'autre, alors, prenant son élan, lui planta son pied au bon endroit, si raide, qu'il l'envoya tomber sur le nez, à quatre pas. Et l'huissier, qui se relevait péniblement, se mit à galoper, éperdu, en entendant ce cri :

– Attention ! je tire !

Jésus-Christ venait d'épauler. Seulement, il se contenta de lever la cuisse, et, pan ! il en fit claquer un, d'une telle sonorité, que, terrifié par la détonation, Vimeux s'étala de nouveau. Cette fois, son chapeau noir avait roulé parmi les cailloux. Il le suivit, le ramassa, courut plus fort.

Derrière lui, les coups de feu continuaient, pan ! pan ! pan ! sans un arrêt, une vraie fusillade, au milieu de grands rires, qui achevaient de le rendre imbécile. Lancé sur la pente ainsi qu'un insecte sauteur, il était à cent pas déjà, que les échos du vallon répétaient encore la canonnade de Jésus-Christ. Toute la campagne en était pleine, et il y en eut un dernier, formidable, lorsque l'huissier, rapetissé à la taille d'une fourmi, là-bas, disparut dans Rognes. La Trouille, accourue au bruit, se tenait le ventre, par terre, en gloussant comme une poule. Le père Fouan avait retiré sa pipe de la bouche, afin de rire plus à l'aise ! Ah ! ce nom de Dieu de Jésus-Christ ! quel pas grand-chose ! mais bien rigolo tout de même !

La semaine suivante, il fallut cependant que le vieux se décidât à donner sa signature, pour la vente de la terre. M. Baillehache avait un acquéreur, et le plus sage était de suivre son conseil. Il fut donc décidé que le père et le fils iraient à Cloyes, le troisième samedi de septembre, veille de la Saint-Lubin, l'une des deux fêtes de la ville. Justement, le père qui, depuis juillet, avait à toucher chez le percepteur la rente des titres qu'il cachait, comptait profiter du voyage, en égarant son fils au milieu de la fête. On irait et on reviendrait de même, en carrosse dans ses souliers.

Comme Fouan et Jésus-Christ, à la porte de Cloyes, attendaient qu'un train eût passé, debout devant la barrière fermée du passage à niveau, ils furent rejoints par Buteau et Lise, qui arrivaient dans leur carriole. Tout de suite, une querelle éclata entre les deux frères, ils se couvrirent d'injures jusqu'à ce que la barrière fût ouverte ; et même, emporté de l'autre côté, à la descente, par son cheval, Buteau se retournait, la blouse gonflée de vent, pour crier encore des choses qui n'étaient pas à dire.

– Va donc, feignant, je nourris ton père ! gueula Jésus-Christ de toute sa force, en se faisant un porte-voix de ses deux mains.

Rue Grouaise, chez M. Baillehache, Fouan passa un fichu moment ; d'autant plus que l'étude était envahie, tout le monde utilisant le jour du marché, et qu'il dut attendre près de deux heures. Ça lui rappela le samedi où il était venu décider le partage : bien sûr que, ce samedi-là, il aurait mieux fait d'aller se pendre. Quand le notaire les reçut enfin, et qu'il fallut signer, le vieux chercha ses lunettes, les essuya ; mais ses yeux pleins d'eau les brouillaient, sa main tremblait, si bien qu'on fut obligé de lui poser les doigts sur le papier, au bon endroit, pour qu'il y mit son nom, dans un pâté d'encre. Ça lui avait tellement coûté, qu'il en suait, hébété, grelottant, regardant autour de lui, comme après une opération, quand on vous a coupé la jambe et qu'on la cherche. M. Baillehache sermonnait sévèrement Jésus-Christ ; et il les renvoya en dissertant sur la loi : la démission de biens était immorale, on arriverait certainement à en élever les droits, pour l'empêcher de se substituer à l'héritage.

Dehors, dans la rue Grande, à la porte du Bon Laboureur, Fouan lâcha Jésus-Christ, au milieu du tumulte du marché ; et, d'ailleurs, celui-ci, qui ricanait en dessous, y mit de la complaisance, se doutant bien de quelle affaire il s'agissait. Tout de suite, en effet, le vieux fila rue Beaudonnière, où M. Hardy, le percepteur, habitait une petite maison gaie, entre cour et jardin. C'était un gros homme coloré et jovial, à la barbe noire bien peignée, redouté des paysans, qui l'accusaient de les étourdir avec des histoires. Il les recevait dans un étroit bureau, une pièce coupée en deux par une balustrade, lui d'un côté et eux de l'autre. Souvent, il y en avait là une douzaine, debout, serrés, empilés. Pour le moment, il ne s'y trouvait tout juste que Buteau, qui arrivait.

Jamais Buteau ne se décidait à payer ses contributions d'un coup. Lorsqu'il recevait le papier, en mars, c'était de la mauvaise humeur pour huit jours. Il épluchait rageusement le foncier, la taxe personnelle, la taxe mobilière, l'impôt des portes et fenêtres ; mais ses grandes colères étaient les centimes additionnels, qui montaient d'année en année, disait-il. Puis, il attendait de recevoir une sommation sans frais. Ça lui faisait toujours gagner une semaine. Il payait ensuite par douzième, chaque mois, en allant au marché ; et, chaque mois, la même torture recommençait, il en tombait malade la veille, il apportait son argent comme il aurait apporté son cou à couper. Ah ! ce sacré gouvernement ! en voilà un qui volait le monde !

– Tiens ! c'est vous, dit gaillardement M. Hardy. Vous faites bien de venir, j'allais vous faire des frais.

– Il n'aurait plus manqué que ça ! grogna Buteau. Et vous savez que je ne paye pas les six francs dont vous m'avez augmenté le foncier... Non, non, ce n'est pas juste !

Le percepteur se mit à rire.

– Si, chaque mois, vous chantez cet air-là ! Je vous ai déjà expliqué que votre revenu avait dû s'accroître avec vos plantations, sur votre ancien pré de l'Aigre. Nous nous basons là-dessus, nous autres !

Mais Buteau se débattit violemment. Ah ! oui, son revenu s'accroître ! C'était comme son pré, autrefois de soixante-dix ares, qui n'en avait plus que soixante-huit, depuis que la rivière, en se déplaçant, lui en avait mangé deux : eh bien ! il payait toujours pour les soixante-dix, est-ce que c'était de la justice, ça ? M. Hardy répondit tranquillement que les questions cadastrales ne le regardaient pas, qu'il fallait attendre qu'on refît le cadastre. Et, sous prétexte de reprendre ses explications, il l'accabla de chiffres, de mots techniques auxquels l'autre ne comprenait rien. Puis, de son air goguenard, il conclut :

– Après tout, ne payez pas, je m'en fiche, moi ! Je vous enverrai l'huissier.

Effrayé, ahuri, Buteau rentra sa rage. Quand on n'est pas le plus fort, faut bien céder ; et sa haine séculaire venait encore de grandir avec sa peur, contre ce pouvoir obscur et compliqué qu'il sentait au-dessus de lui, l'administration, les tribunaux, ces feignants de bourgeois, comme il disait. Lentement, il sortit sa bourse. Ses gros doigts tremblaient, il avait reçu beaucoup de sous au marché, et il tâtait chaque sou avant de le poser devant lui. Trois fois, il refit son compte, tout en sous, ce qui lui déchirait le cœur davantage, d'avoir à en donner un si gros tas. Enfin, les yeux troubles, il regardait le percepteur encaisser la somme, lorsque le père Fouan parut.

Le vieux n'avait pas reconnu le dos de son fils, et il resta saisi, quand celui-ci se retourna.

– Et ça va bien, monsieur Hardy ? bégaya-t-il, je passais, j'ai eu l'idée de vous dire un petit bonjour... On ne se voit quasiment plus...

Buteau ne fut pas dupe. Il salua, s'en alla d'un air pressé ; et, cinq minutes plus tard, il rentrait, comme pour demander un renseignement oublié, au beau moment où le percepteur, payant les coupons, étalait devant le vieux un trimestre, soixante-quinze francs, en pièces de cent sous. Son œil flamba, mais il évita de regarder son père, feignant de ne pas l'avoir vu jeter son mouchoir sur les pièces, puis les pêcher comme dans un coup d'épervier, et les engloutir au fond de sa poche. Cette fois, ils sortirent ensemble, Fouan très perplexe, coulant vers son fils des regards obliques, Buteau de belle humeur, repris d'une brusque affection. Il ne le lâchait plus, voulait le ramener dans sa carriole ; et il l'accompagna jusqu'au Bon Laboureur.

Jésus-Christ était là avec le petit Sabot, de Brinqueville, un vigneron, un autre farceur renommé, qui ventait, lui aussi, à faire tourner les moulins. Donc, tous les deux, se rencontrant, venaient de parier dix litres, à qui éteindrait le plus de chandelles. Excités, secoués de gros rires, des amis les avaient accompagnés dans la salle du fond. On faisait cercle, l'un fonctionnait à droite, l'autre à gauche, culotte bas, le derrière braqué, éteignant chacun la sienne, à tous coups. Pourtant, Sabot en était à dix et Jésus-Christ à neuf, ayant une fois manqué d'haleine. Il s'en montrait très vexé, sa réputation était en jeu. Hardi là ! est-ce que Rognes se laisserait battre par Brinqueville ? Et il souffla comme jamais soufflet de forge n'avait soufflé : neuf ! dix ! onze ! douze ! Le tambour de Cloyes qui rallumait la chandelle, faillit lui-même être emporté. Sabot, péniblement, arrivait à dix, vidé, aplati, lorsque Jésus-Christ, triomphant, en lâcha deux encore, en criant au tambour de les allumer, ceux-là, pour le bouquet. Le tambour les alluma, ils brûlèrent jaune, d'une belle flamme jaune, couleur d'or, qui monta comme un soleil dans sa gloire.

– Ah ! ce nom de Dieu de Jésus-Christ ! Quel boyau ! À lui la médaille !

Les amis gueulaient, rigolaient à se fendre les mâchoires. Il y avait de l'admiration et de la jalousie au fond, car tout de même fallait être solidement bâti, pour en contenir tant, et en pousser à volonté. On but les dix litres, ça dura deux heures, sans qu'on parlât d'autre chose.

Buteau, pendant que son frère se reculottait, lui avait allongé une claque amicale sur la fesse ; et la paix semblait se faire, dans cette victoire qui flattait la famille. Rajeuni, le père Fouan contait une histoire de son enfance, du temps où les Cosaques étaient en Beauce : oui, un Cosaque qui s'était endormi, la bouche ouverte, au bord de l'Aigre, et dans la gueule duquel il en avait collé un, à l'empâter jusqu'aux cheveux. Le marché finissait, tous s'en allèrent, très soûls.

Il arriva alors que Buteau ramena dans sa carriole Fouan et Jésus-Christ. Lise, elle aussi, à qui son homme avait causé bas, se montra gentille. On ne se mangeait plus, on choyait le père. Mais l'aîné, qui se dessoûlait, faisait des réflexions : pour que le cadet fût si aimable, c'était donc que le bougre avait découvert le pot aux roses, chez le percepteur ? Ah ! non, minute ! Si, jusque-là, lui, cette fripouille, avait eu la délicatesse de respecter le magot, bien sûr qu'il n'aurait pas la bêtise de le laisser retourner chez les autres. Il mettrait bon ordre à ça, en douceur, sans se fâcher, puisque maintenant la famille était à la réconciliation.

Lorsqu'on fut à Rognes, et que le vieux voulut descendre, les deux gaillards se précipitèrent, rivalisant de déférence et de tendresse.

– Père, appuyez-vous sur moi.

– Père, donnez-moi votre main.

Ils le reçurent, ils le déposèrent sur la route. Et lui, entre les deux, restait saisi, frappé au cœur d'une certitude, ne doutant plus désormais.

– Qu'est-ce que vous avez donc, vous autres, à m'aimer tant que ça ?

Leurs égards l'épouvantaient. Il les aurait préférés, comme à l'ordinaire, sans respect. Ah ! foutu sort ! allait-il en avoir des embêtements, maintenant qu'ils lui savaient des sous ! Il rentra au Château, désolé.

Justement, Canon, qui n'avait pas paru depuis deux mois, était là, assis sur une pierre, à attendre Jésus-Christ. Dès qu'il l'aperçut, il lui cria :

– Dis donc, ta fille est dans le bois aux Pouillard, et y a un homme dessus.

Du coup, le père manqua crever d'indignation, le sang au visage.

– Salope qui me déshonore !

Et, décrochant le grand fouet de routier, derrière la porte, il dévala par la pente rocheuse, jusqu'au petit bois. Mais les oies de la Trouille la gardaient comme de bons chiens, quand elle était sur le dos. Tout de suite, le jars flaira le père, s'avança, suivi de la bande. Les ailes soulevées, le cou tendu, il sifflait, dans une menace continue et stridente, tandis que les oies, déployées en ligne de bataille, allongeaient des cous pareils, leurs grands becs jaunes ouverts, prêts à mordre. Le fouet claquait, et l'on entendit une fuite de bête, sous les feuilles. La Trouille, avertie, avait filé.

Jésus-Christ, lorsqu'il eut raccroché le fouet, sembla envahi d'une grande tristesse philosophique. Peut-être le dévergondage entêté de sa fille lui faisait-il prendre en pitié les passions humaines. Peut-être était-il simplement revenu de la gloire, depuis son triomphe, à Cloyes. Il secoua sa tête inculte de crucifié chapardeur et soûlard, il dit à Canon :

– Tiens ! veux-tu savoir ? tout ça ne vaut pas un pet.

Et, levant la cuisse, au-dessus de la vallée noyée d'ombre, il en fit un, dédaigneux et puissant, comme pour en écraser la terre.

IV

On était aux premiers jours d'octobre, les vendanges allaient commencer, belle semaine de godaille, où les familles désunies se réconciliaient d'habitude, autour des pots de vin nouveau. Rognes puait le raisin pendant huit jours ; on en mangeait tant, que les femmes se troussaient et les hommes posaient culotte, au pied de chaque haie ; et les amoureux, barbouillés, se baisaient à pleine bouche, dans les vignes. Ça finissait par des hommes soûls et des filles grosses.

Dès le lendemain de leur retour de Cloyes, Jésus-Christ se mit à chercher le magot ; car le vieux ne promenait peut-être pas sur lui son argent et ses titres, il devait les serrer dans quelque trou. Mais la Trouille eut beau aider son père, ils retournèrent la maison sans rien trouver d'abord, malgré leur malice et leur nez fin de maraudeurs ; et ce fut seulement la semaine suivante, que le braconnier, par hasard, en descendant d'une planche une vieille marmite fêlée, dont on ne se servait plus, y découvrit, sous des lentilles, un paquet de papiers, enveloppé soigneusement dans la toile gommée d'un fond de chapeau. Du reste, pas un écu. L'argent, sans doute, dormait ailleurs : un fameux tas, puisque le père, depuis cinq ans, ne dépensait rien. C'étaient bien les titres, il y avait trois cents francs de rente, en cinq pour cent. Comme Jésus-Christ les comptait, les flairait, il découvrit une autre feuille, un papier timbré, couvert d'une grosse écriture, dont la lecture le stupéfia. Ah ! nom de Dieu ! voilà donc où passait l'argent !

Une histoire à crever ! Quinze jours après avoir partagé son bien chez le notaire, Fouan était tombé malade, tellement ça lui brouillait le cœur, de n'avoir plus rien à lui, pas même grand comme la main de blé. Non ! il ne pouvait vivre ainsi, il y aurait perdu la peau. Et c'était alors qu'il avait fait la bêtise, une vraie bêtise de vieux passionné donnant ses derniers sous pour retourner en secret à la gueuse qui le trompe. Lui, un finaud dans son temps, ne s'était-il pas laissé entortiller par un ami, le père Saucisse !

Ça devait le tenir bien fort, ce furieux désir de posséder, qu'ils ont dans les os comme une rage, tous les anciens mâles, usés à engrosser la terre ; ça le tenait si fort, qu'il avait signé un papier avec le père Saucisse, par lequel celui-ci, après sa mort, lui cédait un arpent de terre, à la condition qu'il toucherait quinze sous chaque matin, sa vie durant. Un pareil marché, quand on a soixante-seize ans, et que le vendeur en a dix de moins ! La vérité était que ce dernier avait eu la gredinerie de se mettre au lit, vers cette époque : il toussait, il rendait l'âme, si bien que l'autre, abêti par son envie, se croyait le malin des deux, pressé de conclure la bonne affaire. N'importe, ça prouve que, lorsqu'on a le feu au derrière, pour une fille ou pour un champ, on ferait mieux de se coucher que de signer des choses ; car ça durait depuis cinq ans, les quinze sous chaque matin ; et plus il en lâchait, plus il s'enrageait après la terre, plus il la voulait. Dire qu'il s'était débarrassé de tous les embêtements de sa longue vie de travail, qu'il n'avait plus qu'à mourir tranquille, en regardant les autres donner leur chair à la terre ingrate, et qu'il était retourné se faire achever par elle ! Ah ! les hommes ne sont guère sages, les vieux pas plus que les jeunes !

Un instant, Jésus-Christ eut l'idée de tout prendre, le sous-seing et les titres. Mais le cœur lui manqua : fallait filer, après un coup pareil. Ce n'était pas comme des écus, qu'on rafle, en attendant qu'il en repousse. Et, furieux, il remit les papiers sous les lentilles, au fond de la marmite. Son exaspération devint telle, qu'il ne put tenir sa langue. Dès le lendemain, Rognes connut l'affaire du père Saucisse, les quinze sous par jour pour un arpent de terre médiocre, qui ne valait bien sûr pas trois mille francs ; en cinq ans, ça faisait près de quatorze cents francs déjà, et si le vieux coquin vivait cinq années encore, il aurait son champ et la monnaie. On plaisanta le père Fouan. Seulement, lui qu'on ne regardait plus dans les chemins, depuis qu'il n'avait que sa peau à traîner au soleil, il fut de nouveau salué et considéré, lorsqu'on le sut rentier et propriétaire.

La famille, surtout, en parut retournée. Fanny, qui vivait très en froid avec son père, blessée de ce qu'il s'était retiré chez son gredin d'aîné, au lieu de se réinstaller chez elle, lui apporta du linge, de vieilles chemises à Delhomme. Mais il fut très dur, il fit allusion au mot dont il saignait toujours : « Papa, il viendra nous demander à genoux de le reprendre ! » et il l'accueillit d'un : « C'est donc toi qui viens à genoux pour me ravoir ! » qu'elle garda en travers de la gorge. Rentrée, elle en pleura de honte et de rage, elle dont la susceptibilité de paysanne fière se blessait d'un regard. Honnête, travailleuse, riche, elle en arrivait à être fâchée avec tout le pays. Delhomme dut promettre que ce serait lui, désormais, qui remettrait l'argent de la rente au père ; car, pour son compte, elle jurait bien qu'elle ne lui adresserait jamais plus la parole.

Quant à Buteau, il les étonna tous, un jour qu'il entra au Château, histoire, disait-il, de faire une petite visite au vieux. Jésus-Christ, ricanant, apporta la bouteille d'eau-de-vie, et l'on trinqua. Mais sa goguenardise devint de la stupeur, lorsqu'il vit son frère tirer dix pièces de cent sous, puis les aligner sur la table, en disant :

– Père, faut pourtant régler nos comptes... Voilà le dernier trimestre de votre rente.

Ah ! le nom de Dieu de gueusard ! lui qui ne donnait plus un sou au père depuis des années, est-ce qu'il ne venait pas l'empaumer, en lui remontrant la couleur de son argent ! Tout de suite, d'ailleurs, il écarta le bras du vieux qui s'avançait, et il ramassa les pièces.

– Attention ! c'était pour vous dire que je les ai... Je vous les garde, vous savez où elles vous attendent.

Jésus-Christ commençait à ouvrir l'œil et à se fâcher.

– Dis donc ! si tu veux emmener papa...

Mais Buteau prit la chose gaiement.

– Quoi, t'es jaloux ? Et quand j'aurais le père une semaine, et toi une semaine, est-ce que ce ne serait pas dans la nature ? Hein ! si vous vous coupiez en deux, père ?... À votre santé, en attendant !

Comme il partait, il les invita à venir faire, le lendemain, la vendange dans sa vigne. On se gaverait de raisin, tant que la peau du ventre en tiendrait. Enfin, il fut si gentil, que les deux autres le trouvèrent une fameuse canaille tout de même, mais rigolo, à la condition de ne pas se laisser fiche dedans par lui. Ils l'accompagnèrent un bout de chemin, pour le plaisir.

Justement, au bas de la côte, ils firent la rencontre de M. et de Mme Charles, qui rentraient, avec Élodie, à leur propriété de Rose-Blanche, après une promenade le long de l'Aigre. Tous les trois étaient en deuil de Mme Estelle, comme on nommait la mère de la petite, morte au mois de juillet, et morte à la peine, car chaque fois que la grand-mère revenait de Chartres, elle le disait bien que sa pauvre fille se tuait, tant elle se donnait du mal pour soutenir la bonne réputation de l'établissement de la rue aux Juifs, dont son fainéant de mari s'occupait de moins en moins. Et quelle émotion pour M. Charles que l'enterrement, où il n'avait point osé conduire Élodie, à qui l'on ne s'était décidé à apprendre la nouvelle que lorsque sa mère dormait depuis trois jours dans la terre ! Quel serrement de cœur pour lui, le matin où, après des années, il avait revu le 19, à l'angle de la rue de la Planche-aux-Carpes, ce 19 badigeonné de jaune, avec ses persiennes vertes, toujours closes, l'œuvre de sa vie enfin aujourd'hui tendu de draperies noires, la petite porte ouverte, l'allée barrée par le cercueil, entre quatre cierges ! Ce qui le toucha, ce fut la façon dont le quartier s'associa à sa douleur. La cérémonie se passa vraiment très bien.

Quand on sortit le cercueil de l'allée et qu'il parut sur le trottoir, toutes les voisines se signèrent. On se rendit à l'église au milieu du recueillement. Les cinq femmes de la maison étaient là, en robe sombre, l'air comme il faut, ainsi que le mot en courut le soir dans Chartres. Une d'elles pleura même au cimetière. Enfin, de ce côté, M. Charles n'eut que de la satisfaction. Mais, le lendemain, comme il souffrit, lorsqu'il questionna son gendre, Hector Vaucogne, et qu'il visita la maison ! Elle avait déjà perdu de son éclat, on sentait que la poigne d'un homme y manquait, à toutes sortes de licences, que lui n'aurait jamais tolérées, de son temps. Il constata pourtant avec plaisir que la bonne attitude des cinq femmes, au convoi, les avait fait si avantageusement connaître en ville, que l'établissement ne désemplit pas de la semaine. En quittant le 19, la tête bourrelée d'inquiétudes, il ne le cacha point à Hector : maintenant que la pauvre Estelle n'était plus là pour mener la barque, c'était à lui de se corriger, de mettre sérieusement la main à la pâte, s'il ne voulait pas manger la fortune de sa fille.

Tout de suite, Buteau les pria de venir vendanger, eux aussi. Mais ils refusèrent, à cause de leur deuil. Ils avaient des figures mélancoliques, des gestes lents. Tout ce qu'ils acceptèrent, ce fut d'aller goûter au vin nouveau.

– Et c'est pour distraire cette pauvre petite, déclara Mme Charles. Elle a si peu d'amusements ici, depuis que nous l'avons retirée du pensionnat ! Que voulez-vous ? elle ne peut toujours rester en classe.

Élodie écoutait, les yeux baissés, les joues envahies de rougeur, sans raison. Elle était devenue très grande, très mince, d'une pâleur de lis qui végète à l'ombre.

– Alors, qu'est-ce que vous allez en faire, de cette grande jeunesse-là ? demanda Buteau.

Elle rougit davantage, tandis que sa grand-mère répondait :

– Dame ! nous ne savons guère... Elle se consultera, nous la laisserons bien libre.

Mais Fouan, qui avait pris M. Charles à part, lui demanda d'un air d'intérêt :

– Ça va-t-il, le commerce ?

La mine désolée, il haussa les épaules.

– Ah ! ouiche ! j'ai vu justement ce matin quelqu'un de Chartres. C'est à cause de ça que nous sommes si ennuyés... Une maison finie ! On se bat dans les corridors, on ne paye même plus, tant la surveillance est mal faite !

Il croisa les bras, il respira fortement, pour se soulager de ce qui l'étouffait surtout, un grief nouveau dont il n'avait pas digéré l'énormité depuis le matin.

– Et croyez-vous que le misérable va au café, maintenant !... Au café ! au café ! quand on en a un chez soi !

– Foutu alors ! dit d'un air convaincu Jésus-Christ, qui écoutait.

Ils se turent, car Mme Charles et Élodie se rapprochaient avec Buteau.

À présent, tous trois parlaient de la défunte, la jeune fille disait combien elle était restée triste, de n'avoir pu embrasser sa pauvre maman. Elle ajouta, de son air simple :

– Mais il paraît que le malheur a été si brusque, et qu'on travaillait si fort, à la confiserie...

– Oui, pour des baptêmes, se hâta de dire Mme Charles, en clignant les yeux, tournée vers les autres.

D'ailleurs, pas un n'avait souri, tous compatissaient, d'un branle du menton. Et la petite, dont le regard s'était abaissé sur une bague qu'elle portait, la baisa, pleurante.

– Voilà tout ce qu'on m'a donné d'elle... Grand-mère la lui a prise au doigt, pour la mettre au mien... Elle la portait depuis vingt ans, moi je la garderai toute ma vie.

C'était une vieille alliance d'or, un de ces bijoux de grosse joaillerie commune, si usée, que les guillochures en avaient presque disparu. On sentait que la main où elle s'était élimée ainsi, ne reculait devant aucune besogne, toujours active, dans les vases à laver, dans les lits à refaire, frottant, essuyant, torchonnant, se fourrant partout. Et elle racontait tant de choses, cette bague, elle avait laissé de son or au fond de tant d'affaires, que les hommes la regardaient fixement, les narines élargies, sans un mot.

– Quand tu l'auras usée autant que ta mère, dit M. Charles, étranglé d'une soudaine émotion, tu pourras te reposer... Si elle parlait, elle t'apprendrait comment on gagne de l'argent, par le bon ordre et le travail.

Élodie, en larmes, avait collé de nouveau ses lèvres sur le bijou.

– Tu sais, reprit Mme Charles, je veux que tu te serves de cette alliance, quand nous te marierons.

Mais, à ce dernier mot, à cette idée du mariage, la jeune fille, dans son attendrissement, éprouva une secousse si forte, un tel excès de confusion, qu'elle se jeta, éperdue, sur le sein de sa grand-mère, pour y cacher son visage. Celle-ci la calma, en souriant.

– Voyons, n'aie pas honte, mon petit lapin... Il faut que tu t'habitues, il n'y a point là de vilaines choses. Je ne dirais pas de vilaines choses en ta présence, bien sûr... Ton cousin Buteau demandait tout à l'heure ce que nous allions faire de toi. Nous commencerons par te marier... Voyons, voyons, regarde-nous, ne te frotte pas contre mon châle. Tu vas t'enflammer la peau.

Puis, aux autres, tout bas, d'un air de satisfaction profonde :

– Hein ? est-ce élevé ? ça ne sait rien de rien !

– Ah ! si nous n'avions pas cet ange, conclut M. Charles, nous aurions vraiment trop de chagrin, à cause de ce que je vous ai dit... Avec ça, mes rosiers et mes œillets ont souffert cette année, et j'ignore ce qui se passe dans ma volière, tous mes oiseaux sont malades. La pêche seule me console un peu, j'ai pris une truite de trois livres, hier... N'est-ce pas ? quand on est à la campagne, c'est pour être heureux.

On se quitta. Les Charles répétèrent leur promesse d'aller goûter le vin nouveau. Fouan, Buteau et Jésus-Christ firent quelques pas en silence, puis le vieux résuma leur opinion.

– Un chançard tout de même, le cadet qui l'aura avec la maison, cette gamine !

Le tambour de Rognes avait battu le ban des vendanges ; et, le lundi matin, tout le pays fut en l'air, car chaque habitant avait sa vigne, pas une famille n'aurait manqué, ce jour-là, d'aller en besogne sur le coteau de l'Aigre. Mais ce qui achevait d'émotionner le village, c'était que la veille, à la nuit tombée, le curé, un curé dont la commune se donnait enfin le luxe, était débarqué devant l'église. Il faisait déjà si sombre, qu'on l'avait mal vu. Aussi les langues ne tarissaient-elles pas, d'autant plus que l'histoire en valait sûrement la peine.

Après sa brouille avec Rognes, pendant des mois, l'abbé Godard s'était obstiné à ne pas y remettre les pieds. Il baptisait, confessait, mariait ceux qui venaient le trouver à Bazoches-le-Doyen ; quant aux morts, ils auraient sans doute séché à l'attendre ; mais le point resta obscur, personne ne s'étant avisé de mourir, pendant cette grande querelle. Il avait déclaré à monseigneur qu'il aimait mieux se faire casser que de rapporter le bon Dieu dans un pays d'abomination, où on le recevait si mal, tous paillards et ivrognes, tous damnés, depuis qu'ils ne croyaient plus au diable ; et monseigneur le soutenait évidemment, laissait aller les choses, en attendant la contrition de ce troupeau rebelle. Donc, Rognes était sans prêtre : plus de messe, plus rien, l'état sauvage. D'abord, il y avait eu un peu de surprise ; mais, au fond, ma foi ! ça ne marchait pas plus mal qu'auparavant. On s'accoutumait, il ne pleuvait ni ne ventait davantage, sans compter que la commune y économisait gros. Alors, puisqu'un prêtre n'était point indispensable, puisque l'expérience prouvait que les récoltes n'y perdaient rien et qu'on n'en mourait pas plus vite, autant valait-il s'en passer toujours. Beaucoup se montraient de cet avis, non seulement les mauvaises têtes comme Lengaigne, mais encore des hommes de bon sens, qui savaient calculer, Delhomme par exemple. Seulement, beaucoup aussi se vexaient de n'avoir pas de curé. Ce n'était point qu'ils fussent plus religieux que les autres : un Dieu de rigolade qui avait cessé de les faire trembler, ils s'en fichaient ! Mais pas de curé, ça semblait dire qu'on était trop pauvre ou trop avare pour s'en payer un ; enfin, on avait l'air au-dessous de tout, des rien de rien qui n'auraient pas dépensé dix sous à de l'inutile. Ceux de Magnolles, où ils n'étaient que deux cent quatre-vingt-trois, dix de moins qu'à Rognes, nourrissaient un curé, qu'ils jetaient à la tête de leurs voisins, avec une façon de rire si provocante, que ça finirait certainement par des claques. Et puis, les femmes avaient des habitudes, pas une n'aurait consenti bien sûr à être mariée ou enterrée sans prêtre. Les hommes eux-mêmes allaient des fois à l'église, aux grandes fêtes, parce que tout le monde y allait. Bref, il y avait toujours eu des curés, et quitte à s'en foutre, il en fallait un.

Naturellement, le conseil municipal fut saisi de la question. Le maire, Hourdequin, qui, sans pratiquer, soutenait la religion par principe autoritaire, commit la faute politique de ne pas prendre parti, dans une pensée conciliante. La commune était pauvre, à quoi bon la grever des frais, gros pour elle, que nécessiterait la réparation du presbytère ? d'autant plus qu'il espérait ramener l'abbé Godard. Or, il arriva que ce fut Macqueron, l'adjoint, jadis l'ennemi de la soutane, qui se mit à la tête des mécontents, humiliés de n'avoir pas un curé à eux. Ce Macqueron dut nourrir dès lors l'idée de renverser le maire, pour prendre sa place ; et l'on disait, d'ailleurs, qu'il était devenu l'agent de M. Rochefontaine, l'usinier de Châteaudun, qui allait se porter de nouveau contre M. de Chédeville, aux élections prochaines. Justement, Hourdequin, fatigué, ayant à la ferme de grands soucis, se désintéressait des séances, laissait agir son adjoint ; de telle sorte que le conseil, gagné par celui-ci, vota les fonds nécessaires à l'érection de la commune en paroisse. Depuis qu'il s'était fait payer son terrain exproprié, lors du nouveau chemin, après avoir promis de le céder gratuitement, les conseillers le traitaient de filou, mais lui témoignaient une grande considération. Lengaigne seul protesta contre le vote qui livrait le pays aux jésuites. Bécu aussi grognait, expulsé du presbytère et du jardin, logé maintenant dans une masure. Pendant un mois, des ouvriers refirent les plâtres, rendirent des vitres, remplacèrent les ardoises pourries ; et c'était ainsi qu'un curé, enfin, avait pu s'installer la veille dans la petite maison, badigeonnée à neuf.

Dès l'aube, les voitures partirent pour la côte, chargées chacune de quatre ou cinq grands tonneaux défoncés d'un bout, les gueulebées, comme on les nomme. Il y avait des femmes et des filles, assises dedans, avec leurs paniers ; tandis que les hommes allaient à pied, fouettant les bêtes. Toute une file se suivait, et l'on causait, de voiture à voiture, au milieu de cris et de rires.

Celle des Lengaigne, précisément, venait après celle des Macqueron, de sorte que Flore et Cœlina, qui ne se parlaient plus depuis six mois, se remirent, grâce à la circonstance. La première avait avec elle la Bécu, l'autre, sa fille Berthe. Tout de suite, la conversation était tombée sur le curé. Les phrases, scandées par le pas des chevaux, partaient à la volée dans l'air frais du matin.

– Moi, je l'ai vu qui aidait à descendre sa malle.

– Ah !... Comment est-il ?

– Dame ! il faisait noir... Il m'a paru tout long, tout mince, avec une figure de carême qui n'en finit plus, et pas fort... Peut-être trente ans. L'air bien doux.

– Et, à ce qu'on dit, il sort de chez les Auvergnats, dans les montagnes où l'on est sous la neige, pendant les deux tiers de l'an.

– Misère ! c'est ça qu'il va se trouver à l'aise chez nous, alors !

– Pour sûr !... Et tu sais qu'il s'appelle Madeleine.

– Non, Madeline.

– Madeline, Madeleine, ce n'est toujours pas un nom d'homme.

– Peut-être bien qu'il viendra nous faire visite, dans les vignes. Macqueron a promis qu'il l'amènerait.

– Ah ! bon sang ! faut le guetter !

Les voitures s'arrêtaient au bas de la côte, le long du chemin qui suivait l'Aigre. Et, dans chaque petit vignoble, entre les rangées d'échalas, les femmes étaient à l'œuvre, marchant pliées en deux, les fesses hautes, coupant à la serpe les grappes dont s'emplissaient leurs paniers. Quant aux hommes, ils avaient assez à faire, de vider les paniers dans les hottes et de descendre vider les hottes dans les gueulebées. Dès que toutes les gueulebées d'une voiture étaient pleines, elles partaient se décharger dans la cuve, puis revenaient à la charge.

La rosée était si forte, ce matin-là, que tout de suite les robes furent trempées. Heureusement, il faisait un temps superbe, le soleil les sécha. Depuis trois semaines, il n'avait pas plu ; le raisin dont on désespérait, à cause de l'été humide, venait de mûrir et de se sucrer brusquement ; et c'était pourquoi ce beau soleil, si chaud pour la saison, les égayait tous, ricanant, gueulant, lâchant des saletés, qui faisaient se tordre les filles.

– Cette Cœlina ! dit Flore à la Bécu, en se mettant debout et en regardant la Macqueron, dans le plant voisin, elle qui était si fière de sa Berthe, à cause de son teint de demoiselle !... V'là la petite qui jaunit et qui se dessèche bigrement.

– Dame ! déclara la Bécu, quand on ne marie point les filles ! Ils ont bien tort de ne pas la donner au fils du charron... Et, d'ailleurs, à ce qu'on raconte, celle-là se tue le tempérament, avec ses mauvaises habitudes.

Elle se remit à couper les grappes, les reins cassés. Puis, dodelinant du derrière :

– Ça n'empêche pas que le maître d'école continue de tourner autour.

– Pardi ! s'écria Flore, ce Lequeu, il ramasserait des sous avec son nez dans la crotte... Juste ! Le voilà qui arrive les aider. Un joli merle !

Mais elles se turent. Victor, revenu du service depuis quinze jours à peine, prenait leurs paniers et les vidait dans la hotte de Delphin, que cette grande couleuvre de Lengaigne avait loué pour la vendange, en prétextant la nécessité de sa présence à la boutique. Et Delphin, qui n'avait jamais quitté Rognes, attaché à la terre comme un jeune chêne, bâillait de surprise devant Victor, crâne et blagueur, ravi de l'étonner, si changé, que personne ne le reconnaissait, avec ses moustaches et sa barbiche, son air de se ficher du monde, sous le bonnet de police qu'il affectait de porter encore. Seulement, le gaillard se trompait, s'il croyait faire envie à l'autre : il avait beau lui conter des exploits de garnison, des menteries sur la noce, les filles et le vin, le paysan secouait la tête, stupéfié au fond, nullement tenté en somme. Non, non ! ça coûtait trop cher, s'il fallait quitter son coin ! Il avait déjà refusé deux fois d'aller faire fortune à Chartres, dans un restaurant, avec Nénesse.

– Mais, sacré cul-de-jatte ! lorsque tu seras soldat ?

– Oh ! soldat !... Eh ! donc, on tire un bon numéro !

Victor, plein de mépris, ne put le sortir de là. Quel grand lâche, quand on était bâti comme un Cosaque ! Il continuait, en causant, de vider les paniers dans la hotte, sans que le bougre pliât sous la charge. Et, par farce, en fanfaron, il désigna Berthe d'un signe, il ajouta :

– Dis donc, est-ce qu'il lui en est venu, depuis mon départ ?

Delphin fut secoué d'un gros rire, car le phénomène de la fille aux Macqueron restait la grande plaisanterie, entre jeunes gens.

– Ah ! je n'y ai pas mis le nez... Possible que ça lui ait poussé, au printemps.

– Ce n'est pas moi qui l'arroserai, conclut Victor avec une moue répugnée. Autant se payer une grenouille... Et puis, ce n'est guère sain, ça doit s'enrhumer, cet endroit-là, sans perruque.

Du coup, Delphin rigola si fort, que la hotte en chavirait sur son dos ; et il descendit, il la vidait au fond d'une gueulebée, qu'on l'entendait encore étrangler de rire.

Dans la vigne des Macqueron, Berthe continuait à faire la demoiselle, se servait de petits ciseaux, au lieu d'une serpe, avait peur des épines et des guêpes, se désespérait, parce que ses souliers fins, trempés de rosée, ne séchaient pas. Et elle tolérait les prévenances de Lequeu, qu'elle exécrait, flattée pourtant de cette cour du seul homme qui eût de l'instruction. Il finit par prendre son mouchoir pour lui essuyer les souliers. Mais une apparition inattendue les occupa.

– Bon Dieu ! murmura Berthe, elle en a, une robe !... On m'avait bien dit qu'elle était arrivée hier soir, en même temps que le curé.

C'était Suzanne, la fille aux Lengaigne, qui risquait brusquement une réapparition dans son village, après trois ans de folle existence à Paris. Débarquée de la veille, elle avait fait la grasse matinée, laissant sa mère et son frère partir en vendange, se promettant de les y rejoindre plus tard, de tomber parmi les paysans au travail, dans l'éclat de sa toilette, pour les écraser. La sensation, en effet, était extraordinaire, car elle avait mis une robe de soie bleue, dont le bleu riche tuait le bleu du ciel. Sous le grand soleil qui la baignait, se détachant dans le plein air, au milieu du vert jaune des pampres, elle était vraiment cossue, un vrai triomphe. Tout de suite, elle avait parlé et ri très fort, mordu aux grappes, qu'elle élevait en l'air pour se les faire descendre dans la bouche, plaisanté avec Delphin et son frère Victor, qui semblait très fier d'elle, émerveillé la Bécu et sa mère, les mains ballantes d'admiration, les yeux humides. Du reste, cette admiration était partagée par les vendangeurs des plants voisins : le travail se trouvait arrêté, tous la contemplaient, hésitaient à la reconnaître, tellement elle avait forci et embelli. Un laideron autrefois, une fille rudement plaisante à cette heure, sans doute à cause de la façon dont elle ramenait ses petits poils blonds sur son museau. Et une grande considération se dégageait de cet examen curieux, à la voir nippée si chèrement, grasse, avec une gaie figure de prospérité.

Cœlina, un flot de bile au visage, les lèvres pincées, s'oubliait, elle aussi, entre sa fille Berthe et Lequeu.

– En v'là, un chic !... Flore raconte à qui veut l'entendre que sa fille a domestiques et voitures, là-bas. C'est peut-être bien vrai, car faut gagner gros pour s'en coller ainsi sur le corps.

– Oh ! ces rien du tout, dit Lequeu, qui cherchait à être aimable, on sait comment elles le gagnent, l'argent.

– Qu'est-ce que ça fiche, comment elles le gagnent ? reprit amèrement Cœlina, elles l'ont tout de même !

Mais, à ce moment, Suzanne, qui avait aperçu Berthe, et qui venait de reconnaître en elle une de ses anciennes compagnes des filles de la Vierge, s'avança, très gentille.

– Bonjour, tu vas bien ?

Elle la dévisageait d'un regard, elle remarqua son teint flétri. Et, du coup, elle se redressa dans sa chair de lait, elle répéta, en riant :

– Ça va bien, n'est-ce pas ?

– Très bien, je te remercie, répondit Berthe gênée, vaincue.

Ce jour-là, les Lengaigne l'emportaient, c'était une vraie gifle pour les Macqueron. Hors d'elle, Cœlina comparait la maigreur jaune de sa fille, déjà ridée, à la bonne mine de la fille des autres, fraîche et rose. Est-ce que c'était juste, ça ? une noceuse sur qui des hommes passaient du matin au soir, et qui ne se fatiguait point ! une jeunesse vertueuse, aussi abîmée à coucher seule, qu'une femme vieillie par trois grossesses ! Non, la sagesse n'était pas récompensée, ça ne valait pas la peine de rester honnête chez ses parents !

Enfin, toute la vendange fit fête à Suzanne. Elle embrassa des enfants qui avaient grandi, elle émotionna des vieillards en leur rappelant des souvenirs. Qu'on soit ce qu'on soit, on peut se passer du monde, lorsqu'on a fait fortune. Et celle-là avait bon cœur encore, de ne pas cracher sur sa famille et de revenir voir les amis, maintenant qu'elle était riche.

À onze heures, tous s'assirent, on mangea du pain et du fromage. Ce n'était pas qu'on eût appétit, car on se gavait de raisin depuis l'aube, le gosier poissé de sucre, la panse enflée et ronde comme une tonne ; et ça bouillait là-dedans, ça valait une purge : déjà, à chaque minute, une fille était obligée de filer derrière une haie. Naturellement, on en riait, les hommes se levaient et poussaient des oh ! oh ! pour lui faire la conduite. Bref, de la bonne gaieté, quelque chose de sain, qui rafraîchissait.

Et l'on achevait le pain et le fromage, lorsque Macqueron parut sur la route du bas, avec l'abbé Madeline. Du coup, l'on oublia Suzanne, il n'y eut plus de regards que pour le curé. Franchement, l'impression ne fut guère favorable : l'air d'une vraie perche, triste comme s'il portait le bon Dieu en terre. Cependant, il saluait devant chaque vigne, il disait un mot aimable à chacun, et l'on finit par le trouver bien poli, bien doux, pas fort enfin. On le ferait marcher, celui-là ! ça irait mieux qu'avec ce mauvais coucheur d'abbé Godard. Derrière son dos, on commençait à s'égayer. Il était arrivé en haut de la côte, il restait immobile, à regarder l'immensité plate et grise de la Beauce, pris d'une sorte de peur, d'une mélancolie désespérée, qui mouillèrent ses grands yeux clairs de montagnard, habitués aux horizons étroits des gorges de l'Auvergne.

Justement, la vigne des Buteau se trouvait là. Lise et Françoise coupaient les grappes, et Jésus-Christ qui n'avait pas manqué d'amener le père, était déjà soûl du raisin dont il se gorgeait, en ayant l'air de s'occuper à vider les paniers dans les hottes. Ça cuvait si fort dans sa peau, ça le gonflait d'un tel gaz, qu'il lui sortait du vent par tous les trous. Et, la présence d'un prêtre l'excitant, il fut incongru.

– Bougre de mal élevé ! lui cria Buteau. Attends au moins que monsieur le curé soit parti.

Mais Jésus-Christ n'accepta pas la réprimande. Il répondit en homme qui avait de l'usage, quand il voulait :

– Ce n'est pas à son intention, c'est pour mon plaisir.

Le père Fouan avait pris un siège par terre, comme il disait, las, heureux du beau temps et de la belle vendange. Il ricana en dessous, malicieusement, de ce que la Grande, dont la vigne était voisine, venait lui souhaiter le bonjour : celle-là aussi s'était remise à le considérer, depuis qu'elle lui savait des rentes. Puis, d'un saut, elle le quitta, en voyant de loin son petit-fils Hilarion profiter goulûment de son absence, pour s'empiffrer de raisin ; et elle tomba sur lui à coups de canne : cochon à l'auge qui en gâtait plus qu'il n'en gagnait !

– En v'là une, la tante, qui fera plaisir, quand elle claquera ! dit Buteau, en s'asseyant un instant près de son père, pour le flatter. Si c'est gentil, d'abuser de cet innocent, parce qu'il est fort et bête comme un âne !

Ensuite, il attaqua les Delhomme, qui se trouvaient en contrebas, au bord de la route. Ils avaient le plus beau vignoble du pays, près de deux hectares d'un seul tenant, où ils étaient bien une dizaine à s'occuper. Leurs vignes très soignées donnaient des grappes comme pas un voisin n'en récoltait ; et ils en étaient si orgueilleux, qu'ils avaient l'air de vendanger à l'écart, sans s'égayer seulement des coliques brusques qui forçaient les filles à galoper. Sans doute, ça leur aurait cassé les jambes, de monter saluer leur père, car ils ne semblaient pas savoir qu'il était là. Cet empoté de Delhomme, un rude serin, avec sa pose au bon travail et à la justice ! et cette pie-grièche de Fanny, toujours à se fâcher pour une vesse de travers, exigeant qu'on l'adorât comme une image, sans même s'apercevoir des saletés qu'elle faisait aux autres !

– Le vrai, père, continua Buteau, c'est que je vous aime bien, tandis que mon frère et ma sœur... Vous savez, j'en ai encore le cœur gros, qu'on se soit quitté pour des foutaises.

Et il rejeta la chose sur Françoise, à qui Jean avait tourné la tête. Mais elle se tenait tranquille, à cette heure. Si elle bougeait, il était décidé à lui rafraîchir le sang, au fond de la mare.

– Voyons, père, faut se tâter... Pourquoi ne reviendriez-vous pas ?

Fouan resta muet, prudemment. Il s'attendait à cette offre, que son cadet lâchait enfin ; et il désirait ne répondre ni oui, ni non, parce qu'on ne savait jamais. Alors, Buteau continua, en s'assurant que son frère était à l'autre bout de la vigne :

– N'est-ce pas ? ce n'est guère votre place, chez cette fripouille de Jésus-Christ. On vous y trouvera peut-être bien assassiné, un de ces quatre matins... Et puis, tenez ! moi, je vous nourrirai, je vous coucherai, et je vous payerai quand même la pension.

Le père avait cligné les yeux, stupéfait. Comme il ne parlait toujours pas, le fils voulut le combler.

– Et des douceurs, votre café, votre goutte, quatre sous de tabac, enfin tout le plaisir !

C'était trop, Fouan prit peur. Sans doute, ça se gâtait, chez Jésus-Christ. Mais si les embêtements recommençaient, chez les Buteau ?

– Faudra voir, se contenta-t-il de dire, en se levant, afin de rompre l'entretien.

On vendangea jusqu'à la nuit tombante. Les voitures ne cessaient d'emmener les gueulebées pleines et de les ramener vides. Dans les vignes, dorées par le soleil couchant, sous le grand ciel rose, le va-et-vient des paniers et des hottes s'activait, au milieu de la griserie de tout ce raisin charrié. Et il arriva un accident à Berthe, elle fut prise d'une telle colique, qu'elle ne put même courir : sa mère et Lequeu durent lui faire un rempart de leurs corps, pendant qu'elle s'aponichait, parmi les échalas. Du plant voisin, on l'aperçut. Victor et Delphin voulaient lui porter du papier ; mais Flore et la Bécu les en empêchèrent, parce qu'il y avait des bornes que les mal élevés seuls dépassaient. Enfin, on rentra. Les Delhomme avaient pris la tête, la Grande forçait Hilarion à tirer avec le cheval, les Lengaigne et les Macqueron fraternisaient, dans la demi-ivresse qui attendrissait leur rivalité. Ce qu'on remarqua surtout, ce furent les politesses de l'abbé Madeline et de Suzanne : il la croyait sans doute une dame, à la voir la mieux habillée ; si bien qu'ils marchaient côte à côte, lui rempli d'égards, elle faisant la sucrée, demandant l'heure de la messe, le dimanche. Derrière eux, venait Jésus-Christ, qui, acharné contre la soutane, recommençait sa plaisanterie dégoûtante, dans une rigolade obstinée d'ivrogne. Tous les cinq pas, il levait la cuisse et en lâchait un. La garce se mordait les lèvres pour ne pas rire, le prêtre affectait de ne pas entendre ; et, très graves, accompagnés de cette musique, ils continuaient d'échanger des idées pieuses, à la queue du train roulant des vendanges.

Comme on arrivait à Rognes enfin, Buteau et Fouan, honteux, essayèrent d'imposer silence à Jésus-Christ. Mais il allait toujours, en répétant que monsieur le curé aurait eu bien tort de se formaliser.

– Nom de Dieu ! quand on vous dit que ce n'est pas pour les autres ! C'est pour moi tout seul !

La semaine suivante, on fut donc invité à goûter le vin, chez les Buteau. Les Charles, Fouan, Jésus-Christ, quatre ou cinq autres, devaient venir à sept heures manger du gigot, des noix et du fromage, un vrai repas. Dans la journée, Buteau avait enfûté son vin, six pièces qui s'étaient emplies à la chantepleure de la cuve. Mais des voisins se trouvaient moins avancés : un, en train de vendanger encore, foulait depuis le matin, tout nu ; un second, armé d'une barre, surveillait la fermentation, enfonçait le chapeau, au milieu des bouillonnements du moût ; un troisième, qui avait un pressoir, serrait le marc, s'en débarrassait dans sa cour, en un tas fumant. Et c'était ainsi dans chaque maison, et de tout ça, des cuves brûlantes, des pressoirs ruisselants, des tonneaux qui débordaient, de Rognes entier, s'épandait l'âme du vin, dont l'odeur forte aurait suffi pour soûler le monde.

Ce jour-là, au moment de quitter le Château, Fouan eut un pressentiment qui lui fit prendre ses titres, dans la marmite aux lentilles. Autant les cacher sur lui, car il avait cru voir Jésus-Christ et la Trouille regarder en l'air, avec des yeux drôles. Ils partirent tous les trois de bonne heure, ils arrivèrent chez les Buteau en même temps que les Charles.

La lune, en son plein, était si large, si nette, qu'elle éclairait comme un vrai soleil ; et Fouan, en entrant dans la cour, remarqua que l'âne, Gédéon, sous le hangar, avait la tête au fond d'un petit baquet. Cela ne l'étonnait point de le trouver libre, car le bougre, plein de malignité, soulevait très bien les loquets avec la bouche ; mais, ce baquet l'intriguant, il s'approcha, il reconnut un baquet de la cave, qu'on avait laissé plein de vin de pressoir, pour achever de remplir les tonneaux. Nom de Dieu de Gédéon ! il le vidait !

– Eh ! Buteau, arrive !... Il en fait un commerce, ton âne !

Buteau parut sur le seuil de la cuisine.

– Quoi donc ?

– Le v'là qu'a tout bu !

Gédéon, au milieu de ces cris, finissait de pomper le liquide avec tranquillité. Peut-être bien qu'il sirotait ainsi depuis un quart d'heure, car le petit baquet contenait aisément une vingtaine de litres. Tout y avait passé, son ventre s'était arrondi comme une outre, à éclater du coup ; et, quand il releva enfin la tête, on vit son nez ruisseler de vin, son nez de pochard, où une raie rouge, sous les yeux, indiquait qu'il l'avait enfoncé jusque-là.

– Ah ! le jean-foutre ! gueula Buteau en accourant. C'est de ses tours ! Y a pas de gueux pareil pour les vices !

Lorsqu'on lui reprochait ses vices, Gédéon, d'habitude, avait l'air de s'en ficher, les oreilles élargies et obliques. Cette fois, étourdi, perdant tout respect, il ricana positivement, il dodelina du râble, pour exprimer la jouissance sans remords de sa débauche ; et, son maître le bousculant, il trébucha.

Fouan avait dû le caler de l'épaule.

– Mais le sacré cochon est soûl à crever !

– Soûl comme une bourrique, c'est le cas de le dire, fit remarquer Jésus-Christ, qui le contemplait d'un œil d'admiration fraternelle. Un baquet d'un coup, quel goulot !

Buteau, lui, ne riait guère, pas plus que Lise et que Françoise, accourues au bruit. D'abord, il y avait le vin perdu ; puis, ce n'était pas tant la perte que la confusion où les jetait cette vilaine conduite de leur âne, devant les Charles. Déjà ceux-ci pinçaient les lèvres, à cause d'Élodie. Pour comble de malheur, le hasard voulut que Suzanne et Berthe, qui se promenaient ensemble, rencontrassent l'abbé Madeline, juste devant la porte ; et ils s'étaient arrêtés tous les trois, ils attendaient. Une propre histoire, maintenant, avec tout ce beau monde, les yeux braqués !

– Père, poussez-le, dit Buteau à voix basse. Faut le rentrer vite à l'écurie.

Fouan poussa. Mais Gédéon, heureux, se trouvant bien, refusait de quitter la place, sans méchanceté, en soûlaud bon enfant, l'œil noyé et farceur, la bouche baveuse, retroussée par le rire. Il se faisait lourd, branlait sur ses jambes écartées, se rattrapait à chaque secousse, comme s'il eût jugé la plaisanterie drôle. Et, lorsque Buteau s'en mêla, poussant lui aussi, ce ne fut pas long : l'âne culbuta, les quatre fers en l'air, puis se roula sur le dos et se mit à braire si fort, qu'il semblait se foutre de tous les personnages qui le regardaient.

– Ah ! sale carcasse ! propre à rien ! je vas t'apprendre à te rendre malade ! hurla Buteau, en tombant sur lui à coups de talon.

Plein d'indulgence, Jésus-Christ s'interposa.

– Voyons, voyons... Puisqu'il est soûl, faut pas lui demander de la raison. Bien sûr qu'il ne t'entend pas, vaut mieux l'aider à retrouver son chez lui.

Les Charles s'étaient écartés, absolument choqués de cette bête extravagante et sans conduite ; tandis qu'Élodie, très rouge, comme si elle avait eu à subir un spectacle indécent, détournait la tête. À la porte, le groupe du curé, de Suzanne et de Berthe, silencieux, protestait par son attitude. Des voisins arrivaient, commençaient à goguenarder tout haut. Lise et Françoise en auraient pleuré de honte.

Cependant, rentrant sa rage, Buteau, aidé de Fouan et de Jésus-Christ, travaillait à remettre Gédéon debout. Ce n'était pas une affaire commode, car le gaillard pesait bien comme les cinq cent mille diables, avec le baquet qui lui roulait dans le ventre. Dès qu'on l'avait redressé d'un bout, il croulait de l'autre. Tous les trois s'épuisaient à l'arc-bouter, à l'étayer de leurs genoux et de leurs coudes. Enfin, ils venaient de le planter sur les quatre pieds, ils l'avaient même fait avancer de quelques pas, lorsque, dans une brusque révérence en arrière, il culbuta de nouveau. Et il y avait toute la cour à traverser, pour gagner l'écurie. Jamais on n'y arriverait. Comment faire ?

– Nom de Dieu de nom de Dieu ! juraient les trois hommes, en le regardant sous toutes les faces, sans savoir dans quel sens le prendre.

Jésus-Christ eut l'idée de l'accoter au mur du hangar ; de là, on ferait le tour, en suivant le mur de la maison, jusqu'à l'écurie. Ça marcha d'abord, bien que l'âne s'écorchât contre le plâtre. Le malheur fut que ce frottement lui devint sans doute insupportable. Tout d'un coup, se débarrassant des mains qui le collaient à la muraille, il rua, il gambada.

Le père avait failli s'étaler, les deux frères criaient :

– Arrêtez-le, arrêtez-le !

Alors, sous la blancheur éclatante de la lune, on vit Gédéon battant la cour, en un zigzag frénétique, avec ses deux grandes oreilles échevelées. On lui avait trop remué le ventre, il en était malade. Un premier haut-le-cœur l'arrêta, tout chavirait. Il voulut repartir, il retomba planté sur ses jambes raidies. Son cou s'allongeait, une houle terrible agitait ses côtes. Et, dans un tangage d'ivrogne qui se soulage, piquant la tête en avant à chaque effort, il dégueula comme un homme.

Un rire énorme avait éclaté à la porte, parmi les paysans amassés, pendant que l'abbé Madeline, faible d'estomac, pâlissait, entre Suzanne et Berthe, qui l'emmenèrent avec des mots d'indignation. Mais l'attitude offensée des Charles disait surtout combien l'exhibition d'un âne dans un état pareil, était contraire aux bonnes mœurs, même à la simple politesse qu'on doit aux passants. Élodie, éperdue, pleurante, s'était jetée au cou de sa grand-mère, en demandant s'il allait mourir. Et M. Charles avait beau crier : « Assez ! assez ! » de son ancienne voix impérieuse de patron obéi, le bougre continuait, la cour en était pleine, des lâchures furieuses d'écluse, un vrai ruisseau rouge qui coulait dans la mare. Puis il glissa, se vautra là-dedans, les cuisses ouvertes, si peu convenable, que jamais soûlard, étalé en travers d'une rue, n'a dégoûté à ce point les gens. On aurait dit que ce misérable le faisait exprès, pour jeter le déshonneur sur ses maîtres. C'en était trop. Lise et Françoise, les mains sur les yeux, s'enfuirent, se réfugièrent au fond de la maison.

– Assez donc ! emportez-le !

En effet, il n'y avait pas d'autre parti à prendre, car Gédéon, devenu plus mou qu'une chiffe, alourdi de sommeil, s'endormait. Buteau courut chercher une civière, six hommes l'aidèrent à y charger l'âne. On l'emporta, les membres abandonnés, la tête ballante, ronflant déjà d'un tel cœur qu'il avait l'air de braire et de se foutre encore du monde.

Naturellement, cette aventure gâta d'abord le repas. Bientôt, on se remit, on finit même par fêter si largement le vin nouveau, que tous, vers onze heures, étaient comme l'âne. À chaque instant, il y en avait un qui sortait dans la cour, pour un besoin.

Le père Fouan était très gai. Peut-être, tout de même, qu'il ferait bien de reprendre pension chez son cadet, car le vin y serait bon cette année. Il avait dû quitter la salle à son tour, il roulait ça dans sa tête, au milieu de la nuit noire, lorsqu'il entendit Buteau et Lise, sortis derrière son dos, accroupis côte à côte le long de la haie, et se querellant, parce que le mari reprochait à la femme de ne pas se montrer assez tendre avec son père. Sacrée dinde ! fallait l'embobiner, pour le ravoir et lui étourdir son magot. Le vieux, dégrisé, tout froid, eut un geste, s'assura qu'on ne lui avait pas volé les papiers dans sa poche ; et, quand on se fut tous embrassés en partant, quand il se retrouva au Château, il était bien résolu à ne point en déménager. Mais la nuit même, il eut une vision qui le glaça : la Trouille en chemise, à travers la chambre, rôdant, fouillant sa culotte, sa blouse, regardant jusque dans ses souliers. Évidemment, Jésus-Christ, n'ayant plus trouvé le magot envolé de la marmite aux lentilles, envoyait sa fille le chercher pour l'étourdir, comme disait Buteau.

Du coup, Fouan ne put rester au lit, tellement ce qu'il avait vu lui travaillait le crâne. Il se leva, ouvrit la fenêtre. La nuit était blanche de lune, l'odeur du vin montait de Rognes, mêlée à celle des choses qu'on enjambait depuis huit jours le long des murs, tout ce bouquet violent des vendanges. Que devenir ? où aller ? Son pauvre argent, il ne le quitterait plus, il se le coudrait sur la peau. Puis, comme le vent lui soufflait l'odeur au visage, l'idée de Gédéon lui revint : c'était rudement bâti, un âne ! ça prenait dix fois du plaisir comme un homme, sans en crever. N'importe ! volé chez son cadet, volé chez son aîné, il n'avait pas le choix. Le mieux était de rester au Château et d'ouvrir l'œil, en attendant. Tous ses vieux os en tremblaient.

V

Des mois s'écoulèrent, l'hiver passa, puis le printemps ; et le train accoutumé de Rognes continuait, il fallait des années, pour que les choses eussent l'air de s'être faites, dans cette morne vie de travail, sans cesse recommençante. En juillet, sous l'accablement des grands soleils, les élections prochaines remuèrent pourtant le village. Cette fois, il y avait, cachée au fond, toute une grosse affaire. On en causait, on attendait la tournée des candidats.

Et, justement, le dimanche où la venue de M. Rochefontaine, l'usinier de Châteaudun, était annoncée, une scène terrible éclata le matin, chez les Buteau, entre Lise et Françoise. L'exemple prouva bien que, lorsque les choses n'ont pas l'air de se faire, elles marchent cependant ; car le dernier lien qui unissait les deux sœurs, toujours près de se rompre, renoué toujours, s'était tellement aminci à l'usure des querelles quotidiennes, qu'il cassa net, pour ne plus jamais se rattacher, et à l'occasion d'une bêtise où il n'y avait vraiment pas de quoi fouetter un chat.

Ce matin, Françoise, en ramenant les vaches, s'était arrêtée un instant à causer avec Jean, qu'elle venait de rencontrer devant l'église. Il faut dire qu'elle y mettait de la provocation, en face de la maison même, dans l'unique but d'exaspérer les Buteau. Aussi, lorsqu'elle rentra, Lise lui cria-t-elle :

– Tu sais, quand tu voudras voir tes hommes, tâche que ce ne soit pas sous la fenêtre !

Buteau était là, qui écoutait, en train de repasser une serpe.

– Mes hommes, répéta Françoise, je les vois de trop ici, mes hommes ! et il y en a un, si j'avais voulu, ce n'est pas sous la fenêtre, c'est dans ton lit que le cochon m'aurait prise !

Cette allusion à Buteau jeta Lise hors d'elle. Depuis longtemps, elle n'avait qu'un désir, flanquer sa sœur dehors, pour être tranquille dans son ménage, quitte à rendre la moitié du bien. C'était même la raison qui la faisait battre par son homme, d'avis contraire, décidé à ruser jusqu'au bout, ne désespérant pas d'ailleurs de coucher avec la petite, tant qu'elle et lui auraient ce qu'il fallait pour ça. Et Lise s'irritait de n'être point la maîtresse, tourmentée maintenant d'une jalousie particulière, prête encore à le laisser culbuter sa cadette, histoire d'en finir, tout en enrageant de le voir s'échauffer après cette garce, dont elle avait pris en exécration la jeunesse, la petite gorge dure, la peau blanche des bras, sous les manches retroussées. Si elle avait tenu la chandelle, elle aurait voulu qu'il abîmât tout ça, elle aurait tapé elle-même dessus, ne souffrant pas du partage, souffrant, dans leur rivalité grandie, empoisonnée, de ce que sa sœur était mieux qu'elle et devait donner plus de plaisir.

– Salope ! hurla-t-elle, c'est toi qui l'agaces !... Si tu n'étais pas toujours pendue à lui, il ne courrait pas après ton derrière mal torché de gamine. Quelque chose de propre !

Françoise devint toute pâle, tant ce mensonge la révoltait. Elle répondit posément, dans une colère froide :

– C'est bon, en v'là assez... Attends quinze jours, et je ne te gênerai plus, si c'est ça que tu demandes. Oui, dans quinze jours, j'aurai vingt et un ans, je filerai.

– Ah ! tu veux être majeure, ah ! c'est donc ça que tu as calculé, pour nous faire des misères !... Eh bien ! bougresse, ce n'est pas dans quinze jours, c'est à l'instant que tu vas filer... Allons, fous le camp !

– Tout de même... On a besoin de quelqu'un chez Macqueron. Il me prendra bien... Bonsoir !

Et Françoise partit, ce ne fut pas plus compliqué, il n'y eut rien autre chose entre elles. Buteau, lâchant la serpe qu'il aiguisait, s'était précipité pour mettre la paix d'une paire de gifles et les raccommoder une fois encore. Mais il arriva trop tard, il ne put, dans son exaspération, qu'allonger un coup de poing à sa femme, dont le nez ruissela. Nom de Dieu de femelles ! ce qu'il redoutait, ce qu'il empêchait depuis si longtemps ! la petite envolée, le commencement d'un tas de sales histoires ! Et il voyait tout fuir, tout galoper devant lui, la fille, la terre.

– J'irai tantôt chez Macqueron, gueula-t-il. Faudra bien qu'elle rentre, quand je devrais la ramener à coups de pied au cul !

Chez Macqueron, ce dimanche-là, on était en l'air, car on y attendait un des candidats, M. Rochefontaine, le maître des Ateliers de construction de Châteaudun. Pendant la dernière législature, M. de Chédeville avait déplu, les uns disaient en affichant des amitiés orléanistes, les autres, en scandalisant les Tuileries par une histoire gaillarde, la jeune femme d'un huissier de la Chambre, folle de lui, malgré son âge. Quoi qu'il en fût, la protection du préfet s'était retirée du député sortant, pour se porter sur M. Rochefontaine, l'ancien candidat de l'opposition, dont un ministre venait de visiter les Ateliers, et qui avait écrit une brochure sur le libre-échange, très remarquée de l'empereur. Irrité de cet abandon, M. de Chédeville maintenait sa candidature, ayant besoin de son mandat de député pour brasser des affaires, ne se suffisant plus avec les fermages de la Chamade, hypothéquée, à moitié détruite. De sorte que, par une aventure singulière, la situation s'était retournée, le grand propriétaire devenait le candidat indépendant, tandis que le grand usinier se trouvait être le candidat officiel.

Hourdequin, bien que maire de Rognes, demeurait fidèle à M. de Chédeville ; et il avait résolu de ne tenir aucun compte des ordres de l'administration, prêt à batailler même ouvertement, si on le poussait à bout. D'abord, il jugeait honnête de ne pas tourner comme une girouette, au moindre souffle du préfet ; ensuite, entre le protectionniste et le libre-échangiste, il finissait par croire ses intérêts avec le premier, dans la débâcle de la crise agricole. Depuis quelque temps, les chagrins que Jacqueline lui causait, joints aux soucis de la ferme, l'ayant empêché de s'occuper de la mairie, il laissait l'adjoint Macqueron expédier les affaires courantes. Aussi, lorsque l'intérêt qu'il prenait aux élections le ramena présider le conseil, fut-il étonné de le sentir rebelle, d'une raideur hostile.

C'était un sourd travail de Macqueron, mené avec une prudence de sauvage, qui aboutissait enfin. Chez ce paysan devenu riche, tombé à l'oisiveté, se traînant, sale et mal tenu dans des loisirs de monsieur dont il crevait d'ennui, peu à peu était poussée l'ambition d'être maire, l'unique amusement de son existence, désormais. Et il avait miné Hourdequin, exploitant la haine vivace, innée au cœur de tous les habitants de Rognes, contre les seigneurs autrefois, contre le fils de bourgeois qui possédait la terre aujourd'hui. Bien sûr qu'il l'avait eue pour rien, la terre ! un vrai vol, du temps de la Révolution ! pas de danger qu'un pauvre bougre profitât des bonnes chances, ça retournait toujours aux canailles, las de s'emplir les poches ! Sans compter qu'il s'y passait de propres choses, à la Borderie. Une honte, cette Cognette, que le maître allait reprendre sur les paillasses des valets, par goût ! Tout cela s'éveillait, circulait en mots crus dans le pays, soulevait des indignations même chez ceux qui auraient culbuté ou vendu leur fille, si le dérangement en avait valu la peine. De sorte que les conseillers municipaux finissaient par dire qu'un bourgeois, ça devait rester à voler et à paillarder avec les bourgeois ; tandis que, pour bien mener une commune de paysans, il fallait un maire paysan.

Justement, ce fut au sujet des élections qu'une première résistance étonna Hourdequin. Comme il parlait de M. de Chédeville, toutes les figures devinrent de bois. Macqueron, quand il l'avait vu rester fidèle au candidat en disgrâce, s'était dit qu'il tenait le vrai terrain de bataille, une occasion excellente pour le faire sauter. Aussi appuyait-il le candidat du préfet, M. Rochefontaine, en criant que tous les hommes d'ordre devaient soutenir le gouvernement. Cette profession de foi suffisait, sans qu'il eût besoin d'endoctriner les membres du conseil ; car, dans la crainte des coups de balai, ils étaient toujours du côté du manche, résolus à se donner au plus fort, au maître, pour que rien ne changeât et que le blé se vendît cher. Delhomme, l'honnête, le juste, dont c'était l'opinion, entraînait Clou et les autres. Et, ce qui achevait de compromettre Hourdequin, Lengaigne seul était avec lui, exaspéré de l'importance prise par Macqueron. La calomnie s'en mêla, on accusa le fermier d'être « un rouge », un de ces gueux qui voulaient la république, pour exterminer le paysan ; si bien que l'abbé Madeline, effaré, croyant devoir sa cure à l'adjoint, recommandait lui-même M. Rochefontaine, malgré la sourde protection de monseigneur acquise à M. de Chédeville. Mais un dernier coup ébranla le maire, le bruit courut que, lors de l'ouverture du fameux chemin direct de Rognes à Châteaudun, il avait mis dans sa poche la moitié de la subvention votée. Comment ? on ne l'expliquait pas, l'histoire en demeurait mystérieuse et abominable. Quand on l'interrogeait là-dessus, Macqueron prenait l'air effrayé, douloureux et discret d'un homme dont certaines convenances fermaient la bouche ; c'était lui, simplement, qui avait inventé la chose. Enfin, la commune était bouleversée, le conseil municipal se trouvait coupé en deux, d'un côté l'adjoint et tous les conseillers, sauf Lengaigne, de l'autre le maire, qui comprit seulement alors la gravité de la situation.

Depuis quinze jours déjà, dans un voyage à Châteaudun, fait exprès, Macqueron était allé s'aplatir devant M. Rochefontaine. Il l'avait supplié de ne pas descendre ailleurs que chez lui, s'il daignait venir à Rognes. Et c'était pourquoi le cabaretier, ce dimanche-là, après le déjeuner, ne cessait de sortir sur la route, aux aguets de son candidat. Il avait prévenu Delhomme, Clou, d'autres conseillers municipaux, qui vidaient un litre, pour patienter. Le père Fouan et Bécu se trouvaient également là, à faire une partie, ainsi que Lequeu, le maître d'école, s'acharnant à la lecture d'un journal qu'il apportait, affectant de ne jamais rien boire. Mais deux consommateurs inquiétaient l'adjoint, Jésus-Christ et son ami Canon, l'ouvrier rouleur de routes, installés nez à nez, goguenards, devant une bouteille d'eau-de-vie. Il leur jetait des coups d'œil obliques, il cherchait vainement à les flanquer dehors, car les bandits ne criaient pas, contre leur habitude : ils n'avaient que l'air de se foutre du monde. Trois heures sonnèrent, M. Rochefontaine, qui avait promis d'être à Rognes vers deux heures, n'était pas arrivé encore.

– Cœlina ! demanda anxieusement Macqueron à sa femme, as-tu monté le bordeaux pour offrir un verre, tout à l'heure ?

Cœlina, qui servait, eut un geste désolé d'oubli ; et il se précipita lui-même vers la cave. Dans la pièce voisine, où était la mercerie, et dont la porte restait toujours ouverte, Berthe montrait des rubans roses à trois paysannes, d'un air élégant de demoiselle de magasin ; tandis que Françoise, déjà en fonction, époussetait des casiers, malgré le dimanche. L'adjoint, que gonflait un besoin d'autorité, avait accueilli tout de suite cette dernière, flatté qu'elle se mît sous sa protection. Sa femme, justement, cherchait une aide. Il nourrirait, il logerait la petite, tant qu'il ne l'aurait pas réconciliée avec les Buteau, chez qui elle jurait de se tuer, si on l'y ramenait de force.

Brusquement, un landau, attelé de deux percherons superbes, s'arrêta devant la porte. Et M. Rochefontaine, qui s'y trouvait seul, en descendit, étonné et blessé que personne ne fût là. Il hésitait à entrer dans le cabaret, lorsque Macqueron remonta de la cave, avec une bouteille dans chaque main. Ce fut pour lui une confusion, un vrai désespoir, à ne savoir comment se débarrasser de ses bouteilles, à bégayer :

– Oh ! monsieur, quelle malchance !... Depuis deux heures, j'ai attendu, sans bouger ; et pour une minute que je descends... Oui, à votre intention... Voulez-vous boire un verre, monsieur le député ?

M. Rochefontaine, qui n'était encore que candidat et que le trouble du pauvre homme aurait dû toucher, parut s'en fâcher davantage. C'était un grand garçon de trente-huit ans à peine, les cheveux ras, la barbe taillée carrément, avec une mise correcte, sans recherche. Il avait une froideur brusque, une voix brève, autoritaire, et tout en lui disait l'habitude du commandement, l'obéissance dans laquelle il tenait les douze cents ouvriers de son usine. Aussi paraissait-il résolu à mener ces paysans à coups de fouet.

Cœlina et Berthe s'étaient précipitées, cette dernière avec son clair regard de hardiesse, sous ses paupières meurtries.

– Veuillez entrer, monsieur, faites-nous cet honneur.

Mais le monsieur, d'un coup d'œil, l'avait retournée, pesée, jugée à fond. Il entra pourtant, il se tint debout, refusant de s'asseoir.

– Voici nos amis du conseil, reprit Macqueron, qui se remettait. Ils sont bien contents de faire votre connaissance, n'est-ce pas ? messieurs, bien contents !

Delhomme, Clou, les autres, s'étaient levés, saisis de la raide attitude de M. Rochefontaine. Et ce fut dans un silence profond qu'ils écoutèrent les choses qu'il avait arrêté de leur dire, ses théories communes avec l'empereur, ses idées de progrès surtout, auxquelles il devait de remplacer, dans la faveur de l'administration, l'ancien candidat, d'opinions condamnées ; puis, il se mit à promettre des routes, des chemins de fer, des canaux, oui ! un canal au travers de la Beauce, pour étancher enfin la soif qui la brillait depuis des siècles. Les paysans ouvraient la bouche, stupéfiés. Qu'est-ce qu'il disait donc ? de l'eau dans les champs, à cette heure ! Il continuait, il finit en menaçant des rigueurs de l'autorité et de la rancune des saisons ceux qui voteraient mal. Tous se regardèrent. En voilà un qui les secouait et dont il était bon d'être l'ami !

– Sans doute, sans doute, répétait Macqueron, à chaque phrase du candidat, un peu inquiet cependant de sa rudesse.

Mais Bécu approuvait, à grands coups de menton, cette parole militaire ; et le vieux Fouan, les yeux écarquillés, avait l'air de dire que c'était là un homme ; et Lequeu lui-même, si impassible d'ordinaire, était devenu très rouge, sans qu'on sût, à la vérité, s'il prenait du plaisir ou s'il enrageait. Il n'y avait que les deux canailles, Jésus-Christ et son ami Canon, pleins d'un évident mépris, si supérieurs, du reste, qu'ils se contentaient de ricaner et de hausser les épaules.

Dès qu'il eut parlé, M. Rochefontaine se dirigea vers la porte. L'adjoint eut un cri de désolation.

– Comment ! monsieur, vous ne nous ferez pas l'honneur de boire un verre ?

– Non, merci, je suis en retard déjà... On m'attend à Magnolles, à Bazoches, à vingt endroits. Bonsoir !

Du coup, Berthe ne l'accompagna même pas ; et, de retour dans la mercerie, elle dit à Françoise :

– En voilà un mal poli ! C'est moi qui renommerais l'autre, le vieux !

M. Rochefontaine venait de remonter dans son landau, lorsque les claquements de fouet lui firent tourner la tête. C'était Hourdequin, qui arrivait dans son cabriolet modeste, que conduisait Jean. Le fermier n'avait appris la visite de l'usinier à Rognes que par hasard, un de ses charretiers ayant rencontré le landau sur la route ; et il accourait pour voir le péril en face, d'autant plus inquiet que, depuis huit jours, il pressait M. de Chédeville de faire acte de présence, sans pouvoir l'arracher à quelque jupon sans doute, peut-être la jolie huissière.

– Tiens ! c'est vous ! cria-t-il gaillardement à M. Rochefontaine. Je ne vous savais pas déjà en campagne.

Les deux voitures s'étaient rangées roue à roue. Ni l'un ni l'autre ne descendirent, et ils causèrent quelques minutes, après s'être penchés pour se donner une poignée de main. Ils se connaissaient, ayant parfois déjeuné ensemble chez le maire de Châteaudun.

– Vous êtes donc contre moi ? demanda brusquement M. Rochefontaine, avec sa rudesse.

Hourdequin, qui, à cause de sa situation de maire, comptait ne pas agir trop ouvertement, resta un instant décontenancé, de voir que ce diable d'homme avait une police si bien faite. Mais il ne manquait pas de carrure, lui non plus, et il répondit d'un ton gai, afin de laisser à l'explication un tour amical :

– Je ne suis contre personne, je suis pour moi... Mon homme, c'est celui qui me protégera. Quand on pense que le blé est tombé à seize francs, juste ce qu'il me coûte à produire ! Autant ne plus toucher un outil et crever !

Tout de suite, l'autre se passionna.

– Ah ! oui, la protection, n'est-ce pas ? la surtaxe, un droit de prohibition sur les blés étrangers, pour que les blés français doublent de prix ! Enfin, la France affamée, le pain de quatre livres à vingt sous, la mort des pauvres !... Comment, vous, un homme de progrès, osez-vous en revenir à ces monstruosités ?

– Un homme de progrès, un homme de progrès, répéta Hourdequin de son air gaillard, sans doute j'en suis un ; mais ça me coûte si cher, que je vais bientôt ne plus pouvoir me payer ce luxe... Les machines, les engrais chimiques, toutes les méthodes nouvelles, voyez-vous, c'est très beau, c'est très bien raisonné, et ça n'a qu'un inconvénient, celui de vous ruiner d'après la saine logique.

– Parce que vous êtes un impatient, parce que vous exigez de la science des résultats immédiats, complets, parce que vous vous découragez des tâtonnements nécessaires, jusqu'à douter des vérités acquises et à tomber dans la négation de tout !

– Peut-être bien. Je n'aurais donc fait que des expériences. Hein ? dites qu'on me décore pour ça, et que d'autres bons bougres continuent !

Hourdequin éclata d'un gros rire à sa plaisanterie, qu'il jugeait concluante. Vivement M. Rochefontaine avait repris :

– Alors, vous voulez que l'ouvrier meure de faim ?

– Pardon ! je veux que le paysan vive.

– Mais moi qui occupe douze cents ouvriers, je ne puis pourtant élever les salaires, sans faire faillite... Si le blé était à trente francs, je les verrais tomber comme des mouches.

– Eh bien ! et moi, est-ce que je n'ai point de serviteurs ? Quand le blé est à seize francs, nous nous serrons le ventre, il y a de pauvres diables qui claquent au fond de tous les fossés, dans nos campagnes.

Puis, il ajouta, en continuant à rire :

– Dame ! chacun prêche pour son saint... Si je ne vous vends pas le pain cher, c'est la terre en France qui fait faillite, et si je vous le vends cher, c'est l'industrie qui met la clef sous la porte. Votre main-d'œuvre augmente, les produits manufacturés renchérissent, mes outils, mes vêtements, les cent choses dont j'ai besoin.... Ah ! un beau gâchis, où nous finirons par culbuter !

Tous deux, le cultivateur et l'usinier, le protectionniste et le libre-échangiste, se dévisagèrent, l'un avec le ricanement de sa bonhomie sournoise, l'autre avec la hardiesse franche de son hostilité. C'était l'état de guerre moderne, la bataille économique actuelle, sur le terrain de la lutte pour la vie.

– On forcera bien le paysan à nourrir l'ouvrier, dit M. Rochefontaine.

– Tâchez donc, répéta Hourdequin, que le paysan mange d'abord.

Et il sauta enfin de son cabriolet, et l'autre jetait un nom de village à son cocher, lorsque Macqueron, ennuyé de voir que ses amis du conseil, venus sur le seuil, avaient entendu, cria qu'on allait boire un verre tous ensemble ; mais, de nouveau, le candidat refusa, ne serra pas une seule main, se renversa au fond de son landau, qui partit, au trot sonore des deux grands percherons.

À l'autre angle de la route, Lengaigne, debout sur sa porte, en train de repasser un rasoir, avait vu toute la scène. Il eut un rire insultant, il lâcha très haut, à l'adresse du voisin :

– Baise mon cul et dis merci !

Hourdequin, lui, était entré et avait accepté un verre. Dès que Jean eut attaché le cheval à un des volets, il suivit son maître. Françoise, qui l'appelait d'un petit signe, dans la mercerie, lui conta son départ, toute l'affaire ; et il en fut si remué, il craignit tellement de la compromettre, devant le monde, qu'il revint s'asseoir sur un banc du cabaret, après avoir simplement murmuré qu'il faudrait se revoir, afin de s'entendre.

– Ah ! nom de Dieu ! vous n'êtes pas dégoûtés tout de même, si vous votez pour ce cadet-là ! cria Hourdequin en reposant son verre.

Son explication avec M. Rochefontaine l'avait décidé à la lutte ouverte, quitte à rester sur le carreau. Et il ne le ménagea plus, il le compara à M. de

Chédeville, un si brave homme, pas fier toujours heureux de rendre service, un vrai noble de la vieille France enfin ! tandis que ce grand pète-sec, ce millionnaire à la mode d'aujourd'hui, hein ? regardait-il les gens du haut de sa grandeur, jusqu'à refuser de goûter le vin du pays, de peur sans doute d'être empoisonné ! Voyons, voyons, ce n'était pas possible ! on ne changeait pas un bon cheval contre un cheval borgne !

– Dites, qu'est-ce que vous reprochez à M. de Chédeville ? voilà des années qu'il est votre député, il a toujours fait votre affaire... Et vous le lâchez pour un bougre que vous traitiez comme un gueux, aux dernières élections, lorsque le gouvernement le combattait ! Rappelez-vous, que diable !

Macqueron, ne voulant pas s'engager directement, affectait d'aider sa femme à servir. Tous les paysans avaient écouté, le visage immobile, sans qu'un pli indiquât leur pensée secrète. Ce fut Delhomme qui répondit :

– Quand on ne connaît pas le monde !

– Mais vous le connaissez maintenant, cet oiseau ! Vous l'avez entendu dire qu'il veut le blé à bon marché, qu'il votera pour que les blés étrangers viennent écraser les nôtres. Je vous ai déjà expliqué ça, c'est la vraie ruine... Et, si vous êtes assez bêtes pour le croire ensuite, quand il vous fait de belles promesses ! Oui, oui, votez ! ce qu'il se fichera de vous plus tard !

Un sourire vague avait paru sur le cuir tanné de Delhomme. Toute la finesse endormie au fond de cette intelligence droite et bornée, apparut en quelques phrases lentes.

– Il dit ce qu'il dit, on en croit ce qu'on en croit... Lui ou un autre, mon Dieu !... On n'a qu'une idée, voyez-vous, celle que le gouvernement soit solide pour faire aller les affaires ; et alors, n'est-ce pas ? histoire de ne point se tromper, le mieux est d'envoyer au gouvernement le député qu'il demande... Ça nous suffit que ce monsieur de Châteaudun soit l'ami de l'empereur.

À ce dernier coup, Hourdequin demeura étourdi. Mais c'était M. de Chédeville, qui, autrefois, était l'ami de l'empereur ! Ah ! race de serfs, toujours au maître qui la fouaille et la nourrit, aujourd'hui encore dans l'aplatissement et l'égoïsme héréditaires, ne voyant rien, ne sachant rien, au-delà du pain de la journée !

– Eh bien ! tonnerre de Dieu ! je vous jure que le jour où ce Rochefontaine sera nommé, je foutrai ma démission, moi ! Est-ce qu'on me prend pour un polichinelle, à dire blanc et à dire noir !... Si ces brigands de républicains étaient aux Tuileries, vous seriez avec eux, ma parole !

Les yeux de Macqueron avaient flambé. Enfin, ça y était, le maire venait de signer sa chute ; car l'engagement qu'il prenait aurait suffi, dans son impopularité, à faire voter le pays contre M. de Chédeville.

Mais, à ce moment, Jésus-Christ, oublié dans son coin avec son ami Canon, rigola si fort, que tous les yeux se portèrent sur lui. Les coudes au bord de la table, le menton dans les mains, il répétait très haut, avec des ricanements de mépris, en regardant les paysans qui étaient là :

– Tas de couillons ! tas de couillons !

Et ce fut justement sur ce mot que Buteau entra. Son œil vif, qui, dès la porte, avait découvert Françoise dans la mercerie, reconnut tout de suite Jean, assis contre le mur, écoutant, attendant son maître. Bon ! la fille et le galant étaient là, on allait voir !

– Tiens ! v'là mon frère, le plus couillon de tous ! gueula Jésus-Christ.

Des grognements de menace s'élevèrent, on parlait de flanquer le mal embouché dehors, lorsque Leroi, dit Canon, s'en mêla, de sa voix éraillée de faubourien, qui avait disputé dans toutes les réunions socialistes de Paris.

– Tais ta gueule, mon petit ! Ils ne sont pas si bêtes qu'ils en ont l'air... Écoutez donc, vous autres, les paysans, qu'est-ce que vous diriez, si l'on collait, en face, à la porte de la mairie, une affiche où il y aurait, imprimé en grosses lettres : Commune révolutionnaire de Paris : primo, tous les impôts sont abolis ; secundo, le service militaire est aboli... Hein ? qu'est-ce que vous en diriez, les culs-terreux ?

L'effet fut si extraordinaire, que Delhomme, Fouan, Clou, Bécu, demeurèrent béants, les yeux arrondis. Lequeu en lâcha son journal ; Hourdequin qui s'en allait, rentra ; Buteau, oubliant Françoise, s'assit sur un coin de table. Et ils regardaient tous ce déguenillé, ce rouleur de routes, l'effroi des campagnes, vivant de maraudes et d'aumônes forcées. L'autre semaine, on l'avait chassé de la Borderie, où il était apparu comme un spectre, dans le jour tombant. C'était pourquoi il couchait à cette heure chez cette fripouille de Jésus-Christ, d'où il disparaîtrait le lendemain peut-être.

– Je vois que ça vous gratterait tout de même au bon endroit, reprit-il d'un air gai.

– Nom de Dieu, oui ! confessa Buteau. Quand on pense que j'ai encore porté hier de l'argent au percepteur ! Ça n'en finit jamais, ça nous mange la peau du corps !

– Et ne plus voir ses garçons partir, ah ! bon sang ! s'écria Delhomme. Moi qui paie pour exempter Nénesse, je sais ce que ça me coûte.

– Sans compter, ajouta Fouan, que si vous ne pouvez pas payer, on vous les prend et on vous les tue.

Canon hochait la tête, triomphait en riant.

– Tu vois bien, dit-il à Jésus-Christ, qu'ils ne sont pas si bêtes que ça, les culs-terreux !

Puis, se retournant :

– On nous crie que vous êtes conservateurs, que vous ne laisserez pas faire... Conservateurs de vos intérêts, oui, n'est-ce pas ? Vous laisserez faire et vous aiderez à faire tout ce qui vous rapportera. Hein ? pour garder vos sous et vos enfants, vous en commettriez des choses !... Autrement, vous seriez de rudes imbéciles !

Personne ne buvait plus, un malaise commençait à paraître sur ces visages épais. Il continua, goguenard, s'amusant à l'avance de l'effet qu'il allait produire.

– Et c'est pourquoi je suis bien tranquille, moi qui vous connais, depuis que vous me chassez de vos portes à coups de pierres... Comme le disait ce gros monsieur-là, vous serez avec nous, les rouges, les partageux, quand nous serons aux Tuileries.

– Ah ! ça, non ! crièrent à la fois Buteau, Delhomme et les autres.

Hourdequin, qui avait écouté attentivement, haussa les épaules.

– Vous perdez votre salive, mon brave !

Mais Canon souriait toujours, avec la belle confiance d'un croyant. Renversé, le dos contre la muraille, il s'y frottait une épaule après l'autre, dans un léger dandinement de caresse inconsciente. Et il expliquait l'affaire, cette révolution dont l'annonce de ferme en ferme, mystérieuse, mal comprise, épouvantait les maîtres et les serviteurs. D'abord, les camarades de Paris s'empareraient du pouvoir : ça se passerait peut-être naturellement, on aurait à fusiller moins de monde qu'on ne croyait, tout le grand bazar s'effondrerait de lui-même, tant il était pourri. Puis, lorsqu'on serait les maîtres absolus, dès le soir, on supprimerait la rente, on s'emparerait des grandes fortunes, de façon que la totalité de l'argent, ainsi que les instruments du travail, feraient retour à la nation ; et l'on organiserait une société nouvelle, une vaste maison financière, industrielle et commerciale, une répartition logique du labeur et du bien-être. Dans les campagnes, ce serait plus simple encore. On commencerait par exproprier les possesseurs du sol, on prendrait la terre...

– Essayez donc ! interrompit de nouveau Hourdequin. On vous recevrait à coups de fourche, pas un petit propriétaire ne vous en laisserait prendre une poignée.

– Est-ce que j'ai dit qu'on tourmenterait les pauvres ? répondit Canon, gouailleur. Faudrait que nous soyons rudement serins, pour nous fâcher avec les petits... Non, non, on respectera d'abord la terre des malheureux bougres qui se crèvent à cultiver quelques arpents... Et ce qu'on prendra seulement, ce sont les deux cents hectares des gros messieurs de votre espèce, qui font suer des serviteurs à leur gagner des écus... Ah ! nom de Dieu ! je ne crois pas que vos voisins viennent vous défendre avec leurs fourches. Ils seront trop contents !

Macqueron ayant éclaté d'un gros rire, comme voyant la chose en farce, tous l'imitèrent ; et le fermier, pâlissant, sentit l'antique haine : ce gueux avait raison, pas un de ces paysans, même le plus honnête, qui n'aurait aidé à le dépouiller de la Borderie !

– Alors, demanda sérieusement Buteau, moi qui possède environ dix setiers, je les garderai, on me les laissera ?

– Mais bien sûr, camarade... Seulement, on est certain que, plus tard, lorsque vous verrez les résultats obtenus, à côté, dans les fermes de la nation, vous viendrez, sans qu'on vous en prie, y joindre votre morceau... Une culture en grand, avec beaucoup d'argent, des mécaniques, d'autres affaires encore, tout ce qu'il y a de mieux comme science. Moi, je ne m'y connais pas ; mais faut entendre parler là-dessus des gens, à Paris, qui expliquent très bien que la culture est foutue, si l'on ne se décide pas à la pratiquer ainsi !... Oui, de vous-même, vous donnerez votre terre.

Buteau eut un geste de profonde incrédulité, ne comprenant plus, rassuré pourtant, puisqu'on ne lui demandait rien ; tandis que, repris de curiosité depuis que l'homme s'embrouillait sur cette grande culture nationale, Hourdequin prêtait de nouveau une oreille patiente. Les autres attendaient la fin, comme au spectacle. Deux fois, Lequeu, dont la face blême s'empourprait, avait ouvert la bouche, pour s'en mêler ; et, chaque fois, en homme prudent, il s'était mordu la langue.

– Et ma part, à moi ! cria brusquement Jésus-Christ. Chacun doit avoir sa part. Liberté, égalité, fraternité !

Canon, du coup, s'emporta, levant la main comme s'il giflait le camarade.

– Vas-tu me foutre la paix avec ta liberté, ton égalité et ta fraternité !... Est-ce qu'on a besoin d'être libre ? une jolie farce ! Tu veux donc que les bourgeois nous collent encore dans leur poche ? Non, non, on forcera le peuple au bonheur, malgré lui !... Alors, tu consens à être l'égal, le frère d'un huissier ? Mais, bougre de bête ! c'est en gobant ces âneries-là que tes républicains de 48 ont foiré leur sale besogne !

Jésus-Christ, interloqué, déclara qu'il était pour la grande Révolution.

– Tu me fais suer, tais-toi !... Hein ? 89, 93 ! oui, de la musique ! une belle menterie dont on nous casse les oreilles ! Est-ce que ça existe, cette blague, à côté de ce qu'il reste à faire ? On va voir ça, quand le peuple sera le maître, et ça ne traînera guère, tout craque, je te promets que notre siècle, comme on dit, finira d'une façon autrement chouette que l'autre. Un fameux nettoyage, un coup de torchon comme il n'y en a jamais eu !

Tous frémirent, et ce soûlard de Jésus-Christ lui-même se recula, effrayé, dégoûté, du moment qu'on n'était plus frères. Jean, intéressé jusque-là, eut aussi un geste de révolte. Mais Canon s'était levé, les yeux flambants, la face noyée d'une extase prophétique.

– Et il faut que ça arrive, c'est fatal, comme qui dirait un caillou qu'on a lancé en l'air et qui retombe forcément... Et il n'y a plus là-dedans des histoires de curé, des choses de l'autre monde, le droit, la justice, qu'on n'a jamais vues, pas plus qu'on n'a vu le bon Dieu ! Non, il n'y a que le besoin que nous avons tous d'être heureux... Hein ? mes bougres, dites-vous qu'on va s'entendre pour que chacun s'en donne par-dessus la tête, avec le moins de travail possible ! Les machines travailleront pour nous, la journée de simple surveillance ne sera plus que de quatre heures ; peut-être même qu'on arrivera à se croiser complètement les bras. Et partout des plaisirs, tous les besoins cultivés et contentés, oui ! de la viande, du vin, des femmes, trois fois davantage qu'on n'en peut prendre aujourd'hui, parce qu'on se portera mieux. Plus de pauvres, plus de malades, plus de vieux, à cause de l'organisation meilleure, de la vie moins dure, des bons hôpitaux, des bonnes maisons de retraite. Un paradis ! toute la science mise à se la couler douce ! la vraie jouissance enfin d'être vivant !

Buteau, emballé, donna un coup de poing sur une table, en gueulant :

– L'impôt, foutu ! le tirage au sort, foutu ! tous les embêtements, foutus ! rien que le plaisir !... Je signe.

– Bien sûr, déclara Delhomme sagement. Faudrait être l'ennemi de son corps pour ne pas signer.

Fouan approuva, ainsi que Macqueron, Clou et les autres. Bécu, stupéfié, bouleversé dans ses idées autoritaires, vint demander tout bas à Hourdequin s'il ne fallait pas coffrer ce brigand, qui attaquait l'empereur.

Mais le fermier le calma d'un haussement d'épaules. Ah ! oui, le bonheur ! on le rêvait par la science après l'avoir rêvé par le droit : c'était peut-être plus logique, ça n'était toujours pas pour le lendemain. Et il partait de nouveau, il appelait Jean, tout à la discussion, lorsque Lequeu céda brusquement à son besoin de s'en mêler, dont il étouffait, comme d'une rage contenue.

– À moins, lâcha-t-il de sa voix aigre, que vous ne soyez tous crevés avant ces belles affaires... Crevés de faim ou crevés à coups de fusil par les gendarmes, si la faim vous rend méchants...

On le regardait, on ne comprenait pas.

– Certainement que, si le blé continue à venir d'Amérique, il n'existera plus dans cinquante ans un seul paysan en France... Est-ce que notre terre pourra lutter avec celle de là-bas ? À peine commencerons-nous à y essayer la vraie culture, que nous serons inondés de grains... J'ai lu un livre qui en dit long, c'est vous autres qui êtes foutus...

Mais, dans son comportement, il eut la soudaine conscience de tous ces visages effarés, tournés vers lui. Et il n'acheva même pas sa phrase, il termina par un furieux geste, puis affecta de se replonger dans la lecture de son journal.

– C'est bien à cause du blé d'Amérique, déclara Canon, que vous serez foutus en effet, tant que le peuple ne s'emparera pas des grandes terres.

– Et moi, conclut Hourdequin, je vous répète qu'il ne faut point que ce blé entre... Après ça, votez pour M. Rochefontaine, si vous avez assez de moi à la mairie et si vous voulez le blé à quinze francs.

Il remonta dans son cabriolet, suivi de Jean. Puis, comme ce dernier fouettait le cheval, après avoir échangé un regard d'entente avec Françoise, il dit à son maître qui l'approuva d'un hochement de tête :

– Faudrait pas trop songer à ces machines-là, on en deviendrait fou.

Dans le cabaret, Macqueron parlait vivement à Delhomme, tout bas, tandis que Canon, qui avait repris son air de se ficher du monde, achevait le cognac en blaguant Jésus-Christ démonté, qu'il appelait « mademoiselle Quatre-vingt-treize ». Mais Buteau, sortant d'une songerie, s'aperçut brusquement que Jean s'en était allé, et il resta surpris de retrouver là Françoise, à la porte de la salle, où elle était venue se planter en compagnie de Berthe, pour entendre. Cela le fâcha d'avoir perdu son temps à la politique, elle vous prenait tout de même au ventre. Il eut, dans un coin, une longue explication avec Cœlina, qui finit par l'empêcher de faire un esclandre immédiat ; valait mieux que Françoise retournât chez lui d'elle-même, quand on l'aurait calmée ; et il partit à son tour, en menaçant de la venir chercher avec une corde et un bâton, si on ne la décidait pas.

Le dimanche suivant, M. Rochefontaine fut élu député, et Hourdequin ayant envoyé sa démission au préfet, Macqueron enfin devint maire, crevant dans sa peau d'insolent triomphe.

Ce soir-là, on surprit Lengaigne, enragé, qui posait culotte à la porte de son rival victorieux. Et il gueula :

– Je fais où ça me dit, maintenant que les cochons gouvernent !

VI

La semaine se passa, Françoise s'entêtait à ne pas rentrer chez sa sœur, et il y eut une scène abominable, sur la route. Buteau, qui la traînait par les cheveux, dut la lâcher, cruellement mordu au pouce ; si bien que Macqueron prit peur et qu'il mit lui-même la jeune fille à la porte, en lui déclarant que, comme représentant de l'autorité, il ne pouvait l'encourager davantage dans sa révolte.

Mais justement la Grande passait, et elle emmena Françoise. Âgée de quatre-vingt-huit ans, elle ne se préoccupait de sa mort que pour laisser à ses héritiers, avec sa fortune, le tracas de procès sans fin : une complication de testament extraordinaire, embrouillée par plaisir, où sous le prétexte de ne faire du tort à personne, elle les forçait de se dévorer tous ; une idée à elle, puisqu'elle ne pouvait emporter ses biens, de s'en aller au moins avec la consolation qu'ils empoisonneraient les autres. Et elle n'avait de la sorte pas de plus gros amusement que de voir la famille se manger. Aussi s'empressa-t-elle d'installer sa nièce dans sa maison, combattue un instant par sa ladrerie, décidée tout de suite à la pensée d'en tirer beaucoup de travail contre peu de pain. En effet, dès le soir, elle lui fit laver l'escalier et la cuisine. Puis, lorsque Buteau se présenta, elle le reçut debout, de son bec mauvais de vieil oiseau de proie ; et lui, qui parlait de tout casser chez Macqueron, il trembla, il bégaya, paralysé par l'espoir de l'héritage, n'osant entrer en lutte avec la terrible Grande.

– J'ai besoin de Françoise, je la garde, puisqu'elle ne se plaît pas chez vous... Du reste, la voici majeure, vous avez des comptes à lui rendre. Faudra en causer.

Buteau partit, furieux, épouvanté des embêtements qu'il sentait venir.

Huit jours après, en effet, vers le milieu d'août, Françoise eut vingt et un ans. Elle était sa maîtresse, à cette heure. Mais elle n'avait guère fait que changer de misère, car elle aussi tremblait devant sa tante, et elle se tuait de travail, dans cette maison froide d'avare, où tout devait reluire naturellement, sans qu'on dépensât ni savon ni brosse : de l'eau pure et des bras, ça suffisait. Un jour, pour s'être oubliée jusqu'à donner du grain aux poules, elle faillit avoir la tête fendue d'un coup de canne. On racontait que, soucieuse d'épargner les chevaux, la Grande attelait son petit-fils Hilarion à la charrue ; et, si l'on inventait ça, la vérité était qu'elle le traitait en vraie bête, tapant sur lui, le massacrant d'ouvrage, abusant de sa force de brute, à le laisser sur le flanc, mort de fatigue, si mal nourri d'ailleurs, de croûtes et d'égouttures comme le cochon, qu'il crevait continuellement de faim, dans son aplatissement de terreur. Lorsque Françoise comprit qu'elle complétait la paire, à l'attelage, elle n'eut plus qu'une envie, quitter la maison. Et ce fut alors que, brusquement, la volonté lui vint de se marier.

Elle, simplement, désirait en finir. Plutôt que de se remettre avec Lise, elle se serait fait tuer, raidie dans une de ces idées de justice, qui, enfant, la ravageaient déjà. Sa cause était la seule juste, elle se méprisait d'avoir patienté si longtemps ; et elle restait muette sur Buteau, elle ne parlait durement que de sa sœur, sans laquelle on aurait pu continuer à loger ensemble. Aujourd'hui que c'était cassé, bien cassé, elle vivait dans l'unique pensée de se faire rendre son bien, sa part d'héritage. Ça la tracassait du matin au soir, elle s'emportait parce qu'il fallait des formalités, à n'en point sortir. Comment ? ceci est à moi, ceci est à toi, et l'on n'en finissait pas en trois minutes ! C'était donc qu'on s'entendait pour la voler ? Elle soupçonnait toute la famille, elle en arrivait à se dire que, seul, un homme, un mari, la tirerait de là. Sans doute, Jean n'avait pas grand comme la main de terre, et il était son aîné de quinze ans. Mais aucun autre garçon ne la demandait, pas un peut-être ne se serait risqué, à cause des histoires chez Buteau, que personne ne voulait avoir contre soi, tant on le craignait à Rognes. Puis, quoi ? elle était allée une fois avec Jean ; ça ne faisait trop rien, puisqu'il n'y avait pas eu de suite ; seulement, il était bien doux, bien honnête. Autant celui-là, du moment qu'elle n'en aimait pas d'autre et qu'elle en prenait un, n'importe lequel, pour qu'il la défendit et pour que Buteau enrageât. Elle aussi aurait un homme à elle.

Jean, lui, avait gardé une grande amitié au cœur. Son envie de l'avoir s'était calmée, et beaucoup, à la désirer si longtemps. Il ne revenait pas moins à elle très gentiment, se regardant comme son homme, puisque des promesses étaient échangées. Il avait patienté jusqu'à sa majorité, sans la contrarier dans son idée d'attendre, l'empêchant au contraire de mettre les choses contre elle, chez sa sœur. Maintenant, elle pouvait donner plus de raisons qu'il n'en fallait pour avoir les braves gens de son côté. Aussi, tout en blâmant la façon brutale dont elle était partie, lui répétait-il qu'elle tenait le bon bout. Enfin, quand elle voudrait causer du reste, il était prêt.

Le mariage fut arrêté ainsi, un soir qu'il était venu la retrouver, derrière l'étable de la Grande. Une vieille barrière pourrie s'ouvrait là, sur une impasse, et tous deux restèrent accotés, lui dehors, elle dedans, avec le ruisseau de purin qui leur coulait entre les jambes.

– Tu sais, Caporal, dit-elle la première, en le regardant dans les yeux, si ça te va encore, ça me va, à cette heure.

Il la regardait fixement, lui aussi, il répondit d'une voix lente :

– Je ne t'en reparlais plus, parce que j'aurais eu l'air d'en vouloir à ton bien... Mais tu as tout de même raison, c'est le moment.

Un silence régna. Il avait posé la main sur celle de la jeune fille, qu'elle appuyait à la barrière. Ensuite, il reprit :

– Et il ne faut pas que l'idée de la Cognette te tourmente, à cause des histoires qui ont couru... Voici bien trois ans que je ne lui ai plus touché la peau.

– Alors, c'est comme moi, déclara-t-elle, je ne veux point que l'idée de Buteau te taquine... Le cochon gueule partout qu'il m'a eue. Peut-être bien que tu le crois ?

– Tout le monde le croit dans le pays, murmura-t-il, pour éluder la question.

Puis, comme elle le regardait toujours :

– Oui, je l'ai cru... Et, vrai ! je comprenais ça, car je connais le bougre, tu ne pouvais pas faire autrement que d'y passer.

– Oh ! il a essayé, il m'a assez pétri le corps ! Mais, si je te jure que jamais il n'est allé au bout, me croiras-tu ?

– Je te crois.

Pour lui marquer son plaisir, il acheva de lui prendre la main, la garda serrée dans la sienne, le bras accoudé sur la barrière. S'étant aperçu que l'écoulement de l'étable mouillait ses souliers, il avait écarté les jambes.

– Tu semblais rester chez lui de si bon cœur, ça aurait pu t'amuser, qu'il t'empoignât...

Elle eut un malaise, son regard si droit et si franc s'était baissé.

– D'autant plus que tu ne voulais pas davantage avec moi, tu te rappelles ? N'importe, cet enfant que j'enrageais de ne pas t'avoir fait, vaut mieux aujourd'hui qu'il reste à faire. C'est tout de même plus propre.

Il s'interrompit, il lui fit remarquer qu'elle était dans le ruisseau.

– Prends garde, tu te trempes.

Elle écarta ses pieds à son tour, elle conclut :

– Alors, nous sommes d'accord.

– Nous sommes d'accord, fixe la date qui te plaira.

Et ils ne s'embrassèrent même point, ils se secouèrent la main, en bons amis, par-dessus la barrière. Puis, chacun d'eux s'en alla de son côté.

Le soir, lorsque Françoise dit sa volonté d'épouser Jean, en expliquant qu'il lui fallait un homme pour la faire rentrer dans son bien, la Grande ne répondit rien d'abord. Elle était restée droite, avec ses yeux ronds ; elle calculait la perte, le gain, le plaisir qu'elle y aurait ; et, le lendemain seulement, elle approuva le mariage. Toute la nuit, sur la paillasse, elle avait roulé l'affaire, car elle ne dormait presque plus, elle demeurait les paupières ouvertes jusqu'au jour, à imaginer des choses désagréables contre la famille. Ce mariage lui était apparu gros de telles conséquences pour tout le monde, qu'elle en avait brûlé d'une vraie fièvre de jeunesse. Déjà, elle prévoyait les moindres ennuis, elle les compliquait, les rendait mortels. Si bien qu'elle déclara à sa nièce vouloir se charger de tout, par amitié. Elle lui dit ce mot, accentué d'un terrible brandissement de canne : puisqu'on l'abandonnait, elle lui servirait de mère ; et on allait voir ça !

En premier lieu, la Grande fit comparaître devant elle son frère Fouan, pour causer de ses comptes de tutelle. Mais le vieux ne put donner une seule explication. Si on l'avait nommé tuteur, ce n'était pas de sa faute ; et, au demeurant, puisque M. Baillehache avait tout fait, fallait s'adresser à M. Baillehache. Du reste, dès qu'il s'aperçut qu'on travaillait contre les Buteau, il exagéra son ahurissement. L'âge et la conscience de sa faiblesse le laissaient éperdu, lâche, à la merci de tous. Pourquoi donc se serait-il fâché avec les Buteau ? Deux fois déjà, il avait failli retourner chez eux, après des nuits de frissons, tremblant d'avoir vu Jésus-Christ et la Trouille rôder dans sa chambre, enfoncer leurs bras nus jusque sous le traversin, pour lui voler les papiers. Bien sûr qu'on finirait par l'assassiner au Château, s'il ne filait pas, un soir. La Grande, ne pouvant rien tirer de lui, le renvoya épouvanté, en criant qu'il irait en justice, si l'on avait touché à la part de la petite. Delhomme, qu'elle effraya ensuite, comme membre du conseil de famille, rentra chez lui malade, au point que Fanny accourut derrière son dos dire qu'ils préféraient y être de leur poche, plutôt que d'avoir des procès. Ça marchait, ça commençait à être amusant.

La question était de savoir s'il fallait d'abord entamer l'affaire du partage des biens ou procéder tout de suite au mariage. La Grande y songea deux nuits, puis se prononça pour le mariage immédiat : Françoise mariée à Jean, réclamant sa part, assistée de son mari, ça augmenterait l'embêtement des Buteau. Alors, elle bouscula les choses, retrouva des jambes de jeune garce, s'occupa des papiers de sa nièce, se fit remettre ceux de Jean, régla tout à la mairie et à l'église, poussa la passion jusqu'à prêter l'argent nécessaire, contre un papier signé des deux, et où la somme fut doublée, pour les intérêts. Ce qui lui arrachait le cœur, c'étaient les verres de vin forcément offerts, au milieu des apprêts ; mais elle avait son vinaigre tourné, son chasse-cousin, si imbuvable, qu'on se montrait d'une grande discrétion. Elle décida qu'il n'y aurait point de repas, à cause des ennuis de famille : la messe et un coup de chasse-cousin, simplement, pour trinquer au bonheur du ménage. Les Charles, invités, s'excusèrent, prétextant les soucis que leur causait leur gendre Vaucogne. Fouan, inquiet, se coucha, fit dire qu'il était malade. Et, des parents, il ne vint que Delhomme, qui voulut bien être l'un des témoins de Françoise, afin de marquer l'estime où il tenait Jean, un bon sujet. De son côté, celui-ci n'amena que ses témoins, son maître Hourdequin et un des serviteurs de la ferme. Rognes était en l'air, ce mariage si rondement mené, gros de tant de batailles, fut guetté de chaque porte. À la mairie, Macqueron, devant l'ancien maire, exagéra les formalités, tout gonflé de son importance. À l'église, il y eut un incident pénible, l'abbé Madeline s'évanouit, en disant sa messe. Il n'allait pas bien, il regrettait ses montagnes, depuis qu'il vivait dans la plate Beauce, navré de l'indifférence religieuse de ses nouveaux paroissiens, si bouleversé des commérages et des disputes continuelles des femmes, qu'il n'osait même plus les menacer de l'enfer. Elles l'avaient senti faible, elles en abusaient jusqu'à le tyranniser dans les choses du culte. Pourtant, Cœlina, Flore, toutes, montrèrent un grand apitoiement de ce qu'il était tombé le nez sur l'autel, et elles déclarèrent que c'était un signe de mort prochaine pour les mariés.

On avait décidé que Françoise continuerait à loger chez la Grande, tant que le partage ne serait pas fait, car elle avait arrêté, dans sa volonté de fille têtue, qu'elle aurait la maison. À quoi bon louer ailleurs, pour quinze jours ? Jean, qui devait rester charretier à la ferme, en attendant, viendrait simplement la retrouver, chaque soir. Leur nuit de noces fut toute bête et triste, bien qu'ils ne fussent pas fâchés d'être enfin ensemble. Comme il la prenait, elle se mit à pleurer si fort, qu'elle en suffoquait ; et pourtant il ne lui avait pas fait de mal, il y était allé au contraire très gentiment. Le pire était qu'au milieu de ses sanglots, elle lui répondait qu'elle n'avait rien contre lui, qu'elle pleurait sans pouvoir s'arrêter, en ne sachant même pas pourquoi. Naturellement, une pareille histoire n'était guère de nature à échauffer un homme. Il eut beau ensuite la reprendre, la garder dans ses bras, ils n'y éprouvèrent point de plaisir, moins encore que dans la meule, la première fois. Ces choses-là, comme il l'expliqua, quand ça ne se faisait pas tout de suite, ça perdait de son goût. D'ailleurs, malgré ce malaise, cette sorte de gêne qui leur avait barbouillé le cœur à l'un et à l'autre, ils étaient très d'accord, ils achevèrent la nuit, ne pouvant dormir, à décider de quelle façon marcheraient les choses, lorsqu'ils auraient la maison et la terre.

Dès le lendemain, Françoise exigea le partage. Mais la Grande n'était plus si pressée : d'abord, elle voulait faire traîner le plaisir, en tirant le sang de la famille à coups d'épingle ; ensuite, elle avait su trop bien profiter de la petite et de son mari, qui chaque soir payait de deux heures de travail son loyer de la chambre, pour être impatiente de les voir la quitter et s'installer chez eux. Cependant, il lui fallut aller demander aux Buteau comment ils entendaient le partage. Elle-même, au nom de Françoise, exigeait la maison, la moitié de la pièce de labour, la moitié du pré, et abandonnait la moitié de la vigne, un arpent, qu'elle estimait valoir la maison, à peu près. C'était juste et raisonnable, en somme, car ce règlement à l'amiable aurait évité de mettre dans l'affaire la justice, qui en garde toujours, trop gras aux mains. Buteau, que l'entrée de la Grande avait révolutionné, forcé qu'il était de la respecter, celle-là, à cause de ses sous, ne put en entendre davantage. Il sortit violemment, de crainte d'oublier son intérêt jusqu'à taper dessus. Et Lise, restée seule, le sang aux oreilles, bégaya de colère.

– La maison, elle veut la maison, cette dévergondée, cette rien du tout, qui s'est mariée sans même me venir voir !... Eh bien ! ma tante, dites-lui que le jour où elle aura la maison, faudra sûrement que je sois crevée.

La Grande demeura calme.

– Bon ! bon ! ma fille, pas besoin de se tourner le sang... Tu veux aussi la maison, c'est ton droit. On va voir.

Et, pendant trois jours, elle voyagea ainsi, entre les deux sœurs, portant de l'une à l'autre les sottises qu'elles s'adressaient, les exaspérant à ce point, que toutes les deux faillirent se mettre au lit. Elle, sans se lasser, faisait valoir combien elle les aimait et quelle reconnaissance ses nièces lui devraient, pour s'être résignée à ce métier de chien. Enfin, il fut convenu qu'on partagerait la terre, mais que la maison et le mobilier, ainsi que les bêtes, seraient vendus judiciairement, puisqu'on ne pouvait s'entendre. Chacune des deux sœurs jurait qu'elle rachèterait la maison n'importe à quel prix, quitte à y laisser sa dernière chemise.

Grosbois vint donc arpenter les biens et les diviser en deux lots. Il y avait un hectare de prairie, un autre de vignes, deux de labour ; et c'étaient ces derniers surtout, au lieu-dit des Cornailles, que Buteau, depuis son mariage, s'entêtait à ne pas lâcher, car ils touchaient au champ qu'il tenait lui-même de son père, ce qui constituait une pièce de près de trois hectares, telle que pas un paysan de Rognes n'en possédait. Aussi, quel encagement, lorsqu'il vit Grosbois installer son équerre et planter les jalons ! La Grande était là, à surveiller, Jean ayant préféré ne pas y être, de peur d'une bataille. Et une discussion s'engagea, car Buteau voulait que la ligne fût tirée parallèlement au vallon de l'Aigre, de façon que son champ restât soudé à son lot, quel qu'il fût ; tandis que la tante exigeait que la division fût faite perpendiculairement, dans l'unique but de le contrarier. Elle l'emporta, il serra les poings, étranglé de fureur contenue.

– Alors, nom de Dieu ! si je tombe sur le premier lot, je serai coupé en deux, j'aurai ça d'un côté et mon champ de l'autre ?

– Dame ! mon petit, c'est à toi de tirer le lot qui t'arrange.

Il y avait un mois que Buteau ne décolérait pas. D'abord, la fille lui échappait ; il était malade de désir rentré, depuis qu'il ne lui prenait plus la chair à poignées sous la jupe, avec l'espoir obstiné de l'avoir toute un jour ; et, après le mariage, l'idée que l'autre la tenait dans son lit, s'en donnait sur elle tant qu'il voulait, avait achevé de lui allumer le sang du corps. Puis, maintenant, c'était la terre que l'autre lui retirait des bras pour la posséder, elle aussi. Autant lui couper un membre. La fille encore, ça se retrouvait ; mais la terre, une terre qu'il regardait comme sienne, qu'il s'était juré de ne jamais rendre ! Il voyait rouge, cherchait des moyens, rêvait confusément des violences, des assassinats, que la terreur des gendarmes l'empêchait seule de commettre.

Enfin, un rendez-vous fut pris chez M. Baillehache, où Buteau et Lise se retrouvèrent pour la première fois en face de Françoise et de Jean, que la Grande avait accompagnés par plaisir, sous le prétexte d'empêcher les choses de tourner au vilain. Ils entrèrent tous les cinq, raides, silencieux, dans le cabinet. Les Buteau s'assirent à droite. Jean, à gauche, resta debout derrière Françoise, comme pour dire qu'il n'en était pas, qu'il venait simplement autoriser sa femme. Et la tante prit place au milieu, maigre et haute, tournant ses yeux ronds et son nez de proie sur les uns, puis sur les autres, satisfaite. Les deux sœurs n'avaient même pas semblé se connaître, sans un mot, sans un regard, le visage dur. Il n'y eut qu'un coup d'œil échangé entre les hommes, rapide, luisant et à fond, pareil à un coup de couteau.

– Mes amis, dit M. Baillehache, que ces attitudes dévorantes laissaient calme, nous allons terminer avant tout le partage des terres, sur lequel vous êtes d'accord.

Cette fois, il exigea d'abord les signatures. L'acte se trouvait prêt, la désignation des lots seule demeurait en blanc, à la suite des noms ; et tous durent signer avant le tirage au sort, auquel il fit procéder séance tenante, afin d'éviter tout ennui.

Françoise ayant amené le numéro deux, Lise dut prendre le numéro un, et la face de Buteau devint noire, sous le flot qui en gonfla les veines. Jamais de chance ! sa parcelle tranchée en deux ! cette garce de cadette et son mâle plantés là, avec leur part, entre son morceau de gauche et son morceau de droite !

– Nom de Dieu de nom de Dieu ! jura-t-il entre ses dents. Sacré cochon de bon Dieu !

Le notaire le pria d'attendre d'être dans la rue.

– Il y a que ça nous coupe là-haut, en plaine, fit remarquer Lise, sans se tourner vers sa sœur. Peut-être qu'on consentira à faire un échange. Ça nous arrangerait, et ça ne ferait du tort à personne.

– Non ! dit Françoise sèchement.

La Grande approuva d'un signe de tête : ça portait malheur, de défaire ce que le sort avait fait. Et ce coup malicieux du destin l'égayait, tandis que Jean n'avait pas bougé, derrière sa femme, si résolu à se tenir à l'écart, que son visage n'exprimait rien.

– Voyons, reprit le notaire, tâchons d'en finir, ne nous amusons pas.

Les deux sœurs, d'une commune entente, l'avaient choisi pour procéder à la licitation de la maison, des meubles et des bêtes. La vente par voie d'affiches fut fixée au deuxième dimanche du mois : elle se ferait dans son étude, et le cahier des charges portait que l'adjudicataire aurait le droit d'entrer en jouissance le jour même de l'adjudication. Enfin, après la vente, le notaire procéderait aux divers règlements de compte, entre les cohéritières. Tout cela fut accepté, sans discussion.

Mais, à ce moment, Fouan, qu'on attendait comme tuteur, fut introduit par un clerc, qui empêcha Jésus-Christ d'entrer, tellement le bougre était soûl. Bien que Françoise fût majeure depuis un mois, les comptes de tutelle n'étaient pas rendus encore, ce qui compliquait les choses ; et il devenait nécessaire de s'en débarrasser, pour dégager la responsabilité du vieux. Il les regardait, les uns et les autres, de ses petits yeux écarquillés ; il tremblait, dans sa peur croissante d'être compromis et de se voir traîné en justice.

Le notaire donna lecture du relevé des comptes. Tous l'écoutaient, les paupières battantes, anxieux de ne pas toujours comprendre, redoutant, s'ils laissaient passer un mot, que leur malheur ne fût dans ce mot.

– Avez-vous des réclamations à faire ? demanda M. Baillehache, quand il eut fini.

Ils restèrent effarés. Quelles réclamations ? Peut-être bien qu'ils oubliaient des choses, qu'ils y perdaient.

– Pardon, déclara brusquement la Grande, mais ça ne fait pas du tout le compte de Françoise, ça ! et faut vraiment que mon frère se bouche l'œil exprès, pour ne pas voir qu'elle est volée !

Fouan bégaya.

– Hein ? quoi ?... Je ne lui ai pas pris un sou, devant Dieu je le jure !

– Je dis que Françoise, depuis le mariage de sa sœur, ce qui fait depuis cinq ans bientôt, est restée dans le ménage comme servante, et qu'on lui doit des gages.

Buteau, à ce coup imprévu, sauta sur sa chaise. Lise elle-même étouffa.

– Des gages !... Comment ? à une sœur !... Ah bien ! ce serait trop cochon !

M. Baillehache dut les faire taire, en affirmant que la mineure avait parfaitement le droit de réclamer des gages, si elle le voulait.

– Oui, je veux, dit Françoise. Je veux tout ce qui est à moi.

– Et ce qu'elle a mangé, alors ? cria Buteau hors de lui. Ça ne traînait pas avec elle, le pain et la viande. On peut la tâter, elle n'est pas grasse de lécher les murs, la feignante !

– Et le linge, et les robes ? continua furieusement Lise. Et le blanchissage ? qu'en deux jours elle vous salissait une chemise, tellement elle suait !

Françoise, vexée, répondit :

– Si je suais tant que ça, c'est donc que je travaillais.

– La sueur, ça sèche, ça ne salit pas, ajouta la Grande.

De nouveau, M. Baillehache intervint. Et il leur expliqua que c'était un compte à faire, les gages d'un côté, la nourriture et l'entretien de l'autre. Il avait pris une plume, il essaya d'établir ce compte, sur leurs indications. Mais ce fut terrible. Françoise, soutenue par la Grande, avait des exigences, estimait son travail très cher, énumérait tout ce qu'elle faisait dans la maison, et les vaches, et le ménage, et la vaisselle, et les champs, où son beau-frère l'employait comme un homme. De leur côté, les Buteau, exaspérés, grossissaient la note des frais, comptaient les repas, mentaient sur les vêtements, réclamaient jusqu'à l'argent des cadeaux faits aux jours de fête. Pourtant, malgré leur âpreté, il arriva qu'ils redevaient cent quatre vingt-six francs. Ils en restèrent les mains tremblantes, les yeux enflammés, cherchant encore ce qu'ils pourraient déduire.

On allait accepter le chiffre, lorsque Buteau cria :

– Minute ! et le médecin, quand elle a eu son sang arrêté... Il est venu deux fois. Ça fait six francs.

La Grande ne voulut pas qu'on tombât d'accord sur cette victoire des autres, et elle bouscula Fouan, exigeant qu'il se souvînt des journées que la petite avait faites pour la ferme, autrefois, lorsqu'il demeurait dans la maison. Était-ce cinq ou six journées à trente sous ? Françoise criait six, Lise cinq, violemment, comme si elles se fussent jeté des pierres. Et le vieux, éperdu, donnait raison à l'une, donnait raison à l'autre, en se tapant le front de ses deux poings. Françoise l'emporta, le chiffre total fut de cent quatre-vingt-neuf francs.

– Alors, cette fois, c'est bien tout ? demanda le notaire.

Buteau, sur sa chaise, semblait anéanti, écrasé par ce compte qui grossissait toujours, ne luttant plus, se croyant au bout du malheur. Il murmura d'une voix dolente :

– Si l'on veut ma chemise, je vas l'ôter.

Mais la Grande réservait un dernier coup, terrible, quelque chose de gros et de bien simple, que tout le monde oubliait.

– Écoutez donc, et les cinq cents francs de l'indemnité, pour le chemin, là-haut ?

D'un saut, Buteau se trouva debout, les yeux hors de la tête, la bouche ouverte. Rien à dire, pas de discussion possible : il avait touché l'argent, il devait en rendre la moitié. Un instant, il chercha ; puis, ne trouvant pas de retraite, dans la folie qui montait et lui battait le crâne, il se rua brusquement sur Jean.

– Bougre de salop, qui a tué notre bonne amitié ! Sans toi, on serait encore en famille, tous collés, tous gentils !

Jean, très raisonnable dans son silence, dut se mettre sur la défensive.

– Touche pas ou je cogne !

Vivement, Françoise et Lise s'étaient levées, se plantant chacune devant son homme, le visage gonflé de leur haine lentement accrue, les ongles enfin dehors, prêtes à s'arracher la peau. Et une bataille générale, que ni la Grande ni Fouan ne semblaient disposés à empêcher, aurait sûrement fait voler les bonnets et les cheveux, si le notaire n'était sorti de son flegme professionnel.

– Mais, nom d'un chien ! attendez d'être dans la rue ! C'est agaçant, qu'on ne puisse tomber d'accord sans se battre !

Lorsque tous, frémissants, se tinrent tranquilles, il ajouta :

– Vous l'êtes, d'accord, n'est-ce pas ?... Eh bien ! je vais arrêter les comptes de tutelle, on les signera, puis nous procéderons à la vente de la maison, pour en finir... Allez-vous-en, et soyez sages, les bêtises coûtent cher, des fois !

Cette parole acheva de les calmer. Mais, comme ils sortaient, Jésus-Christ, qui avait attendu le père, insulta toute la famille, en gueulant que c'était une vraie honte, de fourrer un pauvre vieux dans ces sales histoires, pour le voler bien sûr ; et, attendri par l'ivresse, il l'emmena comme il l'avait amené, sur la paille d'une charrette, empruntée à un voisin. Les

Buteau filèrent d'un côté, la Grande poussa Jean et Françoise au Bon Laboureur, où elle se fit payer du café noir. Elle rayonnait.

– J'ai tout de même bien ri ! conclut-elle, en mettant le reste du sucre dans sa poche.

Ce jour-là encore, la Grande eut une idée. En rentrant à Rognes, elle courut s'entendre avec le père Saucisse, un de ses anciens amoureux, disait-on. Comme les Buteau avaient juré qu'ils pousseraient la maison, contre Françoise, jusqu'à y laisser la peau, elle s'était dit que, si le vieux paysan la poussait de son coté, les autres peut-être ne se méfieraient pas et la lui lâcheraient ; car il se trouvait leur voisin, il pouvait avoir l'envie de s'agrandir. Tout de suite, il accepta, moyennant un cadeau. Si bien que, le deuxième dimanche du mois, aux enchères, les choses se passèrent comme elle l'avait prévu. De nouveau, dans l'étude de maître Baillehache, les Buteau étaient d'un côté, Françoise et Jean de l'autre, avec la Grande ; et il y avait du monde, quelques paysans, venus avec l'idée vague d'acheter, si c'était pour rien. Mais, en quatre ou cinq enchères, jetées d'une voix brève par Lise et Françoise, la maison monta à trois mille cinq cents francs, ce qu'elle valait. Françoise, à trois mille huit, s'arrêta. Alors, le père Saucisse entra en scène, décrocha les quatre mille, mit encore cinq cents francs. Effarés, les Buteau se regardèrent : ce n'était plus possible, l'idée de tout cet argent les glaçait. Lise, pourtant, se laissa emporter jusqu'à cinq mille. Et elle fut écrasée, lorsque le vieux paysan, d'un seul coup, sauta à cinq mille deux. C'était fini, la maison lui fut adjugée à cinq mille deux cents francs. Les Buteau ricanèrent, cette grosse somme serait bonne à toucher, du moment que Françoise et son vilain bougre, eux aussi, étaient battus.

Cependant, lorsque Lise, de retour à Rognes, rentra dans cette antique demeure, où elle était née, où elle avait vécu, elle se mit à sangloter. Buteau, de même, étranglait, serré à la gorge, au point qu'il finit par se soulager sur elle, en jurant que, lui, aurait donné jusqu'au dernier poil de son corps ; mais ces sans-cœur de femmes, ça ne vous avait la bourse ouverte, comme les cuisses, que pour la godaille. Il mentait, c'était lui qui l'avait arrêtée ; et ils se battirent. Ah ! la pauvre vieille maison patrimoniale des Fouan, bâtie il y avait trois siècles par un ancêtre, aujourd'hui branlante, lézardée, tassée, raccommodée de toutes parts, le nez tombé en avant sous le souffle des grands vents de la Beauce ! Dire que la famille l'habitait depuis trois cents ans, qu'on avait fini par l'aimer et par l'honorer comme une vraie relique, si bien qu'elle comptait lourd dans les héritages ! D'une gifle, Buteau renversa Lise, qui se releva et faillit lui casser la jambe d'une ruade.

Le lendemain soir, ce fut autre chose, le coup de tonnerre éclata. Le père Saucisse étant allé, le matin, faire la déclaration de commande, Rognes sut, dès midi, qu'il avait acheté la maison pour le compte de Françoise, autorisée par Jean ; et non seulement la maison, mais encore les meubles, Gédéon et la Coliche. Chez les Buteau, il y eut un hurlement de douleur et de détresse, comme si la foudre était entrée. L'homme, la femme, tombés à terre, pleuraient, gueulaient, dans le désespoir sauvage de n'être pas les plus forts, d'avoir été joués par cette garce de gamine. Ce qui les affolait, c'était surtout d'entendre qu'on riait d'eux dans tout le village, tant ils avaient peu montré de malignité. Nom de Dieu ! s'être fait rouler ainsi, se laisser foutre à la porte de chez soi, en un tour de main ! Ah ! non, par exemple, on allait voir !

Quand la Grande se présenta, le soir même, au nom de Françoise, pour s'entendre poliment avec Buteau sur le jour où il comptait déménager, il la flanqua dehors, perdant toute prudence, répondant d'un seul mot.

– Merde !

Elle s'en alla très contente, elle lui cria simplement qu'on enverrait l'huissier. Dès le lendemain, en effet, Vimeux, pâle et inquiet, plus minable qu'à l'ordinaire, monta la rue, frappa avec précaution, guetté par les commères des maisons voisines. On ne répondit pas, il dut frapper plus fort, il osa appeler, en expliquant que c'était pour la sommation d'avoir à déguerpir. Alors, la fenêtre du grenier s'ouvrit, une voix gueula le mot, le même, l'unique.

– Merde !

Et un pot plein de la chose fut vidé. Trempé du haut en bas, Vimeux dut remporter la sommation. Rognes s'en tient encore les côtes.

Mais, tout de suite, la Grande avait emmené Jean à Châteaudun, chez l'avoué. Celui-ci leur expliqua qu'il fallait au moins cinq jours, avant d'en arriver à l'expulsion : le référé introduit, l'ordonnance rendue par le président, la levée au greffe de cette ordonnance, enfin l'expulsion, pour laquelle l'huissier se ferait aider des gendarmes, s'il le fallait. La Grande discuta afin de gagner un jour, et lorsqu'elle fut de retour à Rognes, comme on était au mardi, elle annonça partout que, le samedi soir, les Buteau seraient jetés dans la rue à coups de sabre, ainsi que des voleurs, s'ils n'avaient pas d'ici là quitté la maison de bonne grâce.

Quand on répéta la nouvelle à Buteau, il eut un geste de terrible menace. Il criait à qui voulait l'entendre qu'il ne sortirait pas vivant, que les soldats seraient obligés de démolir les murs, avant de l'en arracher. Et, dans le pays, on ne savait s'il faisait le fou, ou s'il l'était réellement devenu, tant sa colère touchait à l'extravagance. Il passait sur les routes, debout à l'avant de sa voiture, au galop de son cheval, sans répondre, sans crier gare ; même on l'avait rencontré la nuit, tantôt d'un côté, tantôt d'un autre, revenant on ne savait d'où, du diable bien sûr. Un homme, qui s'était approché, avait reçu un grand coup de fouet. Il semait la terreur, le village fut bientôt en continuelle alerte. On s'aperçut, un matin, qu'il s'était barricadé chez lui ; et des cris effroyables s'élevaient derrière les portes closes, des hurlements où l'on croyait reconnaître les voix de Lise et de ses deux enfants. Le voisinage en fut révolutionné, on tint conseil, un vieux paysan finit par se dévouer en appliquant une échelle à une fenêtre, pour monter voir. Mais la fenêtre s'ouvrit, Buteau renversa l'échelle et le vieux, qui faillit avoir les jambes rompues. Est-ce qu'on n'était pas libre chez soi ? Il brandissait les poings, il gueulait qu'il aurait leur peau à tous, s'ils le dérangeaient encore. Le pis fut que Lise se montra, elle aussi, avec les deux mioches, lâchant des injures, accusant le monde de mettre le nez où il n'avait que faire. On n'osa plus s'en mêler. Seulement, les transes grandirent à chaque nouveau vacarme, on venait écouter en frémissant les abominations qu'on entendait de la rue. Les malins croyaient qu'il avait son idée. D'autres juraient qu'il perdait la boule et que ça finirait par un malheur. Jamais on ne sut au juste.

Le vendredi, la veille du jour où l'on attendait l'expulsion, une scène surtout émotionna. Buteau, ayant rencontré son père près de l'église, se mit à pleurer comme un veau et s'agenouilla par terre, devant lui, en demandant pardon d'avoir fait la mauvaise tête, anciennement. C'était peut-être bien ça qui lui portait malheur. Il le suppliait de revenir loger chez eux, il semblait croire que ce retour seul pouvait y ramener la chance. Fouan, ennuyé de ce qu'il braillait, étonné de son apparent repentir, lui promit d'accepter un jour, quand tous les embêtements de la famille seraient terminés.

Enfin, le samedi arriva. L'agitation de Buteau était allée en croissant, il attelait et dételait du matin au soir sans raison ; et les gens se sauvaient, devant cet encagement de courses en voiture, qui ahurissait par son inutilité. Le samedi, dès huit heures, il attela une fois encore ; mais il ne sortit point, il se planta sur sa porte, appelant les voisins qui passaient, ricanant, sanglotant, hurlant son affaire en termes crus. Hein ? c'était rigolo tout de même d'être emmerdé par une petite garce qu'on avait eue pour traînée pendant cinq ans ! Oui, une putain ! et sa femme aussi ! deux fières putains, les deux sœurs, qui se battaient à qui y passerait la première ! Il revenait à ce mensonge, avec des détails ignobles, pour se venger. Lise étant sortie, une querelle atroce s'engagea, il la rossa devant le monde, la renvoya détendue et soulagée, contenté, lui aussi, d'avoir tapé fort. Et il restait sur la porte à guetter la justice, il goguenardait, l'insultait : est-ce qu'elle se faisait foutre en chemin, la justice ? Il ne l'attendait plus, il triomphait.

Ce fut seulement à quatre heures que Vimeux parut avec deux gendarmes. Buteau pâlit, ferma précipitamment la porte de la cour. Peut-être n'avait-il jamais cru qu'on irait jusqu'au bout. La maison tomba à un silence de mort. Insolent cette fois, sous la protection de la force armée, Vimeux frappa des deux poings. Rien ne répondait. Les gendarmes durent s'en mêler, ébranlèrent la vieille porte à coups de crosse. Toute une queue d'hommes, de femmes et d'enfants les avait suivis, Rognes entier était là, dans l'attente du siège annoncé. Et, brusquement, la porte se rouvrit, on aperçut Buteau debout à l'avant de sa voiture, fouettant son cheval, sortant au galop et poussant droit à la foule. Il clamait, au milieu des cris d'effroi :

– Je vas me noyer ! je vas me noyer !

C'était foutu, il parlait d'en finir, de se jeter dans l'Aigre, avec sa voiture, son cheval, tout !

– Gare donc ! je vas me noyer !

Une épouvante avait dispersé les curieux, devant les coups de fouet et le train emporté de la carriole. Mais, comme il la lançait sur la pente, à fracasser les roues, des hommes coururent pour l'arrêter. Cette sacrée tête de pioche était bien capable de faire le plongeon, histoire d'embêter les autres. On le rattrapa, il fallut batailler, sauter à la tête du cheval, monter dans la voiture. Quand on le ramena, il ne soufflait plus un mot, les dents serrées, tout le corps raidi, laissant s'accomplir le destin, dans la muette protestation de sa rage impuissante.

À ce moment, la Grande amenait Françoise et Jean, pour qu'ils prissent possession de la maison. Et Buteau se contenta de les regarder en face, du regard noir dont il suivait maintenant la fin de son malheur. Mais c'était le tour de Lise à crier, à se débattre, ainsi qu'une folle. Les gendarmes étaient là, qui lui répétaient de faire ses paquets et de filer. Fallait bien obéir, puisque son homme était assez lâche pour ne pas la défendre, en tapant dessus. Les poings aux hanches, elle tombait sur lui.

– Jean-foutre qui nous laisse flanquer à la rue ! T'as pas de cœur, dis ? que tu ne cognes pas sur ces cochons-là... Va donc, lâche, lâche ! t'es plus un homme !

Comme elle lui criait ça dans la face, exaspérée de son immobilité, il finit par la repousser si rudement, qu'elle en hurla. Mais il ne sortit point de son silence, il n'eut sur elle que son regard noir.

– Allons, la mère, dépêchons, dit Vimeux triomphant. Nous ne partirons que lorsque vous aurez remis les clefs aux nouveaux propriétaires.

Dès lors, Lise commença à déménager, dans un coup de fureur. Depuis trois jours, elle et Buteau avaient déjà porté beaucoup de choses, les outils, les gros ustensiles, chez leur voisine, la Frimat ; et l'on comprit qu'ils s'attendaient tout de même à l'expulsion, car ils s'étaient mis d'accord avec la vieille femme, qui, pour leur donner le temps de se retourner, leur louait son chez elle, trop grand, en s'y réservant seulement la chambre de son homme paralytique. Puisque les meubles étaient vendus avec la maison, et les bêtes aussi, il ne restait à Lise qu'à emporter son linge, son matelas, d'autres menues affaires. Tout dansa par la porte et les fenêtres, jusqu'au milieu de la cour, tandis que ses deux petits pleuraient en croyant leur dernier jour venu, Laure cramponnée à ses jupes, Jules étalé, vautré en plein déballage. Comme Buteau ne l'aidait même pas, les gendarmes, braves gens, se mirent à charger les paquets dans la voiture.

Mais tout se gâta encore, lorsque Lise aperçut Françoise et Jean, qui attendaient, derrière la Grande. Elle se rua, elle lâcha le flot amassé de sa rancune.

– Ah ! salope, tu es venue voir avec ton salop... Eh bien ! tu vois notre peine, c'est comme si tu nous buvais le sang... Voleuse, voleuse, voleuse !

Elle s'étranglait avec ce mot, elle revenait le jeter à sa sœur, chaque fois qu'elle apportait dans la cour un nouvel objet. Celle-ci ne répondait pas, très pâle, les lèvres amincies, les yeux brûlants ; et elle affectait d'être toute à une surveillance blessante, suivant des yeux les choses, pour voir si on ne lui emportait rien. Justement, elle reconnut un escabeau de la cuisine, compris dans la vente.

– C'est à moi, ça, dit-elle d'une voix rude.

– À toi ? alors, va le chercher ! répondit l'autre, qui envoya l'escabeau nager dans la mare.

La maison était libre. Buteau prit le cheval par la bride, Lise ramassa ses deux enfants, ses deux derniers paquets, Jules sur le bras droit, Laure sur le bras gauche ; puis, comme elle quittait enfin la vieille demeure, elle s'approcha de Françoise, elle lui cracha au visage.

– Tiens ! v'là pour toi !

Sa sœur, tout de suite, cracha aussi.

– V'là pour toi !

Et Lise et Françoise, dans cet adieu de haine empoisonnée, s'essuyèrent lentement sans se quitter du regard, détachées à jamais, n'ayant plus d'autre lien que la révolte ennemie de leur même sang.

Enfin, rouvrant la bouche, Buteau gueula le mot du départ, avec un geste de menace vers la maison.

– À bientôt, nous reviendrons !

La Grande les suivit, pour voir jusqu'au bout, décidée d'ailleurs, maintenant que ceux-là étaient par terre, à se tourner contre les autres, qui la lâchaient si vite et qu'elle trouvait déjà trop heureux. Longtemps, des groupes stationnèrent, causant à demi-voix. Françoise et Jean étaient entrés dans la maison vide.

Au moment où les Buteau, de leur côté, déballaient leurs nippes chez la Frimat, ils furent étonnés de voir paraître le père Fouan, qui demanda, suffoqué, effaré, avec un regard en arrière, comme si quelque malfaiteur le poursuivait :

– Y a-t-il un coin pour moi, ici ? Je viens coucher.

C'était toute une épouvante qui le faisait galoper, en fuite du Château. Il ne pouvait plus se réveiller la nuit, sans que la Trouille en chemise promenât dans la chambre sa maigre nudité de garçon, à la recherche des papiers, qu'il avait fini par cacher dehors, au fond d'un trou de roche, muré de terre. Jésus-Christ l'envoyait, cette garce, à cause de sa légèreté, de sa souplesse, pieds nus, se coulant partout, entre les chaises, sous le lit, ainsi qu'une couleuvre ; et elle se passionnait à cette chasse, persuadée que le vieux reprenait les papiers sur lui en s'habillant, furieuse de ne pas découvrir où il les déposait, avant de se coucher ; car il n'y avait certainement rien dans le lit, elle y enfonçait son bras mince, le sondait d'une main adroite, dont le grand-père devinait à peine le frôlement. Mais voilà qu'après le déjeuner, ce jour-là, il avait été pris d'une faiblesse, étourdi, culbuté près de la table. Et, en revenant à lui, si assommé encore qu'il ne rouvrait pas les yeux, il s'était retrouvé par terre, à la même place, il avait eu l'émotion de sentir que Jésus-Christ et la Trouille le déshabillaient. Au lieu de lui porter secours, les bougres n'avaient qu'une idée, profiter vite de l'occasion, le visiter. Elle surtout y mettait une brutalité colère, n'y allant plus doucement, tirant sur la veste, sur la culotte, et aïe donc ! regardant jusqu'à la peau, dans tous les trous, afin d'être sûre qu'il n'y avait pas fourré son magot. Des deux poings elle le retournait, lui écartait les membres, le fouillait comme une vieille poche vide. Rien ! Où donc avait-il sa cachette ? C'était à l'ouvrir pour voir dedans ! Une telle terreur d'être assassiné, s'il bougeait, l'avait saisi, qu'il continuait de feindre l'évanouissement, les paupières closes, les jambes et les bras morts. Seulement, lâché enfin, libre, il s'était enfui, bien résolu à ne pas coucher au Château.

– Alors, vous avez un coin pour moi ? demanda-t-il encore.

Buteau semblait ragaillardi par ce retour imprévu de son père. C'était de l'argent qui revenait.

– Mais bien sûr, vieux ! On se serrera donc ! Ça nous portera chance... Ah ! nom de Dieu ! je serais riche, s'il ne s'agissait que d'avoir du cœur !

Françoise et Jean étaient entrés lentement dans la maison vide. La nuit tombait, une dernière lueur triste éclairait les pièces silencieuses. Tout cela était très ancien, ce toit patrimonial qui avait abrité le travail et la misère de trois siècles ; si bien que quelque chose de grave traînait là, comme dans l'ombre des vieilles églises de village. Les portes étaient restées ouvertes, un coup d'orage semblait avoir soufflé sous les poutres, des chaises gisaient par terre, en déroute, au milieu de la débâcle du déménagement. On aurait dit une maison morte.

Et Françoise, à petits pas, faisait le tour, regardait partout. Des sensations confuses, des souvenirs vagues s'éveillaient en elle. À cette place, elle avait joué enfant. C'était dans la cuisine, près de la table, que son père était mort. Dans la chambre, devant le lit sans paillasse, elle se rappela Lise et Buteau, les soirs où ils se prenaient si rudement, qu'elle les entendait souffler à travers le plafond. Est-ce que, maintenant encore, ils allaient la tourmenter ? Elle sentait bien que Buteau était toujours présent. Ici, il l'avait empoignée un soir, et elle l'avait mordu. Là aussi, là aussi. Dans tous les coins, elle retrouvait des idées qui l'emplissaient de trouble.

Puis, comme Françoise se retournait, elle resta surprise d'apercevoir Jean. Que faisait-il donc chez eux, cet étranger ? il avait un air de gêne, il paraissait en visite, n'osant toucher à rien. Une sensation de solitude la désola, elle fut désespérée de ne pas être plus joyeuse de sa victoire. Elle aurait cru entrer là en criant de contentement, en triomphant derrière le dos de sa sœur. Et la maison ne lui faisait pas plaisir, elle avait le cœur barbouillé de malaise. C'était peut-être ce jour si mélancolique qui tombait. Elle et son homme finirent par se trouver dans la nuit noire, rôdant toujours d'une pièce à une autre, sans avoir eu même le courage d'allumer une chandelle.

Mais un bruit les ramena dans la cuisine, et ils s'égayèrent en reconnaissant Gédéon, qui, entré comme à son habitude, fouillait le buffet resté ouvert. La vieille Coliche meuglait, à côté, au fond de l'étable.

Alors, Jean, prenant Françoise entre ses bras, la baisa doucement, comme pour dire qu'on allait tout de même être heureux.

Cinquième partie

I

Avant les labours d'hiver, la Beauce, à perte de vue, se couvrait de fumier, sous les ciels pâlis de septembre. Du matin au soir, un charriage lent s'en allait par les chemins de campagne, des charrettes débordantes de vieille paille consommée, qui fumaient, d'une grosse vapeur, comme si elles eussent porté de la chaleur à la terre. Partout, les pièces se bossuaient de petits tas, la mer houleuse et montante des litières d'étable et d'écurie ; tandis que, dans certains champs, on venait d'étendre les tas, dont le flot répandu ombrait au loin le sol d'une salissure noirâtre. C'était la poussée du printemps futur qui coulait avec cette fermentation des purins ; la matière décomposée retournait à la matrice commune, la mort allait refaire de la vie ; et, d'un bout à l'autre de la plaine immense, une odeur montait, l'odeur puissante de ces fientes, nourrices du pain des hommes.

Une après-midi, Jean conduisit à sa pièce des Cornailles une forte voiture de fumier. Depuis un mois, lui et Françoise étaient installés, et leur existence avait pris le train actif et monotone des campagnes. Comme il arrivait, il aperçut Buteau, dans la pièce voisine, une fourche aux mains, occupé à étaler les tas, déposés là l'autre semaine. Les deux hommes échangèrent un regard oblique. Souvent, ils se rencontraient, ils se trouvaient ainsi forcés de travailler côte à côte, puisqu'ils étaient voisins ; et Buteau souffrait surtout, car la part de Françoise, arrachée de ses trois hectares, laissait un tronçon à gauche et un tronçon à droite, ce qui l'obligeait à de continuels détours. Jamais ils ne s'adressaient la parole. Peut-être bien que, le jour où éclaterait une querelle, ils se massacreraient.

Jean, cependant, s'était mis à décharger le fumier de sa voiture. Monté dedans, il la vidait à la fourche, enfoncé jusqu'aux hanches, lorsque, sur la route, Hourdequin passa, en tournée depuis midi. Le fermier avait gardé un bon souvenir de son serviteur. Il s'arrêta, il causa, l'air vieilli, la face ravagée de chagrins, ceux de la ferme et d'autres encore.

– Jean, pourquoi donc n'avez-vous pas essayé des phosphates ?

Et, sans attendre la réponse, il continua de parler comme pour s'étourdir, longtemps. Ces fumiers, ces engrais, la vraie question de la bonne culture était là. Lui avait essayé de tout, il venait de traverser cette crise, cette folie des fumiers qui enfièvre parfois les agriculteurs. Ses expériences se succédaient, les herbes, les feuilles, le marc de raisin, les tourteaux de navette et de colza ; puis encore, les os concassés, la chair cuite et broyée, le sang desséché, réduit en poussière ; et son chagrin était de ne pouvoir tenter du sang liquide, n'ayant point d'abattoir aux environs.

Il employait maintenant les raclures de routes, les curures de fossés, les cendres et les escarbilles de fourneaux, surtout les déchets de laine, dont il avait acheté le balayage dans une draperie de Châteaudun. Son principe était que tout ce qui vient de la terre est bon à renvoyer, à la terre. Il avait installé de vastes trous à compost derrière sa ferme, il y entassait les ordures du pays entier, ce que la pelle ramassait au petit bonheur, les charognes, les putréfactions des coins de borne et des eaux croupies. C'était de l'or.

– Avec les phosphates, reprit-il, j'ai eu parfois de bons résultats.

– On est si volé ! répondit Jean.

– Ah ! certainement, si vous achetez aux voyageurs de hasard qui font les petits marchés de campagne... Sur chaque marché, il faudrait un chimiste expert, chargé d'analyser ces engrais chimiques, qu'il est si difficile d'avoir purs de toute fraude... L'avenir est là sûrement, mais avant que vienne l'avenir, nous serons tous crevés. On doit avoir le courage de pâtir pour d'autres.

La puanteur du fumier que Jean remuait, l'avait un peu ragaillardi. Il l'aimait, la respirait avec une jouissance de bon mâle, comme l'odeur même du cuit de la terre.

– Sans doute, continua-t-il après un silence, il n'y a encore rien qui vaille le fumier de ferme. Seulement, on n'en a jamais assez. Et puis, on l'abîme, on ne sait ni le préparer, ni l'employer... Tenez ! ça se voit, celui-ci a été brûlé par le soleil. Vous ne le couvrez pas.

Et il s'emporta contre la routine, lorsque Jean lui confessa qu'il avait gardé l'ancien trou des Buteau, devant l'étable. Lui, depuis quelques années, chargeait les diverses couches, dans sa fosse, de lits de terre et de gazon. Il avait en outre établi un système de tuyaux pour amener à la purinière les eaux de vaisselle, les urines des bêtes et des gens, tous les égouts de la ferme ; et, deux fois par semaine, on arrosait la fumière avec la pompe à purin. Enfin, il en était à utiliser précieusement la vidange des latrines.

– Ma foi, oui ! c'est trop bête de perdre le bien du bon Dieu ! J'ai longtemps été comme nos paysans, j'avais des idées de délicatesse là-dessus. Mais la mère Caca m'a converti... Vous la connaissez, la mère Caca, votre voisine ? Eh bien ! elle seule est dans le vrai, le chou au pied duquel elle a vidé son pot, est le roi des choux, et comme grosseur, et comme saveur. Il n'y a pas à dire, tout sort de là.

Jean se mit à rire, en sautant de sa voiture qui était vide et en commençant à diviser son fumier par petits tas. Hourdequin le suivait, au milieu de la buée chaude qui les noyait tous les deux.

– Quand on pense que la vidange seule de Paris pourrait fertiliser trente mille hectares ! Le calcul a été fait. Et on la perd, à peine en employait-on une faible partie sous forme de poudrette... Hein ? trente mille hectares ! Voyez-vous ça ici, voyez-vous la Beauce couverte et le blé grandir !

D'un geste large, il avait embrassé l'étendue, l'immense Beauce plate. Et lui, dans sa passion, voyait Paris, Paris entier, lâcher la bonde de ses fosses, le fleuve fertilisateur de l'engrais humain. Des rigoles partout s'emplissaient, des nappes s'étalaient dans chaque labour, la mer des excréments montait en plein soleil, sous de larges souffles qui en vivifiaient l'odeur. C'était la grande ville qui rendait aux champs la vie qu'elle en avait reçue. Lentement, le sol buvait cette fécondité, et de la terre gorgée, engraissée, le pain blanc poussait, débordait, en moissons géantes.

– Faudrait peut-être bien un bateau, alors ! dit Jean, que cette idée nouvelle de la submersion des plaines par les eaux de vidange amusait et dégoûtait.

Mais, à ce moment, une voix lui fit tourner la tête. Il s'étonna de reconnaître Lise debout dans sa carriole, arrêtée au bord de la route, criant à Buteau, de toute sa force :

– Dis donc, je vas à Cloyes chercher M. Finet... Le père est tombé raide dans sa chambre. Je crois qu'il claque... Rentre un peu voir, toi.

Et, sans même attendre la réponse, elle fouetta le cheval, elle repartit, diminuée et dansante au loin, sur la route toute droite.

Buteau, sans hâte, acheva d'étaler ses derniers tas. Il grognait. Le père malade, en voilà un embêtement ! Peut-être bien que ce n'était qu'une frime, histoire de se faire dorloter. Puis, l'idée que ça devait être sérieux tout de même, pour que la femme eût pris sur elle la dépense du médecin, le décida à remettre sa veste.

– Celui-là le pèse, son fumier ! murmura Hourdequin, intéressé par la fumure de la pièce voisine. À paysan avare, terre avare... Et un vilain bougre, dont vous ferez bien de vous méfier, après vos histoires avec lui... Comment voulez-vous que ça marche, quand il y a tant de salopes et tant de coquins sur la terre ? Elle a assez de nous, parbleu !

Il s'en alla vers la Borderie, repris de tristesse, au moment même où Buteau rentrait à Rognes, de son pas lourd. Et Jean, resté seul, termina sa besogne, déposant tous les dix mètres des fourchées de fumier, qui dégageaient un redoublement de vapeurs ammoniacales. D'autres tas fumaient au loin, noyaient l'horizon d'un fin brouillard bleuâtre. Toute la Beauce en restait tiède et odorante, jusqu'aux gelées.

Les Buteau étaient toujours chez la Frimat, où ils occupaient la maison, sauf la pièce du rez-de-chaussée, sur le derrière, qu'elle s'était réservée pour elle et pour son homme paralytique. Ils s'y trouvaient trop à l'étroit, leur regret était surtout de ne plus avoir de potager ; car, naturellement, elle gardait le sien, ce coin qui lui suffisait à nourrir et à dorloter l'infirme. Cela les aurait fait déménager, en quête d'une installation plus large, s'ils ne s'étaient aperçus que leur voisinage exaspérait Françoise. Seul, un mur mitoyen séparait les deux héritages. Et ils affectaient de dire très haut, afin d'être entendus, qu'ils campaient là, qu'ils allaient pour sûr rentrer chez eux, à côté, au premier jour. Alors, inutile, n'est-ce pas ? de se donner le souci d'un nouveau dérangement ? Pourquoi, comment rentreraient-ils ? ils ne s'expliquaient point, et c'était cet aplomb, cette certitude folle, basée sur des choses inconnues, qui jetait Françoise hors d'elle, gâtant sa joie d'être restée maîtresse de la maison ; sans compter que sa sœur Lise plantait des fois une échelle contre le mur, pour lui crier de vilaines paroles. Depuis le règlement définitif des comptes, chez M. Baillehache, elle se prétendait volée, elle ne tarissait pas en accusations abominables, lancées d'une cour à l'autre.

Lorsque Buteau arriva enfin, il trouva le père Fouan étalé sur son lit, dans le recoin qu'il occupait derrière la cuisine, sous l'escalier du fenil. Les deux enfants le gardaient, Jules âgé de huit ans déjà, Laure de trois, jouant par terre à faire des ruisseaux, avec la cruche du vieux, qu'ils vidaient.

– Eh bien ! quoi donc ? demanda Buteau, debout devant le lit.

Fouan avait repris connaissance. Ses yeux grands ouverts se tournèrent avec lenteur, regardèrent fixement ; mais il ne remua pas la tête, il semblait pétrifié.

– Dites donc, père, y a trop de besogne, pas de bêtises !... Faut pas vous raidir aujourd'hui.

Et, comme Laure et Jules venaient de casser la cruche, il leur allongea une paire de gifles qui les fit hurler. Le vieux n'avait pas refermé les paupières, regardait toujours, de ses prunelles élargies et fixes. Rien à faire, alors, puisqu'il ne gigotait pas plus que ça. On verrait bien ce que le médecin dirait. Il regretta d'avoir quitté son champ, il se mit à fendre du bois devant la porte, histoire de s'occuper.

Du reste, Lise, presque tout de suite, ramena M. Finet, qui examina longuement le malade, pendant qu'elle et son homme attendaient, d'un air d'inquiétude. La mort du vieux les eût débarrassés, si le mal l'avait tué d'un coup ; mais, à cette heure, ça pouvait durer longtemps, ça coûterait gros peut-être ; et, s'il claquait avant qu'ils eussent son magot, Fanny et Jésus-Christ viendraient les embêter bien sûr. Le silence du médecin acheva de les troubler. Quand il se fut assis dans la cuisine, pour rédiger une ordonnance, ils se décidèrent à lui poser des questions.

– Alors, c'est donc du sérieux ?... Possible que ça dure huit jours, hein ?... Mon Dieu ! qu'il y en a long ! qu'est-ce que vous lui écrivez là-dessus ?

M. Finet ne répondait pas, habitué à ces interrogations des paysans que la maladie bouleverse, ayant pris le parti sage de les traiter comme les chevaux, sans entrer en conversation avec eux. Il avait une grande pratique des cas fréquents, il les tirait généralement d'affaire, mieux que ne l'aurait fait un homme de plus de science. Mais la médiocrité où il les accusait de l'avoir réduit, le rendait dur pour eux, ce qui augmentait leur déférence, malgré le continuel doute qu'ils gardaient sur l'efficacité de ses potions. Ça ferait-il autant de bien que ça coûterait d'argent ?

– Alors, reprit Buteau, effrayé devant la page d'écriture, vous croyez qu'avec tout ça il ira mieux ?

Le médecin se contenta de hausser les épaules. Il était retourné devant le malade, intéressé, surpris de constater un peu de fièvre, après ce cas léger de congestion cérébrale. Les yeux sur sa montre, il recompta les battements du pouls, sans même essayer d'obtenir une indication du vieux, qui le regardait de son air hébété. Et, lorsqu'il s'en alla, il dit simplement :

– C'est une affaire de trois semaines... Je reviendrai demain. Ne vous étonnez pas s'il bat la campagne cette nuit.

Trois semaines ! Les Buteau n'avaient entendu que cela, et ils demeurèrent consternés. Que d'argent, s'il y avait tous les soirs une queue pareille de remèdes ! Le pis était que Buteau dut à son tour monter dans la carriole, pour courir chez le pharmacien de Cloyes. C'était un samedi ; la Frimat, qui revenait de vendre ses légumes, trouva Lise seule, si désolée, qu'elle piétinait, sans rien faire ; et la vieille aussi se désespéra, en apprenant l'histoire : elle n'avait jamais eu de chance, elle aurait au moins profité du médecin pour son vieux, par-dessus le marché, si cela était arrivé un autre jour. Déjà, la nouvelle s'était répandue dans Rognes, car l'on vit accourir la Trouille, effrontée ; et elle refusa de partir, avant d'avoir touché la main de son grand-père, elle retourna dire à Jésus-Christ qu'il n'était pas mort, sûrement. Tout de suite, derrière cette gourgandine, la Grande parut, envoyée évidemment par Fanny ; celle-là se planta devant le lit de son frère, le jugea à la fraîcheur de l'œil, comme les anguilles de l'Aigre ; puis, elle s'en alla, avec un froncement du nez, en ayant l'air de regretter que ce ne fût pas pour ce coup-ci. Dès lors, la famille ne se dérangea plus. Pourquoi faire, puisqu'il y avait gros à parier qu'il en réchapperait ?

Jusqu'à minuit, la maison fut en l'air. Buteau était rentré d'une humeur exécrable. Il y avait des sinapismes pour les jambes, une potion à prendre d'heure en heure, une purge, en cas de mieux, le lendemain matin. La Frimat aida volontiers ; mais, à dix heures, tombant de sommeil, médiocrement intéressée, elle se coucha. Buteau, qui désirait en faire autant, bousculait Lise. Qu'est-ce qu'ils fichaient là ? Bien sûr que de regarder le vieux, ça ne le soulageait point. Il divaguait maintenant, causait tout haut de choses qui n'avaient guère de suite, devait se croire dans les champs, où il travaillait dur, ainsi qu'aux jours lointains de son bel âge. Et Lise, mal à l'aise de ces vieilles histoires bégayées à voix basse, comme si le père fût enterré déjà et qu'il revînt, allait suivre son mari, qui se déshabillait, lorsqu'elle songea à ranger les vêtements du malade, restés sur une chaise. Elle les secoua avec soin, après avoir longuement fouillé les poches, dans lesquelles elle ne découvrit qu'un mauvais couteau et de la ficelle. Ensuite, comme elle les accrochait au fond du placard, elle aperçut en plein milieu d'une planche, lui crevant les yeux, un petit paquet de papiers. Elle en eut une crampe au cœur : le magot ! le magot tant guetté depuis un mois, cherché dans des endroits extraordinaires, et qui se présentait là, ouvertement, sous sa main ! C'était donc que le vieux voulait le changer de cachette, quand le mal l'avait culbuté ?

– Buteau ! Buteau ! appela-t-elle, si serrée à la gorge, qu'il accourut en chemise, croyant que son père passait.

Lui aussi resta suffoqué d'abord. Puis, une joie folle les emporta tous les deux, ils se prirent par les mains, ils sautèrent l'un devant l'autre comme des chèvres, oubliant le malade, qui, les yeux fermés maintenant, la tête clouée dans l'oreiller, dévidait sans fin les bouts de fil rompus de son délire. Il labourait.

– Eh ! là, rosse, veux-tu !... Ça n'a pas trempé, c'est du caillou, nom de Dieu !... Les bras s'y cassent, faudra en acheter d'autres... Dia hue ! bougre !

– Chut ! murmura Lise, qui se tourna en tressaillant.

– Ah ! ouiche ! répondit Buteau, est-ce qu'il sait ? Tu ne l'entends donc pas dire des bêtises ?

Ils s'assirent près du lit, les jambes brisées, tant la secousse de leur joie venait d'être forte.

– D'ailleurs, reprit-elle, on ne pourra pas nous accuser d'avoir fouillé, car Dieu m'est témoin que je n'y songeais guère, à son argent ! Il m'a sauté dans la main... Voyons voir.

Lui, déjà, dépliait les papiers, additionnait à voix haute.

– Deux cent trente, et soixante-dix, trois cents tout ronds... C'est bien ça, j'avais calculé juste, à cause du trimestre, des quinze pièces de cent sous, l'autre fois, chez le percepteur... C'est du cinq pour cent. Hein ? est-ce drôle que des petits papiers si vilains, ça soit de l'argent tout de même, aussi solide que le vrai !

Mais Lise, de nouveau, le fit taire, effrayée d'un brusque ricanement du vieux, qui peut-être bien en était à la grande moisson, celle, sous Charles X, qu'on n'avait pu serrer, faute de place.

– Y en a ! y en a !... Ç'en est farce, tant y en a !... Ah ! bon sang ! quand y en a, y en a !

Et son rire étranglé avait l'air d'un râle, sa joie devait être tout au fond, car rien n'en paraissait sur sa face immobile.

– C'est des idées d'innocent qui lui passent, dit Buteau en haussant les épaules.

Il y eut un silence, tous les deux regardaient les papiers, réfléchissant.

– Alors, quoi ? finit par murmurer Lise, faut les remettre, hein ?

Mais, d'un geste énergique, il refusa.

– Oh ! si, si, faut les remettre... Il les cherchera, il criera, ça nous ferait une belle histoire, avec les autres cochons de ta famille.

Elle s'interrompit une troisième fois, saisie d'entendre le père pleurer. C'était une misère, un désespoir immense, des sanglots qui semblaient venir de toute sa vie, et sans qu'on sût pourquoi, car il répétait seulement d'une voix de plus en plus creuse :

– C'est foutu... c'est foutu... c'est foutu...

– Et tu crois, reprit violemment Buteau, que je vas laisser ses papiers à ce vieux-là qui perd la boule !... Pour qu'il les déchire ou qu'il les brûle, ah ! non, par exemple !

– Ça, c'est bien vrai, murmura-t-elle.

– Alors, en v'là assez, couchons-nous... S'il les demande, je lui répondrai, j'en fais mon affaire. Et que les autres ne m'embêtent pas !

Ils se couchèrent, après avoir à leur tour caché les papiers sous le marbre d'une vieille commode, ce qui leur semblait plus sûr qu'au fond d'un tiroir fermé à clef. Le père, laissé seul, sans chandelle, de crainte du feu, continua à causer et à sangloter toute la nuit, dans son délire.

Le lendemain, M. Finet le trouva plus calme, mieux qu'il ne l'espérait. Ah ! ces vieux chevaux de labour, ils ont l'âme chevillée au corps ! La fièvre qu'il avait crainte, semblait écartée. Il ordonna du fer, du quinquina, des drogues de riche, dont la cherté consterna de nouveau le ménage ; et, comme il partait, il eut à se débattre contre la Frimat, qui l'avait guetté.

– Mais, ma brave femme, je vous ai déjà dit que votre homme et cette borne, c'est la même chose... Je ne peux pas faire grouiller les pierres, que diable !... Vous savez comment ça finira, n'est-ce pas ? et le plus vite sera le meilleur, pour lui et pour vous.

Il fouetta son cheval, elle tomba assise sur la borne, en larmes. Sans doute, c'était long déjà, d'avoir soigné son homme depuis douze ans ; et ses forces s'en allaient avec l'âge, elle tremblait de ne pouvoir bientôt plus cultiver son coin de terre ; mais, n'importe ! ça lui retournait le cœur, l'idée de perdre le vieil infirme qui était devenu comme son enfant, qu'elle portait, changeait, gâtait de friandises. Le bon bras dont il se servait encore, s'engourdissait lui aussi, si bien que, maintenant, c'était elle qui devait lui planter la pipe dans la bouche.

Au bout de huit jours, M. Finet fut étonné de voir Fouan debout, mal solide, mais s'obstinant à marcher, parce que, disait-il, ce qui empêche de mourir, c'est de ne pas vouloir. Et Buteau, derrière le médecin, ricanait, car il avait supprimé les ordonnances, dès la seconde, déclarant que le plus sûr était de laisser le mal se manger lui-même. Pourtant, le jour du marché, Lise eut la faiblesse de rapporter une potion ordonnée la veille ; et, comme le docteur venait le lundi, pour la dernière fois, Buteau lui conta que le vieux avait failli rechuter.

– Je ne sais pas ce qu'ils ont fichu dans votre bouteille, ça l'a rendu bougrement malade.

Ce fut ce soir-là que Fouan se décida à parler. Depuis qu'il se levait, il piétinait d'un air anxieux dans la maison, la tête vide, ne se rappelant plus où il avait bien pu cacher ses papiers. Il furetait, fouillait partout, faisait des efforts désespérés de mémoire. Puis, un vague souvenir lui revint : peut-être qu'il ne les avait pas cachés, qu'ils étaient restés là, sur la planche. Mais, quoi ? s'il se trompait, si personne ne les avait pris, allait-il donc lui-même donner l'éveil, avouer l'existence de cet argent, péniblement amassé autrefois, dissimulé ensuite avec tant de soin ? Pendant deux jours encore, il lutta, combattu entre la rage de cette brusque disparition et la nécessité où il s'était mis de ne pas en ouvrir la bouche. Les faits pourtant se précisaient, il se souvenait que, le matin de son attaque, il avait posé le paquet à cette place, en attendant de le glisser, au plafond, dans la fente d'une poutre, qu'il venait de découvrir de son lit, les yeux en l'air. Et, dépouillé, torturé, il lâcha tout.

On avait mangé la soupe du soir. Lise rangeait les assiettes, et Buteau, goguenard, qui suivait son père des yeux depuis le jour où il s'était relevé, s'attendait à l'affaire, se balançait sur sa chaise, en se disant que ça y était cette fois, tant il le voyait excité et malheureux. En effet, le vieux, dont les jambes molles chancelaient à battre obstinément la pièce, se planta tout d'un coup devant lui.

– Les papiers ? demanda-t-il d'une voix rauque, qui s'étranglait.

Buteau cligna les paupières, l'air profondément surpris, comme s'il ne comprenait pas.

– Hein ? qu'est-ce que vous dites ?... Les papiers, quels papiers ?

– Mon argent ! gronda le vieux, terrible, la taille redressée, très haute.

– Votre argent, vous avez donc de l'argent, à cette heure ?... Vous juriez si fort que nous avions trop coûté, qu'il ne vous restait pas un sou... Ah ! sacré malin, vous avez de l'argent !

Il se balançait toujours, il ricanait, très amusé, triomphant de son flair jadis, car il était le premier qui eût senti le magot.

Fouan tremblait de tous ses membres.

– Rends-le-moi.

– Que je vous le rende ? est-ce que je l'ai, est-ce que je sais seulement où il est, votre argent ?

– Tu me l'as volé, rends-le-moi, nom de Dieu ! ou je vas te le faire cracher de force !

Et, malgré son âge, il le prit aux épaules, le secoua. Mais le fils, alors, se leva, l'empoigna à son tour, sans le bousculer, uniquement pour lui gueuler violemment dans la figure :

– Oui, je l'ai et je le garde... Je vous le garde, entendez-vous, vieille bête, dont la boule déménage !... Et, vrai ! il était temps de vous les prendre, ces papiers que vous alliez déchirer... N'est-ce pas, Lise, qu'il les déchirait ?

– Oh ! aussi sûr que j'existe. Quand on ne sait pas ce qu'on fait !

Saisi, Fouan s'effrayait de cette histoire. Est-ce qu'il était fou, pour ne se souvenir de rien ? S'il avait voulu détruire les papiers, comme un gamin qui joue avec des images, c'était donc qu'il faisait sous lui et qu'il devenait bon à tuer ? La poitrine cassée, il n'avait plus ni courage ni force. Il bégaya, en pleurant :

– Rends-les-moi, dis ?

– Non !

– Rends-les-moi, puisque je vas mieux.

– Non ! non !

– Pour que vous vous torchiez avec ou que vous en allumiez votre pipe, merci !

Et, dès lors, les Buteau refusèrent obstinément de se dessaisir des titres. Ils en parlaient ouvertement d'ailleurs, ils racontaient tous un drame, comment ils étaient arrivés juste pour les retirer des mains du malade, au moment où il les entamait. Un soir même, ils montrèrent à la Frimat la coche de la déchirure. Qui aurait pu leur en vouloir, d'empêcher un tel malheur, de l'argent mis en miettes, perdu pour tout le monde ? On les approuvait à voix haute, bien qu'au fond on les soupçonnât de mentir. Jésus-Christ, surtout, ne dérageait pas : dire que ce magot, introuvable chez lui, avait du premier coup été déniché par les autres ! et il l'avait tenu un jour dans sa main, il avait eu la bêtise de le respecter ! Vrai ! ce n'était pas la peine de passer pour une fripouille. Aussi jurait-il d'exiger des comptes de son frère, lorsque le père claquerait. Fanny, également, disait qu'il faudrait compter. Mais les Buteau n'allaient pas à l'encontre, à moins, bien entendu, que le vieux ne reprît son argent et n'en disposât.

Fouan, de son côté, en se traînant de porte en porte, conta partout l'affaire. Dès qu'il pouvait arrêter un passant, il se lamentait sur son misérable sort. Et ce fut ainsi qu'un matin, il entra dans la cour voisine, chez sa nièce.

Françoise y aidait Jean à charger une voiture de fumier. Tandis que lui, au fond de la fosse, la vidait à la fourche, elle, en haut, recevait les paquets, les tassait des talons, pour qu'il en tînt davantage.

Debout devant eux, le vieux, appuyé sur sa canne, avait commencé sa plainte.

– Hein ? est-ce vexant tout de même, de l'argent à moi, qu'ils m'ont pris et qu'ils ne veulent pas me rendre !... Qu'est-ce que vous feriez, vous autres ?

Trois fois, Françoise lui laissa répéter la question. Elle était très ennuyée qu'il vînt causer ainsi, elle le recevait froidement, désireuse d'éviter tout sujet de querelle avec les Buteau.

– Vous savez, mon oncle, finit-elle par répondre, ça ne nous regarde pas, nous sommes trop heureux d'en être sortis, de cet enfer !

Et, lui tournant le dos, elle continua de fouler dans la voiture, ayant du fumier jusqu'aux cuisses, submergée presque, quand son homme lui en envoyait des coups sur coup. Elle disparaissait alors au milieu de la vapeur chaude, à l'aise et le cœur d'aplomb, dans l'asphyxie de cette fosse remuée.

– Car je ne suis pas fou, ça se voit, n'est-ce pas ? poursuivit Fouan, sans paraître l'avoir entendue. Ils devraient me le rendre, mon argent... Vous autres, est-ce que vous me croyez capable de le détruire ?

Ni Françoise ni Jean ne soufflèrent mot.

– Faudrait être fou, hein ? et je ne suis pas fou... Vous pourriez en témoigner, vous autres.

Brusquement, elle se redressa, en haut de la voiture chargée ; et elle avait l'air très grand, saine et forte, comme si elle eût poussé là, et que cette odeur de fécondité fût sortie d'elle. Les mains sur les hanches, la gorge ronde, elle était maintenant une vraie femme.

– Ah ! non, ah ! non, mon oncle, en v'là assez ! Je vous ai dit de ne pas nous mêler à toutes ces gueuseries... Et, tenez ! puisque nous en sommes là-dessus, vous feriez peut-être bien de ne plus venir nous voir.

– C'est donc que tu me renvoies ? demanda le vieux, tremblant.

Jean crut devoir intervenir.

– Non, c'est que nous ne voulons pas de dispute. On en aurait pour trois jours à s'empoigner, si l'on vous apercevait ici... Chacun sa tranquillité, n'est-ce pas ?

Fouan restait immobile, à les regarder l'un après l'autre de ses pauvres yeux pâles. Puis, il s'en alla.

– Bon ! si j'ai besoin d'un secours, faudra que j'aille autre part que chez vous.

Et ils le laissèrent partir, le cœur mal à l'aise, car ils n'étaient point méchants encore ; mais quoi faire ? ça ne l'aurait aidé en rien, et eux sûrement y auraient perdu l'appétit et le sommeil. Pendant que son homme allait chercher son fouet, elle, soigneusement, avec une pelle, ramassa les fientes tombées et les rejeta sur la voiture.

Le lendemain, une scène violente éclata entre Fouan et Buteau. Chaque jour, du reste, l'explication recommençait sur les titres, l'un répétant son éternel : Rends-les-moi ! avec l'obstination de l'idée fixe, l'autre refusant d'un : Foutez-moi la paix ! toujours le même. Mais peu à peu les choses se gâtaient, depuis surtout que le vieux cherchait où son fils avait bien pu cacher le magot. C'était son tour de visiter la maison entière, de sonder les boiseries des armoires, de taper contre les murs, pour entendre s'ils sonnaient le creux. Continuellement, ses regards erraient d'un coin à un autre, dans sa préoccupation unique ; et, dès qu'il se trouvait seul, il écartait les enfants, il se remettait à ses fouilles, avec le coup de passion d'un galopin qui saute sur la servante, aussitôt que les parents n'y sont plus. Or, ce jour-là, comme Buteau rentrait à l'improviste, il aperçut Fouan par terre, étendu tout de son long sur le ventre, et le nez sous la commode, en train d'étudier s'il n'y avait pas là une cachette. Cela le jeta hors de lui, car le père brûlait : ce qu'il cherchait dessous était dessus, caché et comme scellé par le gros poids du marbre.

– Nom de Dieu de vieux toqué ! V'là que vous faites le serpent !... Voulez-vous bien vous relever !

Il le tira par les jambes, le remit debout d'une bourrade.

– Ah çà ! est-ce fini de coller votre œil à tous les trous ? J'en ai assez, de sentir la maison épluchée jusque dans les fentes !

Fouan, vexé d'avoir été surpris, le regarda, répéta en s'enrageant tout d'un coup de colère :

– Rends-les-moi !

– Foutez-moi la paix ! lui gueula Buteau dans le nez.

– Alors, je souffre trop ici, je m'en vais.

– C'est ça, fichez le camp, bon voyage ! et si vous revenez, nom de Dieu ! c'est que vous n'avez pas de cœur !

Il l'avait empoigné par le bras, il le flanqua dehors.

II

Fouan descendit la côte. Sa colère s'était brusquement calmée, il s'arrêta, en bas, sur la route, hébété de se trouver dehors, sans savoir où aller. Trois heures sonnèrent à l'église, un vent humide glaçait cette grise après-midi d'automne ; et il grelottait, car il n'avait pas même ramassé son chapeau, tant la chose s'était vite faite. Heureusement, il avait sa canne. Un instant, il remonta vers Cloyes ; puis il se demanda où il allait de ce côté, il rentra dans Rognes, du pas dont il s'y traînait d'habitude. Devant chez Macqueron, l'idée lui vint de boire un verre ; mais il se fouillait, il n'avait pas un sou, la honte le prit de se montrer, dans la peur qu'on ne connût déjà l'histoire. Justement, il lui sembla que Lengaigne, debout sur sa porte, le regardait de biais, comme on regarde les va-nu-pieds des grands chemins. Lequeu, derrière les vitres d'une des fenêtres de l'école, ne le salua pas. Ça se comprenait, il retombait dans le mépris de tous, maintenant qu'il n'avait plus rien, dépouillé de nouveau, et cette fois jusqu'à la peau de son corps.

Quand il fut arrivé à l'Aigre, Fouan s'adossa un moment contre le parapet du pont. La pensée de la nuit qui se ferait bientôt, le tracassait. Où coucher ? Pas même un toit. Le chien des Bécu qu'il vit passer, lui fit envie, car cette bête-là, au moins, savait le trou de paire où elle dormirait. Lui, cherchait confusément, ensommeillé dans la détente de sa colère. Ses paupières s'étaient closes, il tâchait de se rappeler les coins abrités, protégés du froid. Cela tournait au cauchemar, tout le pays défilait, nu, balayé de coups de vent. Mais il se secoua, se réveilla, en un sursaut d'énergie. Fallait point se désespérer de la sorte. On ne laisserait pas crever dehors un homme de son âge.

Machinalement, il traversa le pont et se trouva devant la petite ferme des Delhomme. Tout de suite, quand il s'en aperçut, il obliqua, tourna derrière la maison, pour qu'on ne le vît point. Là, il fit une nouvelle pause, collé contre le mur de l'étable, dans laquelle il entendait causer Fanny, sa fille. Était-ce donc qu'il avait songé à se remettre chez elle ? lui-même n'aurait pu le dire, ses pieds seuls l'avaient conduit. Il revoyait l'intérieur du logis, comme s'il y était rentré, la cuisine à gauche, sa chambre au premier, au bout du fenil. Un attendrissement lui coupait les jambes, il aurait défailli, si le mur ne l'avait soutenu. Longtemps, il resta immobile, sa vieille échine calée contre cette maison. Fanny parlait toujours dans l'étable, sans qu'il pût distinguer les mots : c'était peut-être ce gros bruit étouffé qui lui remuait le cœur. Mais elle devait quereller une servante, sa voix se haussa, il l'entendit, sèche et dure, sans paroles grossières, dire des choses si blessantes à cette malheureuse, qu'elle en sanglotait. Et il en souffrait lui aussi, son émotion s'en était allée, il se raidissait, à la certitude que, s'il avait poussé la porte, sa fille l'aurait accueilli de cette voix mauvaise. Il s'imagina, qu'elle répétait : « Papa, il viendra nous demander à genoux de le reprendre ! », la phrase qui avait coupé tous liens entre eux, à jamais, comme d'un coup de hache. Non, non ! plutôt mourir de faim, plutôt coucher derrière une haie, que de la voir triompher, de son air fier de femme sans reproche ! Il décolla son dos de la muraille, il s'éloigna péniblement.

Pour ne pas reprendre la route, Fouan qui se croyait guetté par tout le monde, remonta la rive droite de l'Aigre, après le pont, et se trouva bientôt au milieu des vignes. Son idée devait être de gagner ainsi la plaine, en évitant le village. Seulement, il arriva qu'il dut passer à côté du Château, où ses jambes semblaient aussi l'avoir ramené, dans cet instinct des vieilles bêtes de somme qui retournent aux écuries où elles ont eu leur avoine. La montée l'étouffait, il s'assit à l'écart, soufflant, réfléchissant. Sûrement que, s'il avait dit à Jésus-Christ : « Je vas me plaindre en justice, aide-moi contre Buteau », le bougre l'aurait reçu à cul ouvert ; et l'on aurait fait une sacrée noce, le soir. Du coin où il était, il flairait justement une ripaille, quelque soûlerie qui durait depuis le matin. Attiré, le ventre creux, il s'approcha, il reconnut la voix de Canon, sentit l'odeur des haricots rouges à l'étuvée, que la Trouille cuisinait si bien, quand son père voulait fêter une apparition du camarade. Pourquoi ne serait-il pas entré godailler avec les deux chenapans, qu'il écoutait brailler dans la fumée des pipes, bien au chaud, tellement soûls, qu'il les jalousait ? Une brusque détonation de Jésus-Christ lui alla au cœur, il avançait la main vers la porte, lorsque le rire aigu de la Trouille le paralysa. C'était la Trouille maintenant qui l'épouvantait, il la revoyait toujours, maigre, en chemise, se jetant sur lui avec sa nudité de couleuvre, le fouillant, le mangeant. Et, alors, à quoi bon, si le père l'aidait à ravoir ses papiers ? la fille serait là pour les lui reprendre sous la peau. Tout d'un coup, la porte s'ouvrit, la gueuse venait jeter un regard dehors, ayant flairé quelqu'un. Il n'avait eu que le temps de se jeter derrière les buissons, il se sauva, en distinguant, dans la nuit tombante, ses yeux verts qui luisaient.

Lorsque Fouan fut en plaine, sur le plateau, il éprouva une sorte de soulagement, sauvé des autres, heureux d'être seul et d'en crever. Longtemps, il rôda au hasard. La nuit s'était faite, le vent glacé le flagellait. Parfois, à certains grands souffles, il devait tourner le dos, l'haleine coupée, sa tête nue hérissée de ses rares cheveux blancs. Six heures sonnèrent, tout le monde mangeait dans Rognes ; et il avait une faiblesse des membres, qui ralentissait sa marche. Entre deux bourrasques, une averse tomba, drue, cinglante. Il fut trempé, marcha encore, en reçut deux autres. Et, sans savoir comment, il se trouva sur la place de l'Église, devant l'antique maison patrimoniale des Fouan, celle que Françoise et Jean occupaient à cette heure. Non ! il ne pouvait s'y réfugier, on l'avait aussi chassé de là. La pluie redoublait, si rude, qu'une lâcheté l'envahit. Il s'était approché de la porte des Buteau, à côté, guettant la cuisine, d'où sortait une odeur de soupe aux choux. Tout son pauvre corps y revenait se soumettre, un besoin physique de manger, d'avoir chaud, l'y poussait. Mais, dans le bruit des mâchoires, des mots échangés l'arrêtèrent.

– Et le père, s'il ne rentrait point ?

– Laisse donc ! il est trop sur sa gueule, pour ne pas rentrer quand il aura faim !

Fouan s'écarta, avec la crainte qu'on ne l'aperçût à cette porte, comme un chien battu qui retourne à sa pâtée. Il était suffoqué de honte, une résolution farouche le prenait de se laisser mourir dans un coin. On verrait bien s'il était sur sa gueule ! Il redescendit la côte, il s'affaissa au bout d'une poutre, devant la maréchalerie de Clou. Ses jambes ne pouvaient plus le porter, il s'abandonnait, dans le noir et le désert de la route, car les veillées étaient commencées, le mauvais temps avait fait clore les maisons, pas une âme n'y semblait vivre. Maintenant, les averses calmaient le vent, la pluie ruisselait droite, continue, d'une violence de déluge. Il ne se sentait pas la force de se relever et de chercher un abri. Sa canne entre les genoux, son crâne lavé par l'eau, il demeurait immobile, stupide de tant de misère. Même il ne réfléchissait point, c'était comme ça : quand on n'avait ni enfants, ni maison, ni rien, on se serrait le ventre, on couchait dehors. Neuf heures sonnèrent, puis dix. La pluie continuait, fondait ses vieux os. Mais des lanternes parurent, filèrent rapidement : c'était la sortie des veillées, et il eut un réveil encore, en reconnaissant la Grande qui revenait de chez les Delhomme, où elle économisait sa chandelle. Il se leva d'un effort dont ses membres craquèrent, il la suivit de loin, n'arriva pas assez vite pour entrer en même temps qu'elle. Devant la porte refermée, il hésitait, le cœur défaillant. Enfin, il frappa, il était trop malheureux.

Il faut dire qu'il tombait mal, car la Grande était d'une humeur féroce, à la suite de toute une histoire malheureuse qui l'avait dérangée, l'autre semaine. Un soir qu'elle se trouvait seule avec son petit-fils Hilarion, elle avait eu l'idée de lui faire fendre du bois, pour tirer encore de lui ce travail, avant de l'envoyer à la paille ; et, comme il besognait mollement, elle restait là, au fond du bûcher, à le couvrir d'injures. Jusqu'à cette heure, dans son aplatissement d'épouvante, cette brute stupide et contrefaite, aux muscles de taureau, avait laissé sa grand-mère abuser de ses forces, sans même oser lever les yeux sur elle. Depuis quelques jours pourtant, elle aurait dû se méfier, car il frémissait sous les corvées trop rudes, des chaleurs de sang raidissaient ses membres. Elle eut le tort, pour l'exciter, de le frapper à la nuque, du bout de sa canne. Il lâcha la cognée, il la regarda. Irritée de cette révolte, elle le cinglait aux flancs, aux cuisses, partout, lorsque, brusquement, il se rua sur elle. Alors, elle se crut renversée, piétinée, étranglée ; mais non, il avait trop jeûné depuis la mort de sa sœur Palmyre, sa colère se tournait en une rage de mâle, n'ayant conscience ni de la parenté ni de l'âge, à peine du sexe. La brute la violait, cette aïeule de quatre-vingt-neuf ans, au corps de bâton séché, où seule demeurait la carcasse fendue de la femelle. Et, solide encore, inexpugnable, la vieille ne le laissa pas faire, put saisir la cognée, lui ouvrit le crâne, d'un coup. À ses cris, des voisins accouraient, elle conta l'histoire, donna des détails : un rien de plus, et elle y passait, le bougre était au bord. Hilarion ne mourut que le lendemain. Le juge était venu ; puis, il y avait eu l'enterrement ; enfin, toutes sortes d'ennuis, dont elle se trouvait heureusement remise, très calme, mais ulcérée de l'ingratitude du monde et bien résolue à ne plus jamais rendre un service à ceux de sa famille.

Fouan dut frapper trois fois, si peureusement, que la Grande n'entendait point. Enfin, elle revint, elle se décida à demander :

– Qui est là ?

– Moi.

– Qui, toi ?

– Moi, ton frère.

Sans doute, elle avait reconnu la voix tout de suite, et elle ne se pressait pas, pour le plaisir de le forcer à causer. Un silence s'était fait, elle demanda de nouveau :

– Qu'est-ce que tu veux ?

Il tremblait, il n'osait répondre. Alors, brutalement, elle rouvrit ; mais, comme il entrait, elle barra la porte de ses bras maigres, elle le laissa dans la rue, sous la pluie battante, dont le ruissellement triste n'avait pas cessé.

– Je le sais, ce que tu veux. On est venu me dire ça, à la veillée... Oui, tu as eu la bêtise de te faire manger encore, tu n'as pas même su garder l'argent de ta cachette, et tu veux que je te ramasse, hein ?

Puis, voyant qu'il s'excusait, bégayait des explications, elle s'emporta.

– Si je ne t'avais pas averti ! Mais te l'ai-je assez répété qu'il fallait être bête et lâche pour renoncer à sa terre !... Tant mieux, si te voilà tel que je le disais, chassé par tes gueux d'enfants, courant la nuit comme un mendiant qui n'a pas même une pierre à lui pour dormir !

Les mains tendues, il pleura, il essaya de l'écarter. Elle tenait bon, elle achevait de se vider le cœur.

– Non, non ! va demander un lit à ceux qui t'ont volé. Moi, je ne te dois rien. La famille m'accuserait encore de me mêler de ses affaires... D'ailleurs, ce n'est point tout ça, tu as donné ton bien, jamais je ne pardonnerai...

Et, redressée, avec son cou flétri et ses yeux ronds d'oiseau de proie, elle lui jeta la porte sur la face, violemment.

– C'est bien fait, crève dehors !

Fouan resta là, raidi, immobile, devant cette porte impitoyable, pendant que, derrière lui, la pluie continuait avec son roulement monotone. Enfin, il se retourna, il se renfonça dans la nuit d'encre, que noyait cette chute lente et glacée du ciel.

Où alla-t-il ? Il ne se le rappela jamais bien. Ses pieds glissaient dans les flaques, ses mains tâtonnaient pour ne pas se heurter contre les murs et les arbres. Il ne pensait plus, ne savait plus, ce coin de village, dont il connaissait chaque pierre, était comme un lieu lointain, inconnu, terrible, où il se sentait étranger et perdu, incapable de se conduire. Il obliqua à gauche, craignit des trous, revint à droite, s'arrêta frissonnant, menacé de toutes parts. Et, ayant rencontré une palissade, il la suivit jusqu'à une petite porte, qui céda. Le sol se dérobait, il roula dans un trou. Là, on était bien, la pluie ne pénétrait pas, il faisait chaud ; mais un grognement l'avait averti, il était avec un cochon, qui, dérangé, croyant à de la nourriture, lui poussait déjà son groin dans les côtes. Une lutte s'engagea, il était si faible, que la peur d'être dévoré le fit sortir. Alors, ne pouvant aller plus loin, il se coucha contre la porte, ramassé, roulé en boule, pour que l'avancement du toit le protégeât de l'eau. Des gouttes quand même continuèrent à lui tremper les jambes, des souffles lui glaçaient sur le corps ses vêtements mouillés. Il enviait le cochon, il serait retourné avec lui, s'il ne l'avait pas entendu, derrière son dos, manger la porte, avec des reniflements voraces.

Au petit jour, Fouan sortit de la somnolence douloureuse où il s'était anéanti. Une honte le reprenait, la honte de se dire que son histoire courait le pays, que tous le savaient par les routes, comme un pauvre. Quand on n'a plus rien, il n'y a pas de justice, il n'y a pas de pitié à attendre. Il fila le long des haies, avec l'inquiétude de voir une fenêtre s'ouvrir, quelque femme matinale le reconnaître. La pluie tombait toujours, il gagna la plaine, se cacha au fond d'une meule. Et la journée entière se passa pour lui à fuir de la sorte, d'abri en abri, dans un tel effarement, qu'au bout de deux heures, il se croyait découvert et changeait de trou. L'unique idée, maintenant, qui lui battait le crâne, était de savoir si ce serait bien long de mourir. Il souffrait moins du froid, la faim surtout le torturait, il allait pour sûr mourir de faim. Encore une nuit, encore un jour, peut-être. Tant qu'il fit clair, il ne faiblit pas, il aimait mieux finir ainsi que de retourner chez les Buteau. Mais une angoisse affreuse l'envahit avec le crépuscule qui tombait, une terreur de recommencer l'autre nuit, sous ce déluge entêté. Le froid le reprenait jusque dans les os, la faim lui rongeait la poitrine, intolérable. Lorsque le ciel fut noir, il se sentit comme noyé, emporté par ces ténèbres ruisselantes ; sa tête ne commandait plus, ses jambes marchaient toutes seules, la bête l'emmenait ; et ce fut alors que, sans l'avoir voulu, il se retrouva dans la cuisine des Buteau, dont il venait de pousser la porte.

Justement, Buteau et Lise achevaient la soupe aux choux de la veille. Lui, au bruit, avait tourné la tête, et il regardait Fouan, silencieux, fumant dans ses vêtements trempés. Un long temps se passa, il finit par dire, avec un ricanement :

– Je savais bien que vous n'auriez pas de cœur.

Le vieux, fermé, figé, n'ouvrit pas les lèvres, ne prononça pas un mot.

– Allons, la femme, donne-lui tout de même la pâtée, puisque la faim le ramène.

Déjà, Lise s'était levée et avait apporté une écuelle de soupe. Mais Fouan reprit l'écuelle, alla s'asseoir à l'écart, sur un tabouret, comme s'il avait refusé de se mettre à la table, avec ses enfants ; et, goulûment, par grosses cuillerées, il avala. Tout son corps tremblait, dans la violence de sa faim. Buteau, lui, achevait de dîner sans hâte, se balançant sur sa chaise, piquant de loin des morceaux de fromage, qu'il mangeait au bout de son couteau. La gloutonnerie du vieillard l'occupait, il suivait la cuillère des yeux, il goguenarda.

– Dites donc, ça paraît vous avoir ouvert l'appétit, cette promenade au frais. Mais faudrait pas se payer ça tous les jours, vous coûteriez trop à nourrir.

Le père avalait, avalait, avec un bruit rauque du gosier, sans une parole.

Et le fils continua :

– Ah ! ce bougre de farceur qui découche ! Il est peut-être allé voir les garces... C'est donc ça qui vous a creusé, hein ?

Pas de réponse encore, le même entêtement de silence, rien que la déglutition violente des cuillerées qu'il engouffrait.

– Eh ! je vous parle, cria Buteau irrité, vous pourriez bien me faire la politesse de répondre.

Fouan ne leva même pas de la soupe ses yeux fixes et troubles. Il ne semblait ni entendre ni voir, isolé, à des lieues, comme s'il avait voulu dire qu'il était revenu manger, que son ventre était là, mais que son cœur n'y était plus. Maintenant, il raclait le fond de l'écuelle avec la cuillère, rudement, pour ne rien perdre de sa portion.

Lise, remuée par cette grosse faim, se permit d'intervenir.

– Lâche-le, puisqu'il veut faire le mort.

– C'est qu'il ne va pas recommencer à se foutre de moi ! reprit rageusement Buteau. Une fois, ça passe. Mais, vous entendez, sacré têtu ? que l'histoire d'aujourd'hui vous serve de leçon ! Si vous m'embêtez encore, je vous laisse crever de faim sur la route !

Fouan, ayant fini, quitta péniblement sa chaise ; et, toujours muet, de ce silence de tombe qui paraissait grandir, il tourna le dos, il se traîna sous l'escalier, jusqu'à son lit, où il se jeta tout vêtu. Le sommeil l'y foudroya, il dormit à l'instant, sans un souffle, sous un écrasement de plomb. Lise, qui vint le voir, retourna dire à son homme qu'il était peut-être bien mort. Mais Buteau, s'étant dérangé, haussa les épaules. Ah ! ouiche, mort ! est-ce que ça mourait comme ça ? Fallait seulement qu'il eût tout de même roulé, pour être dans un état pareil. Le lendemain matin, lorsqu'ils entrèrent jeter un coup d'œil, le vieux n'avait pas bougé ; et il dormait encore le soir, et il ne se réveilla qu'au matin de la seconde nuit, après trente-six heures d'anéantissement.

– Tiens ! vous rev'là ! dit Buteau en ricanant. Moi qui croyais que ça continuerait, que vous ne mangeriez plus de pain !

Le vieux ne le regarda pas, ne répondit pas, et sortit s'asseoir sur la route, pour prendre l'air.

Alors, Fouan s'obstina. Il semblait avoir oublié les titres qu'on refusait de lui rendre ; du moins, il n'en causait plus, il ne les cherchait plus, indifférent peut-être, en tout cas résigné ; mais sa rupture était complète avec les Buteau, il restait dans son silence, comme séparé et enseveli. Jamais, dans aucune circonstance, pour aucune nécessité, il ne leur adressait la parole. La vie demeurait commune, il couchait là, mangeait là, il les voyait, les coudoyait du matin au soir ; et pas un regard, pas un mot, l'air d'un aveugle et d'un muet, la promenade traînante d'une ombre, au milieu de vivants. Lorsqu'on se fut lassé de s'occuper de lui, sans en tirer un souffle, on le laissa à son obstination. Buteau, Lise elle-même, cessèrent également de lui parler, le tolérant autour d'eux comme un meuble qui aurait changé de place, finissant par perdre la conscience nette de sa présence. Le cheval et les deux vaches comptaient davantage.

De toute la maison, Fouan n'eut plus qu'un ami, le petit Jules, qui achevait sa neuvième année. Tandis que Laure, âgée de quatre ans, le regardait avec les yeux durs de la famille, se dégageait de ses bras, sournoise, rancunière, comme si elle eût déjà condamné cette bouche inutile, Jules se plaisait dans les jambes du vieux. Et il demeurait le dernier lien qui le rattachait à la vie des autres, il servait de messager, quand la nécessité d'un oui ou d'un non devenait absolue. Sa mère l'envoyait, et il rapportait la réponse, car le grand-père, pour lui seul, sortait de son silence. Dans l'abandon où il tombait, l'enfant en outre, ainsi qu'une petite ménagère, l'aidait à faire son lit le matin, se chargeait de lui donner sa portion de soupe, qu'il mangeait près de la fenêtre sur ses genoux, n'ayant jamais voulu reprendre sa place, à la table. Puis, ils jouaient ensemble. Le bonheur de Fouan était d'emmener Jules par la main, de marcher longtemps, droit devant eux ; et, ces jours-là, il se soulageait de ce qu'il renfonçait en lui, il en disait, il en disait, à étourdir son compagnon, ne parlant déjà plus qu'avec difficulté, perdant l'usage de sa langue, depuis qu'il cessait de s'en servir. Mais le vieillard qui bégayait, le gamin qui n'avait d'autres idées que les nids et les mûres sauvages, se comprenaient très bien à causer, durant des heures. Il lui enseigna à poser des gruaux, il lui fabriqua une petite cage, pour y enfermer des grillons. Cette frêle main d'enfant dans la sienne, par les chemins vides de ce pays où il n'avait plus ni terre ni famille, c'était tout ce qui le soutenait, le faisait se plaire à vivre encore un peu.

Du reste, Fouan était comme rayé du nombre des vivants, Buteau agissait en son lieu et place, touchait et signait, sous le prétexte que le bonhomme perdait la tête. La rente de cent cinquante francs, provenant de la vente de la maison, lui était payée directement par M. Baillehache. Il n'avait eu qu'un ennui avec Delhomme, qui s'était refusé à verser les deux cents francs de la pension, entre des mains autres que celles de son père ; et Delhomme exigeait donc la présence de celui-ci ; mais il n'avait pas le dos tourné, que Buteau raflait la monnaie. Cela faisait trois cent cinquante francs, auxquels, disait-il d'une voix geignarde, il devait en ajouter autant et davantage, sans arriver à nourrir le vieux. Jamais il ne reparlait des titres ; ça dormait là, on verrait plus tard. Quant aux intérêts, ils passaient toujours, selon lui, à tenir l'engagement avec le père Saucisse, quinze sous chaque matin, pour l'achat à viager d'un arpent de terre. Il criait qu'on ne pouvait pas lâcher ce contrat, qu'il y avait trop d'argent engagé. Pourtant, le bruit courait que le père Saucisse, terrorisé, menacé d'un mauvais coup, avait consenti à le rompre, en lui rendant la moitié des sommes touchées, mille francs sur deux mille ; et, si ce vieux filon se taisait, c'était par une vanité de gueux qui ne voulait point avoir été roulé à son tour. Le flair de Buteau l'avertissait que le père Fouan mourrait le premier : une supposition qu'on lui aurait donné une chiquenaude, à coup sûr, il ne se serait pas relevé.

Une année s'écoula, et Fouan, tout en déclinant chaque jour, durait quand même. Ce n'était plus le vieux paysan propret, avec son cuir bien rasé, ses pattes de lièvre correctes, portant des blouses neuves et des pantalons noirs. Dans sa face amincie, décharnée, il ne restait que son grand nez osseux, qui s'allongeait vers la terre. Un peu chaque année, il s'était courbé davantage, et maintenant il allait, les reins cassés, n'ayant bientôt qu'à faire la culbute finale, pour tomber dans la fosse. Il se traînait sur deux bâtons, envahi d'une barbe blanche, longue et sale, usant les vêtements troués de son fils, si mal tenu, qu'il en était répugnant au soleil, ainsi que ces vieux rôdeurs de route en haillons, dont on s'écarte. Et, au fond de cette déchéance, la bête seule persistait, l'animal humain, tout entier à l'instinct de vivre. Une voracité le faisait se jeter sur sa soupe, jamais contenté, volant jusqu'aux tartines de Jules, si le petit ne les défendait pas. Aussi le réduisait-on, même on en profitait pour ne plus le nourrir assez, sous le prétexte qu'il en crèverait. Buteau l'accusait de s'être perdu, au Château, dans la compagnie de Jésus-Christ, ce qui était vrai ; car cet ancien paysan sobre, dur à son corps, vivant de pain et d'eau, avait pris là des habitudes de godaille, le goût de la viande et de l'eau-de-vie, tellement les vices se gagnent vite, lors même que c'est un fils qui débauche son père. Lise avait dû enfermer le vin, en le voyant disparaître. Les jours où l'on mettait un pot-au-feu, la petite Laure restait en faction autour. Depuis que le vieux avait fait la dette d'une tasse de café chez Lengaigne, celui-ci et Macqueron étaient prévenus qu'on ne les payerait pas, s'ils lui servaient des consommations à crédit. Il gardait toujours son grand silence tragique, mais parfois, lorsque son écuelle n'était pas pleine, lorsqu'on enlevait le vin sans lui donner sa part, il fixait longuement sur Buteau des yeux irrités, dans la rage impuissante de son appétit.

– Oui, oui, regardez-moi, disait Buteau, si vous croyez que je nourris les bêtes à ne rien foutre ! Quand on aime la viande, on la gagne, bougre de goinfre !... Hein ? n'avez-vous pas honte d'être tombé dans la débauche à votre âge !

Fouan, qui n'était pas retourné chez les Delhomme par un entêtement d'orgueil, ulcéré du mot que sa fille avait dit, en arriva à tout endurer des

Buteau, les mauvaises paroles, même les bourrades. Il ne songeait plus à ses autres enfants ; il s'abandonnait là, dans une telle lassitude, que l'idée de s'en tirer ne lui venait point : ça ne marcherait pas mieux ailleurs, à quoi bon ? Fanny, lorsqu'elle le rencontrait, passait raide, ayant juré de ne jamais lui reparler la première. Jésus-Christ, meilleur enfant, après lui avoir gardé rancune de la sale façon dont il avait quitté le Château, s'était amusé un soir à le griser abominablement chez Lengaigne, puis à le ramener ainsi devant sa porte : une histoire terrible, la maison en l'air, Lise obligée de laver la cuisine, Buteau jurant qu'une autre fois il le ferait coucher sur le fumier ; de sorte que le vieux, craintif, se méfiait maintenant de son aîné, au point d'avoir le courage de refuser les rafraîchissements. Souvent aussi, il voyait la Trouille avec ses oies, quand il s'asseyait dehors, au bord d'un chemin. Elle s'arrêtait, le fouillait de ses yeux minces, causait un instant, tandis que ses bêtes, derrière elle, l'attendaient, debout sur une patte, le cou en arrêt. Mais, un matin, il constata qu'elle lui avait volé son mouchoir, et, dès lors, du plus loin qu'il l'aperçut, il agita ses bâtons pour la chasser. Elle rigolait, s'amusait à lancer ses oies sur lui, ne se sauvait que lorsqu'un passant menaçait de la gifler, si elle ne laissait pas son grand-père tranquille.

Cependant, jusque-là, Fouan avait pu marcher, et c'était une consolation, car il s'intéressait encore à la terre, il montait toujours revoir ses anciennes pièces, dans cette manie des vieux passionnés que hantent leurs maîtresses d'autrefois. Il errait lentement par les routes, de sa marche blessée de vieil homme ; il s'arrêtait au bord d'un champ, demeurait des heures planté sur ses cannes ; puis, il se traînait devant un autre, s'y oubliait de nouveau, immobile, pareil à un arbre poussé là, desséché de vieillesse. Ses yeux vides ne distinguaient plus nettement ni le blé, ni l'avoine, ni le seigle. Tout se brouillait, et c'étaient des souvenirs confus qui se levaient du passé : cette pièce, en telle année, avait rapporté tant d'hectolitres. Même les dates, les chiffres finissaient par se confondre. Il ne lui restait qu'une sensation vive, persistante : la terre, la terre qu'il avait tant désirée, tant possédée, la terre à qui, pendant soixante ans, il avait tout donné, ses membres, son cœur, sa vie, la terre ingrate, passée aux bras d'un autre mâle, et qui continuait de produire sans lui réserver sa part ! Une grande tristesse le poignait, à cette idée qu'elle ne le connaissait plus, qu'il n'avait rien gardé d'elle, ni un sou ni une bouchée de pain, qu'il lui fallait mourir, pourrir en elle, l'indifférente qui, de ses vieux os, allait se refaire de la jeunesse. Vrai ! pour en arriver là, nu et infirme, ça ne valait guère la peine de s'être tué au travail ! Quand il avait rôdé ainsi autour de ses anciennes pièces, il se laissait tomber sur son lit, dans une telle lassitude, qu'on ne l'entendait même plus souffler.

Mais ce dernier intérêt qu'il prenait à vivre, s'en allait avec ses jambes. Bientôt, il lui devint si pénible de marcher, qu'il ne s'écarta guère du village. Par les beaux jours, il avait trois ou quatre stations préférées : les poutres devant la maréchalerie de Clou, le pont de l'Aigre, un banc de pierre près de l'école ; et il voyageait lentement de l'une à l'autre, mettant une heure pour faire deux cents mètres, tirant sur ses sabots comme sur des voitures lourdes, déhanché, déjeté, dans le roulis cassé de ses reins. Souvent, il s'oubliait l'après-midi entière au bout d'une poutre, accroupi, à boire le soleil. Une hébétude l'immobilisait, les yeux ouverts. Des gens passaient qui ne le saluaient plus, car il devenait une chose. Sa pipe même lui était une fatigue, il cessait de fumer, tant elle pesait à ses gencives, sans compter que le gros travail de la bourrer et de l'allumer, l'épuisait. Il avait l'unique désir de ne pas bouger de place, glacé, grelottant, dès qu'il remuait, sous l'ardent soleil de midi. C'était, après la volonté et l'autorité mortes, la déchéance dernière, une vieille bête souffrant, dans son abandon, la misère d'avoir vécu une existence d'homme. D'ailleurs, il ne se plaignait point, fait à cette idée du cheval fourbu, qui a servi et qu'on abat, quand il mange inutilement son avoine. Un vieux, ça ne sert à rien et ça coûte. Lui-même avait souhaité la fin de son père. Si, à leur tour, ses enfants désiraient la sienne, il n'en ressentait ni étonnement ni chagrin. Ça devait être.

Lorsqu'un voisin lui demandait :

– Eh bien ! père Fouan, vous allez donc toujours ?

– Ah ! grognait-il, c'est bougrement long de crever, et ce n'est pourtant pas la bonne volonté qui manque !

Et il disait vrai, dans son stoïcisme de paysan qui accepte la mort, qui la souhaite, dès qu'il redevient nu et que la terre le reprend.

Une souffrance encore l'attendait. Jules se dégoûta de lui, détourné par la petite Laure. Celle-ci, lorsqu'elle le voyait avec le grand-père, semblait jalouse. Il les embêtait, ce vieux ! c'était plus amusant de jouer ensemble. Et, si son frère ne la suivait pas, elle se pendait à ses épaules, l'emmenait. Ensuite, elle se faisait si gentille, qu'il en oubliait son service de ménagère complaisante. Peu à peu, elle se l'attacha complètement, en vraie femme déjà qui s'était donné la tâche de cette conquête.

Un soir, Fouan était allé attendre Jules devant l'école, si las, qu'il avait songé à lui, pour remonter la côte. Mais Laure sortit avec son frère ; et, comme le vieux, de sa main tremblante, cherchait la main du petit, elle eut un rire méchant.

– Le v'là encore qui t'embête, lâche-le donc !

Puis, se tournant vers les autres galopins :

– Hein ? est-il couenne de se laisser embêter !

Alors, Jules, au milieu des huées, rougit, voulut faire l'homme, s'échappa d'un saut, en criant le mot de sa sœur à son vieux compagnon de promenades :

– Tu m'embêtes !

Effaré, les yeux obscurcis de larmes, Fouan trébucha, comme si la terre lui manquait, avec cette petite main qui se retirait de lui. Les rires augmentaient, et Laure força Jules à danser autour du vieillard, à chanter sur un air de ronde enfantine :

– Tombera, tombera pas... son pain sec mangera, qui le ramassera...

Fouan, défaillant, mit près de deux heures à rentrer seul, tant il traînait les pieds, sans force. Et ce fut la fin, l'enfant cessa de lui apporter sa soupe et de faire son lit, dont la paillasse n'était pas retournée une fois par mois. Il n'eut même plus ce gamin à qui causer, il s'enfonça dans l'absolu silence, sa solitude se trouva élargie et complète. Jamais un mot, sur rien, à personne.

III

Les labours d'hiver tiraient à leur fin, et par cette après-midi de février, sombre et froide, Jean, avec sa charrue, venait d'arriver à sa grande pièce des Cornailles, où il lui restait à faire deux bonnes heures de besogne. C'était un bout de la pièce qu'il voulait semer de blé, une variété écossaise de poulard, une tentative que lui avait conseillée son ancien maître Hourdequin, en mettant même à sa disposition quelques hectolitres de semence.

Tout de suite, Jean enraya, à la place où il avait dérayé la veille ; et, faisant mordre le soc, les mains aux mancherons de la charrue, il jeta à son cheval le cri rauque dont il l'excitait.

– Dia hue ! hep !

Des pluies battantes, après de grands soleils, avaient durci l'argile du sol, si profondément, que le soc et le coutre détachaient avec peine la bande qu'ils tranchaient, dans ce labour à plein fer. On entendait la motte épaisse grincer contre le versoir qui la retournait, enfouissant au fond le fumier, dont une couche étalée couvrait le champ. Parfois, un obstacle, une pierre, donnait une secousse.

– Dia hue ! hep !

Et Jean, de ses bras tendus, veillait à la rectitude parfaite du sillon, si droit, qu'on l'aurait dit tracé au cordeau ; tandis que son cheval, la tête basse, les pieds enfoncés dans la raie, tirait d'un train uniforme et continu. Lorsque la charrue s'empâtait, il en détachait la boue et les herbes, d'un branle de ses deux poings ; puis, elle glissait de nouveau, en laissant derrière elle la terre mouvante et comme vivante, soulevée, grasse, à nu jusqu'aux entrailles.

Quand il fut au bout du sillon, il tourna, en commença un autre. Bientôt, une sorte de griserie lui vint de toute cette terre remuée, qui exhalait une odeur forte, l'odeur des coins humides où fermentent les germes. Sa marche lourde, la fixité de son regard, achevaient de l'étourdir. Jamais il ne devait devenir un vrai paysan. Il n'était pas né dans ce sol, il restait l'ancien ouvrier des villes, le troupier qui avait fait la campagne d'Italie ; et ce que les paysans ne voient pas, ne sentent pas, lui le voyait, le sentait, la grande paix triste de la plaine, le souffle puissant de la terre, sous le soleil et sous la pluie. Toujours il avait eu des idées de retraite à la campagne. Mais quelle sottise de s'être imaginé que, le jour où il lâcherait le fusil et le rabot, la charrue contenterait son goût de la tranquillité ! Si la terre était calme, bonne à ceux qui l'aiment, les villages collés sur elle comme des nids de vermine, les insectes humains vivant de sa chair, suffisaient à la déshonorer et à en empoisonner l'approche. Il ne se souvenait pas d'avoir souffert autant que depuis son arrivée, déjà lointaine, à la Borderie. Jean dut soulever un peu les mancherons, pour donner de l'aisance. Une légère déviation du sillon lui causa de l'humeur. Il tourna, s'appliqua davantage, en poussant son cheval.

– Dia hue ! hep !

Oui, que de misères, en ces dix années ! D'abord, sa longue attente de Françoise ; ensuite, la guerre avec les Buteau. Pas un jour ne s'était passé sans vilaines choses. Et, à cette heure qu'il avait Françoise, depuis deux ans ! qu'ils étaient mariés, pouvait-il se dire vraiment heureux ? S'il l'aimait toujours, lui, il avait bien deviné qu'elle ne l'aimait pas, qu'elle ne l'aimerait jamais, comme il aurait désiré l'être, à pleins bras, à pleine bouche. Tous deux vivaient en bon accord, le ménage prospérait, travaillait, économisait. Mais ce n'était point ça, il la sentait loin, froide, occupée d'une autre idée, au lit, quand il la tenait. Elle se trouvait enceinte de cinq mois, un de ces enfants faits sans plaisir, qui ne donnent que du mal à leur mère. Cette grossesse ne les avait même pas rapprochés. Il souffrait surtout d'un sentiment de plus en plus net, éprouvé le soir de leur entrée dans la maison, le sentiment qu'il demeurait un étranger pour sa femme : un homme d'un autre pays, poussé ailleurs, on ne savait où, un homme qui ne pensait pas comme ceux de Rognes, qui lui paraissait bâti différemment, sans lien possible avec elle, bien qu'il l'eût rendue grosse. Après le mariage, exaspérée contre les Buteau, elle avait, un samedi, rapporté de Cloyes une feuille de papier timbré, afin de tout laisser par testament à son mari, car elle s'était fait expliquer comment la maison et la terre retourneraient à sa sœur, si elle mourait avant d'avoir un enfant, l'argent et les meubles entrant seuls dans la communauté ; puis, sans lui donner aucune explication à ce sujet, elle semblait s'être ravisée, la feuille était encore dans la commode, toute blanche ; et il en avait ressenti un grand chagrin secret, non qu'il fût intéressé, mais il voyait là un manque d'affection. D'ailleurs, aujourd'hui que le petit allait naître, à quoi bon un testament ? Il n'en avait pas moins le cœur gros, chaque fois qu'il ouvrait la commode et qu'il apercevait le papier timbré, devenu inutile.

Jean s'arrêta, laissa souffler son cheval. Lui-même secouait son étourdissement, dans l'air glacé. D'un lent regard, il regarda l'horizon vide, la plaine immense, où d'autres attelages, très loin, se noyaient sous le gris du ciel. Il fut surpris de reconnaître le père Fouan, qui venait de Rognes par le chemin neuf, cédant encore à quelque souvenir, à un besoin de revoir un coin de champ. Puis, il baissa la tête, il s'absorba une minute dans la vue du sillon ouvert, de la terre éventrée à ses pieds : elle était jaune et forte au fond, la motte retournée avait apporté à la lumière comme une chair rajeunie, tandis que, dessous, le fumier s'enterrait en un lit de fécondation grasse ; et ses réflexions devenaient confuses, la drôle d'idée qu'on avait eue de fouiller ainsi le sol pour manger du pain, l'ennui où il était de ne pas se sentir aimé de Françoise, d'autres choses plus vagues, sur ce qui poussait là, sur son petit qui naîtrait bientôt, sur tout le travail qu'on faisait, sans en être souvent plus heureux. Il reprit les mancherons, il jeta son cri guttural.

– Dia hue ! hep !

Jean achevait son labour, lorsque Delhomme, qui revenait à pied d'une ferme voisine, s'arrêta au bord du champ.

– Dites donc, Caporal, vous savez la nouvelle... Paraît qu'on va avoir la guerre.

Il lâcha la charrue, il se releva, saisi, étonné du coup qu'il recevait au cœur.

– La guerre, comment ça ?

– Mais avec les Prussiens, à ce qu'on m'a dit... C'est dans les journaux.

Les yeux fixes, Jean revoyait l'Italie, les batailles de là-bas, ce massacre dont il avait été si heureux de se tirer, sans une blessure. À cette époque, de quelle ardeur il aspirait à vivre tranquille, dans son coin ! et voilà que cette parole, criée d'une route par un passant, cette idée de la guerre lui allumait tout le sang du corps !

– Dame ! si les Prussiens nous emmerdent... On ne peut pas les laisser se foutre de nous.

Delhomme n'était pas de cet avis. Il hocha la tête, il déclara que ce serait la fin des campagnes, si l'on y revoyait les Cosaques, comme après Napoléon. Ça ne rapportait rien, de se cogner : valait mieux s'entendre.

– Ce que j'en dis, c'est pour les autres... J'ai mis de l'argent chez M. Baillehache. Quoi qu'il arrive, Nénesse, qui tire demain, ne partira pas.

– Bien sûr, conclut Jean, calmé. C'est comme moi, qui ne leur dois plus rien et qui suis marié à cette heure, je m'en fiche qu'ils se battent !... Ah ! c'est avec les Prussiens ! Eh bien ! on leur allongera une raclée, voilà tout !

– Bonsoir, Caporal !

– Bonsoir !

Delhomme repartit, s'arrêta plus loin pour crier de nouveau la nouvelle, la cria plus loin une troisième fois ; et la menace de guerre prochaine vola par la Beauce, dans la grande tristesse du ciel de cendre.

Jean, ayant terminé, eut l'idée d'aller tout de suite à la Borderie chercher la semence promise. Il dételа, laissa la charrue au bout du champ, sauta sur son cheval. Comme il s'éloignait, la pensée de Fouan lui revint, il le chercha et ne le trouva plus. Sans doute, le vieux s'était mis à l'abri du froid, derrière une meule de paille, restée dans la pièce aux Buteau.

À la Borderie, après avoir attaché sa bête, Jean appela inutilement ; tout le monde devait être en besogne dehors ; et il était entré dans la cuisine vide, il tapait du poing sur la table, lorsqu'il entendit enfin la voix de Jacqueline monter de la cave, où se trouvait la laiterie. On y descendait par une trappe, qui s'ouvrait au pied même de l'escalier, si mal placée, qu'on redoutait toujours des accidents.

– Hein ? qui est-ce ?

Il s'était accroupi sur la première marche du petit escalier raide, et elle le reconnut d'en bas.

– Tiens, Caporal !

Lui aussi la voyait, dans le demi-jour de la laiterie, éclairée par un soupirail. Elle travaillait là, au milieu des jattes, des crémoirs, d'où le petit-lait s'en allait goutte à goutte, dans une auge de pierre ; et elle avait les manches retroussées jusqu'aux aisselles, ses bras nus étaient blancs de crème.

– Descends donc... Est-ce que je te fais peur ?

Elle le tutoyait comme autrefois, elle riait de son air de fille engageante. Mais lui, gêné, ne bougeait pas.

– C'est pour la semence que le maître m'a promise.

– Ah ! oui, je sais... Attends, je monte.

Et, quand elle fut au grand jour, il la trouva toute fraîche, sentant bon le lait, avec ses bras nus et blancs. Elle le regardait de ses jolis yeux pervers, elle finit par demander d'un air de plaisanterie :

– Alors, tu ne m'embrasses pas ?... Ce n'est pas parce qu'on est marié qu'on doit être mal poli.

Il l'embrassa, en affectant de faire claquer fortement les deux baisers sur les joues, pour dire que c'était simplement de bonne amitié. Mais elle le troublait, des souvenirs lui remontaient de tout le corps, dans un petit frisson. Jamais avec sa femme, qu'il aimait tant, il n'avait éprouvé ça.

– Allons, viens, reprit Jacqueline. Je vas te montrer la semence... Imagine-toi que la servante elle-même est au marché.

Elle traversa la cour, entra dans la grange au blé, tourna derrière une pile de sacs ; et c'était là, contre le mur, en un tas que des planches maintenaient. Il l'avait suivie, il étouffa un peu de se trouver ainsi seul avec elle, au fond de ce coin perdu. Tout de suite, il affecta de s'intéresser à la semence, une belle variété écossaise de poulard.

– Oh ! qu'il est gros !

Mais elle eut son roucoulement de gorge, elle le ramena vite au sujet qui l'intéressait.

– Ta femme est enceinte, vous vous en donnez, hein ?... Dis donc, est-ce que ça va avec elle ? est-ce que c'est aussi gentil qu'avec moi ?

Il devint très rouge, elle s'en amusa, enchantée de le bouleverser de la sorte. Puis, elle parut s'assombrir, sous une pensée brusque.

– Tu sais, moi, j'ai eu bien des ennuis. Heureusement que c'est passé et que j'en suis sortie à mon avantage.

En effet, un soir, Hourdequin avait vu tomber à la Borderie son fils Léon, le capitaine, qui ne s'y était pas montré depuis des années ; et, dès le premier jour, ce dernier, venu pour savoir, fut renseigné, lorsqu'il eut constaté que Jacqueline occupait la chambre de sa mère. Un instant, elle trembla, car l'ambition l'avait prise de se faire épouser et d'hériter de la ferme. Mais le capitaine commit la faute de jouer le vieux jeu : il voulut débarrasser le père en se faisant surprendre chez lui, couché avec elle. C'était trop simple. Elle étala une vertu farouche, elle poussa des cris, versa des larmes, déclara à Hourdequin qu'elle s'en allait, puisqu'elle n'était plus respectée dans sa maison. Il y eut une scène atroce entre les deux hommes, le fils essaya d'ouvrir les yeux du père, ce qui acheva de gâter les choses. Deux heures plus tard, il repartit, il cria sur le seuil qu'il aimait mieux tout perdre, et que, s'il rentrait jamais, ce serait pour faire sortir cette catin à coups de botte.

L'erreur de Jacqueline, dans son triomphe, fut alors de croire qu'elle pouvait tout risquer. Elle signifia à Hourdequin qu'après des vexations pareilles, dont le pays clabaudait, elle se devait de le quitter, s'il ne l'épousait pas. Même elle commença à faire sa malle. Mais le fermier, encore bouleversé de sa rupture avec son fils, d'autant plus furieux qu'il se donnait secrètement tort et que son cœur saignait, faillit l'assommer d'une paire de gifles ; et elle ne parla plus de partir, elle comprit qu'elle s'était trop pressée. Maintenant, du reste, elle était la maîtresse absolue, couchant ouvertement dans la chambre conjugale, mangeant à part avec le maître, commandant, réglant les comptes, ayant les clefs de la caisse, si despotique, qu'il la consultait sur les décisions à prendre. Il déclinait, très vieilli, elle espérait bien vaincre ses révoltes dernières, l'amener au mariage, quand elle aurait achevé de l'user. En attendant, comme il avait juré de déshériter son fils, dans le coup de sa colère, elle travaillait pour le décider à un testament en sa faveur ; et elle se croyait déjà propriétaire de la ferme, car elle lui en avait arraché la promesse, un soir, au lit.

– Depuis des années que je m'esquinte à l'amuser, conclut-elle, tu comprends que ce n'est pas pour ses beaux yeux.

Jean ne put s'empêcher de rire. Tout en parlant, d'un geste machinal, elle avait enfoncé ses bras nus dans le blé ; et elle les en retirait, les y replongeait, poudrant sa peau d'une poudre fine et douce. Il regardait ce jeu, il fit à voix haute une réflexion qu'il regretta ensuite.

– Et, avec Tron, ça va toujours ?

Elle ne parut pas blessée, elle parla librement, comme à un vieil ami.

– Ah ! je l'aime bien, cette grande bête, mais il n'est guère raisonnable, vrai !... Est-ce qu'il n'est pas jaloux ! Oui, il me fait des scènes, il ne me passe que le maître, et encore ! Je crois qu'il vient écouter la nuit si nous dormons.

De nouveau, Jean s'égayait. Mais elle ne riait pas, elle, ayant une peur secrète de ce colosse, qu'elle disait sournois et faux, ainsi que tous les Percherons. Il l'avait menacée de l'étrangler, si elle le trompait. Aussi n'allait-elle plus avec lui qu'en tremblant, malgré le goût qu'elle gardait pour ses gros membres, elle toute fluette qu'il aurait écrasée entre son pouce et ses quatre doigts.

Puis, elle eut un joli haussement d'épaules, comme pour dire qu'elle en avait mangé d'autres. Et elle reprit, souriante :

– Dis, Caporal, ça marchait mieux avec toi, nous étions si d'accord !

Sans le quitter de ses yeux plaisants, elle s'était remise à brasser le blé. Lui, se trouvait reconquis, oubliait son départ de la ferme, son mariage, l'enfant qui allait naître. Il lui saisit les poignets, au fond de la semence ; il remonta le long de ses bras, veloutés de farine, jusqu'à sa gorge d'enfant, que l'abus de l'homme semblait durcir ; et c'était ce qu'elle voulait, depuis qu'elle l'avait aperçu, en haut de la trappe, un regain de sa tendresse d'autrefois, le mauvais plaisir aussi de le reprendre à une autre femme, une femme légitime. Déjà, il l'empoignait, il la renversait sur le tas de blé, pâmée, roucoulante, lorsqu'une haute et maigre figure, celle du berger Soulas, apparut derrière les sacs, toussant violemment et crachant. D'un bond, Jacqueline s'était relevée, tandis que Jean, essoufflé, bégayait :

– Eh bien ! c'est ça, je reviendrai en chercher cinq hectolitres... Oh ! est-il gros ! est-il gros !

Elle, rageuse, regardant le dos du berger qui ne s'en allait pas, murmura, les dents serrées :

– C'est trop à la fin ! Même quand je me crois seule, il est là qui m'embête. Ce que je vais te le faire flanquer dehors !

Jean, refroidi, se hâta de quitter la grange et détacha son cheval, dans la cour, malgré les signes de Jacqueline, qui l'aurait caché au fond de la chambre conjugale, plutôt que de renoncer à son envie. Mais, désireux de s'échapper, il répéta qu'il reviendrait le lendemain. Il partait à pied, tenant sa bête par la bride, quand Soulas, sorti pour l'attendre, lui dit à la porte :

– C'est donc la fin de l'honnêteté, que, toi aussi, tu y retournes ?... Rends-lui le service, alors, de la prévenir qu'elle ferme son bec, si elle ne veut pas que j'ouvre le mien. Ah ! il y en aura, du grabuge, tu verras !

Mais Jean passa outre, avec un geste brutal, refusant de s'en mêler davantage. Il était plein de honte, irrité de ce qu'il avait manqué faire. Lui qui croyait bien aimer Françoise, il n'avait plus jamais près d'elle de ces coups bêtes de désir. Était-ce donc qu'il aimait mieux Jacqueline ? Cette garce lui avait-elle laissé du feu sous la peau ? Tout le passé se réveillait, sa colère s'accrut, lorsqu'il sentit qu'il retournerait la voir, malgré sa révolte.

Et, frémissant, il sauta sur son cheval, il galopa, afin de rentrer plus vite à Rognes.

Justement, cette après-midi-là, Françoise eut l'idée d'aller faucher un paquet de luzerne pour ses vaches. C'était elle d'habitude qui faisait ce travail, et elle se décidait en songeant qu'elle trouverait là-haut son homme, au labour ; car elle n'aimait guère s'y hasarder seule, dans la crainte de s'y coudoyer avec les Buteau, qui, enragés de ne plus avoir toute la pièce à eux, cherchaient continuellement de mauvaises querelles. Elle prit une faux, le cheval rapporterait le paquet d'herbe. Mais, comme elle arrivait aux Cornailles, elle eut la surprise de ne point apercevoir Jean, qu'elle n'avait pas averti du reste : la charrue était là, où pouvait-il bien être, lui ? Et ce qui acheva de l'émotionner fortement, ce fut de reconnaître Buteau et Lise, debout devant le champ, agitant les bras, l'air furieux. Sans doute ils venaient de s'arrêter, au retour de quelque village voisin, endimanchés, les mains libres. Un instant, elle fut sur le point de tourner les talons. Puis, elle s'indigna de cette peur, elle était bien la maîtresse d'aller à sa terre ; et elle continua de s'approcher, la faux sur l'épaule.

La vérité était que, lorsque Françoise rencontrait ainsi Buteau, surtout seul, elle en demeurait bouleversée. Depuis deux ans, elle ne lui adressait plus la parole. Mais elle ne pouvait le voir, sans en éprouver un élancement dans tout son corps. C'était peut-être bien de la colère, peut-être bien autre chose aussi. À plusieurs reprises, sur ce même chemin, comme elle se rendait à sa luzernière, elle l'avait de la sorte aperçu devant elle. Il tournait la tête, deux, trois fois, pour la regarder de son œil gris, taché de jaune. Un petit frisson la prenait, elle hâtait le pas malgré son effort, tandis qu'il ralentissait le sien ; et elle passait à son côté, leurs yeux se fouillaient une seconde. Puis, elle avait le trouble de le sentir derrière son dos, elle se raidissait, ne savait plus marcher. Lors de leur dernière rencontre, elle s'était effarée au point de s'étaler tout de son long, embarrassée par son ventre de femme grosse, en voulant sauter de la route dans sa luzerne. Lui, avait éclaté de rire.

Le soir, lorsque Buteau raconta méchamment à Lise la culbute de sa sœur, tous les deux eurent un regard où luisait la même pensée : si la gueuse s'était tuée avec son enfant, le mari n'avait rien, la terre et la maison leur faisaient retour. Ils savaient, par la Grande, l'aventure du testament différé, devenu inutile depuis la grossesse. Mais eux n'avaient jamais eu de chance, pas de danger que le sort les débarrassât de la mère et du petit ! Et ils y revinrent en se couchant, histoire simplement d'en causer, car ça ne tue pas les gens, de parler de leur mort. Une supposition que Françoise fût morte sans héritier, comme tout s'arrangeait, quel coup de justice du bon Dieu ! Lise, empoisonnée de sa haine, finit par jurer que sa sœur n'était plus sa sœur, qu'elle lui tiendrait la tête sur le billot, s'il ne s'agissait que de ça pour rentrer dans leur chez-eux, d'où la salope les avait si dégoûtamment chassés. Buteau, lui, ne se montrait pas gourmand, déclarait que ce serait déjà gentil de voir le petit claquer avant de naître. Cette grossesse surtout l'avait irrité : un enfant, c'était la fin de son espoir têtu, la perte définitive du bien. Alors, comme ils se mettaient au lit tous deux, et qu'elle soufflait la chandelle, elle eut un rire singulier, elle dit que tant que les mioches ne sont pas venus, ils peuvent ne pas venir. Un silence régna dans l'obscurité, puis il demanda pourquoi elle lui disait ça. Collée contre lui, la bouche à son oreille, elle lui fit un aveu : le mois dernier, elle avait eu l'embêtement de s'apercevoir qu'elle se trouvait de nouveau pincée ; si bien que, sans le prévenir, elle avait filé chez la Sapin, une vieille de Magnolles qui était sorcière. Encore enceinte, merci ! il l'aurait bien reçue ! La Sapin, avec une aiguille, tout simplement, l'avait débarrassée. Il l'écoutait, sans approuver, sans désapprouver, et son contentement ne perça que dans la façon goguenarde dont il exprima l'idée qu'elle aurait dû se procurer l'aiguille, pour Françoise. Elle s'égaya aussi, le saisit à pleins bras, lui souffla que la Sapin enseignait une autre manière, oh ! une manière si drôle ! Hein ? laquelle donc ? Eh bien ! un homme pouvait défaire ce qu'un homme avait fait : il n'avait qu'à prendre la femme en lui traçant trois signes de croix sur le ventre et en récitant un Ave à l'envers. Le petit, s'il y en avait un, s'en allait comme un vent. Buteau s'arrêta de rire, ils affectèrent de douter, mais l'antique crédulité passée dans les os de leur race, les secouait d'un frisson, car personne n'ignorait que la vieille de Magnolles avait changé une vache en belette et ressuscité un mort. Ça devait être, puisqu'elle l'affirmait. Enfin, Lise désira, très câline, qu'il essayât sur elle l'Ave à l'envers et les trois signes de croix, voulant se rendre compte si elle ne sentirait rien. Non, rien ! C'était que l'aiguille avait suffi. Sur Françoise, ça en aurait fait, du ravage ! Il rigola, est-ce qu'il pouvait ? Tiens ! pourquoi pas, puisqu'il l'avait déjà eue ? Jamais ! Il s'en défendait maintenant, tandis que sa femme lui enfonçait les doigts dans la chair, devenue jalouse. Ils s'endormirent aux bras l'un de l'autre.

Depuis ce temps, l'idée de cet enfant qui poussait, qui allait leur prendre pour toujours la maison et la terre, les hanta ; et ils ne rencontraient plus la jeune sœur, sans que leur regard, tout de suite, se portât sur son ventre. Quand ils la virent arriver par le chemin, ils la mesurèrent d'un coup d'œil, saisis de constater que la grossesse avançait et que bientôt il ne serait plus temps.

– Nom de Dieu ! gueula Buteau, en revenant au labour qu'il examinait, le voleur a bien mordu sur nous d'un bon pied... Y a pas à dire, v'là la borne !

Françoise avait continué de s'approcher, du même pas tranquille, en cachant sa crainte. Elle comprit alors la cause de leurs gestes furieux, la charrue de Jean devait avoir entamé leur parcelle. Il y avait là de continuels sujets de dispute, pas un mois ne se passait sans qu'une question de mitoyenneté les jetât les uns sur les autres. Ça ne pouvait finir que par des coups et des procès.

– Tu entends, continua-t-il en élevant la voix, vous êtes chez nous, je vas vous faire marcher !

Mais la jeune femme, sans même tourner la tête, était entrée dans sa luzernière.

– On te parle, cria Lise hors d'elle. Viens voir la borne, si tu crois que nous mentons... Faut se rendre compte du dommage.

Et, devant le silence, le dédain affecté de sa sœur, elle perdit toute mesure, s'avança sur elle, les poings fermés.

– Dis donc, est-ce que tu te fous de nous ?... Je suis ton aînée, tu me dois le respect. Je saurai bien te faire demander à genoux pardon de toutes les cochonneries que tu m'as faites.

Elle était devant elle, enragée de rancune, aveuglée de sang.

– À genoux, à genoux, garce !

Toujours muette, Françoise, comme le soir de l'expulsion, lui cracha au visage. Et Lise hurlait, lorsque Buteau intervint, en l'écartant violemment.

– Laisse, c'est mon affaire.

Ah ! oui, elle le laissait ! Il pouvait bien la tordre et lui casser l'échine, ainsi qu'un mauvais arbre ; il pouvait bien en faire de la pâtée pour les chiens, s'en servir comme d'une traînée : ce n'était pas elle qui l'en empêcherait, elle l'aiderait plutôt ! Et, à partir de ce moment, toute droite, elle guetta, veillant à ce qu'on ne le dérangeât point. Autour d'eux, sous le ciel morne, la plaine immense et grise s'étendait, sans une âme.

– Vas-y donc, il n'y a personne !

Buteau marchait sur Françoise, et celle-ci, à le voir, la face dure, les bras raidis, crut qu'il venait la battre. Elle n'avait pas lâché sa faux, mais elle tremblait ; déjà, d'ailleurs, il en tenait le manche ; il la lui arracha, la jeta dans la luzerne. Pour lui échapper, elle n'eut plus qu'à s'en aller à reculons, elle passa ainsi dans le champ voisin, se dirigea vers la meule qui s'y trouvait, comme si elle eût espéré s'en faire un rempart. Lui, ne se hâtait point, semblait également la pousser là, les bras peu à peu ouverts, la face détendue par un rire silencieux qui découvrait ses gencives. Et, tout d'un coup, elle comprit qu'il ne voulait pas la battre. Non ! il voulait autre chose, la chose qu'elle lui avait refusée si longtemps. Alors, elle trembla davantage, quand elle sentit sa force l'abandonner, elle vaillante, qui tapait dur autrefois, en jurant que jamais il n'y arriverait. Pourtant, elle n'était plus une gamine, elle avait eu vingt-trois ans à la Saint-Martin, une vraie femme à cette heure, la bouche rouge encore et les yeux larges, pareils à des écus. C'était en elle une sensation si tiède et si molle, que ses membres lui semblaient s'en engourdir.

Buteau, la forçant toujours à reculer, parla enfin, d'une voix basse et ardente :

– Tu sais bien que ce n'est pas fini entre nous, que je te veux, que je t'aurai !

Il avait réussi à l'acculer contre la meule, il la saisit aux épaules, la renversa. Mais, à ce moment, elle se débattit, éperdue, dans l'habitude de sa longue résistance. Lui, la maintenait, en évitant les coups de pied.

– Puisque t'es grosse à présent, foutue bête ! qu'est-ce que tu risques ?... Je n'en ajouterai pas un autre, va, pour sûr !

Elle éclata en larmes, elle eut comme une crise, ne se défendant plus, les bras tordus, les jambes agitées de secousses nerveuses ; et il ne pouvait la prendre, il était jeté de côté, à chaque nouvelle tentative. Une colère le rendit brutal, il se tourna vers sa femme.

– Nom de Dieu de feignante ! quand tu nous regarderas !... Aide-moi donc, tiens-lui les jambes, si tu veux que ça se fasse !

Lise était restée droite, immobile, plantée à dix mètres, fouinant de ses yeux les lointains de l'horizon, puis les ramenant sur les deux autres, sans qu'un pli de sa face remuât. À l'appel de son homme, elle n'eut pas une hésitation, s'avança, empoigna la jambe gauche de sa sœur, l'écarta, s'assit dessus, comme si elle avait voulu la broyer. Françoise, clouée au sol, s'abandonna, les nerfs rompus, les paupières closes. Pourtant, elle avait sa connaissance, et quand Buteau l'eut possédée, elle fut emportée à son tour dans un spasme de bonheur si aigu, qu'elle le serra de ses deux bras à l'étouffer, en poussant un long cri. Des corbeaux passaient, qui s'en effrayèrent. Derrière la meule, apparut la tête blême du vieux Fouan, abrité là contre le froid. Il avait tout vu, il eut peur sans doute, car il se renfonça dans la paille.

Buteau s'était relevé, et Lise le regardait fixement. Elle n'avait eu qu'une préoccupation, s'assurer s'il faisait bien les choses ; et, dans le cœur qu'il y mettait, il venait d'oublier tout, les signes de croix, l'*Ave* à l'envers. Elle en restait saisie, hors d'elle. C'était donc pour le plaisir qu'il avait fait ça ?

Mais Françoise ne lui laissa pas le temps de s'expliquer. Un moment, elle était demeurée par terre, comme succombant sous la violence de cette joie d'amour, qu'elle ignorait. Brusquement, la vérité s'était faite : elle aimait Buteau, elle n'en avait jamais aimé, elle n'en aimerait jamais un autre. Cette découverte l'emplit de honte, l'enragea contre elle-même, dans la révolte de toutes ses idées de justice. Un homme qui n'était pas à elle, l'homme à cette sœur qu'elle détestait, le seul homme qu'elle ne pouvait avoir sans être une coquine ! Et elle venait de le laisser aller jusqu'au bout, et elle l'avait serré si fort, qu'il la savait à lui !

D'un bond, elle se leva, égarée, défaite, crachant toute sa peine en mots entrecoupés.

– Cochons ! salops !... Oui, tous les deux, des salops, des cochons !... Vous m'avez abîmée. Y en a qu'on guillotine, et qui en ont moins fait... Je le dirai à Jean, sales cochons ! C'est lui qui réglera votre compte.

Buteau haussait les épaules, goguenard, content d'y être arrivé enfin.

– Laisse donc ! tu en mourais d'envie, je t'ai bien sentie gigoter... Nous recommencerons ça.

Cette rigolade acheva d'exaspérer Lise, et toute la colère qui montait en elle contre son mari, creva sur sa cadette.

– C'est vrai, putain ! je t'ai vue. Tu l'as empoigné, tu l'as forcé... Quand je disais que tout mon malheur venait de toi ! Ose répéter à présent que tu ne m'as pas débauché mon homme, oui ! tout de suite au lendemain du mariage, lorsque je te mouchais encore !

Sa jalousie éclatait, singulière après ses complaisances, une jalousie qui portait moins sur l'acte que sur la moitié de ce que sa sœur lui avait pris dans l'existence. Si cette fille de son sang n'était pas née, est-ce qu'il lui aurait fallu partager tout ? Elle l'exécrait d'être plus jeune, plus fraîche, plus désirée.

– Tu mens ! criait Françoise. Tu sais bien que tu mens !

– Ah ! je mens ! Ce n'est peut-être pas toi qui voulais de lui, qui le poursuivais jusque dans la cave.

– Moi ! moi ! et, tout à l'heure, est-ce moi encore ?... Vache qui m'as tenue ! Oui, tu m'aurais cassé la jambe ! Et ça, vois-tu, je ne comprends pas, faut que tu sois dégoûtante, ou faut que tu aies voulu m'assassiner, gueuse !

Lise, à la volée, répondit par une gifle. Cette brutalité affola Françoise qui se rua sur elle. Les mains au fond des poches, Buteau ricanait, sans intervenir, en coq vaniteux pour lequel deux poules se battent. Et la bataille continua, enragée, scélérate, les bonnets arrachés, les chairs meurtries, chacune fouillant des doigts où elle pourrait atteindre la vie de l'autre.

Toutes deux s'étaient bousculées, étaient revenues dans la luzerne. Mais Lise poussa un hurlement, Françoise lui enfonçait les ongles dans le cou ; et, alors, elle vit rouge, elle eut la pensée nette, aiguë, de tuer sa sœur. À gauche de celle-ci, elle avait aperçu la faux, tombée le manche en travers d'une touffe de chardons, la pointe haute. Ce fut comme dans un éclair, elle culbuta Françoise, de toute la force de ses poignets. Trébuchante, la malheureuse tourna, s'abattit à gauche, en jetant un cri terrible. La faux lui entrait dans le flanc.

– Nom de Dieu ! nom de Dieu ! bégaya Buteau.

Et ce fut tout. Une seconde avait suffi, l'irréparable était fait. Lise, béante de voir se réaliser si vite ce qu'elle avait voulu, regardait la robe coupée se tacher d'un flot de sang. Était-ce donc que le fer avait pénétré jusqu'au petit, pour que ça coulât si fort ? Derrière la meule, la face pâle du vieux Fouan s'allongeait de nouveau. Il avait vu le coup, ses yeux troubles clignotaient.

Françoise ne bougeait plus, et Buteau, qui s'approchait, n'osa la toucher. Un souffle de vent passa, le glaça jusqu'aux os, lui hérissa le poil, dans un frisson d'épouvante.

– Elle est morte, filons, nom de Dieu !

Il avait saisi la main de Lise, ils furent comme emportés, le long de la route déserte. Le ciel bas et sombre semblait leur tomber sur le crâne ; leur galop faisait derrière eux un bruit de foule, lancée à leur poursuite ; et ils couraient par la plaine vide et rase, lui ballonné dans sa blouse, elle échevelée, son bonnet au poing, tous les deux répétant les mêmes mots, grondant comme des bêtes traquées :

– Elle est morte, nom de Dieu !... Filons, nom de Dieu !

Leurs enjambées s'allongeaient, ils n'articulaient plus, grognaient des sons involontaires, qui cadençaient leur fuite, un reniflement où l'on aurait distingué encore :

– Morte, nom de Dieu !... Morte, nom de Dieu !... Morte, nom de Dieu !

Ils disparurent.

Quelques minutes plus tard, lorsque Jean revint, au trot de son cheval, ce fut une grande douleur.

– Quoi donc ? qu'est-il arrivé ?

Françoise, qui avait rouvert les paupières, ne remuait toujours pas.

Elle le regardait longuement, de ses grands yeux douloureux ; et elle ne répondait point, comme très loin de lui déjà, songeant à des choses.

– Tu es blessée, tu as du sang, réponds, je t'en prie !

Il se tourna vers le père Fouan, qui s'approchait.

– Vous étiez là, que s'est-il passé ?

Alors, Françoise parla, d'une voix lente.

– J'étais venue à l'herbe... je suis tombée sur ma faux... Ah ! c'est fini !

Son regard avait cherché celui de Fouan, elle lui disait, à lui, les autres choses, les choses que la famille seule devait savoir. Le vieux, dans son hébétement, parut comprendre, répéta :

– C'est bien vrai, elle est tombée, elle s'est blessée... J'étais là, je l'ai vue.

Il fallut courir à Rognes pour avoir une civière. En route, elle s'évanouit de nouveau. On crut bien qu'on ne la rapporterait pas vivante.

IV

C'était justement le lendemain, un dimanche, que les garçons de Rognes allaient à Cloyes tirer au sort ; et, comme, dans la nuit tombante, la Grande et la Frimat, accourues, déshabillaient, puis couchaient Françoise avec d'infinies précautions, le tambour battait en bas, sur la route, un vrai glas pour le pauvre monde, au fond du triste crépuscule.

Jean, qui avait perdu la tête, partait chercher le docteur Finet, lorsqu'il rencontra, près de l'église, Patoir le vétérinaire, venu pour le cheval du père Saucisse. Violemment, il l'obligea à entrer voir la blessée, bien que l'autre s'en défendît. Mais, devant l'affreuse plaie, il refusa tout net de s'en mêler : à quoi bon ? il n'y avait rien à faire. Lorsque, deux heures plus tard, Jean ramena M. Finet, celui-ci eut le même geste. Rien à faire, des stupéfiants qui adouciraient l'agonie. La grossesse de cinq mois compliquait le cas, on sentait s'agiter l'enfant mourant de la mort de la mère, de ce flanc troué dans sa fécondité. Avant de partir, après avoir essayé d'un pansement, le docteur, tout en promettant de revenir le lendemain, déclara que la pauvre femme ne passerait pas la nuit. Et elle la passa pourtant, elle durait encore, lorsque, vers neuf heures, le tambour recommença à battre pour réunir les conscrits, devant l'école.

Toute la nuit, le ciel s'était fondu en eau, un vrai déluge que Jean avait écouté ruisseler, assis au fond de la chambre, hébété, les yeux pleins de grosses larmes. Maintenant, il entendait le tambour, assourdi comme par un crêpe, dans la matinée humide et tiède. La pluie ne tombait plus, le ciel était resté d'un gris de plomb.

Longtemps, le tambour résonna. C'était un nouveau, un neveu à Macqueron, de retour du service, et qui tapait comme s'il eût conduit un régiment au feu. Tout Rognes en était révolutionné, car les nouvelles circulant depuis quelques jours, la menace d'une guerre prochaine, aggravaient, cette année-là, l'émotion toujours si vive du tirage au sort. Merci ! pour aller se faire casser la tête par les Prussiens ! Il y avait neuf garçons du pays qui tiraient, ce qui ne s'était jamais vu peut-être. Et parmi eux, se trouvaient Nénesse et Delphin, autrefois inséparables, séparés aujourd'hui que le premier servait à Chartres, chez un restaurateur. La veille, Nénesse étant venu coucher à la ferme de ses parents, Delphin l'avait à peine reconnu, tant il était changé : un vrai monsieur, avec une canne, un chapeau de soie, une cravate bleu de ciel, serrée dans une bague ; et il se faisait habiller par un tailleur, il plaisantait les complets de Lambourdieu. Au contraire, l'autre s'était épaissi, les membres gourds, la tête cuite sous le soleil, poussé en force, ainsi qu'une plante du sol. Tout de suite, d'ailleurs, ils avaient renoué. Après qu'ils eurent passé ensemble une partie de la nuit, ils arrivèrent bras dessus bras dessous devant l'école, à l'appel du tambour, dont les roulements ne cessaient pas, entêtés, obsédants.

Des parents stationnaient. Delhomme et Fanny, flattés de la distinction de Nénesse avaient voulu le voir partir ; et ils étaient du reste sans crainte, puisqu'ils l'avaient assuré. Quant à Bécu, sa plaque de garde champêtre astiquée, il parlait de gifler la Bécu, parce qu'elle pleurait : quoi donc ? est-ce que Delphin n'était pas bon pour servir la patrie ? Le garçon, lui, s'en fichait, sûr, disait-il, d'amener un bon numéro. Lorsque les neuf furent réunis, ce qui demanda une bonne heure, Lequeu leur remit le drapeau. On discuta pour savoir qui en aurait l'honneur. D'habitude, c'était le plus grand, le plus vigoureux, si bien qu'on finit par tomber d'accord sur Delphin. Il en parut très troublé, timide au fond, malgré ses gros poings, inquiet des choses dont il n'avait pas l'usage. En voilà une longue machine qui était gênante dans les bras ! et pourvu qu'elle ne lui portât pas malchance !

Aux deux coins de la rue, chacune dans la salle de son cabaret, Flore et Cœlina donnaient un dernier coup de balai, pour le soir. Macqueron, l'air morne, regardait du seuil de sa porte, lorsque Lengaigne parut sur la sienne, en ricanant. Il faut dire que ce dernier triomphait ; car les rats de cave de la régie, l'avant-veille, avaient saisi quatre pièces de vin, cachées dans un bûcher de son rival, que cette fichue aventure venait de forcer à envoyer sa démission de maire ; et, personne n'en doutait, la lettre de dénonciation, sans signature, était sûrement de Lengaigne. Pour comble de malheur, Macqueron enrageait d'une autre histoire : sa fille Berthe s'était tellement compromise avec le fils du charron, auquel il la refusait, qu'il avait dû consentir enfin à la lui accorder. Depuis huit jours, à la fontaine, les femmes ne causaient que du mariage de la fille et du procès du père. L'amende était certaine, peut-être bien qu'il y aurait de la prison. Aussi, devant le rire insultant de son voisin, Macqueron préféra-t-il rentrer, gêné de ce que le monde commençait aussi à rire.

Mais Delphin avait empoigné le drapeau, le tambour se remit à battre ; et Nénesse emboîta le pas, les sept autres suivirent. Cela faisait un petit peloton, filant par la route plate. Des galopins coururent, quelques parents, les Delhomme, Bécu, d'autres, allèrent jusqu'au bout du village. Débarrassée de son mari, la Bécu se hâta, monta se glisser furtivement dans l'église ; puis, lorsqu'elle s'y vit toute seule, elle qui n'était pas dévote, se laissa tomber sur les genoux en pleurant, en suppliant le bon Dieu de réserver un bon numéro pour son fils. Pendant plus d'une heure, elle balbutia cette ardente prière. Au loin, du côté de Cloyes, la silhouette du drapeau s'était peu à peu effacée, les roulements de tambour avaient fini par se perdre dans le grand air.

Ce fut seulement vers dix heures que le docteur Finet reparut, et il sembla très surpris de trouver Françoise vivante encore, car il croyait bien n'avoir plus qu'à écrire le permis d'inhumer. Il examina la plaie, hocha la tête, préoccupé de l'histoire qu'on lui avait dite, n'ayant aucun soupçon d'ailleurs. On dut la lui répéter : comment diable la malheureuse était-elle ainsi tombée sur la pointe d'une faux ? Il repartit, outré de cette maladresse, contrarié d'avoir à revenir pour la constatation du décès. Mais Jean était resté sombre, les yeux sur Françoise qui fermait les paupières, muette, dès qu'elle sentait le regard de son mari l'interroger. Lui, devinait un mensonge, quelque chose qu'elle lui cachait. Dès le petit jour, il s'était échappé un instant, courant à la pièce de luzerne, là-haut, voulant voir ; et il n'avait rien vu de net, des pas effacés par le déluge de la nuit, une place foulée, à l'endroit de la chute sans doute. Après le départ du médecin, il se rassit au chevet de la mourante, seul justement avec elle, la Frimat étant allée déjeuner, et la Grande ayant dû s'absenter pour donner un coup d'œil chez elle.

– Tu souffres, dis ?

Elle serra les paupières, elle ne répondit pas.

– Dis, tu ne me caches rien ?

On l'aurait crue morte déjà, sans le petit souffle pénible de sa gorge. Depuis la veille, elle était sur le dos, comme frappée d'immobilité et de silence. Dans la fièvre ardente qui la brûlait, sa volonté, au fond d'elle, semblait se bander et résister au délire, tellement elle craignait de parler. Toujours, elle avait eu un singulier caractère, une sacrée tête, ainsi qu'on le disait, la tête des Fouan, ne faisant rien à l'exemple des autres, ayant des idées qui stupéfiaient le monde. Peut-être obéissait-elle à un profond sentiment de la famille, plus fort que la haine et le besoin de vengeance. À quoi bon, puisqu'elle allait mourir ? C'étaient des choses qu'on enterrait entre soi, dans le coin de terre où l'on avait poussé tous, des choses qu'il ne fallait jamais, à aucun prix, étaler devant un étranger ; et Jean était l'étranger, ce garçon qu'elle n'avait pu aimer d'amour, dont elle emportait l'enfant, sans le faire, comme si elle était punie de l'avoir commencé.

Cependant, lui, depuis qu'il l'avait ramenée agonisante, songeait au testament. Toute la nuit, l'idée lui était revenue que, si elle mourait de la sorte, il n'aurait que la moitié des meubles et de l'argent, cent vingt-sept francs qui se trouvaient dans la commode. Il l'aimait bien, il aurait donné de sa chair pour la garder ; mais ça augmentait encore son chagrin, cette pensée qu'il pouvait perdre avec elle la terre et la maison. Jusque là, pourtant, il n'avait point osé lui en ouvrir la bouche : c'était si dur, et puis il y avait toujours eu du monde. Enfin, voyant qu'il n'en saurait pas davantage sur la façon dont l'accident s'était produit, il se décida, il aborda l'autre affaire.

– Peut-être bien que tu as des arrangements à terminer.

Françoise, raidie, ne parut pas entendre. Sur ses yeux clos, sur sa face fermée, rien ne passait.

– Tu sais, à cause de ta sœur, dans le cas où un malheur t'arriverait... Nous avons le papier là, dans la commode.

Il apporta le papier timbré, il continua d'une voix qui s'embarrassait.

– Hein ? désires-tu que je t'aide ? Savoir si tu as encore la force d'écrire... Moi, ce n'est pas l'intérêt. C'est seulement l'idée que tu ne peux rien vouloir laisser aux gens qui t'ont fait tant de mal.

Elle eut un léger frisson des paupières, qui lui prouva qu'elle entendait. Alors, elle refusait donc ? Il en resta saisi, sans comprendre. Elle-même, peut-être, n'aurait pu dire pourquoi elle faisait ainsi la morte, avant d'être clouée entre quatre planches. La terre, la maison, n'étaient pas à cet homme, qui venait de traverser son existence par hasard, comme un passant. Elle ne lui devait rien, l'enfant partait avec elle. À quel titre le bien serait-il sorti de la famille ? Son idée puérile et têtue de la justice protestait : ceci est à moi, ceci est à toi, quittons-nous, adieu ! Oui, c'étaient ces choses, et c'étaient d'autres choses encore, plus vagues, sa sœur Lise reculée, perdue dans un lointain, Buteau seul présent, aimé malgré les coups, désiré, pardonné.

Mais Jean s'irrita, gagné et empoisonné lui aussi par la passion de la terre. Il la souleva, tâcha de l'asseoir sur son séant, essaya de lui mettre une plume entre les doigts.

– Voyons, est-ce possible ?... Tu les aimerais mieux que moi, ils auraient tout, ces gueux !

Alors, Françoise ouvrit enfin les paupières, et le regard qu'elle tourna vers lui, le bouleversa. Elle savait qu'elle allait mourir, ses grands yeux élargis en avaient le désespoir sans fond. Pourquoi la torturait-il ? Elle ne pouvait pas, elle ne voulait pas. Un cri sourd de douleur lui avait seul échappé. Puis, elle retomba, ses paupières se refermèrent, sa tête redevint immobile, au milieu de l'oreiller.

Un tel malaise avait envahi Jean, honteux de sa brutalité, qu'il était resté le papier timbré à la main, lorsque la Grande rentra. Elle comprit, elle l'emmena à l'écart, pour savoir s'il y avait un testament. Balbutiant de son mensonge, il déclara que, justement, il cachait le papier, de peur qu'on ne tourmentât Françoise. Elle parut l'approuver, elle continuait à être du côté des Buteau, prévoyant des abominations, si ces derniers héritaient. Et, après s'être assise devant la table, elle se remit à tricoter, en ajoutant tout haut :

– Moi, je ne ferai bien sûr du tort à personne... Il y a longtemps que le papier est en règle. Oh ! chacun a sa part, je me croirais trop malhonnête, si j'avantageais quelqu'un... Vous y êtes, mes enfants. Ça viendra, ça viendra un jour !

C'était ce qu'elle disait quotidiennement aux membres de la famille, et elle le répétait, par habitude, près de ce lit de mort. Un rire intérieur, chaque fois, la chatouillait, à l'idée du fameux testament qui devait les faire se dévorer tous, quand elle serait partie. Elle n'y avait pas introduit une clause, sans y mettre dessous la possibilité d'un procès.

– Ah ! si l'on pouvait emporter son avoir ! conclut-elle. Mais, puisqu'on ne l'emporte pas, faut bien que les autres s'en régalent.

À son tour, la Frimat revint s'asseoir de l'autre côté de la table, en face de la Grande. Elle aussi tricotait. Et les heures de l'après-midi se succédèrent, les deux vieilles femmes causaient tranquillement, tandis que Jean, ne pouvant tenir en place, marchait, sortait, rentrait, dans une attente affreuse. Le médecin avait dit qu'il n'y avait rien à faire, on ne faisait rien.

D'abord, la Frimat regretta qu'on ne fût pas allé chercher maître Sourdeau, un rebouteux de Bazoches, bon également pour les blessures. Il disait des paroles, il les refermait, rien qu'en soufflant dessus.

– Un fier homme ! déclara la Grande devenue respectueuse. C'est lui qui a remis le bréchet aux Lorillon... V'là que le bréchet tombe au père Lorillon. Ça se recourbait, ça lui pesait sur l'estomac, si bien qu'il s'en allait de langueur. Et le pis, c'est que v'là la mère Lorillon prise à son tour de ce fichu mal, qui se communique, comme vous savez. Enfin, les v'là tous pincés, la fille, le gendre, les trois enfants... Ma parole, ils en claquaient, s'ils n'avaient pas fait venir maître Sourdeau, qui leur a remis ça en leur frottant l'estomac avec un peigne d'écaille.

L'autre vieille appuyait chaque détail d'un branle du menton : c'était connu, ça ne se discutait pas. Elle-même cita un autre fait.

– C'est encore maître Sourdeau qui a guéri la petite aux Budin de la fièvre, en ouvrant en deux un pigeon vivant et en le lui appliquant sur la tête.

Elle se tourna vers Jean, hébété devant le lit.

– À votre place, je le demanderais. Peut-être bien que ce n'est pas trop tard.

Mais il eut un geste de colère. Lui, gâté par l'orgueil des villes, ne croyait point à ces choses. Et les deux femmes continuèrent longtemps, se communiquèrent des remèdes, du persil sous la paillasse contre les maux de reins, trois glands de chêne dans la poche pour guérir l'enflure, un verre d'eau blanchie par la lune et bue à jeun pour chasser les vents.

– Dites donc, reprit brusquement la Frimat, si l'on ne va pas chercher maître Sourdeau, on pourrait tout de même faire venir M. le curé.

Jean eut le même geste furieux, et la Grande pinça les lèvres.

– En v'là une idée ! qu'est-ce qu'il y ficherait, M. le curé ?

– Ce qu'il y fiche donc !... Il apporterait le bon Dieu, ce n'est pas mauvais, des fois !

Elle haussa les épaules, comme pour dire qu'on n'était plus dans ces idées-là. Chacun chez soi : le bon Dieu chez lui, les gens chez eux.

– D'ailleurs, fit-elle remarquer au bout d'un silence, le curé ne viendrait pas, il est malade... La Bécu m'a dit tout à l'heure qu'il partait en voiture mercredi, parce que le médecin a déclaré qu'il crèverait pour sûr à Rognes, si on ne l'emmenait point.

En effet, depuis deux ans et demi qu'il desservait cette paroisse, l'abbé Madeline ne faisait que décliner. La nostalgie, le regret désespéré de ses montagnes d'Auvergne l'avait rongé un peu chaque jour, en face de cette plate Beauce, dont le déroulement à l'infini noyait son cœur de tristesse. Pas un arbre, pas un rocher, des mares d'eau saumâtre, au lieu des eaux vives, qui, là-haut, ruissellent en cascades. Ses yeux pâlissaient, il s'était décharné davantage, on disait qu'il s'en allait de la poitrine. Encore s'il avait trouvé quelque consolation près de ses paroissiennes ! Mais, au sortir de son ancienne cure si croyante, ce nouveau pays gâté par l'irréligion, respectueux des seules pratiques extérieures, le bouleversait dans la timidité inquiète de son âme. Les femmes l'étourdissaient de cris et de querelles, abusaient de sa faiblesse, au point de diriger le culte à sa place, ce dont il restait effaré, plein de scrupules, toujours sous la crainte de pécher sans le vouloir. Un dernier coup lui était réservé : le jour de la Noël, une des filles de la Vierge fut prise des douleurs de l'enfantement dans l'église. Et, depuis ce scandale, il traînait, on s'était résigné à le remporter en Auvergne, mourant.

– Nous v'là encore sans prêtre, alors ! dit la Frimat. Qui sait si l'abbé Godard voudra revenir ?

– Ah ! le bourru ! s'écria la Grande, il en crèverait de mauvais sang !

Mais l'entrée de Fanny les fit taire. De toute la famille, elle était la seule qui fût déjà venue la veille ; et elle revenait, pour avoir des nouvelles. Jean, de sa main tremblante, se contenta de lui montrer Françoise. Un silence apitoyé régna. Puis, Fanny baissa la voix pour savoir si la malade avait demandé sa sœur. Non, elle n'en ouvrait pas la bouche, comme si Lise n'eût point existé. C'était bien surprenant, car on a beau être brouillé, la mort est la mort : quand donc ferait-on la paix, si on ne la faisait pas avant de partir ?

La Grande fut d'avis qu'on devait questionner Françoise là-dessus. Elle se leva, elle se pencha.

– Dis, ma petite, et Lise ?

La mourante ne bougea pas. Il n'y eut, sur ses paupières closes, qu'un tressaillement à peine visible.

– Elle attend peut-être qu'on aille la chercher. J'y vais.

Alors, toujours sans ouvrir les yeux, Françoise dit non, en roulant la tête sur l'oreiller, doucement. Et Jean voulut qu'on respectât sa volonté. Les trois femmes se rassirent. L'idée que Lise ne venait pas d'elle-même maintenant, les étonnait. Il y avait souvent bien de l'obstination dans les familles.

– Ah ! on a tant de contrariétés ! reprit Fanny avec un soupir. Ainsi, depuis ce matin, je ne vis plus, moi, à cause de ce tirage au sort ; et ce n'est guère raisonnable, car je sais pourtant que Nénesse ne partira pas.

– Oui, oui, murmura la Frimat, ça émotionne tout de même.

De nouveau, la mourante fut oubliée. On parlait de la chance, des garçons qui partiraient, des garçons qui ne partiraient pas. Il était trois heures, et bien qu'on les attendît, au plus tôt, vers cinq heures, des renseignements déjà circulaient, venus de Cloyes on ne savait comment, par cette sorte de télégraphie aérienne qui vole de village en village. Le fils aux Briquet avait le numéro 13 : pas de chance ! Celui des Couillot était tombé sur le 206, un bon, pour sûr ! Mais on ne s'entendait pas sur les autres, les affirmations étaient contradictoires, ce qui portait au comble l'émotion. Rien sur Delphin, rien sur Nénesse.

– Ah ! j'en ai le cœur qui se décroche, est-ce bête ! répéta Fanny.

On appela la Bécu, qui passait. Elle était retournée à l'église, elle errait comme un corps sans âme ; et, son angoisse devenait si forte, qu'elle ne s'arrêta même pas à causer.

– Je ne peux plus tenir, je vas à leur rencontre.

Jean, devant la fenêtre, n'écoutait pas, les yeux vagues, au-dehors. Depuis le matin, il avait remarqué, à plusieurs reprises, que le vieux Fouan se traînait, sur ses deux cannes, autour de la maison. Brusquement, il le vit encore, la face collée contre une vitre, tâchant de distinguer les choses, dans la chambre ; et il ouvrit la fenêtre, le vieux eut l'air tout saisi, bégaya pour demander comment ça allait. Très mal, c'était la fin. Alors, il allongea la tête, regarda de loin Françoise, si longuement, qu'il semblait ne plus pouvoir s'arracher de là. En l'apercevant, Fanny et la Grande étaient revenues à leur idée d'envoyer chercher Lise. Fallait que chacun y mît du sien, ça ne pouvait pas se terminer ainsi. Mais, lorsqu'elles voulurent le charger de la commission, le vieux, effrayé, grelottant, se sauva. Il grognait, il mâchait des mots entre ses gencives empâtées de silence.

– Non, non... pas possible, pas possible...

Jean fut frappé de sa crainte, les femmes eurent un geste d'abandon. Après tout, ça regardait les deux sœurs, on ne les forcerait point à faire la paix. Et, à ce moment, un bruit s'étant élevé, d'abord faible, pareil au bourdonnement d'une grosse mouche, puis de plus en plus fort, roulant comme un coup de vent dans les arbres, Fanny eut un sursaut.

– Hein ? le tambour... Les voici, bonsoir !

Elle disparut, sans même embrasser sa cousine une dernière fois.

La Grande et la Frimat étaient sorties sur la porte, pour voir. Il ne resta que Françoise et Jean : elle, dans son obstination d'immobilité et de silence, entendant tout peut-être, voulant mourir ainsi qu'une bête terrée au fond de son trou ; lui, debout devant la fenêtre ouverte, agité d'une incertitude, noyé d'une douleur qui lui semblait venir des gens et des choses, de toute la plaine immense ! Ah ! ce tambour, comme il grandissait, comme il résonnait dans son être, ce tambour dont les roulements continus mêlaient à son deuil d'aujourd'hui ses souvenirs d'autrefois, les casernes, les batailles, la chienne de vie des pauvres bougres qui n'ont ni femme ni enfants pour les aimer !

Dès que le drapeau reparut au loin, sur la route plate, assombrie par le crépuscule, un flot de gamins se mit à courir au-devant des conscrits, un groupe de parents se forma à l'entrée du village. Les neuf et le tambour étaient déjà très soûls, gueulant une chanson dans la mélancolie du soir, enrubannés de faveurs tricolores, la plupart le numéro au chapeau, piqué avec des épingles. En vue du village, ils braillèrent plus fort, et ils y entrèrent d'un pas de conquête, pour la fanfaronnade.

C'était toujours Delphin qui tenait le drapeau. Mais il le rapportait sur l'épaule, comme une loque gênante dont il ne concevait pas l'utilité. L'air défait, la face dure, lui ne chantait point, n'avait point de numéro épinglé à sa casquette. Dès qu'elle l'aperçut, la Bécu se précipita, tremblante, au risque de se faire culbuter par la bande en marche.

– Eh bien ?

Delphin, furieusement, la jeta de côté, sans ralentir son pas.

– Tu m'emmerdes !

Bécu s'était avancé, aussi étranglé que sa femme. Quand il entendit le mot de son fils, il n'en demanda pas davantage ; et, comme la mère sanglotait, il eut toutes les peines du monde à rentrer ses propres larmes, malgré sa crânerie patriotique.

– Qu'est-ce que tu veux y foutre ? il est pris !

Et, restés en arrière, sur la route déserte, tous deux revinrent péniblement, l'homme se rappelant sa dure vie de soldat, la femme tournant sa colère contre le bon Dieu, qu'elle était allée prier deux fois et qui ne l'avait pas écoutée.

Nénesse, lui, portait à son chapeau un superbe 214, peinturluré de rouge et de bleu. C'était un des plus hauts, et il triomphait de sa chance, brandissant sa canne, menant le chœur sauvage des autres, en battant la mesure. Quand elle vit le numéro, Fanny, au lieu de se réjouir, eut un cri de profond regret : ah ! si l'on avait su, on n'aurait pas versé mille francs à la poterie de M. Baillehache. Mais, tout de même, elle et Delhomme embrassèrent leur fils, comme s'il venait d'échapper à un gros péril.

– Lâchez-moi donc ! cria-t-il, c'est emmerdant !

La bande, dans son élan brutal, continuait sa marche, à travers le village révolutionné. Et les parents ne se risquaient plus, certains d'être envoyés au diable. Tous ces bougres revenaient aussi mal embouchés, et ceux qui partaient, et ceux qui ne partaient pas. D'ailleurs, ils n'auraient rien su dire, les yeux hors de la tête, soûls d'avoir gueulé autant que d'avoir bu. Un petit rigolo qui jouait de la trompette avec son nez, avait justement tiré mauvais ; tandis que les deux autres, pâlots, les yeux battus, étaient sûrement parmi les bons. L'enragé tambour, à leur tête, les aurait menés au fond de l'Aigre, qu'ils y auraient tous fait la culbute.

Enfin, devant la mairie, Delphin rendit le drapeau.

– Ah ! nom de Dieu, j'en ai assez de cette foutue mécanique qui m'a porté malheur !

Il saisit le bras de Nénesse, il l'emmena, pendant que les autres envahissaient le cabaret de Lengaigne, au milieu des parents et des amis, qui finirent alors par savoir. Macqueron apparut sur sa porte, navré de ce que la recette serait pour son rival.

– Viens, répéta Delphin d'une voix brève. Je vas te montrer quelque chose de drôle.

Nénesse le suivit. On avait le temps de retourner boire. Le sacré tambour ne leur cassait plus les oreilles, ça les reposait, de s'en aller ainsi tous les deux par la route vide, peu à peu noire de ténèbres. Et, le camarade se taisant, enfoncé dans des réflexions qui ne devaient pas être gaies, Nénesse se remit à lui parler d'une grosse affaire. L'avant-veille, à Chartres, étant allé pour son plaisir rue aux Juifs, il avait appris que Vaucogne, le gendre des Charles, voulait vendre la maison. Ça ne pouvait plus marcher, avec un rossard pareil, que ses femmes mangeaient. Mais quelle maison à relever, quel beurre à y battre, pour un garçon pas feignant, pas bête, les bras solides, au courant du négoce ! La chose tombait d'autant mieux que, lui, chez son restaurateur, s'occupait du bal, où il avait l'œil à la décence des filles, fallait voir ! Alors, le coup était d'effrayer les Charles, de leur montrer le 19 à deux doigts d'être supprimé par la police, tant il s'y passait des choses malpropres, et de l'avoir pour un morceau de pain. Hein ? ça vaudrait mieux que de cultiver la terre, il serait monsieur tout de suite !

Delphin, qui écoutait confusément, absorbé, eut un sursaut, quand l'autre lui allongea une bourrade de malin dans les côtes.

– Ceux qui ont de la chance ont de la chance, murmura-t-il. Toi, t'es fait pour donner de l'orgueil à ta mère.

Et il retomba dans son silence, pendant que Nénesse, en garçon entendu, expliquait déjà les améliorations qu'il apporterait au 19, si ses parents lui faisaient les avances nécessaires. Il était un peu jeune, mais il se sentait la vraie vocation. Justement, il venait d'apercevoir la Trouille, filant près d'eux dans l'ombre de la route, courant au rendez-vous de quelque galant et, pour montrer son aisance avec les femmes, il lui appliqua une forte claque au passage. La Trouille, d'abord, lui rendit sa tape ; puis, les reconnaissant, lui et le camarade :

– Tiens ! c'est vous autres... Comme on a grandi !

Elle riait, au souvenir de leurs jeux d'autrefois. C'était elle encore qui changeait le moins, car elle restait galopin, malgré ses vingt et un ans, toujours souple et mince comme un scion de peuplier, avec sa gorge de petite fille. La rencontre l'amusant, elle les embrassa l'un après l'autre.

– On est toujours amis, pas vrai ?

Et elle aurait bien voulu, s'ils avaient voulu, seulement pour la joie de se retrouver, comme on trinque lorsqu'on se revoit.

– Écoute, dit Nénesse en manière de farce, je vas peut-être acheter la boutique aux Charles. Viens-tu y travailler ?

Du coup, elle cessa de rire, elle suffoqua, éclata en larmes. Les ténèbres de la route semblèrent la reprendre, elle disparut, en bégayant dans un désespoir d'enfant :

– Oh ! c'est cochon, c'est cochon ! Je ne t'aime plus !

Delphin était resté muet, et il se remit à marcher d'un air de décision.

– Viens donc, je vas te montrer quelque chose de drôle.

Alors, il pressa le pas, quitta le chemin pour gagner, à travers les vignes, la maison où la commune avait logé le garde champêtre, depuis que le presbytère était rendu au curé. C'était là qu'il habitait, avec son père. Il fit entrer son compagnon dans la cuisine, où il alluma une chandelle, content que ses parents ne fussent pas de retour encore.

– Nous allons boire un coup, déclara-t-il, en posant sur la table deux verres et un litre.

Puis, après avoir bu, il fit claquer sa langue, il ajouta :

– C'est donc pour te dire que, s'ils croient me tenir avec leur mauvais numéro, ils se trompent... Lorsque, à la mort de notre oncle Michel, j'ai dû aller vivre trois jours à Orléans, j'ai failli en claquer, tant ça me rendait malade de n'être plus chez nous. Hein ? tu trouves ça bête, mais que veux-tu ? c'est plus fort que moi, je suis comme un arbre qui crève quand on l'arrache... Et ils me prendraient, ils m'emmèneraient au diable, dans des endroits que je ne connais seulement pas ? Ah, non ! ah, non !

Nénesse, qui l'avait souvent entendu parler ainsi, haussa les épaules.

– On dit ça, puis on part tout de même... Y a les gendarmes.

Sans répondre, Delphin s'était tourné et avait empoigné de la main gauche, contre le mur, une petite hache qui servait à fendre les bûchettes.

Ensuite, tranquillement, il posa l'index de sa main droite au bord de la table ; et, d'un coup sec, le doigt sauta.

– V'là ce que j'avais à te montrer... Je veux que tu puisses dire aux autres si un lâche en ferait autant.

– Nom de Dieu de maladroit ! cria Nénesse bouleversé, est-ce qu'on s'estropie ! T'es plus un homme !

– Je m'en fous !... Qu'ils viennent, les gendarmes ! Je suis sûr de ne pas partir.

Et il ramassa le doigt coupé, le jeta dans le feu de souches qui brûlait. Puis, après avoir secoué sa main toute rouge, il l'enveloppa rudement de son mouchoir, qu'il serra avec une ficelle, afin d'arrêter le sang.

– Faut pas que ça nous empêche de finir la bouteille, avant d'aller retrouver les autres... À ta santé !

– À ta santé !

Chez Lengaigne, dans la salle du cabaret, on ne se voyait plus, on ne s'entendait plus, au milieu de la fumée et des gueulements. Outre les garçons qui venaient de tirer, il y avait foule : Jésus-Christ et son ami Canon, occupés à débaucher le père Fouan, tous les trois autour d'un litre d'eau-de-vie ; Bécu, trop soûl, achevé par la mauvaise chance de son fils, foudroyé de sommeil sur une table ; Delhomme et Clou qui faisaient un piquet ; sans compter Lequeu, le nez dans un livre, qu'il affectait de lire, malgré le vacarme. Une batterie de femmes avait encore échauffé les têtes, Flore étant allée à la fontaine chercher une cruche d'eau fraîche, et y ayant rencontré Cœlina, qui s'était ruée sur elle, à coups d'ongle, en l'accusant d'être payée par les gabelous pour vendre les voisins. Macqueron et Lengaigne, accourus, avaient failli se cogner aussi ; le premier jurait à l'autre de le faire pincer en train de mouiller son tabac, le second ricanait, lui jetait sa démission à la tête ; et tout le monde s'en était mêlé, par plaisir de serrer les poings et de crier fort, si bien qu'un instant on avait pu craindre un massacre général. C'était fini, mais il en restait une colère mal contentée, un besoin de bataille.

D'abord, ça manqua d'éclater entre Victor, le fils de la maison, et les conscrits. Lui, ayant fait son temps, crânait devant ces gamins, braillait plus haut, les poussait à des paris imbéciles, de vider d'en l'air un litre au fond de sa gorge, ou encore de pomper son verre plein avec le nez, sans qu'une goutte passât par la bouche. Tout d'un coup, à propos des

Macqueron et du mariage prochain de leur fille Berthe, le petit aux Couillot rigola de N'en-a-pas, fit le farceur en reprenant les vieilles plaisanteries.

–Voyons, faudrait demander ça au mari, le lendemain : en avait-elle, oui ou non ? On en causait depuis si longtemps, c'était bête à la fin !

Et l'on fut surpris de la brusque colère de Victor, qui, autrefois, était le plus acharné à dire qu'elle n'en avait pas.

– En v'là assez, elle en a !

Une clameur accueillit cette affirmation. Il l'avait donc vue, il avait couché avec ? Mais il s'en défendit formellement. On peut bien voir sans toucher. Il s'était arrangé pour ça, un jour que l'idée d'éclaircir la chose le tourmentait. Comment ? ça ne regardait personne.

– Elle en a, parole d'honneur !

Alors, ce fut terrible, lorsque le petit aux Couillot, très soûl, s'entêta à crier qu'elle n'en avait pas, sans savoir, simplement pour ne pas céder. Victor hurlait que lui aussi avait dit ça, que s'il ne le disait plus, ce n'était point par idée de soutenir les Macqueron, ces sales canailles ! C'était parce que la vérité est la vérité. Et il tomba sur le conscrit, on dut le lui arracher des mains.

– Dis qu'elle en a, nom de Dieu ! ou je te crève !

Bien du monde, d'ailleurs, garda un doute. Personne ne s'expliquait l'exaspération du fils aux Lengaigne, car il était dur aux femmes d'ordinaire, il reniait publiquement sa sœur, que de sales noces, disait-on, avaient conduite à l'hôpital. Cette pourrie de Suzanne ! elle faisait bien de ne pas venir les empoisonner de sa carcasse !

Flore remonta du vin, mais on eut beau trinquer de nouveau, des injures et des gifles restaient dans l'air. Pas un n'aurait lâché pour aller dîner. Quand on boit, on n'a pas faim. Les conscrits entonnèrent un chant patriotique, accompagné de tels coups de poing sur les tables, que les trois lampes à pétrole clignotaient en crachant leur fumée âcre. On étouffait. Delhomme et Clou se décidèrent à ouvrir la fenêtre, derrière eux. Et ce fut à ce moment que Buteau entra, se glissa dans un coin. Il n'avait pas son air provocant d'habitude, il promenait ses petits yeux troubles, regardait les gens l'un après l'autre. Sans doute il venait aux nouvelles, ayant le besoin de savoir, ne pouvant plus tenir chez lui, où il vivait enfermé depuis la veille. La présence de Jésus-Christ et de Canon parut l'impressionner, au point qu'il ne leur chercha pas querelle d'avoir soûlé le père Fouan. Longtemps aussi, il sonda Delhomme. Mais Bécu endormi, que l'affreux tapage ne réveillait pas, le préoccupait surtout. Dormait-il ou faisait-il le malin ? Il le poussa du coude, il se tranquillisa un peu en remarquant qu'il bavait le long de sa manche. Toute son attention, alors, se concentra sur le maître d'école, dont le visage le frappait, extraordinaire. Qu'avait-il donc à n'avoir pas sa figure de tous les jours ?

En effet, Lequeu, bien qu'il feignît de s'isoler dans sa lecture, était secoué de sursauts violents. Les conscrits, avec leurs chants, leur joie imbécile, le jetaient hors de lui.

– Bougres de brutes ! murmura-t-il, en se contenant encore.

Depuis quelques mois, sa situation se gâtait dans la commune. Il avait toujours été rude et grossier à l'égard des enfants, qu'il renvoyait d'une claque au fumier paternel. Mais ses emportements s'aggravaient, il s'était fait une vilaine histoire avec une petite fille, en lui fendant l'oreille d'un coup de règle. Des parents avaient écrit pour qu'on le remplaçât. Et, là-dessus, le mariage de Berthe Macqueron venait de détruire un ancien espoir, des calculs lointains qu'il croyait près d'aboutir. Ah ! ces paysans, cette sale race qui lui refusait ses filles, et qui allait le priver de son pain, pour l'oreille d'une gamine !

Brusquement, comme s'il était au milieu de sa classe, il tapa son livre dans sa main ouverte, il cria aux conscrits :

– Un peu de silence, nom de Dieu !... Ça vous paraît donc bien drôle, de vous faire casser la gueule par les Prussiens ?

On s'étonna, on tourna les yeux vers lui. Certes, non, ce n'était pas drôle. Tous en convinrent, Delhomme répéta cette idée que chacun devrait défendre son champ. Si les Prussiens venaient en Beauce, ils verraient bien que les Beaucerons n'étaient pas des lâches. Mais, s'en aller se battre pour les champs des autres, non, non ! ce n'était pas drôle !

Justement, Delphin, suivi de Nénesse, arrivait, très rouge, les yeux brûlants de fièvre. Il entendit, il s'attabla avec les camarades, en criant :

– C'est ça, qu'ils viennent, les Prussiens, et ce qu'on en démolira !

On avait remarqué le mouchoir ficelé autour de son poing, on le questionnait. Rien, une coupure. Violemment, de son autre poing, il ébranla la table, il commanda un litre.

Canon et Jésus-Christ regardaient ces garçons, sans colère, d'un air de pitié supérieure. Eux aussi jugeaient qu'il fallait être jeune et joliment bête. Même Canon finit par s'attendrir, dans son idée d'organiser le bonheur futur. Il parla tout haut, le menton entre les deux mains.

– La guerre, ah ! foutre, il est temps que nous soyons les maîtres... Vous savez mon plan. Plus de service militaire, plus d'impôt. À chacun la satisfaction complète de ses appétits, pour le moins de travail possible... Et ça va venir, le jour approche où vous garderez vos sous et vos petits, si vous êtes avec nous.

Jésus-Christ approuvait, lorsque Lequeu, qui ne se contenait plus, éclata.

– Ah ! oui, sacré farceur, votre paradis terrestre, votre façon de forcer le monde à être heureux malgré lui ! En voilà une blague ! Est-ce que ça se peut chez nous ? est-ce que nous ne sommes pas trop pourris déjà ? Il faudrait que des sauvages vinssent nous nettoyer d'abord, des Cosaques ou des Chinois !

Cette fois, la surprise fut si vive, qu'il se fit un complet silence. Quoi donc ? il parlait, ce sournois, ce pisse-froid, qui n'avait jamais montré à personne la couleur de son opinion, et qui se sauvait, dans la crainte de ses supérieurs, dès qu'il s'agissait d'être un homme ! Tous écoutaient, surtout Buteau, anxieux, attendant ce qu'il allait dire, comme si ces choses pouvaient avoir un lien avec l'affaire. La fenêtre ouverte avait dissipé la fumée, la douceur humide de la nuit entrait, on sentait au loin la grande paix noire de la campagne endormie. Et le maître d'école, gonflé de sa réserve peureuse de dix années, se moquant de tout à cette heure, dans le coup de rage de sa vie compromise, se soulageait enfin de la haine dont il étouffait.

– Est-ce que vous croyez les gens d'ici plus bêtes que leurs veaux, à venir raconter que les alouettes leur tomberont rôties dans le bec... Mais, avant que vous organisiez votre machine, la terre aura claqué, tout sera foutu.

Sous la rudesse de cette attaque, Canon, qui n'avait pas encore trouvé son maître, chancela visiblement. Il voulut reprendre ses histoires des messieurs de Paris, tout le sol à l'État, la grande culture scientifique. L'autre lui coupa la parole.

– Je sais, des bêtises !... Quand vous l'essayerez, votre culture, il y aura beau temps que les plaines de France auront disparu, noyées sous le blé d'Amérique... Tenez ! ce petit livre que je lisais, donne justement des détails là-dessus. Ah ! nom de Dieu ! nos paysans peuvent se coucher, la chandelle est morte !

Et, de la voix dont il aurait fait une leçon à ses élèves, il parla du blé de là-bas. Des plaines immenses, vastes comme des royaumes, où la Beauce se serait perdue, ainsi qu'une simple motte sèche ; des terres si fertiles, qu'au lieu de les fumer, il fallait les épuiser par une moisson préparatoire, ce qui ne les empêchait pas de donner deux récoltes ; des fermes de trente mille hectares, divisées en sections, subdivisées en lots, chaque section sous un surveillant, chaque lot sous un contremaître, pourvues de baraquements pour les hommes, les bêtes, les outils, les cuisines ; des bataillons agricoles, embauchés au printemps, organisés sur un pied d'armée en campagne, vivant en plein air, logés, nourris, blanchis, médicamentés, licenciés à l'automne ; des sillons de plusieurs kilomètres à labourer et à semer, des mers d'épis à abattre dont on ne voyait pas les bords, l'homme simplement chargé de la surveillance, tout le travail fait par les machines, charrues doubles armées de disques tranchants, semoirs et sarcloirs, moissonneuses-lieuses, batteuses locomobiles avec élévateur de paille et ensacheur ; des paysans qui sont des mécaniciens, un peloton d'ouvriers suivant à cheval chaque machine, toujours prêts à descendre serrer un écrou, changer un boulon, forger une pièce ; enfin, la terre devenue une banque, exploitée par des financiers, la terre mise en coupe réglée, tondue ras, donnant à la puissance matérielle et impersonnelle de la science le décuple de ce qu'elle discutait à l'amour et aux bras de l'homme.

– Et vous espérez lutter avec vos outils de quatre sous, continua-t-il, vous qui ne savez rien, qui ne voulez rien, qui croupissez dans votre routine !... Ah ! ouiche ! vous en avez jusqu'aux genoux, du blé de là-bas ! et ça grandira, les bateaux en apporteront toujours davantage. Attendez un peu, vous en aurez jusqu'au ventre, jusqu'aux épaules, puis jusqu'à la bouche, puis par-dessus la tête ! Un fleuve, un torrent, un débordement où vous crèverez tous !

Les paysans arrondissaient les yeux, gagnés d'une panique, à l'idée de cette inondation du blé étranger. Ils en souffraient déjà, est-ce qu'ils allaient en être noyés et emportés, comme ce bougre l'annonçait ? Cela se matérialisait pour eux. Rognes, leurs champs, la Beauce entière était engloutie.

– Non, non, jamais ! cria Delhomme étranglé. Le gouvernement nous protégera.

– Un beau merle, le gouvernement ! reprit Lequeu d'un air de mépris. Qu'il se protège donc lui-même !... Ce qui est farce, c'est que vous avez nommé M. Rochefontaine. Le maître de la Borderie, au moins, était conséquent avec ses idées, en voulant M. de Chédeville... L'un ou l'autre, d'ailleurs, c'est le même emplâtre sur une jambe de bois. Pas une chambre n'osera voter une surtaxe assez forte, la protection ne peut vous sauver, vous êtes foutus, bonsoir !

Alors, il y eut un grand tumulte, tous parlaient à la fois. Est-ce qu'on ne pourrait pas l'empêcher d'entrer, ce blé de malheur ? On coulerait les bateaux dans les ports, on irait recevoir à coups de fusil ceux qui l'apportaient. Leurs voix devenaient tremblantes, ils auraient tendu les bras, pleurant, suppliant qu'on les sauvât de cette abondance, de ce pain à bon marché qui menaçait le pays. Et le maître d'école, avec des ricanements, répondait qu'on n'avait jamais vu ça : autrefois, l'unique peur était la famine, toujours on craignait de n'avoir pas assez de blé, et il fallait être vraiment fichu pour en arriver à craindre d'en avoir trop. Il se grisait de ses paroles, il dominait les protestations furieuses.

– Vous êtes une race finie, l'amour imbécile de la terre vous a mangés, oui ! du lopin de terre dont vous restez l'esclave, qui vous a rétréci l'intelligence, pour qui vous assassineriez ! Voilà des siècles que vous êtes mariés à la terre, et qu'elle vous trompe... Voyez en Amérique, le cultivateur est le maître de la terre. Aucun lien ne l'y attache, ni famille, ni souvenir. Dès que son champ s'épuise, il va plus loin. Apprend-il qu'à trois cents lieues, on a découvert des plaines plus fertiles, il plie sa tente, il s'y installe. C'est lui qui commande enfin et qui se fait obéir, grâce aux machines. Il est libre, il s'enrichit, tandis que vous êtes des prisonniers et que vous crevez de misère !

Buteau pâlissait. Lequeu l'avait regardé en parlant d'assassinat. Il tâcha de faire bonne contenance.

– On est comme on est. À quoi ça sert de se fâcher, puisque vous dites vous-même que ça ne changerait rien.

Delhomme approuva, tous recommencèrent à rire, Lengaigne, Clou, Fouan, Delphin lui-même et les conscrits, que la scène amusait, dans l'espoir que ça finit par des claques. Canon et Jésus-Christ, vexés de voir ce chieur d'encre, comme ils le nommaient, crier plus fort qu'eux, affectèrent aussi de rigoler. Ils en étaient à se mettre avec les paysans.

– C'est idiot de se fâcher, déclara Canon en haussant les épaules. Il faut organiser.

Lequeu eut un geste terrible.

– Eh bien ! moi, je vous le dis à la fin... Je suis pour qu'on foute tout par terre !

Il avait la face livide, il leur jetait ça, comme s'il avait voulu les en assommer.

– Sacrés lâches, oui ! les paysans, tous les paysans !... Quand on songe que vous êtes les plus nombreux, et que vous vous laissez manger par les bourgeois et par les ouvriers des villes ! Nom de Dieu ! je n'ai qu'un regret, celui d'avoir un père et une mère paysans : c'est pour ça peut-être que vous me dégoûtez davantage... Car, il n'y a pas à dire, vous seriez les maîtres. Seulement, voilà ! vous ne vous entendez guère ensemble, isolés, méfiants, ignorants ; vous mettez toute votre canaillerie à vous dévorer entre vous... Hein ? qu'est-ce que vous cachez, dans votre eau dormante ? Vous êtes donc comme les mares qui croupissent ? on les croit profondes, on ne peut pas y noyer un chat. Être la force sourde, la force dont on attend l'avenir, et ne pas plus grouiller qu'une bûche !... Avec ça, l'exaspérant, c'est que vous avez cessé de croire aux curés. Alors, s'il n'y a pas de bon Dieu, qu'est-ce qui vous gêne ? Tant que la peur de l'enfer vous a tenus, on comprend que vous soyez restés à plat ventre ; mais, maintenant, allez donc ! pillez tout, brûlez tout !... Et, en attendant, ce qui serait plus facile et plus drôle, mettez-vous en grève. Vous avez tous des sous, vous vous entêterez aussi longtemps qu'il faudra. Ne cultivez que pour vos besoins, ne portez plus rien au marché, pas un sac de blé, pas un boisseau de pommes de terre. Ce qu'on crèverait à Paris ! quel nettoyage, nom de Dieu !

On aurait dit que, par la fenêtre ouverte, un coup de froid entrait, venu de loin, des profondeurs noires. Les lampes à pétrole filaient très haut. Personne n'interrompait plus l'enragé, malgré les mauvais compliments qu'il faisait à chacun.

Il finit en gueulant, en cognant son livre sur une table, dont les verres tintaient.

– Je vous dis ça, mais je suis tranquille… Vous avez beau être lâches, c'est vous autres qui foutrez tout par terre, quand l'heure viendra. Il en a été souvent ainsi, il en sera de même encore. Attendez que la misère et la faim vous jettent sur les villes comme des loups... Et ce blé qu'on amène, l'occasion est peut-être bien là. Quand il y en aura de trop, il n'y en aura pas assez, on reverra les disettes. C'est toujours pour le blé qu'on se révolte et qu'on se tue... Oui, oui, les villes brûlées et rasées, les villages déserts, les terres incultes, envahies par les ronces, et du sang, des ruisseaux de sang, pour qu'elles puissent redonner du pain aux hommes qui naîtront après nous !

Lequeu, violemment, avait ouvert la porte. Il disparut. Derrière lui, dans la stupeur, un cri monta. Ah ! le brigand, on aurait dû le saigner ! Un homme si tranquille jusque-là ! bien sûr qu'il devenait fou. Sorti de son calme habituel, Delhomme déclara qu'il allait écrire au préfet ; et les autres l'y poussèrent. Mais c'étaient surtout Jésus-Christ et son ami Canon qui semblaient hors d'eux, le premier avec son 89, sa devise humanitaire de liberté, égalité, fraternité, le second avec son organisation sociale, autoritaire et scientifique. Ils en restaient pâles, exaspérés de n'avoir pas trouvé un mot à répondre, s'indignant plus fort que les paysans, criant qu'un particulier de cette espèce, on devrait le guillotiner. Buteau, devant tout le sang que ce furieux avait demandé, ce fleuve de sang qu'il lâchait du geste sur la terre, s'était levé dans un frisson, la tête agitée de secousses nerveuses, inconscientes, comme s'il approuvait. Puis, il se coula le long du mur, le regard oblique pour voir si on ne le suivait pas, et il disparut à son tour.

Tout de suite, les conscrits recommencèrent leur noce. Ils vociféraient, ils voulaient que Flore leur fît cuire des saucisses, lorsque Nénesse les bouscula, en leur montrant Delphin qui venait de tomber évanoui, le nez sur la table. Le pauvre bougre était d'une blancheur de linge. Son mouchoir, glissé de sa main blessée, se tachait de plaques rouges. Alors, on hurla dans l'oreille de Bécu, toujours endormi ; et il s'éveilla enfin, il regarda le poing mutilé de son garçon. Sans doute il comprit, car il empoigna un litre, pour l'achever, gueulait-il. Ensuite, lorsqu'il l'eut emmené, chancelant, on l'entendit dehors, au milieu de ses jurons, éclater en larmes.

Ce soir-là, Hourdequin, ayant appris au dîner l'accident de Françoise, vint à Rognes demander des nouvelles, par amitié pour Jean. Sorti à pied, fumant sa pipe dans la nuit noire, roulant ses chagrins au milieu du grand silence, il descendit la côte, avant d'entrer chez son ancien serviteur, calmé un peu, désireux d'allonger la route. Mais, en bas, la voix de Lequeu, que la fenêtre ouverte du cabaret semblait souffler aux ténèbres de la campagne, l'arrêta, immobile dans l'ombre. Puis, lorsqu'il se fut décidé à remonter, elle le suivit ; et, maintenant encore, devant la maison de Jean, il l'entendait amincie et comme aiguisée par la distance, toujours aussi nette, d'un fil tranchant de couteau.

Dehors, à côté de la porte, Jean était adossé au mur. Il ne pouvait plus rester près du lit de Françoise, il étouffait, il souffrait trop.

– Eh bien ! mon pauvre garçon, demanda Hourdequin, comment ça va-t-il, chez vous ?

Le malheureux eut un geste accablé.

– Ah ! monsieur, elle se meurt !

Et ni l'un ni l'autre n'en dirent davantage, le grand silence retomba, tandis que la voix de Lequeu montait toujours, vibrante, obstinée.

Au bout de quelques minutes, le fermier, qui écoutait malgré lui, laissa échapper ces mots de colère :

– Hein ? l'entendez-vous gueuler, celui-là ! Comme c'est drôle, ce qu'il dit, quand on est triste !

Tous ses chagrins l'avaient repris, à cette voix effrayante, près de cette femme qui agonisait. La terre qu'il aimait tant, d'une passion sentimentale, intellectuelle presque, l'achevait, depuis les dernières récoltes. Sa fortune y avait passé, bientôt la Borderie ne lui donnerait même plus de quoi manger. Rien n'y avait fait, ni l'énergie, ni les cultures nouvelles, les engrais, les machines. Il expliquait son désastre par son manque de capitaux ; encore doutait-il, car la ruine était générale, les Robiquet venaient d'être expulsés de la Chamade dont ils ne payaient pas les fermages, les Coquart allaient être forcés de vendre leur ferme de Saint-Juste. Et pas moyen de briser la geôle, jamais il ne s'était senti davantage le prisonnier de sa terre, chaque jour l'argent engagé, le travail dépensé l'y avaient rivé d'une chaîne plus courte. La catastrophe approchait, qui terminerait l'antagonisme séculaire de la petite propriété et de la grande, en les tuant toutes les deux. C'était le commencement des temps prédits, le blé au-dessous de seize francs, le blé vendu à perte, la faillite de la terre, que des causes sociales amenaient, plus fortes décidément que la volonté des hommes.

Et, brusquement, Hourdequin, saignant dans sa défaite, approuva Lequeu.

– Nom de Dieu ! il a raison... Que tout craque, que nous crevions tous, que les ronces poussent partout, puisque la race est finie et la terre épuisée !

Il ajouta, en faisant allusion à Jacqueline :

– Moi, heureusement, j'ai sous la peau un autre mal qui m'aura cassé les reins avant ça.

Mais, dans la maison, on entendit la Grande et la Frimat marcher, chuchoter. Jean frissonna, à ce léger bruit. Il rentra, trop tard. Françoise était morte, peut-être depuis longtemps. Elle n'avait pas rouvert les yeux, pas desserré les lèvres. La Grande venait simplement de s'apercevoir qu'elle n'était plus, en la touchant. Très blanche, la face amincie et têtue, elle semblait dormir. Debout au pied du lit, Jean la regarda, hébété d'idées confuses, la peine qu'il avait, la surprise qu'elle n'eût pas voulu faire de testament, la sensation que quelque chose se brisait et finissait dans son existence.

À ce moment, comme Hourdequin, après avoir salué en silence, s'en allait, assombri encore, il vit, sur la route, une ombre se détacher de la fenêtre et galoper au fond des ténèbres. L'idée lui vint de quelque chien rôdeur. C'était Buteau, qui, monté pour guetter la mort, courait l'annoncer à Lise.

V

Le lendemain, dans la matinée, on achevait de mettre en bière le corps de Françoise, et le cercueil restait au milieu de la chambre, sur deux chaises, lorsque Jean eut un sursaut de surprise indignée, en voyant entrer Lise et Buteau, l'un derrière l'autre. Son premier geste fut pour les chasser, ces parents sans cœur qui n'étaient pas venus embrasser la mourante, et qui arrivaient enfin dès qu'on avait cloué le couvercle sur elle, comme délivrés de la crainte de se retrouver en sa présence. Mais les membres présents de la famille, Fanny, la Grande, l'arrêtèrent : ça ne portait pas chance, de se disputer autour d'un mort ; puis, quoi ? On ne pouvait empêcher Lise de racheter sa rancune, en se décidant à veiller les restes de sa sœur.

Et les Buteau, qui avaient compté sur le respect dû à ce cercueil, s'installèrent. Ils ne dirent pas qu'ils reprenaient possession de la maison ; seulement, ils le faisaient, d'une façon naturelle, comme si la chose allait de soi, à présent que Françoise n'était plus là. Elle y était bien encore, mais emballée pour le grand départ, pas plus gênante qu'un meuble. Lise, après s'être assise un instant, s'oublia jusqu'à ouvrir les armoires, à s'assurer que les objets n'avaient pas bougé de place, pendant son absence. Buteau rôdait déjà dans l'écurie et dans l'étable, en homme entendu qui donne le coup d'œil du maître. Le soir, l'un et l'autre semblèrent tout à fait rentrés chez eux, et il n'y avait que le cercueil qui les embarrassât, maintenant, dans la chambre dont il barrait le milieu. Ce n'était, d'ailleurs, qu'une nuit à patienter : le plancher serait enfin libre de bonne heure, le lendemain.

Jean piétinait, au milieu de la famille, l'air perdu, ne sachant que faire de ses membres. D'abord, la maison, les meubles, le corps de Françoise avaient paru à lui. Mais, à mesure que les heures s'écoulaient, tout cela se détachait de sa personne, semblait passer aux autres. Quand la nuit tomba, personne ne lui adressait plus la parole, il n'était plus là qu'en intrus toléré. Jamais il n'avait eu si pénible la sensation d'être un étranger, de n'avoir pas un des siens, parmi ces gens, tous alliés, tous d'accord, dès qu'il s'agissait de l'exclure. Jusqu'à sa pauvre femme morte qui cessait de lui appartenir, au point que Fanny, comme il parlait de veiller près du corps, avait voulu le renvoyer, sous le prétexte qu'on était trop de monde. Il s'était obstiné pourtant, il avait même eu l'idée de prendre l'argent dans la commode, les cent vingt-sept francs, pour être certain qu'ils ne s'envoleraient pas. Lise, dès son arrivée, en ouvrant le tiroir, devait les avoir vus, ainsi que la feuille de papier timbré, car elle s'était mise à chuchoter vivement avec la Grande ; et c'était depuis lors, qu'elle se réinstallait si à l'aise, certaine qu'il n'existait point de testament. L'argent, elle ne l'aurait toujours pas. Dans l'appréhension du lendemain, Jean se disait qu'il tiendrait au moins ça. Il avait ensuite passé la nuit sur une chaise.

Le lendemain, l'enterrement eut lieu de bonne heure, à neuf heures ; et l'abbé Madeline, qui partait le soir, put dire encore la messe et aller jusqu'à la fosse ; mais il y perdit connaissance, on dut l'emporter. Les Charles étaient venus, ainsi que Delhomme et Nénesse. Ce fut un enterrement convenable, sans rien de trop. Jean pleurait. Buteau s'essuyait les yeux. Au dernier moment, Lise avait déclaré que ses jambes se cassaient, que jamais elle n'aurait la force d'accompagner le corps de sa pauvre sœur. Elle était donc restée seule dans la maison, tandis que la Grande, Fanny, la Frimat, la Bécu, d'autres voisines, suivaient. Et, au retour, tout ce monde, s'attardant exprès sur la place de l'Église, assista enfin à la scène prévue, attendue depuis la veille.

Jusque-là, les deux hommes, Jean et Buteau, avaient évité de se regarder, dans la crainte qu'une bataille ne s'engageât sur le cadavre à peine refroidi de Françoise. Maintenant, tous les deux se dirigeaient vers la maison, du même pas résolu ; et, de biais, ils se dévisageaient. On allait voir. Du premier coup d'œil, Jean comprit pourquoi Lise n'était pas allée au convoi. Elle avait voulu rester seule, afin d'emménager, en gros du moins. Une heure venait de lui suffire, jetant les paquets par-dessus le mur de la Frimat, brouettant ce qui aurait pu se casser. D'une claque enfin, elle avait ramené dans la cour Laure et Jules, qui s'y battaient déjà, tandis que le père Fouan, poussé aussi par elle, soufflait sur le banc. La maison était reconquise.

– Où vas-tu ? demanda brusquement Buteau, en arrêtant Jean devant la porte.

– Je rentre chez moi.

– Chez toi ! où ça, chez toi ?... Pas ici, toujours. Ici, nous sommes chez nous.

Lise était accourue ; et, les poings sur les hanches, elle gueulait, plus violente, plus injurieuse que son homme.

– Hein ? quoi ? qu'est-ce qu'il veut, ce pourri ?... Y avait assez longtemps qu'il empoisonnait ma pauvre sœur, à preuve que, sans ça, elle ne serait pas morte de son accident, et qu'elle a montré sa volonté, en ne lui rien laissant de son bien... Tape donc dessus, Buteau ! Qu'il ne rentre pas, il nous foutrait la maladie !

Jean, suffoqué de cette rude attaque, tâcha encore de raisonner.

– Je sais que la maison et la terre vous reviennent. Mais j'ai à moi la moitié sur les meubles et les bêtes...

– La moitié, tu as le toupet ! reprit Lise, en l'interrompant. Sale maquereau, tu oserais prendre la moitié de quelque chose, toi qui n'as seulement pas apporté ici ton démêloir et qui n'y es entré qu'avec ta chemise sur le cul. Faut donc que les femmes te rapportent, un beau métier de cochon !

Buteau l'appuyait, et d'un geste qui balayait le seuil :

– Elle a raison, décampe !... Tu avais ta veste et ta culotte, va-t'en avec, on ne te les retient pas.

La famille, les femmes surtout, Fanny et la Grande, arrêtées à une trentaine de mètres, semblaient approuver par leur silence.

Alors, Jean, blêmissant sous l'outrage, frappé au cœur de cette accusation d'abominable calcul, se fâcha, cria aussi fort que les autres.

– Ah ! c'est comme ça, vous voulez du vacarme... Eh bien ! il y en aura. D'abord, je rentre, je suis chez moi, tant que le partage n'est pas fait. Et puis, je vais aller chercher M. Baillehache qui mettra les scellés et qui m'en nommera gardien... Je suis chez moi, c'est à vous de foutre le camp !

Il s'était avancé si terrible, que Lise dégagea la porte. Mais Buteau avait sauté sur lui, une lutte s'engagea, les deux hommes roulèrent au milieu de la cuisine. Et la querelle continua dedans, à savoir maintenant qui serait flanqué dehors, du mari ou de la sœur et du beau-frère.

– Montrez-moi le papier qui vous rend les maîtres.

– Le papier, on s'en torche ! Ça suffit que nous ayons le droit.

– Alors, venez avec l'huissier, amenez les gendarmes, comme nous avons fait, nous autres.

– L'huissier et les gendarmes, on les envoie chier ! Il n'y a que les crapules qui ont besoin d'eux. Quand on est honnête, on règle ses comptes soi-même.

Jean s'était retranché derrière la table, ayant le furieux besoin d'être le plus fort, ne voulant pas quitter cette demeure où sa femme venait d'agoniser, où il lui semblait que tout le bonheur de sa vie avait tenu. Buteau, enragé, lui aussi, par l'idée de ne pas lâcher la place reconquise, comprenait qu'il fallait en finir. Il reprit :

– Et puis, ce n'est pas tout ça, tu nous emmerdes !

Il avait bondi par-dessus la table, il retomba sur l'autre. Mais celui-ci empoigna une chaise, le fit culbuter en la lui envoyant à travers les jambes ; et il se réfugiait au fond de la chambre voisine, pour s'y barricader, lorsque la femme eut le brusque souvenir de l'argent, des cent vingt-sept francs aperçus dans le tiroir de la commode. Elle crut qu'il courait les prendre, elle le devança, ouvrit le tiroir, jeta un hurlement de douleur.

– L'argent ! ce nom de Dieu a volé l'argent, cette nuit !

Et, dès lors, Jean fut perdu, ayant à protéger sa poche. Il criait que l'argent lui appartenait, qu'il voulait bien faire les comptes et qu'on lui en redevrait, sûrement. Mais la femme et l'homme ne l'écoutaient pas, la femme s'était ruée, cognait plus fort que l'homme. D'une poussée folle, il fut délogé de la chambre, ramené dans la cuisine, où ils tournèrent tous les trois en une masse confuse, rebondissante aux angles des meubles. À coups de pied, il se débarrassa de Lise. Elle revint, lui enfonça ses ongles dans la nuque, tandis que Buteau, prenant son élan, tapant de la tête ainsi que d'un bélier, l'envoyait s'étaler dehors, sur la route.

Ils restèrent là, ils bouchèrent la porte de leurs corps, clamant :

– Voleur qui a volé notre argent !... Voleur ! voleur ! voleur !

Jean, après s'être ramassé, répondit, dans un bégaiement de souffrance et de colère :

– C'est bon, j'irai chez le juge, à Châteaudun, et il me fera rentrer chez moi, et je vous poursuivrai en justice pour des dommages-intérêts... Au revoir !

Il eut un dernier geste de menace, il disparut, en montant vers la plaine. Quand la famille avait vu qu'on se tapait, elle s'en était prudemment allée, à cause des procès possibles.

Alors, les Buteau eurent un cri sauvage de victoire. Enfin, ils l'avaient donc foutu à la rue, l'étranger, l'usurpateur ! Et ils y étaient rentrés, dans la maison, ils disaient bien qu'ils y rentreraient ! La maison ! la maison ! à cette idée qu'ils s'y retrouvaient, dans la vieille maison patrimoniale, bâtie jadis par un ancêtre, ils furent pris d'un coup de folie joyeuse, ils galopèrent au travers des pièces, gueulèrent à s'étrangler, pour le plaisir de gueuler chez eux. Les enfants, Laure et Jules, accoururent, battirent du tambour sur une vieille poêle. Seul, le père Fouan, resté sur le banc de pierre, les regardait passer de ses yeux troubles, sans rire.

Brusquement, Buteau s'arrêta.

– Nom de Dieu ! il a filé par le haut, pourvu qu'il ne soit pas allé faire du mal à la terre !

C'était absurde, mais ce cri de passion l'avait bouleversé. La pensée de la terre lui revenait, dans une secousse de jouissance inquiète. Ah ! la terre, elle le tenait aux entrailles plus encore que la maison ! ce morceau de terre de là-haut qui comblait le trou entre ses deux tronçons, qui lui rétablissait sa parcelle de trois hectares, si belle, que Delhomme lui-même n'en possédait pas une semblable ! Toute sa chair s'était mise à trembler de joie, comme au retour d'une femme désirée et qu'on a crue perdue. Un besoin immédiat de la revoir, dans sa crainte folle que l'autre pouvait l'emporter, lui tourna la tête. Il partit en courant, en grognant qu'il souffrirait trop, tant qu'il ne saurait pas.

Jean, en effet, était monté en plaine, afin d'éviter le village ; et, par habitude, il suivait le chemin de la Borderie. Lorsque Buteau l'aperçut, justement il passait le long de la pièce des Cornailles ; mais il ne s'arrêta pas, il ne jeta, à ce champ tant disputé, qu'un regard de défiance et de tristesse, comme s'il l'accusait de lui avoir porté malheur ; car un souvenir venait de mouiller ses yeux, celui du jour où il avait causé avec Françoise pour la première fois : n'était-ce pas aux Cornailles que la Coliche l'avait traînée, gamine encore, dans une luzernière ? Il s'éloigna d'un pas ralenti, la tête basse, et Buteau qui le guettait, mal rassuré, le soupçonnant d'un mauvais coup, put s'approcher à son tour de la pièce. Debout, il la contempla longuement : elle était toujours là, elle n'avait pas l'air de se mal porter, personne ne lui avait fait du mal. Son cœur se gonflait, allait vers elle, dans cette idée qu'il la possédait de nouveau, à jamais. Il s'accroupit, il en prit des deux mains une motte, l'écrasa, la renifla, la laissa couler pour en baigner ses doigts. C'était bien sa terre, et il retourna chez lui, chantonnant, comme ivre de l'avoir respirée.

Cependant, Jean marchait, les yeux vagues, sans savoir où ses pieds le conduisaient. D'abord, il avait voulu courir à Cloyes, chez M. Baillehache, pour se faire réintégrer dans la maison. Ensuite, sa colère s'était calmée. S'il y rentrait aujourd'hui, demain il lui en faudrait sortir. Alors, pourquoi ne pas avaler ce gros chagrin tout de suite, puisque la chose était faite ? D'ailleurs, ces canailles avaient raison : pauvre il était venu, pauvre il s'en allait. Mais, surtout, ce qui lui cassait la poitrine, ce qui le décidait à se résigner, c'était de se dire que la volonté de Françoise en mourant avait dû être que les choses fussent ainsi, du moment où elle ne lui avait pas légué son bien. Il abandonnait donc le projet d'agir immédiatement ; et, lorsque, dans le bercement de la marche, sa colère se rallumait, il n'en était plus qu'à jurer de traîner les Buteau en justice, pour se faire rendre sa part, la moitié de tout ce qui tombait dans la communauté. On verrait s'il se laisserait dépouiller comme un capon !

Ayant levé les yeux, Jean fut étonné de se voir devant la Borderie. Un raisonnement intérieur, dont il n'avait eu que la demi-conscience, l'amenait à la ferme, comme à un refuge. Et, en effet, s'il ne voulait pas quitter le pays, n'était-ce pas là qu'on lui donnerait le moyen d'y rester, le logement et du travail ? Hourdequin l'avait toujours estimé, il ne doutait point d'être accueilli sur l'heure.

Mais, de loin, la vue de la Cognette, affolée, traversant la cour, l'inquiéta. Onze heures sonnaient, il tombait dans une catastrophe terrible. Le matin, descendue avant la servante, la jeune femme avait trouvé, au pied de l'escalier, la trappe de la cave ouverte, cette trappe placée si dangereusement ; et Hourdequin était au fond, mort, les reins cassés à l'angle d'une marche. Elle avait crié, on était accouru, une terreur bouleversait la ferme. Maintenant, le corps du fermier gisait sur un matelas, dans la salle à manger, tandis que, dans la cuisine, Jacqueline se désespérait, la face décomposée, sans une larme.

Dès que Jean fut entré, elle parla, se soulagea d'une voix étranglée.

– Je l'avais bien dit, je voulais qu'on le changeât de place, ce trou !... Mais qui donc a pu le laisser ouvert ? Je suis certaine qu'il était fermé hier soir, quand je suis montée... Depuis ce matin, je suis là, à me creuser la tête.

– Le maître est descendu avant vous ? demanda Jean, que l'accident stupéfiait.

– Oui, le jour pointait à peine... Je dormais. Il m'a semblé qu'une voix l'appelait d'en bas. J'ai dû rêver... Souvent, il se levait de la sorte, descendait toujours sans lumière, pour surprendre les serviteurs au saut du lit... Il n'aura pas vu le trou, il sera tombé. Mais qui donc, qui donc a laissé cette trappe ouverte ? Ah ! j'en mourrai !

Jean, qu'un soupçon venait d'effleurer, l'écarta aussitôt. Elle n'avait aucun intérêt à cette mort, son désespoir était sincère.

– C'est un grand malheur, murmura-t-il.

– Oh ! oui, un grand malheur, un très grand malheur, pour moi !

Elle s'affaissa sur une chaise, accablée, comme si les murs croulaient autour d'elle. Le maître qu'elle comptait épouser enfin ! le maître qui avait juré de lui tout laisser par testament ! Et il était mort, sans avoir le temps de rien signer. Et elle n'aurait pas même des gages, le fils allait revenir, la jetterait dehors à coups de botte, comme il l'avait promis. Rien ! quelques bijoux et du linge, ce qu'elle avait sur la peau ! Un désastre, un écrasement !

Ce que Jacqueline ne disait pas, n'y songeant plus, c'était le renvoi du berger Soulas, qu'elle avait obtenu la veille. Elle l'accusait d'être trop vieux, de ne point suffire, enragée de le trouver sans cesse derrière son dos, à l'espionner ; et Hourdequin, bien que n'étant pas de son avis, avait cédé, tellement il pliait sous elle maintenant, dompté, réduit à lui acheter des nuits heureuses par une soumission d'esclave. Soulas, congédié avec de bonnes paroles et des promesses, regardait le maître fixement de ses yeux pâles. Puis, lentement, il s'était mis à lâcher son paquet sur la garce, cause de son malheur : la galopée des mâles, Tron après tant d'autres, et l'histoire de ce dernier, et le rut insolent, impudent, à la connaissance de tous ; si bien que, dans le pays, on disait que le maître devait aimer ça, les restes de valet. Vainement, le fermier, éperdu, tâchait de l'interrompre, car il tenait à son ignorance, il ne voulait plus savoir, dans la terreur d'être forcé de la chasser : le vieux était allé jusqu'au bout, sans omettre une seule des fois qu'il les avait surpris, méthodique, le cœur peu à peu soulagé, vidé de sa longue rancune. Jacqueline ignorait cette délation, Hourdequin s'étant sauvé à travers champs, avec la crainte de l'étrangler, s'il la revoyait ; ensuite, au retour, il avait simplement renvoyé Tron, sous le prétexte qu'il laissait la cour dans un état de saleté épouvantable. Alors, elle avait bien eu un soupçon ; mais elle ne s'était pas risquée à défendre le vacher, obtenant qu'il coucherait encore cette nuit-là, comptant arranger l'affaire le lendemain, pour le garder. Et tout cela, à cette heure, restait trouble, dans le coup du destin qui détruisait ses dix années de laborieux calculs.

Jean était seul avec elle dans la cuisine, lorsque Tron parut. Elle ne l'avait pas revu depuis la veille, les autres domestiques erraient par la ferme, inoccupés, anxieux. Quand elle aperçut le Percheron, cette grande bête à la chair d'enfant, elle eut un cri, rien qu'à la façon oblique dont il entrait.

– C'est toi qui as ouvert la trappe !

Brusquement, elle comprenait tout, et lui était blême, les yeux ronds, les lèvres tremblantes.

– C'est toi qui as ouvert la trappe et qui l'as appelé, pour qu'il fit la culbute !

Saisi de cette scène, Jean s'était reculé. Ni l'un ni l'autre, d'ailleurs, ne semblaient plus le savoir là, dans la violence des passions qui les agitaient. Tron, sourdement, la tête basse, avouait.

– Oui, c'est moi... Il m'avait renvoyé, je ne t'aurais plus vue, ça ne se pouvait pas... Et puis, déjà, j'avais songé que, s'il mourait, nous serions libres d'être ensemble.

Elle l'écoutait, raidie, dans une tension nerveuse qui la soulevait toute. Lui, en grognements satisfaits, lâchait ce qui avait roulé au fond de son crâne dur, une jalousie humble et féroce de serviteur contre le maître obéi, un plan sournois de crime, pour s'assurer la possession de cette femme, qu'il voulait à lui seul.

– Le coup fait, j'ai cru que tu serais contente... Si je ne t'en ai rien dit, c'était dans l'idée de ne pas te causer de la gêne... Et alors, maintenant qu'il n'est plus là, je viens te prendre, pour nous en aller et nous marier.

Jacqueline, la voix brutale, éclata.

– Toi ! mais je ne t'aime pas, je ne te veux pas !... Ah ! tu l'as tué pour m'avoir ! Il faut que tu sois plus bête encore que je ne pensais. Une bêtise pareille, avant qu'il m'épouse et qu'il fasse le testament !... Tu m'as ruinée, tu m'as ôté le pain de la bouche. C'est à moi que tu as cassé les os, hein ? brute, comprends-tu ?... Et tu crois que je vais te suivre ! Dis donc, regarde-moi bien, est-ce que tu te fous de moi ?

À son tour, il l'écoutait, béant, dans la stupeur de cet accueil inattendu.

– Parce que j'ai plaisanté, parce que nous avons pris du plaisir ensemble, tu t'imagines que tu vas m'embêter toujours... Nous marier ! ah, non ! ah, non ! j'en choisirais un plus malin, si j'avais l'envie d'un homme... Tiens ! va-t'en, tu me rends malade... Je ne t'aime pas, je ne te veux pas. Va-t'en !

Une colère le secoua. Quoi donc ? il aurait tué pour rien. Elle était à lui, il l'empoignerait par le cou et l'emporterait.

– T'es une fière gueuse, gronda-t-il. Ça n'empêche que tu vas venir. Autrement, je te règle ton compte, comme à l'autre.

La Cognette marcha sur lui, les poings serrés.

– Essaye voir !

Il était bien fort, gros et grand, et elle était bien faible, avec sa taille mince, son corps fin de jolie fille. Mais ce fut lui qui recula, tant elle lui sembla effrayante les dents prêtes à mordre, les regards aigus, luisants comme des couteaux.

– C'est fini, va-t'en !... Plutôt que d'aller avec toi, je préférerais ne revoir jamais d'homme... Va-t'en, va-t'en, va-t'en !

Et Tron s'en alla, à reculons, dans une retraite de bête carnassière et lâche, cédant à la crainte, remettant sournoisement sa vengeance. Il la regarda, il dit encore.

– Morte ou vivante, j'aurai ta peau !

Jacqueline, quand il fut sorti de la ferme, eut un soupir de bon débarras. Puis, se retournant, frémissante, elle ne s'étonna point de voir Jean, elle s'écria dans un élan de franchise :

– Ah ! la canaille, ce que je le ferais pincer par les gendarmes, si je ne craignais d'être emballée avec lui !

Jean restait glacé. Une réaction nerveuse se produisait, d'ailleurs, chez la jeune femme : elle étouffa, elle tomba dans ses bras, en sanglotant, en répétant qu'elle était malheureuse, oh ! malheureuse, bien malheureuse ! Ses larmes coulaient sans fin, elle voulait être plainte, être aimée, elle s'attachait à lui, comme si elle avait désiré que celui-ci l'emportât et la gardât. Et il commençait à être très ennuyé, lorsque le beau-frère du mort, le notaire Baillehache, qu'un valet de la ferme était allé prévenir, sauta de son cabriolet, dans la cour. Alors, Jacqueline courut à lui, étala son désespoir.

Jean, qui s'était échappé de la cuisine, se retrouva en plaine rase, sous un ciel pluvieux de mars. Mais il ne voyait rien, bouleversé par cette histoire, dont le frisson s'ajoutait au chagrin de son malheur à lui. Il avait son compte de malchance, un égoïsme lui faisait hâter le pas, malgré son apitoiement sur le sort de son ancien maître Hourdequin. Ce n'était guère son rôle de vendre la Cognette et son galant, la justice n'avait qu'à ouvrir l'œil. Deux fois, il se retourna, croyant qu'on le rappelait, comme s'il se fût senti complice. Devant les premières maisons de Rognes seulement, il respira ; et il se disait, maintenant, que le fermier était mort de son péché, il songeait à cette grande vérité que, sans les femmes, les hommes seraient beaucoup plus heureux. Le souvenir de Françoise lui était revenu, une grosse émotion l'étranglait.

Lorsqu'il se revit devant le village, Jean se rappela qu'il était allé à la ferme pour y demander du travail. Tout de suite, il s'inquiéta, il chercha où il pourrait frapper à cette heure, et la pensée lui vint que les Charles avaient besoin d'un jardinier, depuis quelques jours. Pourquoi n'irait-il pas s'offrir ? Il restait tout de même un peu de la famille, peut-être serait-ce une recommandation. Immédiatement, il se rendit à Roseblanche.

Il était une heure, les Charles achevaient de déjeuner, lorsque la servante l'introduisit. Justement, Élodie versait le café, et M. Charles, ayant fait asseoir le cousin, voulut qu'il en prit une tasse. Celui-ci accepta, bien qu'il n'eût rien mangé depuis la veille : il avait l'estomac trop serré, ça le secouerait un peu. Mais, quand il se vit à cette table, avec ces bourgeois, il n'osa plus demander la place de jardinier. Tout à l'heure, dès qu'il trouverait un biais. Mme Charles s'était mise à le plaindre, à pleurer la mort de cette pauvre Françoise, et il s'attendrissait. Sans doute, la famille croyait qu'il venait lui faire ses adieux.

Puis, la servante ayant annoncé les Delhomme, le père et le fils, Jean fut oublié.

– Faites entrer et donnez deux autres tasses.

C'était pour les Charles une grosse affaire, depuis le matin. Au sortir du cimetière, Nénesse les avait accompagnés jusqu'à Roseblanche ; et, tandis que Mme Charles rentrait avec Élodie, il avait retenu M. Charles, il s'était carrément présenté comme acquéreur du 19, si l'on tombait d'accord. À l'entendre, la maison, qu'il connaissait, serait vendue un prix ridicule ; Vaucogne n'en trouverait pas cinq mille francs, tellement il l'avait laissée déchoir ; tout y était à changer, le mobilier défraîchi, le personnel choisi sans goût, si défectueux, que la troupe elle-même allait ailleurs. Pendant près de vingt minutes, il avait ainsi déprécié l'établissement, étourdissant son oncle, le stupéfiant de son entente de la partie, de sa science à marchander, des dons extraordinaires qu'il montrait pour son jeune âge. Ah ! le gaillard ! en voilà un qui aurait l'œil et la poigne ! Et Nénesse avait dit qu'il reviendrait, accompagné de son père, après le déjeuner, afin de causer sérieusement.

En rentrant, M. Charles s'en entretint avec Mme Charles qui, à son tour, s'émerveilla de trouver tant de moyens chez ce garçon. Si seulement leur gendre Vaucogne avait eu la moitié de ces capacités ! Il fallait jouer serré, pour n'être pas fichu dedans par le jeune homme. C'était la dot d'Élodie qu'il s'agissait de sauver du désastre. Au fond de leur crainte cependant, il y avait une sympathie invincible, un désir de voir le 19, même à perte, aux mains habiles et vigoureuses d'un maître qui lui rendrait son éclat. Aussi, lorsque les Delhomme entrèrent, les accueillirent-ils d'une façon très cordiale.

– Vous allez prendre du café, hein ?... Élodie, offre le sucre.

Jean avait reculé sa chaise, tous se trouvèrent assis autour de la table. Rasé de frais, la face cuite et immobile, Delhomme ne lâchait pas un mot, dans une réserve diplomatique ; tandis que Nénesse, en toilette, souliers vernis, gilet à palmes d'or, cravate mauve, se montrait très à l'aise, souriant, séduisant. Lorsque Élodie, rougissante, lui présenta le sucrier, il la regarda, il chercha une galanterie.

– Ils sont bien gros, ma cousine, vos morceaux de sucre.

Elle rougit davantage, elle ne sut que répondre, tant cette parole d'un garçon aimable la bouleversait dans son innocence.

Le matin, Nénesse, en finaud, n'avait risqué que la moitié de l'affaire. Depuis l'enterrement, où il avait aperçu Élodie, son plan s'était élargi tout d'un coup : non seulement il aurait le 19, mais il voulait aussi la jeune fille. L'opération était simple. D'abord, rien à débourser, il ne la prendrait qu'avec la maison en dot ; ensuite, si elle ne lui apportait actuellement que cette dot compromise, plus tard elle hériterait des Charles, une vraie fortune. Et c'était pourquoi il avait amené son père, résolu à faire immédiatement sa demande.

Un instant, on parla de la température qui était vraiment douce pour la saison. Les poiriers avaient bien fleuri, mais la fleur tiendrait-elle ? On finissait de boire le café, la conversation tomba.

– Ma mignonne, dit brusquement M. Charles à Élodie, tu devrais aller faire un tour au jardin.

Il la renvoyait, ayant hâte de vider le sac aux Delhomme.

– Pardon, mon oncle, interrompit Nénesse, si c'était un effet de votre bonté que ma cousine restât avec nous... J'ai à vous parler de quelque chose qui l'intéresse ; et, n'est-ce pas ? vaut toujours mieux terminer les affaires d'un coup que de s'y reprendre à deux fois.

Alors, se levant, il fit la demande, en garçon bien élevé.

– C'est donc pour vous dire que je serais très heureux d'épouser ma cousine, si vous y consentiez et si elle y consentait elle-même.

La surprise fut grande. Mais Élodie surtout en parut révolutionnée, à ce point que, quittant sa chaise, elle se jeta au cou de Mme Charles, dans un effarement de pudeur qui empourprait ses oreilles ; et sa grand-mère s'épuisait à la calmer.

– Voyons, voyons, mon petit lapin, c'est trop, sois donc raisonnable !... On ne te mange pas, parce qu'on te demande en mariage... Ton cousin n'a rien dit de mal, regarde-le, ne fais pas la bête.

Aucune bonne parole ne put la déterminer à remontrer sa figure.

– Mon Dieu ! mon garçon, finit par déclarer M. Charles, je ne m'attendais pas à ta demande. Peut-être aurait-il mieux valu m'en parler d'abord, car tu vois comme notre chérie est sensible... Mais, quoi qu'il arrive, sois certain que je t'estime, car tu me sembles un bon sujet et un travailleur.

Delhomme, dont pas un trait n'avait bougé jusque-là, lâcha deux mots.

– Pour sûr !

Et Jean, comprenant qu'il devait être poli, ajouta :

– Ah ! oui, par exemple !

M. Charles se remettait, et déjà il avait réfléchi que Nénesse n'était pas un mauvais parti, jeune, actif, fils unique de paysans riches. Sa petite-fille ne trouverait pas mieux. Aussi, après avoir échangé un regard avec Mme Charles, continua-t-il :

– Ça regarde l'enfant. Jamais nous ne la contrarierons là-dessus, ce sera comme elle voudra.

Alors, Nénesse, galamment, renouvela sa demande.

– Ma cousine, si vous voulez bien me faire l'honneur et le plaisir...

Elle avait toujours le visage enfoui dans le sein de sa grand-mère, mais elle ne le laissa pas achever, elle accepta d'un signe de tête énergique, répété trois fois, en enfonçant sa tête davantage. Cela lui donnait sans doute du courage, de se boucher les yeux. La société en demeura muette, saisie de cette hâte à dire oui. Elle aimait donc ce garçon, qu'elle avait si peu vu ? ou bien était-ce qu'elle en désirait un, n'importe lequel, pourvu qu'il fût joli homme ?

Mme Charles lui baisa les cheveux, en souriant, en répétant :

– Pauvre chérie ! pauvre chérie !

– Eh bien ! reprit M. Charles, puisque ça lui va, ça nous va.

Mais une pensée venait de l'assombrir. Ses paupières lourdes retombèrent, il eut un geste de regret.

– Naturellement, mon brave, nous abandonnons l'autre chose, la chose que tu m'as proposée ce matin.

Nénesse s'étonna.

– Pourquoi donc ?

– Comment, pourquoi ? Mais parce que... voyons... tu comprends bien !... Nous ne l'avons pas laissée jusqu'à vingt ans chez les dames de la Visitation pour que... enfin, c'est impossible !

Il clignait les yeux, il tordait la bouche, voulant se faire entendre, craignant d'en trop dire. La petite là-bas, rue aux Juifs ! une demoiselle qui avait reçu tant d'instruction ! une pureté si absolue, élevée dans l'ignorance de tout !

– Ah ! pardon, déclara nettement Nénesse, ça ne fait plus mon affaire... Je me marie pour m'établir, je veux ma cousine et la maison.

– La confiserie ! s'écria Mme Charles.

Et, ce mot lancé, la discussion s'en empara, le répéta à dix reprises. La confiserie, allons ! était-ce raisonnable ? Le jeune homme et son père s'entêtaient à l'exiger comme dot, disaient qu'on ne pouvait pas lâcher ça, que c'était la vraie fortune de la future ; et ils prenaient à témoin Jean, qui en convenait d'un hochement du menton. Enfin, ils finirent tous par crier, ils s'oubliaient, précisaient, donnaient des détails crus, lorsqu'un incident inattendu les fit taire.

Lentement, Élodie venait enfin de dégager sa tête, et elle se leva, de son air de grand lis poussé à l'ombre, avec sa pâleur mince de vierge chlorotique, ses yeux vides, ses cheveux incolores. Elle les regarda, elle dit tranquillement :

– Mon cousin a raison, on ne peut pas lâcher ça.

Ahurie, Mme Charles bégayait :

– Mais, mon petit lapin, si tu savais...

– Je sais... Il y a beau temps que Victorine m'a tout dit, Victorine, la bonne qu'on a renvoyée, à cause des hommes... Je sais, j'y ai réfléchi, je vous jure qu'on ne peut pas lâcher ça.

Une stupeur avait cloué les Charles. Leurs yeux s'étaient arrondis, ils la contemplaient dans un hébétement profond. Eh quoi ! elle connaissait le 19, ce qu'on y faisait, ce qu'on y gagnait, le métier enfin, et elle en parlait avec cette sérénité ! Ah ! l'innocence, elle touche à tout sans rougir !

– On ne peut pas lâcher ça, répéta-t-elle. C'est trop bon, ça rapporte trop... Et puis, une maison que vous avez faite, où vous avez travaillé si fort, est-ce que ça doit sortir de la famille ?

M. Charles en fut bouleversé. Dans son saisissement, montait une émotion indicible, qui lui partait du cœur et le serrait à la gorge. Il s'était levé, il chancela, s'appuya sur Mme Charles, debout elle aussi, suffoquée et tremblante. Tous les deux croyaient à un sacrifice, refusaient d'une voix éperdue.

– Oh ! chérie, oh ! chérie... Non, non, chérie...

Mais les yeux d'Élodie se mouillaient, elle baisa la vieille alliance de sa mère, qu'elle portait au doigt, cette alliance usée là-bas, dans le travail.

– Si, si, laissez-moi suivre mon idée... Je veux être comme maman. Ce qu'elle a fait, je peux le faire. Il n'y a pas de déshonneur, puisque vous l'avez fait vous-mêmes... Ça me plaît beaucoup, je vous assure. Et vous verrez si j'aiderai mon cousin, si nous relèverons promptement la maison, à nous deux ! Il faudra que ça marche, on ne me connaît pas !

Alors, tout fut emporté, les Charles ruisselèrent. L'attendrissement les noyait, ils sanglotaient comme des enfants. Sans doute, ils ne l'avaient pas élevée dans cette idée ; seulement, que faire, quand le sang parle ? Ils reconnaissaient le cri de la vocation. Absolument la même histoire que pour Estelle : elle aussi, ils l'avaient enfermée chez les dames de la Visitation, ignorante, pénétrée des principes les plus rigides de la morale ; et elle n'en était pas moins devenue une maîtresse de maison hors ligne. L'éducation ne signifiait rien, c'était l'intelligence qui décidait de tout. Mais la grosse émotion des Charles, les larmes dont ils débordaient sans pouvoir les arrêter, venaient plus encore de cette pensée glorieuse que le 19, leur œuvre, leur chair, allait être sauvé de la ruine. Élodie et Nénesse, avec la belle flamme de la jeunesse, y continueraient leur race. Et ils le voyaient déjà restauré, rentré dans la faveur publique, étincelant, tel enfin qu'il brillait sur Chartres, aux plus beaux jours de leur règne.

Lorsque M. Charles put parler, il attira sa petite-fille dans ses bras.

– Ton père nous a causé bien des soucis, tu nous consoles de tout, mon ange !

Mme Charles l'étreignit également, ils ne firent plus qu'un groupe, leurs pleurs se confondirent.

– C'est donc une affaire entendue ? demanda Nénesse, qui voulait un engagement.

– Oui, c'est entendu.

Delhomme rayonnait, en père enchanté d'avoir casé son fils, d'une façon inespérée. Dans sa prudence, il s'agita, il exprima son opinion.

– Ah ! bon sang ! s'il n'y a jamais de regret de votre côté, il n'y en aura point du nôtre... Pas besoin de souhaiter de la chance aux enfants. Quand on gagne, ça marche toujours.

Ce fut sur cette conclusion qu'on se rassit pour causer des détails, tranquillement.

Mais Jean comprit qu'il gênait. Lui-même, au milieu de ces effusions, était embarrassé de sa personne, et il se serait échappé plus tôt, s'il avait su comment sortir. Il finit par emmener M. Charles à l'écart, il parla de la place de jardinier. La face digne de M. Charles devint sévère : une situation chez lui à un parent, jamais ! On ne tire rien de bon d'un parent, on ne peut pas taper dessus. D'ailleurs, la place était donnée depuis la veille. Et Jean s'en alla, pendant qu'Élodie, de sa voix blanche de vierge, disait que, si son papa faisait le méchant, elle se chargeait de le mettre à la raison.

Dehors, il marcha d'un pas ralenti, ne sachant plus où frapper pour avoir du travail. Sur les cent vingt-sept francs, il avait déjà payé l'enterrement de sa femme, la croix et l'entourage, au cimetière. Il lui restait à peine la moitié de la somme, il irait toujours trois semaines avec ça, ensuite il verrait bien. La peine ne l'effrayait point, son unique souci venait de l'idée de ne pas quitter Rognes, à cause de son procès. Trois heures sonnèrent, puis quatre, puis cinq. Longtemps il battit la campagne, la tête barbouillée de rêvasseries confuses, retournant à la Borderie, retournant chez les Charles. Partout la même histoire, l'argent et la femelle, on en mourait et on en vivait. Rien d'étonnant alors, si tout son mal sortait aussi de là. Une faiblesse lui cassait les jambes, il songea qu'il n'avait pas mangé encore, il retourna vers le village, décidé à s'installer chez Lengaigne, qui louait des chambres. Mais, comme il traversait la place de l'Église, la vue de la maison dont on l'avait chassé le matin, lui ralluma le sang. Pourquoi donc laisserait-il à ces canailles ses deux pantalons et sa redingote ? C'était à lui, il les voulait, quitte à recommencer la bataille.

La nuit tombait, Jean eut peine à distinguer le père Fouan, assis sur le banc de pierre. Il arrivait devant la porte de la cuisine, où brûlait une chandelle, lorsque Buteau le reconnut et s'élança pour lui barrer le passage.

– Nom de Dieu ! c'est encore toi... Qu'est-ce que tu veux ?

– Je veux mes deux pantalons et ma redingote.

Une querelle atroce éclata. Jean s'obstinait, demandait à fouiller dans l'armoire ; tandis que Buteau, qui avait pris une serpe, jurait de lui ouvrir la gorge, s'il passait le seuil. Enfin, on entendit la voix de Lise, à l'intérieur, crier :

– Ah ! va, faut les lui rendre, ses guenilles !... Tu ne mettrais pas ça, il est pourri !

Les deux hommes se turent. Jean attendit. Mais, derrière son dos, sur le banc de pierre, le père Fouan, rêva, la tête perdue, bégayant de sa voix empâtée :

– Fous donc le camp ! ils te saigneront, comme ils ont saigné la petite !

Ce fut un éblouissement. Jean comprit tout, et la mort de Françoise, et son obstination muette. Il avait déjà un soupçon, il ne douta plus qu'elle n'eût sauvé sa famille de la guillotine. La peur le prenait aux cheveux, et il ne trouvait pas un cri, pas un geste, quand il reçut, au travers de la figure, les pantalons et la redingote que Lise lui jetait par la porte ouverte, à la volée.

– Tiens ! les v'là, tes saletés !... Ça pue si fort, que ça nous aurait fichu la peste !

Alors, il les ramassa, il s'en alla. Et, sur la route seulement, lorsqu'il fut sorti de la cour, il brandit le poing vers la maison, en criant un seul mot, qui troua le silence.

– Assassins !

Puis, il disparut dans la nuit noire.

Buteau était resté saisi, car il avait entendu la phrase grognée en rêve par le père Fouan, et le mot de Jean venait de l'atteindre en plein corps, ainsi qu'une balle. Quoi donc ? les gendarmes allaient-ils s'en mêler, à présent qu'il croyait l'affaire ensevelie avec Françoise ? Depuis qu'il l'avait vu descendre dans la terre, le matin, il respirait, et voilà que le vieux savait tout ! Est-ce qu'il faisait la bête, pour les guetter ? Cela acheva d'angoisser Buteau, il en rentra si malade, qu'il laissa la moitié de son assiette de soupe. Lise, mise au courant, grelottante, ne mangea pas non plus.

Tous deux s'étaient fait une fête de cette première nuit passée dans la maison reconquise. Elle fut abominable, la nuit de malheur. Ils avaient couché Laure et Jules sur un matelas, devant la commode, en attendant de les installer autre part ; et les enfants ne dormaient pas encore, qu'eux-mêmes s'étaient mis au lit, soufflant la chandelle. Mais impossible de fermer l'œil, ils se retournaient comme sur un gril brûlant, ils finirent par causer à demi-voix. Ah ! ce père, qu'il pesait donc lourd, depuis qu'il tombait en enfance ! une vraie charge, à leur casser les reins, tant il coûtait ! On ne s'imaginait pas ce qu'il avalait de pain, et glouton, prenant la viande à pleins doigts, renversant le vin dans sa barbe, si malpropre, qu'on avait mal au cœur rien que de le voir. Avec ça, maintenant, il s'en allait toujours déculotté, on l'avait surpris en train de se découvrir devant des petites filles. Une manie de vieille bête finie, une fin dégoûtante pour un homme qui n'était pas plus cochon qu'un autre, dans son temps. Vrai ! c'était à l'achever d'un coup de pioche, puisqu'il ne se décidait pas à partir de lui-même !

– Quand on songe qu'il tomberait, si l'on soufflait dessus ! murmura Buteau. Et il dure, il s'en fout pas mal, de nous gêner ! Ces bougres de vieux, moins ça fiche, moins ça gagne, et plus ça se cramponne !... Il ne claquera jamais, celui-là.

Lise, sur le dos, dit à son tour :

– C'est mauvais qu'il soit rentré ici... Il y sera trop bien, il va passer un nouveau bail... Moi, si j'avais eu à prier le bon Dieu, je lui aurais demandé de ne pas le laisser coucher une seule nuit dans la maison.

Ni l'un ni l'autre n'abordaient leur vrai souci, l'idée que le père savait tout et qu'il pouvait les vendre, même innocemment. Ça, c'était le comble. Qu'il fût une dépense, qu'il les encombrât, qu'il les empêchât de jouir à l'aise des titres de rente volés, ils l'avaient supporté longtemps. Mais qu'une parole de lui leur fît couper le cou, ah ! non, ça passait la permission. Fallait y mettre ordre.

– Je vas voir s'il dort, dit Lise brusquement.

Elle ralluma la chandelle, s'assura du gros sommeil de Laure et de Jules, puis fila en chemise dans la pièce aux betteraves, où l'on avait rétabli le lit de fer du vieux. Quand elle revint, elle était frissonnante, les pieds glacés par le carreau, et elle se refourra sous la couverture, se serra contre son homme, qui la prit entre ses bras, pour la réchauffer.

– Eh bien ?

– Eh bien ! il dort, il a la bouche ouverte comme une carpe, à cause qu'il étouffe.

Un silence régna, mais ils avaient beau se taire, dans leur étreinte, ils entendaient leurs pensées battre sous leur peau. Ce vieux qui suffoquait toujours, c'était si facile de le finir : un rien dans la gorge, un mouchoir, les doigts seulement, et l'on en serait délivré. Même, ce serait un vrai service à lui rendre. Est-ce qu'il ne valait pas mieux dormir tranquille au cimetière, que d'être à charge aux autres et à soi ?

Buteau continuait de serrer Lise entre ses bras. Maintenant, tous deux brûlaient, comme si un désir leur eût allumé le sang des veines. Il la lâcha tout d'un coup, sauta à son tour pieds nus sur le carreau.

– Je vas voir aussi.

La chandelle au poing, il disparut, tandis qu'elle, retenant sa respiration, écoutait, les yeux grands ouverts dans le noir. Mais les minutes s'écoulaient, aucun bruit ne lui arrivait de la pièce voisine. À la fin, elle l'entendit revenir sans lumière, avec le frôlement mou de ses pieds, si oppressé, qu'il ne pouvait contenir le ronflement de son haleine. Et il s'avança jusqu'au lit, il tâta pour l'y retrouver, lui souffla dans l'oreille :

– Viens donc, j'ose pas tout seul.

Lise suivit Buteau, les bras tendus, de crainte de se cogner. Ils ne sentaient plus le froid, leur chemise les gênait. La chandelle était par terre, dans un coin de la chambre du vieux. Mais elle éclairait assez pour qu'on le distinguât, allongé sur le dos, la tête glissée de l'oreiller. Il était si raidi, si décharné par l'âge, qu'on l'aurait cru mort, sans le râle pénible qui sortait de sa bouche largement ouverte. Les dents manquaient, il y avait là un trou noir, où les lèvres semblaient rentrer, un trou sur lequel tous les deux se penchèrent, comme pour voir ce qu'il restait de vie au fond. Longuement, ils regardaient, côte à côte, se touchant de la hanche. Mais leurs bras mollissaient, c'était très facile et si lourd pourtant, de prendre n'importe quoi, de boucher le trou. Ils s'en allèrent, ils revinrent. Leur langue sèche n'aurait pu prononcer un mot, leurs yeux seuls se parlaient. D'un regard, elle lui avait montré l'oreiller : allons donc ! qu'attendait-il ? Et lui battait des paupières, la poussait à sa place. Brusquement, Lise exaspérée empoigna l'oreiller, le tapa sur la face du père.

– Bougre de lâche ! faut donc que ce soit toujours les femmes !

Alors, Buteau se rua, pesa de tout le poids de son corps, pendant qu'elle, montée sur le lit, s'asseyait, enfonçait sa croupe nue de jument hydropique. Ce fut un encagement, l'un et l'autre foulaient, des poings, des épaules, des cuisses. Le père avait eu une secousse violente, ses jambes s'étaient détendues avec des bruits de ressorts cassés. On aurait dit qu'il sautait, pareil à un poisson jeté sur l'herbe. Mais ce ne fut pas long. Ils le maintenaient trop rudement, ils le sentirent sous eux qui s'aplatissait, qui se vidait de l'existence. Un long frisson, un dernier tressaillement, puis rien du tout, quelque chose d'aussi mou qu'une chiffe.

– Je crois bien que ça y est, gronda Buteau essoufflé.

Lise, toujours assise, en tas, ne dansait plus, se recueillait, pour voir si aucun frémissement de vie ne lui répondait dans la peau.

– Ça y est, rien ne grouille.

Elle se laissa glisser, la chemise roulée aux hanches, et enleva l'oreiller. Mais ils eurent un grognement de terreur.

– Nom de Dieu ! il est tout noir, nous sommes foutus !

En effet, pas possible de raconter qu'il s'était mis lui-même en un pareil état. Dans leur rage à le pilonner, ils lui avaient fait rentrer le nez au fond de la bouche ; et il était violet, un vrai nègre. Un instant, ils sentirent le sol vaciller sous eux : ils entendaient le galop des gendarmes, les chaînes de la prison, le couteau de la guillotine. Cette besogne mal faite les emplissait d'un regret épouvanté. Comment le raccommoder, à cette heure ? On aurait beau le débarbouiller au savon, jamais il ne redeviendrait blanc. Et ce fut l'angoisse de le voir couleur de suie qui leur inspira une idée.

– Si on le brûlait, murmura Lise.

Buteau, soulagé, respira fortement.

– C'est ça, nous dirons qu'il s'est allumé lui-même.

Puis, la pensée des titres lui étant venue, il tapa des mains, tout son visage s'éclaira d'un rire triomphant.

– Ah ! nom de Dieu ! ça va, on leur fera croire qu'il a flambé les papiers avec lui... Pas de compte à rendre !

Tout de suite, il courut chercher la chandelle. Mais elle, qui avait peur de mettre le feu, ne voulut pas d'abord qu'il l'approchât du lit. Des liens de paille se trouvaient dans un coin, derrière les betteraves ; et elle en prit un, elle l'enflamma, commença par griller les cheveux et la barbe du père, très longue, toute blanche. Ça sentait la graisse répandue, ça crépitait, avec de petites flammes jaunes. Soudain, ils se rejetèrent en arrière, béants, comme si une main froide les avait tirés par les cheveux. Dans l'abominable souffrance des brûlures, le père, mal étouffé, venait d'ouvrir les yeux, et ce masque atroce, noir, au grand nez cassé, à la barbe incendiée, les regardait. Il eut une affreuse expression de douleur et de haine. Puis, toute la face se disloqua, il mourut.

Affolé déjà, Buteau poussa un rugissement de fureur, lorsqu'il entendit éclater des sanglots à la porte. C'étaient les deux petits, Laure et Jules, en chemise, réveillés par le bruit, attirés par cette grosse clarté, dans cette chambre ouverte. Ils avaient vu, ils hurlaient d'effroi.

– Nom de Dieu de vermines ! cria Buteau en se précipitant sur eux, si vous bavardez, je vous étrangle... V'là pour vous souvenir !

D'une paire de gifles, il les avait jetés par terre. Ils se ramassèrent, sans une larme, ils coururent se pelotonner sur leur matelas, où ils ne bougèrent plus.

Et lui, voulut en finir, alluma la paillasse, malgré sa femme. Heureusement, la pièce était si humide, que la paille brûlait lentement. Une grosse fumée se dégageait, ils ouvrirent la lucarne, à demi asphyxiés. Puis, des flammes s'élancèrent, grandirent jusqu'au plafond. Le père craquait là-dedans, et l'insupportable odeur augmentait, l'odeur des chairs cuites. Toute la vieille demeure aurait flambé comme une meule, si la paille ne s'était pas remise à fumer sous le bouillonnement du corps. Il n'y eut plus, sur les traverses du lit de fer, que ce cadavre à demi calciné, défiguré, méconnaissable. Un coin de la paillasse était resté intact, un bout du drap pendait encore.

– Filons, dit Lise, qui, malgré la grosse chaleur, grelottait de nouveau.

– Attends, répondit Buteau, faut arranger les choses.

Il posa au chevet une chaise, d'où il renversa la chandelle du vieux, pour faire croire qu'elle était tombée sur la paillasse. Même il eut la malignité d'enflammer du papier par terre. On trouverait les cendres, il raconterait que, la veille, le vieux avait découvert et gardé ses titres.

– C'est fait, au lit !

Buteau et Lise coururent, se bousculèrent l'un derrière l'autre, se replongèrent dans leur lit. Mais les draps s'étaient glacés, ils se reprirent d'une étreinte violente, pour avoir chaud. Le jour se leva, qu'ils ne dormaient pas encore. Ils ne disaient rien, ils avaient des tressaillements, après lesquels ils entendaient leur cœur battre, à grands coups. C'était la porte de la chambre voisine, restée ouverte, qui les gênait ; et l'idée de la fermer les inquiétait davantage. Enfin, ils s'assoupirent, sans se lâcher.

Le matin, aux appels désespérés des Buteau, le voisinage accourut. La Frimat et les autres femmes constatèrent la chandelle renversée, la paillasse à moitié détruite, les papiers réduits en cendre. Toutes criaient que ça devait arriver un jour, qu'elles l'avaient prédit cent fois, à cause de ce vieux tombé en enfance. Et une chance encore que la maison n'eût pas brûlé avec lui !

VI

Deux jours après, le matin même où le père Fouan devait être enterré, Jean, las d'une nuit d'insomnie, s'éveilla très tard, dans la petite chambre qu'il occupait chez Lengaigne. Il n'était pas allé encore à Châteaudun, pour le procès, dont l'idée seule l'empêchait de quitter Rognes ; chaque soir, il remettait l'affaire au lendemain, hésitant davantage, à mesure que sa colère se calmait ; et c'était un dernier combat qui l'avait tenu éveillé, fiévreux, ne sachant quelle décision prendre.

Ces Buteau ! des brutes meurtrières, des assassins, dont un honnête homme aurait dû faire couper la tête ! À la première nouvelle de la mort du vieux, il avait bien compris le mauvais coup. Les gredins, parbleu ! venaient de le griller vif, pour l'empêcher de causer. Françoise, Fouan : de tuer l'une, ça les avait forcés de tuer l'autre. À qui le tour, maintenant ? Et il songeait que c'était son tour : on le savait dans le secret, on lui enverrait sûrement du plomb, au coin d'un bois, s'il s'obstinait à habiter le pays. Alors, pourquoi ne pas les dénoncer tout de suite ? Il s'y décidait, il irait conter l'histoire aux gendarmes, dès son lever. Puis, l'hésitation le reprenait, une méfiance de cette grosse affaire où il serait témoin, une crainte d'en souffrir autant que les coupables. À quoi bon se créer des soucis encore ? Sans doute, ce n'était guère brave, mais il se donnait une excuse, il se répétait qu'en ne parlant pas, il obéissait à la volonté dernière de Françoise. Vingt fois dans la nuit, il voulut, il ne voulut plus, malade de ce devoir devant lequel il reculait.

Lorsque, vers neuf heures, Jean eut sauté du lit, il se trempa la tête dans une cuvette d'eau froide. Brusquement, il prit une résolution : il ne conterait rien, il ne ferait pas même de procès pour ravoir la moitié des meubles. Le jeu n'en vaudrait décidément pas la chandelle. Une fierté le remettait d'aplomb, content de ne point en être, de ces coquins, d'être l'étranger. Ils pouvaient bien se dévorer entre eux : un fameux débarras, s'ils s'avalaient tous ! La souffrance, le dégoût des dix années passées à Rognes, lui remontaient de la poitrine en un flot de colère. Dire qu'il était si joyeux, le jour où il avait quitté le service, après la guerre d'Italie, à l'idée de n'être plus un traîneur de sabre, un tueur de monde ! Et, depuis cette époque, il vivait dans de sales histoires, au milieu de sauvages. Dès son mariage, il en avait eu gros sur le cœur ; mais les voilà qui volaient, qui assassinaient, maintenant ! De vrais loups, lâchés au travers de la plaine, si grande, si calme ! Non, non ! c'était assez, ces bêtes dévorantes lui gâtaient la campagne ! Pourquoi en faire traquer un couple, la femelle et le mâle, lorsqu'on aurait dû détruire la bande entière ? Il préférait partir.

À ce moment, un journal que Jean avait monté la veille du cabaret, lui retomba sous les yeux. Il s'était intéressé à un article sur la guerre prochaine, ces bruits de guerre qui circulaient et épouvantaient depuis quelques jours ; et ce qu'il ignorait encore au fond de lui, ce que la nouvelle y avait éveillé d'inconscient, toute une flamme mal éteinte, renaissante, se ralluma d'un coup. Sa dernière hésitation à partir, la pensée qu'il ne savait où aller, en fut emportée, balayée comme par un grand souffle de vent. Eh donc ! il irait se battre, il se réengagerait. Il avait payé sa dette ; mais, quoi ? lorsqu'on n'a plus de métier, lorsque la vie vous embête et qu'on rage d'être taquiné par les ennemis, le mieux est encore de cogner sur eux. Tout un allégement, toute une joie sombre le soulevait. Il s'habilla, en sifflant fortement la sonnerie des clairons qui le menait à la bataille, en Italie. Les gens étaient trop canailles, ça le soulageait, l'espoir de démolir des Prussiens ; et, puisqu'il n'avait pas trouvé la paix dans ce coin, où les familles se buvaient le sang, autant valait-il qu'il retournât au massacre.

Plus il en tuerait, plus la terre serait rouge, et plus il se sentirait vengé, dans cette sacrée vie de douleur et de misère que les hommes lui avaient faite !

Lorsque Jean fut descendu, il mangea deux œufs et un morceau de lard, que Flore lui servit. Ensuite, appelant Lengaigne, il régla son compte.

– Vous partez, Caporal ?

– Oui.

– Vous partez, mais vous reviendrez ?

– Non.

Le cabaretier, étonné, le regardait, tout en réservant ses réflexions. Alors, ce grand nigaud renonçait à son droit ?

– Et qu'est-ce que vous allez faire, à cette heure ? Peut-être bien que vous redevenez menuisier ?

– Non, soldat.

Lengaigne, du coup, les yeux ronds de stupéfaction, ne put retenir un rire de mépris. Ah ! l'imbécile !

Jean avait déjà pris la route de Cloyes, lorsqu'un dernier attendrissement l'arrêta et lui fit remonter la côte. Il ne voulait pas quitter Rognes sans dire adieu à la tombe de Françoise. Puis, c'était autre chose aussi, le désir de revoir une fois encore se dérouler la plaine immense, la triste Beauce, qu'il avait fini par aimer, dans ses longues heures solitaires de travail.

Derrière l'église, le cimetière s'ouvrait, enclos d'un petit mur à moitié détruit, si bas, que, du milieu des tombes, le regard allait librement d'un bout à l'autre de l'horizon. Un pâle soleil de mars blanchissait le ciel, voilé de vapeurs, d'une finesse de soie blanche, à peine avivée d'une pointe de bleu ; et, sous cette lumière douce, la Beauce, engourdie des froids de l'hiver, semblait s'attarder au sommeil, comme ces dormeuses qui ne dorment plus tout à fait, mais qui évitent de remuer, pour jouir de leur paresse. Les lointains se noyaient, la plaine en semblait élargie, étalant les carrés déjà verts des blés, des avoines et des seigles d'automne ; tandis que, dans les labours restés nus, on avait commencé les semaines de printemps. Partout, au milieu des mottes grasses, des hommes marchaient, avec le geste, l'envolée continue de la semence. On la voyait nettement, dorée, ainsi qu'une poussière vivante, s'échapper du poing des semeurs les plus proches. Puis, les semeurs se rapetissaient, se perdaient à l'infini, et elle les enveloppait d'une onde, elle ne semblait être, tout au loin, que la vibration même de la lumière. À des lieues, aux quatre points de l'étendue sans borne, la vie de l'été futur pleuvait dans le soleil.

Devant la tombe de Françoise, Jean se tint debout. Elle était au milieu d'une rangée, et la fosse du père Fouan, ouverte, attendait à côté d'elle. Des herbes folles envahissaient le cimetière, jamais le conseil municipal ne s'était résigné à voter cinquante francs au garde champêtre, pour qu'il nettoyât. Des croix, des entourages, avaient pourri sur place ; quelques pierres rouillées résistaient ; mais le charme de ce coin solitaire était son abandon même, sa tranquillité profonde, que troublaient seuls les croassements des corbeaux très anciens, tournoyant à la pointe du clocher. On y dormait au bout du monde, dans l'humilité et l'oubli de tout. Et Jean, pénétré de cette paix de la mort, s'intéressait à la grande Beauce, aux semailles qui l'emplissaient d'un frisson de vie, lorsque la cloche se mit à sonner lentement, trois coups, puis deux autres, puis une volée. C'était le corps de Fouan qu'on levait et qui allait venir.

Le fossoyeur, un bancal, arriva en traînant la jambe, pour donner un regard à la fosse.

– Elle est trop petite, fit remarquer Jean, qui restait ému, désireux de voir.

– Ah ! ouiche, répondit le boiteux, ça l'a réduit, de se rôtir.

Les Buteau, l'avant-veille, avaient tremblé jusqu'à la visite du docteur Finet. Mais l'unique préoccupation du docteur était de signer vivement le permis d'inhumer, pour s'éviter des courses. Il vint, regarda, s'emporta contre la bêtise des familles qui laissent de la chandelle aux vieux dont la tête déménage ; et, s'il conçut un soupçon, il eut la prudence de ne pas l'exprimer. Mon Dieu ! ce père obstiné à vivre, quand on l'aurait grillé un peu ! Il en avait tant vu, que ça ne comptait guère. Dans son insouciance, faite de rancune et de mépris, il se contentait de hausser les épaules : sale race, que ces paysans !

Soulagés, les Buteau n'eurent plus qu'à soutenir le choc de la famille, prévu, attendu de pied ferme. Dès que la Grande se montra, ils éclatèrent en larmes, pour avoir une contenance. Elle les examinait, surprise, jugeant ça peu malin, de trop pleurer ; d'ailleurs, elle n'accourait que dans l'idée de se distraire, car elle n'avait rien à réclamer sur l'héritage. Le danger commença, lorsque Fanny et Delhomme parurent. Justement, celui-ci venait d'être nommé maire, à la place de Macqueron, ce qui gonflait sa femme d'un tel orgueil, qu'elle en claquait dans sa peau. Elle avait tenu son serment, son père était mort sans qu'elle se fût réconciliée ; et la blessure de sa susceptibilité saignait toujours, au point qu'elle demeura l'œil sec, devant le cadavre. Mais il y eut un bruit de sanglots, Jésus-Christ arrivait, très soûl. Il trempa le corps de ses larmes, il beugla que c'était un coup dont il ne se relèverait point.

Pourtant, dans la cuisine, Lise avait préparé des verres et du vin ; et l'on causa. Tout de suite, on mit en dehors les cent cinquante francs de rente provenant de la maison ; car il était convenu qu'ils resteraient à celui des enfants qui aurait eu soin du père, dans ses derniers jours. Seulement, il y avait le magot. Alors, Buteau conta son histoire, comment le vieux avait repris les titres sous le marbre de la commode, et comment ça devait être en les regardant, pour le plaisir, la nuit, qu'il s'était allumé le pou du corps ; même qu'on avait retrouvé la cendre des papiers : du monde en ferait témoignage, la Frimat, la Bécu, d'autres. Pendant ce récit, tous le regardaient, sans qu'il se troublât, se tapant sur la poitrine, attestant la lumière du jour. Évidemment, la famille savait, et lui s'en fichait, pourvu qu'on ne le taquinât point et qu'il gardât l'argent. D'ailleurs, avec sa franchise de femme orgueilleuse, Fanny se soulagea, les traita d'assassins et de voleurs oui ! ils avaient flambé le père, ils l'avaient volé, ça sautait aux yeux ! Violemment, les Buteau répondirent par des injures, par des accusations abominables. Ah ! on voulait leur faire arriver du mal ! et la soupe empoisonnée dont le vieux avait failli crever chez sa fille ? Ils en diraient long sur les autres, si l'on en disait sur eux. Jésus-Christ s'était remis à pleurer, à hurler de tristesse, en apprenant que de semblables forfaits étaient possibles. Nom de Dieu ! son pauvre père ! est-ce que, vraiment, il y avait des fils assez canailles pour rôtir leur père ! La Grande lâchait des mots, qui attisaient la querelle, quand ils étaient à bout de souffle. Alors, Delhomme, inquiet de cette scène, alla fermer les portes et les fenêtres. Il avait désormais sa situation officielle à défendre, il était toujours du reste pour les solutions raisonnables. Aussi finit-il par déclarer que de pareilles affaires n'étaient pas à dire. On serait bien avancé, si les voisins entendaient. On irait en justice, et les bons y perdraient peut-être plus que les mauvais. Tous se turent : il avait raison, ça ne valait rien de laver son linge sale devant les juges. Buteau les terrifiait, le brigand était bien capable de les ruiner. Et il y avait encore, au fond du crime accepté, du silence volontaire fait sur le meurtre et sur le vol, cette complicité des paysans avec les révoltés des campagnes, les braconniers, les tueurs de gardes-chasse, dont ils ont peur et qu'ils ne livrent pas.

La Grande demeura pour boire le café de la veillée, les autres partirent, impolis, comme on sort de chez des gens qu'on méprise. Mais les Buteau en riaient, du moment qu'ils tenaient l'argent, avec la certitude à cette heure de n'être plus tourmentés. Lise retrouva sa parole haute, et Buteau voulut faire les choses bien, commanda le cercueil, se rendit au cimetière s'assurer de la place où l'on creusait la fosse. Il faut dire qu'à Rognes les paysans qui se sont exécrés pendant leur vie, n'aiment pas à dormir côte à côte, quand ils sont morts. On suit les rangées, c'est au petit bonheur de la chance. Aussi, lorsque le hasard fait que deux ennemis meurent coup sur coup, cela cause-t-il de gros embarras à l'autorité, car la famille du second parle de le garder, plutôt que de le laisser mettre près de l'autre. Justement, du temps que Macqueron était maire, il avait abusé de sa situation pour s'acheter un terrain, en dehors du rang ; le malheur était que ce terrain touchait celui où se trouvait le père de Lengaigne, où Lengaigne lui-même avait sa place gardée ; et, depuis cette époque, ce dernier ne décolérait pas, sa longue lutte avec son rival s'en enrageait encore, la pensée que sa carcasse pourrirait à côté de la carcasse de ce bougre, lui gâtait le reste de son existence. Ce fut donc dans le même sentiment que Buteau s'emporta, dès qu'il eut inspecté le terrain échu à son père. Celui-ci aurait à sa gauche Françoise, ce qui allait bien ; seulement, la malchance voulait qu'à la rangée supérieure, juste en face, se rencontrât la tombe de la défunte du père Saucisse, près de laquelle son homme s'était réservé un coin ; de sorte que ce filou de père Saucisse, quand il serait enfin crevé, aurait les pieds sur le crâne du père Fouan. Est-ce que cette idée-là pouvait se supporter une minute ? Deux vieux qui se détestaient, depuis la sale histoire de la rente viagère, et le coquin des deux, celui qui avait fichu l'autre dedans, lui danserait sur la tête pendant l'éternité ! Mais, nom de Dieu ! si la famille avait eu le mauvais cœur de tolérer ça, les os du père Fouan se seraient retournés entre leurs quatre planches, contre ceux du père Saucisse ! Tout bouillant de révolte, Buteau descendit tempêter à la mairie, tomba sur Delhomme, pour le forcer, maintenant qu'il était le maître, à désigner un autre terrain. Puis, comme son beau-frère refusait de sortir de l'usage, en alléguant le déplorable exemple de Macqueron et de Lengaigne, il le traita de capon, de vendu, il gueula du milieu de la route que lui seul était un bon fils, puisque les autres de la famille se foutaient de savoir si le père serait à l'aise ou non dans la terre. Il ameutait le village, il rentra, indigné.

Delhomme venait de se heurter à un embarras plus grave. L'abbé Madeline était parti l'avant-veille, et Rognes, de nouveau, se trouvait sans prêtre. L'essai d'en nourrir un à demeure, ce luxe coûteux d'une paroisse, avait en somme si mal réussi, que le conseil municipal s'était prononcé pour la suppression du crédit et le retour à l'ancien état, l'église simplement desservie par le curé de Bazoches-le-Doyen. Mais l'abbé Godard, bien que monseigneur l'eût raisonné, jurait de ne jamais y rapporter le bon Dieu, exaspéré du départ de son collègue, accusant les habitants de l'avoir à moitié assassiné, ce pauvre homme, dans le but unique de le forcer, lui, à revenir. Déjà, il criait partout que Bécu pourrait sonner la messe jusqu'aux vêpres, le dimanche suivant, lorsque la mort brusque de Fouan avait compliqué la situation, passée du coup à l'état aigu. Un enterrement, ce n'est point comme une messe, ça ne se garde pas pour plus tard. Heureux au fond de la circonstance, malicieux dans son bon sens, Delhomme prit le parti de se rendre en personne à Bazoches, près du curé. Dès que ce dernier l'aperçut, ses tempes se gonflèrent, son visage noircit, il le repoussa du geste, sans lui laisser ouvrir la bouche. Non ! non ! non ! Plutôt y perdre sa cure ! Et, quand il apprit que c'était pour un convoi, il en bégaya de fureur. Ah ! ces païens faisaient exprès de mourir, ah ! ils croyaient de la sorte l'obliger à céder : eh bien ! ils s'enfouiraient tout seuls, ce ne serait fichtre pas lui qui les aiderait à monter au ciel ! Paisiblement, Delhomme attendait que ce premier flot fût passé ; puis, il exprima des idées, on ne refusait l'eau bénite qu'aux chiens, un mort ne pouvait rester sur les bras de sa famille ; enfin, il fit valoir des raisons personnelles, le mort était son beau-père, le beau-père du maire de Rognes. Voyons, ce serait pour le lendemain dix heures. Non ! non ! non ! L'abbé Godard se débattait, s'étranglait, et le paysan, tout en espérant que la nuit lui porterait conseil, dut le quitter sans l'avoir fléchi.

– Je vous dis que non ! lui jeta une dernière fois le prêtre, de sa porte. Ne faites pas sonner... Non ! mille fois non !

Le lendemain, Bécu reçut du maire l'ordre de sonner à dix heures. On verrait bien. Chez les Buteau, tout se trouvait prêt, la mise en bière avait eu lieu la veille, sous l'œil exercé de la Grande. La chambre était lavée déjà, rien ne demeurait de l'incendie, que le père entre ses quatre planches. Et la cloche sonnait, lorsque la famille, réunie devant la maison, pour la levée du corps, vit arriver l'abbé Godard par la rue à Macqueron, essoufflé d'avoir couru, si rouge et si furieux, qu'il balançait son tricorne d'une main violente, tête nue, de peur d'une attaque. Il ne regarda personne, s'engouffra dans l'église, reparut tout de suite, en surplis, précédé de deux enfants de chœur, dont l'un tenait la croix et l'autre le bénitier. Au galop, il lâcha sur le corps un balbutiement rapide ; et, sans s'inquiéter si les porteurs l'accompagnaient avec le cercueil, il revint vers l'église, où il commença la messe, en coup de vent. Clou et son trombone, ainsi que les deux chantres, s'effaraient à le suivre. Assise au premier rang, était la famille, Buteau et Lise, Fanny et Delhomme, Jésus-Christ, la Grande. M. Charles, qui honorait le convoi de sa présence, avait apporté les excuses de Mme Charles, partie à Chartres depuis deux jours, avec Élodie et Nénesse.

Quant à la Trouille, au moment de venir, s'étant aperçue que trois de ses oies manquaient, elle avait filé à leur recherche. Derrière Lise, les petits, Laure et Jules, ne bougeaient pas, très sages, les bras croisés, les yeux noirs et tout grands. Et, sur les autres bancs, beaucoup de connaissances se pressaient, des femmes surtout, la Frimat, la Bécu, Cœlina, Flore, enfin une assistance dont il y avait vraiment lieu d'être fier. Avant la préface, quand le curé se tourna vers les fidèles, il ouvrit les bras terriblement, comme pour les gifler. Bécu, très soûl, sonnait toujours.

En somme, ce fut une messe convenable, quoique menée trop vite. On ne se fâchait pas, on souriait de la colère de l'abbé, qu'on excusait ; car il était naturel qu'il fût malheureux de sa défaite, de même que tous s'égayaient de la victoire de Rognes. Une satisfaction goguenarde épanouissait les visages, d'avoir eu le dernier mot avec le bon Dieu. On l'avait bien forcé à le rapporter, son bon Dieu, dont on se fichait au fond.

La messe finie, l'aspersoir passa de main en main, puis le cortège se reforma : la croix, les chantres, Clou et son trombone, le curé suffoquant de sa hâte, le corps porté par quatre paysans, la famille, puis la queue du monde. Bécu s'était remis à sonner si fort, que les corbeaux du clocher s'envolèrent, avec des croassements de détresse. Tout de suite, on entra dans le cimetière, il n'y avait que le coin de l'église à tourner. Les chants et la musique éclatèrent plus sonores, au milieu du grand silence, sous le soleil voilé de vapeurs, qui chauffait la paix frissonnante des herbes folles. Et, ainsi baigné de plein air, le cercueil apparut brusquement d'une telle petitesse, que tous en furent frappés. Jean, demeuré là, en éprouva un saisissement. Ah ! le pauvre vieux si décharné par l'âge, si réduit par la misère de la vie, à l'aise dans cette boîte à joujoux, une toute petite boîte de rien ! Il ne tiendrait pas grand place, il n'encombrerait pas trop cette terre, la vaste terre, dont l'unique passion l'avait brûlé jusqu'à fondre ses muscles. Le corps était arrivé au bord de la fosse béante, le regard de Jean qui le suivait, alla plus loin, au-delà du mur, d'un bout à l'autre de la Beauce ; et, dans le déroulement des labours, il retrouvait les semeurs, à l'infini, avec leur geste continu, l'ondée vivante de la semence, qui pleuvait sur les sillons ouverts.

Les Buteau, lorsqu'ils aperçurent Jean, échangèrent un coup d'œil d'inquiétude. Est-ce que le bougre était venu les attendre là, pour faire un scandale ? Tant qu'ils le sentiraient à Rognes, ils ne dormiraient pas tranquilles. L'enfant de chœur qui tenait la croix, venait de la planter au pied de la fosse, tandis que l'abbé Godard récitait vivement les dernières prières, debout devant le cercueil, posé dans l'herbe. Mais les assistants eurent une distraction, en voyant Macqueron et Lengaigne, arrivés en retard, regarder obstinément vers la plaine. Tous alors se tournèrent de ce côté, s'intéressèrent à une grosse fumée, roulant dans le ciel. Ça devait être à la Borderie, on aurait dit des meules qui brûlaient, derrière la ferme.

– *Ego sum*... lança furieusement le curé.

Les visages revinrent vers lui, les yeux se fixèrent de nouveau sur le corps ; et, seul, M. Charles continua à voix basse une conversation commencée avec Delhomme. Il avait reçu le matin une lettre de Mme Charles, il était dans l'enchantement. À peine débarquée à Chartres, Élodie se montrait étonnante, aussi énergique et maligne que Nénesse. Elle avait roulé son père, elle tenait déjà la maison. Le don, quoi ! l'œil et la poigne ! et M. Charles s'attendrissait sur sa vieillesse désormais heureuse, dans sa propriété de Roseblanche, où ses collections de rosiers et d'œillets n'avaient jamais mieux poussé, où les oiseaux de sa volière, guéris, retrouvaient leurs chants, dont la douceur lui remuait l'âme.

– *Amen !* dit très haut l'enfant de chœur qui portait le bénitier.

Tout de suite, l'abbé Godard entama de sa voix colère :

– *De profundis clamavi ad te, Domine...*

Et il continua, pendant que Jésus-Christ qui avait emmené Fanny à l'écart, retombait violemment sur les Buteau.

– L'autre jour, si je n'avais pas été si soûl... Mais c'est trop bête de nous laisser voler comme ça.

– Pour être volés, nous le sommes, murmura Fanny.

– Car enfin, continua-t-il, ces canailles ont les titres... Et il y a longtemps qu'ils en jouissent, ils s'étaient arrangés avec le père Saucisse, je le sais... Nom de Dieu ! est-ce que nous n'allons pas leur foutre un procès ?

Elle se recula de lui, elle refusa vivement.

– Non, non, pas moi ! j'ai assez de mes affaires... Toi, si tu veux.

Jésus-Christ eut, à son tour, un geste de crainte et d'abandon. Du moment qu'il ne pouvait mettre sa sœur en avant, il n'était pas assez sûr de ses rapports personnels avec la justice.

– Oh ! moi, on s'imagine des choses... N'importe, quand on est honnête, la récompense est de marcher le front haut.

La Grande, qui l'écoutait, le regarda se redresser, d'un air digne de brave homme. Elle l'avait toujours accusé d'être un simple jeannot, dans sa gueuserie. Ça lui faisait pitié, qu'un grand bougre pareil n'allât pas tout casser chez son frère, pour avoir sa part. Et, histoire de se ficher de lui et de Fanny, elle leur répéta sa promesse accoutumée, sans transition, comme si la chose tombait du ciel.

– Ah ! bien sûr que, moi, je ne ferai du tort à personne. Le papier est en règle, il y a beau temps ; et chacun sa part, je ne mourrais pas tranquille, si j'avantageais quelqu'un. Hyacinthe y est, toi aussi, Fanny... J'ai quatre-vingt-dix ans. Ça viendra, ça viendra un jour !

Mais elle n'en croyait pas un mot, résolue à ne finir jamais, dans son obstination à posséder. Elle les enterrerait tous. Encore un, son frère, qu'elle voyait partir. Ce qu'on faisait là, ce mort apporté, cette fosse ouverte, cette cérémonie dernière, avait l'air d'être pour les voisins, pas pour elle. Haute et maigre, sa canne sous le bras, elle restait plantée au milieu des tombes, sans aucune émotion, avec la seule curiosité de cet ennui de mourir qui arrivait aux autres.

Le prêtre bredouillait le dernier verset du psaume.

– *Et ipse redimet Israel ex omnibus iniquitatibus ejus.*

Il prit l'aspersoir dans le bénitier, le secoua sur le cercueil, en élevant la voix.

– *Requiescat in pace.*

– *Amen*, répondirent les deux enfants de chœur.

Et la bière fut descendue. Le fossoyeur avait attaché les cordes, deux hommes suffirent, ça ne pesait pas plus que le corps d'un petit enfant. Puis, le défilé recommença, de nouveau l'aspersoir passa de main en main, chacun l'agitait en croix, au-dessus de la fosse.

Jean, qui s'était approché, le reçut de la main de M. Charles, et ses yeux plongèrent au fond du trou. Il était tout ébloui d'avoir longtemps regardé l'immense Beauce, les semeurs enfouissant le pain futur, d'un bout à l'autre de la plaine, jusqu'aux vapeurs lumineuses de l'horizon, où leurs silhouettes se perdaient. Pourtant, dans la terre, il distingua le cercueil, diminué encore, avec son étroit couvercle de sapin, de la couleur blonde du blé ; et des mottes grasses coulaient, le recouvraient à moitié, il ne voyait plus qu'une tache pâle, comme une poignée de ce blé que les camarades, là-bas, jetaient aux sillons. Il agita l'aspersoir, il le passa à Jésus-Christ.

– Monsieur le curé ! monsieur le curé ! appela discrètement Delhomme.

Il courait après l'abbé Godard, qui, la cérémonie finie, s'en allait de son pas de tempête, en oubliant ses deux enfants de chœur.

– Quoi encore ? demanda le prêtre.

– C'est pour vous remercier de votre obligeance... Dimanche, alors, on sonnera la messe à neuf heures, comme d'habitude, n'est-ce pas ?

Puis, le curé le regardant fixement, sans répondre, il se hâta d'ajouter :

– Nous avons une pauvre femme bien malade, et toute seule, et pas un liard... Rosalie, la rempailleuse, vous la connaissez... Je lui ai envoyé du bouillon, mais je ne peux pas tout faire.

Le visage de l'abbé Godard s'était détendu, un frisson de charité émue en avait emporté la violence. Il se fouilla avec désespoir, ne trouva que sept sous.

– Prêtez-moi cinq francs, je vous les rendrai dimanche... À dimanche !

Et il partit, suffoqué par une nouvelle hâte. Sûrement, le bon Dieu qu'on le forçait à rapporter, les enverrait tous rôtir en enfer, ces damnés de Rognes ; seulement, quoi ? ce n'était pas une raison pour les laisser trop souffrir dans cette vie.

Lorsque Delhomme retourna près des autres, il tomba au milieu d'une terrible querelle. D'abord, l'assistance s'était intéressée à suivre des yeux les pelletées de terre que le fossoyeur jetait sur le cercueil. Mais, le hasard ayant mis, au bord du trou, Macqueron coude à coude avec Lengaigne, celui-ci venait carrément d'apostropher le premier, au sujet de la question des terrains. Et la famille qui se disposait à s'éloigner, resta, se passionna bientôt, elle aussi, dans la bataille, que les pelletées accompagnaient de coups profonds et réguliers.

– T'avais pas le droit, criait Lengaigne, t'avais beau être maire, fallait suivre le rang ; et c'est donc pour m'embêter que t'es venu te coller près de papa ?... Mais, nom de Dieu, tu n'y es pas encore !

Macqueron répondait :

– Vas-tu me lâcher !... J'ai payé, je suis chez moi. Et j'y viendrai, ce n'est pas un sale cochon de ton espèce qui m'empêchera d'y être.

Tous deux s'étaient poussés, ils se trouvaient devant leurs concessions, les quelques pieds de terre où ils devaient dormir.

– Mais, sacré lâche, ça ne te fait donc rien, l'idée que nous serions là, voisins de carcasse, comme une paire de vrais amis ? Moi, ça me brûle le sang... On se serait mangé toute la vie, et l'on ferait la paix là-dessous, l'un allongé à côté de l'autre, tranquilles !... Ah ! non, ah ! non, pas de raccommodement, jamais !

– Ce que je m'en fous ! Je t'ai trop quelque part, pour m'inquiéter de savoir si tu pourris aux environs.

Ce mépris acheva d'exaspérer Lengaigne. Il bégaya que, s'il claquait le dernier, il viendrait plutôt la nuit déterrer les os de Macqueron. Et l'autre répondait en ricanant qu'il voudrait voir ça, lorsque les femmes s'en mêlèrent. Cœlina, maigre et noire, furieuse, se mit contre son mari.

– T'as pas raison, je te l'ai dit, que tu manquais de cœur là-dessus... Si tu t'obstines, tu y resteras seul, dans ton trou. Moi, j'irai ailleurs, je ne veux pas me faire empoisonner par cette salope.

Du menton, elle désignait Flore, qui, molle, geignarde, ne se laissa pas embêter.

– Faudrait savoir celle qui gâterait l'autre... Ne te fais pas de bile, ma belle. Je n'ai pas envie que ta charogne foute la maladie à la mienne.

Il fallut que la Bécu et la Frimat intervinssent pour les séparer.

– Voyons, voyons, répétait la première, puisque vous êtes d'accord, puisque vous ne serez pas ensemble !... Chacun son idée, on est bien libre de choisir son monde.

La Frimat approuva.

– Pour sûr, c'est naturel... Ainsi, mon vieux qui va mourir, j'aimerais mieux le garder que de le laisser mettre près du père Couillot, avec lequel il a eu des raisons, dans le temps.

Des larmes lui étaient montées aux yeux, à la pensée que son paralytique ne passerait peut-être pas la semaine. La veille, en voulant le coucher, elle avait culbuté avec lui ; et, certainement, lorsqu'il serait parti, elle aurait vite fait de le suivre.

Mais Lengaigne, brusquement, s'en prit à Delhomme, qui revenait.

– Dis donc, toi qui es juste, faut le faire filer de là, et le renvoyer à la queue, avec les autres.

Macqueron haussa les épaules, et Delhomme confirma que, du moment où celui-ci avait payé, le terrain lui appartenait. C'était à ne plus recommencer, voilà tout. Alors, Buteau, qui s'efforçait de rester calme, fut emporté. La famille se trouvait tenue à une certaine réserve, les coups sourds des pelletées de terre continuaient sur le cercueil du vieux. Mais son indignation était trop forte ; il cria à Lengaigne, en montrant Delhomme du geste :

– Ah, ouiche ! si tu comptes sur ce cadet-là pour comprendre le sentiment ! il a bien enterré son père à côté d'un voleur !

Ce fut un scandale, la famille prenait parti, Fanny soutenait son homme, en disant que la vraie faute, quand ils avaient perdu leur mère Rose, était de n'avoir pas acheté, près d'elle, un terrain pour le père ; tandis que Jésus-Christ et la Grande accablaient Delhomme, en se révoltant, eux aussi, contre le voisinage avec le père Saucisse, comme d'une chose inhumaine, que rien n'excusait. M. Charles était également de cette opinion, mais avec mesure.

On finissait par ne plus s'entendre, lorsque Buteau domina les voix, gueulant :

– Oui, leurs os se retourneront dans la terre et se mangeront !

Du coup, les parents, les amis, les connaissances, tous en furent. C'était bien ça, il l'avait dit : les os se retournaient dans la terre. Entre eux, les Fouan achèveraient de s'y dévorer ; Lengaigne et Macqueron s'y disputeraient à la pourriture ; les femmes, Cœlina, Flore, la Bécu, s'y empoisonneraient de leurs langues et de leurs griffes. On ne couchait pas ensemble, même enterré, lorsqu'on s'exécrait. Et, dans ce cimetière ensoleillé, c'était, de cercueil à cercueil, sous la paix des herbes folles, une bataille farouche des vieux morts, sans trêve, la même bataille qui, parmi les tombes, heurtait ces vivants.

Mais un cri de Jean les sépara, leur fit tourner à tous la tête.

– Le feu est à la Borderie !

Maintenant, le doute n'était plus possible, des flammes s'échappaient des toits, vacillantes et pâlies dans le grand jour. Un gros nuage de fumée s'en allait doucement vers le nord. Et l'on aperçut justement la Trouille qui accourait de la ferme, au galop. En cherchant ses oies, elle avait remarqué les premières étincelles, elle s'était régalée du spectacle, jusqu'au moment où l'idée de raconter l'histoire avant les autres, venait de lui faire prendre sa course. Elle sauta à califourchon sur le petit mur, elle cria de sa voix aiguë de gamin :

– Oh ! ce que ça brûle !... C'est ce grand salop de Tron qui est revenu foutre le feu ; et à trois endroits, dans la grange, dans l'écurie, dans la cuisine. On l'a pincé comme il allumait la paille, les charretiers l'ont à moitié démoli... Avec ça, les chevaux, les vaches, les moutons cuisent. Non, faut les entendre gueuler ! Jamais on n'a gueulé si fort !

Ses yeux verts luisaient, elle éclata de rire.

– Et la Cognette donc ! Vous savez qu'elle était malade, depuis la mort du maître. Alors, on l'avait oubliée dans son lit... Elle grillait déjà, elle n'a eu que le temps de se sauver en chemise. Ah ! ce qu'elle était drôle, à se cavaler en pleins champs, les quilles nues ! Elle gigotait, elle montrait son derrière et son devant, des gens criaient : hou ! hou ! pour lui faire la conduite, à cause qu'on ne l'aime guère... Il y a un vieux qui a dit : La v'là qui sort comme elle est entrée, avec une chemise sur le cul !

Un nouvel accès de gaieté la fit se tordre.

– Venez donc, c'est trop rigolo... Moi, j'y retourne.

Et elle sauta, elle reprit violemment sa course vers la Borderie en flammes.

M. Charles, Delhomme, Macqueron, presque tous les paysans la suivirent ; tandis que les femmes, ayant la Grande à leur tête, quittaient aussi le cimetière, s'avançaient sur la route, pour mieux voir. Buteau et Lise étaient restés, et celle-ci arrêta Lengaigne, désireuse de le questionner au sujet de Jean, sans en avoir l'air : il avait donc trouvé du travail, qu'il logeait dans le pays ? Lorsque le cabaretier eut répondu qu'il partait, qu'il se réengageait, Lise et Buteau, soulagés d'un gros poids, eurent le même mot.

– En v'là un imbécile !

C'était fini, ils allaient recommencer à vivre heureux. Ils eurent un coup d'œil sur la fosse de Fouan, que le fossoyeur achevait de remplir. Et, comme les deux petits s'attardaient à regarder, la mère les appela.

– Jules, Laure, allons !... Et soyez sages, obéissez, ou l'homme viendra vous prendre pour vous mettre aussi dans la terre.

Les Buteau partirent, poussant devant eux les enfants, qui savaient et qui avaient l'air très raisonnable, avec leurs grands yeux noirs, muets et profonds.

Il n'y avait plus dans le cimetière que Jean et Jésus-Christ. Ce dernier, dédaigneux du spectacle, se contentait de suivre l'incendie de loin. Planté entre deux tombes, il se tenait immobile, ses regards se noyaient d'un rêve, sa face entière de crucifié soûlard exprimait la mélancolie finale de toute philosophie. Peut-être songeait-il que l'existence s'en va en fumée. Et, comme les idées graves l'excitaient toujours beaucoup, il finit par lever la cuisse, inconsciemment, dans le vague de sa rêverie. Il en fit un, il en fit deux, il en fit trois.

– Nom de Dieu ! dit Bécu, très soûl, qui traversait le cimetière, pour se rendre au feu.

Un quatrième, comme il passait, l'effleura de si près, qu'il crut en sentir le tonnerre sur sa joue. Alors, en s'éloignant, il cria au camarade :

– Si ce vent-là continue, il va tomber de la merde.

Jésus-Christ, d'une poussée, se tâta.

– Tiens ! tout de même... J'ai faim de chier.

Et, les jambes lourdes, écartées, il se hâta, il disparut à l'angle du mur.

Jean était seul. Au loin, de la Borderie dévorée, ne montaient plus que de grandes fumées rousses, tourbillonnantes, qui jetaient des ombres de nuages au travers des labours, sur les semeurs épars. Et, lentement, il ramena les yeux à ses pieds, il regarda les bosses de terre fraîche, sous lesquelles Françoise et le vieux Fouan dormaient. Ses colères du matin, son dégoût des gens et des choses s'en allaient, dans un profond apaisement. Il se sentait, malgré lui, peut-être à cause du tiède soleil, envahi de douceur et d'espoir.

Eh ! oui, son maître Hourdequin s'était fait bien du mauvais sang avec les inventions nouvelles, n'avait pas tiré grand-chose de bon des machines, des engrais, de toute cette science si mal employée encore. Puis, la Cognette était venue l'achever ; lui aussi dormait au cimetière ; et rien ne restait de la ferme, dont le vent emportait les cendres. Mais, qu'importait ! les murs pouvaient brûler, on ne brûlerait pas la terre. Toujours la terre, la nourrice, serait là, qui nourrirait ceux qui l'ensemenceraient. Elle avait l'espace et le temps, elle donnait tout de même du blé, en attendant qu'on sût lui en faire donner davantage.

C'était comme ces histoires de révolution, ces bouleversements politiques qu'on annonçait. Le sol, disait-on, passerait en d'autres mains, les moissons des pays de là-bas viendraient écraser les nôtres, il n'y aurait plus que des ronces dans nos champs. Et après ? est-ce qu'on peut faire du tort à la terre ? Elle appartiendra quand même à quelqu'un, qui sera bien forcé de la cultiver pour ne pas crever de faim. Si, pendant des années, les mauvaises herbes y poussaient, ça la reposerait, elle en redeviendrait jeune et féconde. La terre n'entre pas dans nos querelles d'insectes rageurs, elle ne s'occupe pas plus de nous que des fourmis, la grande travailleuse, éternellement à sa besogne.

Il y avait aussi la douleur, le sang, les larmes, tout ce qu'on souffre et tout ce qui révolte, Françoise tuée, Fouan tué, les coquins triomphants, la vermine sanguinaire et puante des villages déshonorant et rongeant la terre. Seulement, est-ce qu'on sait ? De même que la gelée qui brûle les moissons, la grêle qui les hache, la foudre qui les verse, sont nécessaires peut-être, il est possible qu'il faille du sang et des larmes pour que le monde marche. Qu'est-ce que notre malheur pèse, dans la grande mécanique des étoiles et du soleil ? Il se moque bien de nous, le bon Dieu ! Nous n'avons notre pain que par un duel terrible et de chaque jour. Et la terre seule demeure l'immortelle, la mère d'où nous sortons et où nous retournons, elle qu'on aime jusqu'au crime, qui refait continuellement de la vie pour son but ignoré, même avec nos abominations et nos misères.

Longtemps, cette rêvasserie confuse, mal formulée, roula dans le crâne de Jean. Mais un clairon sonna au loin, le clairon des pompiers de Bazoches-le-Doyen qui arrivaient au pas de course, trop tard. Et, à cet appel, brusquement, il se redressa. C'était la guerre passant dans la fumée, avec ses chevaux, ses canons, sa clameur de massacre.

Il serrait les poings. Ah ! bon sang ! puisqu'il n'avait plus le cœur à la travailler, il la défendrait, la vieille terre de France !

Il partait, lorsque, une dernière fois, il promena ses regards des deux fosses, vierges d'herbe, aux labours sans fin de la Beauce, que les semeurs emplissaient de leur geste continu. Des morts, des semences, et le pain poussaient de la terre.

Collection « Les Rougon-Macquart » :

1 - La fortune des Rougon

2 - La curée

3 - Le ventre de Paris

4 - La conquête de Plassans

5 - La faute de l'abbé Mouret

6 - Son Excellence Eugène Rougon

7 - L'assommoir

8 - Une page d'amour

9 - Nana

10 - Pot-bouille

11 - Au Bonheur des dames

12 - La joie de vivre

13 - Germinal

14 - L'œuvre

15 - La terre

16 - Le rêve

17 - La bête humaine

18 - L'argent

19 - La débâcle

20 - Le docteur Pascal

Printed in Great Britain
by Amazon

58075781R00205